三體第II部

黑暗森林

劉慈欣◎著

貓頭鷹

三體II：黑暗森林

目次

序章

褐蟻已經忘記這裡曾是牠的家園。這段時光對於暮色中的大地和剛剛出現的星星來說短得可以忽略不計，但對於牠來說卻是漫長的。

在那個已被忘卻的日子裡，牠的世界顛覆了。泥土飛走，出現了一條又深又寬的峽谷，然後泥土又轟隆隆地飛回來，峽谷消失了，在原來峽谷的盡頭出現了一座黑色的孤峰。其實，在這片廣闊的疆域上，這種事常常發生，泥土飛走又飛回，峽谷出現又消失，然後是孤峰降臨，好像是給每次災變打上一個醒目的標記。褐蟻和幾百個同族帶著倖存的蟻后向著太陽落下的方向走了一段路，建立了新的帝國。

這次褐蟻來到故地，只是覓食途中偶然路過而已。牠來到孤峰腳下，用觸鬚摸了摸這頂天立地的存在，發現孤峰的表面堅硬光滑，但能爬上去，於是牠向上爬去。沒有什麼目的，只是那小小的簡陋神經網路中的一次隨機擾動所致。這擾動隨處可見，在地面的每一株小草和草葉上的每一粒露珠中，在天空中的每一片雲和雲後的每一顆星辰上……擾動都是無目的的，但巨量的無目的擾動匯集在一起，目的就出現了。

褐蟻感到了地面的震動，從震動由弱變強的趨勢來判斷，牠知道地面上的另一個巨大的存在正在向這裡運動，牠沒有理會，繼續向孤峰上攀爬。在孤峰底部和地面形成的直角空間裡有一面蛛網，褐蟻知道那是什麼，牠小心地繞過了黏在懸崖上的蛛絲，從那個縮起所有的腿靜等著蛛絲震動的蜘蛛旁經過，牠們彼此都感覺到了對方的存在，但同過去的一億年一樣，雙方沒有任何交流。

震動達到高峰後停止了，那個巨大的存在已經來到了孤峰前，褐蟻看到這個存在比孤峰還要高許多，遮住了很大一部分天空。對這類存在褐蟻並不陌生，牠知道他們是活的，常常出現在這片疆域，那些出現後很快就消失的峽谷和愈來愈多地聳現的孤峰，都與他們有著密切的關係。

褐蟻繼續向上攀登，牠知道這類存在一般不會威脅到自己——當然也有例外。對於已處於下方的那個蜘蛛，這種例外已經出現，那個存在顯然發現了孤峰與地面之間的蛛網，用一個肢體上拿著的一束花的花柄拂去了牠，蜘蛛隨著斷開的蛛絲落到了草叢中。然後，他把花輕輕地放在了孤峰前。

這時，另一個震動出現了，很微弱，但也在增強中。褐蟻知道，另一個同類型的存在正在向孤峰移動。與此同時，在前方的峭壁上，牠遇到了一道長長的溝槽，與峭壁表面相比，溝槽的凹面粗糙一些，顏色也不同，呈灰白色。牠沿著溝槽爬，粗糙的表面使攀登容易了許多。溝槽的兩端都有短小的細槽，下端的細槽與主槽垂直，上端的細槽則與主槽成一個角度相交。當褐蟻重新踏上峭壁光滑的黑色表面後，牠對槽的整體形狀有了一個印象：「1」。

這時，孤峰前的活著的存在突然矮了一半，與孤峰的高度相當了，他顯然是蹲下了，在露出的那片暗藍的天空中，星星已經開始稀疏地出現。他的眼睛看著孤峰的上端，褐蟻猶豫了一下，決定還是不要直接進入他的視線，於是轉向沿著與地面平行的方向爬。很快，牠遇到了另一道溝槽，牠很留戀溝槽那粗糙的凹面，在上面爬行感覺很好，同時槽面的顏色也讓牠想起了蟻后周圍的蟻卵。牠不惜向下走回頭路，沿著槽爬了一趟，這道槽的形狀要複雜些，很彎曲，轉了一個完整的圈後再向下延伸一段，讓牠想起在對氣味資訊的搜尋後終於找到了回家的路的過程。牠在自己的神經網路中建立起了它的形狀：「9」。

這時，蹲在孤峰前的存在發出了聲音，這串遠超出褐蟻理解力的話是這樣的：

「活著本身就很妙，如果連這道理都不懂，怎麼去探索更深的東西呢？」

他發出穿過草叢的陣風那樣的空氣流動的聲音，那是嘆息，然後他站了起來。

褐蟻繼續沿著與地面平行的方向爬，進入了第三道溝槽，它是一個近似於直角的轉彎，是這樣的：「7」。牠不喜歡這形狀，平時，這種不平滑的、突然的轉向，往往意味著危險和戰鬥。

話聲掩蓋了震動，褐蟻這時才感覺到第二個活著的存在已經來到了孤峰前，第一個存在站起來就是為了迎接她。第二個存在比第一個要矮小瘦弱許多，有一頭白髮，白髮在暮空暗藍的背景上很醒目，那團在微風中拂動的銀色似乎與空中愈來愈多的星星有某種聯繫。

「葉老師，您……您來了？」

「你是……小羅吧？」

「我是羅輯，楊冬的高中同學，您這是……」

「那天知道了這個地方，很不錯的，坐車也方便，最近常來這兒散散步。」

「葉老師，您要節哀啊。」

「哦，都過去了……」

孤峰上的褐蟻本來想轉向向上攀登，但發現前面還有一道凹槽，同在「7」之前爬過的那個牠喜歡的形狀「9」一模一樣，牠就再橫行過去，爬了一遍這個「9」。牠覺得這個形狀比「7」和「1」好，好在哪裡當然說不清，這是美感的原始單細胞態；剛才爬過「9」時的那種模糊的愉悅感再次加強了，這是幸福的原始單細胞態。但這兩種精神的單細胞沒有進化的機會，現在同一億年前一樣，同一億年後也一樣。

「小羅啊，冬冬常提起你，她說你是……搞天文學的？」

「以前是，現在我在大學裡教社會學，就在您那所學校，不過我去時您已經退休了。」

「社會學？跨度這麼大？」

「是，楊冬總說我這人心很散。」

「哦，怪不得她說你很聰明的。」

「小聰明而已，和您女兒不在一個層次。只是感覺天文專業是鐵板一塊，在哪兒鑽個眼兒都不容易；而社會學之類的是木板，總能找些薄的地方鑽透的，比較好混吧。」

抱著再遇到一個「9」的願望，褐蟻繼續橫行，但前面遇到的卻是一道直直的與地面平行的橫槽，好像是第一道槽橫放了，但它比「1」長，兩端沒有小細槽，呈「—」狀。

「不要這麼說，這是正常人的生活嘛，都像冬冬那樣怎麼行。」

「我這人確實胸無大志，很浮躁的。」

「我倒是有個建議：你為什麼不去研究宇宙社會學呢？」

「宇宙社會學？」

「我隨便說的一個名詞，就是假設宇宙中分布著數量巨大的文明，它們的數目與能觀測到的星星是一個數量級的，很多很多，這些文明構成了一個整體的宇宙社會，宇宙社會學就是研究這個超級社會的形態。」

孤峰上的褐蟻繼續橫向爬了不遠，期望在爬過形狀為「一」的凹槽後再找到一個牠喜歡的「9」，但牠遇到的是「2」，這條路線前面部分很舒適，但後面的急轉彎像前面的「7」一樣恐怖，似乎是個不祥之兆。褐蟻繼續橫爬，下一道凹槽是一個封閉的形狀：「0」，這種路程是「9」的一部分，但卻是一個陷阱：生活需要平滑，但也需要一個方向，不能總是回到起點，褐蟻是懂這個的。雖然前面還有兩道凹槽，但牠已失去了興趣，轉身向上攀登。

「可……目前只知道我們這一個文明啊。」

「正因為如此沒有人去做這個事情，這就留給你一個機會嘛。」

「葉老師，很有意思！您說下去。」

「我這麼想是因為能把你的兩個專業結合起來，宇宙社會學比起人類社會學來，呈現出更清晰的數學結構。」

「為什麼這麼說呢？」

葉文潔指指天空，西方的暮光仍然很亮，空中的星星少得可以輕易數出來。這很容易使人回想起一個星星都沒有出現時的蒼穹，那藍色的虛空透出一片廣闊的茫然，彷彿是大理石雕像那沒有瞳仁的眼瞼。現在儘管星星很稀少，這巨大的空眼卻有了瞳仁，於是空虛有了內容，宇宙有了視覺。但與空間相比，星星都是這麼微小，只是一個個若隱若現的銀色小點，似乎暗示了宇宙雕刻者的某種不安——他（它）克服不了給宇宙點上瞳仁的欲望，但對宇宙之眼賦予視覺又懷著某種巨大的恐懼，最後，空間的巨大和星星的微小就是這種欲望和恐懼平衡的結果，昭示著某種超越一切的謹慎。

「你看，星星都是一個個的點，宇宙中各個文明社會的複雜結構，其中的混沌和隨機的因素，都被這樣巨大的距離濾去了，那些文明在我們看來就是一個個擁有參數的點，這在數學上就比較容易處理了。」

「但，葉老師，您說的宇宙社會學沒有任何可供研究的實際資料，也不太可能進行調查和實驗。」

「所以你最後的成果就是純理論的，就像歐氏幾何一樣，先設定幾條簡單的不證自明的公理，再在這些公理的基礎上推導出整個理論體系。」

「葉老師，這……真是太有意思了，可是宇宙社會學的公理是什麼呢？」

「第一，生存是文明的第一需要；第二，文明不斷增長和擴張，但宇宙中的物質總量保持不變。」

褐蟻向上爬了不遠，才知道上方也有凹槽，而且是一堆凹槽的組合，結構像迷宮般複雜。褐蟻對形狀是敏感的，牠自信能夠搞清這個形狀，但為此要把前面爬過的那些形狀都忘掉，因為牠那小小的神經網路存貯量是有限的。牠忘掉「9」時並沒有感到遺憾，不斷地忘卻是牠生活的一部分，必須終身記住的東西不多，都被基因刻在被稱做本能的那部分存貯區了。

清空記憶後，牠進入迷宮，經過一陣曲折的爬行，牠在自己簡陋的意識中把這個形狀建立起來：「墓」。再向上，又是一個凹槽的組合，但比前一個簡單多了，不過為了探索它，褐蟻仍不得不清空記憶，忘掉「墓」。牠首先爬進一道線條優美的槽，這形態讓牠想起了不久前發現的一隻剛死的蜖蜖的肚子。牠很快搞清了這個結構：「之」。以後向上的攀登路程中，又遇到兩個凹槽組合，前一個中包括兩個水滴狀的坑和一個蜖蜖肚子——「冬」；最上面的一個分成兩部分，組合起來是「楊」。這是褐蟻最後記住的一個形狀，也是這段攀登旅程中唯一記住的一個，前面爬過的那些有趣的形狀都忘掉了。

「葉老師，從社會學角度看，這兩條公理都是足夠堅實的……您這麼快就說出來，好像胸有成竹似的。」羅輯有些吃驚地說。

「我已經想了大半輩子，但確實是第一次同人談起這個，我真的不知道為什麼要談……哦，要想從這兩條公理推論出宇宙社會學的基本圖景，還有兩個重要概念：猜疑鏈和技術爆炸。」

「很有意思的兩個名詞，您能解釋一下嗎？」

葉文潔看看錶：「沒有時間了，其實你這樣聰明，自己也能想出來，你可以先從這兩條公理著手創立這門學科，那你就有可能成為宇宙社會學的歐基里德了。」

「葉老師，我成不了歐基里德，但會記住您的話，試著去做做，以後我可能還會去請教您。」

「怕沒有機會了……或者，你就當我隨便說說，不管是哪種情況，我都盡了責任。好，小羅，我走了。」

「……葉老師，您保重。」

葉文潔在暮色中離去，走向她那最後的聚會。

褐蟻繼續攀登，進入了峭壁上的一個圓池，池內光滑的表面上有一個極其複雜的圖像，牠知道自己那小小的神經網路絕對無力存貯這樣的東西，但了解了圖像的大概形狀後，牠又有了對「9」的感覺，原細胞態的美感又萌動了一下。而且牠還似乎認出了圖像中的一部分，那是一雙眼睛，牠對眼睛多少有一些敏感，因為被眼睛注視就意味著危險。不過此時牠沒有什麼憂慮，因為牠知道這雙眼睛沒有生命。牠已經忘記了那個叫羅輯的巨大的存在在第一次發出聲音前蹲下來凝視孤峰上端的情形，當時他凝視的就是這雙眼睛。接著，牠爬出圓池，攀上峰頂。在這裡，牠並沒有一覽眾山小的感覺，因為牠不怕從高處墜落，牠曾多次被風從比這高得多的地方吹下去，但毫髮無損，沒有了對高處的恐懼就體會不到高處之美。

在孤峰腳下，那隻被羅輯用花柄拂落的蜘蛛開始重建蛛網，牠從峭壁上拉出一根晶瑩的絲，把自己像鐘擺似的甩到地面上，這樣做了三次，網的骨架就完成了。網被破壞一萬次牠就重建一萬次，對這過程牠沒有厭煩和絕望，也沒有樂趣，一億年來一直如此。

羅輯靜立了一會兒，也走了。當地面的震動消失後，褐蟻從孤峰的另一邊向下爬去，牠要趕回蟻穴報告那隻死甲蟲的位置。天空中的星星密了起來，在孤峰的腳下，褐蟻又與蜘蛛交錯而過，牠們再次感覺到了對方的存在，但仍然沒有交流。

褐蟻和蜘蛛不知道，在宇宙文明公理誕生的時候，除了那個屏息聆聽的遙遠的世界，僅就地球生命而言，牠們是僅有的見證者。

更早一些的時候，深夜，麥克．伊文斯站在「審判日」號的船首，星空下的太平洋像一塊黑色的巨緞在下面滑過。伊文斯喜歡在這種時候與那個遙遠的世界對話，因為在星空和夜海的背景上，智子在視網膜上打出的字很醒目。

字幕：這是我們的第二十二次即時對話了，我們在交流上遇到一些困難。

伊文斯：「是的，主，我發現我們發給您的人類文獻資料，有相當部分您實際上沒有看懂。」

字幕：是的，你們把其中的所有元素都解釋得很清楚，但整體上總是無法理解，好像是因為你們的世界比我們多了什麼東西，而有時又像是少了什麼東西。

伊文斯：「這多的和少的是同一樣東西嗎？」

字幕：是的，我們不知道是多了還是少了。

伊文斯：「那會是什麼呢？」

字幕：我們仔細研究了你們的文獻，發現理解困難的關鍵在於一對同義詞上。

伊文斯：「同義詞？」

字幕：你們的語言中有許多同義詞和近義詞，以我們最初收到的漢語而言，就有「寒」和「冷」，「重」和「沉」，「長」和「遠」這一類，它們表達相同的涵義。

伊文斯：「那您剛才說的導致理解障礙的是哪一對同義詞呢？」

字幕：「想」和「說」，我們剛剛驚奇地發現，它們原來不是同義詞。

伊文斯：「它們本來就不是同義詞啊。」

字幕：按我們的理解，它們應該是同義詞：想，就是用思維器官進行思維活動；說，就是把思維的內容傳達給同類。後者在你們的世界是通過被稱為聲帶的器官對空氣的振動波進行調製來實現的。這兩個定義你認為正確嗎？

伊文斯：「正確，但由此不正表明『想』和『說』不是同義詞嗎？」

字幕：按照我們的理解，這正表明它們是同義詞。

伊文斯：「您能讓我稍稍想一想嗎？」

字幕：好的，我們都需要想一想。

伊文斯看著星光下湧動的洋面思考了兩分鐘。

伊文斯：「我的主，你們的交流器官是什麼？」

字幕：我們沒有交流器官，我們的大腦可以把思維向外界顯示出來，這樣就實現了交流。

伊文斯：「顯示思維？怎樣實現呢？」

字幕：大腦思維發出電磁波，包括我們的可見光在內的各種波長，可以在相當遠的距離上顯示。

伊文斯：「也就是說，對你們而言，想就是說。」

字幕：所以說它們是同義詞。

伊文斯：「哦……但即使如此，應該也不會造成對文獻理解的障礙。」

字幕：是的，在思維和交流方面我們之間的差異並不大，我們都有大腦，而且大腦都是以巨量神經元互聯的方式產生智慧，唯一的區別是我們的腦電波更強，能直接被同類接收，因而省去了交流器官。就這麼一點差異。

伊文斯：「不，這中間可能還隱藏著更大的差異，我的主，請讓我再想一想。」

字幕：好的。

伊文斯離開了船首，在甲板上漫步著。船舷外，太平洋仍在夜色中無聲地起伏著，他把它想像成一個正在思維的大腦。

伊文斯：「主，我想給你講一個小故事，作為準備。您理解以下的元素嗎：狼、孩子、外婆，林中的小屋。」

字幕：這都是很好理解的元素，只是關於外婆，我知道是人類的一種血緣關係，通常她的年紀較大，她在血緣結構中的位置還需要你解釋一下。

伊文斯：「主，這不重要，您只需要知道，她與孩子們的關係是很親密的，她是孩子們最信任的人之一。」

字幕：理解。

伊文斯：「我把故事簡化了一下：外婆有事外出，把孩子們留在小屋裡，囑咐他們一定要關好門，除了她之外不要給別人開門。外婆在路上遇到了狼，狼把外婆吃了，並穿上她的衣服裝扮成她的樣子，來到小屋前叫門。狼對屋裡的孩子們說我是你們的外婆，我回來了，請把門打開。孩子們透過門縫看到牠是外婆的樣子，就把門打開了，狼進入小屋把孩子們也都吃了。主，您能理解這個故事嗎？」

字幕：完全無法理解。

伊文斯：「那我可能猜對了。」

字幕：首先，狼一直想進入小屋吃掉孩子們，是嗎？

伊文斯：「是的。」

字幕：牠與孩子們進行了交流，是嗎？

伊文斯：「是的。」

字幕：這就不可理解了，為了達到自己的目的，牠不應該與孩子們交流的。

伊文斯：「為什麼？」

字幕：這不是很明顯的事嗎？如果他們之間進行交流，孩子們就會知道狼要進屋吃掉他們的企圖，當然就不會給狼開門了。

伊文斯（沉默良久）：「我明白了，主，我明白了。」

字幕：你明白了什麼？這一切不都是很明白的嗎？

伊文斯：「你們的思維對外界是完全暴露的，不可能隱藏。」

字幕：思維怎麼能隱藏呢？你的想法太不可思議了。

伊文斯：「就是說，你們的思維和記憶對外界是全透明的，像一本放在公共場合的書，或者說是在廣場上放映的電影，或者像一個全透明魚缸裡的魚，完全暴露，可以從外界一覽無遺。哦，我上面說的一些元素您可能……」

字幕：我都理解，這一切不是很自然的嗎？

伊文斯（沉默良久）：「原來是這樣……我的主，當你們面對面交流時，所交流的一切都是真實的，不可能欺騙，不可能撒謊，那你們就不可能進行複雜的戰略思維。」

字幕：不只是面對面，我們可以在相當遠的距離上交流。另外，欺騙和撒謊這兩個詞，我們一直難以理解。

伊文斯：「一個思想全透明的社會是怎樣的社會？會產生怎樣的文化、怎樣的政治？你們沒有計謀，不可能偽裝。」

字幕：計謀和偽裝是什麼？

伊文斯：「……」

字幕：人類的交流器官不過是一種進化的缺陷而已，是對你們大腦無法產生強思維電波的一種不得已的補償，是你們的一種生物學上的劣勢，用思維的直接顯示，當然是效率更高的高級交流方式。

伊文斯：「缺陷？劣勢？不，主，您錯了，這一次，您是完完全全地錯了。」

字幕：是嗎？讓我也想一想吧，很可惜，你看不到我的思想。

這一次對話的間隔時間很長，字幕有二十分鐘沒有出現，伊文斯已經從船首踱到船尾了。他看到有一隊魚不斷地從海裡躍出，在海面上方劃出一條在星光下銀光閃閃的弧線。幾年前，為了考察過度捕撈對沿海物種的影響，他曾經在南中國海的漁船上待過一段時間，漁民們把這種景象叫「龍兵過」，伊文斯現在感覺那很像映在海洋瞳孔上的字幕。這時，他自己眼睛中的字幕也出現了。

字幕：你是對的，現在回想那些文獻，我有些懂了。

伊文斯：「我的主，您要真正弄懂人類的那些東西，還有很長的路要走，我甚至懷疑，您最終是否有可能弄懂。」

字幕：是的，真的是太複雜，我現在只是知道了自己以前為什麼不理解……你是對的。

伊文斯：「我的主，您需要我們。」

字幕：我害怕你們。

對話中斷了，這是伊文斯最後一次收到來自三體世界的資訊。這時他站在船尾，看著「審判日」號的雪白的航跡延伸到迷濛的夜幕中，像流逝的時間。

上部　面壁者

危機紀年第三年，三體艦隊距太陽系四點二一光年

「怎麼看上去這麼舊啊……」

面對著「唐」號正在建造的巨大艦體，吳岳心中首先浮上來的是這樣一個念頭。其實，他當然知道由於航母艦殼採用最新的汽液保護焊接工藝，會在錳鋼板上產生大量並無大礙的汙跡，加上閃動的焊弧光產生的效果，才使得即將完工的艦體看上去是他眼前這個樣子。他努力讓自己想像出「唐」號塗上灰色船漆後那嶄新偉岸的樣子，但並不成功。

為「唐」號進行的第四次近海編隊訓練剛剛完成，在這次為期兩個月的航行中，吳岳和站在他身旁的章北海成了兩個尷尬的角色。由驅逐艦、潛艇和補給艦組成的編隊歸戰鬥群司令官指揮，他們將要指揮的「唐」號還在建造船塢之中，航空母艦本來要處於的位置由「鄭和」號訓練艦填補，有時乾脆就空著。這期間吳岳常常在指揮艦上盯著那片空海發呆，那一片水面上，只有前方艦艇留下的航跡在交錯中不安地躁動著，恰似他的心緒。這片空白最後真的能填上嗎？他不止一次地問自己。

現在再看看建造中的「唐」號，他看到的已不僅僅是舊了，它甚至有一種古老的滄桑。面前的「唐」號彷彿是一座被廢棄的古代巨型要塞，斑駁的艦體就是要塞高大的石牆，從密密的鷹架上垂下的一縷縷焊花好像是覆蓋石牆的植物……這不像是建造，倒像是考古……吳岳怕自己再想下去，於是把注意力轉移到旁邊的章北海身上。

「父親的病怎麼樣了？」吳岳問。

章北海輕輕搖搖頭：「不好，也就是維持吧。」

「你請個假吧。」

「他剛住院時我已經請過一次了，現在這形勢，到時候再說吧。」

然後兩人就又沉默了，他們之間每一次關於個人生活的交流都是這樣，關於工作的談話肯定會多一些，但也總是隔著一層東西。

「北海，以後的工作在分量上可不比以前，既然我們一起到了這個位置上，我想咱們之間應該多溝通溝通。」吳岳說。

「我們以前應該是溝通得很好吧，上級既然把我們倆一起放到『唐』號上，肯定也是考慮了咱們以前在『長安』號上成功的合作。」

章北海笑笑說，仍然是那種讓吳岳看不懂的笑，但他可以肯定這微笑是發自內心的，既然發自內心的東西都看不懂，那就根本沒希望懂得他這個人了。成功的合作不等於成功的了解，當然，吳岳自己在章北海的眼中肯定是全透明的，從艦上的水兵到他這個艦長，章北海總是能輕易地看到他們內心深處，他肯定是最稱職的政委。章北海在工作上也是很坦誠的，對於艦長，每件事前前後後都有很詳細的交底。但他的內心世界對吳岳一直是一片深不見底的灰色，他總給吳岳這樣的感覺：就這樣做吧，這樣做最好或最正確，但這不是我所想的。這種感覺開始只是隱隱約約，後來愈來愈明顯。當然，章北海做的往往是最好或最正確的，但他是怎麼想的，吳岳就不知道了。吳岳一直堅持這樣一個信條：在戰艦指揮這個艱險的崗位上，兩個指揮員必須很好地了解對方的思維方式，所以這一點一直是吳岳心中的一個疙瘩。開始，他以為這是章北海對自己的某種防範，感到很委屈：在驅逐艦長這個不上不下的艱難崗位上，還有誰比自己更坦誠更沒心計嗎？我有什麼可防的？章北海的父親在一段不長的時間裡曾經是他們的上級，關於自己和政委的溝通問題，吳岳曾和他談過一次。

「工作搞好就行了嘛，為什麼非要知道他的思維方式呢？」將軍淡淡地說，然後又有意無意地補上一句：「其實，連我都不知道。」

「我們到近處看看吧。」章北海指指綴滿焊花的「唐」號說，正在這時他們的手機同時響了，有短信提示他們回到車上，機要通訊設備只能在車上使用，一般是有急事發生才用上這個。吳岳拉開車門拿起話筒，來電話的是戰鬥群總部的一位參謀。

「吳艦長，艦隊司令部給你和章政委的緊急命令：你們二位立刻去總參報到。」

「去總參？那第五次編隊訓練呢？戰鬥群已經有一半在海上，其餘的艦艇明天也要起航加入了。」

「這我不知道，命令很簡單，就這一項，具體內容你們回來看吧。」

還沒下水的「唐」號航空母艦的艦長和政委對視了一下，這麼多年，他們難得地相互心領神會：看來，那一小片海面要一直空下去了。

阿拉斯加格里利堡，幾隻在雪原上悠閒漫步的扁角鹿突然警覺起來，牠們感覺到了雪下的地面傳來的震動。前方那個白色的半球裂開了，那東西很早就在那裡，像一枚半埋在地下的大蛋，扁角鹿們一直覺得那東西不屬於這個寒冷的世界。裂開的蛋裡首先噴出濃煙和烈火，接著在巨響中孵化出一個上升的圓柱體。那圓柱體從地下鑽出後拖著烈焰迅速升高，灼熱的氣流吹起漫天的積雪，落下時變成了一陣雨。當圓柱體升上高空時，扁角鹿們發現剛才那令牠們恐懼的暴烈景象變得平和了，那個圓柱體拖著一根長長的白色尾跡在高空中消失，彷彿下面的雪原就是一個大白線團，一隻看不見的巨手從線團中抽出一根線拉向太空。

「見鬼！就差幾秒鐘，我就能確定中止發射了！」

在千里之外的科羅拉多州斯普林斯，夏延山地下三百公尺，北美防空司令部指揮中心NMD系統控制室目標甄別員雷德爾把滑鼠一扔說。

「系統警報出現時我就猜到不是那麼回事。」軌道監測員瓊斯搖搖頭說。

「那系統攻擊的是什麼？」斐茲羅將軍問。NMD只是他新的職責所涉及的一部分，他並不熟悉，看著那布滿一面牆壁的顯示幕，將軍力圖找出在NASA的控制中心能看到的那種直觀畫面：一條紅線像懶洋洋的蛇一般在世界地圖上移動，雖然由於地圖的平面轉換，那條線最終會形成一條令外行費解的正弦波，但至少可以讓人感覺到有東西在射向太空。可是這裡沒有這種直觀圖像，每塊顯示幕上的曲線都是抽象而雜亂的一團，在他看來毫無意義，更不要提那些飛快滾動的數位螢幕了。這些東西只有這幾個對他似乎缺少足夠尊敬的ＮＭＤ值勤軍官才能看懂。

「將軍，您還記得去年國際太空站的綜合艙換過一塊反射膜嗎？他們當時把換下來的舊膜弄丟了，就是那東西，在太陽風下一會兒展開一會兒團起來。」

「這個……在目標識別資料庫中應該有吧？」

「有，這就是。」雷德爾移動滑鼠，調出一個頁面，把一堆複雜的文字、資料和表格推上去後，顯示出一張不起眼的照片。可能是地面望遠鏡拍攝的，黑色的背景上有一塊銀白色的不規則物，由於它表面很強的反光而看不清細節。

「少校，居然有識別資料，你為什麼不中止發射程式？」

「目標資料庫本來是由系統自動檢索識別的，人工反應根本來不及，但這一部分資料還沒有從舊系統的格式中轉換過來，所以沒有連結到系統識別模組上。」雷德爾的話帶著委屈：我用手代替ＮＭＤ的超級電腦，這麼快就檢索出來，這是業務熟練的表現，結果反而受你這種外行的質問。

「將軍，ＮＭＤ將攔截方向轉向太空後，軟體系統現在還沒有調整完畢，就受命切換到實戰運行狀態。」一名值勤軍官說。

斐茲羅沒有再說話，控制室中滴滴答答的聲音現在讓他很心煩。他所面對的，是人類建立的第一個地球防禦系統——只是把已有的ＮＭＤ系統的攔截方向由地球各大洲轉向太空。

「我覺得大家應該照張相紀念一下！」瓊斯突然興奮起來：「這應該是人類對共同敵人的第一次攻擊！」

「這裡禁止帶相機。」雷德爾冷冷地說。

「上尉，你在胡說什麼？」斐茲羅突然生氣了：「系統檢測到的根本不是敵方目標，怎麼成了第一次攻擊？」

在一陣尷尬的沉默後，有人說：「攔截器上載的是核彈頭。」

「一百五十萬噸當量的，怎麼了？」

「現在外面天快黑了，按目標的位置，外面應該能看到爆炸閃光的！」

「在監視器上就能看。」

「外面看才有意思！」雷德爾說。

瓊斯也興奮起來，緊張地站起身：「將軍，我……我已經交班了。」

「我也是，將軍。」雷德爾說，其實請示只是一種禮貌，斐茲羅是地球防禦理事會的一名高級協調員，與北美防空中心和NMD都沒什麼指揮關係。

斐茲羅揮揮手：「我不是你們的指揮官，隨便吧，不過我提醒各位：咱們以後還可能長期共事的。」

雷德爾和瓊斯以最快的速度從指揮中心升上地面，穿過那扇幾十噸重的防輻射門，來到夏延山的山頂，黃昏的天空很清澈，但他們沒能看到太空中核爆的閃光。

「應該在那個位置。」瓊斯指著天空說。

「可能我們錯過了吧。」雷德爾說，沒有向上看，臉上露出譏諷的微笑：「他們難道真的相信她會再次低維展開？」

「應該是不可能，它是有智慧的，不會給我們第二次機會。」瓊斯說。

「讓NMD的眼睛朝上看，地球上真的沒有需要防禦的東西了？就算是恐怖國家都立地成佛了，不是還有ETO*嗎？哼……PDC†裡那幫軍方的人顯然想儘快有些成績，斐茲羅就是他們一夥的，現在他們可以聲稱地球防禦系統的第一部分已經建成了，儘管在硬體上幾乎什麼都不需要做。系統的唯一目標就是防止她在近地軌道空間的低維展開，而達到這個目標所需要的技術，甚至比攔截人類自己的導彈還容易，因為目標如果真的出現，面積將是很大的……上尉，我叫你上來其實就是想說剛才的事兒，你怎麼像個不懂事的毛孩子？什麼第一次攻擊啦照相啦之類的，你惹將軍不高興了，你知道嗎？你還看不出他是個小心眼兒的人？」

「可……我那麼說不是恭維他嗎？」

「他是軍方最會向外界作秀的人之一，才不會在新聞發布會上說這是系統誤判呢……他會同他們一起把這事兒說成是一次成功的演習，你等著瞧吧，肯定是這樣的。」雷德爾說著，一屁股坐到地上，雙手向後撐著地面，仰頭看著已經出現星星的天空，一臉嚮往的神情：「瓊斯，你說她要是真的再展開一次，給我們一次摧毀她的機會，那有多好！」

「有什麼用？已經證實後續的它們正在源源不斷地到達太陽系，誰知道現在有多少了……我說，你怎麼總是稱『她』，而不是『它』或『他』呢？」

雷德爾仍仰著頭，表情變得如夢如幻：「昨天，剛來中心的一個中國上校對我說，在他們的語言中，她的名字像一個日本女人。」

張援朝昨天辦完了退休手續，離開他工作了四十多年的化工廠，用鄰居老楊的話說，今天他要開始自己

＊地球三體組織的簡寫。

†行星防禦理事會的簡寫，前身為聯合國安全理事會。

的第二童年了。老楊告訴他，六十歲和十六歲一樣，是人生最美好的年齡，在這個歲數上，四五十歲時的負擔已經卸下，七八十歲時的遲緩和病痛還沒有來臨，是享受生活的時候。對老張來說，兒子和兒媳婦都有穩定的工作，兒子結婚晚，但現在老張也眼看著就要抱孫子了；他們老倆口本來是買不起這套房子的，但因是拆遷戶，所以也買到了，現在已經住了一年多……想想真的一切都很滿足了。但現在，張援朝從他八層樓的窗子望著外面晴朗天空下的城市，心裡卻沒有一點陽光，更別提第二童年的感覺了。現在他不得不承認，關於國家大事的說法，老楊是對的。

鄰居楊晉文是退休的中學教師，他常常勸張援朝，要想晚年幸福，就得學新東西，比如上網，小娃娃都能學會，你怎麼就不能學呢？他特別指出，你老張最大的缺點就是對外界的什麼都不感興趣，你老伴至少還能在那些濫長甜膩的電視劇前抹抹眼淚，你呢，乾脆不看電視。應該關心國家和世界大事，這是充實生活的一部分。要說張援朝也是個老北京了，但在這一點上他不像北京人，這個城市裡的一個計程車司機，都能高瞻遠矚滔滔不絕地分析一通國家和世界形勢，而他，也許知道國家主席的名字，但總理是誰就不清楚了。張援朝卻為此自豪，說我一個普通百姓就是踏踏實實過日子，犯不著關心那些不著邊兒的事，反正和我沒關係，這一輩子也少了不少煩惱。像你老楊倒是關心國家大事，新聞聯播每天堅持看，還在網上為了國家經濟政策、國際核擴散趨勢這類事和人家爭得面紅耳赤，也沒見政府因此給你漲半分錢退休金。但楊晉文說你這想法很可笑，什麼叫不著邊兒的事兒？什麼叫和你沒關係？我告訴你老張，所有的國家和世界大事，國家的每一項重大決策，聯合國的每一項決議，都會通過各種直接或間接的管道和你的生活發生關係，你以為美國入侵委內瑞拉與你沒關係？我告訴你，這事兒對你退休金的長遠影響可不止半分錢。對老楊的這副書呆子氣，張援朝一笑置之。但現在，他知道楊晉文是對的。

這時門鈴響了，來的正是楊晉文，好像剛從外面回來，很悠閒的樣子。張援朝看到他如同沙漠中的旅人遇到同行者，拉住不放。

「哎呀，剛才我找你去了，你跑哪兒去了？」

「去早市轉了轉，見你老伴也在買菜呢。」

「這樓上怎麼空蕩蕩的，像個……陵園似的。」

「今兒又不是休息日，可不就這樣兒。呵呵，退休第一天，你這感覺很正常，你又不是領導，他們退了更難受呢……你會很快適應的。走吧，咱們先去社區活動室，看看能玩點兒什麼。」

「不不，不是因為退休，是因為……怎麼說呢，國家，呵呵，不，世界局勢。」

楊晉文指著老張大笑起來：「世界局勢？哈哈，這話從你嘴裡說出來……」

「是是，我以前是不關心大事，可眼前這事，也太大了！我以前沒想過會有這麼大的事！」

「老張啊，這說起來挺可笑的，我現在倒是向你看齊了，不關心那些個不著邊兒的事兒，你信不信，我已經半個月沒看新聞了。我以前關心大事，是因為人類可以對這些事產生影響，可以決定它們的結果，但現在這事兒，誰都沒有回天之力，自尋煩惱幹什麼。」

「那也不能不關心啊，四百年後人就沒了！」

「哼，四十多年後你我就沒了。」

「那我們都斷子絕孫嗎？」

「我這方面的觀念沒你那麼重，兒子在美國成家卻不想要孩子，我也覺得沒什麼。至於你張家，不還能延續十幾代嗎？知足吧。」

張援朝盯著楊晉文看了幾秒鐘，然後看看掛鐘，打開了電視機，新聞頻道正在播送整點新聞：

美聯社報導：本月二十九日美國東部時間十八點三十分，美國國家戰略導彈防禦系統（NMD）成功地進行了一次摧毀在近地軌道低維展開的智子的試驗演習，這是NMD系統將攔截方向轉向太空後進行的第三次試驗，靶標是去年十月從國際太空站廢棄的反射膜。行星防禦理事會（PDC）發言人稱，帶有核彈頭的攔截器成功地摧毀了靶標。靶標的面積約為三千平方公尺，也就是說，在三維展開的智子遠未達到足夠的面積，以形成對地面人類目標具有威脅的反射鏡之前，NMD系統就有把握將其摧毀……

「盡幹些沒意義的事，智子不會展開了……」楊晉文邊說邊從老張手裡拿遙控器：「換到體育台，可能正在重播歐洲盃半決賽，昨晚我在沙發上睡過去了……」

「回你家看去。」張援朝緊抓著遙控器沒給他，接著看下一條新聞：

經301醫院負責賈維彬院士治療的主治醫生證實，賈院士的死因是血液腫瘤，即白血病，直接致死原因是病變晚期引發的大出血和器官衰竭，不存在任何異常因素。賈維彬是著名超導專家，曾在常溫超導材料領域做出過重大貢獻，於本月十日去世。之後社會上出現的賈維彬是死於智子攻擊的說法純屬謠傳。另據報導，衛生部發言人已經證實，另外幾例被傳為智子攻擊的死亡案例也均是常規疾病和事故所致。為此，本台記者採訪了著名物理學家丁儀。

記者：您對目前社會上出現的對智子的恐慌有什麼看法？

丁儀：這都是由於缺乏物理學常識造成的。政府和科學界有關人士曾經多次在正式場合作出解釋和澄清：智子只是一個微觀粒子，雖然擁有很高智慧，但由於其微觀尺度，對於宏觀世界的作用是十分有限的，它對人類的主要威脅就是在高能物理試驗中製造錯誤和混亂的結果，以及通過量子感應網路監視地球世界。處於微觀狀態下的智子不可能殺人，也不可能進行其他攻擊行動，智子要想對宏觀世界產生更大的作用，只有在低維展開狀態下才能進行，即使如此，這種作用也是十分有限的，因為低維展開至宏觀尺度的智子本身是十分脆弱的。在人類已經建立防禦系統的今天，它不可能有這種行為，否則只是提供了人類消滅它的極好機會。我認為，主流媒體應該向公眾加強這方面的科普宣傳，以消除這種沒有科學根據的恐慌。

張援朝聽到客廳有人不敲門就闖了進來，「老張」、「張師傅」地喊著。其實剛才老張聽到樓梯上那重錘般的腳步聲就知道是誰來了。進來的是苗福全，是住在這一層的另一個鄰居。這人是山西的煤老闆，在那邊開著好幾個礦。苗福全比張援朝小幾歲，他在北京別處還有更大的房子，在這裡只是安置著一個被他包養的年齡和他女兒差不多的四川女子。剛住進來時，張楊兩家都不太搭理苗福全，而且還因為他在樓道裡亂放東西吵過一次架，但後來發現老苗人雖粗些，還算個不錯的人，待人很熱情，還通過與物業公司交涉為他們兩家擺平了兩件麻煩事，三家的關係就漸漸融洽起來。苗福全雖說把生意上的事都交給了兒子，可仍是個大忙人，在這個「家」待的時間不多，平時那套三居室裡也只有那個川妹子。

「老苗啊，有個把月不見了，最近哪兒發財啊？」楊晉文問。

苗福全隨便拿起個杯子，從飲水機中接了半杯水咕咚咕咚灌下去，抹抹嘴說：「礦上出了麻煩事，回去打理打理……還發個狗屁的財啊，現在算是戰爭時期了，政府可是什麼都動真格兒的，我以前的那些法兒都不好使了，這礦是開不了多長時間了。」

「苦日子就要來了。」老楊說，眼睛沒有離開電視上的球賽。

這個男人一動不動地躺在床上已經幾個小時了，透過地下室的小窗射入的一縷陽光現在已變成了月光，這束陰冷的光線在地上投出的亮斑是這裡唯一的光源，房間裡的一切在陰暗中都像是用濕冷的灰色石頭雕成的，整個房間像個墓穴。

這個人的真名一直不為人知，後來他被稱為破壁人二號。

在這段時間裡，破壁人二號回顧了自己的一生，確定沒有什麼遺漏之後，翻動已經躺得麻木的身體，伸手從枕頭下抽出手槍，緩緩把槍口湊到自己的太陽穴上。這時，他眼睛中出現了智子的字幕。

字幕：不要這樣做，我們需要你。

破壁人二號：「是主嗎？這一年來我每天晚上都夢到你的召喚，不過最近沒有了，我本來以為自己已經是一個無夢之人了，看來不是的。」

字幕：這不是夢，我在和你即時交談。

破壁人二號（淒涼地笑笑）：「好了，都結束了，那邊肯定是無夢的。」

字幕：需要證實嗎？

破壁人二號：「證實那邊無夢？」

字幕：證實真的是我。

破壁人二號：「好吧，告訴我一件我不知道的事。」

字幕：你的金魚都死了。

破壁人二號：「呵，沒關係，我很快會和牠們在沒有黑暗的地方相會。」

字幕：你還是去看看吧。上午，你心煩意亂的時候把吸了一半的菸扔出去，它掉到了魚缸裡，半支菸的尼古丁溶於水後，對魚是致命的。

破壁人二號猛地睜開了眼，放下槍，翻身下床，剛才的遲鈍和恍惚一掃而光。他摸索著打開檯燈，然後去看小桌上的魚缸，看到五條龍睛金魚全翻著白肚皮浮在水面，牠們中間浮著半支香菸。

字幕：我們再進行第二項證實——伊文斯曾經給你發過一封加密信，但密碼變了，他沒來得及通知你新的密碼就死了，你一直打不開那封信。現在我告訴你密碼——CAMEL，就是你毒死金魚的香菸的牌子。

破壁人二號手忙腳亂地取出筆記型電腦，在等待電腦啟動的間隙他已經淚流滿面了：「主，我的主，真的是你嗎？真的是你嗎？」他哽咽著說。電腦啟動後，他用ETO內部的專用閱讀程式打開那個郵件的附件，密碼提示框出現，他輸入密碼後，文本顯示出來，而他已經沒有心思細讀其內容了，只是跪在那裡掩面哭著：「主啊，真的是你，我的主……」稍微平靜了一些後，他抬起頭淚眼矇矓地說：「對統帥參加的聚會的襲擊、巴拿馬運河的埋伏，我們都沒有得到通知，你們為什麼拋棄我們？」

字幕：我們害怕你們。

破壁人二號：「是因為我們思維的不透明嗎？這沒有必要，要知道，我們所擁有的你們不具備的那些能力：欺騙、詭計、偽裝、誤導等等，都是用來為你們服務的。」

字幕：我們不知道這是不是真的，假設是真的，這種恐懼照樣存在。你們的《聖經》提到過叫蛇的動物，如果這時一條蛇爬到你面前，對你說牠是為你服務的，你能因此不害怕和厭惡牠嗎？

破壁人二號：「如果牠說的是真的，我能克服自己的厭惡和恐懼接納牠的。」

字幕：這很難吧。

破壁人二號：「當然，我知道，你們已經被蛇咬過一次了——在即時通訊實現後，對我們的問題你們做出了如此詳盡的回答，其中的大部分資訊，比如接收到人類發出的第一次信號的過程，還有智子的建造過程，是根本沒有必要告訴我們的。我們最初是把這些當做主的信任，現在看來是自作多情了。這對我們來說一直是一件很難理解的事：我們之間的通訊和交流不是通過思維的透明顯示進行的，為什麼不能對要發送的資訊有選擇地隱瞞呢？」

字幕：這種選擇也是有的，只是隱瞞得沒有你們所設想的那麼多。事實上我們的世界中也存在不借助思維顯示進行的交流和通訊，在技術時代尤其如此，但思維透明已經形成了我們的文化和社會習性，這對於你們來說確實很難理解，就像我們難以理解你們一樣。

破壁人二號：「我想在你們的世界，欺騙和計謀不可能一點都沒有。」

字幕：有的，只是與你們相比十分簡陋。比如在我們世界的戰爭中，敵對雙方也會對自己的陣地進行偽裝，但如果敵人對偽裝的區域產生了懷疑，直接向對方詢問，那他們一般都會得到真相的。

破壁人二號：「這太不可思議了。」

字幕：你們對我們也一樣不可思議。你的書架上有一本書，叫《三個王國的故事》*……

破壁人二號：「你們不可能看懂它吧。」

字幕：也看懂了一小部分，像普通人看一部艱深的數學著作，要經過大量的思考並且充分發揮想像力才能弄懂一點兒。

破壁人二號：「這本書確實充分展示了人類戰略計謀所達到的層次。」

字幕：但我們有智子，可以使人類世界的一切都變成透明的。

破壁人二號：「除了人本身的思維。」

字幕：是的，智子看不到思維。

破壁人二號：「你一定知道面壁計畫吧。」

字幕：比你知道的要多，它就要付諸實施了，這正是我找你的原因。

破壁人二號：「你對面壁計畫怎麼看？」

字幕：還是那種感覺，像你們看到了蛇。

破壁人二號：「可是《聖經》中的蛇幫助人類獲得了智慧，人類的面壁計畫將建立起一個或幾個對你們來說極其詭異和險惡的迷宮，我們可以幫助你們走出這些迷宮。」

字幕：這種思維透明度的差別，使我們更堅定了消滅人類的決心。請你們幫助我們消滅人類，最後我們再消滅你們。

破壁人二號：「我的主，你的表達方式有問題，這種表達方式顯然是由你們思維透明顯示的交流方式決定的。在我們的世界裡，即使表達真實的思想，也要用一種適當的和委婉的方式，比如你剛才的話，雖然與ETO的理想是一致的，但過分的直接表達可能會令我們的一部分同志產生反感，進而產生不可預料的後果。當然，那種適當表達方式你可能永遠也學不會。」

字幕：正是由於這種對思想變形的表達，使人類社會的交流資訊，特別是人類的文學作品，都像是曲折的迷宮……據我所知，ETO現在已經到了崩潰的邊緣。

破壁人二號：「這都是因為你們對我們的拋棄，那兩次打擊是致命的。現在，ETO中的拯救派已經分崩離析，只有降臨派在維持著組織的存在。這你顯然都是知道的，但最致命的打擊是在精神上，由於這次拋棄，同志們對主的忠誠正在經受考驗，為了維持這種忠誠，ETO急需得到主的支援。」

字幕：我們不可能向你們傳遞技術。

破壁人二號：「這也不需要，你們只需要恢復以前所做的，向我們傳達智子得到的資訊。」

字幕：這當然可以，但目前ETO首先要做的，是執行你剛才看到的那個重要使命，那是我們在伊文斯死前發給他的，他給你下達了執行命令，但由於密碼問題你沒能完成。

破壁人二號這才想起電腦上那封剛解密的信，他仔細看了一遍。

字幕：很容易完成的使命，不是嗎？

破壁人二號：「不是太難，但這真的很重要嗎？」

字幕：以前十分重要，現在，由於人類的面壁計畫，萬分重要了。

破壁人二號：「為什麼？」

字幕（長時間停頓）：伊文斯知道為什麼，但他顯然沒有告訴任何人，他是對的，這很幸運，現在，我們不能告訴你為什麼。

破壁人二號（面露欣喜）：「我的主，你學會隱瞞了！這是一個進步！」

＊即《三國演義》。

字幕：伊文斯教了我們很多，但我們在這方面仍然很初步，用他的話說僅相當於你們五歲孩子的水準。僅就他發給你們的這條命令而言，其中的一項計謀我們就學不會。

破壁人二號：「你指的是他提出的這項要求吧——不能顯示出是ＥＴＯ做的，以免引起注意。這個嘛，如果目標很重要，這要求是很自然的。」

字幕：在我們看來這是複雜的計謀。

破壁人二號：「好的，我去完成，照伊文斯的要求去完成。主，我們會證明自己的忠誠。」

在網路浩瀚的資訊海洋中，有一個偏僻的角落，在這個角落裡，也有一個偏僻的角落，在這個角落的角落裡，還有角落的角落的角落，就在一個最深層的偏僻角落裡，那個虛擬的世界復活了。

寒冷而詭異的黎明中，沒有金字塔，也沒有聯合國大廈和單擺，只有廣闊而堅硬的荒原延伸開去，像一大塊冰冷的金屬。

周文王從天邊走來，他披著破爛的長袍，外面還裹著一張骯髒的獸皮，帶著一把青銅劍，他的臉像那獸皮一樣髒和皺，雙眼卻很有神，眸子映著曙光。

「有人嗎？」他喊道：「有人嗎？有人嗎……」

周文王的聲音立刻被這無邊的荒漠吞沒了，他喊了一陣，疲憊地坐在地上，調快了時間進度，看著太陽變成飛星，飛星又變成太陽，看著恆紀元的太陽像鐘擺般一次次劃過長空，看著亂紀元的白晝和黑夜把世界變成一個燈光失控的空曠舞台。時光飛逝中，沒有滄海桑田的演變，只有金屬般永恆的荒漠。三顆飛星在太空深處舞蹈，周文王在嚴寒中凍成冰柱，很快一顆飛星變成太陽，當那火的巨盤從空中掠過時，周文王身上的冰瞬間融化，他的身體燃成一根火柱，就在完全化為灰燼之前，他長嘆一聲退出了。

三十名陸海空軍官用凝重的目光注視著深紅色帷幔上的那個徽章，它的主體是一顆發出四道光芒的銀星，那四道光芒又是四柄利劍的形狀，星的兩側有「八一」兩字，這就是中國太空軍的軍徽。

常偉思將軍示意大家坐下，把軍帽端正地放在面前的會議桌上後，他說：「太空軍正式成立的儀式將在明天上午舉行，軍裝和肩章、領章也要那時才能發放到各位手上，不過，同志們，我們現在已經同屬一個軍種了。」

大家互相看看，發現三十個人中竟有十五人穿著海軍軍裝，空軍九人，陸軍六人。他們重新把目光集中到常偉思那裡時，儘量不使自己的不解表現出來。

常偉思微微一笑說：「這個比例很奇怪，是嗎？請大家不要以現在的航太規模來理解未來的太空艦隊，將來太空戰艦的體積可能比目前的海上航空母艦還大，艦上人員也同樣多。未來太空戰爭就是以這樣的大噸位長續航的作戰平台為基礎，這種戰爭方式更像海戰而不是空戰，只是戰場由海戰的二維變成了太空的三維。所以，太空軍種的組建將以海軍為主要基礎。我知道，在這之前大家普遍認為太空軍的基礎是空軍，所以來自海軍的同志們的思想準備可能不足，要儘快適應。」

「首長，我們真的沒想到。」章北海說，他旁邊的吳岳則一動不動地筆直坐著，章北海敏銳地發現，艦長那平視前方的雙眼中，有什麼東西熄滅了。

常偉思點點頭：「其實，不要把海軍與太空的距離想得那麼遠，為什麼是太空船而不是宇宙飛機呢？為什麼是太空艦隊而不是太空機群呢，在人們的思想中，太空和海洋早就有聯繫了。」

會場的氣氛放鬆了一些，常偉思接著說：「同志們，到目前為止，這個新軍種還只有我們三十一名成員。關於未來的太空艦隊，目前所進行的是基礎研究工作，各學科的研究已經全面展開，主要力量集中在太空電梯和大型飛船的核融合發動機上……但這些都不是太空軍的工作，我們的任務，是要創立一個太空戰爭的理論體系。對於這種戰爭，我們所知為零，所以這是一個艱鉅的任務，也是最基礎的工作，因為未來太空艦隊的建設，是要以這個理論體系為基礎的。所以，初級階段的太空軍更像一個軍事科學院，我們在座同志的首要工作就是組建這個科學院，下一步，大批的學者和研究人員將進入太空軍。」

常偉思站起來，走到軍徽前轉身面對太空軍的全體指戰員，說出了他們終生難忘的一段話：「同志們，太空軍的歷程是十分漫長的，按初步預計，各學科的基礎研究至少需要五十年，而大規模太空航行的各項關鍵技術，還需要一個世紀才能成熟到實用階段；太空艦隊從初建到達到預想規模，樂觀的估計也需要一個半世紀。也就是說，太空軍從組建到形成完整戰鬥力，需要三個世紀的時間。同志們，我想你們已經知道這意味著什麼，我們在場的所有人都沒有機會進入太空，更不可能在有生之年見到我們的太空艦隊，甚至連一個可信的太空戰艦模型都見不到。太空艦隊的第一代指戰員將在兩個世紀後產生，而從這時再過兩個半世紀，地球艦隊將面對外星侵略者，那時在戰艦上的，是我們的第十幾代子孫。」

軍人們陷入了長久的沉默，鉛色的時光之路在他們面前徐徐展開，在漫長的延伸中隱入未來的茫茫迷霧中。他們看不清這長路的盡頭，但能看到火焰和血光在那裡閃耀。人生苦短這一現實從來沒有像現在這樣折磨他們，他們的心已飛越時間之穹，與他們的十幾代子孫一起投入到冷酷太空中的血與火裡，那是所有軍人的靈魂相聚的地方。

苗福全一回來，照例請張援朝和楊晉文去他家裡喝酒聊天，那個川妹子做了一桌豐盛的菜。酒桌上，張援朝說起了上午去銀行取錢的事。

「你沒聽說呀，好幾家銀行都踩死人了，那櫃檯前的人摞了三層！」苗福全說。

「那你的錢呢？」張援朝問。

「取出來一部分，剩下的就凍著唄，有啥法兒。」

「你拔根毛兒都比我們多。」老張說。

楊晉文說：「新聞裡說了，以後社會的恐慌情緒緩和下來之後，政府會逐漸解凍的，一開始可能只是解凍一定的比例，但形勢總會恢復正常的。」

老張說：「但願如此吧……政府早早把現在叫做戰爭時期實在是個錯誤，搞得人心都慌了，現在的人都是首先為自個著想，有幾個想著四百年後地球抗戰的？」

「主要問題不是這個！」楊晉文說：「我早就說過，中國的高儲蓄率是一顆大地雷，怎麼著，說對了吧？高儲蓄，低社保，老百姓存在銀行裡的錢就成了命根兒，一有風吹草動當然會產生群體性恐慌。」

老張問楊晉文：「你說這戰時經濟，是個什麼玩意兒？」

「這事兒出得太突然，我看誰現在也沒個完整的概念，新經濟政策還在制定中，但有一點是可以肯定的：苦日子要來了。」

「苦日子算個屁，我們這歲數的又不是沒過過，大不了就當回到六〇年唄。」苗福全說。

「只是可憐了孩子。」張援朝獨自乾了一杯酒。

這時，一陣標題音樂聲讓三個人同時轉向電視，這是現在人們都熟悉的聲音，可以令所有的人停下正在做的事情，這是重要新聞的標題音樂，這種新聞可以打破正常的節目播出順序隨時插播。三個老人還記得，在上世紀八〇年代以前，廣播電台和電視中也常出現這樣的新聞，但在後來長長的太平盛世中，這種新聞消失了。

重要新聞開始播出：

據本台駐聯合國祕書處記者報導：聯合國發言人在剛剛結束的新聞發布會上宣布，將於近期召開特別聯合國大會，討論逃亡主義問題。本屆特別聯大是由行星防禦理事會各常任理事國共同促成的，旨在使國際社會在對逃亡主義的態度上達成共識，並制定相應的國際法。

下面，讓我們簡單回顧一下逃亡主義問題的產生和發展過程。

當三體危機出現後，逃亡主義隨之產生，其主要論點是：在人類尖端科學被鎖死的前提下，規畫四個半世紀後的地球和太陽系防禦是沒有意義的，考慮到人類技術在未來四個多世紀所能達到的高度，比較現實的目標應該是建造星際飛船，使人類的一小部分能夠向外太空逃亡，以避免人類文明的澈底滅絕。

對於逃亡的目的地，有三種選擇：其一：新世界選擇，即在星際間尋找新的人類可以生存的世界。這無疑是最理想的目標，但需要極高的航行速度和漫長的航程，以人類在危機階段所能達到的技術高度看，不太可能實現。其二：星艦文明選擇，即逃亡的人類把飛船作為永久居住地，使人類文明在永遠的航行中延續。這個選擇面臨著與新世界選擇相同的困難，只是更多偏重於建立小型自迴圈生態系統的技術，這種世代運行的全封閉生態圈遠遠超出了人類目前的技術能力。其三：暫避選擇，在三體文明已經在太陽系完成定居後，已經逃亡到外太空的人類與三體社會積極交流，等待和促成其對外太空殘餘人類政策的緩和，最後重返太陽系，以較小的規模與三體文明共同生存。暫避選擇被認為是最現實的方案，但變數太多。

逃亡主義出現後不久，全球就有多家媒體報導：美國和俄羅斯兩個空間技術大國已經祕密開始了自己的外太空逃亡計畫。雖然兩國政府都立刻斷然否認自己存在這樣的計畫，仍然在國際社會引起軒然大波，並由此引發了一場「技術公有化」運動。在第三屆特別聯大上，許多發展中國家要求美、俄、日、中和歐盟進行技術公開，將包括航太技術在內的所有先進技術無償提供給國際社會，以使得人類所有的國家和民族在三體危機面前享有同等的機會。「技術公有化」運動的宣導者還舉了一個先例：在本世紀初，歐洲幾大製藥公司曾向生產最先進的治療愛滋病藥物的非洲國家收取高額的技術專利費，並由此引發了一場備受關注的訴訟，面對愛滋病在非洲迅速蔓延的嚴峻形勢，在強大的輿論壓力下，幾大製藥公司在開庭前宣布放棄專利權。在目前世界所面臨的終極危機面前，公開技術是各先進國家對全人類不可推辭的責任。「技術公有化」運動得到了發展中國家的一致回應，甚至得到了部分歐盟成員國的支援，但相關的提案在聯合國行星防禦理事會會議上均被否決。此後，中俄兩國在第五屆特別聯大上提出一項「有限技術公有化」提案，倡議在行星防禦理事會常任理事國間進行技術公有化，也立刻遭美英兩國否決。美國政府表示，任何形式的技術公有化都是不現實的，是幼稚的想法，即使在目前情況下，美國的國家安全仍處於「僅次於地球防禦」的重要地位。「有限技術公有化」提案的失敗在各技術強國間也造成了分裂，致使建立地球聯合艦隊的方案破產。

「技術公有化」運動受挫所產生的影響是深遠的，它使人們認識到，即使在毀滅性的三體危機面前，人類大同仍是一個遙遠的夢想。

「技術公有化」運動是由逃亡主義引發的，國際社會只有對逃亡主義達成共識，才能部分彌補發達國家與發展中國家，以及發達國家之間已經造成的裂痕。本屆特別聯大就是在這樣的背景下即將召開。

「對了，說起這個，」苗福全說：「我前幾天在電話裡跟你們說的那件事還真有點靠譜的。」

「什麼事？」

「就是逃亡基金啊。」

「嗨，老苗啊，你怎麼信那個，你可不像是個容易受騙的人。」楊晉文不以為然地說。

「不不，」老苗看看兩人，壓低了聲音：「那個年輕人叫史曉明，我通過各種路子查了查他的背景，他爸是在地球防務安全部工作！那人原來是市局反恐大隊的隊長，現在在防務安全部大小也是個人物，專門負責對付ETO！我這兒有個電話，就是他所在的那個部門的，你們可以自個兒去打聽。」

張援朝和楊晉文互相看看，老楊笑笑，拿起酒瓶向自己的杯子裡倒酒：「是真的又怎麼樣？真有逃亡基金這回事又怎麼樣？我買得起嗎？」

「就是啊，那是為你們有錢人準備的。」老張醉眼矇矓地說。

楊晉文突然激動起來：「要真是有這回事，那國家就是混蛋！要逃亡，也得讓後代中的精英走，誰有錢誰就走，這成他媽什麼了？這種逃亡有意義嗎？」

苗福全指點著楊晉文笑了起來：「得得，老楊啊，你繞什麼彎兒，就直說讓你的後代走不就完了嗎？看看你兒子和兒媳，都是博士科學家，都是精英，那你的孫子曾孫也多半是精英了。」他端起酒杯，點點頭：「不過話又說回來，人人平等對不對，你們精英，又不是神仙，憑啥？」

「你什麼意思？」

「花錢買東西，天經地義，我花錢給苗家買個後，更是天經地義！」

「這是錢能買來的嗎？逃亡者的使命是延續人類文明，他們自然應該是文明的精華，拉一幫財主去宇宙，哼，那成什麼了？」

苗福全臉上本來就很勉強的笑消失了，他用一根粗指頭指點著楊晉文說：「我早就知道你看不起我，我再有錢，在你眼裡也就是個土財主而已，是不是？」

「你以為你是什麼？」楊晉文藉著酒勁問。

苗福全一拍桌子站起來：「楊晉文，老子還就看不上你這個酸勁兒，老子……」張援朝也猛拍桌子，響聲比苗福全高出了一倍，三個酒杯有兩個翻倒了，嚇得那個端菜的川妹子驚叫一聲。老張依次指著兩人說：「好，好，你是人類精英，你呢，是有錢人，那就剩下我了，我他媽是什麼？窮工人一個，我活該就得斷子絕孫是不是?!」他有掀桌子的衝動，但還是克制住了，轉身離去，楊晉文也跟著走了。

破壁人二號小心翼翼地把新的金魚放入魚缸，和伊文斯一樣，他喜歡獨處，但需要人類之外的其他生物陪伴，他常常對金魚說話，就像對三體人說話那樣，這兩者都是他希望能在地球上長久生存的生命。這時，他的視網膜上出現了智子的字幕。

字幕：我最近一直在研究那本《三個王國的故事》，正如你所說，欺騙和詭計是一門藝術，就像蛇身上的花紋一樣。

字幕：蛇身上的花紋愈美麗，牠整體看上去就愈可怕。我們以前對人類的逃亡不在意，只要他們不在太陽系中存在就行，但現在我們調整了計畫，決定制止人類的逃亡，讓思維完全不透明的敵人逃到宇宙中是很危險的。

破壁人二號：「我的主，你又談到了蛇。」

字幕：艦隊已經調整了到達太陽系時的部署，將在古柏帶處從四個方向迂迴，對太陽系形成包圍態勢。

破壁人二號：「你們有什麼具體方案嗎？」

字幕：是這樣，所以我們需要你們的說明，ETO的下一個使命將制止或延緩人類的逃亡計畫。

破壁人二號：「如果人類真要逃亡，那時已經來不及了。」

破壁人二號（微微一笑）：「我的主，其實在這個問題上你們根本不需要擔心，人類的大規模逃亡不會發生。」

字幕：可是即使在目前有限的技術發展空間裡，人類也有可能造出世代飛船。

破壁人二號：「逃亡的最大障礙不是技術。」

字幕：那是國家間的爭端嗎？這屆特別聯大也許能解決這個問題，如果不能，發達國家完全有實力不顧發展中國家的反對，強行推進這個計畫。

破壁人二號：「逃亡的最大障礙也不是國家間的爭端。」

字幕：那是什麼？

破壁人二號：「是人與人之間的爭端，也就是誰走誰留的問題。」

字幕：這在我們看來不是問題。

破壁人二號：「我們最初也這麼想，但現在看來，這是一個不可能克服的障礙。」

字幕：能解釋一下嗎？

破壁人二號：「雖然你們已經熟悉人類歷史，但這可能仍然很難理解：誰走誰留涉及到人類的基本價值觀，這種價值觀在過去的時代促進了人類社會的進步，但在這種終極災難面前，它就是一個陷阱，到現在為止，甚至連人類自己的大多數，都沒有意識到這個陷阱有多深，主，請你相信我的話，最終沒人能跳出這個陷阱。」

「張叔，您不用忙著做決定，該問的都問到，這筆錢畢竟不是一個小數。」史曉明一臉誠懇地對張援朝說。

「要問的還是這事兒的真實性，電視上說……」

「您別管電視上怎麼說，國務院發言人半個月前還說不可能凍結存款呢……理智地想想，您這麼個普通老百姓，還在為自己家族血脈的延續著想，那國家主席和總理，怎麼可能不為中華民族的延續著想？聯合國，怎麼可能不為人類的延續考慮？這屆特別聯大，就是要確定一個國際性的合作方案，並正式啟動人類逃亡計畫，這是刻不容緩的事啊。」

老張緩緩地點點頭：「想想也是這麼回事，可我總覺著，這是很遠的事兒啊，是不是該我操心呢？」

「張叔啊，這是個誤解，絕對的誤解。很遠嗎？不可能很遠了，您以為，逃亡飛船要三四百年後才啟程嗎？要是那樣，三體艦隊就能很快追上它們。」

「那什麼時候飛船能上路呢？」

「您就要抱孫子了是吧？」

「是啊。」

「您的孫子就能看到飛船啟程。」

「他能上飛船?!」

「不不，那不可能，但他的孫子能上飛船。」

張援朝心裡算了算：「這就是……七八十年吧。」

「比那要長，戰爭時期政府會加緊控制人口，除了限制生育數量，生育間隔也要拉長，一代要按四十年算吧，大概一百二十年，飛船就可以啟程了。」

「這也夠快的，那時飛船造得出來嗎？」

「張叔，您想想一百二十年前是什麼樣子？那時還是清朝呢，那時從杭州到北京得走個把月，皇帝到避暑山莊還得在轎子裡顛好幾天呢！現在，從地球到月球也就是不到三天的路。技術是加速發展的，就是說發展起來會愈來愈快，加上全世界都投入全力研究航太技術，一百二十年左右飛船是可以造出來的。」

「宇宙航行，是件很艱險的事吧？」

「那不假，但那時地球上就不艱險嗎？你看看現在這局勢的變化吧，國家把主要經濟力量用在建立太空艦隊上，太空艦隊不是商品，沒有一分錢利潤的，人民生活只能每況愈下，加上我們的人口基數這麼大，吃飽飯都成問題。還有，您看現在這國際形勢，發展中國家沒有能力搞逃亡計畫，發達國家又拒絕技術公有，窮國和小國絕不會甘休。現在不就紛紛以退出『核不擴散條約』相威脅，以後還可能採取更加極端的行動，說不定一百二十年後，不等外星艦隊到達，地球上已經是戰火連天了！到了您的曾孫的時代，還不知過的是什麼日子呢！再說，逃亡飛船也不是您想像的那樣，您拿現在的神舟飛船和國際太空站與它們比就鬧笑話了。那些飛船很大的，每艘都像一座小城市，而且是一個完整的生態圈，就是說像一個小地球，人類在上面不需外界供給就可以生生不息。還有最重要的，就是冬眠，這現在就可以做到了，飛船的乘客大部分時間都是在冬眠中度過的，一百年感覺跟一天差不多，直到找到新的世界，或者和三體人達成協議返回太陽系，他們才會長期醒來，這不比在地球上過苦日子強嗎？」

張援朝沉思著，沒有說話。

史曉明接著說：「當然，我跟您說實在話，正像您說的，宇宙航行確實是件艱險的事，在太空中遇到什麼樣的艱險誰都不知道，這裡面，很大程度上是為了延續您張家的血脈，您對此要是不太在意……」

張援朝像被刺了一下似的盯著史曉明：「你這年輕人怎麼說話呢，我怎麼會不在意？」

「不不，張叔，您聽我說完，我不是那個意思，我是說，即使您根本不打算讓您的後人上飛船逃往外太空，這基金也是值得買的，保值啊！這東西一旦向社會公開發售，那價格會飛一樣向上漲。有錢人多著呢，現在也沒有別的投資管道，囤糧犯法，再說，愈是有錢就愈要考慮家族的延續，您說是不是？」

「是是，這我知道。」

「張叔啊，我真的是一片誠心，現在，逃亡基金還處於起步階段，只有一小部分對內部特殊人員發售，我弄到指標也不容易……反正您多考慮考慮，想好了就給我打電話，我和您一起去辦手續。」

史曉明走後，老張來到陽台上，仰望著在城市的光暈中有些模糊的星空，心裡說：「我的孫兒們啊，爺爺真要讓你們去那個永遠是夜的地方嗎？」

周文王再次在三體世界的荒漠上跋涉，這時有一個很小的太陽升到中天，陽光沒有什麼熱力，但把荒漠照得很清晰，荒漠上仍空無一物。

「有人嗎？有人嗎？有人嗎……」

周文王突然眼睛一亮，他看到一個人騎著馬從天邊飛奔而來，並遠遠地認出了那人是牛頓，於是衝他拚命地揮手。牛頓很快來到周文王身前，勒住了馬，跳下來後趕緊扶正假髮。

「你瞎嚷嚷什麼？是誰又建了這鬼地方？」牛頓揮手指指天地間問。

周文王沒有回答他的話，而是拉住他的手急切地訴說：「同志，我的同志，我告訴你，主沒有拋棄我們，或者說它拋棄我們是有理由的，它以後需要我們了，它……」

「我都知道了，智子也給我發了資訊。」牛頓甩開周文王的手不耐煩地說。

「這麼說，主是同時給許多同志發資訊了，這樣很好，組織與主的聯繫再也不會被壟斷了。」

「組織還存在嗎？」牛頓用一條白手帕擦著汗問。

「當然存在，這次全球性打擊之後，拯救派徹底瓦解，倖存派則分裂出去，發展為一支獨立的力量，現在，組織裡只有降臨派了。」

「這次打擊淨化了組織，這是件好事。」

「既然能到這裡來，你肯定是降臨派，但你好像什麼都不知道，是散戶嗎？」

「我只與一個同志有單線聯繫，他除了這個網址外什麼都沒有告訴我。在上次可怕的全球性打擊中，我好不容易才設法逃脫。」

「你逃命的本事在秦始皇時代就表現出來了。」

牛頓四下看看：「這裡安全嗎？」

「當然，這裡處於多層迷宮的底部，幾乎不可能被發現，即使他們真的闖入這裡，也不可能追蹤到用戶的位置。那次打擊之後，為了安全，組織的各部門都處於孤立狀態，相互之間很少聯繫，我們需要一個聚會的地方，對組織的新成員，也要有一個緩衝區，這裡總比現實世界安全吧。」

「你發現沒有，外面對組織的打擊好像鬆了許多？」

「他們很精明，知道組織是得到主情報資訊的唯一來源，也是得到主可能轉讓給組織的技術的唯一機會，儘管這種機會很小。由於這個原因，他們會讓組織在一定規模上一直存在下去，不過我想他們會為此後悔的。」

「主就沒有這麼精明，它甚至沒有理解這種精明的能力。」

「所以它需要我們，組織具有了存在的價值，應該讓所有的同志都儘快知道這點。」

牛頓翻身上馬：「好了，我要走了，我得確定這裡確實安全才能久留。」

「我向你保證過這裡絕對安全。」

「如果真是這樣，下次將會有更多的同志來聚會的，再見。」牛頓說著，策馬遠去，當馬蹄聲漸漸消失後，天空中那顆小太陽突然變成了飛星，世界籠罩在黑暗中。

羅輯綿軟地躺在床上，用睡意未消的眼睛看著剛淋浴完正在穿衣服的她。這時太陽已經升起，把窗簾照得很亮，使她看上去像是映在窗簾上的一個曼妙的剪影。這真的像一部老黑白電影裡的情景，是哪一部他忘了，他現在最需要記起來的是她的名字。真的，她叫什麼來著？別急，先想姓：如果她姓張，那就是珊了；姓陳？那應該是晶晶……不對，這些都是以前的了，他想看看還放在衣袋裡的手機，可衣服扔在地毯上，再說手機裡也沒有她的名字，他們認識時間太短，號碼還沒輸進去。現在最重要的是不要像有一次那樣，不小心問出來，那後果絕對是災難性的。於是他把目光轉向電視機，她已經把它打開了，但沒有聲音，圖像是聯合國安理會會場，大圓桌子……哦，已經不叫安理會了，新名字叫什麼他一時也想不起來，最近過得真是太頹廢了。

「把聲音開大點兒吧。」他說，不叫暱稱顯得不夠親熱，但現在也無所謂了。

「你好像真關心似的。」她沒照他說的做，坐下梳起頭來。

羅輯伸手從床頭櫃上取了打火機和一支菸，點上抽了起來，同時把兩隻光腳丫從毛巾被裡伸出來，腳大拇趾愜意地動著。

「瞧你那德性，也算學者？」她從鏡子裡看著他那雙不停動著趾頭的腳丫說。

「青年學者。」他補充道：「到現在沒什麼建樹，那是因為我不屑於努力，其實我這人充滿靈感，有時候我隨便轉一下腦子都比某些人窮經皓首一輩子強……妳信不信，有一陣兒我差點兒出名了。」

「因為你那個什麼亞文化？」

「不不，那是我同時做的另一個課題，是因為我創立了宇宙社會學。」

「什麼？」

「就是外星人的社會學。」

「喊……」她扔下梳子，開始用化妝品了。

「妳不知道學者正在明星化嗎？我就差點成了明星學者。」

「研究外星人的現在已經爛了街了。」

「那是出了這堆爛事兒以後，」羅輯指指沒有聲音的電視說，上面仍然是那張坐了一圈人的大圓桌子，這條新聞時間夠長的，也許是直播？「這之前學者們不研究外星人，他們翻故紙堆，並且一個個成了明星。但後來，公眾已經對這幫子文化戀屍癖厭倦了，這時我來了！」他向天花板伸出赤裸的雙臂：「宇宙社會學，外星人，而且很多種外星人，他們的種類比地球人的數量都多，上百億種！《百家講壇》的製片人已經和我談過做節目的事兒，可接著就出了這事，然後……」他舉起一隻手做了一個表示這一切的姿勢，嘆息。

她沒有仔細聽他的話，而是看著電視上滾動的字幕：「『對逃亡主義，我們將保留一切可能的選擇……』這什麼意思？」

「這話誰說的？」

「好像是伽爾諾夫吧。」

「他是說對付想逃亡的要像對付ETO一樣狠，誰造諾亞方舟就用導彈把誰打下來。」

「這也忒損了點兒吧。」

「NO，這是真正明智的決策，我早想到了，反正就算不這樣，最後也沒人能飛走……妳看過一部叫

《浮城》的小說嗎？」

「沒有，很老的吧？」

「是，我小時候看的，我一直記得一個場面：當整個城市就要沉到海裡時，有一群人挨家挨戶搜繳救生圈，集中起來毀掉，為的是既然不能都活，那就誰也不要活，印象最深的是一個小女孩兒，把那些人領到一家門口，興奮地說：他們家還有！」

「你就是那種習慣於把社會看成垃圾的垃圾。」

「廢話，妳看經濟學的基本公理就是人類的唯利是圖，沒有這個前提，整個經濟學就將崩潰；社會學的基本設定還沒有定論，但可能比經濟學的更黑暗，真理總沾著灰塵……少數人飛走可以啊，可早知如此何必當初呢？」

「什麼當初？」

「當初幹嘛文藝復興？當初幹嘛大憲章？又幹嘛法國大革命？人要是一直分個三六九等並用鐵的法律固定下來，那到時候該走的走該留的留，誰也沒二話。比如這事兒要是發生在明清，肯定是我走妳留唄，但現在就不行了吧。」

「你現在就飛了我才高興呢！」

這倒是實話，他們真的已經到了相互擺脫的階段，以前的每一次，羅輯都能讓那些以前的她們與自己同步進入這一階段，不早不晚。他對自己這種把握節奏的能力十分得意，特別是這一次，與她才認識一個星期，分離操作就進行得這麼順利，像火箭拋掉助推器一樣漂亮。

「喂，創立宇宙社會學可不是我自己的主意，妳想知道是誰的建議嗎？我可只告訴妳一個人，妳別嚇著。」羅輯想回到剛才的話題上。

「還是算了吧，你的話已經沒幾句我能信的了，除了一句。」

「那……就算了吧，哪一句？」

「你快點兒起啊，我餓了。」她把地毯上他的衣服扔到床上。

他們在酒店的大餐廳裡吃早餐，周圍餐桌上的人們大多神情嚴肅，不時能聽到一些隻言片語，羅輯不想聽，但他就像一支點在夏夜裡的蠟燭，那些詞句像燭火周圍的小蟲子，不停地向他的腦子裡鑽：逃亡主義、技術公有化、ETO、戰時經濟大轉型、赤道基點*、憲章修正†、PDC、近地初級警戒防禦圈‡、獨立整合方式◎……

「這時代怎麼變得這麼乏味了？」羅輯扔下正在切煎蛋的刀叉，沮喪地說。

她點點頭：「同意。昨天我在開心辭典節目上看到一個問題，巨傻：注意搶答——」她用叉子指著羅輯，學著那個女主持人的樣子：「在末日前一百二十年，是你的第十三代，對還是不對?!」

羅輯重新拿起刀叉，搖搖頭：「我的第幾代都不是。」他做出祈禱狀：「我們這個偉大的家族，到我這兒就要滅絕了。」

她在鼻子裡不出聲地哼了一下：「你不是問我只信你哪句話嗎？就這句，你以前說過的，你真的就是這號人。」

＊太空電梯與地面的連接處。

†因地球防禦的需要對聯合國憲章進行的修正。

‡緊急部署的由現有洲際導彈和NMD系統構成的防禦系統，主要用於防範智子在近地空間的低維展開。

◎一種建立地球太空艦隊的方案，由各國獨立組建太空軍，然後整合為地球艦隊。

妳就是因為這個要離開我嗎？這句話羅輯沒問出口，怕節外生枝壞了事兒。但她好像多少看出了他在想什麼，說：「我也是這號人。在別人身上看到自個兒的某些樣子總是很煩人的。」

「尤其是在異性身上。」羅輯點點頭。

「不過如果非找理由的話，這還是一種負責任的做法呢。」

「什麼做法？不要孩子？當然了！」羅輯用叉子指了指旁邊一桌正在談論經濟大轉型的人：「知道他們後代要過什麼日子嗎？在造船廠——造太空船的廠——裡累死累活一天，然後到集體食堂排隊，在肚子的咕咕叫聲中端著飯盒，等著配給的那一勺粥……再長大些，山姆大叔，哦不，地球需要你，光榮入伍去吧。」

「末日那一代總會好些吧。」

「那是說養老型末日，可妳想想那個淒慘啊……再說最後一代爺爺奶奶們也未必吃得飽。不過就這幅遠景也不能實現，瞧現在地球人民這股子橫勁兒，估計要頑抗到底，那就真不知道是個什麼死法兒了。」

飯後他們走出酒店，來到早晨陽光的懷抱中，清新的空氣帶著淡淡的甜味，很是醉人。

「得趕快學會生活，現在要學不會，那就太不幸了。」羅輯看著過往的車流說。

「我們不是都學會了嘛。」她說，眼睛開始尋找計程車了。

「那麼……」羅輯用詢問的目光看著她，看來，已經不必找回她的名字了。

「再見。」她衝他點點頭，兩人握了手，又簡單地吻了一下。

「也許還有機會再見。」羅輯說，旋即又後悔了，到此為止一切都很好，別再生出什麼事兒來，但他的擔心是多餘的。

「我想不會有。」她說著，很快轉身，她肩上的那個小包飛了起來。事後羅輯多次回憶這一細節，確定她不是故意的。她背那個LV包的方式很特別，以前也多次見她轉身時把那小包悠起來，但這次，那包直衝他的臉而來，他想後退一小步躲避，絆上了緊貼著小腿後面的一個消防栓，仰面摔倒。

這一摔救了他的命。

與此同時，面前的街道上出現了這樣一幕：兩輛車迎頭相撞，巨響未落，後面的一輛 POLO 為了躲開相撞的車緊急轉向，高速直向兩人站的地方衝來！這時，羅輯的絆倒變成了一種迅速而成功的躲閃，只是被 POLO 的保險桿擦上了一隻騰空的腳，他的整個身體被在地上扳轉了九十度，正對著車尾，這過程中他沒聽到另一個撞擊所發出的那沉悶的一聲，只看到飛過車頂的她的身體落到車後的路邊，像一個沒有骨骼的布娃娃。她滾過的地面上有一道血跡，形狀像一個有意義的符號，看著這個血符，羅輯在一瞬間想起了她的名字。

張援朝的兒媳臨產了，已經進了分娩室，一家人緊張地待在候產室裡，有一台電視機在放著母嬰保健知識的錄影。張援朝覺得這一切有一種以前沒感覺到的溫暖的人情味，這種剛剛過去的黃金時代留下來的溫馨，正在被日益嚴酷的危機時代所磨蝕。

楊晉文走了進來，張援朝第一眼看到他時，以為這人是藉著這個機會來和自己修復關係的，但從他的神色上很快知道不是那麼回事。楊晉文招呼不打就拉起張援朝走出了候產室，來到醫院走廊裡。

「你真的買了逃亡基金？」楊晉文問。

張援朝轉頭不理他，那意思很明白：這與你有何相干？

「看看吧，今天的。」楊晉文說著，把手裡的一張報紙遞給張援朝，後者剛看到頭版頭條的大標題，就眼前一黑——

〈特別聯大通過一一七號決議，宣布逃亡主義為非法〉

張援朝接著細看下面的內容：

本屆特別聯大以壓倒多數票通過決議，宣布逃亡主義違反國際法，決議用嚴厲的措辭譴責了逃亡主義在人類社會內部造成的分裂和動盪，並認為逃亡主義等同於國際法中的反人類罪。決議呼籲各成員國儘快立法，對逃亡主義進行堅決的遏制。

中國代表在發言中重申了我國政府對逃亡主義的立場，並表明了中國政府對聯合國一一七號決議的堅決支持。他轉達了中國政府的許諾：將儘快建立和完善相關法律，採取有力措施制止逃亡主義的蔓延。他最後說：我們要珍視危機時代國際社會的統一和團結，堅守全人類擁有平等的生存權這一被國際社會共同認可的準則，地球是人類共同的家園，我們絕不能拋棄她。

「這……為什麼啊？」老張看著楊晉文茫然地說。

「這還不清楚嗎？你只要仔細想想就能知道，宇宙逃亡根本不可能實現，關鍵是誰走誰留啊？這不是一般的不平等，這是生存權的問題，不管是誰走，精英也好，富人也好，普通老百姓也好，只要是有人走有人留，那就意味著人類最基本的價值觀和道德底線的崩潰！人權和平等觀念已經深入人心，生存權的不公平是最大的不公平，被留下的人和國家絕不可能看著別人踏上生路而自已等死，兩方的對抗會愈來愈極端，最後只能是世界大亂，誰也走不了！聯合國的這個決議是很英明的……我說老張，你花了多少錢？」

張援朝趕緊拿出手機，撥了史曉明的電話，但對方已關機。老張兩腿一軟，靠著牆滑坐在地上，他花了四十萬。

「趕緊報警吧！還好，那姓史的小子不知道老苗已經打聽到他爸的工作單位，這騙子肯定跑不了。」

張援朝只是坐在那裡嘆息搖頭：「人能找到，錢不一定能拿回來，這讓我怎麼向一家子交代啊。」

一聲啼哭傳來，護士喊：「十九號，男孩兒！」張援朝猛跳起來，朝候產室跑去，這一刻，其他的一切都微不足道了。

也是在老張等待的這三十分鐘裡，地球上還有約一萬個嬰兒出生，如果他們的哭聲匯在一起，那肯定是一曲宏偉的合唱。在他們後面，黃金時代剛剛結束；在他們前面，人類的艱難歲月正在徐徐展開。

羅輯只知道他被關進的這個小房間是地下室，很深的地下室，在通往這裡的電梯中（那是一部現在十分少見的老式電梯，由人扳動一個手柄操作），他感到一直在下降，那過時的機械樓層數顯示也證實了他的判斷，電梯停在地下十層，地下十層?!他再次打量了一下這個房間，有一張單人床和一些簡單的生活用品，還有一個很舊的木製小辦公桌，像一個值班室之類的地方，不像是關犯人的。這裡顯然很長時間沒有人來了，雖然床上的被褥是新的，但其他東西上都蒙著一層灰，散發著一股潮濕的霉味。

小房間的門開了，一個身材粗壯的中年人走了進來，朝羅輯點點頭，他的臉上透出明顯的疲憊：「羅教授，我來陪陪你，不過你也就剛進來，不至於悶得慌吧。」

「進來」這個詞在羅輯聽來是那麼刺耳，為什麼不是下來呢？羅輯的心沉了下去，自己的猜測被證實了，雖然帶他到這裡來的人都很客氣，但他還是被捕了。

「您是員警嗎？」

「以前是吧，我叫史強。」來人又點點頭，坐在床沿上掏出一盒菸來。羅輯覺得這個密閉的地方煙會散不去的，但又不敢說。史強似乎看出了他的想法，四下看看：「應該有排氣扇的。」他說著拉動了門邊的一根線，不知什麼地方的一個風扇嗡嗡地響了起來。這種拉線開關現在也不多見了，羅輯還注意到牆角扔著一架顯然早就不能用了的紅色電話機，落滿了灰，是轉盤式的。史強遞給羅輯一支菸，羅輯猶豫了一下，接下了。

他們把菸都點上後，史強說：「時間還早，咱們聊聊？」

「你問吧。」羅輯低頭吐出一口煙說。

「問什麼？」史強有些奇怪地看了羅輯一眼說。

羅輯從床上跳了起來，把只吸了一口的菸扔了：「你們怎麼能懷疑我？那明明就是一場意外交通事故嘛！先是兩輛車相撞，後面那輛車為了躲閃才把她撞了的！這是很明白的事兒。」羅輯攤開雙手，一臉無奈。

史強抬頭看著他，本來帶著睏意的雙眼突然炯炯有神，那好像總是帶著笑意的眼神中藏著一股無形的殺氣，老練而尖銳，令羅輯很恐慌。「我可沒提這事兒啊，是你先提的，這就好，上面不讓我說更多的情況，我也不知道更多的，剛才還發愁咱們沒話題聊呢，來，坐坐。」

羅輯沒有坐，站在史強面前接著說：「我和她才認識了一個星期，就是在學校旁邊的酒吧裡認識的，出事前連她的名字都想不起來，你說我們之間能有什麼，竟讓你們往那方面想呢？」

「名兒都想不起來了？怪不得她死了你一點兒也不在乎，和我見過的另一個天才差不多。呵呵，羅教授的生活真是豐富多彩，隔一段就認識一個女孩兒，檔次還都不低。」

「這犯法嗎？」

「當然不，我只是羨慕。我在工作中有一個原則：從不進行道德判斷。我要對付的那些主兒，成色可都是最純的，我要是對他們婆婆媽媽：你看你都幹了些什麼啊？你對得起社會對得起爹媽嗎……還不如給他一巴掌。」

「你看看，剛才你主動提這事兒，現在又說自己可能殺她，咱就是隨便聊聊，你急著抖落這些幹嘛？一看就是個嫩主。」

羅輯盯著史強看了一會兒，一時間只聽到排氣扇的嗚咽聲，他突然怪怪地笑了，然後，掏出菸來。

史強說：「羅兄，哦，應該是羅老弟吧，咱們其實有緣：我辦的案子中，有十六個死刑犯，其中的九個都讓我去送的。」

羅輯把一根菸遞給史強：「我不會讓你去送的。好吧，麻煩你通知我的律師。」

「好！羅老弟！」史強興奮地拍拍羅輯的肩：「拿得起放得下，是我看得上的那號！」然後他扶著羅輯的肩湊近他，噴著煙說：「這人嘛，什麼事兒都可能遇上，不過你遇到的這也太……我其實是想幫你，知道那個笑話吧：在去刑場的路上，死刑犯抱怨天下雨了，劊子手說你有什麼可抱怨的，俺們還得回來呢！這就是你我在後面的過程中應該有的心態。好了，離上路還早，就在這兒湊合著睡會兒吧。」

「上路？」羅輯又看看史強。

這時響起了敲門聲，一個目光很靈敏的年輕人走進來，把手中的一個大提包放在地上說：「史隊，提前了，現在就出發。」

章北海輕輕推開父親病房的門，病床上的父親看上去比想像的要好，他靠著枕頭半躺半坐著，窗外透進的夕陽的金輝給他的臉映上了些許血色，不像是已經走到生命盡頭的人。章北海把軍帽掛到門邊的衣帽架上，走到父親的床邊坐下，他沒有問病情，因為父親會以一個軍人的誠實回答他，而他不想聽到那真實的回答。

「爸，我加入太空軍了。」

父親點點頭，沒有說話。他們父子之間的沉默要比語言傳遞更多的資訊，從小到大，父親是用沉默而不是語言教育他的，語言只是沉默的標點符號，正是這種父親的沉默造就了今日的章北海。

「就像您想的那樣，他們要以海軍為基礎組建太空艦隊，他們認為海軍的作戰模式和理論與太空戰爭最接近。」

「這是對的。」父親又點點頭。

「那我該怎麼辦？」

爸，我終於問出這句話了，這句我整夜未眠才最後下決心問出來的話，剛才見到您時我又猶豫了，我知道這是最讓您失望的一句話。記得研究所畢業後，我作為一名上尉見習官進入艦隊時，您說：「北海啊，你還差得遠，這麼說是因為我現在還能輕易地理解你。能讓我理解，說明你的思想還簡單，還不夠深，等到我看不透搞不懂你，而你能輕易理解我的那一天，你才算真正長大了。」後來，我照您說的長大了，您再也不可能那樣輕易地理解自己的兒子了，說您絲毫沒有對此感到悲哀我不信，但兒子確實正在成為您能寄以希望的那種人，那種雖不可愛，但在海軍這個複雜艱險的領域有可能成功的人。現在，兒子問出了這句話，無疑標誌著您對我這三十多年的培育，在最關鍵的時候失敗了。可是爸，您還是告訴我吧，兒子還沒有您想的那樣強大，反正就這一次了，求求您告訴我吧。

「要多想。」父親說。

好的，爸，您已經回答了我，說了很多很多的話，真的很多，這三個字的內容用三萬字都說不完，請相信兒子，我用自己的心聽到了這些話，但求您再說清楚一些吧，因為這太重要了。

「想了以後呢？」章北海問，他的雙手緊緊攥著床單，手心和額頭都潮濕了。

爸，原諒我，如果說前次發問讓您失望，那這一次我變回孩子了。

「北海，我只能告訴你那以前要多想。」父親回答。

爸，謝謝您，您說得很清楚了，我的心都聽懂了。

章北海鬆開攥著床單的手，握住父親一隻瘦削的手說：「爸，以後不出海了，我會常來看您。」

父親微笑著搖搖頭：「我這兒沒什麼了，忙工作去吧。」

他們又談了一會兒，先是說了些家裡的事，後來又談到太空軍的建設，父親說了自己的很多想法，以及對章北海以後工作的建議。他們共同想像未來太空戰艦的外形和體積，興趣盎然地討論太空戰的武器，甚至還談到了馬漢的制海權理論是否適用於太空戰場……

但他們之間的這些話語已經沒有太多意義，只不過是章北海陪著父親用語言散步而已，真正有意義的，是父子間心對心交流的那三句：

「要多想。」

「想了以後呢？」

「北海，我只能告訴你那以前要多想。」

章北海告別父親後走出病房，透過門上的小窗又凝視了父親一會兒。這時，夕陽的光縷已離開了父親，把他遺棄在一片朦朧中，但他的目光穿透這朦朧，看著投在對面牆上的最後一小片餘暉。雖然即將消逝，但這時的夕陽是最美的。這夕陽最後的光輝也曾照在怒海的萬頃波濤上，那是幾道穿透西方亂雲的光柱，在黑雲下的海面上投下幾片巨大的金色光斑，像自天國飄落的花瓣，花瓣之外是黑雲下暗夜般的世界，暴雨像眾神的帷幔懸掛在天海之間，只有閃電不時照亮那巨浪吐出的千堆雪。處於一個金色光斑中的驅逐艦艱難地把艦首從深深的浪谷中抬起來，在一聲轟然的巨響中，艦首撞穿一道浪牆，騰起的漫天浪沫貪婪地吸收著夕陽的金光，像一隻大鵬展開了金光四射的巨翅……

章北海戴上軍帽，帽沿上有中國太空軍的軍徽。他在心裡說：爸爸，我們想的一樣，這是我的幸運，我不會帶給您榮耀，但會讓您安息。

「羅老師，請把衣服換了吧。」剛進門的年輕人說，蹲下來拉開他帶進來的提包，儘管他顯得彬彬有禮，羅輯心裡還是像吃了蒼蠅似的不舒服。但當年輕人把包中的衣服拿出來時，羅輯才知道那不是給嫌犯穿的東西，而是一件看上去很普通的棕色夾克，他接過衣服翻著看了看，夾克的料子很厚實，接著發現史強和年輕人也穿著這種夾克，只是顏色不同。

「穿上吧，還算透氣舒服的，要是穿我們以前的那種破玩意兒，不悶死你才怪。」史強說。

「防彈衣。」年輕人解釋說。

誰會殺我呢？羅輯邊換衣服邊想。

三人走出了房間，沿著來時的走廊走向電梯。走廊上方有方形的鐵皮通風管，他們經過的幾道門都是厚重密封型的，羅輯還注意到一側斑駁的牆壁上有一行隱約可見的標語，只能看清其中的一部分，但羅輯知道全部：深挖洞、廣積糧、不稱霸。

「這是個人防工事吧？」羅輯問史強。

「不是普通的，是防原子彈的，現在廢了，當年可不是一般人能進來的。」

「那我們在……西山？」羅輯聽到過這類傳說，史強和年輕人都沒有回答。他們走進了那部舊式電梯，電梯立刻帶著很大的摩擦雜音向上開動了，操作電梯的是一名背著衝鋒槍的武警士兵，他顯然也是第一次幹這個，很不熟練地調整了兩三次，才把電梯停在地下一層。

走出電梯，羅輯發現他們來到一個寬闊但低矮的大廳裡，像是一個地下停車場。這裡停滿了各種車輛，有一部分已經發動，使空氣中充滿了刺鼻的味道。車排之間有很多人站著或走動，這裡光線昏暗，只在遠遠的一角有燈亮著。這些人都是黑乎乎的影子，只有他們中的幾個穿過遠處車燈光柱時，羅輯才看出是全副武裝的士兵，還看到幾個軍官對著對講機喊著什麼，試圖蓋過引擎的轟鳴聲，他們的聲音聽起來很緊張。

史強帶著羅輯在兩排汽車間穿過，年輕人跟在後面，羅輯看著尾燈的紅光和穿過車間縫隙照進來的燈光照在史強身上，使他的身影以不同的色彩時隱時現，羅輯竟想起了那個昏暗的酒吧，在那裡他認識了她。

史強把羅輯帶到了一輛車前，拉開車門讓他進去。羅輯坐下後發現，這車雖然內部很寬敞，但車窗小得不正常，從窗的邊緣可以看到厚厚的車殼。這是一輛加固型的車，窄小的車窗玻璃透明度很差，可能也是防彈的。車門半開著，羅輯能聽到史強和年輕人的對話。

「史隊，剛才他們來電話，說沿路又摸了一遍，所有警戒位也布置好了。」

「沿路情況太複雜，這事兒本來也只能粗著過幾遍，很難讓人放下心來。警戒位的布置，就按我說的，要換位思考，你要是那邊的，打算貓在哪兒？武警這方面的專家多諮詢一些……哦，交接的事怎麼安排？」

「他們沒說。」

史強的聲音高了起來：「你他媽的犯混啊，這麼重要的事兒都沒落實！」

「史隊，照上級的意思，好像我們得一直跟著。」

「跟一輩子都行，但到那邊肯定是有交接的，責任分段兒必須明確！這得有條線，咔！之前出事兒責任在我們，之後責任就在他們了。」

「他們沒說……」年輕人似乎很為難。

「鄭啊，我知道你就是他媽的有自卑感，常偉思高升了，他以前的那些手下看咱們更是眼睛長在天靈蓋兒上了，不過咱們自個兒應該看得起自個兒。他們算什麼？有誰對他們開過一槍，他們又對誰開過一槍？上次大行動，看那幫人兒，什麼高級玩意兒都用上了，跟耍雜技似的，連預警機都出來了，可聚會地點的最後定位還不是靠我們？這就為我們爭來了地位……鄭啊，我把你們幾個調過來是費了口舌的，也不知是不是害了你們。」

「史隊，你別這麼說。」

「這是亂世，亂世懂嗎？人心可真是不古了，大家都把晦氣事兒往別人身上推，所以防人之心不可無啊……跟你扯這些是我不放心，我還能待多久？以後這一攤子怕都放到你那兒了。」

「史隊，你的病可得快考慮，上級不是安排你冬眠了嗎？」

「得把事兒都安排好了吧，家裡的，工作上的，就你們這樣兒我能放心嗎？」

「我們你儘管放心，你這病真的不能拖了，今兒早上你牙出血又止不住了。」

「沒事兒，我命大，這你是知道的，衝我開的槍，走火的就有三次。」

這時，大廳一側的車輛已經開始魚貫而出，史強鑽進車裡關上車門，當相鄰的車開走後，這輛車也開動了。史強拉上了兩邊的窗簾，車內有一塊不透明的擋板，把後半部分與駕駛室隔開，這樣羅輯就完全看不到車外的情況了。一路上，史強的對講機嘰嘰哇哇響個不停，但羅輯聽不清在說什麼，史強不時簡單地回應一句。

車開後不久，羅輯對史強說：「事情比你說的要複雜。」

「是啊。現在什麼都變得複雜了。」史強敷衍道，仍把注意力集中到對講機上，一路上兩人再也沒有說話。

路似乎很順，車子連一次減速都沒有，行駛了大約一小時後停了下來。

史強下車後示意羅輯待在車內，然後關上了車門。這時羅輯聽到一陣轟鳴聲，似乎來自車頂上方。幾分鐘後，史強拉開車門讓羅輯下車，一出去，羅輯立刻知道他們是在一個機場，剛才聽到的轟鳴變得震耳了，他抬頭看看，發現這聲音來自懸停在上方的兩架直升機，它們的機首分別對著不同的方向，似乎在監視著這片空曠的區域。羅輯面前是一架大飛機，像是客機，但在他能看到的部分，羅輯找不到航空公司的標誌。車門前就是一架登機梯，史強和羅輯沿著它登上飛機，在進入艙門前，羅輯回頭看了一眼，首先看到的是遠處停機坪上的一排整齊的戰鬥機，他由此知道這裡不是民用機場。把目光移到近處，他發現同來的十幾輛車和車上下來的士兵已在這架飛機周圍圍成了一個大圈。夕陽西下，飛機在前方的跑道上投下了長長的影子，像一個大驚嘆號。

羅輯和史強進入機艙，有三名穿著黑色西裝的人迎接他們，帶著他們走過前艙，這裡空無一人，看上去是客機的樣子，有四排空空的座椅。但當進入中艙後，羅輯看到這裡有一間相當寬敞的辦公室，還有一個套房，透過半開的門，羅輯看到那是一間臥室。這裡的陳設都很普通，乾淨整潔，如果不是看到沙發和椅子上的綠色安全帶，感覺不到是在飛機上。羅輯知道，像這樣的專機，國內可能沒有幾架。

帶他們進來的三人中，兩人徑直穿過另一個門向尾艙去了，留下的最年輕的那位說：「請你們隨便坐，但一定要繫好安全帶，千萬要注意，不只是在起飛降落時，全程都要繫安全帶，睡覺時也要把床上的安全睡袋扣好；不要在外面放不固定的小物品；儘量不要離開座位或床，如果需要起來活動，請一定先通知機長。這樣的按鈕就是通話器開關，座位和床邊都有，按下後就能通話，有什麼其他需要，也可以通過它呼叫我們。」

羅輯疑惑地看看史強，後者解釋說：「這飛機有可能做特技飛行。」

那人點點頭：「是的，有事請叫我，叫小張就行，起飛後我會給你們送晚飯的。」

小張走後，羅輯和史強坐到沙發上，各自繫好安全帶。羅輯四下看看，除了窗子是圓的，有窗的那面牆有些弧度外，一切都是那麼普通和熟悉，以至於他們倆繫著安全帶坐在這間普通辦公室裡感覺怪怪的。但很快引擎的轟鳴和微微的震動提醒他們是在一架飛機上，飛機正在向起飛跑道滑行，幾分鐘後，隨著引擎聲音的變化，超重使兩人陷進沙發中。來自地面的震動消失後，辦公室的地板在他們面前傾斜了。隨著飛機的上升，在地面已經落下去的夕陽又把一束光從舷窗投進來，就在十分鐘前，同一個太陽也把今天的最後一束夕照投進章北海父親的病房中。

當羅輯所乘的飛機飛越海岸時，在他一萬公尺的下方，吳岳和章北海再次注視著建造中的「唐」號。在以前和以後所有的時間裡，這是羅輯距這兩位軍人最近的一次。

像上次一樣，「唐」號巨大的船體籠罩在剛剛降臨的暮色中，船殼上的焊花似乎不像上次那麼密了，照在上面的燈光也暗了許多。而這時，吳岳和章北海已經不屬於海軍了。

「聽說，總裝備部已經決定停止『唐』號工程了。」章北海說。

「這與我們還有關係嗎？」吳岳冷漠地回答，目光從「唐」號上移開，遙望著西天殘存的那一抹晚霞。

「自從進入太空軍後，你的情緒一直很低落。」

「你應該知道原因吧，你總是能輕易看到我的思想，有時候看得比我還透徹，經你提醒，我才知道自己真正想的是什麼。」

章北海轉身直視著吳岳：「對於投身於一場注定要失敗的戰爭，你感到悲哀。你很羨慕最後的那一代太空軍，在年輕時就能戰鬥到最後，與艦隊一起埋葬在太空。但把一生的心血耗盡在這樣一個毫無希望的事業上，對你來說確實很難。」

「有什麼要勸我的嗎？」

「沒有，技術崇拜和技術制勝論在你的思想中是根深柢固的，我早就知道改變不了你，只能盡力降低這種思想對工作造成的損害。另外，對這場戰爭，我並不認為人類的勝利是不可能的。」

吳岳這時放下了冷漠的面具，迎接著章北海的目光：「北海，你以前曾經是一個很現實的人，你反對建造『唐』號，曾經多次在正式場合對建立遠洋海軍的理念提出過質疑，認為它與國力不相符，你認為我們的海上力量應該在近海隨時處於岸基火力的支援和保護之下，這種想法被少壯派們罵為烏龜戰略，但你一直堅持……那麼現在，你對這場星際戰爭的必勝信念是從哪兒來的？你真的認為小木船能擊沉航空母艦？」

「建國初期，剛剛成立的海軍用木船擊沉過國民黨的驅逐艦；更早些，我軍也有騎兵擊敗坦克群的戰例。」

「你不至於把這些傳奇上升為正常、普世的軍事理論吧。」

「在這場戰爭中，地球文明不需要正常的普世的軍事理論，一次例外就夠了。」章北海朝吳岳豎起一根手指。

吳岳露出譏諷的笑：「我想聽聽你怎麼實現這次例外？」

「我當然不懂太空戰爭，但如果你把它類比為小木船對航母的話，那我認為只要有行動的膽略和必勝的信心，前者真的有可能擊沉後者。木船載上一支潛水夫小分隊，埋伏在航母經過的航道上，當敵艦駛至一定距離時，潛水分隊下水，木船駛離，當航母駛過潛水分隊上方時，他們將炸彈安置在船底……當然這做起來極其困難，但並非不可能。」

吳岳點點頭：「不錯，有人試過的，二戰中英國人為了擊沉德軍提爾匹茲號戰艦這麼幹過，只不過用的是一艘微型潛艇；上世紀八十年代，在福克蘭戰爭時期，有幾個阿根廷特種兵帶著磁性水雷潛入義大利，企圖從水下炸沉停泊在港口的英國軍艦。不過結果你也都知道。」

「但我們有的不止是小木船，一枚一千至兩千噸級的核彈完全可以製成一兩名潛水夫能夠在水下攜帶的大小，如果把它貼到航母的船底，那就不止是擊沉它，最大的航母也將被炸成碎片。」

「有時候你是很有想像力的。」吳岳笑著說。

「我有的是勝利的信心。」章北海把目光移向「唐」號，遠處的焊花在他的眸中映出兩團小小的火焰。吳岳也看著「唐」號，這一次他對她又有了新的幻象：她不再是一座被廢棄的古代要塞，而是一面更遠古的崖壁，壁上有許多幽深的山洞，那稀疏的焊花就是洞中搖曳的火光。

飛機起飛後，直到吃過晚飯，羅輯都沒有問史強諸如去哪兒、究竟發生了什麼事這類問題，如果他知道並且可以告訴自己，那他早就說了。羅輯曾有一次解開安全帶走到舷窗前，想向外面看，儘管他知道天黑後看不到什麼，但史強還是跟了過來，拉上了舷窗的隔板，說沒什麼好看的。

「咱們再聊會兒，然後去睡覺，好不好？」史強說，同時拿出菸來，但很快想到是在飛機上，又放了回去。

「睡覺？看來要飛很長時間了？」

「管它呢，這有床的飛機，咱們還不得好好享用一下。」

「你們只是負責把我送到目的地，是嗎？」

「你抱怨什麼，我們還得走回去呢！」史強咧嘴笑笑，對自己這話很得意，看來用殘酷的幽默折磨人是他的樂趣，不過他接著稍微嚴肅了一點：「你走的這一趟，我知道的不比你多多少，再說也輪不著我對你說什麼，放心，會有人對你把一切都交代清楚的。」

「我猜了半天，只想出一個可能的答案。」

「說說看，看是不是和我猜的一樣。」

「她應該是個普通人，那只能是她的社會或家庭關係不一般。」羅輯不知道她的家庭，同前幾個情人一樣，就是她們說了他也不感興趣記不住。

「誰啊，哦，你那個一周情人？還是別再想她了吧，反正你不在乎。不過想也可以，照你說的，你把她的姓和臉與大人物們一個個對對？」

羅輯在腦子裡對了一陣兒，沒有對上誰。

「羅兄啊，你騙人在行嗎？」史強問，這之前羅輯發現了一個規律：他開玩笑時稱自己為老弟，稍微認真時稱為兄。

「我需要騙誰嗎？」

「當然需要了……那我就教教你怎麼騙人吧，當然對此我也不在行，我的工作更偏重於防騙和揭穿騙局。這樣，我給你講講審訊的幾個基本技巧，你以後有可能用得著，到時知己知彼容易對付些。當然，只是最基本最常用的，複雜的一時也說不清。先說最文的一種，也是最簡單的一種：拉單子，就是把與案子有關的問題列一個單子，單子上的問題愈多愈好，八竿子剛打著的全列上去，把關鍵要問的混在其中，然後一條一條地問，記下審訊對象的回答，然後再從頭問一遍，也記下回答，必要時可以問很多遍，最後對照這幾次的紀錄，如果對象說假話，那相應的問題每次的回答是有出入的。你別看這辦法簡單，沒有經過反偵查訓練的人基本上都過不了關，對付拉單子，最可靠的辦法就是保持沉默。」史強說著不由得又掏出菸來，但想起飛機上不能抽菸後又放回去。

「你問問看，這是專機，應該能抽菸的。」羅輯對史強說。

史強正說到興頭上，對羅輯打斷自己的話有些惱火，羅輯驚奇地看到他似乎是很認真的，要不就是這人的幽默感太強了。史強按下沙發旁邊的那個紅色通話器按鈕問了話，小張果然回答說請便。於是兩人拿出菸抽了起來。

「下一個，半文半武的。你能搆著菸灰缸吧，固定著的，得拔下來，好。這一招叫黑白臉。這種審訊需要多人配合，稍複雜一些。首先是黑臉出來，一般是兩人以上，他們對你很凶，可能動文的也可能動武的，反正很凶。這也是有策略的，不僅僅是讓你產生恐懼，更重要的是激發你的孤獨感，讓你感覺全世界除了想吃你的狼就再沒別的了。這時白臉出來了，肯定只有一個人，而且肯定長得慈眉善目，他制止了黑臉們，說你也是一個人，有人的權利，你們怎麼能這樣對待他？黑臉們說你走開，不要影響工作。白臉堅持，說你們真的不能這樣做！黑臉們說早就知道你幹不了這個，幹不了走人啊！白臉用身體護住你說：我要保護他的權利，保護法律的公正！黑臉兒們說你等著，明天你就滾蛋了！然後氣哼哼地走了。就剩你們倆時，白臉會替你擦擦汗呀血呀的，說別怕，有我在，他們不敢把你怎麼樣，不管我落到什麼下場，定會維護你的權利！你不想說就別說了，你有權沉默！接下來的事兒你就能想得出了，他這時成了你在這個世界上唯一的最親的人，在他進一步的利誘下，你是不會沉默的……這一招對付知識分子最管用，但與前面拉單子不同，你一旦知道了，它就失效了。當然，以上講的一般都不單獨使用，真正的審訊是一個大工程，是多種技術的綜合……」

史強眉飛色舞地說著，幾乎想掙脫安全帶站起來，但羅輯聽著卻像掉進了冰窟窿，絕望和恐懼再一次攫住了他，史強注意到了這一點，打住了話頭。

「好了好了，不談審訊了，雖然這些知識你以後可能用得著，但一時也接受不了。再說我本來是教你怎麼騙人的，注意一點：如果你的城府真夠深，那就不能顯示出任何城府來，和電影上看到的不同，真正老謀深算的人不是每天陰著臉裝那副鳥樣兒，他們壓根兒就不顯出用腦子的樣兒來，看上去都挺隨和挺單純的，有人顯得俗里俗氣婆婆媽媽，有人則大大咧咧沒個正經……關鍵的關鍵是讓別人別把你當回事，讓他們看不起你輕視你，覺得你礙不了事，像牆角的掃把一樣可有可無，最高的境界是讓他們根本注意不到你，就當你不存在，直到他們死在你手裡前的一剎那才回過味來。」

「我有必要，或者還有機會成為這樣的人嗎？」羅輯終於插上一句。

「還是那句話：這事兒我知道的不比你多，但我有預感。你必須成為這樣一個人，羅兄，必須！」史強突然激動起來，他一手抓住羅輯的肩膀，很有力地抓著，讓羅輯感到很疼。

他們沉默了，看著幾縷青煙裊裊上升，最後被從天花板上的一個格柵孔吸走。

「算了，睡覺吧。」史強在菸灰缸中掐滅了菸頭說，他笑著搖搖頭：「我居然跟你扯這些個，以後想起來可別笑話我啊。」

進入臥室後，羅輯脫下那件防彈背心鑽進床上的那個安全睡袋，史強幫他把睡袋與床固定的安全扣扣好，並把一個小瓶放到床頭櫃上。

「安眠藥，睡不著就吃點，我本來想要酒的，可他們說沒有。」

史強接著囑咐羅輯下床長時間活動前一定要通知機長，然後向外走去。

「史警官。」羅輯叫了一聲。

史強在門口回過頭來：「我現在已經不是員警了，這事兒沒有員警參與，他們都叫我大史。」

「那就對了，大史，剛才我們聊天時，我注意到你的一句話，或者說是對我的一句話的反應：我說『她』，你一時竟沒想起我指的是誰，這說明，她在這件事裡並不重要。」

「你是我見過的最冷靜的人之一。」

「這冷靜來自於我的玩世不恭，這世界上很難有什麼東西讓我在意。」

「不管怎麼說，能在這種時候這麼冷靜的人我還真沒見過。別在意我前面說的那些，我這人嘛，也只會拿人在這些方面尋開心了。」

「你是想找到一件事情把我的注意力牢牢拴住，以順利完成你的使命。」

「要是我讓你亂想，那就很抱歉了。」

「那你說我現在該朝哪方面想？」

「以我的經驗，朝哪方面都會想歪的，現在只該睡覺。」

史強走了，門關上後，只有床頭一盞小紅燈亮著，房間裡黑了下來。引擎的嗡嗚構成的背景聲這時顯現出來，無所不在，似乎是與這裡僅一壁之隔的無邊的夜空在低吟。

後來，羅輯覺得這不是幻覺，這聲音好像真的有一部分來自外部很遠的地方。他解開睡袋的扣子爬了出來，推開了床頭舷窗上的隔板。外面，雲海浸滿了月光，一片銀亮。羅輯很快發現，在雲海上方，還有東西也在發著銀光，那是四條筆直的線，在夜空的背景上格外醒目。它們以與飛機相同的速度延伸著，尾部則漸淡地消融在夜空中，像四把飛行在雲海上的銀色利劍。羅輯再看銀線的頭部，發現了四個閃著金屬光澤的物體，銀線就是它們拉出來的——那是四架殲擊機。可以想像，這架飛機的另一側還有四架。

羅輯關上隔板，鑽回睡袋，他閉上雙眼努力放鬆自己的意識，不是想睡覺，而是試圖從夢中醒來。

深夜，太空軍的工作會議仍在進行中。章北海推開面前桌面上的工作簿和文件，站起身來，掃視了一下會場上面露倦容的軍官們，轉向常偉思。

「首長，在彙報工作之前，我想先談一點自己的意見。我認為軍領導層對部隊的政治思想工作重視不夠，比如這次會議，在已成立的六個部門中，政治部是最後一個彙報工作的。」

「這意見我接受。」常偉思點點頭：「軍種政委還沒有到職，政工方面的工作由我兼管，現在，各項工作都剛剛展開，在這方面確實難以太多顧及，主要的工作，還得靠你們具體負責的同志去做。」

「首長，我認為現在這種狀況很危險。」這話讓幾個軍官稍微集中了注意力，章北海接著說：「我的話有些尖銳，請首長包涵，這一是因為開了一天的會，現在大家都累了，不尖銳沒人聽。」有幾個人笑了笑，其他的與會者仍沉浸在睏倦中。「更主要的是我心裡確實著急。我們所面臨的這場戰爭，敵我力量之懸殊是人類戰爭史上前所未有的，所以我認為，在相當長的一段時間裡，太空軍所面臨的最大危險是失敗主義。這種危險怎樣高估都不為過，失敗主義蔓延所造成的後果，絕不僅僅是軍心不穩，而是可能導致太空武裝力量的全面崩潰。」

「同意。」常偉思又點點頭：「失敗主義是目前最大的敵人，對這一點軍委也有深刻的認識，這就使得軍種的政治思想工作肩負重大使命，而太空軍的基層部隊一旦形成，工作將更複雜，難度也更大。」

章北海翻開工作簿：「下面開始工作彙報。太空軍成立伊始，在部隊政治思想工作方面，我們所做的主要工作就是對指戰員整體思想狀況的調查了解。由於目前新軍種的人員較少，行政層次少，機構簡單，調查主要通過座談和個人交流，並在內部網路上建立了相應的論壇。調查的結果是令人憂慮的，失敗主義思想在部隊普遍存在，且有迅速蔓延擴大的趨勢，畏敵如虎、對戰爭的未來缺乏信心，是相當一部分同志的心態。

失敗主義的思想根源，主要是盲目的技術崇拜，輕視或忽視人的精神和主觀能動性在戰爭中的作用，這也是近年來部隊中出現的技術制勝論和唯武器論等思潮在太空軍中的延續和發展，這種思潮在高學歷軍官中表現得尤為突出。部隊中的失敗主義主要有以下表現形式：

一、把自己在太空軍中的使命看作是一項普通的職業，在工作上雖然盡心盡職，認真負責，但缺少熱情和使命感，對自己工作的最終意義產生懷疑。

二、消極等待，認為這場戰爭的勝負取決於科學家和工程師，在基礎研究和關鍵技術研究沒有取得重大突破之前，太空軍只是空中樓閣，所以對目前的工作重點不明確，僅滿足於軍種組建的事務性工作，缺少創新。

三、抱有一種不切實際的幻想，要求借助冬眠技術使自己跨越四個世紀，直接參加最後決戰。目前已經有幾個年輕同志表達了這種願望，有人還遞交了正式申請。表面上看，這是一種渴望投身於戰爭最前沿的積極心態，但實質上是失敗主義的另一種表現形式，對戰爭的勝利缺乏信心，對目前工作的意義產生懷疑，於是軍人的尊嚴成了工作和人生中唯一的支柱。

四、與上一種表現相反，對軍人的尊嚴也產生了懷疑，認為軍隊傳統的道德準則已不適合這場戰爭，戰鬥到最後是沒有意義的。認為軍人尊嚴存在的前提是有人看到這種尊嚴，而這場戰爭一旦失敗，宇宙中將無人存在，那這種尊嚴本身也失去了意義。雖然只有少數人持有這種想法，但這種消解太空武裝力量最終價值的思想是十分有害的。」

說到這裡，章北海看看會場，發現他的這番話雖引起了一些注意，但仍然沒有掃走籠罩在會場上的睏倦，但他有信心在接下來的發言中改變這種狀況。

「下面我想舉一個具體的例子，失敗主義在這位同志身上有著很典型的表現，我說的是吳岳上校。」章北海把手伸向會議桌對面吳岳的方向。

會場中的睏倦頓時一掃而光，所有與會者都來了興趣，他們緊張地看看章北海，再看看吳岳，後者顯得很鎮靜，用平靜的目光看著章北海。

「我和吳岳同志在海軍中長期共事，相互之間都很了解。他有很深的技術情結，是一名技術型的，或者說工程師型的艦長。這本來不是壞事，但遺憾的是，他在軍事思想上過分依賴技術。雖沒有明說，但在潛意識中一直認為技術的先進性是部隊戰鬥力主要的，甚至是唯一的決定因素，忽視人在戰爭中所起的作用，特別是對我軍在艱苦的歷史條件中所形成的特有優勢缺乏足夠認識。當得知三體危機出現時，他就已經對未來失去信心，進入太空軍後，這種絕望更多地表露出來。吳岳同志的失敗主義情緒是如此之重，如此根深柢固，以至於我們失去了使他重新振作起來的希望。應該儘早採取強有力的措施對部隊中的失敗主義進行遏制，所以，我認為吳岳同志已經不適合繼續在太空軍中工作。」

大家都把目光集中到吳岳的身上，他這時看著放在會議桌上的軍帽上的太空軍軍徽，仍然顯得很平靜。發言的過程中，章北海始終沒有向吳岳所在的方向看一眼，他接著說：「請首長、吳岳同志和大家理解，我這番話，只是出於對部隊目前思想狀況的憂慮，當然，也是想和吳岳同志面對面進行公開的、坦誠的交流。」

吳岳舉起一隻手請求發言，常偉思點頭後他說：「章北海同志所說的關於我的思想情況都屬實，我承認他的結論：自己不適合繼續在太空軍服役，我聽從組織的安排。」

會場的氣氛變得緊張起來，有幾名軍官看著章北海面前的那個工作簿，猜測起那裡面還有關於誰的什麼。

一名空軍大校起身說道：「章北海同志，這是普通的工作會議，像這樣涉及個人的問題，你應該通過正常的管道向組織反映，在這裡公開講合適嗎？」

他的話立刻引起了眾多軍官的附和。

章北海說：「我知道，自己的這番發言有違組織原則，我本人願意就此承擔一切責任，但我認為，不管用什麼方式，必須使我們意識到目前情況的嚴重性。」

常偉思抬起手制止了更多人的發言：「首先，應該肯定章北海同志在工作中表現出來的責任心和憂患意識。失敗主義在部隊中的存在是事實，我們應該理性地面對，只要敵我雙方懸殊的技術差距存在，失敗主義就不會消失，靠簡單的工作方法是解決不了問題的，這是一項長期細緻的工作，應該有更多的溝通和交流。另外，我也同意剛才有同志提出的：涉及到個人思想方面的問題，以溝通和交流為主，如果有必要反映，還是要通過組織管道。」

在場的很多軍官都鬆了一口氣，至少在這次會議上，章北海不會提到他們了。

羅輯想像著外面雲層之上無邊的暗夜，艱難地整理著自己的思緒。不知不覺間，他的思想集中到她身上，她的音容笑貌出現在昏暗中，一種前所未有的悲哀衝擊著他的心扉，接踵而來的，是對自己的鄙視，這種鄙視以前多次出現過，但從沒有現在這麼強烈。你為什麼現在才想到她？這之前，對於她的死你除了震驚和恐懼就是為自己開脫，直到現在你發現整個事情與她關係不大，才把自己那比金子還貴重的悲哀給了她一點兒，你算什麼東西？

可沒辦法，我就是這麼一個人。

飛機在氣流中微微起伏著，羅輯躺在床上有在搖籃中的感覺。他知道自己在嬰兒時睡過搖籃，那天，在父母家的地下室，他看到了一張落滿灰塵的童床，床的下面就安裝有搖籃的弧橇。現在，他閉起雙眼想像著那兩個為自己輕推搖籃的人，同時自問：自你從那張搖籃中走出來直到現在，除了那兩個人，你真在乎過誰嗎？你在心靈中真的為誰留下過一塊小小的但永久的位置嗎？

是的，留下過。有一次，羅輯的心被金色的愛情完全占據，但那卻是一次不可思議的經歷。

所有那一切都是由白蓉引起的，她是一名寫青春小說的作家，雖是業餘的但已經小有名氣，至少她拿的版稅比工資要多。在認識的所有異性中，羅輯與白蓉的交往時間是最長的，最後甚至到了考慮婚姻的階段。他們之間的感情屬於比較普通常見的那類，談不上多麼投入和銘心刻骨，但他們認為對方適合自己，在一起輕鬆愉快，儘管兩人對婚姻都有一種恐懼感，但也都覺得負責的做法是嘗試一下。

在白蓉的要求下，羅輯看過了她的所有作品，雖談不上是一種享受，但也不像他瞄過幾眼的其他此類小說那麼折磨人。白蓉的文筆很好，清麗之中還有一種她這樣的女作者所沒有的簡潔和成熟。但那些小說的內容與這文筆不相稱，讀著它們，羅輯彷彿看見一堆草叢中的露珠，它們單純透明，只有通過反射和折射周圍的五光十色才顯出自己的個性，它們在草葉上滾來滾去，在相遇的擁抱中融合，在失意的墜落中分離，太陽一升高，就在短時間內全部消失。每看完白蓉的一本書，除了對她那優美的文筆的印象外，羅輯只剩下一個問題：這些每天二十四小時戀愛的人靠什麼生活？

「妳真相信現實中有妳寫的這種愛情？」有一天羅輯問。

「有的。」

「是妳見過還是自己遇到過？」

白蓉摟著羅輯的脖子，對著他的耳根很神祕地說：「反正有的，我告訴你吧，有的！」

有時，羅輯對白蓉正在寫的小說提出意見，甚至親自幫她修改。

「你好像比我更有文學才華，你幫我改的不是情節，是人物，改人物是最難的，你的每一次修改對那些形象都是點睛之筆，你創造文學形象的能力是一流的。」

「開什麼玩笑，我是學天文出身的。」

「王小波是學數學的。」

在去年白蓉的生日，她向羅輯要求一個生日禮物。

「你能為我寫一本小說嗎？」

「一本？」

「嗯……不少於五萬字吧。」

「以妳為主角嗎？」

「不，我看過一個很有意思的畫展，都是男畫家的作品，畫的是他們想像中最美的女人。你這篇小說的主角就是你心目中最美的女孩兒，你要完全離開現實去創造這樣一個天使，唯一的依據是你對女性最完美的夢想。」

直到現在，羅輯也不知道白蓉這要求到底是什麼用意，也許連她自己也不知道，現在回想起來，她當時的表情好像有些狡猾，又有些猶豫。

於是，羅輯開始構思這個人物。他首先想像她的容貌，然後為她設計衣著，接著設想她所處的環境和她周圍的人，最後把她放到這個環境中，讓她活動和說話，讓她生活。很快，這事變得索然無味了，他向白蓉述說了自己遇到的困境。

「她好像是一個提線木偶，每個動作和每一句話都來自於我的設想，缺少一種生命感。」

白蓉說：「你的方法不對，你是在作文，不是在創造文學形象。要知道，一個文學人物十分鐘的行為，可能是她十年的經歷的反映。你不要局限於小說的情節，要去想像她的整個生命，而真正寫成文字的，只是冰山的一角。」

於是羅輯照白蓉說的做了，完全拋開自己要寫的內容，去想像她的整個人生，想像她人生中的每一個細節。他想像她在媽媽的懷中吃奶，小嘴使勁吮著，發出滿意的唔唔聲；想像雨中漫步的她突然收起了傘，享受著和雨絲接觸的感覺；想像她追一個在地上滾的紅色氣球，僅追了一步就摔倒了，看著遠去的氣球哇哇大哭，完全沒有意識到她剛才邁出的是人生的第一步；想像她上小學的第一天，孤獨地坐在陌生教室的第三排，從門口和窗子都看不到爸爸媽媽了，就在她要哭出來時，發現鄰桌是幼稚園的同學，高興地叫起來；想像大學的第一個夜晚，她躺在宿舍的上鋪，看著路燈投在天花板上的樹影……羅輯想像出她愛吃的每一樣東西，想像她的衣櫥中每一件衣服的顏色和樣式，想像她手機上的小飾物，想像她看的書她的ＭＰ４中的音樂她上的網站她喜歡的電影，但從未想像過她用什麼化妝品，她不需要化妝品……羅輯像一個時間之上的創造者，同時在她生命中的不同時空編織著她的人生，他漸漸對這種創造產生了興趣，樂此不疲。

一天在圖書館，羅輯想像她站在遠處的一排書架前看書，他為她選了他最喜歡的那一身衣服，只是為了使她的嬌小身材在自己的印象中更清晰一些。突然，她從書上抬起頭來，遠遠地看了他一眼，衝他笑了一下。

羅輯很奇怪，我沒讓她笑啊？可那笑容已經留在記憶中，像冰上的水漬，永遠擦不掉了。

真正的轉機發生在第二天夜裡。這天晚上風雪交加，氣溫驟降，在溫暖的宿舍裡，羅輯聽著外面狂風怒號，蓋住了城市中的其他聲音，打在玻璃上的雪花像沙粒般啪啪作響，向外看一眼也只見一片雪塵。這時，城市似乎已經不存在了，這幢教工宿舍樓似乎是孤立在無際的雪原上。羅輯躺回床上，進入夢鄉前突然有了一個想法：這鬼天氣，她要是在外面走路該多冷啊。他接著安慰自己：沒關係，你不讓她在外面她就不在外面了。但這次他的想像失敗了，她仍在外面的風雪中行走著，像一株隨時都會被寒風吹走的小草，她穿著那件白色的大衣，圍著那條紅色的圍巾，飛揚的雪塵中也只能隱約看到紅圍巾，像在風雪中掙扎的小火苗。

羅輯再也不可能入睡了，他起身坐在床上，後來又披衣坐到沙發上，本來想抽菸的，但想起她討厭菸味，就沖了一杯咖啡慢慢地喝著。他必須等她，外面的寒夜和風雪揪著他的心，他第一次如此心疼一個人，如此想念一個人。

就在他的思念像火一樣燃燒起來時，她輕輕地來了，嬌小的身軀裹著一層外面的寒氣，清涼中卻有股春天的氣息；她瀏海上的雪花很快融成晶瑩的水珠，她解開紅圍巾，把雙手放在嘴邊呵著。他握住她纖細的雙手，溫暖著這冰涼的柔軟，她激動地看著他，說出了他本想問候她的話：

「你還好嗎？」

他只是笨拙地點點頭，幫她脫下了大衣：「快來暖和暖和吧。」他扶著她柔軟的雙肩，把她領到壁爐前。

「真暖和，真好……」她坐在壁爐前的毯子上，看著火光幸福地笑著。

媽的，我這是怎麼了？羅輯站在空蕩蕩的宿舍中央對自己說。其實隨便寫出五萬字，用高檔銅版紙列印出來，用繪圖軟體做一個極其華麗的封面和扉頁，用專用裝訂機裝釘好，再拿到商場禮品部包裝一下，生日那天送給白蓉不就完了嗎？何至於陷得這麼深？這時他驚奇地發現，自己的雙眼濕潤了。緊接著，他又有了另一個驚奇：壁爐？我他媽的哪兒來的壁爐？我怎麼會想到壁爐？但他很快明白了：他想要的不是壁爐，而是壁爐的火光，那種火光中的女性是最美的。他回憶了一下剛才壁爐前火光中的她……

啊不！別再去想她了，這會是一場災難！睡吧！

出乎羅輯的預料，這一夜他並沒有夢到她，他睡得很好，感覺單人床是一條漂浮在玫瑰色海洋上的小船。第二天清晨醒來時，他有一種獲得新生的感覺，覺得自己像一根塵封多年的蠟燭，昨夜被那團風雪中的小火苗點燃了。他興奮地走在通向教學樓的路上，雪後的天空灰濛濛的，但他覺得這比萬里晴空更晴朗；路旁的兩排白楊沒有掛上一點兒雪，光禿禿地直指寒天，但在他的感覺中，它們比春天時更有生機。

羅輯走上講台，正像他所希望的那樣，她又出現了，坐在階梯教室的最後一排，那一片空座位中只有她一個人，與前面的其他學生拉開了很遠的距離。她那件潔白的大衣和紅色的圍巾放在旁邊的座位上，只穿著一件米黃色的高領毛衣。她沒有像其他學生那樣低頭翻課本，而是再次對他露出那雪後朝陽般的微笑。

羅輯緊張起來，心跳加速，不得不從教室的側門出去，站在陽台上的冷空氣中鎮靜了一下，只有兩次博士論文答辯時他出現過這種狀態。接下來羅輯在講課中盡情地表現著自己，旁徵博引，激揚文字，竟使得課堂上出現了少有的掌聲。她沒有跟著鼓掌，只是微笑著對他頷首。

下課後，他和她並肩走在那條沒有林蔭的林蔭道上，他能聽到她藍色的靴子踩在雪上的吱吱聲。兩排冬天的白楊靜靜地傾聽著他們心中的交談。

「你講得真好，可是我聽不太懂。」

「妳不是這個專業的吧？」

「嗯，不是。」

「妳常這樣去聽別的專業課嗎？」

「只是最近幾天，常隨意走進一間講課的階梯教室去坐一會兒。我剛畢業，就要離開這兒了，突然覺得這兒真好，我挺怕去外面的……」

以後的三四天裡，羅輯每天的大部分時間都和她在一起。在旁人看來，他獨處的時間多了，喜歡一個人散步，這對於白蓉也很好解釋：他在構思給她的生日禮物，而他也確實沒有騙她。

新年之夜，羅輯買了一瓶以前自己從來不喝的紅葡萄酒，回到宿舍後，他關上電燈，在沙發前的茶几上點上蠟燭，當三支蠟燭都亮起時，她無聲地和他坐在一起。

「呀，你看——」她指著葡萄酒瓶，像孩子般高興起來。

「怎麼？」

「你到這邊看嘛，蠟燭從對面照過來，這酒真好看。」

浸透了燭光的葡萄酒，確實呈現出一種只屬於夢境的晶瑩的深紅。

「像死去的太陽。」羅輯說。

「不要這樣想啊，」她又露出那種讓羅輯心動的真摯：「我覺得它像……晚霞的眼睛。」

「妳怎麼不說是朝霞的眼睛？」

「我更喜歡晚霞。」

「為什麼？」

「晚霞消失後可以看星星，朝霞消失後，就只剩下……」

「只剩下光天化日下的現實了。」

「是，是啊。」

他們談了很多，什麼都談，在最瑣碎的話題上他們都有共同語言，直到羅輯把那一瓶「晚霞的眼睛」都喝進肚子為止。

羅輯暈呼呼地躺在床上，看著茶几上即將燃盡的蠟燭，燭光中的她已經消失了，但羅輯並不擔心，只要他願意，她隨時都會出現。

這時響起了敲門聲，羅輯知道這是現實中的敲門聲，與她無關，就沒有理會。門被推開了，進來的是白蓉，她打開了電燈，像打開了灰色的現實。看了看燃著蠟燭的茶几，然後在羅輯的床頭坐下，輕輕嘆息了一聲說：「還好。」

「好什麼？」羅輯用手擋著刺目的電燈光。

「你還沒有投入到為她也準備一只酒杯的程度。」

羅輯捂著眼睛沒有說話，白蓉拿開了他的手，注視著他問：

「她活了，是嗎？」

羅輯點點頭，翻身坐了起來：「蓉，我以前總是以為，小說中的人物是受作者控制的，作者讓她是什麼樣兒她就是什麼樣兒，作者讓她幹什麼她就幹什麼，就像上帝對我們一樣。」

「錯了！」白蓉也站了起來，在屋子裡來回走著：「現在你知道錯了，這就是一個普通寫手和一個文學家的區別。文學形象的塑造過程有一個最高狀態，在那種狀態下，小說中的人物在文學家的思想中擁有了生命，文學家無法控制這些人物，甚至無法預測他們下一步的行為，只是好奇地跟著他們，像偷窺狂一般觀察他們生活中最細微的部分，記錄下來，就成為了經典。」

「原來文學創作是一件變態的事兒。」

「至少從莎士比亞到巴爾札克到托爾斯泰都是這樣，他們創造的那些經典形象都是這麼著從他們思想的子宮中生出來的。但現在的這些文學人已經失去了這種創造力，他們思想中所產生的都是一些支離破碎的殘片和怪胎，其短暫的生命表現為無理性的晦澀的痙攣，他們把這些碎片掃起來裝到袋子裡，貼上後現代啦解構主義啦象徵主義啦非理性啦這類標籤賣出去。」

「妳的意思是我已經成了經典的文學家？」

「那倒不是，你的思想只孕育了一個形象，而且是最容易的一個；而那些經典文學家，他們在思想中能催生成百上千個這樣的形象，形成一幅時代的畫卷，這可是超人才能做到的事。不過你能做到這點也不容易，我本來以為你做不到的。」

「妳做到過嗎？」

「也是只有一次。」白蓉簡單地回答，然後迅速轉移話鋒，摟住羅輯的脖子說：「算了，我不要那生日禮物了，你也回到正常的生活中來，好嗎？」

「如果這一切繼續下去會怎麼樣？」

白蓉盯著羅輯研究了幾秒鐘，然後放開了他，笑著搖搖頭：「我知道晚了。」說完拿起床上自己的包走了。

這時，他聽見外面有人在「四、三、二、一」地倒數計時，接著，一直響著音樂的教學樓那邊傳來一陣歡笑聲，操場上有人在燃放煙花，看看錶，羅輯知道這一年的最後一秒剛剛過去。

「明天放假，我們出去玩好嗎？」羅輯仰躺在床上問，他知道她已經出現在那個並不存在的壁爐旁了。

「不帶她去嗎？」她指指仍然半開著的門，一臉天真地問。

「不，就我們倆。妳想去哪兒？」

她入神地看著壁爐中跳動的火苗，說：「去哪兒不重要，我覺得人在旅途中，感覺就很美呢。」

「那我們就隨便走，走到哪兒算哪兒？」

「那樣挺好的。」

第二天一早，羅輯開著他那輛雅哥轎車出了校園，向西駛去，之所以選擇這個方向，僅僅是因為省去了穿過整個城市的麻煩，他第一次體會到沒有目的地的出行所帶來的那種美妙的自由。當車外的樓房漸漸稀少，田野開始出現時，羅輯把車窗打開了一條縫，讓冬天的冷風吹進些許，他感到她的長髮被風吹起，一縷縷撩到他的右面頰上，怪癢癢的。

「看，那邊有山——」她指著遠方說。

「今天能見度好，那是太行山，那山的走向會一直與這條公路平行，然後向這面彎過來堵在西方，那時路就會進山，我想我們現在是在……」

「不不，別說在哪兒！一知道在哪兒，世界就變得像一張地圖那麼小了；不知道在哪兒，感覺世界才廣闊呢。」

「那好，咱們就努力迷路吧。」羅輯說著，拐上了一條車更少的支路，沒開多遠又隨意拐上另一條路。這時，路兩邊只有連綿不斷的廣闊田野，覆蓋著大片的殘雪，有雪和無雪的地方面積差不多，看不到一點綠色，但陽光燦爛。

「地道的北方景色。」羅輯說。

「我第一次覺得，沒有綠色的大地也能很好看的。」

「綠色就埋在這田地裡，等早春的時候，還很冷呢，冬小麥就會出苗，那時這裡就是一片綠色了，你想想，這麼廣闊的一片……」

「不需要綠色嘛，現在真的就很好看，你看，大地像不像一隻在太陽下睡覺的大奶牛？」

「什麼？」羅輯驚奇地看了她一眼，又看了看兩側車窗外那片片殘雪點綴的大地：「啊，真的有些像……我說，妳最喜歡哪個季節？」

「秋天。」

「為什麼不是春天？」

「春天……好多感覺擠到一塊兒，累人呢，秋天多好。」

羅輯停了車，和她下車來到田邊，看著幾隻喜鵲在地裡覓食，直到他們走得很近了牠們才飛到遠處的樹上。接著，他們下到一條幾乎乾涸的河床裡，只在河床中央有一條窄窄的水流，但畢竟是一條北方的河，他們拾起河床裡冰冷的小卵石向河裡扔，看著渾黃的水從薄冰上被砸開的洞中湧出。他們路過了一個小鎮，在集市上逛了不少時間，她蹲在一處賣金魚的地攤前不走，那些在玻璃圓魚缸中的金魚在陽光下像一片流動的火焰，羅輯給她買了兩條，連水裝在塑膠袋裡放在車的後座。他們進入了一個村莊，並沒有找到鄉村的感覺，房子院子都很新，有好幾家門口停著汽車，水泥面的路也很寬，人們的衣著和城市裡差不多，有幾個女孩子穿得還很時尚，連街上的狗都是和城市裡一樣的長毛短腿的寄生蟲。但村頭那個大戲台很有趣，他們驚嘆這麼小的一個村子竟搭了這麼高大的戲台。戲台上是空的，羅輯費了好大勁兒爬上去，面對著下面她這一個觀眾唱了一首「山楂樹」。中午，他們在另一個小鎮吃了飯，這裡的飯菜味道和城市裡也差不多，就是給的分量幾乎多了一倍。飯後，在鎮政府前的一個長椅上，他們在溫暖的陽光中昏昏欲睡地坐了一會兒，又開車信馬由韁地駛去。

不知不覺，他們發現路進山了，這裡的山形狀平淡無奇，沒有深谷懸崖，植被貧瘠，只有灰色岩縫中的枯草和荊條叢。幾億年間，這些站累了的山躺了下來，在陽光和時間中沉於平和，也使得行走在其中的人們感到自己變得和這山一樣懶散。「這裡的山像坐在村頭曬太陽的老頭兒們。」她說，但他們路過的幾個村子裡都沒有見到那樣的老頭兒，沒有誰比這裡的山更悠閒。不止一次，車被橫過公路的羊群擋住了，路邊也出現了他們想像中應該是那樣的村子——有窯洞和柿子樹核桃樹，石砌的平房頂上高高地垛著已脫粒的玉米芯，狗也變得又大又凶了。

他們在山間走走停停，不知不覺消磨了一個下午，太陽西下，公路早早隱在陰影中了。羅輯開車沿著一條坑窪的土路爬上了一道仍被夕陽映照的高高的山脊，他們決定把這裡作為旅行的終點，看太陽落下後就回返。她的長髮在晚風中輕揚，彷彿在極力抓住夕陽的最後一縷金輝。

車剛駛回公路上就拋錨了，後輪軸壞了，只能打電話叫維修救援。羅輯等了好一會兒，才從一輛路過的小卡車司機那裡打聽到這是什麼地方，讓他感到欣慰的是這裡手機有信號，維修站的人聽完他說的地名後，說維修車至少要四五個小時才能到那裡。

日落後，山裡的氣溫很快降下來，當周圍的一切開始在暮色中模糊時，羅輯從附近的梯田裡收集來一大堆玉米秸稈，生起了一堆火。

「真暖和，真好！」她看著火，像那一夜在壁爐前那樣高興起來，羅輯也再一次被火光中的她迷住了，他被一種從未有過的柔情所淹沒，感覺自己和這篝火一樣，活著的唯一目的就是給她帶來溫暖。

「這裡有狼嗎？」她看看周圍愈來愈濃的黑暗問。

「沒有，這兒是華北，是內地，僅僅是看著荒涼，其實是人口最稠密的地區之一，妳看就這條路，平均兩分鐘就有一輛車通過。」

「我希望你說有狼的。」她甜甜地笑著，看著大群的火星向夜空中的星星飛去。

「好吧，有狼，但有我。」

然後他們再也沒有說話，在火邊默默地坐著，不時把一把秸稈放進火堆中維持著它的燃燒。

不知過了多長時間，羅輯的手機響了，是白蓉打來的。

「和她在一起嗎？」白蓉輕輕地問。

「不，我一個人。」羅輯說著抬頭看看，他沒有騙誰，自己真的是一個人，在太行山中的一條公路邊的一堆篝火旁，周圍只有火光中若隱若現的山石，頭上只有滿天的繁星。

「我知道你是一個人，但你和她在一起。」

「……是。」羅輯低聲說，再向旁邊看，她正在把秸稈放進火中，她的微笑同竄起的火苗一起使周圍亮了起來。

「現在你應該相信，我寫在小說中的那種愛情是存在的吧？」

「是，我信了。」

羅輯說完這四個字，立刻意識到自己和白蓉之間的距離也真的有實際的這麼遠了，他們沉默良久，這期間，細若游絲的電波穿過夜中的群山，維繫著他們最後的聯繫。

「妳也有這樣一個他，是嗎？」羅輯問道。

「是，很早的事了。」

「他現在在哪兒？」

羅輯聽到白蓉輕笑了一聲：「還能在哪兒？」

羅輯也笑了笑：「是啊，還能在哪兒……」

「好了，早些睡吧，再見。」白蓉說完掛斷了電話，那跨越漫漫黑夜的細絲中斷了，絲兩端的人都有些悲哀，但也僅此而已。

「外面太冷了，妳到車裡去睡好嗎？」羅輯對她說。

她輕輕搖搖頭：「我要和你在這兒，你喜歡火邊兒的我，是嗎？」

從石家莊趕來的維修車半夜才到，那兩個師傅看到坐在篝火邊的羅輯很是吃驚：「先生，你可真經凍啊，引擎又沒壞，到車裡去開著空調不比這麼著暖和？」

車修好後，羅輯立刻全速向回開，在夜色中衝出群山再次回到大平原上。清晨時他到達石家莊，回到北京時已是上午十點了。

羅輯沒有回學校，開著車徑直去看心理醫生。

「你可能需要一些調整，但沒什麼大事。」聽完羅輯的漫長敘述後，醫生對他說。

「沒什麼大事？」羅輯瞪大了滿是血絲的雙眼：「我瘋狂地愛上了自己構思的小說中的一個虛構人物，和她一起生活，同她出遊，甚至於就要因她和自己真實的女朋友分手了，你還說沒什麼大事？」

醫生寬容地笑笑。

「你知道嗎？我把自己最深的愛給了一個幻影！」

「你是不是以為，別人所愛的對象都是真實存在的？」

「這有什麼疑問嗎？」

「不是的，大部分人的愛情對象也只是存在於自己的想像之中。他們所愛的並不是現實中的她（他），而只是想像中的她（他），現實中的她（他）只是他們創造夢中情人的一個範本，他們遲早會發現夢中情人與範本之間的差異，如果適應這種差異他們就會走到一起，無法適應就分開，就這麼簡單。你與大多數人的區別在於：你不需要範本。」

「這難道不是一種病態？」

「只是像你的女朋友所指出的那樣，你有很高的文學天賦，如果把這種天賦稱為病態也可以。」

「可想像力達到這種程度也太過分了吧？」

「想像力沒有什麼過分的，特別是對愛的想像。」

「那我以後怎麼辦？我怎麼才能忘掉她？」

「不可能，你不可能忘掉她，不要去做那種努力，那會產生很多副作用，甚至真的導致精神障礙，順其自然就行了。我再強調一遍：不要去做忘掉她的努力，沒有用的，但隨著時間的推移，她對你生活的影響會愈來愈小的。其實你很幸運，不管她是不是真的存在，能愛就很幸運了。」

這就是羅輯最投入的一次愛情經歷，而這種愛一個男人一生只有一次的。以後，羅輯又開始了他那漫不經心的生活，就像他們一同出行時開著的雅哥車，走到哪兒算哪兒。正如那個心理醫生所說，她對他的生活的影響愈來愈小了，當他與一個真實的女性在一起時，她就不會出現，到後來，即使他獨處，她也很少出現了。但羅輯知道，自己心靈中最僻靜的疆土已經屬於她了，她將在那裡伴隨他一生。他甚至能清晰地看到她所在的世界，那是一片寧靜的雪原，那裡的天空永遠有銀色的星星和彎月，但雪也在不停地下著，雪原像白砂糖般潔白平潤，靜得彷彿能聽到雪花落在上面的聲音。她就在雪原上一間精緻的小木屋中，這個羅輯用自己思想的肋骨造出的夏娃，坐在古老的壁爐前，靜靜地看著跳動的火焰。

現在，在這凶險莫測的航程中，孤獨的羅輯想讓她來陪伴，想和她一起猜測航程的盡頭有什麼，但她沒有出現。在心靈的遠方，羅輯看到她仍靜靜地坐在壁爐前，她不會感到寂寞，因為知道自己的世界坐落於何處。

羅輯伸手去拿床頭的藥瓶，想吃一片安眠藥強迫自己入睡，就在他的手指接觸藥瓶前的一剎那，藥瓶從床頭櫃上飛了起來，同時飛起來的還有羅輯扔在椅子上的衣服，它們直上天花板，在那裡待了兩秒鐘後又落了下來。羅輯感到自己的身體也離開了床面，但由於睡袋的固定沒有飛起來，在藥瓶和衣服落下後，羅輯也感到自己重重地落回床面，有那麼幾秒鐘，他的身體感覺被重物所壓，動彈不得。這突然的失重和超重令他頭暈目眩，但這現象持續了不到十秒鐘，很快一切恢復正常。

羅輯聽到了門外腳步踏在地毯上的沙沙聲，有好幾個人在走動，門開了，史強探進頭來：

「羅輯，沒事吧？」聽到羅輯回答沒事，他就沒有進來，把門關上了，羅輯聽到了門外低低的對話聲。

「好像是護航交接時出的一點誤會，沒什麼事的。」

「剛才上級來電話又說了什麼？」這是史強的聲音。

「說是一個半小時後護航編隊要空中加油，讓我們不要驚慌。」

「計畫上沒提這茬兒啊？」

「嗨，別提了，就剛才亂那一下子，有七架護航機把副油箱拋了*。」

「幹嘛這麼一驚一咋的？算了，你們去睡一會兒吧，別弄得太緊張。」

「現在這狀態，哪能睡呀！」

「留個人守著就行了，都這麼耗著能幹啥？不管上面怎麼強調重要性，對安全保衛工作我有自己的看法：只要該想的想到了，該做的做到了，整個過程中要真發生什麼，那也隨它去，誰也沒辦法，對不對？別淨跟自個兒過不去。」

聽到了「護航交接」這個詞，羅輯探起身打開了舷窗的隔板向外看，仍是雲海茫茫，月亮已在夜空中斜向天邊。他看到了殲擊機編隊的尾跡，現在已經增加到六根，他仔細看了看尾跡頂端那六架小小的飛機，發現它們的形狀與前面看到的那四架不一樣。

臥室的門又開了，史強探進來半個身子對羅輯說：「羅兒，一點兒小問題，別擔心，往後沒啥了，繼續睡吧。」

「還有時間睡嗎？都飛了幾個小時了。」

「還得飛幾個小時，你就睡吧。」史強說完關上門走了。

羅輯翻身下床，拾起藥瓶，發現大史真仔細，裡面只有一片藥。他把藥吃了，看著舷窗下面的那盞小紅燈，把它想像成壁爐的火光，漸漸睡著了。

當史強把羅輯叫醒時，他已經無夢地睡了六個多小時，感覺很不錯。

---

*殲擊機在進入空中格鬥狀態時，要拋棄副油箱減輕重量。

「快到了，起來準備準備吧。」

羅輯到衛生間洗漱了一下，然後回到辦公室簡單地吃了早飯，就感覺到飛機開始下降。十多分鐘後，這架飛行了十五小時的專機平穩地降落了。

史強讓羅輯在辦公室等著，自己出去了。很快，他帶了一個人進來，歐洲面孔，個子很高，衣著整潔，像是一位高級官員。

「是羅輯博士嗎？」那位官員看著羅輯小心地問，發現史強的英語障礙後，他就用很生硬的漢語又問了一遍。

「他是羅輯。」大史回答，然後向羅輯簡單地介紹說：「這位是坎特先生，是來迎接你的。」

「很榮幸。」坎特微微鞠躬說。

在握手時，羅輯感覺這人十分老成，把一切都隱藏在彬彬有禮之中，但他的目光還是把隱藏的東西透露出來。羅輯對那種目光感到很迷惑，像看魔鬼，也像看天使，像看一枚核彈，也像看同樣大的一塊寶石……在那目光所傳達的複雜資訊中，羅輯能辨別出來的只有一樣：這一時刻，對這人的一生是很重要的。

坎特對史強說：「你們做得很好，你們的環節是最簡潔的，其他人在來的過程中多少都有些麻煩。」

「我們是照上級指示，一直遵循著最大限度減少環節的原則。」史強說。

「這絕對正確，在目前條件下，減少環節就是最大的安全，往後我們也遵循這一原則，我們直接前往會場。」

「會議什麼時候開始？」

「一小時後。」

「時間卡得這麼緊？」

「會議時間是根據最後人選到達的時間臨時安排的。」

「這樣是比較好。那麼，我們可以交接了嗎？」

「不，這一位的安全仍然由你們負責，我說過，你們是做得最好的。」

史強沉默了兩秒鐘，看了看羅輯，點點頭說：「前兩天來熟悉情況的時候，我們的人員在行動上遇到很多麻煩。」

「我保證這事以後不會發生了，本地警方和軍方會全力配合你們的。」

「那麼，」坎特看了看兩人說：「我們可以走了。」

羅輯走出艙門時，看到外面仍是黑夜，想到起飛時的時間，他由此可以大概知道自己處於地球上的什麼位置了。霧很大，燈光在霧中照出一片昏黃，眼前的一切似乎是起飛時情景的重演：空中有巡邏的直升機，在霧中只能隱約看到亮燈的影子；飛機周圍很快圍上了一圈軍車和士兵，他們都面朝周邊，幾名拿著對講機的軍官聚成一堆商量著什麼，不時抬頭朝舷梯這邊看看。羅輯聽到上方傳來一陣讓人頭皮發炸的轟鳴聲，連穩重的坎特都摀起耳朵，抬頭一看，正見一排模糊的亮點從低空飛速掠過，是護航的殲擊機編隊，它們仍在上方盤旋，尾跡在空中畫出了一個在霧裡也隱約可見的大圓圈，彷彿一個宇宙巨人用粉筆對世界的這一塊進行了標注。

羅輯他們一行四人登上了一輛等在舷梯盡頭的顯然也經過防彈加固的轎車，車很快開了。車窗的窗簾都拉上了，但從外面的燈光判斷，羅輯知道他們也是夾在一個車隊中間的。一路上大家都沉默著，羅輯知道，他正在走向那個最後的未知。感覺中這段路很長，其實只走了四十多分鐘。

當坎特說已經到達時，羅輯注意到了透過車窗的簾子看到的一個形狀，由於那個東西後面建築物的一片均勻的燈光，它的剪影才能透過窗簾被看到。羅輯不會認錯那東西的，因為它的形狀太鮮明也太特殊了：那是一把巨大的左輪手槍，但槍管被打了個結。除非世界上還有第二個這樣的雕塑，羅輯現在已經知道自己身在何處了。

一下車，羅輯就被一群人圍起來，這些人都像是保衛人員，他們身材高大，相當一部分在這夜裡也戴著墨鏡。羅輯沒能看清周圍的環境，被這些人簇擁著向前走，在他們有力的圍擠下雙腳幾乎離地，周圍是一片沉默，只有眾人腳步的沙沙聲。就在這種詭異的緊張氣氛令羅輯的神經幾乎崩潰之際，他前面的幾名大漢讓開了，眼前豁然一亮，接著其餘的人也停住了腳步，只讓他和史強、坎特三人繼續前行。他們行走在一間安靜的大廳中，這裡很空蕩，僅有的人是幾名拿著對講機的黑衣警衛，他們每走過一人，那人就在對講機上低聲說一句。三人經過了一個懸空的陽台，迎面看到一張色彩斑爛的玻璃板，上面充滿了紛繁的線條，有變形的人和動物形象夾雜在線條之中。向右拐，他們進入了一個不大的房間。坎特在關上門後與史強相視一笑，兩人一副如釋重負的樣子。

羅輯四下打量了一下，發現這是個多少有些怪異的房間，它盡頭的一面牆被一幅由黃白藍黑四色幾何形狀構成的抽象畫占滿，這些形狀相互間隨意交疊，並共同懸浮於一片類似於海洋的純藍色之上；最奇怪的是房間中央一塊呈長方體的大石頭，被幾盞光線不亮的聚光燈照著，仔細看看，石頭上有鐵銹色的紋路。抽象畫和方石，是這裡僅有的兩件擺設，除此之外，小房間裡什麼都沒有。

「羅輯博士，你是不是需要換件衣服？」坎特用英語問羅輯。

「他說什麼？」史強問，羅輯將坎特的話翻譯後，史強堅決地搖搖頭：「不行，就穿這件！」

「這，畢竟是正式場合。」坎特用漢語艱難地說。

「不行。」史強再次搖頭。

「會場不對媒體開放，只有各國代表，應該比較安全的。」

「我說不行，要是沒理解錯的話，現在他的安全是我負責吧。」

「好吧，這都是小問題。」坎特妥協了。

「你總得對他大概交代一下吧。」史強向羅輯偏了一下頭說。

「我沒被授權交代任何事情。」

「隨便說些什麼吧。」史強笑笑說。

坎特轉向羅輯，臉色一下子緊張凝重起來，甚至下意識地整了整領帶，羅輯這時才意識到，在這之前他一直避免和自己對視。他還發現，史強這時也像變了一個人，他那無時不在的調侃的傻笑不見了，代之以一臉莊嚴，並以他少見的姿勢立正站著，看著坎特。這時羅輯知道大史以前說的是真話：他真的不知道送羅輯來幹什麼。

坎特說：「羅輯博士，我能說的只是：您即將參加一個重要會議，會議要公布一件很重要的事情。另外，在會議上，您什麼都不需要做。」

然後三人都沉默了，房間裡一片寂靜，羅輯能清楚地聽到自己心跳的聲音。以後他才知道，這個房間就叫默思室，那塊重六噸的石頭是高純度生鐵礦石，用以象徵永恆和力量，是瑞典贈送的禮物。但現在，羅輯不想默思，而是努力做到什麼都不想，因為現在真的可以相信大史說過的話：怎麼想都會想歪的。為了做到這一點，他開始數那幅抽象畫上幾何形狀的數量。

門開了，有一個人探進頭來對坎特示意了一下，後者轉向羅輯和史強：「該進去了，羅輯博士沒有人認識，我和他一起進去就可以，這樣不會引起什麼騷動。」

史強點點頭，對羅輯揮手笑笑說：「我在外面等你。」羅輯心裡一熱，這一時刻，大史是他唯一的精神支柱了。

接著，羅輯隨著坎特走出默思室，進入聯合國大會堂。

會議大廳中已經坐滿了人，響著一片嗡嗡的說話聲，坎特帶著羅輯沿座間的通道向前走，一開始沒有引起誰的注意，直到他們走得太靠前了，才使得幾個人轉頭看了看。坎特安排羅輯在第五排靠通道的座位上坐下，自己繼續向前走去，在第二排的邊緣坐下了。

羅輯抬頭打量著這個他曾在電視上看到過無數次的地方，感覺自己完全無法理解建築設計者要表達的意象。正前方那面高高的鑲著聯合國徽章的黃色大壁，作為主席台的背景，以小於九十度的角度向前傾斜著，像一面隨時都可能傾倒的懸崖絕壁；會堂的穹頂建成星空的樣子，但結構與下面的黃色大壁是分離的，絲毫沒有增加後者的恆定感，反而從高處產生一種巨大的壓力，加劇了大壁的不穩定，整個環境給人一種隨時都可能傾覆的壓迫感。現在看來，這一切簡直就是上世紀中葉設計這裡的那十一位建築師對人類今日處境的絕妙預測。

羅輯把目光從遠處收回，聽到了鄰座兩人的對話，他們的英語都很地道，搞不清國籍。

「……你真的相信個人對歷史的作用？」

「這個嘛，我覺得是個無法證實也無法證偽的問題，除非時間重新開始，讓我們殺掉幾個偉人，再看看歷史將怎麼走。當然不排除一種可能：那些大人物築起的堤壩和挖出的河道真的決定了歷史的走向。」

「但還有一種可能：你所說的大人物們不過是在歷史長河中游泳的運動員，他們創造了世界紀錄，贏得了喝采和名譽，並因此名垂青史，但與長河的流向無關……唉，事情已經走到這一步，想這些還有意思嗎？」

「問題是在整個的決策進程中，始終沒有人從這個層面上思考問題，各國都糾纏在諸如人選平衡資源使用權力這類事情上……」

會場安靜下來，聯合國祕書長薩伊正在走上主席台，她是繼艾奎諾夫人、亞羅育之後，菲律賓貢獻給世界的第三個美女政治家，也是在這個職位上危機前後跨越兩個時代的一位。只是如果晚些投票，她肯定不會當選，當人類面臨三體危機之際，她的亞洲淑女形象顯然不具有世界所期望的力量感。現在，她那嬌小的身軀處於身後將傾的絕壁下，顯得格外弱小和無助。在薩伊走上主席台的中途，坎特起身攔住了她，在她耳邊低聲說了句什麼，祕書長向下看了一眼，點點頭，繼續走上主席台。

羅輯可以肯定，她看的是自己坐的方位。

主席台上，祕書長環顧會場後說：「行星防禦理事會第十九次會議現在進入最後議程：公布最後入選的面壁者名單，並宣布面壁計畫開始。

在進入正式議程之前，我認為有必要對面壁計畫進行一個簡單的回顧。

在三體危機出現之際，原安理會各常任理事國就進行了緊急磋商，並提出了面壁計畫的最初設想。各國都注意到以下事實：在最初兩個智子出現之後，已有愈來愈多的證據表明，更多的智子正在不斷地到達太陽系，進入地球，這個過程到現在仍在持續中。所以，對於敵人而言，現在的地球已經是一個完全透明的世界，對於他們，這個世界的一切都像一本攤開的書那樣隨時可供閱讀，人類已無任何祕密可言。

目前，國際社會已經啟動的主流防禦計畫，無論是其整體戰略思想，還是最微小的技術和軍事細節，都完全暴露在敵人的視野裡，在所有的會議室中，所有的檔櫃裡，所有的電腦硬碟和記憶體中，智子的眼睛無處不在。一項計畫、一個方案、一次部署，不論大小，當它們在地球上出現之際，同時就會在四光年之外的敵統帥部顯示出來，人類內部任何形式的交流都會導致洩密。

我們應該注意到這樣一個事實：戰略和戰術計謀的水準並不是與技術進步成正比的。已經有確切情報證明，三體人是用透明的思維直接進行交流，這就使得他們在計謀、偽裝和欺騙方面是十分低能的，這也使得人類文明對敵人擁有了一個巨大的優勢，我們絕不能失去這個優勢。所以，面壁計畫的創始者們認為，在主流防禦計畫之外，應該平行地進行另外數項戰略計畫，這些計畫對敵人是不透明的，是祕密。最初曾經設想過多種方案，但最後確定只有面壁計畫是可行的。

應該糾正前面說過的一點：到目前為止，人類還是有祕密的，我們的祕密就是我們每個人的內心世界。智子可以聽懂人類語言，可以超高速閱讀印刷文字和各種電腦介質存貯的資訊，但它們不能讀出人的思維，所以，只要不與外界交流，每個人對智子都是永恆的祕密，這就是面壁計畫的基礎。

面壁計畫的核心，就是選定一批戰略計畫的制定者和領導者，他們完全依靠自己的思維制定戰略計畫，不與外界進行任何形式的交流，計畫的真實戰略思想、完成的步驟和最後目的都只藏在他們的大腦中，我們稱他們為面壁者，這個古代東方冥思者的名稱很好地反映了他們的工作特點。在領導這些戰略計畫執行的過程中，面壁者對外界所表現出來的思想和行為，應該是完全的假象，是經過精心策畫的偽裝、誤導和欺騙，面壁者所要誤導和欺騙的是包括敵方和己方在內的整個世界，最終建立起一個撲朔迷離的巨大的假象迷宮，使敵人在這個迷宮中喪失正確的判斷，盡可能地推遲其判明我方真實戰略意圖的時間。

面壁者將被授予很高的權力，使他們能夠調集和使用地球已有的戰爭資源中的一部分。在戰略計畫的執行過程中，面壁者不必對自己的行為和命令做出任何解釋，不管這種行為是多麼不可理解。面壁者的行為將由聯合國行星防禦理事會進行監督和控制，這也是唯一有權根據聯合國面壁法案最後否決面壁者指令的機構。

為了保證面壁計畫的連續性，所有面壁者將借助冬眠技術跨越時間，一直到達最後決戰的時代，這期間，在何時和何種情況下甦醒，每次甦醒期有多長時間，均由面壁者自行決定。在以後的四個世紀的時間裡，聯合國面壁法案將作為一項與聯合國憲章同等地位的國際法存在，它將與各國制定的相應法律一起，保證面壁者戰略計畫的執行。

面壁者所承擔的，將是人類歷史上最艱難的使命，他們是真正的獨行者，將對整個世界甚至整個宇宙，徹底關閉自己的心靈，他們所能傾訴和交流的、他們在精神上唯一的依靠，只有他們自己。他們將肩負著這偉大的使命孤獨地走過漫長的歲月，在這裡，讓我代表人類社會向他們表達深深的敬意。

下面，我將以聯合國的名義，公布由聯合國行星防禦理事會最後選定的四位面壁者……」

羅輯被祕書長的講話深深吸引了，同所有與會者一樣，他屏住呼吸等待著名單的公布，想知道將是什麼人承擔這不可思議的使命，一時間，他把自己的命運完全拋在腦後，因為與這歷史性的時刻相比，自己不管發生什麼都是微不足道的。

「第一位面壁者：弗雷德里克．泰勒。」

祕書長的話音剛落，泰勒從第一排座位上站了起來，步伐從容地走上主席台，面無表情地面對會場，沒有掌聲，所有人只是在一片寂靜中把目光聚焦到第一位面壁者身上。泰勒身材瘦長，戴著寬框眼鏡，這個形象早已為全世界熟悉。他是剛剛卸任的美國國防部長，是一個對美國國家戰略產生深刻影響的人。他的思想集中體現在一本名叫《技術的真相》的著作中，泰勒認為，技術的最終受益者將是小國家，大國不遺餘力發展技術，實際上是為小國通向世界霸權鋪下基石。因為隨著技術的發展，大國所擁有的人口和資源優勢將不再重要，而技術對小國而言是一個可能撬動地球的槓桿。核技術的後果之一，就是使一個人口只有幾百萬的小國有可能對一個人口過億的大國產生實質性威脅，而在核技術出現之前，這幾乎是不可能的。泰勒的一個重要論點是：大國的優勢，其實只有在低技術時代才是真正的優勢，技術的飛速發展最終將削弱大國的優勢，同時提升小國的戰略分量，有可能使得某些小國突然崛起，像當年的西班牙和葡萄牙那樣取得世界霸權。泰勒的思想，無疑為美國的全球反恐戰略提供了理論基礎。泰勒不僅是一個戰略理論家，同時也是一個行動的巨人，他在處理多次重大危機時所表現出來的果敢和遠見，贏得了廣泛的讚譽。所以，無論在思想的深度還是領導的能力上，泰勒作為面壁者是當之無愧的。

「第二位面壁者：曼努爾．雷迪亞茲。」

當這個棕色皮膚、體型粗壯、目光倔強的南美人登上主席台時，羅輯很是吃驚，這人現在能出現在聯合國已經是一件很不尋常的事了。但再一想，羅輯覺得這也在情理之中，甚至奇怪自己剛才怎麼沒想到他。雷迪亞茲是委內瑞拉現任總統，他領導自己的國家，對泰勒的小國崛起理論進行了完美的證實。作為烏戈．查韋斯的繼承者，雷迪亞茲繼續由前者在一九九九年開始的「波利瓦爾革命」，在資本主義和市場經濟已成為王道的今日世界，在委內瑞拉推行查韋斯所稱的「二十一世紀社會主義」，在吸取了上世紀國際社會主義運動經驗教訓的基礎上，出人意料地取得了巨大的成功，使國家各個領域的實力迅速提升。一時間，委內瑞拉成了世界矚目的象徵著平等公正和繁榮的山巔之城，南美洲各個國家紛紛效仿，一時間，社會主義在南美已呈燎原之勢。雷迪亞茲不僅繼承了查韋斯的社會主義思想，也繼承了後者強烈的反美傾向，這使美國意識到，如果再任其發展，自己的拉丁美洲後院有可能變成第二個蘇聯。在一次因意外和誤會產生的千載難逢的藉口出現時，美國立刻發動了對委內瑞拉的全面入侵，企圖依照伊拉克模式澈底推翻雷迪亞茲政府。但這次戰爭中止了自冷戰結束以來西方大國對第三世界小國的戰無不勝的勢頭。當美軍進入委內瑞拉之際，發現這個國家穿軍裝的軍隊已經消失了，整個陸軍被拆分成了以班為單位的遊擊小組，全部潛伏於民間，以殺傷敵軍有生力量為唯一的作戰目標。雷迪亞茲的基本作戰思想建立在這樣一個明確的理念之上：現代高技術武器主要是用於對付集中式的點狀目標的，對於面積目標，它們的效能並不比傳統武器高，加上造價和數量的限制，基本上難以發揮作用。雷迪亞茲還是一名花小錢利用高技術的天才。在本世紀初，曾有一名澳大利亞工程師，出於引起大眾對恐怖分子的警惕的目的，僅花了五千美元就造出了一枚巡弋飛彈。到了雷迪亞茲那裡，批量生產使其造價降到了三千美元，共生產了二十萬枚這樣的巡弋飛彈裝備那幾千個遊擊小組。這些導彈使用的零件雖然都是市場上的便宜貨，但五臟俱全，具備測高雷達和全球定位功能，在五公里的範圍內命中精度不超過五公尺。在整個戰爭中雖然只有不到十分之一的導彈命中了目標，但也給敵人造成了巨大的殺傷。雷迪亞茲還在戰爭中大量使用其他一些可以大批量生產的高科技小玩意兒，如裝有近炸引信的狙擊步槍子彈等等，同樣取得了輝煌的戰績。美軍在委內瑞拉戰爭中的傷亡在短時間內就達到了越戰的水準，只得以慘敗退出。雷迪亞茲也因此成為二十一世紀以弱勝強的英雄。

「第三位面壁者：比爾・希恩斯。」

一位溫文爾雅的英國人走上主席台，與泰勒的冷漠和雷迪亞茲的倔強相比，他顯得彬彬有禮，很有風度地向會場致意。這也是一個為世界所熟悉的人，但沒有前兩者身上那種光環。希恩斯的人生分成涇渭分明的兩個階段。在作為科學家的階段，他是歷史上唯一一名因同一項發現同時獲得兩個不同學科諾貝爾獎提名的科學家。在他和腦科學家山杉惠子共同進行的研究中發現，大腦的思維和記憶活動是在量子層面上進行的，而不是如以前認為的那樣是一種分子層面的活動。這項發現把大腦機制在物質微觀層次上向下推了一級，也使得之前腦科學的所有研究成為浮光掠影的表面文章。這項發現也證明動物大腦的資訊處理能力比以前想像的還要高幾個數量級，因而使得一直有人猜測的大腦全息結構*成為可能。希恩斯因此獲得物理學和生理學兩項諾貝爾獎提名，但由於這項發現太具革命性，這兩個獎項他都沒得到，倒是這時已經成為他的妻子的山杉惠子，因該項理論在治療失憶症和精神疾病方面的具體應用而獲得該年度諾貝爾生理學和醫學獎。希恩斯人生的第二階段是作為政治家，曾任過一屆歐盟主席，歷時兩年半。希恩斯是一名公認的穩重老練的政治家，但他在任時並沒有遇到很多的挑戰來展示自己的政治才能，同時從歐盟的工作性質來說，更多從事的是事務性的協調工作，對於面對超級危機的資歷，他與前兩位相比相差甚遠。但希恩斯的入選顯然是考慮了他在科學和政治上的綜合素質，而把這兩者如此完美結合的人確實不多見。

此時，在會場的最後一排座位上，世界腦科學權威山杉惠子正含情脈脈地看著主席台上的丈夫。

會場一片寂靜，所有人都在等待著公布最後一位面壁者。前三位面壁者：泰勒、雷迪亞茲、希恩斯，是美國、第三世界和歐洲三方政治力量平衡和妥協的結果，最後一位則格外引人注目。看著薩伊再次把目光移到資料夾裡的那張紙上，羅輯的頭腦中飛快地閃過一個個舉世矚目的名字，最後一位面壁者應該在這些人中間產生。他的目光掠過四排座位，掃視著第一排的那些背影，前三位面壁者都是從那裡走上主席台的，從背影他看不出自己想到的那些人中是否有人在座，但第四位面壁者肯定就坐在那裡。

---

*一種猜測中的大腦資訊存貯方式，能通過大腦的任一局部恢復它所存貯的全部資訊。

薩伊緩緩抬起了她的右手，羅輯的目光跟著那隻手移動，發現它並沒有指向第一排。

薩伊的手指向了他——

「第四位面壁者：羅輯。」

「啊，我的哈伯！」

亞伯特·林格雙手合十喊道，他兩眼盈滿的淚水映照著遠方突現的那團耀眼的巨焰，轟鳴聲幾秒鐘後才傳過來。本來，他與身後這群發出歡呼的天文學和物理學同事們應該在更近的貴賓看台上看發射的，但那個狗娘養的NASA官員說他們沒資格去那兒了，因為這即將上天的東西已經不屬於他們。然後那人轉向那群軍服筆挺的將軍們，像狗似的獻媚著，領他們通過崗哨走向看台。林格和同事們只好來到這個遠得多的地方，與發射點隔著一個湖泊，這裡有一個上世紀就立好的很大的倒數計時牌，向公眾開放，但現在是深夜，除了科學家們外，看的人也沒幾個。

從這個距離上看，發射的景象很像日出的快鏡頭，火箭上升後，聚光探照燈並沒有跟上，所以巨大的箭體看不太清，只見到那團烈焰，隱藏在夜色中的世界突然在它那壯麗的光芒中顯現，本來如墨水般黑乎乎的湖面上蕩漾著一片燦爛的金波，彷彿湖水被那烈焰點燃了。他們看著火箭上升，當它穿過薄雲時，半個天空都變成了夢幻裡才能見到的那種紅色，然後，它消失在佛羅里達的夜空中，它帶來的短暫黎明也被漫長的黑夜所吞噬。

哈伯二號太空望遠鏡，它的直徑由後者的四點二七公尺擴大到二十一公尺，其觀測能力提高了五十倍。採用了鏡片組合技術，把在地面製造的鏡片元件在空間軌道上裝配成整鏡。要把整組鏡片送入太空，需進行十一次發射，這是最後一次。與此同時，哈伯二號在國際太空站附近的裝配已接近完成。兩個月後，它就可以把自己的視野指向宇宙深處。

「你們這群強盜，又奪走了一件美好的東西！」林格對旁邊那位身材高大的男人說，他是在場的人中唯一沒有被這景象打動的，這類發射他見得多了，整個過程中他只是靠在倒數計時牌上抽菸。喬治・斐茲羅是哈伯二號太空望遠鏡被徵用後的軍方代表，由於他大多數時間穿著便服，林格不知道他的軍銜，也從沒稱他為先生，對強盜直呼其名就行了。

「博士，戰時軍方有權徵用一切民用設施。再說，你們這些人並沒有給哈伯二號研磨一塊鏡片組件、設計一顆鏍釘，你們都是些坐享其成的人，要抱怨也輪不到你們。」斐茲羅打了個哈欠說，應付這幫書呆子真是件苦差事。

「可沒有我們，它就失去了存在的意義！民用設施？它能看到宇宙的邊緣，而你們這些鼠目寸光之輩，只打算用它盯著最近的恆星看！」

「我說過，這是戰時，保衛全人類的戰爭，就算您忘了自己是美國人，至少還記得自己是人吧。」

林格哼著點點頭，然後又嘆息著搖搖頭：「可是你們希望用哈伯二號看到什麼呢？你肯定知道它根本不可能觀察到三體行星。」

斐茲羅嘆口氣說：「現在更糟的是，公眾甚至認為哈伯二號能看到三體艦隊。」

「哦？很好。」林格說，他的臉在夜色中模糊不清，但斐茲羅能感覺到他幸災樂禍的表情，這像空氣中正在充滿的某種刺鼻的味道一樣使他難受，這味道是風從發射架那邊吹過來的。

「博士，你應該知道這事的後果。」

「如果公眾對哈伯二號抱有這樣的期望，那他們很可能要等到親眼看見三體艦隊的照片後才真正相信敵人的存在！」

「你認為這很好？」

「你們沒有向公眾解釋過嗎？」

「當然解釋過！為此開了四次記者招待會，我反覆說明：雖然哈伯二號太空望遠鏡的觀察能力是現有的最大望遠鏡的幾十倍，但它絕對不可能看到三體艦隊。它們太小了！從太陽系觀測宇宙中另一顆恆星的衛星，就像從美國西海岸觀察東海岸一盞檯燈旁的一隻蚊子，而三體艦隊只有蚊子腿上的細菌那麼大。我把事情說得夠清楚了吧？」

「夠清楚了。」

「但公眾就願意那麼想，我們有什麼辦法？我在這個位置已經時間不短了，還沒看到有哪一項重大的太空計畫沒被他們想歪的。」

「我早說過，在太空計畫方面，軍方已經失去了基本的信譽。」

「但他們願意相信你，他們不是稱你為第二個卡爾．薩根嗎？你那幾本宇宙學科普書可賺了不少錢，請出來幫幫忙吧，這是軍方的意思，我正式轉達了。」

「我們是不是私下裡談談條件？」

「沒什麼條件！你是在盡一個美國公民，不，地球公民的責任。」

「把分配給我的觀測時間再多一些，要求不高，比例提到五分之一怎麼樣？」

「現在的八分之一比例已經不錯了，誰也不知道以後能不能保證這個比例。」斐茲羅揮手指指發射架方向的遠方，火箭留下的煙霧正在散開，在夜空中塗出髒兮兮的一片，被地面發射架上的燈光一照，像牛仔褲上的奶漬，那股子難聞的味道更重了。火箭首級使用液氫和液氧燃料，應該不會有味道，可能是焰流把發射架下導流槽附近的什麼東西燒了，斐茲羅接著說：「我告訴你，這一切肯定會愈來愈糟的。」

羅輯感到主席台上傾斜的懸崖向他壓下來，一時僵在那裡，會場裡鴉雀無聲，直到他後面低低地響起一個聲音：「羅輯博士，請。」他才木然地站起來，邁著機械的步子向主席台上走去。在這段短短的路上，羅輯彷彿回到了童年，充滿了一個孩子的無助感，渴望能拉著誰的手向前走，但沒有人向他伸出手來。他走上主席台，站在希恩斯的旁邊，轉身面向會場，面對著幾百雙聚集在他身上的目光，投來這目光的那些人代表著地球上二百多個國家的六十億人。

以後的會議都有些什麼內容，羅輯全然不知，他只知道在站了一會兒後被人領著走下了主席台，同另外三位面壁者一起坐在了第一排的中央，他在迷茫中錯過了宣布面壁計畫啟動的歷史性時刻。

不知過了多長時間，會議似乎結束了，人們開始起身散去，坐在羅輯左邊的三位面壁者也離開了，一個人，好像是坎特，在他耳邊輕聲說了句什麼，然後也離去了。會場空了，只有祕書長仍站在主席台上，她那嬌小的身影在將傾的懸崖下與他遙遙相對。

「羅輯博士，我想您有問題要問。」薩伊那輕柔的女聲在空曠的會場裡迴蕩，像來自天空般空靈。

「是不是弄錯了？」羅輯說，聲音同樣空靈，感覺不是他自己發出的。

薩伊在主席台上遠遠地笑笑，意思很明白：您認為這可能嗎？

「為什麼是我？」羅輯又問。

「這需要您自己找出答案。」薩伊回答。

「我只是個普通人。」

「在這場危機面前，我們都是普通人，但都有自己的責任。」

「沒有人預先徵求過我的意見，我對這事一無所知。」

薩伊又笑了笑：「您的名字叫 Logic？」

「是的。」

「那您就應該能想到，這種使命在被交付前，是不可能向要承擔它的人徵求意見的。」

「我拒絕。」羅輯斷然地說，並沒有細想薩伊上面那句話。

「可以。」

這回答來得如此快，幾乎與羅輯的話無縫連接，一時間反倒令他不知所措起來。他發呆了幾秒鐘後說：

「我放棄面壁者的身分，放棄被授予的所有權力，也不承擔你們強加給我的任何責任。」

「可以。」

簡潔的回答仍然緊接著羅輯的話，像蜻蜓點水般輕盈迅捷，令羅輯剛剛能夠思考的大腦又陷入一片空白。

「那我可以走了嗎？」羅輯只能問出這幾個字。

「可以，羅輯博士，您可以做任何事情。」

羅輯轉身走去，穿過一排排的空椅子。剛才異常輕鬆地推掉面壁者的身分和責任，並沒有令他感到絲毫的解脫和安慰，現在充斥著他的意識的，只有一種荒誕的不真實感，這一切，像一齣沒有任何邏輯的後現代戲劇。

走到會場出口時，羅輯回頭看看，薩伊仍站在主席台上看著他，她的身影在那面大懸崖下顯得很小很無助，看到他回頭，她對他點頭微笑。

羅輯轉身繼續走去，在那個掛在會場出口處的能顯示地球自轉的傅立葉單擺旁，他遇到了史強和坎特，還有一群身著黑西裝的安全保衛人員。他們用詢問的目光看著他，但那目光中更多的是羅輯以前從未感受過的敬畏和崇敬，即使之前對他保持著較為自然姿態的史強和坎特，此時也毫無掩飾地把這種表情顯露出來。

羅輯一言不發，從他們中間徑直穿過。他走過空曠的前廳，這裡和來時一樣，只有黑衣警衛們，同樣的，他每走過他們中的一個，那人就在對講機上低聲說一句。當羅輯來到會議中心的大門口時，史強和坎特攔住了他。

「外面可能有危險，需要安全保衛嗎？」史強問。

「不需要，走開。」羅輯兩眼看著前方回答。

「好的，我們只能照你說的做。」史強說著，和坎特讓開了路，羅輯出了門。

清涼的空氣撲面而來，天仍黑著，但燈光很亮，把外面的一切都照得很清晰。特別聯大的代表們都已乘車離去，這時廣場上稀疏的人們大多是遊客和普通市民，這次歷史性會議的新聞還沒有發布，所以他們都不認識羅輯，他的出現沒有引起任何注意。

面壁者羅輯就這樣夢遊般地走在荒誕的現實中，恍惚中喪失了一切理智的思維能力，不知自己從哪裡來，更不知要到哪裡去。不知不覺間，他走到了草坪上，來到一尊雕塑前，無意中掃了一眼，他看到那是一個男人正在用鐵錘砸一柄劍，這是前蘇聯政府送給聯合國的禮物，名叫「鑄劍為犁」。但在羅輯現在的印象中，鐵錘、強壯的男人和他下面被壓彎的劍，形成了一個極其有力的構圖，使得這個作品充滿著暴力的暗示。

果然，羅輯的胸口像被那個男人猛砸了一錘，巨大的衝擊力使他仰面倒地，甚至在身體接觸草地之前，他已經失去了知覺。但休克的時間並不長，他的意識很快在劇痛和眩暈中部分恢復了，他的眼前全是刺眼的手電筒光，只得把眼睛閉上。後來光圈從他的眼前移開了，他模糊地看到了上方的一圈人臉，在眩暈和劇痛產生的黑霧中，他認出了其中一個是史強的臉，同時也聽到了他的聲音：

「你需要安全保護嗎？我們只能照你說的做！」

羅輯無力地點點頭。然後一切都是閃電般迅速，他感到自己被抬起，好像是放到了擔架上，然後擔架被抬起來。他的周圍一直緊緊地圍著一圈人，他感到自己是處於一個由人的身體構成四壁的窄坑中，由於「坑」口上方能看到的只有黑色的夜空，他只能從圍著他的人們腿部的動作上判斷自己是在被抬著走。很快，「坑」消失了，上方的夜空也消失了，代之以亮著燈的救護車頂板。羅輯感到自己的嘴裡有血腥味，他一陣噁心翻身吐了出來，旁邊的人很專業地用一個塑膠袋接住他的嘔吐物，吐出來的除了血還有在飛機上吃進去的東西。吐過之後，有人把氧氣面罩扣在他的臉上，呼吸順暢後他感覺舒服了一些，但胸部的疼痛依舊，他感覺胸前的衣服被撕開了，驚恐地想像著那裡的傷口湧出的鮮血，但好像不是那麼回事，他們沒有進行包紮之類的處理，只是把毯子蓋到他身上。時間不長，車停了，羅輯被從車裡抬出來，向上看到夜空和醫院走廊的頂部依次移去，然後看到的是急救室的天花板，ＣＴ掃描器那道發著紅光的長縫從他的上方緩緩移過，這期間醫生和護士的臉不時在上方出現，他們在檢查和處理他的胸部時弄得他很疼。最後，當他的上方是病房的天花板時，一切都安定下來。

「有一根肋骨斷了，有輕微的內出血，但不嚴重，總之你傷得不重，但因為內出血，你現在需要休息。」一位戴眼鏡的醫生低頭看著他說。

這次，羅輯沒有拒絕安眠藥，在護士的幫助下吃過藥後，他很快睡著了。夢中，聯合國會場主席台上面那前傾的懸崖一次次向他倒下來，「鑄劍為犁」的那個男人掄著鐵錘一次次向他砸來，這兩個場景交替出現。後來，他來到心靈最深處的那片寧靜的雪原上，走進了那間古樸精緻的小木屋，他創造的夏娃從壁爐前站起身，那雙美麗的眼睛含淚看著他……羅輯在這時醒來了一次，感覺自己的眼淚也在流著，把枕頭浸濕了一小片，病房裡的光線已為他調得很暗，她沒有在他醒著的時候出現，於是他又睡著了，想回到那間小木屋，但以後的睡眠無夢了。

再次醒來時，羅輯知道自己已經睡了很長時間，感到精力恢復了一些，雖然胸部的疼痛時隱時現，但他在感覺上已經確信自己確實傷得不重。他努力想坐起來，那個金髮碧眼的護士並沒有阻止他，而是把枕頭墊高幫他半躺著靠在上面。過了一會兒，史強走進了病房，在他的床前坐下。

「感覺怎麼樣？穿防彈衣中槍我有過三次，應該沒有太大的事。」史強說。

「大史，你救了我的命。」羅輯無力地說。

史強擺了下手：「出了這事，應該算是我們的失職吧，當時，我們沒有採取最有效的保衛措施，我們只能聽你的，現在沒事了。」

「他們三個呢？」羅輯問。

大史馬上就明白他指的是誰：「都很好，他們沒有你這麼輕率，一個人走到外面。」

「是ETO要殺我們嗎？」

「應該是吧，凶手已經被捕了，幸虧我們在你後面布置了蛇眼。」

「什麼？」

「一種很精密的雷達系統，能根據子彈的彈道迅速確定射手的位置。那個凶手的身分已經確定，是ETO軍事組織的遊擊戰專家。我們沒想到他居然敢在那樣的中心地帶下手，所以他這次行動幾乎是自殺性質的。」

「我想見他。」

「誰，凶手？」

羅輯點點頭。

「好的，不過這不在我的許可權內，我只負責安全保衛，我去請示一下。」史強說完，起身出去了，他現在顯得謹慎而認真，與以前那個看上去大大咧咧的人很不同，一時讓羅輯有些不適應。

史強很快回來了，對羅輯說：「可以了，就在這兒見呢，還是換個地方？醫生說你起來走路沒問題的。」

羅輯本想說換個地方，並起身下床，但轉念一想，這副病懨懨的樣子更合自己的意，就又在床上躺了下來：「就在這兒吧。」

「他們正在過來，還要等一會兒，你先吃點兒東西吧，離飛機上吃飯已經過去一整天了。我先去安排一下。」史強說完，起身又出去了。

羅輯剛吃完飯，凶手就被帶了進來，他是一個年輕人，有著一副英俊的歐洲面孔，但最大的特徵是他那淡淡的微笑，那笑容像是長在他臉上似的，從不消退。他沒有戴手銬什麼的，但一進來就被兩個看上去很專業的押送者按著坐在椅子上，同時病房門口也站了兩個人，羅輯看到他們佩著的胸卡上有三個字母的部門簡寫，但既不是FBI也不是CIA。

羅輯盡可能做出一副奄奄一息的樣子，但凶手立刻揭穿了他：「博士，好像沒有這麼嚴重吧。」凶手說這話的時候笑了笑，這是另一種笑，疊加在他那永遠存在的微笑上，像浮在水上的油漬，轉瞬即逝：「我很抱歉。」

「抱歉殺我？」羅輯從枕頭上轉頭看著凶手說。

「抱歉沒殺了您，本來我認為在這樣的會議上您是不會穿防彈衣的，沒想到您是個為了保命不拘小節的人，否則，我就會用穿甲彈，或乾脆朝您的頭部射擊，那樣的話，我完成了使命，您也從這個變態的、非正常人所能承擔的使命中解脫了。」

「我已經解脫了，我向聯合國祕書長拒絕了面壁者使命，放棄了所有的權力和責任，她也代表聯合國答應了。當然，這些你在殺我的時候一定還不知道，ETO白白浪費了一個優秀殺手。」

凶手臉上的微笑變得鮮明了，就像調高了一個顯示幕的亮度：「您真幽默。」

「什麼意思？我說的都是絕對真實的，不信……」

「我信，不過，您真的很幽默。」凶手說，仍保持著那鮮明的微笑，這微笑羅輯現在只是無意中淺淺地記下了，但很快它將像灼熱的鐵水一般在他的意識中烙下印記，讓他疼痛一生。

羅輯搖搖頭，長出一口氣仰面躺著，不再說話。

凶手說：「博士，我們的時間好像不多，我想您叫我來不僅僅是要開這種幼稚的玩笑吧。」

「我還是不明白你的意思。」

「要是這樣，對於一個面壁者而言，您的智力是不合格的，羅輯博士，您太不 Logic 了，看來我的生命真的是浪費了。」凶手說完抬頭看看站在他身後充滿戒備的兩個人：「先生們，我想我們可以走了。」

那兩人用詢問的目光看著羅輯，羅輯朝他們擺擺手，凶手便被帶了出去。

羅輯從床上坐起來，回味著凶手的話，有一種詭異的感覺，肯定有什麼地方不對，但他又不知道是哪裡不對。他下了床，走了兩步，除了胸部隱隱作疼外沒什麼大礙。他走到病房的門前，打開門向外看了看，門口坐著的兩個人立刻站了起來，他們都是拿著衝鋒槍的警衛，其中一人又對著肩上的對講機說了句什麼。羅輯看到明淨的走廊裡空蕩蕩的，但在盡頭也有兩個荷槍實彈的警衛。他關上門，回到窗前拉開窗簾，從這裡高高地看下去，發現醫院的門前也布滿了全副武裝的警衛，還停著兩輛綠色的軍車，除了偶爾有一兩個穿白衣的醫院人員匆匆走過外，沒看到其他的人。仔細看看，還發現對面的樓頂上也有兩個人正在用望遠鏡觀察著四周，旁邊架著狙擊步槍，憑直覺，他肯定自己所在的樓頂上也布置著這樣的警衛狙擊手。這些警衛不是警方的人，看裝束都是軍人。羅輯叫來了史強。

「這醫院還處在嚴密警戒中，是嗎？」羅輯問。

「是的。」

「如果我讓你們把這些警戒撤了，會怎麼樣？」

「我們會照辦，但我建議你不要這樣做，現在很危險的。」

「你是什麼部門的？負責什麼？」

「我屬於國家地球防務安全部，負責你的安全。」

「可我現在不是面壁者了，只是一個普通公民，就算是有生命危險，也應是警方的普通事務，怎麼能享受地球防務安全部門如此級別的保衛？而且我讓撤就撤，我讓來就來，誰給我這種權力？」

史強的臉上沒有任何表情，像是一個橡膠面具似的：「給我們的命令就是這樣。」

「那個……坎特呢？」

「在外面。」

「叫他來！」

大史出去後，坎特很快進來了，他又恢復了聯合國官員那副彬彬有禮的表情。

「羅輯博士，我本想等您的身體恢復後再來看您。」

「你現在在這裡幹什麼？」

「我負責您與行星防禦理事會的日常聯絡。」

「可我已經不是面壁者了！」羅輯大聲說，然後問：「面壁計畫的新聞發布了嗎？」

「向全世界發布了。」

「那我拒絕做面壁者的事呢？」

「當然也在新聞裡。」

「是怎麼說的？」

「很簡單：在本屆特別聯大結束後，羅輯聲明拒絕了面壁者的身分和使命。」

「那你還在這裡幹什麼？」

「我負責您的日常聯絡。」

羅輯茫然地看著坎特，後者也像是戴著和大史一樣的橡皮面具，什麼都看不出來。

「如果沒有別的事，我走了，您好好休息吧，可以隨時叫我的。」坎特說，然後轉身走去，剛走到門口，羅輯就叫住了他。

「我要見聯合國祕書長。」

「面壁計畫的具體指揮和執行機構是行星防禦理事會，最高領導人是ＰＤＣ輪值主席，聯合國祕書長對

ＰＤＣ沒有直接的領導關係。」

羅輯想了想說：「我還是見祕書長吧，我應該有這個權利。」

「好的，請等一下。」坎特轉身走出病房，很快回來了，他說：「祕書長在辦公室等您，我們這就動身嗎？」

聯合國祕書長的辦公室在祕書處大樓的三十四層，羅輯一路上仍處於嚴密的保護下，簡直像被裝在一個活動的保險箱中。辦公室比他想像的要小，也很簡樸，辦公桌後面豎立著的聯合國旗幟占了很大空間，薩伊從辦公桌後走出來迎接羅輯。

「羅輯博士，我本來昨天就打算到醫院去看您的，可您看……」她指了指堆滿文件的辦公桌，那裡唯一能顯示女主人個人特點的東西僅是一隻精緻的竹製筆筒。

「薩伊女士，我是來重申我會議結束後對您的聲明的。」羅輯說。

薩伊點點頭，沒有說話。

「我要回國，如果現在我面臨危險的話，請代我向紐約警察局報案，由他們負責我的安全，我只是一個普通公民，不需要ＰＤＣ來保護我。」

薩伊又點點頭：「這當然可以做到，不過我還是建議您接受現在的保護，因為比起紐約警方來，這種保護更專業更可靠一些。」

薩伊回到辦公桌後面，站在聯合國旗幟下，對羅輯露出微笑：「您認為呢？」同時，她對著沙發做著手勢請羅輯坐下。

「請您誠實地回答我：我現在還是面壁者嗎？」

羅輯發現，薩伊臉上的微笑很熟悉，這種微笑他在那個年輕的凶手臉上也見過，以後，他也將會在每一個面對他的人的臉上和目光中看到。這微笑後來被稱為「對面壁者的笑」，它將與蒙娜麗莎的微笑和柴郡貓的露齒笑一樣著名。薩伊的微笑終於讓羅輯冷靜下來，這是自她在特別聯大主席台上對全世界宣布他成為面壁者以來，他第一次真正的冷靜。他在沙發上緩緩地坐下，剛剛坐穩，就明白了一切。

天啊！

僅一瞬間，羅輯就悟出了面壁者這個身分的實質。正如薩伊曾說過的，這種使命在被交付前，是不可能向要承擔它的人徵求意見的；而面壁者的使命和身分一旦被賦予，也不可能拒絕或放棄。這種不可能並非來自於誰的強制，而是一個由面壁計畫的本質所決定的冷酷邏輯，因為當一個人成為面壁者後，一層無形的不可穿透的屏障就立刻在他與普通人之間建立起來，他的一切行為就具有了面壁計畫的意義，正像那對面壁者的微笑所表達的涵義：

我們怎麼知道您是不是已經在工作了？

羅輯現在終於明白，面壁者是歷史上從未有過的最詭異的使命，它的邏輯冷酷而變態，但卻像鎖住普羅米修斯的鐵環般堅固無比，這是一個不可撤銷的魔咒，面壁者根本不可能憑自身的力量打破它。不管他如何掙扎，一切的一切都在對面壁者的微笑中被賦予了面壁計畫的意義：

我們怎麼知道您是不是在工作？

一股從未有過的衝天怒火湧上羅輯的心頭，他想聲嘶力竭地大叫，想問候薩伊和聯合國的母親，再問候特別聯大所有代表和行星防禦理事會的母親，問候全人類的母親，最後問候三體人那並不存在的母親。他想跳起來砸東西，先扔了薩伊辦公桌上的文件、地球儀和竹節筆筒，再把那面藍旗撕個粉碎……但羅輯終於還是明白了這是什麼地方，他面對的是誰，最終控制了自己，站起來後又重重地把自己摔回沙發上。

「為什麼選擇我？比起他們三個，我沒有任何資格。我沒有才華，沒有經驗，沒見過戰爭，更沒有領導過國家；我也不是有成就的科學家，只是一個憑著幾篇東拼西湊的破論文混飯吃的大學教授；我是個今朝有酒今朝醉的人，自己都不想要孩子，哪他媽在乎過人類文明的延續……為什麼選中我？」羅輯在說話開始用兩手捂著頭，說到最後從沙發上跳起來。

薩伊臉上的笑容消失了：「羅輯博士，說句實話，我們對此也百思不得其解，正因為如此，在所有面壁者中，您所能調動的資源是最少的。選擇您確實是歷史上最大的冒險。」

「但選擇我總是有原因的！」

「是的，只是間接的原因，真正的原因誰都不知道，我說過，您要自己去找出來。」

「那間接的原因是什麼?!」

「對不起，我沒有被授權告訴您，但我相信，適當的時候您會知道的。」

羅輯感到，他們之間能說的話已經說完了，於是轉身向外走去。走到辦公室門口才想起來沒有告辭，他停住腳步轉回身來，像在會場那次一樣，薩伊對他點頭微笑，不同的是他這次理解了這微笑的涵義。

薩伊說：「很高興我們能再次見面，但以後，您的工作是在行星防禦理事會的框架內進行，直接對PDC輪值主席負責。」

「您對我沒有信心，是嗎？」羅輯問。

「我說過，選擇您是一次重大的冒險。」

「那您是對的。」

「冒險是對的嗎？」

「不，對我沒有信心是對的。」

羅輯仍然沒有告辭，徑直走出辦公室。他又回到了剛被宣布成為面壁者時的狀態，漫無目標地走著。他走到走廊盡頭，進入了電梯，下到一樓大廳，然後走出祕書處大樓，再次來到聯合國廣場上。一路上，一直有幾名安全保衛人員簇擁在他周圍，他幾次不耐煩地推開他們，但他就像一塊磁鐵，走到哪裡都把他們吸在周圍。這次是白天，廣場上陽光明媚，史強和坎特走了過來，讓他儘快回到室內或車裡。

「我這一輩子都見不得陽光了，是嗎？」羅輯對史強說。

「不是，他們清理了周邊，這裡現在比較安全了，但遊人很多，他們都認識你，大群人圍過來就不好辦了，你也不希望那樣吧。」

羅輯向四周看了看，至少現在還沒人注意到他們這一小群人。他起步朝與祕書處大樓相連的會議中心走去，很快進去了，這是他第二次進入這裡。他的目標明確，知道自己要去什麼地方，經過那個懸空陽台後，他看到了那塊色彩斑斕的彩色玻璃板，從玻璃板前向右，他進入了默思室，閉上門，把跟來的史強、坎特和警衛們都擋在外面。

羅輯再次看到了那塊呈規則長方體的鐵礦石，第一個想法是一頭撞上去一了百了，但他接下來做的是躺在石頭那平整光滑的表面上，石頭很涼，吸走了他心中的一部分狂躁，他的身體感覺著礦石的堅硬，十分奇怪地，他竟在這種時候想起了中學物理老師出過的一道思考題：如何用大理石做一張床，使人躺上去感覺像席夢思一樣柔軟？答案是把大理石表面挖出一個與人的身體背部一模一樣形狀的坑，躺到坑裡，壓力均勻分布，感覺就十分柔軟了。羅輯閉上雙眼，想像著自己的體溫融化了身下的鐵礦石，形成了一個那樣的坑……就用這種方式，他使自己漸漸冷靜下來。過了一會兒，他再次睜開雙眼，望著樸素的天花板。

默思室是第二任聯合國祕書長，瑞典人達格．哈馬舍爾德提議設立的，他認為在決定歷史的聯合國大會堂外，應該有一處讓人沉思的地方。羅輯不知道是否真的有國家元首或聯合國代表在這裡沉思過，但一九六一年死於空難的哈馬舍爾德絕不會想到默思室裡會有他這樣一位面壁者在發呆。

羅輯再一次思考自己所陷入的邏輯陷阱，也再一次確定自己絕對無法從這個陷阱中自拔。

於是，他把注意力轉向自己因此擁有的權力，雖然如薩伊所說，他是四個面壁者中權力最小的一個，但他能夠使用的資源肯定依然是相當驚人的，關鍵是，他在使用這些資源時無須對任何人做出解釋，事實上，他職責中很重要的部分就是使自己的行為令人無法理解，而且，更進一步，還要努力使人產生盡可能多的誤解。這是人類歷史上從未有過的事，古代的專制帝王也許可以為所欲為，但最終還是要對自己的行為做出解釋的。

既然現在我剩下的只有這奇特的權力了，那何不用之？

羅輯對自己說完這句話便坐了起來，只想了很短的時間，便決定了下一步要做的事。

他從這堅硬的石床上下來，打開門，要求見行星防禦理事會主席。

本屆ＰＤＣ的輪值主席是一名叫伽爾寧的俄羅斯人，一個身材魁梧的白鬍子老頭。ＰＤＣ主席的辦公室比祕書長的低了一層，當羅輯進去時，他正在打發剛來的幾個人，這些人中有一半是穿軍裝的。

「啊，您好，羅輯博士，聽說您有些小麻煩，我就沒有急著與您聯繫。」

「另外三個面壁者在做什麼？」

「他們都在忙著組建自己的參謀部，我勸您也儘快著手這個工作，在開始階段，我會派一批顧問協助您。」

「我不需要什麼參謀部。」

「啊，如果您覺得這樣更好的話……如果您需要，隨時可以組建。」

「我能用一下紙和筆嗎？」

「當然。」

羅輯看著面前的白紙問：「主席先生，您有過夢想嗎？」

「哪一方面的？」

「比如，您是否幻想過自己住在某個很美的地方？」

伽爾寧苦笑著搖搖頭：「我昨天剛從倫敦飛來，飛機上一直在辦公，到這裡後剛睡了不到兩個小時，就又急著來上班。今天的ＰＤＣ例會結束後，我就要連夜飛到東京去……我這輩子就是奔波的命，每年在家的時間不超過三個月，這種夢想對我有什麼意義？」

「可我有自己的夢想之地，有好多個，我選了最美的一個。」羅輯拿起鉛筆，在紙上畫了起來：「這兒沒有顏色，您需要想像：看，這是幾座雪山，很險峻的那種，像天神之劍，像地球的長牙，在藍天的背景上，銀亮銀亮的，十分耀眼……」

「嗯嗯……」伽爾寧很認真地看著：「這是個很冷的地方。」

「錯了！雪山下面的地區不能冷，是亞熱帶氣候，這是關鍵！在雪山的前方，有一片廣闊的湖泊，水是比天空更深的那種藍，像您愛人的眼睛……」

「我愛人的眼睛是黑色的。」

「啊，那湖水就藍得發黑，這更好。湖的周圍，要有大片的森林和草原，注意，森林和草原都要有，不能只有一樣。這就是這個地方了：雪山、湖、森林和草原，這一切都要處於純淨的原生態，當您看到這個地方時，會幻想地球上從來沒有出現過人類。在這兒，湖邊的草地上，建造一個莊園，不需要很大，但現代化的生活設施應該齊全，房子的樣式可以是古典的也可以是現代的，但要和周圍的自然環境協調。還要有必要的配套設施，比如噴泉、游泳池什麼的，總之，要保證這裡的主人過上舒適的貴族生活。」

「誰會是這裡的主人呢？」

「我呀。」

「你到那裡去幹什麼？」

「安度餘生。」

羅輯等著伽爾寧出言不遜，但後者嚴肅地點點頭：「委員會審核後，我們就立刻去辦。」

「您和您的委員會不對我的動機提出質疑嗎？」

伽爾寧聳聳肩：「委員會對面壁者可能的質疑主要在以下兩個方面：使用的資源數量超過了設定的範

圍，或對人類生命造成傷害。除此之外，任何質疑都是違反面壁計畫基本精神的。其實，泰勒、雷迪亞茲和希恩斯很讓我失望，看他們這兩天那副運籌帷幄的樣子，那些宏偉的戰略計畫，讓人一眼就看出他們在做什麼。但你和他們不同，你的行為讓人迷惑，這才像面壁者。」

「您真相信世界上有我說的那種地方？」

伽爾寧又像剛才那樣眨著一隻眼笑笑，同時做了一個「ＯＫ」的手勢：「地球很大，應該有這種地方的，而且，說真的，我就見過。」

「那真是太好了，請您相信，保證我在那裡舒適的貴族生活，是面壁計畫的一部分。」

伽爾寧嚴肅地點點頭。

「哦，還有，如果找到了合適地方，永遠不要告訴我它在哪裡。」

不不，別說在哪兒！一知道在哪兒，世界就變得像一張地圖那麼小了；不知道在哪兒，感覺世界才廣闊呢。

伽爾寧又點點頭，這次顯得很高興：「羅輯博士，您除了像我心目中的面壁者外，還有一個最令人滿意的地方：這項行動是四個面壁者中投入最小的，至少目前是如此。」

「如果是這樣，那我的投入永遠不會多。」

「那您將是我所有繼任者的恩人，錢的事真是讓人頭疼……往後具體的執行部門可能要向您諮詢一些細節問題，我想主要是關於房子的。」

「對了，關於房子，我真的忘了一個細節，非常重要的。」

「您說吧。」

羅輯也學著伽爾寧眨著一隻眼笑笑：「要有壁爐。」

父親的葬禮後，章北海又同吳岳來到了新航母的建造船塢，「唐」號工程這時已完全停工，船殼上的焊花消失了，在正午的陽光下，巨大的艦體已沒有一點兒生氣，給他們的感覺除了滄桑還是滄桑。

「它也死了。」章北海說。

「你父親是海軍高層中最睿智的將領，要是他還在，我也許不會陷得這麼深。」吳岳說。

章北海說：「你的失敗主義是建立在理性基礎上的，至少是你自己的理性，我不認為有誰能真正讓你振作起來。吳岳，我這次不是來向你道歉的，我知道，在這件事上你不恨我。」

「我要感謝你，北海，你讓我解脫了。」

「你可以回海軍去，那裡的工作應該很適合你。」

吳岳緩緩地搖搖頭，「我已經提交了退役申請。回去幹什麼？現有的驅逐艦和護衛艦建造工程都下馬了，艦艇上已經沒有我的位置，去艦隊司令部坐辦公室嗎？算了吧。再說，我真的不是一名合格的軍人，只願意投身於有勝利希望的戰爭的軍人，不是合格的軍人。」

「不論是失敗或勝利，我們都看不到。」

「但你有勝利的信念，北海，我真的很羨慕你，羨慕到嫉妒，這個時候有這種信念，對軍人來說是一種最大的幸福，你到底是章將軍的兒子。」

「那你以後有什麼打算？」

「沒有，我感覺自己的一生已經結束了，」吳岳指指遠處的「唐」號：「像它一樣，還沒起航就結束了。」

一陣低沉的隆隆聲從船塢方向傳來，「唐」號緩緩地移動起來，為了騰空船塢，它只能提前下水，再由拖輪拖往另一處船塢拆毀。當「唐」號那尖利的艦首衝開海水時，章北海和吳岳感覺它那龐大的艦體又有了一絲生氣。它很快進入海中，激起的大浪使港口中的其他船隻都上下起伏起來，彷彿在向它致意。「唐」號在海水中漂浮著，緩緩前行，靜靜地享受著海的擁抱，在短暫而殘缺的生涯中，這艘巨艦至少與海接觸了一次。

虛擬的三體世界處於深深的暗夜中，除了稀疏的星光外，一切都沉浸在墨汁般的黑暗裡，甚至連地平線都看不到，荒原和天空在漆黑中融為一體。

「管理員，調出一個恆紀元來，沒看到要開會了嗎？」有聲音喊道。

管理員的聲音彷彿來自整個天空：「這我做不到。紀元是按核心模型隨機運行的，沒有外部設定介面。」

黑暗中的另一個聲音說：「你加快時間進度，找到一段穩定的白晝就行了，用不了太長時間的。」

世界快速閃爍起來，太陽不時在空中穿梭而過，很快，時間進度恢復正常，一輪穩定的太陽照耀著世界。

「好了，我也不知道能維持多久。」管理員說。

陽光照著荒漠上的一群人，他們中有些熟悉的面孔：周文王、牛頓、馮紐曼、亞里斯多德、墨子、孔子、愛因斯坦等等，他們站得很稀疏，都面朝秦始皇，後者站在一塊岩石上，把長劍扛在肩上。

「我不是一個人，」秦始皇說：「這是核心領導層的七人在說話。」

「你不應該在這裡談論新的領導層，那是還沒有最後確定的事情。」有人說，其他人也騷動起來。

「好了，」秦始皇吃力地舉了一下長劍說：「領導權的爭議先放一放，我們該做些更緊急的事了！大家都知道，面壁計畫已經啟動，人類企圖用個人的全封閉戰略思維對抗智子的監視，而思維透明的主絕無可能破解這個迷宮。人類憑藉這一計畫重新取得了主動，四個面壁者都對主構成了威脅。按照上次網外會議的決議，我們應該立刻啟動破壁計畫。」

聽到最後那個詞，眾人安靜下來，沒有人再提出異議。

秦始皇接著說：「對於每一個面壁者，我們將指定一個破壁人。與面壁者一樣，破壁人將有權調用組織內的一切資源，但你們最大的資源是智子，它們將面壁人的一舉一動完全暴露在你們面前，唯一成為祕密的就是他們的思想。破壁人的任務，就是在智子的協助下，通過分析每一個面壁者公開和祕密的行為，儘快破解他們真實的戰略意圖。下面，領導層將指定破壁人。」

秦始皇把長劍伸出，以冊封騎士的方式搭在馮紐曼的肩上：「你，破壁人一號，弗雷德里克·泰勒的破壁人。」

馮紐曼單腿跪下，把左手放到右肩上行禮：「是，接受使命。」

秦始皇把長劍搭在墨子的肩上：「你，破壁人二號，曼努爾·雷迪亞茲的破壁人。」

墨子沒有跪下，站得更直了，高傲地點點頭：「我將是第一個破壁的。」

長劍又搭在亞里斯多德的肩上：「你，破壁人三號，比爾·希恩斯的破壁人。」

亞里斯多德也沒跪下，抖抖長袍，若有所思地說：「是，他的破壁人也只能是我了。」

秦始皇把長劍扛回肩上，環視眾人說：「好了，破壁人已經產生，與面壁者一樣，你們都是精英中的精英，主與你們同在！你們將借助冬眠，與面壁者一起開始漫長的末日之旅。」

「我認為冬眠是不需要的，」亞里斯多德說：「在我們正常過完一生之前，就可完成破壁使命。」

墨子贊同地點點頭：「破壁之時，我將親自面見自己的面壁者，我將好好欣賞他的精神如何在痛苦和絕望中崩潰，為了這個，值得搭上我的餘生。」

其他兩位破壁人也都表示在最後的破壁時刻將親自去見自己的面壁者，馮紐曼說：「我們將揭露人類在智子面前所能保守的最後一線祕密，這是我們能為主做的最後一件事，之後，我們也沒有存在的必要了。」

「羅輯的破壁人呢？」有人問。

這話似乎觸動了秦始皇心中的什麼東西，他把長劍拄在地上沉思著。這時，空中的太陽突然加快了下落的速度，所有人的影子都被拉長，最後一直伸向天邊。在太陽落下一半後，突然改變運行方向，沿著地平線幾次起落，像不時浮出黑色海面的金光四射的鯨背，使得由空曠荒漠和這一小群人構成的簡單世界在光明與黑暗中時隱時現。

「羅輯的破壁人就是他自己，他需要自己找出他對主的威脅所在。」秦始皇說。

「我們知道他對主的威脅是什麼嗎？」有人問。

「不知道，但主知道，伊文斯也知道，伊文斯教會了主隱瞞這個祕密，而他自己死了，所以我們不可能知道。」

「所有的面壁者中，羅輯是不是最大的威脅？」有人小心翼翼地問。

「這我們也不知道，只有一點是清楚的，」秦始皇仰望著在藍黑間變幻的天幕說：「在四個面壁者中，只有他，直接與主對決。」

太空軍政治部工作會議。

宣布開會後，常偉思長時間地沉默著，這是以前從未有過的，他的目光穿過會議桌旁兩排政治部軍官，看著無限遠方，手中的鉛筆輕輕地頓著桌面，那噠噠的輕響彷彿是他思維的腳步。終於，他把自己從深思中拉回來。

「同志們，昨天軍委的命令已經公布，由我兼任軍種政治部主任。一個星期前我就接到了任命，但直到現在我們坐在一起，才有了一種複雜的感覺。我突然發現，自己面對的，是太空軍中最艱難的一批人，而我，現在是你們中的一員了。以前，沒有體會到這一點，向大家表示歉意。」說到這裡，常偉思推開了面前的文件：「會議的這一部分不做紀錄，同志們，我們推心置腹地交流一下，現在，我們都做一次三體人，讓大家看到自己的思想，這對我們以後的工作很重要。」

常偉思的目光在每一位軍官的臉上都停留了一兩秒鐘，他們沉默著，沒有人說話。常偉思站起來，繞過會議桌，在一排正襟危坐的軍官後面踱著步。

「我們的職責，就是使部隊對未來的戰爭建立必勝的信念，那麼，我們自己有這種信念嗎？有的請舉手，記住，我們是在談心。」

沒有人舉手，幾乎所有與會者的眼睛都看著桌面。但常偉思注意到，有一個人的目光堅定地平視著前方，他是章北海。

常偉思接著說：「那麼，認為有勝利的可能性呢？注意，我說的可能性不是百分之零點幾的偶然，而是真正有意義的可能性。」

章北海舉起一隻手，也只有他一人舉手。

「首先謝謝同志們的坦誠。」常偉思說，接著轉向章北海：「很好，章北海同志，談談你是如何建立這種信心的。」

章北海站起來，常偉思示意他坐下：「這不是正式會議，我們只是談談心。」

章北海仍然立正站著：「首長，您的問題我一兩句話說不清楚，畢竟，信念的建立是一個漫長而複雜的過程。我在這裡首先想指出的是目前部隊中的錯誤思潮。大家知道，在三體危機之前，我們一直主張用科學和理性的眼光審視未來戰爭，這種思維方式以其強大的慣性延續到現在，特別是目前的太空軍，有大批學者和科學家加入，更加劇了這種思潮。如果用這種思維方式去思考四個世紀後的星際戰爭，我們永遠無法建立起勝利的信念。」

「章北海同志的話很奇怪，」一名上校說：「堅定的信念難道不是建立在科學和理性之上的嗎？不以客觀事實為基礎建立的信念是不可能牢固的。」

「那我們首先要重新審視科學和理性，要明白，這只是我們的科學和理性，三體文明的發展高度告訴我們，我們的科學只是海邊拾貝的孩子，真理的大海可能還沒有見到。所以，我們在自己的科學和理性指導下看到的事實未必是真正的客觀事實，既然如此，我們就應該學會有選擇地忽略它，我們應該看到事物在發展變化中，不能用技術決定論和機械唯物論把未來一步看死。」

「很好。」常偉思點點頭，鼓勵他說下去。

「勝利的信念是必須建立的，這種信念，是軍隊責任和尊嚴的基礎！我軍曾經在極端困難的條件下，面對強敵，以對祖國和人民的責任感建立了對勝利堅定的信念；我相信，在今天，對全人類和地球文明的責任感也能支撐起這樣的信念。」

「但具體到部隊的思想工作，我們又如何去做呢？」一名軍官說：「太空軍的成分很複雜，這也決定了部隊思想的複雜，以後我們的工作會很難的。」

「我認為，目前至少應該從部隊的精神狀態做起。」章北海說：「從大處說，上星期我到剛歸屬本軍種的空軍和海軍航空兵部隊調研，發現這些部隊的日常訓練已經十分鬆弛了；從小處說，部隊的軍容軍紀也出現愈來愈多的問題，昨天是統一換夏裝的日子，可在總部機關居然有很多人還穿著冬季軍裝。這種精神狀態必須儘快改變。看看現在，太空軍正在變成一個科學院。當然，不可否認它目前正在承擔一個軍事科學院的使命，但我們應該首先意識到自己是軍隊，而且是處於戰爭狀態的軍隊！」

談話又進行了一些時間，常偉思坐回自己的位置上：「謝謝大家，希望以後我們能夠一直這樣坦誠交流，下面，我們進入正式的會議內容。」常偉思說著，一抬頭，又遇上了章北海的目光，沉穩中透著堅毅，令他感到一絲寬慰。

章北海，我知道你是有信念的，你有那樣的父親，不可能沒有信念。但事情肯定沒有你說的那麼簡單，我不知道你的信念是如何建立的，甚至不知道這種信念中還包含著什麼更多的內容，就像你父親，我敬佩他，但得承認，到最後也沒有看透他。

常偉思翻開了面前的文件：「目前，太空戰爭理論的研究全面展開，但很快遇到了問題：星際戰爭研究無疑是要以技術發展水準為基準的，但現在，各項基礎研究都剛剛開始，技術突破還遙遙無期，這使得我們的研究失去了依託。為了適應這種情況，總部修改了研究規畫，把原來單一的太空戰爭理論研究分成獨立的三部分，以適應未來人類世界可能達到的各種技術層次，它們分別是：低技術戰略、中技術戰略和高技術戰略。

目前，對三個技術層次的界定工作正在進行，將在各主要學科內確定大量的指標參數，但其核心的參數是萬噸級太空船的速度和航行範圍。

低技術層次：飛船的速度達到第三宇宙速度的五十倍左右，即每秒八百公里左右，飛船不具備生態循環能力。在這種情況下，飛船的作戰半徑將限制在太陽系內部，即海王星軌道以內，距太陽三十個天文單位的空間範圍裡。

中技術層次：飛船的速度達到第三宇宙速度的三百倍左右，即每秒四千八百公里，飛船具有部分生態循環能力。在這種情況下，飛船的作戰半徑將擴展至古柏帶*以外，距太陽一千個天文單位以內的空間。

高技術層次：飛船的速度達到第三宇宙速度的一千倍左右，即每秒一萬六千公里，也就是光速的百分之五；飛船具有完全生態循環能力。在這種情況下，飛船的作戰航行範圍將擴展至歐特雲†，初步具備恆星際航行能力。

失敗主義是對太空武裝力量的最大威脅，所以太空軍的政治思想工作者肩負著極其重大的使命，軍種政治部要全面參與太空軍事理論的研究，在基礎理論領域清除失敗主義的汙染，保證正確的研究方向。

今天到會的同志，都將成為太空戰爭理論課題組的成員。三個理論部門的研究雖然有重合的部分，但研究機構是相互獨立的，這三個機構名稱暫定為低技術戰略研究室、中技術戰略研究室和高技術戰略研究室，今天這次會議，就是想聽聽各位自己的選擇意向，作為軍種政治部下一步工作崗位安排的參考。下面大家都談談自己的選擇吧。」

與會的三十二名政治部軍官中，有二十四人選擇低技術戰略研究室，七人選擇中技術戰略研究室，選擇高技術戰略研究室的只有章北海一人。

「看來，北海同志是立志成為一名科幻愛好者了。」有人說，引出一些笑聲。

「我選擇的是勝利的唯一希望，只有達到這一技術層次，人類才有可能建立有效的地球和太陽系防禦系統。」章北海說。

「現在連可控核融合都沒有掌握，把萬噸戰艦推進到光速的百分之五？讓這些龐然大物比現在人類那些卡車大小的飛船還要快上一千倍？這連科幻都不是，是奇幻吧。」

「不是還有四個世紀嗎？要用發展的眼光看問題。」

「可是物理學基礎理論已經不可能再發展了。」

「現有理論的應用潛力可能連百分之一都還沒有挖掘出來。」章北海說：「我感覺，現在最大的問題是科技界的研究戰略，他們在低端技術上耗費大量資源和時間。以宇宙發動機為例，核分裂發動機根本就沒有必要搞，可現在，不但投入巨大的開發力量，甚至還在投入同樣的力量去研究新一代的化學發動機！應該

＊太陽系邊緣含有許多小冰晶的盤狀區域，距太陽三十至一百天文單位。

†包圍太陽系的球體雲團，布滿大量不活躍的彗星。

直接集中資源研究核融合發動機，而且應該越過工質型的，直接開發無工質核融合發動機*。在其他研究領域，也存在著同樣的問題，比如全封閉生態圈，是恆星際遠航飛船所必需的技術，而且對物理學基礎理論依賴較少，可現在的研究規模也很有限。」

常偉思說：「章北海同志至少提出了一個值得重視的問題：目前軍方和科技界都在忙於全面啟動自己的工作，相互之間溝通不夠。好在雙方都意識到了這種狀況，正在組織一個軍方和科技界的聯席會議，同時軍方和科學院已成立專門機構，加強雙方的交流，使太空戰略研究和科技研究形成充分的互動關係。下一步，我們將向各研究領域派出大量軍代表，同時，也將有大批科學家介入太空戰爭理論研究。還是那句話：我們不能消極等待技術突破，而應該儘快形成自己的戰略思想體系，對各領域的研究產生推動。這裡，還要談談另一層關係：太空軍和面壁者之間的關係。」

「面壁者？」有人很吃驚地問：「他們要干涉太空軍的工作嗎？」

「目前還沒有這個跡象，只有泰勒提出要到我軍進行考察。但我們也應該清楚，他們在這方面是有一定權力的，如果干涉真的出現，可能對我們的工作產生意想不到的影響。應該有這方面的思想準備，在這種情況真的出現時，應保持面壁計畫和主流防禦之間的某種平衡。」

散會後，常偉思一人坐在空蕩的會議室中，他點上一支菸，煙霧飄進一束由窗戶透入的陽光中，像是燃燒起來一樣。

不管怎麼樣，一切總算開始了。他對自己說。

羅輯第一次體會到了夢想成真的感覺。他本以為伽爾寧的承諾是吹牛，當然能找到一個原生態的很美的地方，但與他的想像中的所在肯定有很大差別。可是當他走下直升機時，感覺就是走進了自己的夢想：遠方的雪山、面前的湖泊、湖邊的草原和森林，連位置都和他給伽爾寧畫出來的一樣。特別是這裡的純淨，是他以前不敢想像的，一切像是剛從童話中搬出來一樣，清新的空氣有淡淡的甜味，連太陽都似乎小心翼翼，把它光芒中最柔和最美麗的一部分撒向這裡。最不可思議的是，湖邊真的有一座以一幢別墅為中心的小莊園，據同行的坎特說，這幢建築建於十九世紀中葉，但看上去更古老些，歲月留下的滄桑已使它與周圍的環境融為一體。

「不要吃驚，人有時候會夢到真實存在的地方。」坎特說。

「這裡有居民嗎？」羅輯問。

「方圓五公里內沒有，再向外有一些小村落。」

羅輯猜想，這個地方可能在北歐，但他沒有問。

坎特領著羅輯走進別墅，寬大的歐式風格的客廳裡，羅輯一眼就看到了那個壁爐，旁邊整齊地擺放著生火的果木，散發出一股清香。

「別墅的原主人向你問好，他很榮幸能有一位面壁者住在這裡。」坎特說，接著他告訴羅輯，除了他要求的那些設施外，莊園裡還有更多的東西：一個有十匹馬的馬廄，因為到雪山方向散步，騎馬最好；還有一個網球場和一個高爾夫球場，一個酒窖，湖上有一艘機動遊艇和幾隻小帆船。外表古老的別墅內部很現代化，每個房間都有電腦，寬頻網路和衛星電視等一應俱全，還有一間數位電影放映室。除此之外，羅輯來時

＊工質型核融合發動機與化學火箭類似，是用核融合的能量推動有質量的工質，產生反推力推進飛船；無工質型核融合發動機則是用核融合的輻射能量直接推進飛船。前者需要飛船攜帶推進工質，當遠端航行長時間加速和減速時，工質的需要量將非常巨大，因而工質型發動機不可能進行星際遠航。

還注意到那個直升機停機坪顯然不是臨時建的。

「這人很有錢吧。」

「豈止有錢，他不願透露身分，否則我說出他的名字你可能知道……他已經把這塊土地贈送給聯合國，比洛克斐勒送的那一塊大多了。所以現在要明確，這塊土地和其上的不動產都屬於聯合國，你只有居住權。但你也得到了不少：主人臨走時說，他自己的物品已經都拿走了，這別墅裡剩下的東西都送給你了，別的不說，這幾幅畫大概就很值錢。」

坎特帶著羅輯察看別墅的各個房間，羅輯看到這裡的原主人有不俗的品味，每個房間的布置都給人一種高雅的寧靜感，書房裡的書相當部分是拉丁文的舊版。房間裡的那些畫，大多是現代派風格的，但與這古典氣息很濃的房間並無不協調之感。羅輯特別注意到這裡一幅風景畫都沒有，這是很成熟的審美情調：這幢房子就坐落在絕美的伊甸園中，風景畫掛在這裡就像往大海中加一桶水那樣多餘。

回到客廳後，羅輯坐到壁爐前那張十分舒適的搖椅上，一伸手從旁邊的小桌上摸到了一樣東西，拿起來一看是一個菸斗，有著歐式菸斗很少見的又長又細的斗柄，是有閒階級使用的室內型。他看著牆上一處處的白色方框，想像著那些剛剛摘走的都是些什麼。

這時，坎特領進來幾個人並對羅輯做了介紹，他們是管家、廚師、司機、馬夫、遊艇駕駛員等等，都是曾為以前的主人服務的。這些人走後，坎特又介紹了一位負責這裡安全的穿便裝的中校軍官，他走後，羅輯問坎特史強現在在哪裡。

「他已經移交了你的安全保衛工作，現在可能回國了吧。」

「讓他來代替剛才那個中校，我覺得他更勝任。」

「我也有這種感覺，但他不懂英語，工作不方便。」

「那就把這裡的警衛人員都換成中國人。」

坎特答應去聯繫一下，轉身出去了。

羅輯也走出了房間，穿過修飾得十分精緻的草坪，走上一座通向湖中的棧橋，在棧橋的盡頭，他扶著欄杆，看著如鏡的湖面上雪山的倒影，周圍是清甜的空氣和明媚的陽光。羅輯對自己說：與現在的生活相比，四百多年後的世界算什麼？

去他媽的面壁計畫。

「怎麼能讓這個雜種進入這裡？」終端機前的一名研究人員低聲說。

「面壁者當然可以進來。」旁邊另一位低聲回答。

「平淡無奇是嗎，大概讓您失望了吧，總統先生？」洛斯阿拉莫斯國家實驗室主任艾倫博士領著雷迪亞茲走過一排排電腦終端機時說。

「我已經不是總統了。」雷迪亞茲正色說道，同時四下張望。

「這裡就是核武器模擬中心之一，這樣的中心洛斯阿拉莫斯有四個，勞倫斯利弗莫爾有三個。」

雷迪亞茲看到兩個稍微不那麼平淡無奇的東西，那玩意兒看上去很新，有一個很大的顯示幕，控制台上還有許多精緻的手把，他湊過去細看，艾倫輕輕把他拉了回來：「那是遊戲機，這裡的終端機和電腦都不能玩遊戲，所以放了兩個讓大家休息時放鬆。」

雷迪亞茲又看到另外兩個不太平淡無奇的東西，結構透明且很複雜，裡面有液體在動盪，他又過去看，這次艾倫笑著搖搖頭，沒有制止他：「那個是加濕器，新墨西哥州的氣候很乾燥；那個，只是自動咖啡機而已……麥克，給雷迪亞茲先生倒一杯咖啡，不，不要從這裡面倒，去我辦公室裡倒上等咖啡豆煮的。」

雷迪亞茲只好看牆上那些放得很大的黑白照片了，他認出上面一個戴禮帽叼菸斗的瘦子是奧本海默，但艾倫還是指給他看那些平淡無奇的終端機。

「這些顯示器太舊了。」雷迪亞茲說。

「但它們後面是世界上最強大的電腦，每秒可以進行五百萬億次浮點運算。」

這時，一名工程師來到艾倫面前：「博士，AD4453OG 模型這次走通了。」

「很好。」

工程師的聲音壓低了些：「輸出模組我們暫停了。」說著看了一眼雷迪亞茲。

「運行。」艾倫說著，轉向雷迪亞茲：「您看，我們對面壁者沒有什麼隱瞞的。」

這時，雷迪亞茲聽到了一陣嘶嘶啦啦的聲音，他看到終端機前的人們手中都在撕紙，以為這些人是在銷毀檔，嘟囔道：「你們沒有碎紙機嗎？」但他隨後看到，有人撕的是空白影印紙。不知是誰喊了一聲：「Over！」所有人都在一陣歡呼聲中把撕碎的紙片拋向空中，使得本來就很雜亂的地板更像垃圾堆了。

「這是模擬中心的一個傳統。當年第一顆核彈爆炸時，費米博士曾將一把碎紙片撒向空中，依據它們在衝擊波中飄行的距離準確地計算出了核彈的當量。現在當每個模型計算通過時，我們也這麼做一次。」

雷迪亞茲拂著頭上和肩上的紙片說：「你們每天都在進行核子試驗，這事兒對你們來說就像玩電子遊戲那麼方便，但我們就不行了，我們沒有超級電腦，只能試真的……幹同樣的事，惹人討厭的總是窮人。」

「雷迪亞茲先生，這裡的人對政治都沒有興趣。」

雷迪亞茲依次湊近幾台終端機細看，上面只有滾動的資料和變幻的曲線，好不容易看到圖形和圖像，也是抽象的一團，看不出是什麼。當雷迪亞茲又湊近一台終端機時，坐在前面的那名物理學家抬起頭說：「總統先生，您想看到蘑菇雲嗎，沒有的。」

「我不是總統。」雷迪亞茲在接過麥克遞來的咖啡時重申道。

艾倫說：「那麼，還是談談我們能為您做什麼吧。」

「設計核彈。」

「當然，雖然洛斯阿拉莫斯實驗室是多學科研究機構，但我猜到您來這兒不會有別的目的。能談具體些嗎？什麼類型，多大當量？」

「ＰＤＣ會很快把完整的技術要求遞交給你們的，我只談最關鍵的：大當量，最大的當量，能做到多大就做多大，我們給出的最低底線是兩億噸級。」

艾倫盯著雷迪亞茲看了好一陣兒，低下頭思考了一會兒：「這需要時間。」

「你們不是有數學模型嗎？」

「當然，這裡從五百噸級的核砲彈到兩千萬噸級的巨型核彈、從中子彈到電磁脈衝彈，都有數學模型，但您要求的爆炸當量太大了，是目前世界上最大當量熱核炸彈的十倍以上，這個東西核融合反應的觸發和進行過程與普通核彈完全不同，可能需要一種全新的結構，我們沒有相應的模型。」

他們又談了一些此項研究的整體規畫，臨別時，艾倫說：「雷迪亞茲先生，我知道，您在ＰＤＣ的參謀部中有最優秀的物理學家，關於核彈在太空戰爭中的作用，他們應該告訴了您一些事情。」

「你可以重複。」

「好的，在太空戰爭中，核彈可能是一種效率較低的武器，在真空環境中核爆炸不產生衝擊波，產生的光壓微不足道，因而無法造成在大氣層中爆炸時所產生的力學打擊；它的全部能量以輻射和電磁脈衝形式釋放，而即使對人類而言，太空船防輻射和電磁遮罩技術也是很成熟的。」

「如果直接命中目標呢？」

「那就是另外一回事了，這時，熱量將起決定作用，很有可能把目標燒熔甚至汽化。但一顆幾億噸級的核彈，很可能有一幢樓房那麼大，直接命中恐怕不容易……其實，從力學打擊而言，核彈不如動能武器；在輻射強度上不如粒子束武器，而在熱能破壞上更不如伽瑪射線雷射。」

「但你說的這幾種武器都還無法投入實戰，核彈畢竟是人類目前最強有力和最成熟的武器，至於你所說的它在太空中的打擊效能問題，可以想出改進的辦法，比如加入某種介質形成衝擊波，就像在手榴彈中放鋼珠一樣。」

「這倒是一個很有趣的設想，您不愧是理工科出身的領導人。」

「而且，我就是學核能專業的，所以我喜歡核彈，對它的感覺最好。」

「呵呵，不過我忘了，同一名面壁者這樣討論問題是很可笑的。」

兩人大笑起來，但雷迪亞茲很快止住笑，很認真地說：「艾倫博士，你同其他人一樣，把面壁者的戰略神祕化了，人類目前所擁有的能夠投入實戰的武器中，最有威力的就是氫彈和宏原子核融合，我把注意力集中到兩者之一上，不是很自然的嗎？我認為自己的思維方式是正確的。」

「那您為什麼不考慮宏原子核融合呢？」

「你還不知道嗎？你們的前國務卿搶先一步在搞了，他已經去了中國。」

這時兩人停住腳步，他們正走在一條幽靜的林間小路上，艾倫說：「費米和奧本海默在這條路上走過無數次。廣島和長崎之後，第一代核武器研製者們大都在憂鬱中度過了後半生，如果他們在天之靈知道人類的核武器現在的使命，會很欣慰的。」

「武器，不管多可怕，總是好東西……我現在想說的是，下次來不希望看到你們扔廢紙片了，我們要給智子一個整潔的印象。」

因為天氣原因，「五月花」號太空梭不得不改降備用機場，弗雷德里克·泰勒也因此匆忙地乘直升機從甘迺迪航太中心趕到愛德華茲空軍基地。他站在跑道盡頭，看著拋掉減速傘的「五月花」號緩緩停下。泰勒感到一股熱浪從那邊撲來，在他眼中，太空梭那被防熱瓦覆蓋的機體有一種原始的笨拙感，像工業革命時代的產物。想到在今後相當長一段時間裡，這種低效率高消耗的東西仍然是人類進入太空的主要運載工具，他不禁嘆息著搖搖頭。

機艙門打開後，首先走出來的是五名機組成員和兩名從國際太空站接回來的學者，接著有兩個帶著擔架的人進入機艙，從裡面抬出一個人來，也許是為了在擔架上方便，這人在機艙內就脫了航太服。

擔架走下舷梯後，飛行指令長走過去，對擔架上的人說：「丁儀博士，站著走下太空梭是一名太空旅行者起碼的尊嚴。」

丁儀在擔架上說：「全人類都沒有尊嚴了，你應該知道我們這次的發現，上校，今天晚上你做愛的場面都會被智子津津有味地觀察記錄。」

「博士，我真的不希望再和您同機飛行了。」指令長把兩個小東西扔到擔架上，丁儀拿起來，發現是他的菸斗，但已被折成兩截。

「你們得賠償我！這是登喜路（DUNHILL）紀念版，你知道值多少錢嗎？」丁儀從擔架上支起身氣急敗壞地大喊，但一陣眩暈和噁心又使他躺下了。

「NASA不罰您的款就是好的了。」指令長頭也不回地說，快步追趕前面的同事去了。

泰勒快步跑到擔架旁，和丁儀打招呼。

「啊，面壁者，您好！」丁儀伸出一隻瘦長的手臂同泰勒握手，但他那隻手旋即抽回來，同另一隻一起緊緊地抓住擔架：「我說你們，抬穩些！」他對抬擔架的人喊。

「先生，我們一直抬得很穩。」

「我怎麼感覺向後仰啊？」

抬擔架的人解釋說：「您的耳蝸神經系統已經適應了零重力，現在正在重新適應正常重力。」

泰勒笑著說：「不過您看上去還是很不錯的。」

「您在撒謊！」丁儀說。

「呵，當然，您的臉色是稍微蒼白了一些，不過我想很正常，我們畢竟是大地上的動物……我想同您談一下。」

「他們說還要體檢什麼的。」

「很抱歉，就一分鐘，很緊急的事。」

「哦，天啊，又向後翻了……我想還是自己走舒服些。」丁儀說著，揮手讓擔架停住，他翻身下來，剛一著地就咚地跌坐下了。

泰勒把丁儀從地上拉起來，把他的一隻手搭在自己的肩上，像扶一個醉漢似的朝不遠處的航太勤務車走去，他說：「希望您能參加我的計畫……您身上是什麼味啊？」

「上面的空氣像地牢，循環篩檢程式的末端網上甚至有廁所裡的東西……您說的計畫是什麼？」

「我想建立一支獨立的太空力量，以宏原子核融合為武器。」

丁儀從泰勒的肩膀上看看他，當雷迪亞茲說要製造兩億噸級以上的核彈時，洛斯阿拉莫斯國家實驗室主任露出的就是這種眼光。「我說，你們還是不要浪費納稅人的錢吧。」

「說到浪費資源，到目前為止沒有誰比你們這些物理學家做得更好：你們鼓動建造四個超級加速器，建了一半又都停下來放棄了，但已經投入了幾百億美元。」泰勒說。

「建新加速器不是我的提議，我一直認為用多建加速器的方法與智子賽跑愚不可及，所以我去了太空。」

「我也打算去太空，在那裡收集宏原子核更容易一些。」

這時他們已經走到了車門前，丁儀無力地靠著車門對泰勒說：「您的參謀部裡應該有物理學家的。」

「是的，諾貝爾獎獲得者就有三名，他們對我說：如果說我們收集自然狀態下低維展開的原子核——也就是宏原子核——是原始人造出了弓箭的話，那三體人對微觀粒子的低維展開就是掌握了導彈。三體文明對宏原子的理解不知比人類高了多少層次，在他們面前使用這種武器——那些學者用了一句我不太懂的中國成語——叫班門弄斧。」

「你不相信他們的話？」

「當然，從一般意義上說他們是對的，但宏原子核融合是人類目前所掌握的最具威力的武器，我在戰略上考慮它不是很正常的嗎？」

「那個委內瑞拉總統在電視上也這麼說，他好像要搞微原子核融合吧。」

這時有人催丁儀上車，泰勒粗暴地制止了那人，拉著丁儀說：「弓箭也不至於就絕對不能戰勝導彈——如果前者加上人類的計謀的話，三體人在計謀方面與人類的差異，與我們和它們在科學技術上的差異一樣大，人類用計謀把導彈操作員都從導彈旁邊騙開，再用弓箭把它們幹掉，這不就行了。」

「那祝您成功吧，我是沒有興趣參與的。」

「宏原子核的收集已經是一項成熟的技術，沒有您我們也能幹，但在這人類文明的危難時刻，您這樣一位科學家居然袖手旁觀。」

「我在幹更有意義的事情。我們這次在太空站開展的項目，就是對宇宙射線中的高能粒子進行研究，換句話說，用宇宙代替高能加速器。這種事情以前一直在做，但由於宇宙中高能粒子分布的不確定性，特別是物理學前沿所需要的超高能粒子很難捕捉到，因而不能代替加速器研究。對宇宙高能粒子的檢測方式與在加速器終端的很相似，但每個檢測點的成本很低，可以在太空中建立大量的檢測點。這次投入了原計畫用於建造地面加速器的資金，設置了上百個檢測點，我們這次實驗進行了一年，本來也沒希望得到什麼有價值的東西，只是想查明是否還有更多的智子到達太陽系。」

「結果呢？」泰勒緊張地問。

「檢測到的所有高能撞擊事件，包括在上世紀就有確定結果的那些撞擊類型，結果都呈現出完全的混亂。」

「也就是說，智子現在已經能夠同時干擾上百台加速器。」

「也許我們再建立上萬個檢測點，它們也都能干擾，所以，現在太陽系中的智子數量遠不止兩個了。」

「哦——」泰勒抬頭仰望長空，一時說不出話來。說什麼呢？說什麼它們都在聽著，它們正源源不斷地到來，微觀的眼睛無處不在，現在肯定就飄浮在周圍，他的話在說給丁儀時也是在對四光年外的三體人說，一時間，他真想直接對三體人說話了。

「不過這也正好證明了面壁計畫的必要性。」丁儀說。

勤務車開走後，泰勒一人在跑道邊上站了很久，看著「五月花」號被拖向機庫。其實他什麼都沒看到，只是想著另一個以前忽略了的危險：現在要找的不是物理學家，而是醫生或是心理學家，還有那些研究睡眠的專家。

總之，找那些能讓自己不說夢話的人。

山杉惠子在深夜醒來，發現身邊空著，而且那裡的床單已經是涼的。她起身披衣走出房門，和往常一樣，一眼就在院子裡的竹林中看到了丈夫的身影。他們在英國和日本各有一套房子，但希恩斯還是喜歡日本的家，他說東方的月光能讓他的心寧靜下來。今夜沒有月光，竹林和希恩斯的身影都失去了立體感，像一張掛在星光下的黑色剪紙畫。

希恩斯聽到了山杉惠子的腳步聲，但沒有回頭。很奇怪，惠子在英國和日本穿的鞋都是一樣的，她在家鄉也從不穿木屐，但只有在這裡，他才能聽出她的腳步聲，在英國就不行。

「親愛的，你已經失眠好幾天了。」山杉惠子說，儘管她的聲音很輕，竹林中的夏蟲還是停止了鳴叫，如水的寧靜籠罩著一切，她聽到了丈夫的一聲嘆息。

「惠子，我做不到，我想不出來，我真的什麼都想不出來。」

「沒人能夠想出來，我覺得能夠最終取得勝利的計畫根本就不存在。」山杉惠子說，她又向前走了兩步，但仍與希恩斯隔著幾根青竹，這片竹林是他們思考的地方，以前研究中的大部分靈感都是在這裡出現的，他們一般不會把親暱的舉動帶到這個聖地來，在這個似乎瀰漫著東方哲思氣息的地方，他倆總是相敬如賓：「比爾，你應該放鬆自己，盡可能做到最好就行了。」

希恩斯轉過身來，但在竹林的黑暗中，他的面孔仍看不清：「怎麼可能？我每邁出一小步，都要消耗巨大的資源。」

「那為什麼不這樣呢？」惠子的回答接得很快，顯然她早就思考過這個問題：「選擇這樣一個方向，即使最後不成功，在執行過程中也是做了有益的事。」

「惠子，這正是剛才我所想的，我決定要做的是：既然自己想不出那個計畫，就幫助別人想出來。」

「你說的別人是誰？其他的面壁者嗎？」

「不是，他們並不比我強到哪裡去，我指的是後代。惠子，妳有沒有想過這樣一個事實：生物的自然進化要產生明顯的效果需要至少兩萬年左右的時間，而人類文明只有五千年歷史，現代技術文明只有二百年歷史，所以，現在研究現代科學的，只是原始人的大腦。」

「你想借助技術加快人腦的進化？」

「妳知道，我們一直在做腦科學研究，現在應該投入更大的力量做下去，把這種研究擴大到建設地球防禦系統那樣的規模，努力一至兩個世紀，也許能夠最終提升人類的智力，使得後世的人類科學能夠突破智子的禁錮。」

「對我們這個專業來說，智力一詞有些空泛，你具體是指……」

「我說的智力是廣義的，除了傳統意義上的邏輯推理能力外，還包括學習的能力、想像力和創新能力，包括人在一生中在積累常識和經驗的同時仍保持思想活力的能力，還包括加強思維的體力，也就是使大腦不知疲倦地長時間連續思考——這裡甚至可以考慮取消睡眠的可能性……」

「怎樣做，你有大概的設想嗎？」

「沒有，現在還沒有。也許可以把大腦與電腦直接聯接，使後者的計算能力成為人類的智力放大器；也許能夠實現人類大腦間的直接互聯，把多人的思維融為一體；還有記憶遺傳等等。但不管最後提升智力的途徑有哪些，我們現在首先要做的是從根本上了解人類大腦思維的機制。」

「這正是我們的事業。」

「我們要繼續這項事業了，與以前一樣，不同的是現在能夠調動巨量的資源來幹這事！」

「親愛的，我真的很高興，我太高興了！只是，作為面壁者，你這個計畫，太……」

「太間接了，是吧？但惠子，妳想想，人類文明的一切最終要歸結到人本身，我們從提升人的自身做起，這不正是一個真正有遠見的計畫嗎？再說，除了這樣，我還能做什麼呢？」

「比爾，這真的太好了！」

「讓我們設想一下，把腦科學和思維研究作為一個世界工程來做，有我們以前無法想像的巨大投入，多長時間能取得成功呢？」

「一個世紀應該差不多吧。」

「就讓我們更悲觀些，算兩個世紀，這樣的話，高智力的人類還有兩個世紀的時間，如果用一個世紀發展基礎科學，再用一個世紀來實現理論向技術的轉化……」

「即使失敗了，我們也是做了遲早要做的事情。」

「惠子，隨我一起去末日吧。」希恩斯喃喃地說。

「好的，比爾，我們有的是時間。」

林中的夏蟲似乎適應了他們的存在，又恢復了悠揚的鳴叫。這時一陣輕風吹過竹林，使得夜空中的星星在竹葉間飛快閃動，讓人覺得夏蟲的合唱彷彿是那些星星發出的。

行星防禦理事會第一次面壁者聽證會已經進行了三天，泰勒、雷迪亞茲和希恩斯三位面壁者分別在會議上陳述了自己的第一階段計畫，ＰＤＣ常任理事國代表對這些計畫進行了初步的討論。

在原安理會會議廳的大圓桌旁坐著各常任理事國的代表，而三位面壁者則坐在中間的長方形桌子旁，他們是泰勒、雷迪亞茲和希恩斯。

「羅輯今天還沒來嗎？」美國代表很不滿地問。

「他不會來了。」ＰＤＣ輪值主席伽爾寧說：「他聲明，隱居和不參加ＰＤＣ聽證會，是他的計畫的一部分。」

聽到這話，與會者們竊竊私語起來，有的面露慍色，有的露出涵義不明的笑容。

「這人就是個懶惰的廢物！」雷迪亞茲說。

「那你算什麼東西？」泰勒仰起頭問。

希恩斯說：「我倒是想在此表達對羅輯博士的敬意，他有自知之明，清楚自己的能力，所以不想無謂地浪費資源。」他說著，溫文爾雅地轉向雷迪亞茲：「我認為雷迪亞茲先生應該從他那裡學到些東西。」

誰都能看出來，泰勒和希恩斯並不是為羅輯辯護，只是與後者相比，他們對雷迪亞茲存有更深的敵意。

伽爾寧用木槌敲了一下桌面：「首先，面壁者雷迪亞茲的話是不適宜的，提請您注意對其他面壁者的尊重；同時，也請面壁者希恩斯和泰勒注意，你們的言辭在會議上也是不適宜的。」

希恩斯說：「主席先生，面壁者雷迪亞茲在他的計畫中所表現出來的，只有一介武夫的粗魯。繼伊朗和北朝鮮後，他的國家也因發展核武器受到聯合國制裁，這使他對核彈有一種變態的情感；泰勒先生的宏原子核融合計畫與雷迪亞茲的巨型氫彈計畫沒有本質區別，同樣令人失望。這兩個直白的計畫，一開始就將明確的戰略指向暴露出來，完全沒有體現出面壁者戰略計謀的優勢。」

泰勒反擊道：「希恩斯先生，您的計畫倒更像一個天真的夢想。」

聽證會結束後，面壁者們來到了默思室，這是聯合國總部裡他們最喜歡的地方，現在想想，這個為靜思而設的小房間真像是專門留給面壁者的。聚在這裡，他們都靜靜地待著，感覺著彼此那末日之戰前永遠不能相互交流的思緒。那塊鐵礦石也靜靜地躺在他們中間，彷彿吸收和彙集著他們的思想，也像在默默地見證著什麼。

希恩斯低聲地問：「你們聽說過破壁人的事嗎？」

泰勒點點頭：「在他們的公開網站上剛公布，ＣＩＡ也證實了這事。」

面壁者們又陷入沉默中，他們想像著自己的破壁人的形象，以後，這形象將無數次出現在他們的噩夢中，而當某個破壁人真實出現的那一天，很可能就是那個面壁者的末日。

當史曉明看到父親進來時，膽怯地向牆角挪了挪，但史強只是默默地坐在他身邊。

「你甭怕，這次我不打你也不罵你，我已經沒那個力氣了。」他說著，拿出一包菸，抽出兩支，把其中的一支遞給兒子，史曉明猶豫了一下才接了過來。他們父子點上菸，默默地抽了好一會兒，史強才說：「我有任務，最近又要出國了。」

「那你的病呢？」史曉明從煙霧中抬起頭，擔心地看著父親。

「先說你的事兒吧。」

史曉明露出哀求的目光：「爸，這事兒要判很重的……」

「你犯的要是別的事兒，我可以為你跑跑，但這事兒不行。明子啊，你我都是成年人，我們都為自己的行為負責吧。」

史曉明絕望地低下頭，只是抽菸。

史強說：「你的罪也有我的一半，從小到大，我沒怎麼操心過你，每天很晚才回家，累得喝了酒就睡，你的家長會我一次都沒去過，也沒和你好好談過什麼……還是那句話：我們自己做的自己承擔吧。」

史曉明含淚把菸頭在床沿上反覆捻著，像在掐滅自己的後半生。

「裡面是個犯罪培訓班，進去以後也別談什麼改造了，別同流合汙就行，也得學著保護自己。」史強把一個塑膠袋放在床上，裡面裝著兩條雲菸：「還需要什麼東西你媽會送來的。」

史強走到門口，又轉身對兒子說：「明子，咱爺倆可能還有再見面的時候，那時你可能比我老了，到時候你會明白我現在的心的。」

史曉明從門上的小窗中看著父親走出看守所，他的背影看上去已經很老了。

現在，在這個一切都緊張起來的時代，羅輯卻成了世界上最悠閒的人。他沿湖邊漫步，在湖中泛舟，把採到的蘑菇和釣到的魚讓廚師做成美味；他隨意翻閱著書房中豐富的藏書，看累了就出去和警衛打高爾夫球；騎馬沿草原和林間的小路向雪山方向去，但從來沒有走到它的腳下。經常，他坐在湖邊的長椅上，看著湖中雪山的倒影，什麼都不想或什麼都想，不知不覺一天就過去了。

這幾天，羅輯總是一人獨處，與外界沒有任何聯繫。坎特在莊園裡也有自己的一間小辦公室，但很少來打擾他。羅輯只與負責安全的軍官有過一次對話，要求在自己散步時那些警衛的士兵不要遠遠跟著，如果非跟不可也儘量不要讓自己看見。

羅輯感覺自己就像是湖中的那艘落下帆的小船，靜靜地漂浮著，不知泊在哪裡，也不關心將要漂向何方。有時想起以前的生活，他驚奇地發現，這短短的幾天竟使得自己的前半生恍若隔世，而他也很滿足這種狀態。

羅輯對莊園裡的酒窖很感興趣，他知道窖中整齊地平放在格架上的那些落滿灰塵的瓶子中，裝的都是上品。他在客廳裡喝，在書房中喝，有時還在小船上喝，但從不過量，只是使自己處於半醉半醒的最佳狀態，這時他就拿著前主人留下的那個長柄菸斗吞雲吐霧。

儘管下過一場雨，客廳裡有些陰冷，羅輯卻一直沒有讓人點著壁爐，他說還不到時候。

他在這裡從不上網，但有時看看電視，對時事新聞一概跳過，只看與時局甚至與時代無關的節目，雖然現在電視上這樣的內容愈來愈少了，但作為黃金時代的餘波，還是能找得到。

一天深夜，一瓶從標籤上看是三十五年前的干邑又使他飄飄欲仙，他手拿遙控器在高清電視上跳過了幾則新聞，但很快被一則英語新聞吸引住了。那是有關打撈一艘十七世紀中葉的沉船的，那艘三桅帆船由鹿特丹駛向印度的法里達巴德，在霍恩角沉沒。在潛水夫從沉船中撈出的物品裡，有一小桶密封很好的葡萄酒，據專家推測，那酒現在還可以喝，而且經過三百多年的海底貯藏，口感可能是無與倫比的。羅輯把這個節目的大部分都錄下來，然後叫來了坎特。

「我要這桶酒，去把它拍下來。」他對坎特說。

坎特立刻去聯繫，兩小時後他來告訴羅輯，說那桶酒的預計價格高得驚人，起拍價就可能在三十萬歐元左右。

「這點錢對於面壁計畫算不了什麼，去買吧，這是計畫的一部分。」

這樣，繼「對面壁者的笑」之後，面壁計畫又創造了一句成語，凡是明知荒唐又不得不幹的事，就被稱做「面壁計畫的一部分」，簡稱「計畫的一部分」。

兩天後，那桶酒擺到了別墅的客廳，古舊的桶面上嵌著許多貝殼。羅輯拿出一個從酒窖中弄來的木酒桶專用的帶螺旋鑽頭的金屬龍頭，小心翼翼地把它鑽進桶壁，倒出了第一杯酒，酒液呈誘人的碧綠色。他嗅了嗅後，把酒杯湊到嘴邊。

「博士，這也是計畫的一部分？」坎特不動聲色地問。

「不錯，是計畫的一部分。」羅輯說完，接著要喝酒，但看了看在場的人：「你們都出去。」坎特他們站著沒動。

「讓你們出去也是計畫的一部分，請！」羅輯瞪著他們說，坎特輕輕搖搖頭，領著其他人走了。

羅輯喝了第一口，極力說服自己嘗到了天籟般的滋味，但終於還是沒有勇氣再喝第二口。

但就這一小口酒也沒有放過他，當天夜裡他就上吐下瀉，直到把和那酒一樣顏色的膽汁都吐了出來，最後身上軟得起不來床。後來醫生和專家打開酒桶的上蓋才知道，桶的內壁有一塊很大的黃銅標籤，那時確實習慣把標籤做在桶裡面，漫長的歲月中，本來應該相安無事的銅和酒卻起了反應，不知產生了什麼東西溶解到了酒裡……當酒桶搬走時，羅輯看到了坎特臉上幸災樂禍的表情。

羅輯渾身無力地躺在床上，看著吊瓶中的藥液滴滴流下，無比強烈的孤獨感攫住了他，他知道，這幾天的悠閒不過是向著孤獨的深淵下墜中的失重，現在他落到底了。

但羅輯早預料到了這一時刻，他對這一切都有所準備，只等一個人來，計畫的下一步就可以開始了。他在等大史。

泰勒打傘站在鹿兒島的細雨中，身後是防衛廳長官井上宏一。井上帶著傘但沒有打開，站得距泰勒有兩公尺遠，在這兩天，不論在身體上還是在思想上，他總是與面壁者保持一定的距離。這裡是神風特攻隊紀念館，他們的面前是一尊特攻隊員的雕像，旁邊還有一架白色的特攻隊作戰飛機，機號是五〇二。雨水在雕像和飛機的表面塗上了一層亮光，使其擁有了虛假的生機。

「難道我的建議連討論的餘地都沒有嗎？」泰勒問道。

「我還是勸您在媒體面前也別談這些，會有麻煩的。」井上宏一的話像雨水一般冰冷。

「到現在了，這些仍然敏感嗎？」

「敏感的不是歷史，而是您的建議，恢復神風特攻隊，為什麼不在美國或別的什麼地方做？這個世界上難道只有日本人有赴死的責任？」

泰勒把傘收起來，井上宏一向他走近了些。前者雖然沒躲開，但周圍似乎有一種力場阻止井上宏一繼續靠近：「我從來就沒有說過未來的神風特攻隊只由日本人組成，這是一支國際部隊，但貴國是它的起源地，從這裡著手恢復不是很自然的嗎？」

「在星際戰爭中，這種攻擊方式真有意義嗎？要知道，當年的特攻作戰戰果是有限的，並沒能扭轉戰局。」

「長官閣下，我所組建的太空力量是以球狀閃電為武器，包括宏原子核在內的球狀閃電，是以電磁驅動進行發射的，發射後行進速度很慢，要想達到太空導彈那樣的速度，發射導軌的長度需要幾十甚至上百公里，這不現實；同時球狀閃電發射後不具有導彈那樣的智慧，對敵方的攔截和遮罩不能進行有效的機動突破，這就需要抵近目標攻擊，這就是新的特攻作戰的涵義。並不是讓人類飛船去撞擊敵目標，當然，這種情況下傷亡率也不比後者小。」

「為什麼非要用人呢？電腦不能控制飛船抵近攻擊嗎？」

這個問題似乎使泰勒找到了機會，他興奮起來：「問題就在這裡！目前在戰鬥機上，電腦並不能代替人腦，而包括量子電腦在內的新一代電腦的產生，依賴於基礎物理學的進步，而後者已經被智子鎖死了。所以四個世紀後，電腦的智慧也是有限的，人對武器的操縱必不可少……其實，現在恢復的神風特攻隊，只具有精神信念上的意義，十代人之內，沒人會因此赴死，但這種精神和信念的建立，必須從現在開始！」

井上宏一轉過身來，第一次面對泰勒，他的濕頭髮緊貼在前額上，雨水在他的臉上像淚水似的：「這種做法違反了現代社會的基本道德準則：人的生命高於一切，國家和政府不能要求任何人從事這種必死的使命。我還大概記得《銀河英雄傳說》中楊威利的一句話：國家興亡，在此一戰，但比起個人的權利和自由來，這些倒算不得什麼，各位盡力而為就行了。」

泰勒長嘆一聲說：「知道嗎？你們丟棄了自己最寶貴的東西。」說完他砰一聲撐開了傘，轉身憤然而去。一直走到紀念館的大門處，他才回頭看了一眼，井上宏一仍淋著雨站在雕像前。

泰勒走在夾著雨的海風中，腦海中不時回響著一句話，那是他剛才從陳列室中的一位即將出擊的神風隊員寫給母親的遺書上看到的：

「媽媽，我將變成一隻螢火蟲。」

「事情比想像的難。」艾倫對雷迪亞茲說，他們站在一座黑色的火山岩尖石碑旁，這是人類第一顆原子彈爆心投影點的標誌。

「它的結構真的有很大的不同？」雷迪亞茲問。

「與現在的核彈完全是兩回事，建造它的數學模型，複雜度可能是現在的上百倍，這是一個巨大的工程。」

「需要我做什麼？」

「科茲莫在你的參謀部中，是嗎？把他弄到我的實驗室來。」

「威廉·科茲莫？」

「是他。」

「可他是個，是個……」

「天體物理學家，研究恆星的權威。」

「那你要他做什麼？」

「這正是我今天要對您說的。在您的印象中，核彈觸發後是爆炸，但事實上那個過程更像一種燃燒，當量愈大，燃燒過程愈長。比如一顆兩千萬噸級的核彈爆炸時，火球能持續二十多秒鐘；而我們正在設計的超級核彈，就以兩億噸級來說吧，它的火球可能燃燒幾分鐘，您想想看，這東西像什麼？」

「一個小太陽。」

「很對！它的核融合結構與恆星很相似，並在極短的時間內重現恆星的演化過程。所以我們要建立的數學模型，從本質上說是一顆恆星的模型。」

在他們面前，白沙靶場的荒漠延伸開去，這時正值日出前的黎明，荒漠黑乎乎的看不清細節。兩人看到這景色時，都不由想起了『三體』遊戲中的基本場景。

「我很激動，雷迪亞茲先生，請原諒我們開始時缺少熱情，現在看來這個項目的意義遠遠超出了建造超級核彈本身，知道我們在做什麼嗎？我們在創造一顆虛擬的恆星！」

雷迪亞茲不以為然地搖搖頭：「這與地球防禦有什麼關係？」

「不要總是局限於地球防禦，我和實驗室的同事們畢竟是科學家。再說這事也不是全無實際意義的，只要把適當的參數輸入，這顆恆星就變成了太陽！您想想，在電腦記憶體中擁有一個太陽，總是有用的。對於宇宙中距我們最近的這麼一個巨大的存在，我們對它的利用太不夠了，這個模型也許能有更多的發現。」

雷迪亞茲說：「上一次對太陽的應用，把人類逼到了絕境，也使你我有緣站在這裡。」

「可是新的發現卻有可能使人類擺脫絕境，所以我今天請您到這裡來看日出。」

這時，朝陽從地平線處露出明亮的頂部，荒漠像顯影一般清晰起來，雷迪亞茲看到，這昔日地獄之火燃起的地方，已被稀疏的野草覆蓋。

「我現在成了死神，世界的毀滅者。」艾倫脫口而出。

「什麼?!」雷迪亞茲猛地回頭看艾倫，那神情彷彿是有人在他背後開槍似的。

「這是奧本海默在看到第一顆核彈爆炸時說的一句話，好像是引用印度史詩《薄伽梵歌》。」

東方的光輪迅速擴大，將光芒像金色的大網般撒向世界。葉文潔在那天早晨用紅岸天線對準的，是這同一個太陽；在更早的時候，在這裡，也是這輪太陽照耀著第一顆原子彈爆炸後的餘塵；百萬年前的古猿和一億年前的恐龍用牠們那愚鈍的眼睛見到的，也都是這同一個太陽；再早一些，原始海洋中第一個生命細胞所感受到的從海面透入的朦朧光線，也是這個太陽發出的。

艾倫接著說：「當時一個叫班布里奇的人緊接著奧本海默說了一句沒有詩意的話：現在我們都成了婊子養的。」

「你在說些什麼？」雷迪亞茲說，他看著升起的太陽，呼吸急促起來。

「我在感謝您，雷迪亞茲先生，因為從此以後，我們不是婊子養的了。」

東方，太陽以超越一切的莊嚴冉冉升起，彷彿在向世界宣布，除了我，一切都是過隙的白駒。

「您怎麼了，雷迪亞茲先生？」艾倫看到雷迪亞茲蹲了下去，一手撐地嘔吐起來，但什麼也沒有吐出來。艾倫看到他變得蒼白的臉上布滿冷汗，他的手壓到一叢棘刺上，但已經沒有力氣移開。

「去，去車裡。」雷迪亞茲虛弱地說，他的頭轉向日出的反方向，沒有撐地的那隻手向前伸出，試圖遮擋陽光。他此時已無力起身，艾倫要扶他起來，但扶不動他那魁梧的身軀：「把車開過來……」雷迪亞茲喘息著，同時收回那隻遮擋陽光的手捂住雙眼。當艾倫把車開到旁邊時，發現雷迪亞茲已經癱倒在地，艾倫艱難地把他弄上車的後座。「墨鏡，我要墨鏡……」雷迪亞茲半躺在後座上，雙手在空中亂抓，艾倫從駕駛台上找到墨鏡遞給他，他戴上後，呼吸似乎順暢了些：「我沒事，我們回去吧，快點。」雷迪亞茲無力地說。

「您到底怎麼了？哪裡不舒服？」

「好像因為太陽。」

「這……您從什麼時候開始有這症狀的？」

「剛才。」

從此以後，雷迪亞茲患上了這種奇怪的恐日症，一見到太陽，身心就接近崩潰。

「坐飛機的時間太長了吧？你看上去無精打采的。」羅輯看到剛來的史強時說。

「是啊，哪有咱們坐的那架那麼舒服。」史強說，同時打量著四周的環境。

「這地方不錯吧？」

「不好。」史強搖搖頭說：「三面有林子，隱藏著接近別墅很容易；還有這湖岸，離房子這麼近，很難防範從對岸樹林中下水的蛙人；不過這周圍的草地很好，提供了一些開闊空間。」

「你就不能浪漫點兒嗎？」

「老弟，我是來工作的。」

「我正是打算交給你一件浪漫的工作。」羅輯帶著大史來到了客廳，後者簡單打量了一下，這裡的豪華和雅致似乎沒給他留下什麼印象。羅輯用水晶高腳杯倒上一杯酒遞給史強，他擺擺手謝絕了。

「這可是三十年的陳釀白蘭地。」

「我現在不能喝酒了……說說你的浪漫工作吧。」

羅輯啜了一口酒，坐到史強身邊：「大史啊，我求你幫個忙。在你以前的工作中，是不是常常在全國甚至全世界範圍找某個人？」

「是。」

「你對此很在行？」

「找人嗎？當然。」

「那好，幫我找一個人，一個二十歲左右的女孩兒，這是計畫的一部分。」

「國籍、姓名、住址？」

「都沒有，她甚至連在這個世界上存在的可能性都很小。」

大史看著羅輯，停了幾秒鐘說：「夢見的？」

羅輯點點頭：「包括白日夢。」

大史也點點頭，說了出乎羅輯預料的兩個字：「還好。」

「什麼？」

「我說還好，這樣至少你知道她的長相了。」

「她是一個，嗯，東方女孩，就設定為中國人吧。」羅輯說著，拿出紙和筆畫了起來：「她的臉型，是這個樣子；鼻子，這樣兒，嘴，這樣兒，唉，我不會畫，眼睛……見鬼，我怎麼可能畫出她的眼睛？你們是不是有那種東西，一種軟體吧，可以調出一張面孔來，按照目擊者描述調整眼睛鼻子什麼的，最後精確畫出目擊者見過的那人？」

「有啊，我帶的筆電裡就有。」

「那你去拿來，我們現在就畫！」

大史在沙發上舒展一下身體，讓自己坐得舒服些：「沒必要，你也不用畫了，繼續說吧，長相放一邊，先說她是個什麼樣的人。」

羅輯體內的什麼東西好像被點燃了，他站起來，在壁爐前躁動不安地來回走著：「她……怎麼說呢？她來到這個世界上，就像垃圾堆裡長出了一朵百合花，那麼……那麼的純潔嬌嫩，周圍的一切都不可能汙染她，但都是對她的傷害，是的，周圍的一切都能傷害到她！你見到她的第一反應就是去保護她……啊不，呵護她，讓她免受這粗陋野蠻的現實的傷害，你願意為此付出一切代價！她……她是那麼……唉，你看我怎麼笨嘴笨舌的，什麼都沒說清。」

「都這樣，」大史笑著點點頭，他那初看有些粗傻的笑現在在羅輯的眼中充滿智慧，也讓他感到很舒服：「不過你說得夠清楚了。」

「好吧，那我接著說，她……可，可我怎麼說呢？怎樣描述都表現不出我心中的那個她。」羅輯顯得急躁起來，彷彿要把自己的心撕開讓大史看似的。

大史揮揮手讓羅輯平靜下來：「算了，就說你和她在一起的事兒吧，愈詳細愈好。」

羅輯吃驚地瞪大了雙眼：「和她……在一起？你怎麼知道？」

大史又呵呵地笑了起來，同時四下看了看：「這種地方，不會沒有好些的雪茄吧？」

「有有！」羅輯趕忙從壁爐上方拿下一個精緻的木盒，從中拿出一根粗大的「大衛杜夫」，用一個更精緻的斷頭台外形的雪茄剪切開頭部，遞給大史，然後用點雪茄專用的松木條給他點著。

大史抽了一口，愜意地點點頭：「說吧。」

羅輯一反剛才的言語障礙，滔滔不絕起來。他講述了她在圖書館中的第一次活現，講述他與她在宿舍裡那想像中的壁爐前的相逢，講她在他課堂上的現身，描述那天晚上壁爐的火光透過那瓶像晚霞的葡萄酒在她的臉龐上映出的美麗。他幸福地回憶他們的那次旅行，詳細地描述每一個最微小的細節：那雪後的田野、藍天下的小鎮和村莊、像曬太陽的老人的山，還有山上的黃昏和篝火……

大史聽完，捻滅了菸頭說：「嗯，基本上夠了。關於這個女孩兒，我提一些推測，你看對不對。」

「好的好的！」

「她的文化程度，應該是大學以上博士以下。」

羅輯點頭：「是的是的，她有知識，但那些知識還沒有達到學問的程度去僵化她，只是令她對世界和生活更敏感。」

「她應該出生在一個高級知識分子家庭，過的不是富豪的生活，但比一般人家要富裕得多，她從小到大享受著充分的父愛母愛，但與社會，特別是基層社會接觸很少。」

「對對，極對！她從沒對我說過家裡的情況，事實上從未說過任何關於她自己的情況，但我想應該是那樣的！」

「下面的推測就是猜測了，錯了你告訴我——她喜歡穿那種，怎麼說呢，素雅的衣服，在她這種年齡的女孩子來說，顯得稍微素了些。」羅輯呆呆地連連點頭：「但總有很潔白的部分，比如襯衣呀領子呀什麼的，與其餘深色的部分形成挺鮮明的對比。」

「大史啊，你……」羅輯用近乎崇敬的目光看著大史說。

史強揮手制止他說下去：「最後一點：她個子不高，一百六十公分左右吧，身材很……怎麼形容來著，纖細，一陣風就能颳跑的那種，所以這個兒也不顯得低……當然還能想出很多，應該都差不離吧。」

羅輯像要給史強跪下似的：「大史，我五體投地！你，福爾摩斯再世啊！」

大史站起來：「那我去電腦上畫了。」

當天晚上，大史帶著筆記型電腦來找羅輯。當螢幕上顯示出那張少女的畫像時，羅輯像中了魔咒似的一動不動盯著看。史強好像早就預料到這個，到壁爐那邊又取了一根雪茄，在那個小斷頭台上切了口，點燃抽起來，抽了好幾口後回來，發現羅輯還盯著螢幕。

「有什麼不像的地方，你說我調整。」

羅輯艱難地從螢幕上收回目光，站起身走到窗前，看著遠方月光下的雪峰，夢囈似的說：「不用了。」

「我想也是。」史強說著，關上電腦。

羅輯仍看著遠方，說了一句別人也用來評價過史強的話：「大史，你真是個魔鬼。」

大史很疲憊地坐到沙發上：「沒那麼玄乎，都是男人嘛。」

羅輯轉身說：「可每個男人的夢中情人是大不相同的啊！」

「但每類男人的夢中情人大體上是相同的。」

「那也不可能搞得這麼像！」

「你不是還對我說了那麼多嘛。」

羅輯走到電腦旁，又打開它：「給我拷一份。」他邊忙活邊問：「你能找到她嗎？」

「我現在只能說有很大的可能，但也不排除根本找不到。」

「什麼？」羅輯停下了手中的操作，轉身吃驚地看著大史。

「這種事，怎麼可能保證百分之百成功嘛。」

「不，我不是這個意思，正相反，我以為你會說幾乎沒有可能，但也不排除萬分之一的偶然找到了，其實你要是這麼說我也滿意了！」他轉頭看著再次顯示出來的畫像，夢囈似的說：「世界上怎麼可能存在這樣的人兒。」

史強輕蔑地一笑：「羅教授，你能見過多少人？」

「當然無法與你相比，不過我知道世界上沒有完美的人，更沒有完美的女人。」

「就像你說的，我常常從成千上萬的人中找某些人，就以我這大半輩子的經驗告訴你：什麼樣的人都有。告訴你吧，老弟，什麼樣的都有，包括完美的人和完美的女人，只是你無緣遇到。」

「我還是第一次聽人這麼說。」

「因為嘛，你心中完美的人在別人心中不一定完美，就說你夢中的這個女孩兒，在我看來她有明顯的……怎麼說呢，不完美的地方吧，所以找到的可能性很大。」

「可有的導演在幾萬人中找一個理想的演員，最後都找不到。」

「我們的專業搜尋能力是那些個導演沒法比的，我們可不只是在幾萬人中找，甚至不只是在幾十萬和幾百萬人中找，我們使用的手段和工具比什麼導演要先進得多，比如說吧，公安部分析中心的那些大電腦，在上億張照片中匹配一個面孔，只用半天的時間……只是，這事兒超出了我的職責範圍，我首先要向上級彙報，如果得到批准並把任務交給我，我當然會盡力去做。」

「告訴他們，這是面壁計畫的重要部分，必須認真對待。」

史強曖昧地嘿嘿一笑，起身告辭了。

「什麼？讓ＰＤＣ為他找……」坎特艱難地尋找著那個中文詞：「夢中情人？這個傢伙已經被慣得不成樣子了！對不起，我不能向上轉達你這個請求。」

「那你就違反了面壁計畫原則：不管面壁者的指令多麼不可理解，都要報請執行，最後否決是ＰＤＣ的事兒。」

「那也不能用人類社會的資源為這種人過帝王生活服務！史先生，我們共事不長，但我很佩服你，你是個很老練又很有洞察力的人，那你實話告訴我：你真的認為羅輯在執行面壁計畫？」

史強搖搖頭：「我不知道。」他抬手制止了坎特下面的爭辯：「但，先生，只是我個人不知道，不是上級的看法。這就是你我之間最大的不同：我只是個命令的忠實執行者，而你呢，什麼都要問個為什麼。」

「這不對嗎？」

「沒什麼對不對的，如果每個人都要先弄清楚為什麼再執行命令，那這世界早亂套了。坎特先生，你的級別是比我高些，但說到底，我們都是執行命令的人，我們首先應該明白，有些事情不是由我們這樣的人來考慮的，我們盡責任就行了，做不到這點，你的日子怕很難過。」

「我的日子已經很難過了！上次耗巨款買下沉船中的酒，我就想……你說，這人有一點兒面壁者的樣子嗎？」

「面壁者應該是什麼樣子？」

坎特一時語塞。

「就算面壁者真的應該有樣子，那羅教授也不是一點兒都不像。」

「什麼？」坎特有些吃驚：「你不會是說竟然能從他身上看到某些素質吧？」

「我還真看到些。」

「那就見鬼了，你說說看。」

史強把手搭到坎特肩上：「比如你吧，假如把面壁者這個身分套到你身上，你會像他這樣借機享樂嗎？」

「我早崩潰了。」

「這不就對了，可羅輯在逍遙著，什麼事兒沒有似的。老坎先生，你以為這簡單嗎？這就叫大氣，這就是幹大事的人必備的大氣！像你我這樣的人是幹不成大事的。」

「可他這麼……怎麼說……逍遙下去，面壁計畫呢？」

「說了半天我怎麼就跟你拎不清呢？我說過我什麼都不知道，你怎麼知道人家現在做的不是計畫的一部分？再說一遍，這不應該由我們來判斷。退一萬步，就算我們想的是對的，」史強湊近坎特壓低了些聲音：「有些事，還是要慢慢來。」

坎特看了史強好一會兒，最後還是搖搖頭，不能確信自己理解了他最後那句話：「好吧，我向上彙報，不過能先讓我看看那個夢中情人嗎？」

看到螢幕少女的畫像，坎特的老臉頓時線條柔和起來，他摸著下巴說：「唔……天啊，雖然我不相信她是人間的女孩兒，但還是祝你們早日找到她。」

「大校，以我的身分，來考察貴軍的政治思想工作，您是不是覺得有些唐突？」泰勒見到章北海時問。

「不是的，泰勒先生，這是有先例的，拉姆斯菲爾德曾訪問過軍委黨校，當時我就在那裡學習。」章北海說，他沒有泰勒見到的其他中國軍官的那種好奇、謹慎和疏遠，顯得很真誠，這使談話輕鬆起來。

「您的英語這麼好，您是來自海軍吧？」

「是的，美國太空軍中來自海軍的比例比我們還高。」

「這個古老的軍種不會想到，他們的戰艦要航行在太空……坦率地說，當常偉思將軍向我介紹您是貴軍最出色的政工幹部時，我以為您來自陸軍，因為陸軍是你們的靈魂。」

章北海顯然不同意他的觀點，但只是寬容地一笑置之：「對於一支軍隊的不同軍種，靈魂應該是相通的，即使是各國新生的太空軍，在軍事文化上也都打上了各自軍隊的烙印。」

「我對貴軍的政治思想工作很感興趣，希望進行一些深入的考察。」

「沒有問題，上級指示，在我的工作範圍內，對您無所保留。」

「謝謝！」泰勒猶豫了一下說：「我此行的目的是想得到一個答案，我想先就此請教您。」

「不客氣，您說吧。」

「大校，您認為，我們有可能恢復具有過去精神的軍隊嗎？」

「您指的過去是什麼？」

「時間上的範圍很大，可能從古希臘直到二戰，關鍵是在我所說的精神上有共同點：責任和榮譽高於一切，在需要的時候，毫不猶豫地犧牲生命。你想必注意到，在二戰後，不論是在民主國家還是專制國家，這種精神都在從軍隊中消失。」

「軍隊來自社會，這需要整個社會都恢復您所說的那種過去的精神。」

「這點我們的看法相同。」

「但，泰勒先生，這是不可能的。」

「為什麼？我們有四百多年時間，在過去，人類社會正是用了這麼長時間從集體英雄主義時代演化到個人主義時代，我們為什麼不能用同樣長的時間再變回去？」

聽到這話，章北海思考了一會兒說：「這是個很深刻的問題，但我認為已經成年的人類社會不可能退回到童年。現在看來，在形成現代社會的過去的四百年中，沒有對這樣的危機和災難進行過任何思想和文化上的準備。」

「那您對勝利的信心從何而來？據我所知，您是一個堅定的勝利主義者，可是，像這樣充斥著失敗主義的太空艦隊，如何面對強大的敵人呢？」

「您不是說過還有四百多年嗎，如果我們不能向後走，就堅定地向前走。」

章北海的回答很模糊，但進一步談下去，泰勒也沒有從他那裡得到更多的東西，只是感覺這人的思想很深，一眼看不透。

從太空軍總部出來時，泰勒路過一個哨兵身邊，他和那個士兵目光相遇時，對方有些羞澀地對他微笑致意，這在其他國家軍隊是看不到的，那些哨兵都目不轉睛地平視前方。看著那個年輕的面孔，泰勒再次在心裡默念那句話：

「媽媽，我將變成螢火蟲。」

這天傍晚下起了雨，這是羅輯到這裡後第一次下雨，客廳裡很陰冷。羅輯坐在沒有火的壁爐前，聽著外面的一片雨聲，感覺這幢房子彷彿坐落在陰暗海洋中的一座孤島上。他讓自己籠罩在無邊的孤獨中，史強走後，他一直在不安的等待中度過，感覺這種孤獨和等待本身就是一種幸福。就在這時，他聽到汽車停在門廊的聲音，隱約聽到幾聲話語，其中有一個輕柔稚嫩的女聲，說了謝謝、再見之類的，這聲音令他觸電一般顫抖了一下。

兩年前，在白天和黑夜的夢中他都聽到過這聲音，很縹緲，像藍天上飄過的一縷潔白的輕紗，這陰鬱的黃昏中彷彿出現了一道轉瞬即逝的陽光。

接著響起了輕輕的敲門聲，羅輯僵坐在那裡，好半天才說了聲請進。門開了，一個纖細的身影隨著雨的氣息飄了進來。客廳裡只開著一盞落地燈，上面有一個舊式的大燈罩，使得燈光只能照到壁爐前的一圈，客廳的其餘部分光線很暗。羅輯看不清她的面容，只看到她穿著白色的褲子和深色的外套，一圈潔白的領子與外套的深色形成鮮明對比，使他又想起了百合花。

「羅老師好。」她說。

「妳好。」羅輯說著站了起來：「外面很冷吧？」

「在車裡不冷的。」雖然看不清，但羅輯肯定她笑了笑：「但這裡，」她四下看了看：「真的有點兒冷……哦，羅老師，我叫莊顏。」

「莊顏妳好，我們點上壁爐吧。」

羅輯於是蹲下把那整齊垛著的果木放進壁爐中，同時問道：「以前見過壁爐嗎？哦，妳過來坐吧。」

她走過來，坐到沙發上，仍處於暗影中：「嗯……只在電影上見過。」

羅輯用火柴點著了柴堆下的引火物，當火焰像一個活物般伸展開來時，她在金色的柔光中漸漸顯影。羅輯的兩根手指死死地捏著已經燒到頭的火柴不放，他需要這種疼痛提醒自己不在夢中，他感覺自己點燃了一個太陽，照亮了已變為現實的夢中的世界。外面那個太陽就永遠隱藏在陰雨和夜色中吧，這個世界只要有火光和她就夠了。

大史，你真是個魔鬼，你在哪兒找到的她？你他媽的怎麼可能找到她！

羅輯收回目光，看著火焰，不知不覺淚水已盈滿雙眼，開始他怕她看到，但很快想到沒必要掩飾，因為她可能會以為是煙霧使他流淚，於是抬手擦了一下。

「真暖和，真好……」她看著火光微笑著說。

這話和她的微笑又讓羅輯的心顫動了一下。

「怎麼是這樣兒的？」她抬頭又打量了一下暗影中的客廳。

「這裡與妳想像的不一樣？」

「是不一樣。」

「這裡不夠……」羅輯想起了她的名字：「不夠莊嚴是嗎？」

她對他微笑：「我是顏色的顏。」

「哦，我知道了……妳是不是覺得這裡應該是這樣的：有許多地圖和大螢幕，有一群戎裝的將軍，我拿著根長棍指指點點？」

「真是這樣兒，羅老師。」她的微笑變成開心的笑容，像一朵玫瑰綻放開來。

羅輯站起來：「妳一路上很累吧，喝點兒茶吧，」他猶豫了一下：「要不，喝杯葡萄酒？能驅驅寒。」

「好的。」她點點頭，接過高腳杯時輕輕地說了聲謝謝，然後喝了一小口。

看著她捧著酒杯那天真的樣子，羅輯心中最柔軟的部分被觸動了。讓她喝酒她就喝，她相信這個世界，對它沒有一點戒心，是的，整個世界到處都潛伏著對她的傷害，只有這裡沒有，她需要這裡的呵護，這是她的城堡。

羅輯坐了下來，看著莊顏，儘量從容地說：「來之前他們是怎麼對妳說的？」

「當然是讓我來工作了。」她再次露出那種令他心碎的天真：「羅老師，我的工作是什麼呢？」

「妳學的什麼？」

「國畫，在中央美術學院。」

「哦，畢業了嗎？」

「嗯，剛畢業，邊考研究所邊找工作。」

羅輯想了半天，實在想不出她在這裡能幹什麼。「嗯……工作的事，我們明天再談吧，妳肯定累了，先好好休息一下吧……喜歡這兒嗎？」

「我不知道，從機場來時霧很大，後來天又黑了，什麼都看不見……羅老師，這是哪兒呢？」

「我也不知道。」

她點點頭，自己暗笑了一下，顯然不相信羅輯的話。

「我真的不知道這是哪兒，看地貌像北歐，我可以馬上打電話問。」羅輯說著伸手去拿沙發旁的電話。

「不不，羅老師，不知道也挺好。」

「為什麼？」

「一知道在哪兒，世界好像就變小了。」

天啊，羅輯在心裡說。

她突然有了驚喜的發現，很孩子氣地說：「羅老師，那葡萄酒在火光中真好看。」

「妳覺得它像什麼？」羅輯緊張地問。

浸透了火光的葡萄酒，呈現出一種只屬於夢境的晶瑩的深紅。

「嗯……我想起了眼睛。」

「晚霞的眼睛是嗎？」

「晚霞的眼睛？羅老師你說得真好！」

「朝霞和晚霞，妳也是喜歡後者嗎？」

「是啊，您怎麼知道？我最喜歡畫晚霞了。」莊顏說，她的雙眼在火光中十分清澈，像在說：這有什麼不對嗎？

第二天早晨，雨後初晴，在羅輯的感覺中，彷彿是上帝為了莊顏的到來把這個伊甸園清洗了一遍。當莊顏第一次看到這裡的真貌時，羅輯沒有聽到一般女孩子的大驚小怪的驚嘆和讚美，面對這壯美的景色，她處於一種敬畏和窒息的狀態，始終沒能說出一句讚美的話來。羅輯看出，她對自然之美顯然比其他女孩子要敏感得多。

「妳本來就喜歡畫畫嗎？」羅輯問。

莊顏呆呆地凝視著遠方的雪山，好半天才回過神來：「啊，是的，不過，我要是在這兒長大的話，也許就不喜歡了。」

「為什麼？」

「我想像過那麼多美好的地方，畫出來，就像去過一樣，可在這兒，想像的，夢見的，已經都有了，還畫什麼呢？」

「是啊，想像中的美一旦在現實中找到，那真是……」羅輯說，他看了一眼朝陽中的莊顏，這個從他夢中走來的天使，心中的幸福像湖面上的那片廣闊的粼粼波光蕩漾著。聯合國、ＰＤＣ，你們想不到面壁計畫是這樣一個結果，我現在就是死了也無所謂了。

「羅老師，昨天下了那麼多雨，為什麼雪山上的雪沒被沖掉呢？」莊顏問。

「雨是在雪線以下下的，那山上常年積雪。這裡的氣候類型同我們那裡有很大差別。」

「您去過雪山那邊嗎？」

「沒有，我來這裡的時間也不長。」羅輯注意到，女孩子的眼睛一直沒有離開雪山：「妳喜歡雪山嗎？」

「嗯。」她重重地點點頭。

「那我們去。」

「真的嗎？什麼時候？」她驚喜地叫起來。

「現在就可以動身啊，有一條簡易公路通向山腳，現在去，晚上就可以回來。」

「可工作呢？」莊顏把目光從雪山上收回，看著羅輯。

「工作先不忙吧，妳剛來。」羅輯敷衍道。

「那……」莊顏的頭歪一歪，羅輯的心也隨著動一動，這種稚氣的表情和眼神他以前在那個她的身上見過無數次了：「羅老師，我總得知道我的工作啊？」

羅輯看著遠方，想了幾秒鐘，用很堅定的口氣說：「到雪山後就告訴妳！」

「好的！那我們快些走，好嗎？」

「好，從這裡坐船到湖對岸，再開車方便些。」

他們走到棧橋盡頭，羅輯說風很順，可以乘帆船，晚上風向會變，正好可以回來。他拉著莊顏的手扶她上了一隻小帆船，這是他第一次接觸她，她的手同那個想像中的冬夜他第一次握住的那雙手一樣，是那種涼涼的柔軟。她驚喜地看著羅輯把潔白的球形運動帆升起來，當船離開棧橋時，把手伸進水裡。

「這湖裡的水很冷的。」羅輯說。

「可這水好清好清啊！」

像妳的眼睛，羅輯心裡說：「妳為什麼喜歡雪山呢？」

「我喜歡國畫啊。」

「國畫和雪山有什麼關係嗎？」

「羅老師，你知道國畫和油畫的區別嗎？油畫讓濃濃的色彩填得滿滿的，有位大師說過，在油畫中，對白色要像黃金那樣珍惜；可國畫不一樣，裡面有好多好多的空白，那些空白才是國畫的眼睛呢，而畫中的風景只不過是那些空白的邊框。你看那雪山，像不像國畫中的空白……」

這是她見到羅輯後說的最長的一段話，她就這麼滔滔不絕地給面壁者上課，把他當成一個無知的學生，絲毫不覺得失禮。

妳就像畫中的空白，對一個成熟的欣賞者來說，那是純淨但充滿美的內容。羅輯看著莊顏想。

船停泊在湖對岸的棧橋上，有一輛敞篷吉普車停在湖岸的林邊，把車開來的人已經離去了。

「這車是軍用的吧？來的時候我看到周圍有軍隊，過了三個崗哨呢。」莊顏上車的時候說。

「沒關係，他們不會打擾我們的。」羅輯說著發動了車子。

這是一條穿越森林的很窄的簡易公路，但車子行駛在上面很穩，林中未散的晨霧把穿透高大松林的陽光一縷縷地映出，即使在引擎聲中，也能清晰地聽到林間的鳥鳴。清甜的風把莊顏的長髮吹起，一縷縷撩到他的臉上，癢癢之中，他又想起了兩年前的那次冬日之旅。

現在周圍的一切與那時的冬雪後的華北平原和太行山已恍若隔世，那時的夢想卻與現在的現實無縫連接，羅輯始終難以置信這種事發生在自己身上。

羅輯轉頭看了莊顏一眼，發現她也在看著自己，而且似乎已經看了好長時間，那眼神中略帶好奇，但更多的是清純的善意。林間的光束從她臉上和身旁一道一道地掠過，看到羅輯在看自己，她的目光並沒有迴避。

「羅老師，你真的有戰勝外星人的本領？」莊顏問道。

羅輯被她的孩子氣完全征服了，這是一個除了她之外無人可能向面壁者提出的問題，而且他們才認識很短的時間。

「莊顏，面壁計畫的核心意義，就在於把人類真實的戰略意圖完全封裝在一個人的思維中，這是人類世界中智子唯一不能窺視的地方。所以總得選出這樣幾個人，但這並不意味著他們是超人，世界上沒有超人。」

「但為什麼選中你呢？」

這個問題比前面那個更唐突更過分，但從莊顏嘴裡說出來就顯得很自然，在她那透明的心中，每一束陽光都能被晶瑩地透過和折射。

羅輯把車緩緩地停了下來，莊顏驚奇地看著他，他則看著前方陽光斑駁的路。

「面壁者是有史以來最不可信的人，是最大的騙子。」

「這是你們的責任啊。」

羅輯點點頭：「但，莊顏，我下面對妳說的是真話，請妳相信我。」

莊顏點點頭：「羅老師你說吧，我相信。」

羅輯沉默了好久，以加重他說出的話的分量：「我不知道為什麼選中我，」他轉向莊顏：「我是個普通人。」

莊顏又點點頭：「那一定很難吧？」

這話和莊顏那天真無邪的樣子讓羅輯的眼眶又濕潤了。成為面壁者後，他第一次得到這樣的問候，女孩兒的眼睛是他的天堂，那清澈的目光中，絲毫沒有其他人看面壁者時的那種眼神；她的微笑也是他的天堂，那不是對面壁者的笑，那純真的微笑像浸透陽光的露珠，輕輕地滴到他心靈中最乾涸的部分。

「應該很難，但我想做得容易些……就是這樣，真話到此結束，恢復面壁狀態。」羅輯說著，又開動了車子。

以後他們一路沉默，直到林木漸漸稀疏，碧藍的天空露了出來。

「羅老師，看天上那隻鷹！」莊顏喊道。

「那面好像還有隻鹿呢！」羅輯向前方一側指著，他之所以快速轉移莊顏的注意力，是因為他知道天上出現的不是鷹，而是盤旋的警衛無人機。這使得羅輯想起了史強，他拿出手機，撥通了他的號碼。

電話裡傳來史強的聲音：「哇，羅老弟，現在才想起我來嗎？先說，顏顏還好嗎？」

「好，很好，太好了，謝謝你！」

「那就好，我總算是完成了最後一項任務。」

「最後？你在哪兒？」

「在國內，要睡長覺了。」

「什麼？」

「我得了白血病，到未來去治。」

羅輯煞住了車，這次停得很猛，莊顏輕輕地驚叫了一聲，羅輯擔心地看看她，發現沒事後才和史強繼續說話。

「這……什麼時候的事啊？」

「以前執行任務時受了核輻射，去年才犯的病。」

「天啊！我沒耽誤你吧？」

「這事嘛，有什麼耽誤不耽誤的，誰知道未來醫學是怎麼回事兒？」

「真的對不起，大史。」

「沒什麼，都是工作嘛。我沒再打擾你，是想著咱們以後還有可能見面，不過要是見不著了，那你就聽我一句話。」

「你說吧。」

史強沉默良久，說：「不孝有三，無後為大，羅兄，我史家四百多年後的延承，就拜託你了。」

電話掛斷了，羅輯看著天空，那架無人機已經消失，如洗的藍天空蕩蕩的，就像他這時的心。

「你是給史叔叔打電話嗎？」莊顏問。

「是，妳見過他？」

「見過，他是個好人，我走的那天，他不小心把手弄破了，那血止也止不住，好嚇人的。」

「哦……他對妳說過什麼嗎？」

「他說你在幹世界上最重要的事情，讓我幫你。」

這時，森林已經完全消失了，雪山的前面只剩下草原，在銀白和嫩綠兩種色彩中，世界的構圖顯得更加簡潔和單純了，在羅輯的感覺中，面前的大自然正在變得愈來愈像身邊這位少女。他注意到，莊顏的眼中這時透出一絲憂鬱，甚至覺察到她的一聲輕輕的嘆息。

「顏顏，怎麼了？」羅輯問，他第一次這樣稱呼她，心想既然大史能這麼叫她，我也能。

「想一想，這樣美的世界，很多年後可能沒有人看了，很難過的。」

「外星人不是人嗎？」

「我覺得，他們感受不到美。」

「為什麼？」

「爸爸說過，對大自然的美很敏感的人，本質上都是善良的，他們不善良，所以感受不到美。」

「顏顏，他們對人類的政策，是一種理性的選擇，是對自己種族生存的一種負責任的作法，與善良和邪惡無關。」

「我第一次聽人這樣說呢……羅老師，你將來會見到他們的，是嗎？」

「也許吧。」

「如果他們真的像你說的那樣，而你們在末日之戰中又打敗了他們，嗯，那你們能不能……」莊顏歪頭看著羅輯，猶豫著。

羅輯想說後一種的可能性幾乎為零，但又不忍心說出來：「能怎麼樣？」

「能不能不把他們趕到宇宙中去，那樣他們都會死的，給他們一塊地方，讓他們和我們一起生活，這樣多好啊。」

羅輯在感慨中沉默了好一會兒，才指指天空說：「顏顏，妳剛才的話不是只有我在聽。」

莊顏也緊張地看看天空：「啊……是的，我們周圍一定飛著很多智子！」

「也可能這時聽妳說話的，是三體文明的最高執政官。」

「你們都會笑我的吧？」

「不，顏顏，妳知道我現在在想什麼嗎？」羅輯這時有一種握住她的手的強烈願望，她那纖細的左手也就在方向盤旁邊，但他還是克制住自己：「我在想，其實真正有可能拯救世界的，是妳。」

「我嗎？」莊顏笑起來。

「是妳，只是妳太少了，哦，我是說妳這樣的人太少了，如果人類有三分之一像妳，三體文明真的有可能和我們談判，談共同生活在一個世界的可能性，但現在……」他也長嘆了一聲。

莊顏無奈地笑笑：「羅老師，我挺難的，都說畢業後走向社會，就像魚兒游進了大海，可大海很渾，我什麼都看不清，總想游到一處清清的海，游得好累……」

但願我能幫妳游到那個海域……羅輯在心裡說。

公路開始上山，隨著高度的增加，植被漸漸稀疏，出現了裸露的黑色岩石，有一段路，他們彷彿行駛在月球表面。但很快，汽車開上了雪線，周圍一片潔白，空氣中充滿著清冽的寒冷。羅輯從車後座上的一個旅行袋中找出羽絨服，兩人穿上後繼續前行，沒走多遠就遇到了一個路障，道路正中的一個醒目的標誌牌上有這樣的警示：這個季節有雪崩危險，前方道路封閉。於是他們下車，走到路旁的白雪中。

這時太陽已經西斜，周圍的雪坡處於陰影中，純淨的雪呈現一種淡藍色，似乎在發著微弱的螢光，而遠方如刀鋒般陡峭的雪峰仍處於陽光中，把燦爛的銀光撒向四方，這光芒完全像雪自己發出的，彷彿照亮這世界的從來就不是太陽，而只是這座雪峰。

「好了，現在畫裡都是空白了。」羅輯伸開雙手轉了一圈說。

莊顏欣喜地看著這潔白的世界：「羅老師，我真的畫過一幅這樣的畫！遠看就是一張白紙，畫幅上幾乎全是空白，近看會發現左下角有幾枝細小的蘆葦，右上角有一隻幾乎要消失的飛鳥，空白的中央，有兩個小得不能再小的人兒……這是我最得意的作品。」

「能想像出來，那畫兒一定很美的……那麼，莊顏，就在這空白世界裡，妳有興趣知道自己的工作嗎？」

莊顏點點頭，很緊張的樣子。

「妳知道面壁計畫是什麼，它的成功依賴於它的不可理解，面壁計畫的最高境界，就是除了面壁者本人，地球和三體世界都無人能夠理解它。所以，莊顏，不管妳的工作多麼不可思議，它肯定是有意義的，不要試圖去理解它，努力去做就是了。」

莊顏緊張地點點頭：「嗯，我理解，」她又笑著搖搖頭：「呵，不不，我是說我知道。」

羅輯看著雪中的莊顏，在這純潔雪白幾乎失去立體感的空間中，世界為她隱去了，她是唯一的存在。兩年前，當他創造的那個文學形象在想像中活起來的時候，羅輯體會到了愛情；而現在，就在這大自然畫卷的空白處，他明白了愛的終極奧祕。

「莊顏，妳的工作就是：使自己幸福快樂。」

莊顏睜大了雙眼。

「妳成為世界上最幸福最快樂的女孩兒，是面壁計畫的一部分。」

莊顏的雙眸中映著那照亮世界的雪峰的光芒，在她純淨的目光中，種種複雜的感情如天上的浮雲般掠過。雪山吸收了來自外界的一切聲音，寂靜中羅輯耐心地等待著，終於，莊顏用似乎來自很遠的聲音問道：

「那……我該怎麼做呢？」

羅輯顯得興奮起來：「隨妳怎麼做啊！明天，或是我們回去後的今天晚上，妳就可以去妳想去的地方，做妳想做的事，過妳想過的生活，作為面壁者，我會盡可能幫助妳實現一切。」

「可我……」女孩兒看著羅輯，顯得很無助：「羅老師，我……不需要什麼啊。」

「怎麼會呢？誰都需要些什麼的！男孩兒女孩兒們不都在拚命追逐嗎？」

「我……追逐過嗎？」莊顏緩緩搖搖頭：「好像沒有的。」

「是，妳是個風清雲淡的女孩兒，但總是有夢想的，比如，妳喜歡畫畫兒，難道不想到世界上最大的畫廊或美術館去舉辦個人畫展？」

莊顏笑了起來，好像羅輯變成了一個無知的孩子：「羅老師，我畫畫是給自己看的，沒想過你說的那些。」

「好吧，妳總夢想過愛情吧？」羅輯毫不猶豫地說出了這話：「妳現在有條件了，可以去尋找啊。」

夕陽正在從雪峰上收回它的光芒，莊顏的眸子暗了一些，目光也變得柔和起來，她輕聲說：「羅老師，那是能找來的嗎？」

「那倒是。」羅輯冷靜下來，點點頭：「那麼，我們這樣吧：不考慮長遠，只考慮明天，明天，明白嗎？明天妳想去哪裡，幹什麼？明天妳怎樣才能快樂？這總能想出來吧。」

莊顏認真地想了很長時間，終於猶豫地問：「我要說了，真的能行嗎？」

「肯定行，妳說吧。」

「那，羅老師，你能帶我去羅浮宮嗎？」

當泰勒眼睛上的蒙布被摘掉時，他並沒有因不適應光亮而瞇眼，這裡很暗，其實即使有很亮的燈，這裡仍是暗的，因為光線被岩壁吸收了，這是一個山洞。泰勒聞到了藥味，並看到山洞裡布置得像一個野戰醫院，有許多打開的鋁合金箱子，裡面整齊地擺滿了藥品；還有氧氣瓶、小型紫外線消毒櫃和一盞可攜式無影燈，以及幾台像是可攜式X光機和心律調節器的醫療儀器。所有這些東西都像是剛剛打開包裝，並隨時準備裝箱帶走的樣子。泰勒還看到掛在岩壁上的兩支自動步槍，但它們和後面岩石的顏色相近，不容易看出來。有一男一女兩個人從他身邊無表情地走過，他們沒穿白衣，但肯定是醫生和護士。

病床在山洞的盡頭，那裡是一片白色：後面的帷帳、床上的老人蓋著的床單、老人的長鬍鬚、他頭上的圍巾，甚至他的臉龐，都是白色的，那裡的燈光像燭光，把一部分白色隱藏起來，另一部分鍍上弱弱的金輝，竟使得這景象看上去像一幅描繪聖人的古典油畫。

泰勒暗自啐了一口，媽的該死，你怎麼能這樣想！

他向病床走去，努力克服胯骨和大腿內側的疼痛，使步伐有尊嚴地穩健。他在病床前站住了，站在這個這些年來他和他的政府都朝思暮想要找到的人面前，有點不敢相信現實。他看著老人蒼白的臉，這果然像媒體上說的，是世界上最和善的臉。

人真是個奇怪的東西。

「很榮幸見到您。」泰勒微微鞠躬說。

「我也很榮幸。」老人禮貌地說，沒有動，他的聲音細若游絲，但卻像蛛絲一樣柔韌，難以被拉斷。老人指指腳邊的床沿，泰勒小心地在那裡坐下，他不知道這是不是一種親近的表示，因為床邊也確實沒有椅子，老人說：「路上受累了，第一次騎騾子吧？」

「哦，不，以前遊覽科羅拉多大峽谷時騎過一次。」泰勒說，但那次腿可沒磨得這麼痛：「您的身體還好嗎？」

老人緩緩地搖搖頭：「你想必也能看出來，我活不了多久了。」他那雙深邃的眼睛突然透出一絲頑皮的光芒：「我知道你是這個世界上最不希望看到我病死的人之一，真的很對不起。」

後面這句話中的譏諷意味刺痛了泰勒，但說的也確實是事實。泰勒以前最恐懼的事情就是這人病死或老死。國防部長曾經不止一次地祈禱，在這人自然死亡之前，讓美國的巡弋飛彈或特種部隊的子彈落到他頭上，哪怕是提前一分鐘也好啊！自然死亡將是這個老人最終的勝利，也是反恐戰爭慘重的失敗，現在這個正在接近這個輝煌。其實以前機會也是有的，有一次，一架「掠食者」無人機在阿富汗北部山區一所偏僻的清真寺院落裡拍到了他的圖像，操縱飛機直接撞上去就能創造歷史，更何況當時無人機上還帶著一枚「地獄火」導彈，可是那名年輕的值班軍官在確認了目標的身分後，不敢擅自決定，只好向上請示，再回頭看時目標已經消失了。當時被從床上叫起來的泰勒怒火萬丈，咆哮著把家裡珍貴的中國瓷器摔得粉碎……

泰勒想轉移這尷尬的話題，就把隨身帶著的手提箱放到床沿上：「我給您帶了一份小禮物，」他打開手提箱，拿出一套精裝的書籍：「這是最新阿拉伯文版的。」

老人用瘦如乾柴的手吃力地抽出最下面的那一本：「哦，我只看過前三部曲，後面的當時也託人買了，可沒有時間看，後來就弄丟了……真的很好，哦，謝謝，我很喜歡。」

「有這麼一種傳說，據說您是以這套小說為自己的組織命名的？」

老人把書輕輕地放下，微微一笑：「傳說就讓它永遠是傳說吧，你們有財富和技術，我們只有傳說了。」

泰勒拿起老人剛放下的那本書，像牧師拿《聖經》似的對著他：「我這次來，是想讓您成為謝頓*。」

那種頑皮戲謔的光芒又在老人眼中出現：「哦？我該怎麼做？」

「讓您的組織保存下來。」

「保存到什麼時候？」

「保存四個世紀，保存到末日之戰。」

「您認為這可能麼？」

「如果它不斷發展自己，是可能的，讓它的精神和靈魂滲透到太空軍中，您的組織最後也將成為太空軍的一部分。」

「是什麼讓您這麼看重它？」老人話中的諷刺色彩愈來愈重了。

「因為它是人類少有的能用生命作為武器打擊敵人的武裝力量。您知道，人類的基礎科學已經被智子鎖死，相應的，電腦和人工智慧的進步也是有限的，末日之戰中，太空戰機還得由人來操縱，球狀閃電武器需要抵近攻擊，這只有擁有那種敢死精神的軍隊才能做到！」

「那您這次來，除了這幾本書，還給我們帶來了什麼？」

泰勒興奮地從床上站了起來：「那要看你們需要什麼了，只要能使您的組織存在下去，我能提供你們需要的一切。」

老人揮手示意泰勒再坐下：「我很同情您，這麼多年了，您竟然不知道我們真正需要的是什麼。」

「您可以說說。」

「武器？金錢？不不，那東西比這些都珍貴，組織之所以存在並不是因為有謝頓那樣宏偉的目標，你沒辦法讓一個理智正常的人相信那個並為之獻身，組織的存在就是因為有了那東西，它是組織的空氣和血液，沒有它，組織將立刻消亡。」

「那是什麼？」

＊美國科幻作家艾西莫夫名作《基地》中的主角。

「仇恨。」

泰勒沉默了。

「一方面，由於有了共同的敵人，我們對西方的仇恨消退了；另一方面，三體人要消滅的全人類也包括我們曾經仇恨過的西方，對於我們來說，同歸於盡是一種快意，所以我們也不仇恨三體人。」老人攤開雙手：「你看，仇恨，這比黃金和鑽石都寶貴的財富，這世界上最犀利的武器，現在沒有了，您也給不了我們，所以，組織和我一樣，也活不了多久了。」

泰勒仍然說不出話來。

「至於謝頓，他的計畫應該也是不可能成功的。」

泰勒長嘆一聲，坐回床沿上：「這麼說，您看過後面的部分？」

老人驚奇地一揚眉毛：「沒有，我真的沒有看過，只是這麼想。怎麼，書中的謝頓計畫也失敗了嗎？要是那樣，作者是個了不起的人，我原以為他會寫一個大團圓的結局呢，願真主保佑他。」

「艾西莫夫死了好多年了。」

「願他上天堂，哪一個都行……唉，睿智的人都死得早。」

在回程中，泰勒大部分時間沒有被蒙上眼睛，使他有機會欣賞阿富汗貧瘠但險峻的群山，給他牽騾的年輕人甚至信任地把自己的自動步槍掛在鞍上，就靠在泰勒的手邊。

「你用這支槍殺過人嗎？」泰勒問。

那年輕人聽不懂，旁邊一名也騎騾但沒帶武器的年長者替他回答：「沒有，好長時間沒打仗了。」

那年輕人仍抬頭疑問地看著泰勒，他沒有蓄鬚，一臉稚氣，目光像西亞的藍天一樣清澈。

「媽媽，我將變成螢火蟲。」

羅輯和莊顏是在夜裡十點鐘走進羅浮宮大門的，坎特建議他們在晚上參觀，這樣在安全保衛方面好安排一些。

他們第一眼看到的就是玻璃金字塔，U形的宮殿遮罩了夜巴黎的喧囂，金字塔靜靜地立在如水的月光下，像是銀子做的。

「羅老師，你有沒有覺得它是從天外飛來的？」莊顏指著金字塔問。

「誰都有這種感覺，而且妳看，它只有三個面。」羅輯說完最後那句就後悔了，他不願在現在談那個話題。

「把它放在這兒，開始怎麼看怎麼彆扭，可看多了，它倒成了這裡不可缺少的一部分。」

這就是兩個差異巨大的世界的融合，羅輯想，但沒有說出來。

這時，金字塔裡的燈全亮了，它由月光下的銀色變得金碧輝煌，與此同時，周圍水池中的噴泉也啟動了，高高的水柱在燈光和月光中升起，莊顏驚恐地看了羅輯一眼，對羅浮宮因他們的到來而蘇醒感到很不安。就在一片水聲中，他們走進了金字塔下面的大廳，然後進入了宮殿。

他們首先走進的是羅浮宮最大的展廳，有二百公尺長，這裡光線柔和，腳步聲在空曠中迴盪。羅輯很快發現只有他的腳步聲，莊顏在輕輕地走路，貓一樣無聲，如同一個初入童話中神奇宮殿的孩子，怕吵醒這裡沉睡的什麼東西。羅輯放慢腳步，與莊顏拉開了一段距離，他對這裡的藝術品沒有興趣，只是欣賞著藝術世界中的她。那些古典油畫上體形豐美的希臘眾神、天使和聖母，從四面八方與他一同看著這位美麗的東方少女，她就像庭院中那座晶瑩的金字塔，很快融為這藝術聖境中的一部分，沒有她，這裡肯定少了什麼。羅輯陶醉在這如夢如幻的意境中，任時間靜靜地流逝。

不知過了多久，莊顏才想起羅輯的存在，回頭對他笑了一下，羅輯的心隨之一動，他感到這笑容彷彿是從畫中的奧林帕斯山投向塵世的一束光芒。

「聽說，如果專業地欣賞，看完這裡的所有東西要一年時間。」羅輯說。

「我知道。」莊顏簡單地回答，眼神彷彿在說：那我該怎麼辦呢？然後又轉身凝神看畫了，這麼長時間，她只看到第五幅。

「沒關係的，顏顏，我可以陪妳看一年，每天晚上。」羅輯情不自禁地說。

聽到這話莊顏又轉身看著羅輯，顯得很激動：「真的嗎？」

「真的。」

「那……羅老師，你以前來過這兒嗎？」

「沒有，不過三年前來巴黎時去過龐畢度藝術中心，我本來以為妳對那裡更感興趣的。」

莊顏搖搖頭：「我不喜歡現代藝術。」

「那這些，」羅輯看著周圍眾多的神、天使和聖母：「妳不覺得太舊了嗎？」

「太舊的我不喜歡，只喜歡文藝復興時期的畫兒。」

「那也很舊的。」

「可我感覺不舊，那時的畫家們第一次發現了人的美，他們把神畫成了很美的人，你看這些畫兒，就能感覺到他們畫的時候那種幸福，那感覺就像我那天早晨第一次看到湖和雪山一樣。」

「很好，不過文藝復興的大師們開創的人文精神，現在成了一種礙事的東西。」

「你是說在三體危機中？」

「是的，妳肯定也看到了最近發生的事。四個世紀後，災難後的人類世界可能會退回到中世紀的狀態，人性將再次處於極度的壓抑之下。」

「那藝術也就進入冬天和黑夜了，是嗎？」

看著莊顏那天真的目光，羅輯暗自苦笑了一下——傻孩子，還談什麼藝術，如果真能生存下來，人類即使退回到原始社會也是一個很小的代價。但他還是說：「到那時，也許會有第二次文藝復興，妳可以重新發現已經被遺忘的美，把她畫出來。」

莊顏笑了笑，那笑容有些淒慘，她顯然領會到了羅輯善意的安慰：「我只是在想，末日之後，這些畫兒，這些藝術品會怎麼樣？」

「妳擔心這個？」羅輯問，女孩兒輕輕地說出末日二字，他的心痛了一下，但如果說剛才的安慰是失敗的，這一次他相信自己能成功，於是拉起莊顏的手說：「走，我們到東方藝術館去。」

在修建金字塔入口前，羅浮宮是個大迷宮，在其中要到某個廳室可能要繞行很遠，但現在可以從金字塔大廳直接去各個位置。羅輯和莊顏回到入口大廳後，按標識進入了東方藝術館，與歐洲古典繪畫展區相比，這裡完全是另一個世界。

羅輯指著那些來自亞洲和非洲的雕塑、繪畫和古文卷說：「這就是一個先進文明從落後文明那裡弄來的東西，有的是搶來的，有的是偷來或騙來的，但妳看看，現在它們都保存得很好。即使在二戰時期，這些東西也都被轉移到安全的地方。」他們在掛於密封玻璃櫃中的敦煌壁畫前站住了：「想想當年王道士把這些東西送給法國人以後，我們那塊土地上又有過多少動盪和戰亂，如果這壁畫留在原處，妳肯定它們能保存得這麼好？」

「可三體人會保存人類的文化遺產嗎？他們根本不看重我們的文明。」莊顏說。

「就因為他們說我們是蟲子？不是這麼回事，顏顏，妳知道看重一個種族或文明的最高表現形式是什麼？」

「什麼？」

「斬盡殺絕，這是對一個文明最高的重視。」

接下來，兩人沉默著穿行於東方藝術館的二十四個展廳間，走在遙遠的過去中想像著灰暗的未來。不知不覺，他們來到了埃及藝術館。

「在這兒妳知道我想到了誰？」羅輯站在那具放在玻璃櫃中的法老木乃伊的黃金面具旁，想找到一個輕鬆些的話題：「蘇菲．瑪索。」

「妳是說那部《羅浮魅影》吧？瑪索確實很美的，長得還很東方呢。」

不知是不是錯覺，羅輯感覺到她的話中有一絲嫉妒和委屈。

「顏顏，她不如妳美，真的。」羅輯還想說，她的美也許能從這些藝術品中找到，但妳的美使這些東西都失色了，但還是不想讓自己太酸了。他看到一絲羞澀的微笑像浮雲般掠過女孩兒的臉龐，這也是他第一次看到。

「我們還是回去接著看油畫吧。」莊顏小聲說。

他們再次回到金字塔大廳，但忘記了第一次的入口。羅輯看到，這裡最醒目的標誌是羅浮宮的三件鎮宮之寶：蒙娜麗莎、維納斯和勝利女神。

「我們去看蒙娜麗莎吧。」羅輯提議。

在他們朝那個方向走的途中，莊顏說：「我們老師說，他到過羅浮宮後，對蒙娜麗莎和維納斯都有些反感了。」

「為什麼？」

「那些遊客就衝著這兩樣東西來，對這裡名氣不那麼大、卻同樣偉大的藝術品卻不感興趣。」

「我就是這些俗人中的一員。」

來到那神祕的微笑前時，羅輯感覺這幅畫比想像中的要小很多，而且處於厚厚的防彈玻璃後面，莊顏對它也沒有表現出特別的興奮。

「看到她，我想起了你們。」莊顏指著畫中人說。

「我們？」

「面壁者啊。」

「她和面壁者有什麼關係？」

「嗯，我是這樣想的——只是想想，你不要笑我啊——能不能找到一種交流方式，只有人類才能相互理解，智子永遠理解不了，這樣人類就能夠擺脫智子的監視了。」

羅輯看著莊顏思考了幾秒鐘，然後盯著蒙娜麗莎看：「我明白妳的意思了，她的微笑是智子和三體人永遠理解不了的。」

「是啊，人類的表情，特別是人類的目光，是最微妙最複雜的，一個注視、一個微笑，能傳達好多資訊呢！這資訊只有人能夠理解，只有人才有這種敏感。」

「是，人工智慧最大的難題之一就是識別人類的表情和眼神，甚至有專家說，對於眼神，電腦可能永遠也識別不了。」

「那能不能創造一種表情語言，用表情和目光說話？」

羅輯很認真地想了想，笑著搖搖頭，指著蒙娜麗莎說：「她的表情，我們自己也理解不了啊……我盯著她看時，那微笑的涵義一秒鐘變化一次，而且沒有重複的。」

莊顏高興得像孩子那樣跳了一下：「這不正說明表情能夠傳達很複雜的資訊嗎？」

「那這個資訊：飛船從地球出發，目的地木星。怎樣用表情表達？」

「原始人開始說話時，肯定也只能表達很簡單的意思，說不定還不如鳥叫複雜呢，語言是以後才慢慢複雜起來的！」

「那……我們先試著用表情表達一個簡單的意思？」

「嗯！」莊顏興奮地點點頭：「那這樣，我們每人先想一個資訊，然後互相表達？」

羅輯停頓了一下說：「我想好了。」

莊顏卻想了更長的時間，然後也點點頭：「那我們開始。」

他們開始互相凝視，只堅持了不到半分鐘，就幾乎同時大笑起來。

「我的信息是：今晚想請妳去香榭麗舍大道吃夜宵。」羅輯說。

莊顏也笑得直不起腰來：「我的信息：你……你該刮鬍子了！」

「關係到人類命運的大事，我們必須嚴肅起來。」羅輯忍住笑說。

「這次誰也不許先笑！」莊顏說，像一個重新確定遊戲規則的孩子那樣鄭重。

他們背靠背站著，各自又想好了一個資訊，然後轉身再次相互凝視。羅輯在開始時又有了笑的衝動，他努力抑制著，但很快，這種抑制變得容易起來，因為莊顏清澈的目光再次撥動了他的心弦。

面壁者和少女就這樣相互凝視著，在深夜的羅浮宮，在蒙娜麗莎的微笑前。

羅輯心靈的堤壩上滲出了涓涓細流，這細流沖刷著堤壩，微小的裂隙漸漸擴大，細流也在變得湍急，羅輯感到了恐懼，他努力彌補堤壩上的裂隙，但做不到，崩潰是不可避免的。

此時，羅輯感到自己站在萬仞懸崖之巔，少女的眼睛就是懸崖下廣闊的深淵，深淵上覆蓋著潔白的雲海，但陽光從所有的方向灑下來，雲海變成了絢麗的彩色，無邊無際地湧動著。羅輯感到自己向下滑去，很慢很慢，但憑自己的力量不可制止。他慌亂地移動著四肢，想找到一個可以抓踏的地方，但身下只是光滑的冰面。下滑在加速，最後在一陣狂亂的眩暈中，他開始了向深淵的下墜，墜落的幸福在瞬間達到了痛苦的極限。

蒙娜麗莎在變形，牆壁也在變形，像消融的冰。羅浮宮崩塌了，磚石在下墜的途中化為紅亮的岩漿，這岩漿穿過他們的身體，竟像清泉般清涼。他們也隨著羅浮宮下墜，穿過熔化的歐洲大陸，向地心墜去，穿過地心時，地球在周圍爆發開來，變成宇宙間絢爛的焰火；焰火熄滅，空間在瞬間如水晶般透明，星辰用晶瑩的光芒織成銀色的巨毯，群星振動著，奏出華美的音樂；星海在變密，像湧起的海潮，宇宙向他們聚集坍縮……最後，一切都湮沒在愛情的創世之光中。

「我們需要立刻觀察三體世界！」斐茲羅將軍對林格博士說，他們在哈伯二號太空望遠鏡的控制室中，望遠鏡在一星期前最後裝配完成。

「將軍，可能不行。」

「我懷疑現在的觀測是你們天文學家在偷著幹私活兒。」

「私活兒要能幹我早幹了，哈伯二號現在還在測試中。」

「你們在為軍方工作，只需執行命令。」

「這裡除您之外沒有軍人，我們只按NASA的測試計畫執行。」

「博士，你們不可以就用那個目標做測試嗎？」將軍的口氣軟了下來。

「測試目標是經過嚴密選擇的，有各種距離和亮度種類，測試計畫是按照最經濟的方式制定的，使得望遠鏡的指向只旋轉一趟就可完成全部測試，而現在觀察三體世界，就需要把指向轉動近三十度角再轉回去，將軍，轉動那個大傢伙是要耗費推進劑的，我們在為軍方省錢。」

「那就看看你們是怎麼省的吧，這是我剛從你們的電腦上發現的。」斐茲羅說著，把背著的手拿到前面來，手中拿著一張上面已經列印出圖像的紙，那圖像是一張照片，是從上方俯拍的，有一群人在興奮地向上仰望，很容易認出他們就是現在控制室中的這批人，林格站在正中間，還有三位搔首弄姿的外來女士，可能是他們中某三位的女朋友。照片中人們站的位置顯然是控制室的樓頂，圖像十分清晰，像是在十幾公尺高處拍的，與普通照片不同的是，這幅照片中疊印著一大堆複雜的參數標注。「博士，你們站的是樓頂的最高處了，那裡不會有一個那種拍電影的搖臂吧？如果說把哈伯二號轉動三十度要花錢，那你們轉動三百六十度要花多少？況且這一百多億的投資好像不是用來從太空為你們和女朋友拍寫真的，要不要我把這筆錢算到各位的帳單上？」

「將軍，您的命令當然是必須執行的。」林格趕緊說，工程師們也立刻忙了起來。

目標資料庫中的座標資料被很快調出，太空中，那個直徑二十多公尺長上百公尺的圓柱體開始緩緩轉動，控制室中的大螢幕上，星空的圖像開始平移。

「這就是望遠鏡看到的嗎？」將軍問。

「不，這只是定位系統傳回的圖像，望遠鏡傳回的是靜態照片，需經處理後才能看到。」

五分鐘後，星空的平移停止了，控制系統報告定位已經完成。又過了五分鐘，林格說：「好了，返回原測試位置吧。」

斐茲羅驚奇地問：「怎麼，已經完成了？」

「是的，現在觀測圖像正在傳輸處理中。」

「不能多拍幾張嗎？」

「將軍，已經在不同的焦距範圍內拍攝了兩百一十張。」這時第一張觀測影像處理完成，林格指著顯示器說：「將軍，看吧，這就是您渴望看到的敵人的世界。」

斐茲羅只看到一片漆黑的背景上的三團光暈，很模糊，像霧夜中的街燈，這就是決定兩個文明命運的那三顆恆星。

「看來真的看不到行星了。」斐茲羅掩蓋不住自己的失望。

「當然看不到，即使將來直徑百公尺的哈伯三號建成，也只有在三體行星運行到少數特定位置時才能觀測到，而且能分辨的只是一個點，沒有任何細節。」

「但還真有些別的東西，博士，你看這是什麼？」一名工程師指著圖像上三團光暈的附近說。

斐茲羅湊過去看，但什麼也沒看到，那團東西太暗了，只有專業人員才能覺察到。

「它的直徑比恆星還大。」工程師說。

「說直徑不確切，它的形狀好像不規則。」林格說。

那片區域被連續放大，直到那個東西占滿了整個螢幕。

「刷子！」將軍驚叫道。

外行往往更適合給專業對象命名，其實專家在進行這種命名時也總是從外行的視角進行的，「刷子」這個名稱就這樣固定下來，將軍的描述很準確，那就是宇宙中的一把刷子，更準確地說只有刷毛，沒刷柄。當然，也可以把它看作一排豎起的頭髮。

「是貼面劃痕！在可行性研究階段我就提出，鏡片的黏貼組裝方式必然出問題。」林格搖搖頭說。

「所有貼面都經過嚴格檢驗，不可能存在這樣的劃痕，也不可能是鏡片的其他瑕疵產生的，在已經傳回的幾萬張測試圖像中，從來沒有出現過這個。」鏡片製造方蔡司公司的專家說。

控制室陷入沉默中，人們都聚集過來盯著那幅圖像看，由於人太擠，一些人到另外的終端機上調出圖像細看。斐茲羅明顯感覺到氣氛的變化，因漫長測試的疲勞而顯得懶散的人們同時緊張起來，像中了魔咒似的僵在那裡，只有他們的眼睛愈來愈亮。

「天啊——」幾個人幾乎同時發出這個感嘆。

定格在那裡的人們突然都興奮地活動起來，他們下面的對話對於斐茲羅而言有些太專業了。

「是目標周圍的塵埃帶位置吧？查一下……」

「不用，我做過那個課題，觀測它對旋臂運動背景的吸收，發現有二百公釐的吸收峰，可能是碳微粒，密度在Ｆ級。」

「對於其中出現的高速衝擊效應各位有什麼看法？」

「尾跡沿衝擊軸線擴散是肯定的，但擴散範圍……有數學模型嗎？」

「有的，等一下……這就是了，衝擊速度？」

「一百個第三速度吧。」

「現在已經達到那麼高了嗎？」

「這已經有些保守了……衝擊截面就按……對對，這個就差不多，只是大概估計一下吧。」

在學者們忙碌時，林格對站在一邊的斐茲羅說：「將軍，你能不能幹些力所能及的事，數數刷子上有幾根毛？」

斐茲羅點點頭，伏到一個終端機螢幕前數了起來。

每次計算都要進行四五分鐘，其間還出了幾次錯，半小時後結果才出來。

「尾跡的最後擴散直徑約二十四萬公里，是兩個木星的直徑了。」操縱數學模型運算的天文學家說。

「那就對了。」林格抱起雙臂抬頭望著天花板，彷彿在透過它遙望星空：「一切都證實了！」他說這句話的聲音有些顫抖，然後，像是對自己喃喃道：「證實了也好，有什麼不好呢？」

控制室再次陷入沉默，這次帶著重重的壓抑。斐茲羅想問，但看到人們垂首肅穆的樣子，又不好開口。過了一會兒，他聽到一陣輕輕的嗚咽聲，看到一個年輕人在掩面哭泣。

「行了哈里斯，這裡不只有你一個懷疑主義者，大家心裡都不好受。」有人說。

叫哈里斯的年輕人抬起淚眼說：「我知道懷疑只是一種安慰而已，但我想在這安慰中過完這一生……上帝，我們連這點幸運都沒有了。」

然後又是沉默。

林格終於注意到斐茲羅：「將軍，我大概解釋一下吧：那三顆恆星周圍有一片星際塵埃，這之前，有一批高速運動的物體穿過了這片塵埃，它們的高速衝擊在塵埃中留下了尾跡，這尾跡不斷擴散，現在其斷面直徑已經擴散到兩個木星大小，尾跡與周圍的塵埃只有細微的差別，所以在近處是看不到的，只有在我們這四光年遠的位置，它才能被觀察到。」

「我數了，約有一千根。」斐茲羅將軍說。

「當然，肯定是這個數，將軍，我們看到了三體艦隊。」

哈伯二號太空望遠鏡的發現最後證實了三體入侵的真實性，也熄滅了人類最後的幻想。

在新一輪的絕望、恐慌和迷茫之後，人類真正進入了面對三體危機的生活。艱難時世開始了，歷史的車輪經歷了轉向的顛簸之後，開始沿著新的軌道前進。

在巨變的世界中，不變的只有時間流逝的速度，恍惚間，五年過去了。

中部　咒語

危機紀年第八年，三體艦隊距太陽系四點二〇光年

泰勒最近一直處於焦躁之中，他常常下到深達二百公尺的地下存貯庫中，看著那些已收集到的宏原子核在禁錮磁場之中跳著永恆之舞。這些線形物的舞蹈有一種強烈的催眠效果，他常常幾個小時地盯著它們，只有這時才感到心靈的寧靜。

太空電磁發射導軌也在建造中，且進度很快，但泰勒對這些沒有太多關注，因為球狀閃電和宏原子核融合的大規模實驗只能在太空中進行，而現在進入太空的路仍然只有常規發射這條獨木橋。太空電梯仍在技術研究階段，巨大投資所需的國際合作也進展艱難，而且，建設太空電梯所需的常規發射能力現在還不具備。所以與此同時，人類還得繼續改進航太石器時代的石斧和棍棒：化學推進火箭。

泰勒只有等待，於是他回到了家中，在成為面壁者的五年來，第一次過上了正常人的生活。

與此同時，面壁者正在引起愈來愈多的社會關注，不管他們自己是否願意，他們在公眾心目中的救世主形象已經建立起來，順理成章地出現了面壁者崇拜。儘管聯合國和PDC一再解釋，關於他們擁有超能力的神話還是不脛而走，並且愈傳愈神。他們在科幻電影中被表現為超人英雄，在許多人心目中，他們是人類未來唯一的希望。由此，面壁者們也擁有了巨大的號召力和政治能量，這就保證了他們對巨量資源的調用可以更順利地進行。

羅輯是個例外，他一直在隱居中，從未露過面，誰也不知道他在哪裡，在幹什麼。

這一天，泰勒有一個訪客。與其他面壁者一樣，他的家是戒備森嚴的，來訪者必須經過嚴格的安全檢查。但在客廳中見到來人時，泰勒就明白他肯定能很順利地進來，因為這人一看就是一個對任何人都不會有威脅的人。他在大熱天穿著一身皺巴巴的西裝，還繫著一條同樣皺巴巴的領帶，更讓人不可忍受的是還戴著一頂現在已很少見的禮帽，顯然是想讓自己的來訪顯得正式些，而在這之前他大概沒去過什麼正式的場合。

他面黃肌瘦，像營養不良似的，眼鏡在瘦小蒼白的臉上顯得大而沉重，他那細小的脖子看上去支撐起腦袋和禮帽的重量都困難，那套起皺的西裝更像是空蕩蕩地掛在一個衣架上。作為政治家的泰勒，一眼就看出這人屬於社會上最可憐的那類人，他們的可憐之處不僅僅在於物質上，更多是精神上的卑微，就像果戈理筆下的那些小職員，雖然社會地位已經很低下，卻仍然為保住這種地位而憂心忡忡，一輩子在毫無創造性的繁雜瑣事中心力交瘁，成天小心謹慎，做每件事都怕出錯，對每個人都怕惹得不高興，更是不敢透過玻璃天花板向更高的社會階層望上一眼。這是泰勒最看不起的一類小人物，他們是真正的可有可無之人，想想自己要拯救的世界中大部分都是這類人，他總是感到興味索然。

那人小心翼翼地邁進客廳門，不敢再朝前走了，顯然怕自己的鞋底弄髒了客廳的地毯。他摘下禮帽，透過厚厚的眼鏡片用謙卑的目光看著主人，連連鞠躬。泰勒打定主意，在這人說出第一句話後就趕他走，也許他要說的事對他自己很重要，但對泰勒沒有任何意義。

這個卑微的可憐人用羸弱的聲音說出了第一句話，泰勒彷彿被一道閃電擊中，幾乎因眩暈而跌坐在地，對於他，這句話的每一個字都雷霆萬鈞。

「面壁者弗雷德里克・泰勒，我是您的破壁人。」

「誰能想到，我們有一天要面對這樣的作戰地圖。」常偉思面對著一比一千億的太陽系空間圖感慨道。顯示空間圖的超大螢幕，面積相當於一個電影寬銀幕，但螢幕上幾乎是一片漆黑，只在正中有一個小小的黃色亮斑，那是太陽。空間圖的範圍是以古柏帶中線為邊界，全幅顯示時，相當於從垂直於黃道面的五十個天文單位遠方看太陽系。空間圖精確地標示了各行星和行星的衛星的軌道，以及目前已經探明的小行星帶的情況。對今後一千年內各個時間斷面的太陽系天體運行位置都可精確顯示。現在空間圖關閉了天體位置的標示，顯示的是真實亮度，如果仔細觀察，也許可以找到木星，但只是一個似有似無的微小亮點，在這個距離上，其他七大行星均看不見。

「是啊，我們所面臨的變化太大了。」章北海說，軍方對第一版空間圖的鑑定會剛剛結束，現在，寬闊的作戰室中只剩他和常偉思兩人。

「首長，不知你注意到同志們面對這幅圖時的眼神沒有？」章北海問。

「當然注意到了，可以理解，他們在會前肯定把空間圖想成科普畫那樣，幾個撞球大小的彩色行星圍著太陽的大火球轉動……見到按真實比例繪製的空間圖，才感受到了太陽系的廣闊。不管是空軍還是海軍，他們能夠航行或飛行的最遠距離在這張螢幕上連一個像素的大小都不到。」

「我感覺，他們面對未來的戰場，沒有表現出一點信心和戰鬥的激情。」

「我們又要談到失敗主義了。」

「首長，我並不是想談現實中的失敗主義，這應該是正式工作會議上討論的問題，我想談的……怎麼說呢？」章北海猶豫地笑了笑，這對於說話一貫直率果敢的他是很少見的。

常偉思把目光從空間圖上收回來，對著章北海笑笑：「看來你要說的事情很有些不尋常。」

「是，至少沒有先例。這是我的一個建議。」

「說吧，最好直奔主題，對於你，不需要這樣的鼓勵吧。」

「是，首長。這五年中，行星防禦和宇宙航行的基礎研究幾乎沒有進展，兩項起步技術——可控核融合和太空電梯，仍在原地踏步，讓人看不到希望，連更大推力的傳統化學火箭都困難重重，照這樣下去，即使是低技術戰略層次的太空艦隊，怕也只能永遠是科幻。」

「對於科學研究的規律，北海同志，在你選擇進入高技術戰略研究室時，就應該已經有了一個清醒的認識。」

「我當然明白，科學研究是一個跳躍前進的過程，長時間的量變積累才能產生質變，理論和技術突破大都是集中突發的……但，首長，有多少人是像我們這樣認識問題的呢？很有可能，十年二十年或五十年，甚至一個世紀後，各個學科和技術領域仍無重大突破，那時的失敗主義思潮將會發展到什麼程度？太空軍將會陷入怎樣一種思想狀態和精神狀態？首長，你是不是覺得我想得太遠了？」

「北海，我最看重你的一點就是對工作有長遠的思考，這在部隊政工幹部中是難能可貴的，說下去。」

「其實我也只是從自己的工作範圍來考慮：在上面的那種假設下，未來太空軍中從事政治思想工作的同志將面臨怎樣的困難和壓力？」

「更嚴峻的是，那時部隊中還能有多少思想上合格的政工幹部呢？」常偉思接過話頭：「遏制失敗主義，首先自己要對勝利有堅定的信念，這在你所假設的未來肯定比現在更困難。」

「這正是我擔憂的，首長，那時，太空軍的政工力量可能嚴重不足。」

「你的建議？」

「增援未來！」

常偉思默默地看了章北海幾秒鐘，然後把目光移向大螢幕，同時移動游標，把太陽向前拉進，直到他們的肩章都反射出陽光為止。

「首長，我的意思是……」

「我明白你的意思。」常偉思抬起一隻手說，同時又把太陽推遠，一直推到空間圖的全幅顯示，使作戰室重新籠罩在昏暗中，然後再把太陽拉近……將軍在思考中反覆這樣做著，最後說：「你考慮過沒有，現在的太空軍政治思想工作已經任務繁重，困難重重，如果用冬眠技術，把優秀的現役政工軍官送到未來，對目前的工作將是一個很大的削弱……」

「我知道，首長，我只是提出自己的建議，全盤和整體的考慮當然要由上級來做。」

常偉思站起身，把燈打開，使作戰室中豁然明亮。「不，北海同志，這工作你現在就要做，從明天起，你先放下手頭的事，以太空軍政治部為主，也可以到其他軍種做些調查，儘快起草一個上報軍委的初步方案。」

泰勒到達時，太陽已經快落山了，他一出車門，就看到了一幅天堂般的景象：一天中最柔美的陽光灑在雪山、湖泊和森林上，在湖邊的草坪上，羅輯一家正在享受著這塵世之外的黃昏。泰勒首先注意到的是那位美麗的母親，她仍是少女的樣子，倒像是那個一周歲的孩子的姐姐。距離遠時看不清，隨著他走近，注意力便轉移到孩子身上。如果不是親眼見到，他真不相信世界上有這麼可愛的小生命。這孩子像一個美麗的幹細胞，是所有美的萌芽狀態。母親和孩子在一張大白紙上畫畫，羅輯則遠遠地站在一邊入神地看著，就像在羅浮宮中，遠遠地看著他所愛的現在已成為母親的少女一樣。再走近些，泰勒從他的眼神中看到了無邊的幸福，那幸福就像這夕陽的光芒般瀰漫於伊甸園的雪山和湖泊之間……

剛剛從嚴峻的外部世界走來，眼前的一切給泰勒一種不現實的感覺。以前，結過兩次婚後來仍單身的他對這類天倫之樂的景象並不在意，他只追求一個男人的輝煌，但現在，泰勒第一次感到自己虛度了一生。

直到泰勒走得很近了，一直陶醉地看著妻兒的羅輯才注意到他。出於由共同身分產生的心理障礙，到目前為止，四位面壁者之間沒有任何私人聯繫。但因為事先已經通過電話，所以羅輯對泰勒的到來並不吃驚，並對他表現出了禮貌的熱情。

「請夫人原諒我的打擾。」泰勒對拉著孩子走過來的莊顏微微鞠躬說。

「歡迎您泰勒先生，這裡客人很少，您能來我們很高興。」莊顏說，她說英語有些吃力，但她那仍帶著稚氣的柔美聲音和清泉般的微笑，像一雙天使的手撫摸著泰勒疲憊的心靈。他想抱抱孩子，但又怕自己感情失控，只是說：「能見到妳們兩個天使，我已經不虛此行了。」

「你們談吧，我去準備晚飯。」莊顏微笑著看了看兩個男人說。

「不不，不用了，我只想和羅輯博士談一會兒，不會待很長時間的。」

莊顏熱情地堅持留泰勒吃晚飯，然後帶著孩子離去了。

羅輯示意泰勒在草坪上的一張白色椅子上坐下，泰勒一坐下，渾身就像抽去了筋一般軟癱下來，彷彿一個長途旅人終於到達了目標。

「博士，這幾年你好像對外界一無所知吧。」泰勒說。

「是。」羅輯仍站著，揮手指了一下周圍：「這就是我的全部。」

「你真是個聰明人，甚至從某個角度看，也比我們更有責任心。」

「後一句話怎講？」羅輯不解地笑著問。

「至少你沒有浪費資源……那她也不看電視嗎？我是說你的那位天使。」

「她？我不知道，最近一直和孩子在一起，好像也不怎麼看吧。」

「那你確實不知道這幾天外面發生的事了。」

「什麼事？你的臉色不好，很累嗎？哦，喝點什麼？」

「隨便……」泰勒迷茫地看著夕陽映在湖面上的最後的金波：「四天前，我的破壁人出現了。」

羅輯正在向杯中倒葡萄酒，聽得此言他立刻停了下來，沉默片刻說：「這麼快？」

泰勒沉重地點點頭：「見到他時我的第一句話也是這麼說的。」

「這麼快？」泰勒對破壁人說，他努力使自己的聲音鎮定從容，結果卻顯得很無力。

「本來還可以更快的，但我想收集更充分的證據，所以晚了，對不起。」破壁人說，他像一個僕役般站在泰勒身後，說話很慢，帶著僕役的謙卑，最後三個字甚至帶著一種無微不至的體貼——一個老劊子手對行刑對象的那種體貼。

然後陷入了令人窒息的沉默，直到泰勒鼓起勇氣抬頭看破壁人時，後者才恭敬地問：「先生，我可以繼續嗎？」

泰勒點點頭，收回目光，在沙發上坐下，盡可能地使自己鎮定下來。

「是，先生。」破壁人再次鞠躬，禮帽一直端在手裡：「我首先簡述您對外界顯示的戰略：建立一支獨立於地球主力艦隊的太空力量，以球狀閃電和宏原子核融合作為主要武器裝備。」

「同你討論這些沒有意義。」泰勒說。他一直在猶豫要不要澈底中止這場對話，早在破壁人亮出身分之際，政治家和戰略家的直覺就告訴他這人是勝利者，但直到現在，他仍心存僥倖，希望最終證明自己的思想沒有被看透。

「如果是這樣，先生，我可以不再繼續說下去，您接著可以逮捕我，但有一點您肯定已經想到：不管怎麼樣，您的真實戰略以及推測出這個戰略的所有證據，都將在明天甚至今晚全世界的新聞中出現。我是以自己的後半生為代價來與您見面的，希望您能珍惜我的犧牲。」

「你說下去吧。」泰勒對自己的破壁人擺了一下手說。

「謝謝，先生，我真的很榮幸，不會用太長時間的。」破壁人又鞠了一躬，他那種現代人中已經很少見的謙卑恭敬似乎已經滲透到了血液中，隨時都表現出來，像一根軟軟的絞索在泰勒的脖子上慢慢套緊：「那麼，先生，我剛才對您的戰略的表述正確嗎？」

「正確。」泰勒說。

「不正確。」破壁人說：「先生，請允許我說，不正確。」

「為什麼？」

「我首先注意到，您用了很多的精力和時間巡遊世界各地，考察各國的軍隊和其他武裝力量，試圖找到人類社會中殘存的自我犧牲精神，並組建一支具有這種精神的太空軍。這種對犧牲精神的關注似乎有些過分了，很不正常。當然，您有自己的解釋：球狀閃電和巨集原子武器需要近距離攻擊目標，相對於其他太空武器，有更高的傷亡率，因而需要參戰者具有自我犧牲精神。」

「這有什麼不對嗎？」泰勒從沙發上揚起頭問。

「沒有什麼不對，合情合理，但這種合理只是對您顯示給外界的戰略而言。」破壁人彎下腰，把嘴湊近了泰勒的耳朵，用更低的聲音繼續說：「但在您的真實戰略中，情況稍有變化：如果這支太空神風特攻隊或太空基地組織真的建立起來，那他們不會被部署到您的球狀閃電艦隊中，而是成為地球主力艦隊的一部分，當然，您更希望能成為全部。」

泰勒最後的希望破滅了，他已經知道後面將要發生的一切，並選擇了沉默，此後，他真沒必要再說什麼了。

但破壁人卻一直說下去，他的嘴吹到泰勒耳根的風沒有一點兒熱度，像是從幽靈那裡吹來的，帶著一股墳墓的味道：「您的球狀閃電艦隊不需要那樣的戰士，因為這支艦隊最終要攻擊的根本就不是三體艦隊，它的攻擊目標是地球主力艦隊。」

泰勒繼續沉默，面部像石像般堅硬，他在等著劊子手的屠刀。

「在接近末日之戰的某一時刻，當地球艦隊嚴陣以待，準備出擊時，將發生一次超級太空珍珠港事件，這次毀滅性的襲擊將來自他們做夢都想不到的方向，來自他們做夢都想不到的人。宏原子核融合的光芒將在太空軍港中亮起，其核融合能量之高，看上去像無數個太陽，就在這些藍色的太陽中，地球主力艦隊灰飛煙滅，化作無數量子幻影消失在太空中。這時，您便得到了自己想要的東西：一支呈宏觀量子態的地球艦隊。用大眾更容易明白的話說：你要消滅地球太空軍，讓他們的量子幽靈去抵抗三體艦隊。您認為他們是不可戰勝的，因為已被摧毀的艦隊不可能再被摧毀，已經死去的人不可能再死一次。」

屠刀落下，泰勒仍沉默著，但他在精神上已身首異處。

「所以，您所尋求的自我犧牲精神，不是在與主的戰爭中發揚，而是保證那些太空軍人在被自己的人類同胞殺死後，其量子鬼魂仍能忍辱負重，仍以拯救地球文明為己任，繼續完成那些本應由活著的他們完成的使命。您最初並沒有計畫對主力艦隊進行最後的突然襲擊，您想讓太空戰士們自願借助於宏原子，與他們的戰艦一同化為量子態。但在周遊世界後，您對現代人類的獻身精神徹底失望了，於是產生了這個極端的戰略計畫。設想襲擊之後，只要量子艦隊的一部分能夠作戰，且其餘部分不與人類為敵，勝利也是有希望的。不過我認為，這希望不大，您是在冒一個大險。但是，按照面壁計畫的原則，在這場戰爭中，冒險才是最安全的。」

破壁人直起身，離開了泰勒，踱到落地窗前，看著外面的花園，他吹到泰勒耳根的地獄之風消失了，但那股寒氣已經侵徹泰勒的全身。

「坦率地說，泰勒先生，作為面壁者您是不合格的。在戰略欺騙領域，諾曼地登陸是你們最後的輝煌，以後，美國強大的力量使它的領導者們失去了很多東西，包括戰爭謀略所需的詭祕和奸詐，因為你們不再需要這些。當面對力量比你們強大的敵人時，這種能力也無法恢復，您的戰略缺少曲折和誤導，也缺少欺騙的陷阱，過分直白，所以，您成為了第一個被破壁的面壁者。」

泰勒想說什麼，但喉結動了動，沒有說出來。

「但，泰勒先生，您並非一無是處，您有一點讓我很吃驚：毅然決然地拋棄了現代社會的道德基石，而且在整個行動過程中堅定不移。這不容易，我表示欽佩，但同時也要提醒您：您這是在謀殺。」

破壁人從窗前轉過身來，他那剛才還蒼白病態的臉上浮現出精神煥發的紅暈，他對著泰勒張開雙臂：「好了，我完成了，泰勒先生，叫人來吧。」

泰勒終於說出了一句話：「你走吧。」他說這話時嘴似乎沒動，臉仍像一尊石像。

破壁人彎下腰，揮動禮帽行了一個舊式禮：「謝謝您，先生，謝謝您給了我後半生，在餘生裡，我會不斷回憶起今日的幸福，再見。」

當破壁人拉開門時，泰勒又用僵硬的聲音問：「如果你說的都是真的，那又怎麼樣？」

破壁人回過頭來，再次表現出那種劊子手的溫柔體貼：「不會怎麼樣的，泰勒先生，不管地球艦隊是坍縮態還是量子態，不管人類太空戰士是活人還是量子幽靈，主都不在乎。」

聽完泰勒的敘述，羅輯久久無言以對。

當一個普通人與他們交流時，總是時時想到：他是面壁者，他的任何一句話都不可信，這種暗示造成了一種交流障礙。而當兩個面壁者交流時，這種暗示同時存在於雙方的意識中，使得交流的障礙是前者的平方。事實上，在這種交流中，雙方的任何一句話都沒有意義，因而使得整個交流也失去了意義，這就是以前面壁者之間沒有私人交往的原因。

「您怎麼評價破壁人的分析？」羅輯問，其實發問只是為了打破沉默，他立刻意識到這種問題沒有意義。

「他猜對了。」泰勒說。

羅輯欲言又止，說什麼呢？有什麼可說的？他們都是面壁者。

「這真的是我的戰略。」泰勒接著說，他顯然有強烈的傾訴需求，並不在乎對方是否相信：「當然還處於很初步的階段，僅從技術上說難度也很大，關於量子態的人如何與現實發生作用，以及他們如何通過自我觀察實現在現實時空中的定點坍縮，都是未知。這些需要實驗研究，但用人做的任何這類實驗都屬於謀殺，所以不可能進行。」

羅輯說：「在球狀閃電研究的初期，曾有一些人變成量子態，你是否能設法與他們取得聯繫？」他心想：沒意義也說吧，就當是在做語言體操。

「我當然試過，沒有成功，那些人已經多年沒有任何消息了。當然有許多關於他們的傳說，但每一個最後都被證明不真實，他們似乎永遠消失了，這可能同物理學家所說的量子雲發散有關。」

「那是什麼？」

「宏觀量子態的量子雲會隨著時間在空間中擴散，變得稀薄，使得現實中任何一點的量子機率愈來愈小，最後量子雲平均發散於整個宇宙，這樣量子態的人在現實空間中任何一點出現的機率幾乎為零……當然，還有許多其他理論和技術問題，我都期望能在這四個世紀中逐漸解決，不過現在從敵人對這項計畫的態度來看，這一切可能都無意義，不理睬是最大的輕蔑。但對我最大的打擊並不是這個。」

「那是什麼？」羅輯感覺自己是一個無意義的對話機器。

「破壁人出現後的第二天，網上就出現了對我的戰略的全面分析，有上百萬字的資料，其中有很大部分來自於智子的監測資訊，引起了很大轟動。前天，ＰＤＣ為此召開了聽證會，會議做出的決議是這樣的：面壁計畫絕不能存在傷害人類生命的內容，如果我的這項計畫真的存在，那計畫的執行者就犯了反人類罪，必須得到制止，相應的面壁者也將受到法律的制裁。你聽聽，他們用了反人類這個詞，這個詞在這幾年用得愈來愈多了。決議最後說，按照面壁計畫的基本原則，目前外界出現的證據可能是面壁者戰略欺騙的一部分，並不能證明該面壁者確實制定並在執行這樣的計畫，所以我不受指控。」

「我也是這麼想。」羅輯說。

「但我在會議上聲明，破壁人的分析是準確的，把地球艦隊量子化確實是我的戰略，我請求依照國際法和本國法律得到審判。」

「我能想像到他們的反應。」

「ＰＤＣ輪值主席和所有常任理事國的代表都看著我，露出對面壁者的微笑，主席宣布會議結束。這群雜種！」

「我知道那種感覺。」

「我當時完全崩潰了，衝出會場，衝到外面的廣場上大叫：我是面壁者弗雷德里克．泰勒！我的破壁人已經成功揭穿了我的戰略！他是對的！我要用球狀閃電消滅地球艦隊！我要讓他們變成量子幽靈去作戰！我要殺人！我反人類！我是魔鬼！你們懲罰我，殺了我吧！」

「泰勒先生，這麼做無意義。」

「廣場上一大群人圍著我看，在他們的眼神裡，孩子露出幻想，中年人露出崇敬，老人露出關愛，他們的目光都在說：看啊，他是面壁者，他在工作，世界上只有他自己知道自己在做什麼，看啊，他做得多麼好，他裝得多麼像啊，敵人怎麼可能探知他的真實戰略呢？而那個只有他知道的、將拯救世界的戰略是多麼多麼的偉大……啊呸！這群白癡！」

羅輯終於決定保持沉默，他對泰勒無言地笑笑。

泰勒盯著羅輯，一絲笑意在他那蒼白的臉上蕩漾開來，終於發展成歇斯底里的狂笑：「哈哈哈哈，你笑了，對面壁者的笑，一個面壁者對另一個面壁者的笑！你也認為我是在工作，你也認為我裝得多麼像，認為我在繼續拯救世界！哈哈哈哈，我們怎麼會被置於如此滑稽的境地？」

「泰勒先生，這是一個我們永遠無法從中脫身的怪圈。」羅輯輕輕嘆息。

泰勒突然止住了笑：「永遠無法脫身？不，羅輯博士，有辦法脫身，真的有辦法，我就是來告訴你這個辦法的。」

「你需要休息，在這裡好好休息幾天吧。」羅輯說。

泰勒緩緩地點點頭：「是的，我需要休息，博士，只有我們之間才能相互理解對方的痛苦，這是我來找你的原因。」他抬頭看看，太陽已經落下去一會兒了，伊甸園在暮色中漸漸模糊：「這裡真是天堂，我可以一個人到湖邊走走嗎？」

「你在這裡可以做任何想做的事，好好放鬆一下吧，一會兒我叫你吃飯。」

泰勒向湖邊走去後，羅輯坐下來，陷入沉重的思緒。

這五年來，他沉浸在幸福的海洋中，特別是孩子的出生，使他忘卻了外部世界的一切，對愛人和孩子的愛融匯在一起，使他的靈魂深深陶醉其中。在這與世隔絕的溫柔之鄉，他愈來愈深地陷入一種幻覺裡：外部世界也許真的是一種類似於量子態的東西，他不觀察就不存在。

但現在，可憎的外部世界豁然出現在他的伊甸園中，令他感到恐懼和迷茫，在這方面他無法再想下去，就把思緒轉移到泰勒身上。泰勒的最後幾句話在他耳邊迴盪，面壁者真有從怪圈中脫身的可能嗎，如何打破這鐵一般的邏輯枷鎖……羅輯突然猛醒過來，抬頭望去，湖邊暮色蒼茫，泰勒已不見蹤影。

羅輯猛跳起身，向湖邊跑去，他想大聲喊，但又怕驚動了莊顏和孩子，只能拚命快跑，寧靜的暮色中，只能聽到他的腳步踏在草坪上的噗噗聲，但在這個節奏中，突然插進了輕輕的「嗒」的一聲。

那是來自湖邊的一聲槍響。

羅輯深夜才回到家中，孩子已經睡熟，莊顏輕聲問：「泰勒先生走了嗎？」

「是，他走了。」羅輯疲憊地說。

「他好像比你難。」

「是啊，那是因為有容易的路他不走……顏，妳最近不看電視嗎？」

「不看，我……」莊顏欲言又止，羅輯知道她的思想：外面的世界一天天嚴峻起來，外部的生活與這裡的差距愈來愈大，這種差異令她不安：「我們這樣生活，真的是面壁計畫的一部分嗎？」她看著羅輯問，還是那個天真的樣子。

「當然，這有什麼疑問嗎？」

「可如果全人類都不幸福，我們能幸福嗎？」

「親愛的，妳的責任就在於，在全人類都不幸福的時候，使自己幸福，還有孩子。你們幸福快樂多一分，面壁計畫成功的希望就增加一點。」

莊顏無言地看著羅輯，現在，她五年前在蒙娜麗莎前設想的表情語言在她和羅輯之間似乎部分實現了，羅輯愈來愈多地從她的眼睛中讀出心裡的話來，現在他讀到的是：

我怎麼才能相信這個呢？

羅輯深思許久說：「顏，什麼都有結束的那一天，太陽和宇宙都有死的那一天，為什麼獨有人類認為自己應該永生不滅呢？我告訴妳，這世界目前正處於偏執中，愚不可及地進行著一場毫無希望的戰鬥。對於三體危機，完全可以換一個思考方式。拋棄一切煩惱，不僅是與危機有關的，還有危機之前的所有煩惱，用剩下的時光盡情享受生活。四百多年，哦，如果放棄末日之戰的話就有近五百年，這時間不短了，用這麼長的時間人類從文藝復興發展到了資訊時代，也可以用同樣長的時間創造從未有過的無憂無慮的愜意生活，五個不用為長遠未來擔憂的田園世紀，唯一的責任就是享受生活，多麼美妙……」

說到這兒羅輯自覺失言。聲稱她和孩子的幸福是計畫的一部分，是莊顏生活的一層保護罩，使她把自己的幸福看作一種責任，這是使她面對嚴酷的外部世界保持心理平衡的唯一方法，可現在他居然說了真話。莊顏那永遠清純的目光是他無法抗拒的，每次她問這問題時他都不敢與她對視，現在，還加上了泰勒的因素，他才不由自主地說了這些。

「那……你這麼說的時候，是面壁者嗎？」莊顏問。

「是，當然是。」羅輯想做出一些補救。

但莊顏的眼睛在說：你好像真是那麼想的呀。

聯合國行星防禦理事會第八十九次面壁計畫聽證會。

會議開始後，輪值主席講話，敦促面壁者羅輯必須參加下一次聽證會，拒絕參加聽證會不應屬於面壁計畫的一部分，因為行星防禦理事會對面壁計畫的監督權是超越面壁者戰略計畫之上的。這一提議得到了所有常任理事國代表的一致通過，聯繫到第一個破壁人的出現和面壁者泰勒自殺事件，與會的兩名面壁者也聽出了主席講話的弦外之音。

希恩斯首先發言。他說自己的基於腦科學研究的戰略計畫還處於起步階段，他描述了一種設想中的設備，作為進一步展開研究的基礎，他把這種設備稱為解析錄影機。這種設備以CT斷層掃描技術和核磁共振技術為基礎，但在運行時對檢測對象的所有斷面同時掃描，每個斷面之間的間隔精度需達到腦細胞和神經元內部結構的尺度，這樣，對一個人類大腦同時掃描的斷層數將達到幾百萬個，可以在電腦中合成一個大腦的數位模型。更高的技術要求在於，這種掃描要以每秒二十四幀的速度動態進行，所以合成的模型也是動態的，相當於把活動中的大腦以神經元的解析度整體拍攝到電腦中，這樣就可以對大腦的思維活動進行精確的觀察，甚至可以在電腦中整體地重放思維過程中所有神經元的活動情況。

接著雷迪亞茲介紹了自己的戰略計畫的進展情況：經過五年的研究，超大當量核彈的恆星型數學模型已經接近完成，正在進行整體調試。

接著，PDC科學顧問團就兩位面壁者計畫進一步實施的可行性研究做了彙報。

關於希恩斯的解析錄影機，顧問團認為在理論上沒有障礙，但其技術上的難度遠遠超出當代水準。現代斷層掃描與解析錄影機的技術差距，相當於手動黑白膠片照相機與現代高解析度數位錄影機的差距，解析錄影機最大的技術障礙是資料處理，對人腦大小的物體以神經元精度掃描並建模，所需要的計算能力是目前的電腦技術不具備的。

關於雷迪亞茲的恆星型核彈模型，所遇到的障礙與希恩斯的計畫相同：目前的計算能力達不到。顧問團相應的專業小組在對模型已經完成的部分考察後認為，按照模型的運算量，用現有的最高計算能力模擬百分之一秒的核融合過程，就需大約二十年時間，而研究過程中的類比需要反覆進行，這使得模型的實際應用成為不可能。

科學顧問團電腦技術首席科學家說：「電腦技術發展到今天，傳統的積體電路和馮紐曼體系的電腦已經接近發展的極限，摩爾定律*即將失效。當然，我們還可以從傳統電子和電腦技術這兩顆檸檬中擠出最後幾滴水，我們認為，即使在目前巨型電腦性能發展不斷減速的情況下，這兩個計畫所需的電腦能力也是有可能達到的，但需要時間，樂觀地估計也需要二十至三十年。如果達到預期目標，就是人類電腦技術的頂峰，再向前就難了，在前沿物理學已經被智子鎖死的情況下，曾經最有希望的新一代電腦——量子電腦已經不太可能實現。」

「我們已經觸到了智子在人類科學之路上豎起的這堵牆。」主席說。

「那我們在這二十年間就無事可做了。」希恩斯說。

「二十年只是一個樂觀的估計，作為科學家，您當然知道這種尖端研究是怎麼回事。」

「我們只能冬眠，等待著能勝任的電腦出現。」雷迪亞茲說。

「我也決定冬眠。」希恩斯說。

「如果是這樣，請二位向二十年後我的繼任致意。」主席笑著說。

會場的氣氛輕鬆起來，兩位面壁者決定進入冬眠，使與會者都鬆了一口氣。第一個破壁人的出現以及相應面壁者的自殺，對面壁計畫是一個沉重打擊。尤其是泰勒的自殺，更是愚不可及，只要他活著，量子艦隊計畫的真偽就永遠是個謎，他的死等於最後證實了這個可怕計畫的存在。他以生命為代價，確實使自己跳出

* 指積體電路晶片上所集成的電路的數目，每隔十八個月就翻一倍。

了面壁者怪圈，但國際社會對面壁計畫的質疑聲也因此高漲，輿論要求對面壁者的權力加以進一步的限制。可是從面壁計畫的實質而言，過多的權力限制必然使面壁者的戰略欺騙難以進行，整個計畫也就失去了意義。面壁計畫是人類社會從未經歷過的一種全新的領導體制，只能逐步調整和適應它，兩位面壁者的冬眠，無疑為這種調整和適應提供了緩衝期。

幾天後，在一個絕密的地下建築中，雷迪亞茲和希恩斯進入冬眠。

羅輯進入了一個不祥的夢境，他在夢中穿行於羅浮宮無窮無盡的廳堂中，他從未夢到過這裡，因為這五年中一直身處幸福之中，不需要再回夢以前的幸福。而在這個夢境中，他是孤身一人，感到了已經消失了五年的孤獨，他的每一次腳步聲都在宮中迴盪多次，每一次迴盪都像是什麼東西遠去了，以至於他最後不敢再邁步。前面就是蒙娜麗莎，她不再微笑，那雙看著他的眼睛帶著憐憫。腳步聲一停下，外面噴泉的聲音就滲了進來，這聲音漸漸增強，羅輯醒了過來，那水聲跟著他來到了現實中，外面下起了雨。他翻身想抓住愛人的手，但再次發現夢境變成了現實。

莊顏不在了。

羅輯翻身下床，走進育兒室，那裡亮著柔和的燈光，但孩子也不在了，在那張已經收拾整齊的小床上，放著一張畫。那是莊顏畫的他們兩人都最喜歡的一張畫，畫幅上幾乎全是空白，遠看就是一張白紙，近看會發現左下角有幾枝細小的蘆葦，右上角有一隻幾乎要消失的飛雁，空白的中央，有兩個小得不能再小的人兒，但現在，空白中還有一行娟秀的字：

親愛的，我們在末日等你。

遲早會有這一天的，這種像夢的生活怎麼可能永遠延續，遲早會有這一天，不怕，你已經做好了思想準備……羅輯這樣對自己說，但還是感到一陣眩暈，他拿起畫，向客廳走去，兩腿虛軟，彷彿在飄行。

客廳中空無一人，壁爐中的餘燼發出模糊的紅光，使得廳中的一切像是正在融化中的冰。外面的雨聲依舊，五年前的那個傍晚，也是在這樣的雨聲中，她從夢中走來，現在，她又回夢中去了，還帶走了他們的孩子。

羅輯拿起電話，想撥坎特的號碼，卻聽到門外有輕輕的腳步聲，雖像女性的腳步，但他肯定不是莊顏的，儘管如此，他還是扔下電話衝出門去。

門廊上站著一個纖細的身影，雖然只是夜雨背景上的一個剪影，羅輯還是立刻認出了她是誰。

「羅輯博士，您好。」薩伊說。

「您好……我妻子和孩子呢？」

「她們在末日等你。」薩伊說出了畫中的話。

「為什麼？」

「這是行星防禦委員會的決議，為了讓你工作，盡一個面壁者的責任。另外需要告訴你，孩子比成年人更適合冬眠，這對她不會有任何傷害。」

「你們，居然敢綁架她們？這是犯罪！」

「我們沒有綁架任何人。」

薩伊最後這句話的涵義使羅輯的心顫了一下，為了推遲面對這個現實，他極力把思路扭開：「我說過這是計畫的一部分！」

「但PDC經過全面考察，認為這不是計畫的一部分，所以要採取行動促使你工作。」

「就算不是綁架，你們沒經同意就帶走了我的孩子，這也是違法的！」羅輯意識到他說的「你們」中所包括的那個人，心再次顫抖起來，這使他虛弱地靠在身後的廊柱上。

「是的，但是在可以容忍的範圍內，羅輯博士，不要忘記，您所得到的這一切所動用的資源，也不在已有的法律框架內，所以聯合國所做的事，在目前的危機時代，從法律上也能解釋得通。」

「您現在還代表聯合國嗎？」

「是的。」

「您連任了？」

「是。」

羅輯仍想努力岔開話題，避免面對殘酷的事實，但他失敗了。我怎麼能沒有她們？我怎麼能沒有她們……他心裡一遍遍問自己，最後說出口來，他沿著柱子滑坐下來，感到周圍的一切再次崩塌，化作岩漿自頂而下，但這次的岩漿是灼熱的，都聚集在他的心中。

「她們還在，羅輯博士，她們還在，安然無恙，在未來等你。你一直是一個冷靜的人，在這種時候一定要更冷靜，即使不為全人類，也為了她們。」薩伊低頭看著靠柱而坐處於崩潰邊緣的羅輯說。

這時，一陣風把雨絲吹進了門廊，這清涼和薩伊的話多少冷卻了羅輯心中的灼燒。

「這一開始就是你們的計畫，是嗎？」羅輯問。

「是的，但走這一步，也是沒有選擇的選擇。」

「那她……在來的時候真的是一個畫國畫的女孩？」

「是的。」

「從中央美院畢業？」

「是的。」

「那她……」

「你看到的是一個真實的她，你所知道的她的一切都是真實的，所有使她成為她自己的一切：她以前的生活、她的家庭、她的性格、思想等等。」

「您是說她真的是那樣一個女孩？」

「是，你以為她能在五年中一直偽裝自己？她就是那個樣子，純真文靜，像個天使。她沒有偽裝任何東西，包括對你的愛情，都是真實的。」

「那她就能夠進行這樣殘酷的欺騙?!五年了，一直這樣不露聲色！」

「你怎麼知道她不露聲色？從五年前那個雨夜第一次見到你時，她的心靈就被憂傷籠罩著。她並沒有掩蓋，這憂傷在五年裡一直伴隨著她，就像永遠播放著的背景音樂，在五年間一直沒停，所以你覺察不到。」

現在羅輯明白了，在第一眼看到她的時候，是什麼觸動了他心中最柔軟的東西，使他覺得整個世界對她都是一種傷害，使他願意用盡一生去保護她。就是她那清澈純真的目光中隱藏著的淡淡的憂傷，這憂傷就像壁爐的火光，柔和地拂照在她的美麗之上，真的像背景音樂般讓他覺察不到，但悄悄滲入到他的潛意識之中，一步步把他拉向愛情的深淵。

「我不可能找到她們了，是嗎？」羅輯問。

「是的，我說過，這是PDC的決議。」

「那我就和她們一起去末日。」

「可以。」

羅輯本以為會被拒絕，但同上次他要放棄面壁者身分一樣，薩伊的回答幾乎無縫隙地緊跟而來，他知道，事情遠不像這個回答那麼簡單，於是問：「有什麼問題嗎？」

薩伊說：「沒有，這次真的可以。你知道，從面壁計畫誕生起，國際社會就一直存在著反對的聲音，而且，不同的國家出於自己的利益，大都支持面壁者中的一部分而反對另一部分，總有想擺脫你的一方。現在，第一位破壁人的出現和泰勒的失敗，使得面壁計畫反對派的力量增強了，與支援力量處於僵持狀態。如果你在這時提出直達末日的要求，無疑給出了一個雙方都能接受的折衷方案。但，羅輯博士，你真的願意這樣做嗎，在全人類為生存而戰的時候？」

「你們政治家動輒奢談全人類，但我看不到全人類，我看到的是一個一個的人。我就是一個人，一個普通人，擔負不起拯救全人類的責任，只希望過自己的生活。」

「好吧，莊顏和你們的孩子也是這一個一個人中的兩個，你也不想承擔對她們的責任嗎？就算莊顏傷害了你，看得出你仍然愛她，還有孩子。自從哈伯二號太空望遠鏡最後證實三體入侵以來，有一件事可以肯定：人類將抵抗到底。你的愛人和孩子在四個世紀後醒來時，將面臨末日的戰火，而那時的你，已經失去了面壁者身分，再也沒有能力保護她們，她們只能和你一起，在地獄般的生活中目睹世界的最後毀滅，你願意這樣麼？這就是你帶給愛人和孩子的生活？」

羅輯無語了。

「你不用想別的，就想想四個世紀後，在末日的戰火裡，她們見到你時的目光吧！她們見到的是一個什麼樣的人？一個把全人類和自己最愛的人一起拋棄的人，一個不願救所有的孩子，甚至連自己孩子也不想救的人。作為一個男人，你能承受這樣的目光？」

羅輯默默低下頭，夜雨落在湖邊的草叢中，彷彿來自另一個時空的無數傾訴聲。

「你們真的認為，我能改變這一切？」羅輯抬起頭問。

「為什麼不試試？在所有面壁者中，你很可能是最有希望成功的，我這次來，就是為了告訴你這個。」

「那妳說吧，為什麼選中我？」

「因為在全人類中，你是唯一一個三體文明要殺的人。」

羅輯靠著柱子，雙眼盯著薩伊，其實他什麼都沒看見，他在極力回憶。

薩伊接著說：「那起車禍，其實是針對你的，只是意外撞中了你的女友。」

「可那次真的是一起意外車禍，那輛車是因為另外兩輛車相撞而轉向的。」

「他們為此準備了很長時間。」

「但那時我只是個沒有任何保護的普通人，殺我很容易的，何必搞得這麼複雜？」

「就是為了使謀殺像意外事故，不引起任何注意。他們幾乎做到了，那一天，你所在的城市發生了五十一起交通事故，死亡五人。但潛伏在地球三體組織內部的偵察員有確切情報：這是ＥＴＯ精心策畫的謀殺！最令人震驚的是：指令直接來自三體世界，通過智子傳達給伊文斯，這是迄今為止，它們發出的唯一的刺殺命令。」

「我嗎？三體文明要殺我？原因呢？」羅輯再次對自己有一種陌生感。

「不知道，現在沒有人知道，伊文斯可能知道，但他死了。謀殺指令中『不引起任何注意』的要求顯然是他附加的，這也進一步說明了你的重要性。」

「重要性？」羅輯搖頭苦笑：「您看看我，真的像一個擁有超能力的人嗎？」

「你沒有超能力，也別向那方面想，那會使你誤入歧途的！」薩伊抬起一隻手以強調自己的話：「對你早有過專門研究，你沒有超能力，不管是超自然能力，還是在已知自然規律內的超技術能力，你都沒有，正如你所說：你是個普通人，作為學者你也是個普通的學者，沒有什麼過人之處，至少我們沒有發現。伊文斯在謀殺令中附加的要求：不引起注意，也間接證明了這一點，因為這說明你的能力也可能被別人所擁有。」

「為什麼不早告訴我這些？」

「怕影響到你可能擁有的那種能力，由於未知因素太多，我們認為最好能讓你順其自然。」

「我曾經打算從事宇宙社會學研究，因為……」這時，羅輯意識深處有一個聲音輕輕說：你是面壁者！他是第一次聽到自己的這個聲音，他還彷彿聽到了另一個並不存在的聲音，那是在周圍飛行的智子的嗡嗡聲，他甚至好像看到了幾個螢火蟲般迷離的光點。第一次，羅輯做出了一個面壁者應有的舉動，把要說的話咽了回去，只是說：「是不是與這個有關係？」

薩伊搖了搖頭：「應該沒有關係，據我們所知，這只是你提出的一個科研選題申請，研究還沒有開始，更沒有任何成果。況且，即使你真的從事了這項研究，我們也很難指望得到比其他學者更有價值的成果。」

「此話怎講？」

「羅輯博士，我們現在的談話只能是坦率的。據我們了解，你作為一名學者是不合格的，你從事研究，既不是出於探索的欲望，也不是出於責任心和使命感，只是把它當做謀生的職業而已。」

「現在不都這樣嗎？」

「這當然無可厚非，但你有很多與一名嚴肅和敬業的學者不相稱的行為：你做研究的功利性很強，常常以投機取巧為手段，譁眾取寵為目的，還有過貪汙研究經費的行為；從人品方面看，你玩世不恭，沒有責任心，對學者的使命感更是抱著一種嘲笑的態度……其實我們都清楚，對人類的命運你並不在意。」

「所以你們用這種卑鄙的方式來要脅我……您一直輕視我，是嗎？」

「通常情況下，你這樣的人是不可能承擔任何重要職責的，但現在有一點壓倒了一切：三體世界怕你。請你做自己的破壁人，找出這是為什麼。」

薩伊說完，轉身走下門廊，坐進了在那裡等候的汽車，車開動後很快消失在雨霧中。

羅輯站在那裡，失去了時間感。雨漸漸停了，風大了起來，颳走了夜空中的烏雲，當雪山和一輪明月都露出來時，世界沐浴在一片銀光中。在轉身走進房門前，羅輯最後看了一眼這銀色的伊甸園，在心裡對莊顏和孩子說：

「親愛的，在末日等我吧。」

站在「高邊疆」號空天飛機投下的大片陰影中，仰望著它那巨大的機體，章北海不由想起了「唐」號航空母艦，後者早已被拆解，他甚至有這樣的想像：「高邊疆」號機殼上是不是真的有幾塊「唐」號的鋼板？

經過三十多次太空飛行歸來時再入大氣層的燃燒，在「高邊疆」號寬闊的機腹上留下了燒灼的色彩，真的很像建造中的「唐」號，兩者有著幾乎一樣的滄桑感，只是機翼下掛著的兩個圓柱形助推器看上去很新，像是歐洲修補古建築時的做法：修補部分呈全新的與原建築形成鮮明對比的色彩，以提醒參觀者這部分是現代加上的。確實，如果去掉這兩個助推器：「高邊疆」號看上去就像是一架古老的大型運輸機。

空天飛機其實是很新的東西，是這五年航太技術不多的突破之一，同時也可能是化學動力航天器的最後一代了。空天飛機的概念在上世紀就已經提出，是太空梭的換代產品，它可以像普通飛機一樣從跑道起飛，以常規的航空飛行升至大氣層頂端，再啟動火箭發動機開始航太飛行，進入太空軌道。「高邊疆」號是目前已經投入使用的四架空天飛機中的一架，更多的空天飛機正在建造中，將在不久的未來擔負起建造太空電梯的任務。

「本來以為，我們這輩子沒機會上太空了。」章北海對前來送行的常偉思說，他將和其他二十名太空軍軍官一起，乘坐「高邊疆」號登上國際太空站，他們都是三個戰略研究室的成員。

「有沒出過海的海軍軍官嗎？」常偉思笑著問。

「當然有，還很多。在海軍中，有人謀求的就是不出海，但我不是這種人。」

「北海啊，你還應該清楚一點：現役太空人仍屬於空軍編制，所以，你們是太空軍中第一批進入太空的人。」

「可惜沒什麼具體任務。」

「體驗就是任務嘛，太空戰略的研究者，當然應該有太空意識。空天飛機出現以前這種體驗不太可能，上去一個人花費就是上千萬，現在便宜多了，以後要設法讓更多的戰略研究人員上太空，我們畢竟是屬於太空的軍種，現在呢，太空軍竟像一個空談的學院了，這不行。」

這時，登機指令發出，軍官們開始沿舷梯上機，他們都只穿作訓服，沒有人穿航太服，看上去只是要進行一次普通的航空旅行。這種情形是進步的標誌，至少表明進入太空比以前稍微尋常了一些。章北海從服裝上注意到，登機的除了他們外還有其他部門的人。

「哦，北海，還有一件重要的事。」在章北海提起自己的配備箱時，常偉思說：「軍委已經研究了我們呈報的關於政工幹部增援未來的報告，上級認為現在條件還不成熟。」

章北海瞇起了雙眼，他們處於空天飛機的陰影中，他卻像看到了刺眼的強光：「首長，我感覺，應該把四個世紀的進程當做一個整體，應該分清什麼是緊急的，什麼是重要的……不過請你放心，我不會在正式場合這麼說，我當然清楚，上級有更全面的考慮。」

「上級肯定了你這種長遠的思考方式，並提出表揚。文件上強調了一點：增援未來計畫沒有被否決，計畫的研究和制定仍將繼續進行，只是目前執行的條件還不成熟。我想，當然只是自己的想法，可能要等更多合格的政工幹部充實進來，使目前的工作壓力減輕一些再考慮此事吧。」

「首長，你當然清楚，對太空軍政工幹部而言，所謂合格，最基本的要求是要具備什麼，現在這樣的人不是愈來愈多，而是愈來愈少。」

「但也要向前看，如果第一階段的兩項關鍵技術：太空電梯和可控核融合取得突破——這在我們這一代可見的未來應該是有希望吧——情況就會好些……好了，在催你了。」

章北海向常偉思敬禮後，轉身走上舷梯。進入機艙後，他的第一感覺就是這裡與民航客機沒有太大差別，只是座椅寬了許多，這是為穿航太服乘坐而設計的。在空天飛機最初的幾次飛行中，為防萬一，起飛時乘員都要穿航太服，現在則沒有這個必要了。

章北海坐到一個靠窗的座位上，旁邊的座位上立刻也坐上一個人，從服裝看他不是軍人。章北海衝他簡單地點頭致意後，就專心致志地繫著自己座位上複雜的安全帶。

沒有倒數計時，「高邊疆」號就啟動了航空發動機，開始起飛滑行，由於重量很大，它比一般飛機的滑跑距離要長，但最後還是沉重地離開地面，踏上了飛向太空的航程。

「這是『高邊疆』號空天飛機第三十八次飛行，航空飛行段開始，約持續三十分鐘，請不要解開安全帶。」擴音器中的一個聲音說。

從舷窗中看著向下退去的大地，章北海想起過去的日子。在航母艦長培訓班中，他經歷了完整的海軍航空兵飛行員訓練，並通過了三級戰鬥機飛行員的考核。在第一次放單飛時，他也是這樣看著離去的大地，突然發現自己喜歡藍天要甚於海洋，現在，他更嚮往藍天之上的太空了。

他注定是一個向高處飛、向遠方去的人。

「與乘民航沒什麼兩樣，是嗎？」

章北海扭頭看坐在旁邊的說話的人，這才認出他來：「您是丁儀博士嗎？啊，久聞大名！」

「不過一會兒就難受了……」丁儀沒有理會章北海的敬意，繼續說：「第一次，我在航空飛行完了後沒摘眼鏡，眼鏡就像磚頭那麼沉地壓在鼻樑上；第二次倒是摘了，可失重後它飛走了，人家好不容易才幫我在機尾的空氣過濾網上找到。」

「您第一次好像是乘太空梭上去的吧？從電視上看那次旅程好像不太愉快。」章北海笑著說。

「啊，我說的是乘空天飛機的事兒，要算上太空梭，這是第四次了，太空梭那次眼鏡起飛前就被收走了。」

「這次去太空站做什麼呢？您剛被任命為可控核融合的專案負責人，好像是第三研究部門吧？」可控核融合專案設立了四個研究部門，分別按不同的研究方向進行。

丁儀在安全帶的束縛下抬起一隻手指點著章北海：「研究可控核融合就不能上太空？你怎麼和那些人一個論調？我們的最終研究目標是太空船的發動機，現在在航太界掌握實權的，有很大比例是以前搞化學火箭發動機的人，可現在，照他們的意思，我們只應該老老實實在地面搞可控核融合，對太空艦隊的整體規畫沒有多少發言權。」

「丁博士，在這一點上我和您的看法完全相同。」章北海把安全帶鬆了一下，探過身去說：「太空艦隊的宇宙航行與現在的化學火箭航太根本不是一個概念，就是太空電梯也與現在的航太方式大不相同，可如今，過去的航太界還在這個領域把持著過大的權力，那些人思想僵化墨守成規，這樣下去後患無窮。」

「沒辦法，人家畢竟在五年內搞出了這個，」丁儀四下指指：「這更給了他們排擠外人的資本。」

這時，艙內擴音器又響了：「請注意：現在正在接近兩萬公尺高度，由於後面的航空飛行將在稀薄大氣中進行，有可能急劇掉落高度，屆時將產生短暫失重，請大家不要驚慌。重複一遍：請繫好安全帶。」

丁儀說：「不過我們這次去太空站真的和可控核融合項目無關，是要把那些宇宙射線捕捉器收回來，都是些很貴的東西。」

「空間高能物理研究專案停了？」章北海邊重新繫緊自己的安全帶邊問。

「停了，知道以後沒必要白費力氣，也算一個成果吧。」

「智子勝利了。」

「是啊，現在，人類手裡就這麼點兒理論儲備了：古典物理、量子力學，加上還在娘胎中的弦論，在應用上能走多遠，聽天由命吧。」

「高邊疆」號繼續爬高，航空發動機發出吃力的隆隆聲，像在艱難地攀登一座高峰，但掉高度的現象沒有發生，空天飛機正在接近三萬公尺，這是航空飛行的極限。章北海看到，外面藍天的色彩正在褪去，天空黑下來，但太陽卻更加耀眼了。

「現在飛行高度三萬一千公尺，航空飛行段結束，即將開始航太飛行段，請各位按顯示幕上的圖例調整自己的坐姿，以減輕超重帶來的不適。」

這時，章北海感到飛機輕輕上升了一下，像是拋掉了什麼負擔。

「航空發動機組脫離，航太發動機點火倒數計時：十、九、八……」

「對他們來說，這才開始真正的發射，好好享受吧。」丁儀說，隨即閉上眼睛。

倒數計時到零以後，巨大的轟鳴聲響起，聽起來彷彿外部的整個天空都在怒吼，超重像一個巨掌把一切漸漸攥緊。章北海吃力地轉頭看舷窗外面，從這裡看不到發動機噴出的火焰，但外面空氣已經很稀薄的天空被映紅了一大片：「高邊疆」號彷彿飄浮在稀薄的晚霞中。

五分鐘後，助推器脫離，又經過五分鐘的加速，主發動機關閉，「高邊疆」號進入太空軌道。

超重的巨掌驟然鬆開，章北海的身體從深陷的座椅中彈出來，安全帶的束縛使他飄不起來，但在感覺中他已經與「高邊疆」號不再是一個整體，黏接他們的重力消失了，他和空天飛機在太空中平行飛行著。從舷窗望出去，他看到了有生以來見過的最明亮的星空。後來，空天飛機調整姿態，陽光從舷窗中射入，光柱中有無數亮點在舞蹈，這是因失重升起的大顆粒塵埃。隨著飛機的緩緩旋轉，章北海看到了地球，在這個低軌道位置，看不到完整的球體，只能看到弧形的地平線，但大陸的形狀清楚地顯現出來。接著，星海又出現了，這是章北海最渴望看到的，他在心裡說：

「爸爸，我走出了第一步。」

這五年來，斐茲羅將軍覺得自己更像實際意義上的面壁者，他所面對的牆壁就是大螢幕上三體世界方向的星空照片，照片粗看一片黑暗，細看有星光點點。對於這一片星空，斐茲羅已經很熟悉了，昨天，在一次無聊的會議上，他曾試著在紙上畫出那些星星的位置，之後和實際照片對照，基本正確。三體世界的三顆恆星處於正中，很不顯眼，如果不進行局部放大，看上去只是一顆星，但每次放大後就會發現，三顆星的位置較上次又有了變化，這種隨機的宇宙之舞令他著迷，以至於忘了自己最初是想看到什麼。五年前觀測到的第一把「刷子」已經漸漸淡化了，至今，第二把「刷子」仍未出現。三體艦隊只有穿過星際塵埃雲時才能留下可觀察的尾跡，地球天文學家通過觀察對背景星光的吸收，在三體艦隊長達四個世紀的航程要穿越的太空中，已探明了五片塵埃雲，現在，人們把這些塵埃雲稱做「雪地」，其涵義是雪地上能夠留下穿越者的痕跡。

如果三體艦隊在五年中恆定加速，今天就要穿越第二塊「雪地」了。

斐茲羅早早來到了哈伯二號太空望遠鏡控制中心，林格看到他笑了起來。

「將軍，您怎麼像個聖誕剛過又要禮物的孩子？」

「你說過今天要穿越『雪地』的。」

「不錯，但三體艦隊目前只航行了零點二二光年，距我們還有四光年，反映其穿越『雪地』的光線要四年後才能到達地球。」

「哦，對不起，我忘了這點。」斐茲羅尷尬地搖搖頭：「我太想再次看到它們了，這次能測出它們穿越時的速度和加速度，這很重要。」

「沒辦法，我們在光錐之外。」

「什麼？」

「光的傳播沿時間軸呈錐狀，物理學家們稱為光錐，光錐之外的人不可能了解光錐內部發生的事件。想想現在，誰知道宇宙中有多少重大事件的資訊正在以光速向我們飛來，有些可能已經飛了上億年，但我們仍在這些事件的光錐之外。」

「光錐之內就是命運。」

林格略一思考，讚賞地衝斐茲羅連連點頭：「將軍，這個比喻很好！」

「可是智子就能在光錐之外看到錐內發生的事。」

「所以智子改變了命運。」斐茲羅感慨地說，同時朝一台影像處理終端機看了看。五年前，那個叫哈里斯的年輕工程師在那裡工作，看到「刷子」後他哭了起來，後來這人患上嚴重的憂鬱症，幾乎成了個廢人，被中心辭退了，現在也不知流落何方。

好在像他這樣的人還不多。

這段時間，天氣很快冷了下來，開始下雪，周圍的綠色漸漸消失，湖面結上了一層薄冰，大自然像一張由彩色變成黑白的照片那樣褪去了亮麗的色彩。在這裡，溫暖的天氣本來就是很短暫的，但在羅輯的感覺中，這個伊甸園彷彿是因愛人和孩子的離去而失去了靈氣。

冬天是思考的季節。

當羅輯開始思考時，驚奇地發現自己的思緒已到了中途。記得上中學時，老師曾告訴過他一個語文考試的經驗：先看卷子最後的作文題，然後再按順序答卷，這樣在答卷過程中，會下意識地思考作文題，很像電腦中後台執行的程式。羅輯現在知道，其實從成為面壁者的那一刻起，他就開始了思考，而且從未停止過，只是整個過程是下意識的，自己沒有感覺到。

羅輯很快重複了已經完成的思考的頭幾步。

現在可以肯定，這一切的一切，都源自九年前與葉文潔的那次偶然會面。會面以後，羅輯從未與任何人談起過這次會面，怕給自己惹來不必要的麻煩。現在，葉文潔已不在人世，這次會面成了只有他自己和三體世界知道的祕密。那段時間，到達地球的智子只有兩個，但可以肯定，在黃昏的楊冬墓前，它們就懸浮在他們身邊，傾聽著他們的每一句話，量子陣列的波動瞬間越過四光年的空間，三體世界也在傾聽。

但葉文潔說了什麼？

薩伊有一點是錯的，羅輯那並未開始的宇宙社會學研究很重要，很可能就是三體世界要殺他的直接原因。薩伊當然不知道，這項研究是在葉文潔的建議下進行的，雖然羅輯自己不過是看到了一個絕佳的學術娛樂化的機會——他一直在尋找這樣的機會。三體危機浮現之前，外星文明的研究確實是一個譁眾取寵的項目，容易被媒體看上。這項沒有開始的研究本身並不重要，重要的是葉文潔給他的提示，羅輯的思維就堵塞在這裡。

他一遍遍地回憶葉文潔的話：

我倒是有個建議：你為什麼不去研究宇宙社會學呢？

我隨便說的一個名詞，就是假設宇宙中分布著數量巨大的文明，它們的數目與能觀測到的星星是一個數量級的，很多很多，這些文明構成了一個整體的宇宙社會，宇宙社會學就是研究這個超級社會的形態。

我這麼想是因為能把你的兩個專業結合起來，宇宙社會學比起人類社會學來呈現出更清晰的數學結構。

你看，星星都是一個個的點，宇宙中各個文明社會的複雜結構，其中的混沌和隨機的因素，都被這樣巨大的距離濾去了，那些文明在我們看來就是一個個擁有參數的點，這在數學上就比較容易處理了。

所以你最後的成果就是純理論的，就像歐氏幾何一樣，先設定幾條簡單的不證自明的公理，再在這些公理的基礎上推導出整個理論體系。

第一，生存是文明的第一需要；第二，文明不斷增長和擴張，但宇宙中的物質總量保持不變。

我已經想了大半輩子，但確實是第一次同人談起這個，我真的不知道為什麼要談……哦，要想從這兩條公理推論出宇宙社會學的基本圖景，還有兩個重要概念：猜疑鏈和技術爆炸。

怕沒有機會了……或者，你就當我隨便說說，不管是哪種情況，我都盡了責任。

羅輯無數遍地回想著這些話，從各個角度分析每個句子，咀嚼每一個字。組成這些話的字已經串成了一串念珠，他像一個虔誠的僧人那樣一遍遍地撫摸著，他甚至解開連線把念珠撒成一片，再把它們按各種順序串起來，直到每粒珠子都磨掉了一層。

不管怎樣，羅輯也無法從這些話中提煉出那個提示，那個使他成為三體世界唯一要消滅的人的提示。漫長的思考是在漫無目的的散步中進行的，羅輯走在蕭瑟的湖邊，走在愈來愈冷的風中，常常不知不覺中已經繞湖走了一周。有兩次，他甚至走到了雪山腳下，那片像月球表面的裸露岩石帶已經被白雪覆蓋，與前面的雪山連為一體。只有在這時，他的心緒才離開思考的軌道，在這自然畫卷中的無邊的空白上，莊顏的眼睛浮現出來。但他總是能夠及時控制住這種心緒，繼續把自己變成一台思維機器。

不知不覺中，一個月過去了，冬天澈底來臨，但羅輯仍在外面進行著他那漫長的思想行程，寒冷使他的思想銳利起來。

這時，那串念珠上大部分的珠子已經被磨損得黯淡了，但有三十二粒除外，它們似乎愈磨愈新，最後竟發出淡淡的光來：

生存是文明的第一需要。

文明不斷增長和擴張，但宇宙中的物質總量保持不變。

羅輯鎖定了這兩句話，雖然還不知道最終的奧祕，但漫長的思考告訴他，奧祕就在這兩句話中，在葉文潔提出的宇宙文明公理中。

但這個提示畢竟太簡單了，兩個不證自明的法則，羅輯和全人類能從中得到什麼呢？

不要輕視簡單，簡單意味著堅固，整個數學大廈，都是建立在這種簡單到不能再簡單，但在邏輯上堅如磐石的公理的基礎上。

想到這裡，羅輯四下看看，周圍的一切都蜷伏在冬天的寒冷中，但這時地球上的大部分區域仍然生機盎然。這充滿著海洋、陸地和天空的生命世界，紛繁複雜，渺如煙海，其實也是運行在一個比宇宙文明公理更簡單的法則下：適者生存。

現在，羅輯看到了自己的困難：達爾文是通過生命的大千世界總結出了這條法則，而他是已經知道了法則，卻要通過它復原宇宙文明的圖景，這是一條與達爾文相反的路，但更加艱難。

於是，羅輯開始在白天睡覺，晚上思考，每當這條思想之路的艱險讓他望而生畏時，頭頂的星空便給他以安慰。正如葉文潔所說，遙遠的距離使星星隱去了複雜的個體結構，星空只是空間中點的集合，呈現出清晰的數學構形。這是思想者的樂園，邏輯的樂園，至少在感覺上，羅輯面對的世界比達爾文的世界要清晰簡潔。

這個簡潔的世界卻有一個詭異的謎：在距我們最近的恆星上，出現了高等智慧文明，但整個銀河系，卻是一片如此空曠的荒漠*，正是在這個疑謎中，羅輯找到了思考的切入點。

漸漸地，那兩個葉文潔沒有說明的神祕概念變得清晰起來：猜疑鏈、技術爆炸。

這天夜裡比往常冷，羅輯站在湖邊，嚴寒似乎使星空更加純淨，那些黑色空間中的銀色點陣，把那明晰的數學結構再一次莊嚴地顯示出來。突然間，羅輯進入一種從未有過的狀態中，在他的感覺裡，整個宇宙都被凍結了，一切運動都已停止，從恆星到原子，一切都處於靜止狀態，群星只是無數冰冷的沒有大小的點，反射著世外的冷光……一切都在靜止中等待，在等待著他最後的覺醒。

遠處一聲狗叫，把羅輯拉回了現實，可能是警衛部隊的軍犬。

羅輯激動不已，剛才，他並沒有看到那個最後的奧祕，但真切地感到了它的存在。

羅輯集中思想，試圖再次進入剛才的狀態，卻沒有成功。星空依舊，但周圍的世界在干擾著他的思考。雖然一切都隱藏於夜色中，仍能分辨出遠方的雪山和湖邊的森林草地，還有身後的別墅，從半開的門能看到壁爐中暗紅的火光……與星空的簡潔明晰相比，這近處的一切象徵著數學永遠無法把握的複雜和混沌，羅輯試圖從感覺中剔除它們。

他走上了冰封的湖面，開始小心翼翼，後來發現冰面似乎很結實，就邊滑邊走，更快地向前去，一直走到四周的湖岸在夜色中看不清為止。這時，他的四周都是平滑的冰面，把塵世的複雜和混沌隔遠了些。他想像著這冰的平面向所有方向無限延伸，便得到了一個簡單的平面世界，一個寒冷而平整的思想平台。困擾消失了，他很快又進入了那種狀態，感覺一切都靜止下來，星空又在等待他……

嘩啦一聲，羅輯腳下的冰面破碎了，他的身體徑直跌入水中。

就在冰水淹沒羅輯頭部的一瞬間，他看到靜止的星空破碎了，星海先是捲成漩渦，然後散化成一片動盪的銀色亂波。刺骨的寒冷像晶瑩的閃電，瞬間擊穿了他意識中的迷霧，照亮了一切。他繼續下沉，動盪的星空在他的頭頂上縮化為冰面破口那一團模糊的光暈，四周只有寒冷和墨水般的黑暗，羅輯感覺自己不是沉入冰水，而是躍入黑暗的太空。

就在這死寂的冷黑之間，他看到了宇宙的真相。

羅輯很快上浮，頭部衝出水面，他吐出一口水，想爬上破口邊緣的冰面，可是身體只爬上一半，冰就被壓塌了，再爬再塌，他就這樣在冰面上開出一條路來，但進展很慢，寒冷中體力漸漸不支。他不知道，在自己被淹死或凍死之前，警衛部隊能否發現湖面的異常。他把浸水的羽絨服脫下來，這樣動作的負擔就小了許多。隨後他馬上想到，如果把羽絨服鋪在冰面上再向上爬，也許能起到一些分散壓強的作用。他這麼做了，剩下的體力也只夠再爬一次，他竭盡全力爬上鋪著羽絨服的冰緣，這一次，冰面沒有下塌，他終於全身趴在

＊此即關於外星文明的費米悖論：從理論上講，人類能用一百萬年時間飛往銀河系的各個星球，那麼，外星人只要比人類早進化一百萬年，現在就應該來到地球了。這個悖論之所以具有說服力，是因為它是基於銀河系的兩個事實：一、銀河系非常古老，已有約一百億年的年齡；二、銀河系的直徑只有大約十萬光年。所以，即使外星人只以光速的千分之一在太空旅行，他們也只需一億年左右時間就可橫穿銀河系——這個時間遠遠短於銀河系的年齡。如果真存在外星人的話，按這個道理他們早該到達太陽系了。

了冰上，小心地向前爬，直到距離破口很遠才敢站起來。這時，他看到岸邊有手電筒光在晃動，還有人的喊聲。

羅輯站在冰面上，牙齒在寒冷中格格地碰撞著，這寒冷似乎不是來自湖水和寒風，而是從外太空直接透射而來。羅輯沒有抬頭，他知道，從這一刻起，星空在自己的眼裡已經是另一個樣子，他不敢再抬頭看了。和雷迪亞茲害怕太陽一樣，羅輯從此患上了嚴重的星空恐懼症。他低著頭，牙齒在寒顫中格格作響，對自己說：

「面壁者羅輯，我是你的破壁人。」

「這些年，你的頭髮都白了。」羅輯對坎特說。

「至少在以後的很多年，不會繼續白下去了。」坎特笑著說，以前，他在羅輯面前總是一副彬彬有禮、老到周全的樣子，這樣真誠的笑容羅輯還是第一次看到，從他的眼中，羅輯看到了沒說出來的話：你終於開始工作了。

「我需要一個更安全的地方。」羅輯說。

「這沒有問題，羅輯博士，您對那個地方有什麼其他的要求嗎？」

「除了安全，沒有任何要求，要絕對安全。」

「博士，絕對安全的地方是不存在的，但我們可以做到很接近，不過我需要提醒您，這樣的地方往往是在地下，所以舒適方面……」

「不用考慮舒適，不過這個地方最好能在我的國家內。」

「沒有問題，我立刻去辦。」

在坎特要走時，羅輯叫住了他，指著窗外已經完全被冰雪覆蓋的伊甸園說：「能告訴我這兒的地名嗎？

我會想念這裡的。」

經過十多個小時在嚴密保衛下的旅行，羅輯到達了目的地，他一出車門，就立刻知道了這是哪裡——地下車庫模樣的寬敞但低矮的大廳，五年前，羅輯就是從這裡出發，開始了自己全新的夢幻人生，現在，在噩夢和美夢交替的五年後，他又回到了起點。

迎接他的人中有一個叫張翔，就是五年前同史強一起送他走的年輕人，現在是這裡安全保衛的負責人，五年後的他老成了許多，看上去是一個中年人了。

開電梯的仍是一名武警士兵，當然不是當年那個，但羅輯心中還是有一種親切感。其實當年的老式電梯已經換成了全自動的，不用人操縱，那名士兵只是按了一下「-10」的按鈕，電梯便向地下降去。

地下的建築顯然經過了新的裝修，走廊裡的通風管道隱藏起來，牆上貼了防潮的瓷磚，包括人防標語在內的舊時的痕跡已全部消失。

地下十層全部都作為羅輯的住處，雖然在舒適上與他剛剛離開的那個地方沒法比，但配備了完善的通訊和電腦設施，還有安裝了遠端視訊會議系統的會議室，使這裡像一個指揮部。

管理員特別指給羅輯看房間裡的一類照明開關，每個開關上都有一個小太陽標誌。管理員說這一類叫太陽燈的燈具每天必須開夠不少於五小時的時間，這原是礦井工作者的一種勞保用品，能模擬包括紫外線在內的太陽光線，為長期處於地下的人補充日照。

第二天，按羅輯的請求，天文學家亞伯特．林格來到了地下十層。

見到林格後，羅輯說：「是您首先觀察到三體艦隊的航跡？」

聽到這話，林格顯得有些不高興：「我多次對記者聲明過，可他們還是把這個榮譽強加到我頭上，它本應屬於斐茲羅將軍，是他堅持哈伯二號在測試期就觀察三體世界的，否則可能錯過觀測時機，星際塵埃中的尾跡會淡化的。」

羅輯說：「我要同您談的事情與此無關，我也曾搞過天文學，但沒有深入，現在對這個專業已經不熟悉了。首先想請教一個問題：在宇宙間，如果存在著除三體之外的其他觀察者，到目前為此，地球的位置暴露了嗎？」

「沒有。」

「您這麼肯定？」

「是的。」

「可是地球已經與三體世界進行過交互通訊。」

「這種低頻通訊，只能暴露地球和三體世界在銀河系中的大致方向，以及地球與三體世界間的距離，也就是說，如果存在第三方的接收者，那他們通過這些通訊可能知道的，只是在銀河系獵戶旋臂的這一區域中存在著兩個相距四二二光年的文明世界，但這兩個世界的精確位置仍不得而知。其實，通過這樣的交互通訊來相互確定位置，也只有在太陽和三體這樣相距很近的恆星間能夠實現，對於稍遠些的第三方觀察者，即使我們與他們直接進行交互通訊，也無法確定彼此的位置。」

「為什麼？」

「向宇宙中的其他觀察者標示一顆恆星的位置，遠沒有人們想像的那麼簡單，做個比喻吧：您乘飛機飛越撒哈拉沙漠時，下面沙漠中的一粒沙子衝您大聲喊「我在這兒」，而您也聽到了這喊聲，您能夠在飛機上就此確定這粒沙的位置嗎？銀河系有近兩千億顆恆星，幾乎就是一個恆星的沙漠了。」

羅輯點點頭，似乎如釋重負：「我明白了，這就對了。」

「什麼對了？」林格不解地問。

羅輯沒有回答，而是問道：「那麼，以我們的技術水準，如何向宇宙間標示某顆恆星的位置呢？」

「用可定位的甚高頻電磁波，這種頻率應該達到或超過可見光頻率，以恆星級功率發出資訊。簡單地說，就是讓這顆恆星閃爍，使其本身變成一座宇宙燈塔。」

「這遠超出了我們的技術能力啊。」

「哦，對不起，我沒注意到您這個前提。以人類目前的技術能力，向遙遠宇宙顯示一顆恆星的位置相當困難，辦法倒是有一個，但解讀這種位置資訊所需要的技術水準遠高於人類，甚至……我想，也高於三體文明。」

「請說說這個辦法。」

「恆星間的相對位置是一個重要資訊，如果在銀河系中指定一片空間區域，其中包含的恆星數量足夠多，大概有幾十顆就夠了吧，那麼這些恆星在這片三維空間的相對排列在宇宙中幾乎是獨一無二的，像指紋一樣。」

「我有些明白了：如果把要指明的恆星與周圍恆星的相對位置資訊發送出去，接收者把它與星圖進行對照，就確定了這顆恆星的位置。」

「是的，但事情沒這麼簡單，接收者需要擁有整個銀河系的三維模型，這個模型中包含了所有的千億顆恆星，精確地標明它們的相對位置。這樣在接收到我們發送的資訊後，他們可以從這個龐大的資料庫中進行檢索，找到與我們發出的位置構圖相匹配的那片空間。」

「這真的不容易，相當於把一個沙漠中每粒沙子的相對位置都記錄下來。」

「還有更難的呢，銀河系與沙漠不同，它處在運動之中，恆星間的位置在不斷地發生變化，位置資訊接收愈晚，這種位置變化產生的誤差就愈大，這就需要那個資料庫具有預測銀河系所有千億顆恆星位置變化的能力，理論上沒問題，但實際做起來，天啊……」

「我們發送這種位置資訊困難嗎？」

「這倒不困難，因為我們只需掌握有限的恆星位置構圖就行了，現在想想，以銀河系外旋臂平均的恆星密度，有三十顆恆星的位置構圖就足夠了，甚至還可以更少，這只是個很小的信息量。」

「好，現在我問第三個問題：太陽系外其他帶有行星的恆星，你們好像已經發現了幾百個？」

「到目前為止，五百一十二個。」

「距太陽最近的是？」

「244J2E1，距太陽十六光年。」

「我記得序號是這樣定的：前面的數位代表發現的順序，J、E、X分別代表類木行星、類地行星和其他類型的行星，字母後面的數位代表這類行星的數量。」

「是的，244J2E1 表示有三顆行星，兩個類木行星和一個類地行星。」

羅輯想了想，搖搖頭：「太近了，再遠些的呢，比如……五十光年左右的。」

「187J3X1，距太陽四十九點五光年。」

「這個很好，你能做出這顆恆星的位置構圖嗎？」

「當然可以。」

「需要多長時間？需要什麼說明嗎？」

「只需要一台能上網的電腦，我在這裡就能做，按三十顆恆星的構圖吧，今天晚上就可以給您。」

「現在是什麼時候？不是晚上嗎？」

「羅輯博士，我想應該是早晨吧。」

林格到隔壁的電腦室去了，羅輯又叫來了坎特和張翔，他首先對坎特表明，想請行星防禦理事會儘快召開一次面壁計畫聽證會。

坎特說：「最近ＰＤＣ的會議很多，提出申請後，您可能需要等幾天。」

「那也只好等，但我真的希望儘快。另外，還有一個要求：我不去聯合國，就在這裡通過視頻系統參加會議。」

坎特面露難色：「羅輯博士，這不太合適吧？這樣級別的國際會議……這涉及到對與會者的尊重問題。」

「這是計畫的一部分。我以前提出的那麼多離奇古怪的要求都能得到滿足，這一個不算過分吧？」

「您知道……」坎特欲言又止。

「我知道現在面壁者的地位不比從前，但我堅持這個要求。」羅輯後面的話壓低聲音，儘管他知道懸浮在周圍的智子仍能聽到：「現在有兩種可能，一種是一切都與以前一樣，那我去聯合國也就無所謂了；但如果另一種可能出現，我現在就處於極其危險的境地，我不能冒這個險。」

羅輯又對張翔說：「這也是我找你來的原因，這裡很可能成為敵人集中襲擊的目標，安全保衛工作一定要加強。」

「羅老師您放心，這裡處於地下二百多公尺，上面整個地區都戒嚴了，部署了反導系統，還安裝了一套先進的地層檢測系統，任何從地下向這個方向的隧道掘進都能被探測到，我向您保證，在安全上是萬無一失的！」

兩人走後，羅輯到走廊裡散步，不由想起了伊甸園（他已經知道了那個地名，但仍在心裡這麼稱呼它）的湖水和雪山，他知道，自己很可能要在地下度過餘生。

他看看走廊頂部的那些太陽燈，它們發出的光一點也不像陽光。

互聯網中的虛擬三體世界。

有兩顆飛星在緩緩地穿過星海，大地上的一切都處於黑暗中，遠方的地平線在漆黑中與夜空融為一體。

黑暗中有一陣私語聲，看不到說話的人，這語聲彷彿本身就是黑暗中飄浮的無形生物。

鏘地一聲輕響，一個小火苗在黑暗中出現，三個人的面孔在微弱的火光中時隱時現，他們是秦始皇、亞里斯多德和馮紐曼，火光來自亞里斯多德手中的打火機，幾支火把伸了過來，亞里斯多德點燃了其中的一支，然後幾支互相點燃，在荒原上形成一片搖晃不定的光亮，照亮了一群各個時代的人，他們之間的私語仍在繼續著。

秦始皇跳上一塊岩石，舉起長劍，眾人立刻安靜下來。

「主發布了新指令：消滅面壁者羅輯。」秦始皇說。

「我們也接到了這個指令，這是主對羅輯發出的第二道誅殺令了。」墨子說。

「可現在殺他不容易啊。」有人說。

「不是不容易，是根本不可能。」

「如果不是伊文斯在主的第一道誅殺令中附加了條件，五年前他就死定了。」

「也許伊文斯有道理，我們畢竟不知道真相。羅輯也真命大，在聯合國廣場又讓他逃過一次。」

……

秦始皇揮劍制止了議論：「還是討論一下怎麼辦吧。」

「沒辦法，誰能接近那個二百公尺深的地堡？更別說進去了！那裡防守太嚴了。」

「考慮過用核武器嗎？」

「見鬼！那地方就是上世紀冷戰時的防核掩體。」

「唯一可行的辦法，是派人滲透到警衛部隊內部。」

「這可能嗎？這麼多年了，有誰成功滲透過？」

「滲透到他的廚房！」這話引起了幾聲輕笑。

「別扯淡了，主應該告訴我們真相，也許能想出別的辦法。」

秦始皇回答了最後那人的話：「我也提出過這個要求，但主說這個真相是宇宙中最重要的祕密，絕對不能透露，當時同伊文斯談起，是因為主以為人類已經知道了真相。」

「那就請主傳遞技術！」

這個聲音得到了很多附和，秦始皇說：「這個要求我也提了，出乎預料，主一反常態，沒有完全拒絕。」

人群中出現了一陣興奮的騷動，但秦始皇接下來的話平息了興奮：「但主在得知目標的位置後，很快又拒絕了這個要求，它說就目標所處的位置而言，能夠向我們傳遞的技術也無能為力。」

「他真有這麼重要嗎？」馮紐曼問，他的語氣中帶著掩飾不住的妒忌，作為第一個成功的破壁人，他在組織中的地位迅速提高。

「主很怕他。」秦始皇說。

愛因斯坦說：「我考慮了很久，認為主對羅輯的恐懼只有一個可能的原因：他是某種力量的代言人。」

秦始皇制止了在這個話題上的進一步討論：「別說這些了，還是想想怎麼完成主的指令吧。」

「沒辦法。」

「真的沒辦法，一個無法完成的使命。」

秦始皇用長劍鐺地敲了一下腳下的岩石：「這個使命很重要，主可能真的遇到了威脅，況且，如果能夠完成，組織在主眼中的地位就會大大提高！這裡聚集了世界上各個領域裡的精英，怎麼會想不出辦法？大家回去好好考慮一下，把方案通過別的管道彙集到我這裡，這事要抓緊做！」

火把相繼燃盡，黑暗又吞噬了一切，竊竊私語仍在繼續。

行星防禦理事會面壁計畫聽證會兩個星期後才召開，隨著泰勒的失敗和另外兩名面壁者的冬眠，PDC的主要工作重點和注意力轉移到主流防禦方式上。

羅輯和坎特在視訊會議室中等待開會，會議視頻已經接通，大螢幕上出現了行星防禦理事會的會場，那早在安理會時代已為世人所熟悉的大圓桌旁還空無一人，羅輯早早來到這兒，是為了多少彌補一下不親臨會場的失敬。

在等待中羅輯與坎特閒聊，問他在這裡過得怎麼樣，坎特說他年輕時就在中國生活過三年，對這裡很適應，過得還不錯，畢竟他不用像羅輯這樣整天生活在地下，這些天，他那很生疏的漢語又流利起來。

「你聽起來好像感冒了？」羅輯問。

「只是染上了輕流感。」坎特回答。

「禽流感?!」羅輯吃了一驚。

「不是，是輕重的輕，媒體上都這麼叫。是一個星期前在附近城市流行的，感染率很高，但症狀很輕，不發燒，就是流鼻涕，部分患者可能嗓子疼。不用吃藥，三天左右就自動痊癒了。」

「流感一般都很重的啊。」

「這次不是。這裡的很多士兵和工作人員都傳染上了，你沒發現房間裡的勤雜工換人了嗎？她也得了輕流感，怕傳染上你，但我這個聯絡員一時還換不了。」

螢幕上顯示，各國代表開始陸續進入會場，他們坐下後低聲交談，似乎沒有注意到羅輯的存在。行星防禦理事會輪值主席宣布會議開始，他說：

「面壁者羅輯，在剛剛結束的特別聯大上經修正後的聯合國面壁法案，您應該已經看過了。」

「是的。」羅輯回答。

「您一定注意到，法案加強了對面壁者調用資源的審查和限制，希望您將在這次會議上提交的計畫能夠符合法案的要求。」

「主席先生，」羅輯說：「另外三位面壁者都已經在自己的戰略計畫執行過程中調用了大量的資源，對我的計畫的這種資源限制是不公平的。」

「資源調用許可權取決於計畫本身，您應該注意到，另外三位面壁者的計畫與主流防禦是不矛盾的，就是說，即使沒有面壁計畫，這些研究專案和工程也要進行，希望您的戰略計畫也具有這種性質。」

「很遺憾，我的計畫沒有這種性質，它與主流防禦沒有任何關係。」

「那我也感到遺憾，根據新法案，您能夠在這項計畫中調用的資源是很小的。」

「即使在舊法案中，我能調用的資源數量也不大。不過主席先生，這不是問題，我的戰略計畫幾乎不消耗任何資源。」

「就像您前面的計畫一樣？」

主席的話引起了幾名與會者的竊笑。

「比前面的還少，我說過，幾乎不消耗任何資源。」羅輯坦然地說。

「那就讓我們來了解一下吧。」主席點點頭說。

「計畫的詳細內容將由亞伯特・林格博士為大家介紹，同時我想各位代表已經拿到了相應的檔案。簡而言之，就是通過太陽的電波放大功能，向宇宙中發送一份資訊，資訊只包括三幅簡單的圖形，還有一些附加資訊，表明這些圖形是由智慧體發送而不是自然形成的，圖形都附在會議檔中。」

會場上響起了嘩嘩的翻紙聲，很快每個與會者都找到了那三張紙，同時，螢幕上也顯示出這三幅圖形，真的十分簡單，每幅圖形只是一些似乎是隨機分布的黑點，人們注意到，每張圖中都有一個黑點畫得大些醒目些，同時還有一個小箭頭注明它。

「這是什麼？」美國代表問道，同時和其他與會者一樣，依次細看那幾張圖。

「面壁者羅輯，根據面壁計畫基本原則，您可以不回答這個問題。」主席說。
「這是一句咒語。」羅輯說。
會場上的翻紙和低語聲戛然而止，所有的人都抬頭望著一個方向，現在羅輯知道會場上顯示這邊圖像的螢幕在什麼位置了。
「針對誰的咒語？」主席問。
「他說是咒語。」大圓桌旁有人高聲說。
「什麼？」主席瞇起雙眼問。
羅輯回答：「187J3X1 恆星所擁有的行星，當然，也可能直接作用到恆星上。」
「會有什麼作用呢？」
「現在還不知道，但有一點可以明確：咒語的作用，肯定是災難性的。」
「那麼，這些行星上可能有生命嗎？」
「對於這一點，我反覆諮詢過天文學界，從目前已有的觀測資料上看，沒有。」羅輯說到這裡，也像主席一樣瞇起了雙眼，在心裡默默祈禱：但願他們是對的。
「咒語在發出後，多長時間能起作用？」
「這顆恆星距太陽約五十光年左右，所以咒語起作用的時間最早為五十年後，我們則要在一百年後才能觀測到作用的圖像，但這是能估計到的最早時間，實際起作用的時間可能要推後很多。」
在會場的一陣靜止後，美國代表首先有了動作，把手中的那三張印著黑點的紙扔到桌面上：「很好，我們終於有了一個神。」
「躲在地窖中的神。」英國代表附和道，會場上響起了一片笑聲。
「更可能是位巫師。」日本代表哼了一聲說，日本始終未能進入安理會，但在行星防禦理事會成立時立刻被吸收進來。

「羅輯博士，僅就使計畫的詭異和讓人莫名其妙而言，您做到了。」俄羅斯代表伽爾寧說，他曾在羅輯成為面壁者的這五年中擔任過幾次ＰＤＣ輪值主席。

主席敲了一下木槌，制止了會場上出現的喧聲：「面壁者羅輯，有一個問題：既然是咒語，為什麼不直接針對敵人的世界？」

羅輯說：「這是一次實驗，用來證實我自己的戰略設想，戰略真正的實施要在末日之戰到來時。」

「三體世界難道不能作為實驗咒語的目標嗎？」

羅輯斷然搖搖頭：「絕對不行，太近了，距我們太近了，咒語發生作用時很可能波及到我們，我為此甚至放棄了五十光年以內的帶有行星的恆星。」

「最後一個問題：在這一百年或更長的時間裡，您打算做什麼？」

「你們可以擺脫我了：冬眠，當觀測到咒語在187J3X1星系上發生作用時叫醒我。」

在準備進入冬眠的期間，羅輯患上了輕流感。最初的症狀與別人一樣，只是流鼻涕和嗓子輕微發炎，他自己和別人都沒在意。但兩天後，羅輯的病情加重了，開始發燒，醫生感覺有些異常，就取了血樣回市裡分析。

這天夜裡，羅輯在高燒中昏睡，一直被狂躁的夢境所纏繞。夢中，夜空中的群星在紛亂地舞動著，像振動著的鼓皮上的沙粒，他甚至意識到了這些星球間的引力聯繫，它們做的不是三體運動，而是銀河系中所有恆星的兩千億體運動！後來，紛亂的星海漸漸聚成一個巨大的漩渦，在瘋狂的旋轉中，大漩渦又幻化成一條由所有星星凝成的銀色的大蛇，呼嘯著鑽進他的大腦……

凌晨四點左右，張翔被電話鈴驚醒，是行星防禦安全部的領導打來的，聲音嚴厲，讓他立刻報告羅輯的病情，並命令基地處於緊急狀態，一個專家組正在趕來。

張翔剛放下電話，鈴聲又響了，是地下十層的醫生打來的，報告病人的病情急劇惡化，現在已處於休克狀態。張翔立刻乘電梯下去，驚慌的護士和醫生告訴他，半夜裡羅輯先是嘔吐，接著開始吐血，然後就昏迷不醒了。張翔看到病床上的羅輯臉色煞白，嘴唇發紫，在他身上幾乎看不到生命的跡象了。

專家組很快趕到，有國家緊急疫情處理中心的專家、解放軍總醫院的醫生和軍事醫學科學院的一個研究小組的全部成員。

在其他人察看病情時，軍事醫學科學院的一位專家把張翔和坎特拉到門外，向他們交代了情況。

「我們早就在注意這場流感，感覺其來源和性狀都很異常，現在明確了，這是基因武器，或者叫基因導彈。」

「基因導彈？」

「就是一種經過基因改造的病毒，傳染性很強，但對一般人而言，它只是產生輕流感這樣的輕微症狀，但這種病毒具有基因識別能力，能夠識別某個人的基因特徵，一旦這個攻擊目標被感染，病毒就會在他的血液中製造致命的毒素，現在我們知道目標是誰了。」

張翔和坎特面面相覷，先是難以置信，然後陷入絕望，張翔臉色變得蒼白，緩緩低下頭說：「我負完全責任。」

這位大校研究員說：「張主任，也不能這樣說，這真是防不勝防，我們開始雖然懷疑，也沒有向這方面考慮。基因武器的概念上世紀就出現了，但誰能相信竟然真有人把它造出來了，雖然還很不完善*，不過作為暗殺武器真的很可怕：只需要在目標所在的大致範圍撒播這種病毒就行了，甚至連目標的大致範圍也不需要知道，可以在全球撒布，因為這種病毒對一般人致病性很弱甚至沒有，可以快速大範圍傳播，最後也有很大的可能擊中目標。」

「不，我負全部責任。」張翔用一隻手捂住眼睛：「要是史隊長在的話，這事就不會發生。」他放下手，眼中閃著淚光：「他冬眠前最後對我說的一句話，就是你剛才說的防不勝防，他說小張啊，我們這工作，睡覺時都要睜半隻眼，現在沒什麼萬無一失，有些事防不勝防啊。」

「那下一步怎麼辦呢？」坎特問。

「病毒已經侵入很深，病人肝臟和心肺功能都已衰竭，現代醫療手段無能為力了，儘快冬眠吧。」

不知過了多長時間，羅輯已完全消失的潛意識又恢復了一些，他有了感覺，是寒冷，這寒冷彷彿是從他的體內發源的，像光芒般擴散出去，凍結了整個世界。他看到一片雪白，開始除了這無邊的白色什麼都沒有，後來白色的正中出現了一個小黑點，漸漸地，看出那是一個熟悉的身影，是莊顏，她抱著他們的孩子，艱難地走在空曠得失去立體感的雪野中。她圍著一條紅色的圍巾，就是他在七年前的那個雪夜第一次見到想像中的她時圍的那條，孩子小臉凍得紅紅的，在媽媽的懷抱中向他拚命揮著兩隻小手，喊著什麼，但他聽不見聲音。他想在雪中追過去，但年輕的母親和孩子都消失了，像是融化在白雪中。接著他自己也消失了，雪白的世界縮成一條極細的銀絲，在無邊的黑暗中，這細絲就是他殘存意識的全部。這是時間之線，細絲本身是靜止不動的，向兩個方向無限伸延，羅輯的靈魂穿在絲上，以恆定的速度輕輕滑向不可知的未來。

兩天後，一束地球發出的強功率電波射向太陽，電波穿透了對流層，到達輻射層的能量鏡面，在增益反射中被放大了幾億倍，攜帶著面壁者羅輯的咒語，以光速飛向宇宙。

＊概念中的基因武器在非目標人群中只是隱性傳染，不產生任何症狀。

危機紀年第十二年，三體艦隊距太陽系四點一八光年

哈伯二號太空望遠鏡控制中心。

「刷子」在太空中出現了，三體艦隊正在穿越第二片星際塵埃。由於哈伯二號一直在密切監視這片區域，所以艦隊航跡剛剛出現就被捕捉到了。這時，它們看上去根本不像刷子，而是像漆黑的太空深淵上剛剛萌發的一叢小草，這上千株小草每天都以肉眼能夠覺察到的速度生長。而且，這些航跡看上去比九年前要清晰許多，這是由於經過九年的加速，艦隊的速度已經提高了很多，對星際塵埃的衝擊更劇烈了。

「將軍，您仔細看看，能不能發現什麼？」林格指著螢幕上放大後的圖像對斐茲羅說。

「好像仍然是一千根左右。」

「不，您再仔細看看。」

斐茲羅細看了好一會兒，指著「刷子」中央的一點說：「好像有……一、二、三、四……十根刷毛比別的長得快，它們伸出來了。」

「是的，那十道航跡很微弱，經過圖像增強您才能看出來。」

斐茲羅轉身看著林格，露出了十年前第一次發現三體艦隊航跡時的表情：「博士，這是不是意味著，有十艘戰艦在加速駛來？」

「它們都在加速，但這十條航跡顯示了更大的加速度，不過那不是十艘戰艦，航跡總數現在增長到一千零一十根，多出了十根。通過對這十條航跡形態的分析，這些東西的體積比後面的戰艦要小得多，大約只有它們每艘的幾十萬分之一，也就是一輛卡車大小吧，不過由於速度很高，它產生的航跡仍能觀測到。」

「這麼小，十個探測器？」

「十個探測器。」

這是哈伯二號又一個令人震驚的發現：人類將與來自三體世界的實體提前接觸，雖然只是十個小小的探測器。

「它什麼時候到達太陽系？」斐茲羅緊張地問。

「還說不清，要看今後的加速情況，但肯定會比艦隊提前到達，最保守的估計也要提前一個半世紀。艦隊的加速度顯然已經達到了極限，因為某些我們不知道的原因，它們想儘快到達太陽系，所以發射了能夠更快加速的探測器。」

「既然有了智子，發射探測器有什麼必要呢？」一名工程師問。

這個問題使大家陷入了沉思，但林格很快打破了沉默：「別想了，這不是我們能想出來的。」

「不，」斐茲羅舉起一隻手說：「至少能想出來一部分……我們看到的是四年前發生的事，請問，你們能確定艦隊發射探測器的確切日期嗎？」

「當然可以，很幸運，艦隊發射它的時候正在雪地，哦，塵埃中，我們觀測到了探測器的航跡與艦隊航跡的交點。」林格接著告訴了斐茲羅一個日期。

斐茲羅呆立了片刻，點上一支菸，坐下抽了起來，過了好一會兒才說：「博士，你們畢竟不是政治家，就像我看不出那十根長出來的刷子毛一樣，你們也沒看到一個至關重要的事實。」

「這個日期……有什麼意義嗎？」林格不解地問。

「就在四年前的那一天，我參加了行星防禦理事會的面壁計畫聽證會，會上，羅輯提出通過太陽向宇宙發出咒語。」

科學家和工程師們面面相覷。

斐茲羅接著說：「就在那時，三體世界第二次向ＥＴＯ發出了消滅羅輯的指令。」

「他，真有這麼重要？」

「你以為他先是個風花雪月的花花公子，然後是裝腔作勢的假巫師？當然，我們也這麼認為，誰都這麼認為，除了三體人。」

「那……將軍，您認為他是什麼？」

「博士，您相信上帝嗎？」

這突兀的問題令林格一時語塞：「……上帝嘛，目前在多個層次上有多種涵義，不知道您……」

「我是相信的，倒不是有什麼證據，而是這樣做比較保險：如果真有上帝，我們的信仰就對了；如果沒有，我們也沒什麼損失。」

將軍的話讓人們都笑了起來，林格說：「您後面這句話不確實，不會沒損失的，至少對科學來說……不過，如果上帝存在又怎麼樣？它和眼前這些事有什麼關係嗎？」

「如果上帝確實存在，它在塵世間可能會有代言人的。」

人們愣了好半天，才理解了這話的涵義，一名天文學家說：「將軍，您在說些什麼？上帝會在一個無神論的國家選擇代言人？」

斐茲羅捻滅菸頭，兩手一攤說：「如果其他可能都被排除，剩下的一種無論多麼離奇也是真的，你們還能想出別的解釋嗎？」

林格沉吟道：「如果上帝是指宇宙間存在的某種超越一切的公正力量的話……」

斐茲羅抬手制止他說下去，彷彿把一切都挑明會降低這個事實的神力：「所以，各位，信仰吧，可以開始信仰了。」他說著，自己在胸前畫了一個十字。

電視上正在播出天梯三號試運行的實況。在五年前同時開始建造的三部太空電梯中，天梯一號和二號已經在年初投入正式運行，所以天梯三號的試運行沒有引起前面那麼大的轟動。目前，所有的太空電梯都只鋪設了一條初級導軌，與設計中的四條導軌相比，運載能力小許多，但與化學火箭時代已不可同日而語，如果不考慮天梯的建造費用，現在進入太空的成本已經大大低於民航飛機了。於是，在地球的夜空中，移動的星星日益增多，那是人類在太空軌道上的大型建築物。

天梯三號是唯一一部基點在海上的太空電梯，它的基點是在太平洋赤道上的一座人工浮島，浮島可以借助自身的核動力在海上航行，因此可以根據需要沿著赤道改變太空電梯的位置。浮島是凡爾納筆下機器島的現實版，所以被命名為「凡爾納島」。從現在的電視畫面上根本看不到海，只有一座被鋼鐵城市圍繞著的金字塔形基座，基座的頂端就是即將升空的圓柱形運載艙。從這個距離是看不到向太空延伸的導軌的，它只有六十公分寬，但有時可以看到夕陽在導軌上反射的弧光。

看電視的是三位元老人：張援朝和他的兩個老鄰居楊晉文和苗福全，他們都已年過七十，雖說不上老態龍鍾，也都是真正的老人了，回憶過去和展望未來對他們而言都是一種負擔，而對現實他們又無能為力，唯一的選擇就是什麼都不想地在這非常歲月裡安度晚年了。

這時，張援朝的兒子張衛明領著孫子張延走進家門，他拿出一個紙袋說：「爸，我把你們的糧卡和第一批糧票領回來了。」張衛明說著，首先從紙袋中把一落糧票拿出來，遞給父親。

「哦，和那時的一樣啊。」楊晉文在旁邊看著說。

「回來了，又回來了。」張援朝接過糧票感慨地自語道。

「這是錢嗎？」小延延看著那落花花綠綠的小紙片說。

張援朝對孫子說：「不是錢，孩子，但以後買定量以外的糧食，像麵包蛋糕什麼的，還有去飯店吃飯，都得拿它和錢一起花才行。」

「這個和那時可不一樣了，」張衛明拿出一張ＩＣ卡：「這是糧食定量卡。」

「定量都是多少啊？」

「我是二十一點五公斤，也就是四十三斤，曉虹和你們都是三十七斤，延延二十一斤。」

「和那時差不多。」老張說。

「一個月這麼多應該夠的。」楊晉文說。

張衛明搖搖頭說：「楊老師啊，您可是那時過來的人，都忘了？現在倒是夠，可很快副食就少了，買菜買肉都要號票，這點糧食還真不夠吃呢！」

「沒那麼嚴重，」苗福全擺擺手說：「這日子我們幾十年前就過過，餓不著的，別說了，看電視。」

「唉，可能馬上要用工業券*了。」張援朝說著，把糧票和定量卡扔到桌子上，轉向電視。

螢幕上，那個圓柱形運載艙從基座升起，飛快加速，消失在黃昏的天空中，由於看不到導軌，它好像是自己飛升而上的。運載艙的最高速度能達到每小時五百公里，即使這樣，到達太空電梯的同步軌道終點站也需六十八小時。鏡頭轉換到安裝在運載艙底部的錄影機錄下的畫面，六十公分寬的導軌占據了畫面相當大的一部分，由於表面光滑，幾乎看不出運動，只有導軌上轉瞬即逝的標度才顯示出錄影機上升的速度。導軌在向下延伸中很快變細消失，但在它所指的遙遠下方：「凡爾納島」呈現出完整的輪廓，彷彿是被吊在導軌下端的一個大盤子。

楊晉文想起了什麼：「我給你們倆看一件稀罕東西。」他說著站起身，邁著已經不太俐落的步子走出去。可能是回了趟自家，他很快又回來了，把一片菸盒大小的薄片放在桌子上。張援朝拿起來看了看，那東西呈灰色，半透明，分量很輕，像手指甲蓋。「這就是建造天梯的材料！」老楊說。

「好啊，你兒子竟然偷拿公家的戰略物資。」苗福全指著薄片說。

「剩下的邊角料而已，據他說，建造天梯時這東西成千上萬噸地向太空發射，在那裡做成導軌後再從軌道上垂下來……馬上，太空旅行就平民化了，我還託兒子聯繫了一樁這方面的業務。」

「你想上太空？」老張吃驚地問。

「那也沒什麼了不起，聽說上升時根本不超重，就像坐一趟長途臥鋪車似的。」苗福全不以為然地說，由於已多年不能經營煤礦，他早已成了破落戶，別墅四年前就賣了，這兒已是唯一的住處；而楊晉文由於有一個在太空電梯工程中工作的兒子，家裡條件一躍成為他們三家中最好的，有時很讓老苗妒忌。

「不是我上太空。」楊晉文說著抬頭看看，看到衛明已經領著孩子到另一個房間去了，才接著說：「是我的骨灰上太空，我說，你們老哥倆不忌諱說這個吧。」

「有啥忌諱的，不過你把骨灰整上去幹什麼？」張援朝問。

「你們知道，天梯的盡頭有電磁發射器，到時候骨灰盒能發射到第三宇宙速度，飛出太陽系，這叫宇宙葬，知道了吧……我死了後可不想待在外星人占領的地球上，這也算是逃亡主義吧。」

「要是外星人被打敗了呢？」

「幾乎不可能，不過要真是那樣我也沒有什麼損失，漫遊宇宙嘛！」

張援朝連連搖頭：「你這都是知識分子的怪念頭，沒什麼意思。落葉歸根，我還是埋在地球的黃土裡吧。」

「你就不怕三體人挖了你的墳？」

聽到這話，一直沒吱聲的苗福全似乎興奮起來，他示意另外兩人靠近些，好像怕智子聽到似的壓低聲音說：「你們別說，我還真想到了這點：我在山西有好幾處挖空了的礦……」

「你想葬在那兒？」

「不不，那都是小窯礦，能有多深？但有幾處與國有大礦挖通了，沿著他們的廢巷道一直可以下到地下

＊中國大陸二十世紀六七〇年代購買大件電器等商品所用的憑證。

四百多公尺，夠深了吧？然後把井壁炸塌，我就不信三體人能挖到那兒。」

「嗨，地球人都能挖到那兒，三體人就不能？沿著墓碑向下挖不就行了。」

苗福全看著張援朝啞然失笑：「你，老張，傻了不是？」看著老張茫然的樣兒，他指指楊晉文，後者對他們的談話已經沒有興趣，在繼續看電視轉播：「讓有學問的告訴你。」

楊晉文對著電視嘿嘿一笑說：「老張你要墓碑幹嘛？墓碑是給人看的，那時已經沒有人了。」

張援朝呆呆地沉默了好一會兒，終於長嘆一聲：「是啊是啊，沒有人了，什麼都是空的了。」

在去三號核融合實驗基地的路上，章北海的車一直行駛在厚厚的雪中，但在接近基地時地上的雪全化了，路變得十分泥濘，本來寒冷的空氣變得溫暖而潮濕，有一種春天的氣息。章北海看到，在路邊的山坡上，一叢叢桃花在這嚴冬季節不合時令地開放了。他驅車向前方山谷裡的那幢白色建築駛去，基地主體位於地下，這幢建築物只是入口。就在這時，他注意到路邊山坡上有一個人在摘桃花，細看發現此人正是自己要找的人，於是把車停下來。

「丁博士！」他對那人喊道。當丁儀拿著一大把桃花走到車前時，他笑著問：「這花是送給誰的？」

「這是核融合的熱量催開的花，當然是送給我自己的。」在鮮豔花朵的襯托下，丁儀顯得滿面春風，顯然還沉浸在剛剛實現的技術突破帶來的興奮中。

「這麼多的熱量就這麼擴散，太浪費了。」章北海走下車，摘下墨鏡，打量著這片小小的春天，在這裡呼吸時沒有白汽，他的腳底甚至都能感受到地面的溫熱。

「沒有錢也沒有時間建一個發電廠，不過也沒什麼，從今以後，能源在地球上不是什麼需要節約的東西了。」

章北海指著丁儀手中的花束說：「丁博士，我真希望有些事情能讓你分分心，使這個突破晚些實現。」

「沒有我突破得更快，基地有上千名研究人員，我只是指出了正確的方向。我早就感覺到托卡馬克方式是一條死路，方向對了，突破肯定會產生。至於我，是搞理論的，不懂實驗又瞎指揮，可能還拖延了研究進度。」

「你們能不能推遲一下成果發布的時間？這話我是認真的，也是非正式轉達了太空軍司令部的意思。」

「怎麼可能呢？對三個研究工程的進展，新聞媒體一直在追蹤報導。」

章北海點點頭，嘆口氣說：「那就很糟糕了。」

「我知道一些原因，不過你還是說說為什麼吧。」

「可控核融合技術一旦實現，馬上就要開始太空飛船的研究了。博士，你知道，目前有兩大方向——工質推進飛船和無工質的輻射驅動飛船，圍繞著這兩個研究方向，形成了對立的兩大派別：航太系統主張研究工質推進飛船，而太空軍則力推輻射驅動飛船。這種研究要耗費巨大的資源，在兩個方向不可能平均力量同時進行，只能以其中一個方向為主。」

丁儀說：「我和核融合系統的人都贊成輻射驅動，從我而言，感覺這是唯一能進行恆星際宇宙遠航的方案。當然得承認，航太系統也有道理，工質推進飛船實際上就是化學火箭的變種，不過是以核融合為能源而已，在研究前景上要保險些。」

「可在未來的星際戰爭中不保險！就像你說的，工質推進飛船不過是個大火箭，要用超過三分之二的運載能力運載推進工質，且工質消耗很快，這種飛船只能以行星基地為依託，在太陽系內航行，這樣做，是在重複甲午戰爭的悲劇，太陽系就是威海衛！」

「這個類比很深刻。」丁儀衝著章北海舉舉手中的花。

「這是事實，海軍的最前沿應該是敵人的港口，我們當然做不到這一點，但防衛前沿至少應前推至歐特雲，並且要保證艦隊在太陽系外的廣闊空間有足夠的迂迴能力，這是太空軍的戰略基礎。」

們，但其他學科的力量也在進入航太界，比如我們核融合系統的，他們大都主張輻射飛船。這兩種力量目前已經勢均力敵，打破平衡的就是那三四個處於關鍵位置的人，他們的意見決定最終的規畫方案，真的，就那麼三四個人，可惜都是老航太。」

丁儀說：「其實航太系統內部也不是鐵板一塊，主張工質飛船的是那些從化學火箭時代過來的老航太

「這是整體戰略中最關鍵的一步決策，如果這一步走錯，太空艦隊就要在一個錯誤的基礎上進行建設，有可能浪費一兩個世紀的時間，到時再轉向怕也沒機會了。」

「這你我都沒有辦法。」

同丁儀吃過午飯後，章北海離開了核融合基地。車開出不久，潮濕的地面就變成了皚皚的白雪，在陽光中泛出一片白光，空氣溫度急劇降低，章北海的內心也迅速冷靜下來。

他絕對需要能夠進行恆星際遠航的飛船，如果其他的路都走不通，那剩下的一條，不管多麼險惡，也是必須走的了。

章北海走進了位於胡同深處四合院中的隕石收藏者的家，看到這間光線黯淡的老宅像一個小型的地質博物館，四壁都立著玻璃櫃子，裡面很專業的燈光照著一塊塊貌不驚人的石頭。主人正在一張工作台上用放大鏡仔細看著一塊小石頭，見到來客便很熱情地打招呼。這人五十開外的樣子，面色和精神都很好，章北海一眼就看出他屬於那樣一類幸運的人，有自己鍾愛的小世界，不管大世界怎樣變化都能沉浸其中自得其樂。在老宅所特有的那種陳舊氣息中，章北海意識到在自己和同志們為人類的生存而戰時，大部分人仍然執著於自己固有的生活，這讓他心裡感到溫暖和踏實。

太空電梯的建成和可控核融合技術的突破，對世界是兩個巨大的鼓舞，也在很大程度上緩解了失敗主義情緒。但冷靜的領導者們知道，這一切僅僅是開始，如果把太空艦隊的建設與海洋艦隊相類比的話，人類現

在也只是拿著工具剛剛來到海岸邊，連造船的船塢都還沒有搭建起來。除了太空飛船本體的建設，星戰武器和飛船循環生態系統的研究，以及太空港口的建設，都將面臨著人類從未面對過的技術深淵，這一切，僅在技術上完成準備，可能就需要一個世紀的時間。除令人望而生畏的技術深淵外，人類社會還將面臨另一個嚴峻的考驗：太空防禦系統的建設將消耗超量的資源，這種消耗很可能使人類的生活水準倒退一個世紀。所以，對人類精神的最大挑戰還在未來。正是在這種情況下，上級決定開始實施太空軍政工幹部增援未來計畫，章北海作為計畫的最初提出者，被選定為第一批增援未來特遣隊的指揮官。他在接到任命後提出，在進入冬眠前，應該讓所有特遣隊軍官至少在太空中實習和工作一年時間，這是對他們未來在太空軍中的工作必需的準備。「上級不希望我們在那時成為不能出海的艦隊政委吧？」他這樣對常偉思說。這個請示很快得到了批准，一個月後，他將和第一支特遣隊的三十名同志進入太空。

「您是軍人吧。」收藏者端茶時問道。得到對方肯定的點頭後，他說：「現在的軍人已經不太像軍人了，但您我一眼就能看出來。」

「您也曾經是軍人。」章北海說。

「好眼力，我大半輩子都是在總參測繪局服役。」

「怎麼會對隕石感興趣呢？」章北海讚賞地打量著這豐富的收藏問道。

「十多年前，我隨考察隊穿越南極大陸，任務就是負責在雪下面找隕石，以後就迷上了這東西。它們來自塵世之外，遙遠的太空，當然是很有魅力了，我每拿到一塊隕石，就像去了一個新的外星世界一樣。」

章北海笑著搖搖頭：「這只是您的感覺而已，地球就是由星際物質彙聚形成的，所以地球就是一塊大隕石，我們腳下的石頭都是隕石，我手裡的茶杯也是隕石。而且，據說地球上的水是由彗星帶來的，所以……」他說著舉舉茶杯：「這茶杯裡面盛的也是隕石，您這些東西應該是不稀罕的。」

收藏者指點著章北海笑了起來：「呵呵呵，你很精明，已經開始砍價了……不過我還是相信自個兒的感覺。」

收藏者說著，迫不及待地拉章北海欣賞自己的藏品，他甚至打開保險櫃展示自己的鎮宅之寶：一塊來自火星的無球粒隕石，指甲大小。他讓章北海在顯微鏡下觀看隕石表面那些小圓坑，說它們有可能是微生物的化石。

「五年前，黑格*想以黃金價格的一千倍買它，我都沒答應。」

「這些有多少是您自己親自採集的？」章北海指指周圍的藏品問。

「只占很小一部分，大部分是民間購買和圈子裡交流來的……說說看，您需要什麼樣的？」

「不需要很貴重的，但要比重大，在衝擊下不易破碎，易加工。」

「明白了，要雕刻是吧。」

章北海點點頭：「算是吧，最好能用車床加工。」

「那就是鐵隕石了。」收藏者說著打開玻璃櫃，拿出了核桃大的一塊暗色的石頭：「這個就是，主要是由鐵和鎳組成，還有鈷、磷、矽、硫、銅等等，要說比重，它可真大，每立方公分八克多，加工起來很容易，金屬性很強，車床加工沒問題。」

「很好，就是小了點兒。」

收藏者又拿出一塊，蘋果大小。

「有再大些的嗎？」

收藏者看看章北海說：「這東西的價格可不是論斤稱的，大的很貴。」

「那麼，這樣大小的要三塊有嗎？」

收藏者拿出了三塊大小差不多的鐵隕石，開始為要價做鋪墊：「鐵隕石數量不多，只占隕石總數的百分之五，而且這三塊成色都很好。您看，這一塊是八面石，這塊是富鎳角礫斑雜岩，看這上面的交錯條紋，這叫韋氏條紋；這種平行的叫牛曼條紋；這塊含有錐紋石，這塊有鎳紋石，這可都是地球上沒有的礦物。這一塊是我在沙漠中採集到的，用金屬探測器找，簡直是大海撈針。那一次車陷到沙裡，把傳動軸頂斷了，差點丟了命。」

「你出個價吧。」

「這樣大小和檔次的隕石，國際市場上的價格大概是每克二十美元，這樣吧，每塊六萬，三塊十八萬，怎麼樣？」

章北海拿出手機說：「給個帳號吧，我現在就付款。」

收藏者半天沒吱聲，章北海抬頭看看，見他有些尷尬地笑著：「呵呵，其實，我是準備你還價的。」

「不，我接受。」

「你看，現在畢竟太空航行平民化了，雖然目前上太空中搞隕石還不如地球上方便，但市場上的價格畢竟跌了些，這些嘛，也就值……」

章北海很堅決地打斷了他：「不，就這個價，就算表示我對要送的人的尊重吧。」

從收藏者家中出來後，章北海帶著隕石來到了一個模型製作車間。這個車間位於太空軍所屬的一個研究所內，這時已經下班，周圍空無一人，這裡有一台最先進的數控機床。他首先把三塊隕石在機床上按照一定的直徑切割成許多根鉛筆粗細的圓柱體，然後又按照一定的長度把這些圓柱體切成小段。他很小心地操作，

＊羅伯特．黑格，美國加州大學洛杉磯分校的教授，是全球最權威的隕石收藏家。從二十三歲起開始收集隕石，擁有的隕石成為世界上最大的私人隕石收藏。

儘量減少原料的浪費，最後得到了三十六個小圓柱形的隕石。這一切做完後，他小心地把切割的隕石碎屑收集起來，把機床上那把為加工石材選用的特別刀具拆下，才起身走出車間。

剩下的工作，章北海是在一個隱蔽的地下室中完成的，他面前的小桌上，放著三十六發七六二公釐口徑的手槍子彈，他用鉗子依次把這些子彈的彈頭取下來。如果是以前的銅殼子彈，這件事會很費力，有時還要用螺栓鬆動劑才行，但兩年前全軍換裝的制式槍支均使用無殼子彈，彈頭是直接黏在發射藥上的，取下來很容易。接著，他用特殊膠合劑把每支發射藥上都黏上一個隕石段，這樣就做成了三十六顆隕石子彈。所用的膠黏劑原是用於修補太空艙表皮的，能夠保證在太空劇烈的冷熱交替環境中不失效。

章北海把四發隕石子彈壓進彈匣，然後把彈匣推入一支二〇一〇制式手槍中，對著牆角的一個布包開了槍，在地下室狹小的空間中，槍聲像爆炸般震耳欲聾，硝煙味很濃。

章北海仔細審視著布包上的五個彈洞，看到彈洞很小，說明隕石在發射中沒有破碎。他打開布包，取出了裹在裡面的一大塊生牛肉，他用刀子小心地取出射入牛肉中的隕石，看到那四段隕石圓柱都已破碎，成了他掌心中的一小堆碎石，基本上看不出加工的痕跡，這結果令他很滿意。

那塊包牛肉的布，是製作航太服的材料，為了使模擬更接近真實，布做成了夾層，在其中放置了保溫海綿和塑膠管道等物。

章北海把剩下的三十二發隕石子彈小心地收起來，走出地下室，去做進入太空的準備。

章北海懸浮在距黃河太空站五公里的太空中，這個車輪形狀的太空站是太空電梯的一部分，位於電梯終點上方三百公里處，是作為電梯的平衡配重物建造的*，是目前太空中規模最大的人造物體，其中可以常駐上千人。

以太空電梯為圓心，在半徑五百公里的範圍內還有其他太空的設施，規模都比黃河站小許多，它們零星地散落著，像美國西部開發初期大草原上的遊牧帳篷，這是人類大規模進入太空的前奏。其中剛剛開始建造的太空船塢是規模最大的，其體積可能是黃河站的十倍，但目前只搭起了一個施工框架，像一架巨獸的骨骼；在距章北海八十公里的遠處，有一個獨立的太空站，規模只有黃河站的五分之一，那是太空軍在同步軌道上建立的第一個基地，章北海就是從那裡飛來的。現在，他已經同增援未來第一特遣隊的其他成員在那裡生活和工作了三個月，其間只返回過地面一次。

在一號基地中，章北海一直在等待機會，現在機會出現了：航太系統在黃河站召開一次高層工作會議，他要消滅的三個目標都是與會者。黃河太空站投入使用後，航太系統的許多會議都在其中召開，好像是要彌補以前從事航太事業的人大都沒機會進入太空的遺憾。

在從一號基地飛出前，章北海把航太服上的定位單元留在了基地中自己的艙室內，這樣，一號基地的監測系統不會知道他已經離開基地，他的這次外出不會留下任何紀錄。用航太服上的小型噴射推進器，他在太空飛行了八十公里，來到了這個早已選定的位置，靜靜地等待著。

章北海知道，現在會議已經結束，他在等待著全體與會者出來照相。

這是一個慣例，與會者都要到太空中拍合影。一般來說，拍照應該是逆著陽光的，因為這樣才能把作為背景的太空站拍清楚，在拍照時，合影的每個人需要把航太頭盔面罩調成透明的，以便從面罩中露出臉來，這時如果太陽在正空，強烈的陽光會使人睜不開眼，同時也會使頭盔內部很快就熱得難受，所以，拍合影的時間最好是在太陽從地球邊緣升起或落下的時刻。在同步軌道上，日出和日落也是每二十四小時各一次，只

＊太空電梯實際是一顆運行於地球同步軌道的人造衛星，為了在運行中取得平衡，需要在軌道的外側加上與電梯同等的重量。

是夜的時間很短，章北海現在在等著日落。

他知道，黃河站的監測系統肯定能檢測到自己的存在，但這不會引起任何注意。在這片太空開發的起源地，散落著大量的建設材料，包括待用的和廢棄的，還有更多的垃圾，這些飄浮物中，有很多大小與人體相當。另外，太空電梯與周圍太空設施的關係就像大城市與周圍的村莊，後者的供給完全來自前者，兩者間有著繁忙的交通。隨著對太空環境的適應，人們漸漸習慣了隻身穿行於太空中，這時，航太服就像太空自行車，噴射推進器可以使它的時速達到五百公里，在電梯周圍幾百公里範圍內是最方便的交通工具，現在，幾乎每時每刻都有人穿著航太服在電梯和周圍的太空站之間飛行。

但此時，在章北海的感覺中，周圍的太空是十分空曠的，除了地球（在同步軌道上已經可以看到完整的球形）和將要在其邊緣落下的太陽，其他的方向都是漆黑的深淵，無數星星似乎只是閃亮的塵埃，改變不了宇宙的空虛。他知道，航太服中的生命維持系統只能維持十二個小時，這之前，他必須回到八十公里外的一號基地中去，雖然現在它看上去只是遠方太空深淵上一個幾乎沒有形狀的點。而一號基地本身，如果離開了太空電梯這條臍帶，也生存不了太長的時間。但此時，他飄浮在這廣大的虛空中，在感覺上已經斬斷了與下面那個藍色世界的聯繫，感覺自己就是宇宙中的一個獨立的存在，不依附於任何世界，腳下沒有大地，四周只有空間，同地球、太陽和銀河系一樣懸浮於宇宙中，沒有從哪裡來，也不想到哪裡去，只是存在著，他喜歡這種感覺。

他甚至想到，父親的在天之靈可能也是這種感覺。

這時，太陽開始接觸地球的邊緣了。

章北海舉起一隻手，航太服手套中握著一個瞄準鏡，他用這東西當望遠鏡觀察著十公里外黃河站的一個出口，看到在寬大的弧形金屬外壁上，圓形密封門仍緊閉著。

他扭頭看看太陽，它已經沉下去一半，成了地球的一個光芒四射的戒指。

再通過瞄準鏡遠望黃河站，章北海看到出口旁邊的標誌燈由紅變綠，表示後面過渡艙中的空氣已經抽空。緊接著，出口滑開了，一群穿著白色航太服的身影魚貫而出，有三十人左右。他們集體向外飛行，投在黃河站外壁上的影子愈來愈大，他們需飛出一段距離，才能把背景上的太空站拍全。很快，所有人都減速停了下來，在攝影師的指揮下開始在失重環境下排隊。

這時，太陽已經沉下去三分之二，剩下的部分看上去像是鑲嵌在地球上的一個發光體，夕照下的海洋像一面光滑的鏡子，一半深藍一半橘紅，而浸透了陽光的雲層像一大片覆蓋在鏡面上的粉紅色羽毛。

隨著光照度的降低，遠方合影的人們開始紛紛把自己的面罩調成透明，在頭盔中露出自己的面容。章北海拉大了瞄準鏡的焦距，很快找到了三個目標，正如他所料，由於這三人的級別，他們都在最前排正中。

章北海鬆開瞄準鏡，任它懸浮在面前，用左手轉動右手航太手套的金屬護環，把手套摘了下來。這時，他的右手只戴著薄布手套，立刻感到了太空中零下百度的寒冷，為了避免這隻手很快凍僵，他把身體轉動了一個角度，讓正在變弱的陽光照到手上。他把這隻手伸進航太服側面的工作袋，取出了手槍和兩個彈匣。接著，他用左手抓住懸浮的瞄準鏡，把它安裝到手槍上。這種瞄準鏡原是步槍使用的，他進行了改裝，把原來的夾具換成磁鐵，使其能在手槍上使用。

地球上的絕大部分槍支都可以在太空中射擊，真空不是問題，因為子彈的發射藥都是自帶氧化劑的，需要考慮的是太空中的溫度。不管是低溫還是高溫都與大氣層中相差甚大，都有可能對槍支和彈藥產生影響，所以章北海不敢讓手槍和彈匣長時間暴露在外。為了縮短時間，這三個月來他把失重中取槍、裝瞄準鏡和換彈匣的動作反覆演練。

然後，他開始瞄準，瞄準鏡的十字線很快套住了第一個目標。

在地球大氣層內，即使最精良的狙擊步槍也不可能在五千公尺的距離上擊中目標，但在太空中，一支普通手槍就可以做到。因為子彈是在真空和無重力中前進，不受任何干擾，只要瞄準正確，子彈就能沿著極其穩定的直線彈道擊中目標；同時，由於空氣阻力為零，子彈在整個飛行過程中根本不減速，擊中目標時的速度就是飛出槍口時的初速度，保證了遠距離上的殺傷力。

章北海扣動了扳機，手槍在寂靜中擊發，但他看到了槍口的火光，感到了後座力。他對第一個目標擊發了十次，馬上飛快換上新的彈匣，對第二個目標又射出十發子彈；再次換上彈匣，把最後十顆子彈射向第三個目標。槍口閃爍了三十次，如果黃河站方向這時真有人注意到的話，就像看到太空暗黑背景上的一隻螢火蟲。

現在，三十枚隕石彈頭正在飛向目標，二〇一〇型手槍的彈頭初速度是每秒五百公尺，子彈飛完這段距離約需十秒鐘，這時章北海只能祈禱目標在這段時間不要移動位置。這個希望也是有根據的，因為現在後兩排的合影者還沒有排好位置，前排的領導們只能等待，即使隊形都排好了，攝影師還要等待航太服推進器噴出的白霧散去。但目標畢竟是懸浮在太空中的，位置很容易在失重中漂移，這時子彈不但會錯過目標，還可能傷及無辜。

無辜？他要殺的這三個人也是無辜的，在三體危機出現前的歲月裡，他們用現在看來十分微薄的投入，小心翼翼如履薄冰地開啟了太空時代的黎明……然而正是那段經歷禁錮了他們的思想，為了得到能夠在恆星際航行的飛船，必須消滅他們！而他們的死，也應該看作為人類太空事業做出的最後貢獻。

事實上，章北海故意使幾顆子彈稍稍走偏，期望能擊中目標之外的人，最理想的情況是致傷，但如果真的多死一兩個人，他也不在意，這樣做的目的是為了減少可能出現的懷疑。

章北海舉著已經打空的槍，透過瞄準鏡冷靜地觀察著，他做好了失敗的準備，如果那樣，他將若無其事地開始尋找第二次機會。

時間在一秒一秒地流逝，終於，目標被擊中的跡象出現了。章北海並沒有看到航太服上的彈洞，但有白色的氣體噴出。緊接著，在第一排和第二排之間，爆發出了一團更大的白汽，可能是子彈穿透目標後又擊穿了背後的噴射推進器。對子彈的威力他是有信心的，絲毫沒有減速的隕石子彈擊中目標時，就如同槍口頂著目標開槍一樣。他看到，一個目標的頭盔面罩突然布滿了裂紋，變得不透明了，但能看到血從內部飛濺在上面，然後血隨著從彈洞中洩漏的氣體噴到外面，很快冷凝成雪花狀的冰晶。章北海在觀察中很快確定，被擊中的有包括那三個目標在內的五人，每個目標的中彈至少在五發以上。

透過幾個人的透明面罩，章北海看到他們都在驚叫，從口型上看出他們喊的話中肯定有一個他期待的詞：「隕石雨！」

合影者們的噴射推進器都全功率打開，他們拖著條條白霧迅速返回，很快由那個圓形入口進入了黃河站。章北海注意到，那五名中彈者是被別人拖回去的。

章北海開動噴射推進器，向一號基地方向加速，此時他的心就像周圍空寂的太空一般寒冷而平靜。他知道，航太界那三個關鍵人物的死，並不能保證無工質輻射推進飛船成為主要研究方向，但他做了自己能做的，不管以後發生什麼，在父親從冥冥中投下的目光中，他可以安心了。

幾乎就在章北海返回一號基地的同時，在地球上的互聯網中，三體虛擬世界的荒漠上很快聚集起一群人，討論剛剛發生的事。

「智子這一次傳回的資訊很完整，否則我們真不敢相信他真那麼做了。」秦始皇說，同時用長劍在地上隨意地畫著，顯示出他心裡的不安：「看看人家做的，再看看我們對羅輯的三次行動，唉，有時我們真的是太書呆子氣，缺少這種冷酷和幹練。」

「我們對這人的行為坐視不管嗎？」愛因斯坦問。

「按照主的意思，只能這樣。這人是一個極端頑固的抵抗主義者和勝利主義者，對這類人，主讓我們不必做任何干預，我們的注意力應該集中到逃亡主義者上，主甚至認為，連失敗主義者都比勝利主義者危險。」牛頓說。

「我們要真正認真對待為主服務的使命，就不能完全聽信主的戰略，它畢竟只有孩子的謀略。」墨子說。

秦始皇用長劍敲敲地面說：「不過就此事而言，不干預是對的，就讓他們把發展方向確定在輻射驅動飛船上吧。在智子鎖死物理學的情況下，這幾乎是一個不可逾越的技術高峰，它也是一個無底深淵，人類將把所有的時間和資源扔進去，最後卻一事無成。」

「這一點大家基本同意，但我認為最重要的是這個人，這人太危險了。」馮紐曼說。

「確實如此！」亞里斯多德連連點頭：「以前我認為他是個純正的軍人，可這件事，哪像一個一直按嚴格的紀律和規則行事的軍人所為？」

「這人確實危險，他信念堅定，眼光遠大又冷酷無情，行事冷靜決斷，平時嚴謹認真，但在需要時，可以隨時越出常軌，採取異乎尋常的行動。」孔子說著長嘆一聲：「正如嬴政剛才所說，我們缺這樣的人啊。」

「收拾掉他並不難，我們去告發他的謀殺行為就行了。」牛頓說。

「沒那麼容易！」秦始皇衝著牛頓一甩長袖說：「這都是你們的錯，這幾年你們一直藉著智子資訊的名義在太空軍和聯合國中挑撥離間，搞到現在怎麼樣？被你們告發倒成了一種榮譽，甚至成了忠誠的象徵！」

「而且我們手上也沒有確實的證據。」墨子說：「他的策畫很周密，子彈射入人體後已經破碎，如果驗屍，從死去和受傷的人體內取出的就是地地道道的隕石，誰都會相信那些人是死於一場隕石雨。事情的真相真的太離奇，沒人會相信的。」

「好在他要去增援未來了，在相當長的一段時間裡不會成為我們的煩惱。」

愛因斯坦長嘆一聲：「走了，都走了，我們中的一些人也該動身去未來了吧。」

雖然將要說再見，但每個人心裡都明白這是永別了。

增援未來的政工特遣隊將前往冬眠地，常偉思同太空軍的幾名高級將領一起到機場送行，他把一封信交給章北海。

「這是給我未來繼任者的信，我在信中介紹了你們的情況，並向未來的太空軍司令部做出鄭重推薦。你們甦醒的時間最早是五十年後，還可能更長，那時你們可能面臨更加嚴峻的工作環境，首先要適應未來，同時要保持我們這個時代軍人的靈魂，要弄明白我們現在的工作方法，哪些是過時的，哪些是需要堅持的，這都有可能成為你們在未來的巨大優勢。」

章北海說：「首長，我第一次為無神論者感到一些遺憾，否則我們就可以懷著希望在某個時間某個地方最後相聚。」

一貫冷峻的他說出這樣的話，讓常偉思有些意外，這話也在所有人的心中再次掀起了波瀾，但作為軍人，他們都把內心的悸動深深隱藏起來。

「此生能相聚已經很幸運了，代我們向未來的同志問好吧。」常偉思說。

敬過最後的軍禮，特遣隊開始登機。

常偉思的目光一直沒有離開章北海的背影，這個堅定的戰士走了，可能不會再有第二個他這樣的人。他那種堅定的信念是從哪裡來的？這個問題一直藏在常偉思心底，有時想到這個甚至令他有些嫉妒。一個擁有勝利信念的軍人是幸運的，在這場終極戰爭中，能有這種幸運的人少之又少。章北海挺拔的身影消失在艙門中，常偉思不得不承認，到最後，自己也沒能徹底了解他。

飛機起飛了，載著這些有機會看到人類最後結局的人，消失在蒼白的薄雲後面。這是一個蕭瑟的冬日，太陽在這層灰紗般的薄雲後面發出無力的白光，寒風吹過空蕩蕩的機場，寒冷使空氣像一塊凝固的水晶，此景使人懷疑春天真的還會到來。常偉思拉緊了軍大衣的領口，今天是他五十四歲生日，在這淒涼的冬風中，他同時看到了自己和人類的盡頭。

危機紀年第二十年，三體艦隊距太陽系四點一五光年

雷迪亞茲和希恩斯被同時從冬眠中喚醒，他們被告知，等待的技術已經出現了。

「這麼快？」當兩人得知時間僅僅過去了八年時，都發出了這樣的感嘆。

他們接著被告知，由於前所未有的大量投入，這幾年的技術進步確實神速，但這沒有什麼值得樂觀的，人類不過是在他們和智子障礙之間的最後距離上加速衝刺而已。進步的只是技術，前沿物理學如一池死水般停滯不前，理論的儲備正在被消耗完，人類的技術進步將出現減速，直至完全停止，但目前人們仍不清楚技術的盡頭將在何時出現。

希恩斯拖著冬眠後仍然僵硬的腳步，走進了一個外形像體育館的建築物。建築內部籠罩在一片迷濛的白霧中，希恩斯感覺這裡很乾燥，不知道這是什麼霧。有月光般的柔光把霧照亮，霧積聚在上方，顯得很濃，看不到建築物的穹頂，但在一人多高的空間裡霧很淡。在霧中，他看到了一個嬌小的身影，立刻認出是山杉惠子，他向她奔去，像是追逐一個霧中的幻影，但他們最終還是擁抱在了一起。

「對不起親愛的，我老了八歲。」山杉惠子說。

「即使這樣，妳還是比我小一歲。」希恩斯說著，打量著妻子，時光似乎在她身上沒有留下太多的痕跡，在白霧裡如水的月光中，她顯得蒼白而柔弱。她和這霧、這月光，讓希恩斯回到了那個日本庭院裡的竹林之夜：「我們不是說好，妳兩年後也冬眠嗎，為什麼一直等到現在？」

「本來只是想為我們冬眠後的事業做一些準備，但事情太多，就一直做下來了。」山杉惠子把額前的一縷頭髮輕輕撥開說。

「很難吧？」

「真的很難，你冬眠後不久，就有六個新一代超級電腦大型研究專案同時開始，其中三個是傳統架構的，一個是非馮紐曼架構的，另外兩個分別是量子和生物分子電腦研究專案。但兩年後，這六個項目的首席科學家都對我說，我們要的計算能力根本不可能實現。量子電腦專案是最先中斷的，現有的物理理論無法提供足夠的支持，研究撞到了智子的牆壁上。緊接著生物分子電腦專案也下馬了，他們說這只是一個幻想。最後停止的是非馮紐曼架構電腦，這種結構其實是對人類大腦的模擬，他們說我們這個蛋還沒有形成，不可能有雞的。最後只有三個傳統架構電腦專案還在運作，但很長時間沒有任何進展。」

「是這樣……我該一直和妳在一起的。」

「沒有用的，那樣你只是浪費八年時間而已。後來，有段時間，我們真的完全絕望了，就想出了一個瘋狂的主意，要用一種近乎野蠻的方式來類比人類大腦。」

「怎麼做呢？」

「把以前的軟體類比轉化為硬體，用一個微處理器類比一個神經元，所有微處理器互聯，並可以動態地變更聯接模式。」

希恩斯想了幾秒鐘，才理解了山杉惠子這話的意義：「妳是說，製造一千億個這樣的微處理器？」惠子點點頭。

「這……大概相當於人類有史以來製造過的微處理器的總和吧？」

「我沒統計過，應該比那多吧。」

「就算你們真的擁有了這麼多晶片，要用多長時間把它們互聯起來？」

山杉惠子疲倦地笑笑：「我知道不行，但那是絕望中的想法嘛。可那時真打算那麼做的，當時就想能做多少算多少。」她指指周圍：「看這裡，就是計畫中的三十個模擬大腦總裝車間中的一個，不過也只建了這一個。」

「我真該和妳在一起的。」希恩斯激動地又說了一句。
「好在我們要的電腦還是出現了，它的性能是你冬眠時最強電腦的一萬倍。」
「傳統架構？」
「傳統架構，能從摩爾定律這個檸檬裡又榨出這麼多汁來，電腦科學界都很吃驚……但這次，親愛的，這次真的到頭了。」
這是空前的電腦，如果人類失敗的話，也是絕後的。希恩斯這麼想，但他沒有說出來。
「有了這樣的電腦，解析錄影機的研製就變得容易一些了……親愛的，你對一千億有一個形象的概念嗎？」山杉惠子突然問，看到丈夫搖搖頭，她微笑著伸出雙手指指四周：「看，這就是一千億。」
「什麼？」希恩斯茫然地看著周圍的白霧。
「我們正在超級電腦的全息顯示器中。」山杉惠子說著，一手擺弄著掛在胸前的一個小玩意兒，希恩斯看到上面有一個滾輪，可能這東西是類似於滑鼠的東西。
與此同時，希恩斯感覺到圍繞著他們的白霧發生了變化，霧被粗化了，顯然是對某一局部進行了放大。他這時發現所謂的霧其實是由無數發光的小微粒組成的，那月光般的光亮是由這些小微粒自身發出的，而不是對外界光源的散射。放大在繼續，小微粒都變成了閃亮的星星。希恩斯所看到的，並不是地球上的那種星空，他彷彿置身於銀河系的核心，星星密密麻麻，幾乎沒有給黑夜留出空隙。
「每一顆星星就是一個神經元。」山杉惠子說，一千億顆星星構成的星海給他們的身軀鍍上了銀邊。
全像圖繼續放大，希恩斯看到了每顆星星向周圍放射狀伸出的細細的觸鬚，這無數觸鬚完成了星星間錯綜複雜的聯接，希恩斯眼中星空的圖景消失了，他置身於一個無限大的網路結構中。
圖像繼續放大，每顆星星開始呈現出結構，希恩斯看到了他早已通過電子顯微鏡熟悉了的腦細胞和神經元突觸的結構。

惠子按動滑鼠，圖像瞬間恢復到白霧狀態：「這是一個大腦結構的全視圖，是由解析錄影機拍攝的，三百萬個截面同時動態掃描。當然，我們現在看到的這個圖像是經過處理的，為了便於觀察，把神經元之間的距離拉大了四至五個數量級，看上去就像把一個大腦蒸發成氣體，不過它們之間突觸聯接的拓撲結構是保持原樣的。現在看看動態的……」

霧氣中出現了擾動，就像把一撮火藥均勻地撒在火焰上，璀璨的光點在霧氣中出現。山杉惠子把圖像放大到星空模式，希恩斯看到大腦宇宙中星潮洶湧，星海的擾動在不同位置以不同的形式出現，有的像河流，有的像漩渦，有的像橫掃一切的潮汐。所有的擾動都瞬息萬變，在浩渺的混沌中，不時出現自組織的美圖。當圖像放大到網路模式時，希恩斯看到了無數神經信號沿著纖細的突觸繁忙地傳遞著，像錯綜管網裡流淌著的閃光珍珠……

「這是誰的大腦？」希恩斯在驚嘆中問道。

「我的。」山杉惠子含情脈脈地看著希恩斯：「出現這幅思維圖景時，我正在想你。」

請注意，當亮點變綠時，第六批測試命題將顯示，命題為真按右手按鈕，命題為偽按左手按鈕。

命題一號：煤是黑色的

命題二號：一加一等於二

命題三號：冬季的氣溫比夏季低

命題四號：男人的個子一般比女人矮

命題五號：兩點之間直線最短

命題六號：月亮比太陽亮

以上資訊依次顯示在受試者眼前的小螢幕上，每一個命題顯示時間為四秒鐘，受試者根據自己的判斷按動左右手相應的按鈕，他的頭部處於一個金屬罩中，解析錄影機拍攝大腦的全息視圖，經電腦處理後形成可供分析的動態神經元網路模型。

這是希恩斯思維研究專案的初級階段，受試者只進行最簡單的判斷思維，測試命題都是最簡潔且有明確答案的，在這種簡單思維中，大腦神經網路的運作機制較易識別，由此可以作為深入研究思維本質的起點。

希恩斯和山杉惠子領導的研究小組已經取得了一些進展，他們發現，判斷思維並非產生於大腦神經元網路的特定位置，但卻擁有特定的神經衝動傳輸模式，借助強大的電腦，可以從浩瀚的神經元網路中檢索和定位這種模式，這很像天文學家林格為羅輯提供的那種定位恆星的方式：在星海中查找某種特定的位置構圖。但在大腦宇宙中，這種構圖是動態變化的，只能從其數學特徵上識別，如同在浩淼的大洋中尋找一個小小的漩渦，所需的計算量比前者要大幾個數量級，也只有最新的超級電腦才能做到。

希恩斯夫婦漫步在全息顯示器顯示的大腦雲圖中，每當受試者大腦中的一個判斷思維點被識別時，電腦就會在雲圖上相應的位置以閃爍的紅光標示出來。其實，這種顯示方式只是提供了一場直觀的視覺盛宴，在具體研究中並無必要，最重要的是對思維點內部神經衝動傳輸結構的分析，那裡隱藏著思維最本質的奧祕。

這時，專案組醫學部主任匆匆走來，說一〇四號受試者出現了問題。

在解析錄影機剛研製出來時，巨量斷面的同時掃描產生強大的輻射，會對任何被拍攝的生命體產生致命的損害，但經過多次改進，拍攝時的輻射已經降低到安全線以下。大量試驗表明，只要不超過規定的拍攝時間，解析錄影機不會對大腦產生任何損害。

「他好像得了恐水症。」在匆匆趕往醫療中心的路上，醫學部主任說。

希恩斯和山杉惠子都驚奇地停下了腳步，希恩斯瞪著醫學部主任說：「據我所知，恐水症就是狂犬病！」

醫學部主任抬起一隻手，在極力理清自己的思維：「哦，對不起，我說得不準確，他在生理上沒有任何問題，大腦和其他器官也沒有受到任何損害，但確實像狂犬病人那樣怕水，他拒絕喝水，甚至連含水的食物都不敢吃。這完全是精神上的作用，他認為水有毒。」

「迫害幻想？」山杉惠子問。

醫學部主任擺擺手：「不不，他並不是認為有人在水裡下毒，他認為水本身就有毒。」

希恩斯夫婦再次站住了，醫學部主任無奈地搖搖頭：「可是他的精神在別的方面都很正常……我說不清，你們親自看看吧。」

一〇四號受試者是一名自願的大學生，接受試驗只是為了掙些零花錢。在走進病房前，醫學部主任對希恩斯夫婦說：「他已經兩天沒喝水了，再這樣下去會出現嚴重脫水的，以後只能強制進水了。」他在門邊指著病房中的一台家用微波爐說：「看那個，他要把麵包或其他食物放進去烤到完全乾燥時才吃。」

希恩斯夫婦走進病房時，一〇四號受試者用恐懼的目光看著他們，他嘴唇乾裂，頭髮蓬亂，但其他方面看上去都正常。他拉著希恩斯的衣袖，聲音嘶啞地說：「希恩斯博士，他們要殺我，真的不知道為什麼。」他用另一隻手指指床頭櫃上放著的一杯水：「他們讓我喝水。」

希恩斯看看那杯清水，肯定受試者沒有得狂犬病，因為真正的恐水症會使患者見到水後就發生恐怖的痙攣，連流水聲都會令他們瘋狂，甚至別人談到水都會引起強烈的恐懼反應。

「從目光和語氣看，他的精神應該是處於正常狀態的。」山杉惠子用日語對希恩斯說，她有一個心理學學位。

「你真的認為水有毒？」希恩斯問。

「這有什麼可懷疑的嗎?就像太陽有光和空氣中有氧一樣，你們不至於否認這個常識吧。」

希恩斯扶著他的肩膀說：「年輕人，生命在水中產生並且離不開水，你現在的身體百分之七十是水。」

一〇四號受試者的目光黯淡下來，他捂著頭頹然坐在床上：「是的，這個問題在折磨著我，這是宇宙中最不可思議的事了。」

「我要看一〇四號的實驗紀錄。」走出病房後，希恩斯對醫學部主任說，他們來到主任的辦公室，山杉惠子說：「先看測試命題。」

命題在電腦螢幕上逐條顯示：

命題一號：貓共有三條腿

命題二號：石頭是沒有生命的

命題三號：太陽的形狀是三角形

命題四號：同樣的體積，鐵比棉花重

命題五號：水是劇毒的

「停。」希恩斯指著命題五號說。

「他的回答是偽。」醫學部主任說。

「看看命題五得到回答後的所有操作和參數。」

紀錄顯示，命題五號得到回答後，解析錄影機對受試者大腦神經網路中的判斷思維點進行了強化掃描，這是為了提高這一區域的掃描精度，因而在這一小範圍內加強了掃描的輻射強度和電磁場強度。希恩斯和山杉惠子仔細研究著螢幕上一大片參數紀錄。

「這樣的強化掃描在別的命題和受試者上還做過嗎？」希恩斯問。

醫學部主任說：「因為強化掃描效果並不好，而且擔心局部輻射超標，只做過四次就取消了，前三次……」在電腦上查詢過後他說：「都是無害的真命題。」

「應該用相同的掃描參數，在命題五號上把實驗重做一遍。」山杉惠子說。

「可……讓誰做呢？」醫學部主任問。

「我。」希恩斯說。

水是劇毒的

在白色的背景上，命題五號以黑色的字體出現。希恩斯按下了左手處的「偽」鍵，除了密集掃描在腦部產生的微熱感外，他沒有其他的感覺。

希恩斯走出了解析拍攝室，在包括山杉惠子在內的眾人的注視下走到一張桌子旁。桌子上放著一杯清水，希恩斯拿起杯子，慢慢地湊到嘴邊喝了一小口，他動作從容，表情鎮定。眾人開始鬆了一口氣，但接下來他們遲遲沒有看到希恩斯咽下水時喉部的動作，卻見他的臉部肌肉先是僵硬，然後微微抽搐起來，他的目光漸漸露出和一〇四號受試者一樣的恐懼，似乎在精神上和一種無形的巨大力量搏鬥著。最後，他哇地一下把含在口中的水全部吐出來，並蹲下來開始嘔吐，並沒有吐出什麼，臉卻憋成了紫色。山杉惠子抱住了他，一手拍著他的後背，剛剛回過氣來的希恩斯伸出一隻手說：「給我些紙巾什麼的。」他拿到紙巾後，仔細地把濺到皮鞋上的水擦掉。

「親愛的，你真的相信水有毒？」山杉惠子含淚問道，在實驗前她曾經多次要求改變命題，用另一個無害的偽命題代替，但都被希恩斯拒絕了。

希恩斯緩緩點頭：「我是這樣想的，」他抬頭看看眾人，目光中充滿著無助和迷茫：「我想，我是這樣想的。」

「我重複你的話，」山杉惠子抓著他的肩膀說：「生命在水中產生並且離不開水，你現在的身體百分之七十是水！」

希恩斯低頭看著地面上的水漬點點頭，接著又搖搖頭：「是的，親愛的，這個問題在折磨著我，這是宇宙中最不可思議的事了。」

在可控核融合技術取得突破三年後，地球的夜空中陸續出現了幾顆不尋常的星體，最多時在同一個半球可以看到五顆，這些星體的亮度急劇變化，最亮時超過了金星，還時常急劇閃爍。有時這些星體中的某一個會突然爆發，亮度急劇增強，然後在兩三秒內熄滅。這些星體是位於同步軌道上的實驗中的核融合反應堆。

未來太空飛船的發展方向被最終確定為無工質輻射推進，這種推進方式需要的大功率反應堆只能在太空中進行實驗，這些在三萬公里的高空發出光芒的核融合堆被稱為核星。每一次核星的爆發就標誌著一次慘重的失敗，與人們普遍認為的不同，核星爆發並不是核融合堆發生爆炸，只是反應器的外殼被核融合產生的高溫燒熔了，把核融合核心暴露出來。核融合核心像一個小太陽，地球上最耐高溫的材料在它面前就像蠟一般熔化，所以只能用電磁場來約束它，但這種約束常常失效。

在太空軍司令部頂層的陽台上，常偉思和希恩斯就剛剛目睹了一次核星爆發，他們的影子被那滿月般的光芒投在牆上，轉瞬間消失。繼泰勒後，希恩斯是常偉思會見的第二位面壁者。

「這個月已經是第三次了。」常偉思說。

希恩斯看看黑下來的夜空說：「這種核融合堆的功率，只及未來飛船發動機所要求的百分之一，可還是無法穩定運行……即使所要求的核融合堆研製出來，發動機的技術更難，這中間，他們肯定要遇到智子障礙。」

「是啊，智子擋在所有的路上。」常偉思看著遠方說，天空中的光芒消失後，城市的燈海似乎比以前更加燦爛了。

「剛剛出現的希望之光又黯淡了，總有澈底破滅的那一天，正如您所說，智子擋在所有的路上。」

常偉思笑笑說：「希恩斯博士，您不是來和我談失敗主義的吧。」

「我正是要談這個，這次失敗主義的回潮與上次不同，是以生活水準急劇降低的民眾為基礎的，對太空軍的影響更大。」

常偉思從遠方收回目光，沒有說話。

「所以，將軍，我理解您的難處，我想幫助你們。」

常偉思靜靜地看了希恩斯幾秒鐘，後者感到他的目光深不可測，他沒有回應希恩斯的話，而是說：「人類大腦的進化需要兩萬至二十萬年才能實現明顯的改變，而人類文明只有五千年歷史，所以我們目前擁有的仍然是原始人的大腦……博士，我真的很讚賞您這種獨特的思路，也許這真的是關鍵所在。」

「謝謝，我們真的都是摩登原始人。」

「但，用技術提升思想能力是可能的嗎？」

這話令希恩斯興奮起來：「將軍，至少與其他人相比，您不那麼原始了！我注意到，您說的是『思想能力』而不是『智力』，前者比後者的內涵要大得多，比如，目前戰勝失敗主義僅憑智力是不行的，在智子障礙面前，智力愈高的人愈難以建立勝利的信念。」

「那麼，你還是回答我，可能提升嗎？」

希恩斯搖搖頭：「您對我和山杉惠子在三體危機出現以前的工作有了解嗎？」

「我不是太懂，好像是：思維在本質上不是在分子層面，而是在量子層面進行的，我想，這是不是意味著……」

「這意味著智子也在前面等著我，」希恩斯指指天空：「就像在等著他們一樣。但目前，我們的研究離目標還很遙遠，卻產生了一個意想不到的副產品。」

常偉思微微點頭，表現出了謹慎的興趣。

「不談技術細節了，簡單說吧，在大腦神經元網路中，我們發現了思維做出判斷的機制，並且能夠對其產生決定性的影響。把人類思維做出判斷的過程與電腦作一個類比：從外界輸入資料、計算，最後給出結果。我們現在可以把計算過程省略，直接給出結果。當某個資訊進入大腦時，通過對神經元網路的某一部分施加影響，我們可以使大腦不經思維就做出判斷，相信這個資訊為真。」

「已經實現了嗎？」常偉思不動聲色地問。

「是的，從一個偶然發現開始，我們進行了深入的研究，已經實現了，我們把這種設備稱為思想鋼印。」

「如果這種判斷或者說信念與現實不符呢？」

「那信念最終會被推翻，但這個過程是相當痛苦的，因為思想鋼印在意識中所產生的判斷異常牢固。我曾經因此而堅信水有毒，經過兩個月的心理治療後才能沒有障礙地飲水，那過程……真是不堪回首。而水有毒是一個極其明確的偽命題，其他的信念卻並非如此，比如上帝的存在、人類在這場戰爭中的勝利等等，本來就沒有明確的判定答案，這類信念建立的正常過程，就是思維在各種選擇中向一方微微的傾斜，而這類信念一旦由思想鋼印建立，就堅如磐石，絕對不可能被推翻。」

「這真是一個偉大的成就。」常偉思認真起來：「我是說在腦科學上，但在現實中，希恩斯博士，你造出了一個最麻煩的東西，真的，有史以來最麻煩的東西。」

「您不想用這個東西，思想鋼印，來造就一支擁有堅定勝利信念的太空軍隊嗎?在軍隊中，你們有政委，我們有牧師，思想鋼印不過是用技術手段高效率地完成他們的工作而已。」

「政治思想工作是通過科學的理性思維來建立信念。」

「可這場戰爭的勝利信念，有可能用科學理性思維建立起來嗎？」

「博士，如果這樣，我們寧願要一個雖無勝利信念但能夠自主思維的太空軍。」

「除了這個信念外，別的思維當然是自主的，我們只是對思維進行了一點點干預，用技術越過思考，把一個結論——僅僅是這一個結論——固化在意識中。」

「這就夠了，技術已經做到了能像修改電腦程式那樣修改思想，這樣被修改後的人，是算人呢，還是自動機器？」

「您一定看過《發條橘子》。」

「一本思想很深刻的書。」

「將軍，您的態度在我預料之中，」希恩斯嘆息一聲說：「我會繼續在這方面努力的，一個面壁者必須做出的努力。」

在行星防禦理事會面壁計畫聽證會上，希恩斯對思想鋼印的介紹在會場引發了少有的激動情緒，美國代表簡潔的評價代表了大多數與會者的想法。

「希恩斯博士和山杉惠子博士以自己過人的才華，為人類開啟了一扇通向黑暗的大門。」

法國代表激動地離開了自己的座位：「人類失去自由思想的權利和能力，與在這場戰爭中失敗，哪個更悲慘？」

「當然是後者更悲慘！」希恩斯起身反駁道：「因為在前面那種情況下，人類至少還有重獲思想自由的機會！」

「我懷疑，如果那東西真被使用的話……看看你們這些面壁者吧，」俄羅斯代表對著天花板揚起雙手：「泰勒要剝奪人的生命，你要剝奪人的思想，你們到底想幹什麼？」

這話引起了一陣共鳴。

英國代表說：「我們今天只是提出議案，但我相信，各國政府會一致同意封殺這個東西，不管怎樣，沒有比思想控制更邪惡的東西。」

希恩斯說：「怎麼一提到思想控制，大家都這樣敏感？其實就是在現代社會，思想控制不是一直在發生嗎？從商業廣告到好萊塢文化，都在控制著思想。你們，用一句中國話來說，不過是五十步笑百步而已。」

美國代表說：「希恩斯博士，您走的不只是一百步，你已經走到了黑暗的門檻，威脅到現代社會的基礎。」

會場上又嘈雜起來，希恩斯知道，此時他必須控制住局勢，他提高了聲音說：「學學那個小男孩兒吧！」

會場的喧譁果然讓他的最後一句話暫時平息了。「什麼小男孩兒？」輪值主席問。

「我想大家都聽過這個故事的：一個在林場中被倒下的樹木壓住腿的小男孩兒，當時只有他一個人，腿流血不止，這樣下去他會失血而死，但他做出了一個能令各位代表汗顏的決定：拿起鋸子，鋸斷了被壓住的那條腿，爬上車找到醫院，拯救了自己的生命。」

希恩斯滿意地看到，會場上至少沒有人試圖打斷他的話，他繼續說道：「人類現在面臨的問題是生存還是死亡，整個種族和文明作為一個整體的生存或死亡，在這種情況下，怎麼可能不捨棄一些東西？」

「啪啪」兩聲輕響，是主席在敲木槌，儘管這時會場上並沒有喧譁。這時人們才注意到，這個德國人是會場上少有的保持平靜的人。

主席用平緩的語氣說：「首先，我希望各位正視目前的形勢。太空防禦體系的建設，投入愈來愈大，世界經濟在轉型的同時急劇衰退，人類社會生活水準後退一個世紀的預言，很可能在不遠的將來就變成現實。與此同時，與太空防禦相關的科學研究，愈來愈多地遭遇到智子障礙，技術進步日益減速。這一切，都將在國際社會引發新一輪失敗主義浪潮，而這一次，可能導致太陽系防禦計畫的全面崩潰。」

主席的話使會場徹底冷卻下來，他讓沉默延續了近半分鐘，才繼續說：「同各位一樣，在得知思想鋼印的存在時，我像看到毒蛇般恐懼和厭惡……但我們現在最理智的做法是冷靜下來，認真思考一下，即使魔鬼真的出現了，冷靜和理智也是最好的選擇。在這次會議上，我們僅僅是提出一個供表決的議案。」

希恩斯看到了一線希望：「主席先生，各位代表，既然我最初提出的議案不能付諸會議表決，我們是不是可以各自後退一步。」

「不管後退多少，思想控制是絕不能被接受的。」法國代表說，但語氣不像剛才那般強硬了。

「如果不是思想控制，或介於控制和自由之間呢？」

「思想鋼印就是思想控制。」日本代表說。

「不然，所謂控制，必然存在控制者和被控制者，假如有人自願在自己的意識中打上思想鋼印，請問這能被稱為控制嗎？」

會場再次陷入沉默，希恩斯感到自己已經接近成功了，他接著說：「我提議把思想鋼印作為一種類似公共設施的東西對社會開放，它的命題只限一個，就是對戰爭勝利的信念，願意借助思想鋼印獲得這種信念的人，在完全自願的情況下，都可以使用這個設施。當然，這一切都是應該在嚴格監督下進行的。」

會議對此展開了討論，在希恩斯提議的基礎上，對思想鋼印的使用又提出了許多限制，其中最關鍵的一條是使用範圍僅限於太空軍，軍隊中的思想統一畢竟是讓人比較容易接受的。聽證會連續進行了近八小時，是最長的一次，最後終於形成了一份供下次會議表決的議案，由各常任理事國代表向自己的政府做出彙報。

「我們是不是需要給這個設施起個名字？」美國代表說。

「叫信念救濟中心怎樣？」英國代表說，這帶著英國式幽默的古怪名稱引起了一陣笑聲。

「把救濟去掉，就叫信念中心吧。」希恩斯認真地說。

信念中心的大門前立著一座縮小比例精確複製的自由女神像，誰也說不清其用意，也許是想用「自由」沖淡「控制」的色彩，但最引人注意的是女神像基座上那首被竄改了的詩：

把你們絕望的人，你們迷茫的人，
把你們渴望看到勝利之光的畏懼徘徊的人都給我，
把那些精神失落、靈魂在流浪的人都送來：
在這金色的信念旁，我要為他們把燈舉起。＊

詩中所說的金色信念，被醒目地用多種文字刻在女神像旁邊的一塊叫信念碑的黑色花崗岩方碑上：在抗擊三體世界入侵的戰爭中，人類必勝，入侵太陽系的敵人將被消滅，地球文明將在宇宙中萬代延續。

信念中心已經開放了三天，希恩斯和山杉惠子一直守候在莊嚴的門廳裡。這幢建在聯合國廣場附近的不大的建築成了一個新的旅遊景點，不斷有人在門前的自由女神像和信念碑前拍照，但一直沒有人走進來，人們似乎都謹慎地與這裡保持著距離。

「你覺得，這兒像不像一個經營慘澹的夫妻店？」山杉惠子說。

「親愛的，這裡總有一天會成為聖地的。」希恩斯莊嚴地說。

第三天下午，終於有一個人走進信念中心，這是一個面露憂鬱的禿頂中年男人，走路有些搖晃，靠近時能聞到酒味。

「我來獲取一個信念。」他口齒不清地說。

＊自由女神像基座上的艾瑪·拉札勒斯的詩原文為：把你們疲憊的人，你們貧窮的人／你們渴望呼吸自由空氣的擠在一堆的人都給我／把那些無家可歸、飽經風浪的人都送來／在這金色的大門旁，我要為他們把燈舉起。

「信念中心只有各國太空軍成員才能使用，請出示您的證件。」山杉惠子鞠躬說，這時，在希恩斯的眼中，她像一個禮貌周到的東京大飯店服務生。

男人摸索著拿出了證件：「我是太空軍成員，不過是文職人員，可以嗎？」

細看過證件後，希恩斯點點頭：「威爾遜先生，您打算現在進行嗎？」

「那當然。」男人點點頭，從胸前的衣袋中掏出一張整齊折好的紙：「那個，你們叫信念命題吧，寫在這裡，我想獲得這個信念。」

山杉惠子本想解釋：按照行星防禦理事會的決議，思想鋼印被允許操作的命題只有一個，就是門前石碑上所寫的內容，必須一字不差，其他任何命題都是嚴格禁止的。但希恩斯輕輕制止了她，他想先看看這人提交的命題是什麼，打開那張紙，見上面寫著：

凱薩琳是愛我的，她根本沒有也永遠不可能有外遇！

山杉惠子極力忍住笑，希恩斯則氣惱地把那張紙團成一團扔在那個醉漢悲傷的臉上：「滾出去！」

在威爾遜被趕走後，又有一個人越過了信念碑，那是一般遊人與信念中心保持距離的界限。那人在碑後徘徊著，希恩斯很快注意到了他，招呼惠子說：「看那人，他應該是個軍人！」

「他看上去身心疲憊的樣子。」惠子說。

「可他是個軍人，你相信我吧。」希恩斯說著，正想出門去與那人交流，卻見他邁步走上門前的台階。這人年齡看來比威爾遜大些，有一副英俊的東方面孔，但正如惠子所言，看上去有些憂鬱，不過這種憂鬱與剛才那個失意者不同，顯得淡些但更深沉，似乎已經伴隨他多年。

「我叫吳岳，我來獲取信仰。」來人說，希恩斯注意到他說的是信仰而不是信念。

山杉惠子鞠躬並重複那句話：「信念中心只有各國太空軍成員才能使用，請出示您的證件。」

吳岳站著沒有動，只是說：「十六年前，我曾經在太空軍中服役過一個月，但之後就退役了。」

「服役過一個月？那，如果不介意的話，您退役的原因呢？」希恩斯問。

「我是一個失敗主義者，上級和我本人都認為我不再適合在太空軍中工作。」

「失敗主義是一種很普遍的思想，您顯然只是一個誠實的失敗主義者，坦率地說出了自己的想法。您的那些繼續服役的同事可能有著更重的失敗主義情緒，他們只是把這種情緒隱藏起來。」山杉惠子說。

「也許是吧，但我這些年來很失落。」

「因為離開軍隊？」

吳岳搖搖頭：「不，我出生於一個學者家庭，所受的教育一直使我把人類作為一個整體來看待，雖然後來成為軍人，但總認為只有為全人類而戰才是軍人的最高榮譽，這種機會真的到來了，卻是一場注定要失敗的戰爭。」

希恩斯要說話，卻被惠子搶先了，她說：「冒昧地問一下，您多大年紀了？」

「五十一。」

「如果得到勝利的信念後真能重回太空軍，以您這個年齡，在軍隊中重新開始是不是晚了些？」

希恩斯看出，惠子顯然不忍心直接拒絕他，這個深沉憂鬱的男人在女人眼中無疑是很有魅力的。但希恩斯倒不擔心什麼，這人顯然已經萬念俱灰，對任何事都沒有興趣了。

吳岳又搖搖頭：「您誤會了，我並不是來獲取勝利信念的，只是來尋求靈魂的安寧。」

希恩斯想說話，又被惠子制止了。

吳岳接著說：「我是在安那波利斯海軍學院留學時認識現在的妻子的，她是一個虔誠的基督徒，面對未來很坦然，一種讓我嫉妒的坦然。她說上帝把一切都安排好了，過去和未來的一切，我們這些主的孩子不需要理解這種安排，只需堅信這種安排是宇宙中最合理的安排，然後按主的意願平靜地生活就是了。」

「這麼說，您是來獲取對上帝的信仰？」希恩斯問。

吳岳點點頭：「我寫了信仰命題，請您看看。」他說著伸手去上衣袋中掏。

惠子再次制止了希恩斯說話，她對吳岳說：「如果是這樣，您去信仰就可以了，沒有必要通過這種極端的技術手段。」

前太空軍上校露出了一絲苦笑：「我是接受唯物主義教育長大的，是堅定的無神論者，您認為取得這種信仰對我是容易的事嗎？」

「這絕對不行。」希恩斯搶在惠子前面說，他決定儘快把事情說清楚：「您應該知道，按照聯合國決議，思想鋼印能夠操作的命題只有一個。」他說著，從接待台中拿出一個精緻的紅色大紙夾，打開來讓吳岳看，在裡面黑色的天鵝絨襯面上，用金字鐫刻著信念碑上的勝利信念，他說：「這叫信念簿。」他又拿出一落不同顏色的大紙夾：「這是信念簿不同語言的版本。吳先生，我現在向您說明對思想鋼印使用的監督是多麼嚴格：為了保證操作時的安全可靠，命題不是用顯示幕顯示，而是用信念簿這種原始的方法給自願者讀出。在具體操作時，為體現自願原則，操作都由自願者自己完成，他將自己打開這個信念簿，然後自己按動思想鋼印的啟動按鈕，在真正的操作進行前，系統還要給出三次確認機會。每次操作前，信念簿都要由一個十人小組核查確認，這個小組是由聯合國人權委員會和行星防禦理事會各常任理事國的特派員組成，在思想鋼印的整個操作過程中，十人小組也在場進行嚴格監督。所以，先生，您的要求絕對不可能實現，不要說這種宗教信仰的命題，就是在信念簿上的命題上改動一個字都是犯罪。」

「那對不起，打擾了。」吳岳點點頭說，他顯然已經預料到了這個結果，然後轉身走去，背影看上去孤獨而蒼老。

「他的餘生會很難的。」山杉惠子低聲說，聲音裡充滿柔情。

「先生！」希恩斯叫住已經走出門的吳岳，跟到了門外，這時，信念碑和遠處聯合國大廈的玻璃幕牆反射著即將落下的夕陽光芒，像著了火似的，希恩斯瞇眼看著那一片火焰說：「也許你不相信，我差點做了與你相反的事。」

吳岳露出不解的眼神。希恩斯回頭看看，見惠子沒有跟出來，就從貼身衣袋中掏出一張紙，展開來讓吳岳看：「這就是我想給自己打上的思想鋼印，當然，我猶豫了，最後沒有做。」紙上寫著幾個粗體字：

上帝死了。

「為什麼？」吳岳抬頭問道。

「這不是很明顯的事嗎？上帝沒死嗎？去他媽的主的安排，去他媽的溫和的軛！」*

吳岳無語地看了希恩斯一會兒，轉身走下台階。

希恩斯在台階上對著已經走進信念碑陰影中的吳岳大聲說：「先生，我想掩蓋對您的鄙視，但我做不到！」

第二天，希恩斯和山杉惠子終於等來了他們期待的人。這天上午，從門外明媚的陽光中走進來四人，三個歐洲面孔的男性和一個東方相貌的女性，他們都很年輕，身材挺拔，步伐穩健，看上去自信而成熟。但希恩斯和惠子都從他們眼中看到了一種似曾相識的東西，那就是吳岳眼中的那種憂鬱和迷茫。

他們把自己的證件整齊地排放在接待台上，為首的一位莊重地說：「我們是太空軍軍官，來獲取勝利信念。」

思想鋼印的操作過程十分快捷，信念簿在十人監督小組的成員手中傳遞，他們每個人都仔細地核對了上面的內容，並在公證書上簽字。然後，在他們的監督下，第一位自願者接過了信念簿，坐到了思想鋼印的操

---

*源自彌爾頓的詩《我的失明》：神勒令人們工作／難道卻不給光明嗎／我癡癡地問道／但是「忍耐」想要阻止這喃語／就馬上回答道／神並不需要人工或人自己的才賦／誰能最好地承受祂溫和的軛／就侍奉得祂最好。

描器下，他的面前有一個小平台，他把信念簿放到上面，在平台的右下角有一個紅色按鈕。他打開信念簿，有一個聲音提問：

「您確信自己要獲取對這個命題的信念嗎？如果是，請按按鈕；如果不是，請離開掃描區。」

這樣的提問重複了三遍，在均得到確定回答後，按鈕發出紅光，一個定位裝置緩緩地合攏，固定了自願者的頭部，那個聲音說：「思想鋼印準備啟動，請默讀命題，然後按動按鈕。」

當按鈕被按下時，它發出綠光，大約半分鐘後，綠光熄滅，提示聲音說：「思想鋼印操作完成。」定位裝置分離，自願者起身離開。

當四名完成操作的軍官都回到門廳時，山杉惠子仔細觀察著他們，她很快肯定不是自己的心理作用：四雙眼睛中，憂鬱和迷茫消失了，目光寧靜如水。

「你們感覺怎麼樣？」她微笑著問道。

「很好，」一位年輕軍官也對她回應著微笑：「應該是這樣的。」

在他們離去時，那個東方姑娘回身加了一句：「博士，真的很好，謝謝您。」

從這一時刻起，至少在這四個年輕人的心中，未來是確定的。

從這天開始，獲取信念的太空軍成員不斷到來，開始都是一個人前來，後來則成群結隊。開始來人都穿便服，後來則大都身著軍裝。如果一次同來的為五人以上，監督組便要召開一個審查會議，以確定其中無人被脅迫。

一個星期後，已經有超過一百名的太空軍成員接受了思想鋼印給予的勝利信念，他們的軍銜最低為列兵，最高為大校，後者是各國太空軍允許使用思想鋼印的最高軍銜。

這天深夜，在月光下的信念碑前，希恩斯對山杉惠子說：「親愛的，我們該走了。」

「去未來嗎？」

「是的，從事思維研究，我們做得並不比其他科學家好，我們該做的都做了，歷史的車輪已經被我們推動，我們到未來去等著歷史吧。」

「走多遠呢？」

「很遠，惠子，很遠。我們將前往三體探測器抵達太陽系的那個年代。」

「這之前，我們先回京都那個小院住一陣吧，這個時代畢竟是要永遠過去了。」

「當然，親愛的，我也想念那裡。」

半年後，即將進入冬眠的山杉惠子沉浸在愈來愈深的寒冷中，和十多年前羅輯掉入冰湖那一刻一樣，嚴寒凍結和濾去了她意識中的紛繁和嘈雜，把她集中思考的那條線索在冷寂的黑暗中凸現出來，以前模糊不清的思緒突然異常清晰起來，像嚴冬冷冽的天空。

山杉惠子想呼叫停止冬眠進程，但已經晚了，超低溫已經滲入了她的肌體，她失去了發聲的能力。

操作人員和醫生看到，這個即將進入冬眠的女人的眼睛突然睜開了一條縫，透出的眼神充滿了驚懼和絕望，如果不是因為嚴寒凍僵了眼皮，她的雙眼一定會睜圓的。但他們都認為這是冬眠過程中正常的神經反射，以前在少數冬眠者身上也出現過，所以沒有在意。

聯合國行星防禦理事會面壁計畫聽證會討論恆星型氫彈的試驗問題。

隨著巨型電腦技術的突破，過去十年在理論上已經完善的核爆炸恆星模型得以在電腦上實現，超大當量的恆星型氫彈隨即開始製造。預計首顆氫彈的爆炸當量為三點五億噸ＴＮＴ，是人類以往所製造的最大氫彈的十七倍。這樣的超級核彈是不可能在大氣層中進行試驗的，地下試驗則需挖掘超深井，如果在以往深度的試驗井中引爆，地層將被掀起。而在超深井中進行這樣的爆炸，其強大的震波將波及全球，可能對廣大範圍的地質結構產生不可預料的影響，進而誘發包括地震海嘯在內的地質災害。所以恆星型氫彈的試驗只能在太空中進行，但在高軌道試驗也不可能，氫彈產生的電磁脈衝在這樣的距離上會對地球通訊和電力系統產生巨大影響，最理想的試驗位置是在月球背面，但雷迪亞茲另有選擇。

「我決定在水星進行試驗。」雷迪亞茲說。

這個提議令與會代表們很吃驚，紛紛質問這個計畫的意義。

「按照面壁計畫基本原則，我不需要解釋。」雷迪亞茲冷冷地回答：「試驗應該是地下式的，要在水星上挖掘超深井。」

俄羅斯代表說：「在水星表面試驗也許可以考慮，但地下試驗投資太大了，在那裡挖超深井，費用可能是在地球上進行同樣工程的上百倍，況且也沒有意義，在水星不用考慮核爆炸對環境的影響。」

「水星表面試驗也不可能！」美國代表說：「迄今為止，雷迪亞茲是對資源消耗最大的一位面壁者，現在是制止他的時候了！」這話引起了英、法、德代表的附和。

雷迪亞茲笑笑說：「即使我消耗的資源同羅輯博士一樣少，你們也熱中於否決我的計畫。」他轉向輪值主席：「我請主席先生和各位代表們注意，在所有面壁者提出的戰略計畫中，我的計畫與主流防禦體系是最貼近最融洽的，完全可以看作主流防禦的一部分，資源的消耗從其絕對數量看是很大，但有相當部分與主流防禦是重疊的，所以……」

英國代表打斷雷迪亞茲的發言：「你還是解釋一下為什麼要在水星上進行地下核子試驗吧，除了變著法子花錢外，我們找不到別的解釋。」

「主席先生，各位代表，」雷迪亞茲冷靜地反擊道：「你們應該看到，到目前為止，行星防禦理事會已經失去了對面壁者起碼的尊重，也失去了對面壁原則的尊重，如果我們的所有計畫細節都要做出解釋，那面壁計畫意義何在？」他用灼人的目光挨個逼視各大國代表，令他們都把眼睛轉向別處。

的，是想在行星的地下炸出一個大洞窟，作為日後的水星基地，對這樣一個工程來說，這顯然是一個最節省的方案。」

雷迪亞茲的話引起了一片竊竊私語，有代表問：「面壁者雷迪亞茲，你的意思是要把水星作為恆星型氫彈的發射基地？」

雷迪亞茲胸有成竹地說：「是的，目前主流防禦的戰略理論認為，防禦體系的重點應該放在地球外側行星上，而對內側行星沒有給予足夠的重視，認為它們不具備防禦意義，我所規畫的水星基地，正是對主流防禦的薄弱環節的補充。」

「他怕見太陽，卻要跑到距太陽最近的行星上去，這不是很奇怪嗎？」美國代表說，引起了一些笑聲，接著受到了主席的警告。

「沒什麼，主席先生，對這種不尊重，我已經習慣了，在成為面壁者之前就習慣了。」雷迪亞茲擺擺手說：「但各位應該尊重如下事實：在外側行星甚至地球均已陷落後，水星基地將是人類最後的堡壘，它背靠太陽，處於其輻射的掩護之中，將成為最堅固的陣地。」

「面壁者雷迪亞茲，如此說來，你的計畫的全部意義，就在於人類已經大勢已去之際的最後抵抗？這和你的性格倒是很吻合。」法國代表說。

「先生們，不能不考慮最後的抵抗。」雷迪亞茲莊重地說。

「很好，面壁者雷迪亞茲，」主席說：「下面，您能不能告訴我們，在整體部署方案中，總共需要多少顆恆星型氫彈？」

「愈多愈好，要盡地球的生產能力來製造，具體數量要看未來氫彈能達到多大當量，按現在的標準來看，在第一批部署計畫中，至少需要一百萬顆。」

雷迪亞茲的話引起了哄堂大笑。

「看來，面壁者雷迪亞茲不僅要製造出小太陽，還要創造一個銀河系！」美國代表高聲說，然後探身向雷迪亞茲：「你是不是真的認為，海洋中的氕氘都是為你準備的？由於你對核彈的變態情感，地球就要變成一個氫彈生產車間？」

此時會場中只有雷迪亞茲一個人仍一臉嚴肅，他靜靜地等待著自己引起的喧鬧平息下來，一字一頓地說：「這是人類的終極戰爭，所要求的這個數目並不多，不過我預料到了今天的結果，但我會努力的，我要多造核彈，能多造一顆就多造一顆，告訴你們，我會不斷努力的。」

水星世界只能看到兩種色彩：黑色和金色，黑色是行星的大地，在烈日近距離的照射中，低反射率的大地仍然是深黑一片；金色是太陽，在這個世界太陽占據了天空相當大的一部分，在廣闊的日輪中，可以清晰地看到火海中的浪湧，看到黑子像烏雲般飄過，在日輪邊緣，也可以看到絢麗的日珥曼妙的舞姿。

就在這塊懸浮於太陽火海之上的堅硬大石塊上，人類又種下一顆小太陽。

隨著太空電梯的建成，人類開始了對太陽系行星的大規模探索。載人飛船相繼登陸火星和木星的衛星，並沒有引起太大的轟動，因為人們知道，這些探險的目的與以前相比既現實又明確，只是為了建立太陽系防禦基地，就這個目的而言，這些以化學動力火箭和飛船為主的航行只是一個微不足道的開端。初期的探索主要集中在地球外側行星上，但隨著太空戰略研究的深入，對內側行星戰略價值的忽略受到了愈來愈多的質疑，於是對金星和水星的探索有所加強，這也是雷迪亞茲的水星恆星型氫彈試驗計畫在行星防禦理事會被勉強通過的原因。

在水星地層中開挖試驗深井是人類在太陽系其他行星上進行的第一個大型工程。由於施工只能在水星長達八十八天的夜間進行，所以工期長達三個地球年，但最後只掘進到預定深度的三分之一，再往下，出現了一種金屬與岩石混合的異常堅硬的地層，繼續掘進不僅進度緩慢，且耗資巨大，最後決定結束工程。如果在現有深度進行試驗，地層肯定要被核爆炸掀開，形成一個大坑，這實際上是一次打了折扣的地面試驗，而由於地層的干擾，對試驗效果的觀測比純粹的地面試驗困難許多。但雷迪亞茲想到，這個坑如果加上頂蓋，也能作為基地，就仍堅持在現有深度進行地下試驗。

試驗是在黎明時進行的，水星的日出過程長達十多小時，這時天邊剛出現了微微的亮色。引爆倒數計時數到零後，有一圈圈環形的波紋以爆心投影點為圓心向外擴散，一時間水星的大地似乎變得像綢緞般柔軟，緊接著，爆心處出現了一座緩緩隆起的山峰，像一個甦醒的巨人的脊背。當峰頂升至三千公尺左右時，整座山峰爆發開來，億萬噸的泥土和岩石飛向空中，水星的大地上長出了一束沖天的怒髮！隨著地層被掀起，地下核火球的光芒暴露出來，照在空中飛散的岩土上，在水星漆黑的天空中形成了壯麗的煙火。火球持續了近五分鐘才熄滅，這期間，岩塊紛紛在核光芒的照耀中落下。

在核爆結束十多個小時後，觀測者們發現水星出現了一圈星環，這是因為有相當部分的岩石在劇烈的爆炸中達到了水星的第一宇宙速度，成為了這顆行星的無數大小不一的衛星，並在軌道上散開來，使水星成為了第一個有環的類地行星。星環很細，在強烈的陽光中閃耀，像是對這顆行星的一個圈注。

還有一部分岩石達到了水星的第二宇宙速度，完全脫離水星，成為太陽的衛星，在水星的太陽軌道上形成了一條極其稀疏的小行星帶。

雷迪亞茲是在自己居住的地下室中看到水星核子試驗實況轉播的。其實並不是實況，畫面到達地球約有七分鐘的時差。當水星上的核爆炸剛結束，岩石雨還在火球熄滅後的黑暗中降落時，雷迪亞茲就收到了行星防禦理事會輪值主席的電話，說恆星型氫彈的巨大威力給主流防禦的領導者們留下了深刻印象，各常任理事國都要求儘快召開下一次面壁計畫聽證會，討論恆星型氫彈的製造和部署問題。主席說，雷迪亞茲要求的氫彈數目是根本不可能的，但各大國確實對這種武器產生了興趣。

雷迪亞茲住在地下室中並不是出於安全考慮，而是由於恐日症，這遠離日照的幽閉環境讓他感到舒適一些。

水星試驗結束十多個小時後，當雷迪亞茲看到電視螢幕上閃爍的水星新環時，通話器中傳來了警衛的聲音，說他預約的心理醫生來了。

「我從沒叫過什麼心理醫生，讓他走開！」雷迪亞茲感到很惱怒，像受到了莫大的羞辱。

「別這樣，雷迪亞茲先生。」另一個更沉穩聲音響了起來，顯然是來訪者：「我能讓您見到太陽。」

「滾！」雷迪亞茲大叫道，旋即又改變了主意：「不，把這個白癡扣押起來，查查他從哪兒來。」

「……因為我知道您的病因。」那個聲音從容地繼續說：「雷迪亞茲先生，請相信我，這世界上只有我們兩人知道。」

這話令雷迪亞茲頓時警覺起來，他立刻說：「讓他進來。」然後，他用失神的目光對著天花板凝視了幾秒鐘，緩緩站起身，從凌亂的沙發上拿起領帶，馬上又扔下了，走到鏡子前整理自己的衣領，又用手把亂髮梳理了一下，像是要迎接什麼莊重的事。

他知道，這確實是一件莊重的事。

來人是一名很帥氣的中年人，他走進門後沒有做自我介紹，房間裡濃重的雪茄味和酒味讓他微微皺了皺眉，然後只是站在那裡，坦然地接受著雷迪亞茲的審視。

「我怎麼覺得在哪兒見過你？」雷迪亞茲打量著來客說。

「不奇怪，雷迪亞茲先生，他們都說我像超人，老版電影中的那個。」

「你真以為自己是超人了？」雷迪亞茲說，他在沙發上坐下，拿起一支雪茄，咬開頭部開始點燃。

「這樣問，說明您已經知道了我是什麼人。我不是超人，雷迪亞茲先生，您也不是。」年輕人說著，向前邁了一步。

雷迪亞茲發現他已經站到了自己面前，透過剛吐出的一口煙霧居高臨下俯視著自己，於是也站了起來。來人說：「面壁者曼努爾．雷迪亞茲，我是您的破壁人。」

雷迪亞茲目光陰沉地點點頭。

「我可以坐嗎？」破壁人問。

「不可以。」雷迪亞茲緩緩地把一口煙吐到他臉上。

「您不必沮喪。」破壁人露出很體貼的微笑說。

「我沒有。」雷迪亞茲的聲音像石頭般堅硬冰冷。

破壁人走到牆邊，扳動了一個開關，換氣扇在什麼地方嗡嗡地響了起來。

「別亂動這裡的東西。」雷迪亞茲警告說。

「您需要新鮮一些的空氣，更需要陽光，面壁者雷迪亞茲，我對這個房間很熟悉，在智子傳來的圖像中，我常常看著您連著幾個小時像困獸般在這裡走來走去，這個世界上除了我，沒有人這麼長時間凝視過您，而那時的我，請相信，並不比您更輕鬆。」

破壁人直視著雷迪亞茲，後者仍像一尊冰冷的塑像般面無表情，他便繼續說下去。

「與弗雷德里克．泰勒相比，您是一個更加優秀的戰略家，一個合格的面壁者，請相信我這不是恭維。得承認，有相當一段時間，幾乎十年吧，我被您迷惑了。您用瘋狂的熱情追尋超級核彈——這樣一種在太空戰爭中效率很低的武器，同時成功地隱藏了自己的戰略方向。長時間裡我找不到任何可以破解您真實戰略的線索，在您布下的迷宮中掙扎，一度幾乎絕望。」破壁人感慨地看著天花板，回憶著自己的艱難歲月：「後來，我想到查詢您成為面壁人之前的資訊，這很不容易，因為這無法得到智子的幫助。您知道，那一時期到達地球的智子數量有限，作為一名拉美小國的元首，您沒有引起它們的注意。所以我不得不用常規手段搜集資料，這用了三年時間。在這些資料中，有一個人引起了我的注意：威廉・科茲莫，您先後三次祕密會見他。你們談話的內容智子沒有記錄下來，我也永遠不可能知道了。但一位不發達小國的元首三次會見一名西方天體物理學家，這很不尋常，現在我們知道，您在那時已經為自己成為面壁者做準備了。

您感興趣的無疑是科茲莫博士的研究成果。這之前您是如何注意到那個成果的，我現在也不清楚，但您是學理工出身的，您那熱中於社會主義的前任同樣熱中於工程師治國的成功經驗，這也是您成為他繼任者的重要原因，所以您應該有足夠的能力和敏感注意到科茲莫的成果的潛在意義。

三體危機出現後，科茲莫博士所領導的研究小組一直從事三體恆星所帶大氣層的研究，他們推測，大氣層是以前行星的墜落產生的，墜落的行星擊破了恆星的外殼，使內部的恆星物質噴射到太空中，形成周圍的大氣層。由於三體恆星的運動完全沒有規律，三顆恆星之間有可能近距離交錯，這時，一顆恆星的大氣層就會被另一顆恆星的引力所驅散，但之後又會被恆星表面的噴發所補充，這種噴發並不是恆定的，像火山一樣，有時會發生突然的爆發，這就是三體恆星大氣層不斷收縮和膨脹的原因。為了證明這個假說，科茲莫試圖在宇宙中找到其他由於行星墜落撞擊噴發出大氣層的恆星，在危機第三年後，他成功了。

科茲莫博士的研究小組發現了一顆帶有行星的恆星 275E1，距太陽系約八十四光年。當時哈伯二號太空望遠鏡還沒有投入使用，他們是用引力擺動測量法*，接著，通過對擺動頻率和掩光†的觀測和計算，得知這顆行星距母星很近。開始時，這個發現沒有引起太大注意，因為當時天文學界觀測到的帶有行星的恆星已達二百多顆，但後來的進一步觀測卻有了一個震撼的發現：行星與母星已經很近的距離仍在不斷縮短中，而且這種縮短在很快加速，這就意味著，人類將第一次觀察到一顆行星墜入恆星的景象。這事在一年後——或者說在觀測時間的八十四年前——發生了，以當時的觀測條件，只是從那顆恆星引力擺動和周期掩光的消失來判斷行星的墜落。但接下來，奇觀出現了：恆星的周圍出現了一道螺旋狀的物質流，這個圍繞著恆星的螺旋流不斷擴展，看上去像是一盤以恆星為中心的正在鬆開的發條。科茲莫和他的同事們很快意識到，物質流是從行星的墜落點噴出的，那塊石頭擊破了那個遙遠太陽的外殼，使其內部的恆星物質噴射到太空中，由於恆星的自轉，射流成為螺旋狀。

雷迪亞茲先生，這其中有幾個關鍵資料：那顆恆星是一顆黃色G2型星，絕對星等為四點三，直徑為一百二十萬公里，是一顆與太陽極其相似的恆星；那顆行星約為零點零四個地球質量，比水星還小一些，而它的墜落所產生的螺旋形物質雲的半徑達三個天文單位，超出了太陽至小行星帶的距離。

正是從這個發現中，我找到了破解您真實戰略意圖的突破口，下面，是我作為破壁人，對您的偉大戰略的理解。

假設最後真的得到了那一百萬顆甚至更多的恆星型氫彈，您就會像對PDC承諾的那樣，把它們全部部署在水星上，如果在水星的地層中引爆這些氫彈，就會像一台超級發動機那樣對這顆行星產生減速作用，最終會使水星失去維持其低軌道的速度，墜入太陽。接下來，在八十四光年外的275E1發生的事就會在太陽上重演：太陽的對流層外殼將會被水星擊穿，深處輻射層中巨量的恆星物質將高速射入太空，在太陽的自轉中，將形成一個類似於275E1的螺旋形大氣層。太陽與三體恆星不同，是一顆孤星，不存在與其他恆星近距離交錯的可能，所以它的大氣層將不受干擾地增長，最終其厚度將遠大於三體恆星的大氣層，這也在對275E1的觀察中證實了。太陽噴出的這條螺旋形物質流將像鬆開的發條那樣迅速向外擴張，它的厚度最終將超過火星軌道，這時，一個宏大的連鎖反應開始了。

---

*恆星由於所帶的行星的引力，在行星圍繞其運行時產生微小的擺動，在望遠鏡的觀測能力不能直接觀察到太陽系外行星的條件下，常通過觀測恆星的這種周期擺動來間接推測行星的存在。

†行星運行時經過恆星與觀測者之間時，恆星亮度產生的周期性微小變化。

首先，金星、地球和火星這三顆類地行星都將在太陽的螺旋大氣層中運行，在摩擦中很快失去速度，最終將變成三顆巨型流星墜入太陽。其實早在這之前，地球大氣層就在與太陽物質的劇烈摩擦中被剝離，海洋蒸發殆盡，剝離的大氣和蒸發的海洋將把地球變成一顆巨型彗星，它的彗尾可能長得沿著軌道繞太陽一周，地球表面將回到其形成之初的岩漿火海狀態，沒有任何生命能夠倖存。

金星、地球和火星三星的墜落，將大大加劇太陽物質向太空中的噴發，噴射的螺旋形物質流由一條增加到四條，這三顆行星的質量總和是水星的四十倍，且由於軌道高，墜落時的衝擊速度遠大於水星，每條物質流噴發的猛烈程度是水星墜落的幾十倍甚至更多，將使已形成的螺旋大氣層急劇膨脹，它的頂端最終將到達木星軌道。

木星質量巨大，摩擦產生的減速很小，軌道受到的影響要很長時間後才能看到，但木星的所有衛星將面臨著以下兩種命運：在摩擦中被剝離木星，然後各自失去速度墜入太陽；或者在木星軌道上失去速度墜入液態的木星。

連鎖反應仍在繼續，雖然螺旋大氣層對木星的減速很小，但減速畢竟存在，木星軌道將向太陽緩慢下沉。隨著這種下沉的發生，木星將在愈來愈密集的螺旋大氣層中運行，摩擦產生的減速將迅速增加，進而導致軌道更快地下沉……這樣，木星最終也將墜入太陽。木星的質量是前面四顆類地行星質量總和的六百倍，如此巨型的質量體衝擊太陽，即使按最常規的推論，也將產生更猛烈的恆星物質噴射，使螺旋大氣更為稠密，加劇了天王星和海王星世界的嚴寒。但還有一個更大的可能性：巨大木星的墜入，使螺旋大氣層的頂端延伸至天王星甚至海王星軌道，即使大氣層的頂端很稀薄，摩擦產生的減速最終也會把剩下的這兩顆大行星和它們的所有衛星一起拉向太陽。當這最後的連鎖反應完成後，先後受到四顆緻密的類地行星和三顆巨大的類木行星的衝擊，太陽將變成什麼狀態，太陽系將變成什麼樣子，誰都無法預料，但有一點可以肯定：對生命和文明來說，這裡將是一個比三體世界更嚴酷的地獄。

對三體世界而言，在他們的行星被三顆恆星吞噬之前，太陽系是唯一的希望，再沒有第二個可以及時移民的世界，這樣，繼人類之後，三體文明也必將澈底滅亡。

這就是您的同歸於盡戰略。當一切都準備完畢，所有氫彈都已在水星上就位時，您將以此來要脅三體世界，最終使人類贏得勝利。

以上就是我，您的破壁人多年工作的結果，我並不想徵詢您的意見和評價，因為我們都知道這是真的。」

在破壁人講述的過程中，雷迪亞茲一直默默聽著，他手上的雪茄已經抽了大半，現在他不停地轉動著雪茄，似乎在欣賞菸頭透出的火光。

破壁人在沙發上緊靠著雷迪亞茲坐下，像一位教師評價學生的作業那樣娓娓說道：「雷迪亞茲先生，我說過，您是一位出色的戰略家，至少在這個戰略計畫的制定和執行過程中表現出了許多卓越之處。

首先，您成功地利用了自己的背景。現在，人們都對您和您的國家在核能開發方面遭遇的屈辱記憶猶新，當時在奧里諾科的核設施被迫拆除的現場，全世界都看到了您陰鬱的表情。您正是利用了外界所看到的自己對核武器的這種偏執，減輕甚至消除了可能引起的懷疑。

計畫執行過程中的每個細節都表現了您的才能，這裡僅舉一例：在水星試驗中，您本來就想把地層炸飛*，卻堅持要挖掘超深井，這是很有遠見的高帽子戰術，您了解ＰＤＣ各常任理事國對這個耗資巨大的工

＊不管氫彈的當量有多大，其輻射作用對水星的減速效果甚微，真正有效的減速，是把巨量的地層物質炸飛到水星的第二宇宙速度而產生反衝力，按照動量守恆原理，即使地層物質達到水星第一宇宙速度成為其衛星，也起不到任何減速作用。所以，對於雷迪亞茲的計畫而言，最有意義的是那些在爆炸中脫離水星成為太陽系小行星的岩石。

程的忍耐力，把握之精確，令人敬佩。

但您還是有一個重大紕漏：為什麼首次核子試驗非要在水星上進行呢？以後有的是時間，也許您太急躁了，急於看到恆星型氫彈在水星上爆炸的效果。您看到了，有大量地層物質被炸飛到逃逸速度，很可能超出了您的預期，您很滿意，但也使我的推測得到了最後的證實。

真的，雷迪亞茲先生，儘管有前面的工作，但如果不是通過最後這件事，我也許永遠不能確定您的真實戰略意圖，因為這想法太瘋狂了，不過真的很壯觀，甚至，很美。如果水星的墜落引發的連鎖反應真的實現，那將是太陽系最壯麗的樂章，可惜人類只能欣賞最初的一個半小節。雷迪亞茲先生，您是一個具有上帝氣質的面壁者，能成為您的破壁人，是我的榮幸。」

破壁人站起身，很真誠地向雷迪亞茲鞠躬致意。

雷迪亞茲沒有看破壁人，抽了一口雪茄，吐著白煙繼續研究菸頭：「好吧，那我就問泰勒問過的問題。」

破壁人替他把問題說出來：「如果這一切都是真的，會怎麼樣？」

雷迪亞茲凝視著菸頭的火光點點頭。

「我的回答與泰勒的破壁人一樣：主不在乎。」

雷迪亞茲從菸頭上抬起目光，探詢地望著自己的破壁人。

「您外表粗魯內心精明，但再往靈魂的最深處，又是粗魯的。您在最本質上是一個粗人，這種粗魯在這個戰略計畫的基礎上表露無遺：這是一個蛇吞象的計畫，人類沒有能力製造出那樣數量的恆星型氫彈，即使傾盡全部地球的工業資源，還是可能十分之一都生產不出來。把水星減速到墜入太陽，即使真有一百萬顆恆星型氫彈，也遠遠不夠。您以一介武夫的魯莽制定了這個根本不可能實現的計畫，卻以一個卓越戰略家的老謀深算，堅韌不拔地一步步推進它，面壁者雷迪亞茲，這真的是個悲劇。」

雷迪亞茲看著破壁人的目光漸漸充滿了一種不可捉摸的柔和，他那線條粗放的臉上出現了隱約的抽搐，很快這種抽搐變得明顯起來，最後被壓抑的狂笑突然爆發。

「哈哈哈哈哈……」雷迪亞茲在大笑中指著破壁人：「呵呵，超人，哈哈哈哈，我想起來了，那個，那個舊版的超人，會飛，能讓地球倒轉，卻在騎馬時……哈哈哈哈……在騎馬時摔斷了脖子……啊哈哈哈哈哈……」

「摔斷脖子的是克里斯多夫．李維，演超人的演員。」破壁人不動聲色地糾正道。

「你是不是覺得，覺得自己的下場會比他好些……哈哈哈哈……」

「我既然來，就不在意自己的命運，我已經度過了充實的一生。」破壁人平靜地說：「倒是您，雷迪亞茲先生，應該想想自己的下場。」

「最先死的是你。」雷迪亞茲滿臉笑容地說，同時把手中的菸頭一下子按在破壁人兩眼之間，就在後者用手捂臉之際，雷迪亞茲拿起沙發上的一根軍用皮帶套住了他的脖子，用盡全力狠勒。破壁人雖然年輕，但在剽悍的雷迪亞茲手中毫無還手之力，被勒著脖子從沙發摔到地板上，雷迪亞茲在狂怒中大叫著：「我扭斷你的脖子！你個雜種！誰讓你到這裡來自作聰明？你算什麼東西？雜種！我扭斷你的脖子！」他緊勒著皮帶，同時把破壁人的頭不斷地向地板上狠撞，後者的牙齒碰擊地板時發出響亮的喀喀聲。當門外的警衛進來拉開兩人，破壁人已經臉色青紫，口吐白沫，兩眼像金魚般凸出。

處於狂怒狀態的雷迪亞茲在與警衛的拉扯中繼續大叫：「扭斷他的脖子！吊死他！絞死他！就現在！這是計畫的一部分！他媽的聽見了嗎？計畫的一部分！」

但三名警衛沒有執行他的命令，其中一人死死拉著他，另外兩人架著已經部分緩過氣來的破壁人向外走。

「等著吧雜種，你不得好死。」雷迪亞茲放棄了擺脫警衛再次攻擊破壁人的努力，長出一口氣說。

破壁人從警衛肩上回過頭來，青紫腫脹的臉上露出一副笑容，他張開缺了好幾顆牙的嘴說：「我度過了充實的一生。」

行星防禦理事會面壁者聽證會。

會議開始，美、英、法、德四國就拋出了一個提案，要求中止雷迪亞茲的面壁者身分，並以反人類罪將其送交國際法庭審判。

美國代表發言說：「經過大量的調查，我們認為破壁人所公布的雷迪亞茲的戰略意圖是真實可信的。現在我們所面對的是這樣一個人，與他所犯的罪行相比，人類歷史上的一切罪行都顯得微不足道了。在現有的所有法律中，甚至找不到適用於他的罪行條款，所以我們建議在國際法中增加地球生命滅絕罪這一罪行條款，以對雷迪亞茲進行審判。」

雷迪亞茲在會議上顯得很輕鬆，他冷笑著對美國代表說：「你們早就想除掉我了，不是嗎？自面壁計畫開始以來，你們一直在以雙重標準對待不同的面壁者，我是你們最不想要的人。」

英國代表反駁道：「面壁者雷迪亞茲的說法沒有依據。事實上，正是他所指責的這些國家，對他的戰略計畫投入了大量的資金，遠超過對其他三位面壁者所投入的。」

「不錯，」雷迪亞茲點點頭：「但在我的計畫上投入鉅資，是因為你們確實想得到恆星型氫彈。」

「可笑，我們要那東西幹什麼？」美國代表反問道：「它在太空戰場是效率很低的武器，在地球上，曾經出現過的兩千萬噸級氫彈就已經沒有實戰意義，更不用說三億多噸級的怪物了。」

雷迪亞茲冷靜地反駁道：「但在太陽系其他行星表面的戰場上，恆星型氫彈卻是最有效的武器，尤其是在人類之間的戰爭中。在荒涼的其他行星表面，人類之間一旦爆發戰爭，不用顧及平民傷亡和環境破壞，可以放心地進行大面積的摧毀，甚至可以對整個行星表面進行毀滅性清掃，這時，恆星型氫彈就能夠發揮它的作用。你們清醒地預見到，隨著人類向太陽系的擴張，地球世界的爭端必然擴展到其他行星，儘管有三體世界這樣共同的敵人，這一點也無法改變，你們在為此做準備。在這個時候發展對付人類自己的超級武器，在政治上說不過去，所以，你們就利用我來做。」

美國代表說：「這不過是一個恐怖分子和獨裁者的荒唐邏輯，雷迪亞茲就是這樣一個人，在他擁有面壁者身分和權力的情況下，面壁計畫本身就變得和三體入侵一樣危險，我們必須採取果斷措施改正這個錯誤。」

「他們在這方面言行一致。」雷迪亞茲轉身對輪值主席說：「ＣＩＡ的人就在大廈外面，會議結束後我一走出去就會被逮捕。」

輪值主席向美國代表方向看了一眼，看見後者專注地把玩著手中的鉛筆。這屆輪值主席是伽爾寧，在面壁計畫開始時他第一次成為ＰＤＣ輪值主席，以後的二十多年中，他自己也記不清擔任過多少次這個短暫的職務，但這是最後一次了，已經滿頭白髮的他即將退休。

「面壁者雷迪亞茲，如果你說的是事實，那這種做法是不適宜的，只要面壁計畫的原則繼續有效，面壁者就享有法律豁免權，他們的任何言行都不能在法律上作為有罪指控的證據。」伽爾寧說。

「而且，請注意，這裡是國際領土。」日本代表說。

「那是不是說……」美國代表豎起手中的鉛筆：「等雷迪亞茲把一百萬枚超級核彈都埋到水星上準備引爆時，人類社會仍然不能對他進行有罪指控？」

「依據面壁法案中的相應條款，對面壁者表現出危險傾向的戰略計畫進行限制和制止，與面壁者本人的法律豁免權是兩回事。」伽爾寧說。

「雷迪亞茲的罪行已經越出了法律豁免權的底線，必須受到懲罰，這是面壁計畫繼續存在的前提。」英國代表說。

「我提請主席先生和各位代表注意。」雷迪亞茲從座位上站起身說：「這是行星防禦委員會的面壁計畫聽證會，而不是對本人的審判法庭。」

「您會很快站到那個法庭上的。」美國代表冷笑著說。

「同意面壁者雷迪亞茲，我們應該回到對他的戰略計畫本身的討論上來。」伽爾寧立刻抓住了這次暫時繞過棘手問題的機會。

一直沉默的日本代表發言：「從現在看來，各位代表已對如下一點達成了共識：雷迪亞茲的戰略計畫存在著明顯的侵犯人類生存權的危險傾向，依據面壁法案相應的原則，應該予以制止。」

「那麼，上次會議提出的關於中止面壁者雷迪亞茲戰略計畫的P二六九號提案應該可以投票表決了。」伽爾寧說。

「主席先生，請等等。」雷迪亞茲舉起一隻手說：「在表決前，我希望對自己戰略計畫的一些細節進行最後陳述。」

「如果僅僅是細節，有必要嗎？」有人問。

「您可以到法庭上說。」英國代表譏諷道。

「不，這個細節很重要，現在，我們假設破壁人所公布的我的戰略意圖是真實的。」雷迪亞茲堅持說下去：「剛才有代表提到一百萬顆氫彈在水星上部署完畢準備引爆的情況，屆時我會對著無所不在的智子向三體世界發出人類的同歸於盡宣言，在那一時刻，會發生什麼？」

「三體人的反應無法預測，但在地球上，一定會有幾十億人想扭斷您的脖子，就像您對自己的破壁人做的那樣。」法國代表說。

「很對，那麼我必須採取一定的措施來應對這種局面，各位請看，就是這個。」雷迪亞茲抬起左手，向會場展示他腕上的一塊手錶，那塊錶是全黑色的，無論是錶盤面積還是厚度都是一般男士手錶的一倍，但戴在雷迪亞茲粗壯的手臂上也不顯碩大：「這是一個信號發射器，它發出的信號通過一個太空鏈路直達水星。」

「用它發出引爆信號嗎？」有人問。

「恰恰相反，它發出的是不引爆的信號。」

雷迪亞茲的這句話令會場上的所有人集中了注意力。

雷迪亞茲接著說：「這個系統的代號為『搖籃』，意思是搖籃停止搖動嬰兒就會醒。它不斷地發出信號，水星上的氫彈系統不斷地接收，信號一旦中斷，系統將立刻引爆氫彈。」

「這叫反觸發系統，」美國代表面無表情地說：「冷戰時期曾經研究過戰略核武器的反觸發策略，但從未真正實施過，只有你這樣的瘋子才真的這麼幹。」

雷迪亞茲放下左手，把那個叫「搖籃」的東西用衣袖遮住。「教會我這個奇妙想法的倒不是核戰略專家，而是一部美國電影，裡面的一個男人就戴著這個玩意兒，它不停地發信號，但如果這人的心臟停止跳動，它的信號也就停止了；另一個人身上被裝上了一枚無法拆除的炸彈，如果炸彈收不到信號就立刻爆炸，所以，這個倒楣鬼雖然不喜歡前面那個人，還是必須盡全力保護他……我喜歡看美國大片，直到現在還能認出老版超人。」

「這麼說，這個裝置，也與您的心跳相聯繫嗎？」日本代表問，此時雷迪亞茲正站在他旁邊，他伸手去摸雷迪亞茲那藏在衣袖下的裝置，後者把他的手撥開了，同時站到離他遠些的地方。

「當然，但『搖籃』更先進更精緻一些，它監測的不只是心跳，還有很多其他生理指標，如血壓、體溫等，對這些參數綜合分析，如發現不正常，就立刻停止反觸發的信號發射，它還能識別我的許多簡單的語音命令。」

這時，有一個人神色緊張地進入會場，在伽爾寧耳邊低聲說著什麼，他的耳語還沒說完，伽爾寧就抬頭用異樣的目光看了雷迪亞茲一眼，目光敏銳的代表們都注意到了這一幕。

「有一個辦法可以破解你的搖籃，這種對付反觸發的方法在冷戰時期也被深入研究過。」美國代表說。

「不是我的搖籃，是那些氫彈的搖籃，搖籃一停搖它們就會醒。」雷迪亞茲說。

「我也想到了這個辦法，」德國代表說：「信號從你的手錶傳到水星，必然要經過一個複雜的通訊鏈路，摧毀或遮罩鏈路上的任何一個節點，然後用一個偽信號源向下一級鏈路繼續發送反觸發信號，就可以使『搖籃』系統失去作用。」

「這確實是個難題。」雷迪亞茲對德國代表點點頭說：「如果沒有智子，這個問題很容易解決：所有節點都裝入一個相同的加密演算法，每次發送的信號都由這種演算法產生，在外界看來每次的信號值都是隨機的，每次都不同，但『搖籃』的發送和接收方卻產生完全相同的序列值，接收方只有在收到與自己序列相對應的信號值時才認為信號有效。您的偽信號源沒有這種加密演算法，它發出的信號與接收方的序列肯定對應不上。但現在有智子這鬼東西，它能探測出這種演算法。」

「您也許想出了其他辦法？」有人問。

「一個笨辦法，我這人，只能想出粗俗的笨辦法。」雷迪亞茲自嘲地笑笑說：「增加每個節點對自身狀態監測的靈敏度，具體作法就是每個通訊節點由多個單元組成，這些單元相距很遠，但相互之間由連續的通訊聯為一個整體，任何一個單元失效，整個節點就會發出終止反觸發的命令，這之後，即使偽信號源再向下一節點發送信號也不被承認。各單元相互之間的監測精度目前可以達到微秒級，就是說，要按照剛才那位先生的辦法，必須在一微秒內同時摧毀組成一個節點的所有單元，再用偽信號源進行信號接續。每個節點最少由三個單元組成，最多可能有幾十個單元，這些單元之間的間距為三百公里左右*，每一個都做得極其堅固，外界的任何觸動都會令其發送警告。在一微秒之內同時使這些單元失效，也許三體人能做到，但人類目前肯定是做不到的。」

雷迪亞茲的最後一句話使所有人警覺起來。

「我剛剛得到報告，雷迪亞茲先生手腕上的東西一直在向外界發送電磁信號。」伽爾寧說，這個資訊令會場氣氛頓時緊張起來：「我想問，面壁者雷迪亞茲，您手錶中的信號是發向水星嗎？」

雷迪亞茲大笑了幾聲說：「我為什麼要向水星發？那裡現在除了一個大坑外什麼都沒有，再說，『搖籃』的太空通訊鏈路也沒有建立。不不不，各位不要擔心，信號不是發向水星，而是發向紐約市內距我們很近的一個地方。」

空氣凝固了，會場上除雷迪亞茲之外的所有人都呆若木雞。

「如果『搖籃』的維持信號終止，那觸發的是什麼？」英國代表厲聲問道，他已不再試圖掩飾自己的緊張。

「總會有東西被觸發，」雷迪亞茲對他寬厚地笑笑：「我已經做了二十多年的面壁者，總會私下得到一些東西的。」

「那麼，雷迪亞茲先生，您是否可以回答我的一個更直接的問題？」法國代表看上去十分鎮靜，但聲音卻有些顫抖：「您，或我們，此時要為多少人的生命負責？」

雷迪亞茲對著法國人瞪大雙眼，彷彿覺得他的問題不可思議：「怎麼？多少人有關係嗎？我原以為在座的都是把人權奉為至高無上的可敬紳士，一個人或八百二十萬人†的生命，有區別嗎？如果是前者你們就可以不尊重嗎？」

＊由於信號傳輸的光速限制，距離再遠就達不到微秒級的監測精度了。

†紐約市的人口數。

美國代表站起身說：「早在二十多年前面壁計畫開始時，我們就指出了他是個什麼東西。」他指著雷迪亞茲，吞咽著口水，極力維持著鎮定，但還是失去了控制：「他是個恐怖分子，邪惡、骯髒的恐怖分子！一個魔鬼！是你們打開瓶蓋放出了他，你們要對此負責！聯合國要對此負責！」他聲嘶力竭地大喊著，把文件扔得四處飛揚。

「鎮靜，代表先生。」雷迪亞茲微笑著說：「『搖籃』對我的生理指標的監測是很靈敏的，如果我像您那樣歇斯底里，它早就停止發送反觸發信號了。我的情緒不能波動，所以您，還有在座的所有人，都不要讓我不高興，如果可能的話，最好努力使我感到愉快，這對我們大家都有好處。」

「您的條件？」伽爾寧低聲問道。

雷迪亞茲臉上的笑變得有些淒慘，他對著伽爾寧搖搖頭：「主席先生，我能有什麼條件？離開這裡回到自己的國家而已，有一架專機在甘迺迪機場等著我。」

會場沉默下來，不知不覺中，所有人的目光漸漸從雷迪亞茲轉移到美國代表身上，美國人終於承受不住這些目光，向椅背上猛一靠，從牙縫裡擠出一個單詞：「滾吧。」

雷迪亞茲緩緩點點頭，起身向外走去。

「雷迪亞茲先生，我送您回國。」伽爾寧從主席台上走下來說。

雷迪亞茲站住，等著步伐已不太靈活的伽爾寧走過來：「謝謝，主席先生，我想起來您也是要離開這裡的人了。」

兩人走到門口，雷迪亞茲拉住了伽爾寧，同他一起轉身面對會場：「先生們，我不會想念這裡的，我虛度了二十多年的時光，在這裡沒有人理解我，我要回到我的祖國，回到我的人民中間。是的，我的祖國，我的人民，我想念她們。」

人們驚奇地發現，這個壯漢的眼中竟閃著淚光，他最後說：「我要回到祖國了，這不是計畫的一部分。」

在同伽爾寧走出聯合國會議廳的大門時，雷迪亞茲對著正午的太陽張開了雙臂，陶醉地呼喚道：「啊，我的太陽！」他持續二十多年的恐日症消失了。

雷迪亞茲的專機起飛後，很快越過海岸線，飛行在浩瀚的大西洋上。

機艙中，伽爾寧對雷迪亞茲說：「有我在，這架飛機是安全的，請您告訴我那個處於反觸發狀態的裝置的位置。」

「沒有什麼裝置，什麼都沒有，只是逃跑的伎倆而已。」雷迪亞茲摘下手錶，扔給伽爾寧：「這不過是個簡單的信號發射器，摩托羅拉手機改的，與我的心跳什麼的也沒有關係，已經關了，你留下做個紀念吧。」

在長時間的相對無語後，伽爾寧長嘆一聲說：「怎麼會是這樣？面壁者的封閉性戰略思考特權，本意是對付智子和三體世界的，現在，你和泰勒都用它來對付人類自己。」

「這沒什麼奇怪的。」雷迪亞茲坐在舷窗旁，享受著外面射入的陽光：「現在，人類生存的最大障礙其實來自自身。」

六個小時後，飛機在加勒比海之濱的卡拉卡斯國際機場降落，伽爾寧沒下飛機，他將乘它返回聯合國。臨別時，雷迪亞茲說：「不要中止面壁計畫，這場戰爭中，它真的是一個希望，還有兩位面壁者，代我祝他們一路走好。」

「我也見不到他們了。」伽爾寧傷感地說，當雷迪亞茲走後，艙中留下他獨自一人時，已經老淚縱橫。

卡拉卡斯和紐約一樣晴空萬里，雷迪亞茲走下舷梯，嗅到了他所熟悉的熱帶氣息，他伏下身，長時間地親吻祖國的土地，然後在大量軍警的護衛下，乘車駛向城區。車隊在盤山公路上行駛了半個小時就進入了首都市區，駛入市中心的波利瓦爾廣場。雷迪亞茲在波利瓦爾銅像前下車，站在銅像的基座上，他的上方，曾打敗西班牙並試圖在南美建立大哥倫比亞統一共和國的英雄身披鎧甲，縱馬馳騁。他的前方，由狂熱的民眾組成的人群在陽光下沸騰，人們向前擁來，軍警的隊伍極力阻擋，甚至對空鳴槍，但洶湧的人潮最終還是衝垮了軍警線，向銅像下的活著的「波利瓦爾」擁來。

雷迪亞茲高舉雙手，含著熱淚對著擁向他的人潮深情地呼喚道：「啊，我的人民！」

他的人民扔來的第一塊石頭打在他高舉的左手上，第二塊石頭擊中了他的前胸，第三塊砸在前額上並擊倒了他。隨後，人民的石頭像雨點般飛來，最後幾乎埋住了他那早已沒有生命的軀體。砸向面壁者雷迪亞茲的最後一塊石頭是一位老太太扔的，她吃力地舉著那塊石頭一直走到雷迪亞茲的屍體前，用西班牙語說：

「惡人，你要殺所有的人，那裡面可是有我的孫子，你竟想殺我的孫子！」

說著，她用盡力氣，顫巍巍地把手中的石頭砸到雷迪亞茲從石堆中露出的已經破碎的頭顱上。

唯一不可阻擋的是時間，它像一把利刃，無聲地切開了堅硬和柔軟的一切，恆定地向前推進著，沒有任何東西能夠使它的行進產生絲毫顛簸，它卻改變著一切。

在水星核子試驗的同一年，常偉思退役了。最後一次在媒體上露面時，他坦率地承認，自己對戰爭的勝利沒有信心，但這並不影響歷史對太空軍首任司令員工作的高度評價。這種多年處於憂慮狀態下的繁重工作損害了他的健康，他在六十八歲時去世，將軍在彌留之際仍然十分清醒，並多次叨念章北海的名字。

正像山杉惠子預料的那樣，吳岳度過了苦悶迷茫的餘生。他曾經在長達十幾年的時間裡參加人類紀念工程，但也並未從中找到精神安慰，在七十七歲時孤獨地逝去。同常偉思一樣，他在最後的時刻也叨念著章北海的名字，這個正在冬眠中跨越時間的堅強戰士，寄託了他們對未來共同的希冀。

曾連任兩屆聯合國祕書長的薩伊，在離任後發起了人類紀念工程，目標是全面收集人類文明的資料和紀念實物，最後用無人飛船發向宇宙。這個工程最具影響力的是一個名為「人類日記」的活動，為此建立了許多網站，讓盡可能多的人把自己有生之年每天的日常生活用文字和圖像記錄下來，作為文明資料的一部分。人類日記網站的用戶一度達到二十億之多，成為互聯網上有史以來規模最大的資訊體。後來，行星防禦理事會認為人類紀念工程可能助長失敗主義情緒，通過決議制止了它的進一步發展，甚至把它等同於逃亡主義。但薩伊一直在為這項事業做著個人的努力，直到八十四歲逝世。

伽爾寧和坎特退休後，都做出了同一個選擇：到面壁者羅輯曾經生活過五年的那個北歐伊甸園去隱居，他們再也沒有在外界露過面，人們甚至連他們去世的確切日期都不知道，但有一點可以肯定，他們都很長壽，據說這兩個人都活過一百歲無疾而終。

亞伯特·林格博士和斐茲羅將軍都活到了八十多歲，看到了鏡片直徑達一百公尺的哈伯三號太空望遠鏡的建成，並通過它看到了三體行星。但他們再也沒有看到三體艦隊和已經飛在前面的探測器，他們沒能等到它們穿過第三塊「雪地」。

普通人的人生也在一樣延續和終結著。北京的三個老鄰居中，苗福全是最先辭世的，享年七十五歲，他真的讓兒子把自己葬到一個深達二百多公尺的廢礦井中，兒子照他的遺囑炸塌了井壁，同時在地面上立了個墓碑以供憑弔。按照父親的遺囑，末日之戰前的那一代後人一定要把墓碑清除，如果人類勝利，則必須再把碑在原地恢復。其實，他死後還不到半個世紀，廢礦井上面的地區就沙漠化了，漫漫黃沙中，墓碑早已不知去向，廢礦井的位置遺失了，苗家的後人們也沒人費心去找過。

張援朝在八十歲時像一個普通人那樣病死，也像普通人那樣火化，骨灰放在公墓中長架子上的一個普通方格中。

楊晉文活到九十二歲，盛裝骨灰的合金容器以第三宇宙速度飛向太陽系外的茫茫宇宙，這花光了他的全部積蓄。

丁儀卻一直活了下來，在可控核融合技術取得突破後，他又轉向了理論物理研究，尋找著在高能粒子實驗中擺脫智子干擾的方法，但沒有任何建樹。過了七十歲後，與其他物理學家一樣，他對物理學取得突破的可能性完全絕望。他進入冬眠，計畫在末日之戰時醒來，唯一的期望就是能夠在有生之年親眼看看三體世界的超級技術是什麼樣子。

在三體危機出現後的一個世紀，曾經在黃金時代生活過的人們都離開了人世。所謂黃金時代，是指從上世紀八十年代開始至三體危機出現時結束的美好時光，這個時代在今後一直被人不斷地回憶，經歷過這段美好歲月的老人像反芻動物似的不斷把那段記憶吐出來，甜蜜地咀嚼，最後總是加上一句：「唉，那時咋就不懂得珍惜呢？」而聽他們講述的年輕人目光中充滿嫉妒，同時也將信將疑：那神話般的和平、繁榮和幸福，那世外桃源般的無憂無慮，是否真的存在過？

隨著老人們的離去，漸漸遠去的黃金海岸完全消失在歷史的煙波之中。現在，人類文明的航船已經孤獨地駛到了茫茫的大洋中，舉目四望，只有無邊無際的險惡波濤，誰也不知道，彼岸是不是真的存在。

下部　黑暗森林

危機紀年第二〇五年，三體艦隊距太陽系二點一〇光年

黑暗出現了，這之前連黑暗都沒有，只有虛無。虛無是無色彩的，虛無什麼都沒有，有黑暗，至少意味著出現了空間。很快，黑暗的空間中出現了一些擾動，像穿透一切的微風，這是時間流逝的感覺。之前的虛無是沒有時間的，現在時間也出現了，像消融的冰河。光的出現是在很長時間以後，開始，只是一片沒有形狀的亮斑，又經過了很漫長的等待，世界的形狀才顯現出來。剛剛復活的意識在努力分辨著，最初看清的是幾根橫空而過的透明細管，然後是管道後面的一張俯視著的人臉，人臉很快消失，露出發著乳白色光芒的天花板。

羅輯從冬眠中醒來。

那張臉又出現了，是一個表情柔和的男性，他看著羅輯說：「歡迎您來到這個時代。」就在他說話的時候，他穿著的白大褂閃動起來，映出了一片鮮豔的玫瑰，然後漸漸變淡消失。在他後面的談話中，白大褂不斷配合著他的表情和情緒，顯示出不同的賞心悅目的圖像，有大海、晚霞和細雨中的樹林。他說羅輯的病已經在冬眠中治好了，他的甦醒過程也很順利，只需三天左右的恢復期，他就能完全恢復正常的身體機能……

羅輯的思維仍處於初醒的遲鈍狀態，對醫生的話，他只抓住了一個資訊：現在是危機紀年二〇五年，自己已經冬眠了一百八十五年。

最初羅輯感覺醫生的口音很奇怪，但很快發現普通話的語音變化並不大，只是其中夾雜著大量的英文單詞。在醫生說話的同時，天花板上用字幕映出了他所說的內容，顯然是即時的語音辨識，也許是為了便於甦醒者理解，把其中的英文詞都換成了漢字。

醫生最後說，羅輯已經可以從甦醒室轉到普通監護室了，他的白大褂上映出了一幅迅速由落日變為星空的黃昏圖景以表示「再見」。同時，羅輯的床開始自己移動，在即將移出甦醒室的門時，羅輯聽到醫生喊

「下一個」，他吃力地扭頭，看到又有一張床移進甦醒室，床上也有一個顯然是剛從冬眠室中送來的人。那張床很快移入了一堆儀器中間，醫生的白大褂變成純白色，他用手指在牆上點了一下，有三分之一的牆面被啟動成顯示幕，上面顯示著複雜的曲線和資料，醫生開始緊張地操作。

羅輯這時明白，自己的甦醒可能並不是一件重大的事，而只是這裡進行的日常工作的一部分。那個醫生很友善，但羅輯在他眼中顯然只是一名普通的冬眠者而已。

同甦醒室中一樣，走廊中沒有燈，亮光也是直接從牆壁發出的，雖然很柔和，還是讓羅輯瞇起了雙眼。就在他瞇眼的同時，這一段走廊的牆壁暗了下來，這黯淡的一段一直跟隨著他的床移動。當他的眼睛適應光亮又睜大時，這移動的一段也隨之亮了起來，但亮度一直保持在舒適的範圍內。看來，走廊的光度調節系統能夠監測他的瞳孔變化。

從這件事看，這是一個很人性化的時代。

這大大出乎羅輯的預料。

在緩緩移過的走廊牆壁上，羅輯也看到了許多被啟動的顯示區，它們大小不一，隨機點綴在牆上，其中一部分還顯示著羅輯來不及看清的動態圖像，好像是使用者離開時忘記關閉而留下的。

羅輯不時與走廊上的行人和自動行走的病床交錯而過，他注意到在行人的腳底和床的輪子與地面的接觸處，都壓出了發光的水樣的波紋，就像在他自己的時代用手指接觸液晶顯示幕時出現的那樣。整個長長的走廊，給他的最強烈的感覺就是潔淨，潔淨得像是電腦中的三維動畫，但羅輯知道這一切都是真實的。他移動於其中，有一種從未體會過的寧靜和舒適。

最令羅輯心動的是他沿途遇到的人們，不論是醫生護士，還是其他人，看上去都整潔高雅，走近時，都親切地向他微笑致意，有的還向他揮揮手。他們的衣服也都映出絢美的圖案，每個人的風格都不同，有的寫實有的抽象。羅輯被他們的目光所懾服，他知道，普通人的目光，是他們所在地區和時代的文明程度的最好反映。他曾經看到過一組由歐洲攝影師拍攝的清朝末年的照片，最深的印象就是照片上的人呆滯的目光，在那些照片上，不論是官員還是百姓，眼睛中所透出的只有麻木和愚鈍，看不到一點生氣。現在，這個新時代的人看到羅輯的眼睛時，可能也是那種感覺了。在與羅輯相視的目光中，充滿著睿智的生機，以及他在自己的時代很少感受到的真誠、理解和愛意。但從心靈的最深處打動羅輯的，是人們目光中的自信，這種陽光般的自信充滿了每一雙眼睛，顯然已經成為新時代人們的精神背景。

這似乎不像是一個絕望的時代，這再次令羅輯深感意外。

羅輯的床無聲地移入監護室，他看到這裡已經有兩個冬眠甦醒者了，他們有一位躺在床上，靠門的另一位則在護士的幫助下收拾東西，好像已經準備離開了。從他們的目光中，羅輯立刻認出了兩位都是自己同時代的人，他們的眼睛像時光之窗，讓羅輯又瞥了一眼自己來自的那個灰色的時代。

「他們怎麼能這樣？我是他們的祖爺爺！」羅輯聽到要離開的冬眠者抱怨說。

「您不能在他們面前賣老的，按照法律，冬眠期間不算做年齡，所以在老人面前您還是晚輩……我們走吧，他們在接待室等好長時間了。」護士說，羅輯注意到，她說話時盡力避免出現英文詞，但一些漢語詞彙在她口中顯得很生澀，她等於是在說古漢語了，有時不得不說現代語言時，牆上就會相應地顯示出古漢語的譯文。

「我連那些人的話都聽不太懂，夾那麼多鳥語！」冬眠者說，和護士各提了一個包走出門去。

「到了這個時代，您總得學習，要不只能上去生活了。」羅輯聽到護士在門外說，他已經能夠不費力地聽懂現代語言了，但還是不明白護士最後一句話的意思。

「你好，是因為生病冬眠的吧？」和羅輯鄰床的冬眠者問，他很年輕，看上去只有二十來歲。

羅輯張了張嘴，但沒發出聲音，年輕人笑著鼓勵他說：「你能說話的，使勁說！」

「你好。」羅輯終於嘶啞地說出聲來。

年輕人點點頭：「剛走的那位也是，我不是，我是為逃避現實到這兒來的，哦，我叫熊文。」

「這兒……怎麼樣？」羅輯問，說話容易多了。

「我也不是太清楚，剛醒來五天。不過，嗯，這肯定是個好時候，但對我們來說，融入社會肯定是有困難的，主要是醒來得太早了，再晚幾年就好了。」

「晚幾年，那不是更困難嗎？」

「不，現在還是戰爭時期，社會顧不上我們，再晚幾十年，和談之後，就是太平盛世了。」

「和談？和誰？」

「當然是三體世界。」

被熊文最後這句話所震撼，羅輯努力想坐起來，一個護士走進來，幫助他在床上半坐著。

「它們說要和談了嗎？」羅輯急切地問。

「還沒有，但它們肯定沒別的選擇了。」熊文說著，以很敏捷的動作翻身從床上下來，坐到了羅輯的床上，很顯然，他早就渴望享受向新的甦醒者介紹這個時代的樂趣了：「你還不知道，人類現在了不得了，可了不得了！」

「怎麼？」

「人類的太空戰艦很厲害了，比三體人的戰艦厲害多了！」

「怎麼可能呢？」

「怎麼不可能？先別說那些超級武器，就說速度吧，能達到光速的百分之十五！比三體人的快多了！」

羅輯將懷疑的目光轉向護士，這才發現她十分美麗，這個時代的人似乎都很漂亮，她微笑著點點頭：「是這樣。」

熊文接著說：「而且，你知道太空艦隊有多少這樣的戰艦嗎？告訴你，兩千艘！比三體人多一倍！而且還在壯大！」

羅輯再次將目光轉向護士，她又點點頭。

「知道三體艦隊現在是個什麼慘樣兒嗎？這兩個世紀他們又過了三次……啊……那叫雪地吧，就是太空塵埃。最近的一次聽他們說是在四年前，望遠鏡觀測到三體艦隊的隊形變得稀稀拉拉，潰不成軍，有一大半戰艦早就停止了加速，穿過塵埃時又減速了不少，在慢慢爬呢，大概八百年也到不了太陽系，可能早就是壞掉的『幽靈船』了。按現在的速度推算，兩個世紀後能按時到達的不超過三百艘。不過有一個三體探測器很快就要到達太陽系了，就在今年，另外九個落在後面，三年後也要到了。」

「探測器……是什麼？」羅輯不解地問。

護士說：「我們不鼓勵你們互相交流現實資訊，前面的甦醒者知道這些後好多天都平靜不下來，這不利於恢復。」

「高興嘛……這有什麼？」熊文不以為然地說，然後回到自己的床上，躺在那裡看著發出柔和光芒的天花板感嘆道：「孩子們真行，孩子們真行啊！」

「誰是孩子？」護士很不滿地說：「冬眠期不算年齡的，你才是孩子呢。」不過在羅輯看來，這女孩兒真的比熊文還要小，只是他知道在這個時代從外表判斷年齡可能不準確。

護士對羅輯說：「從你們那時來的人都挺絕望的，其實呢，事情真沒那麼嚴重。」

在羅輯聽來，這是天使的聲音，他覺得自己倒是變成了一個從噩夢中醒來的孩子，所經歷的可怕的一切大人們只是付之一笑。在天使說話時，她的護士服上映出了一輪飛快升起的朝陽，在金色的陽光下，原本枯黃的大地迅速變綠，花兒在瘋狂地開放……

護士走後，羅輯問熊文：「面壁計畫怎麼樣了？」

熊文迷惑地搖搖頭：「面壁……沒聽說過。」

羅輯問了他進入冬眠的時間，是在面壁計畫出現以前，那時冬眠很昂貴，他家裡一定很有錢。但如果在這五天時間裡他都沒有聽說過面壁計畫，就說明它在這個時代即使沒被遺忘，也已經不重要了。

接下來，從兩件不起眼的小事上，羅輯見識了新時代的技術水準。

在進入監護室不久，護士端來了羅輯甦醒後的第一餐，有牛奶和果醬麵包等，量很少，護士說他的腸胃功能還在恢復中。羅輯咬了一口麵包，感覺像在嚼鋸末。

「你的味覺也在恢復中。」護士說。

「恢復了就會覺得更難吃。」熊文說。

護士笑笑：「當然不像你們那時地裡長出來的那麼好吃。」

「那這是從哪兒來的？」羅輯嚼著麵包口齒不清地問。

「工廠裡生產出來的唄。」

「你們能合成糧食了？」

熊文替護士回答：「不合成也沒辦法，地裡幾乎不能長莊稼了。」

羅輯很為熊文感到遺憾，他屬於自己時代的那種已獲得技術免疫力的人，對任何科技奇蹟都無動於衷，因而也不能很好地欣賞這個新時代。

接下來的第二個發現則令羅輯十分震驚，雖然事情仍然很平淡。護士指著那個牛奶杯告訴羅輯，這是特別為他們準備的加熱杯，這時的人們普遍不喝熱飲，連咖啡都是涼的，如果喝涼牛奶不習慣，可以加熱，只需要把杯子底部的一個滑動鈕推到想要的溫度上即可。喝完牛奶後，羅輯仔細打量著杯子，它看上去是一個很普通的玻璃杯，只有一指厚的底部不透明，顯然加熱的熱源就在那裡。可是羅輯反覆察看，除了那個滑動開關外沒有任何東西，他使勁擰杯子底，但底部與杯子是一體化的。

「不要亂動這裡的用品，你們還不了解，會有危險的。」護士看到羅輯的舉動後說。

「我想知道它從哪兒充電。」

「充……電？」護士生澀地重複著這個她顯然第一次聽到的詞。

「就是 Charge，recharge。」羅輯提示說，護士仍然迷惑地搖搖頭。

「不是充電式的……那裡面的電池用完了怎麼辦呢？」

「電池？」

「就是 Battery 呀，你們現在沒有電池了嗎？」看到護士又搖頭，羅輯說：「那這杯子裡的電從哪兒來？」

「電？到處都有電啊。」護士很不以為然地說。

「杯子裡的電用不完？」

「用不完。」護士點點頭說。

「永遠用不完？」

「永遠用不完，電怎麼會用完呢。」

護士走後，羅輯仍捧著那個杯子不放，他沒注意熊文的嘲笑，只覺得心潮澎湃，知道自己其實是捧著一個人類千古夢想的聖物——捧著的是永動機。如果人類真的得到了無盡的能量，那他們幾乎可以得到一切了，現在他相信了美麗護士的話：事情可能真的沒那麼嚴重。

當醫生來到監護室進行例行檢查時，羅輯向他問起了面壁計畫。

「知道，一個古代的笑話。」醫生隨口答道。

「那些面壁者都怎麼樣了？」

「好像是一個自殺了，另一個被石頭砸死了……都是很早的事，快兩個世紀了吧。」

「還有兩個呢？」

「不知道，還在冬眠中吧。」

「其中有一位中國人，您知道他嗎？」羅輯小心翼翼地問，緊張地盯著醫生的眼睛。

「你是說那個對著一顆星星發咒語的人吧？在近代史課上好像提到過。」護士插嘴說。

「對對，他現在……」羅輯說。

「不知道，好像還在冬眠吧，我不太關心這些事兒。」醫生心不在焉地說。

「那顆星星呢？就是他詛咒的那顆帶有行星的恆星，怎麼樣了？」羅輯問，心懸了起來。

「能怎麼樣呢，應該還在那兒吧……咒語？笑話。」

「關於那顆星星，真的沒發生什麼事？」

「反正我沒聽說過，你呢？」醫生問護士。

「我也沒有。」護士搖搖頭：「那時的世界給嚇壞了，出了好多可笑的事呢。」

「後來呢？」羅輯長出一口氣問。

「後來，就是大低谷了。」醫生說。

「大低谷？那是什麼？」

「以後都會知道的，現在好好休息吧。」醫生輕輕地嘆息了一聲：「不過關於這個你還是不知道的好。」他轉身走的時候，白大褂上出現了翻滾的烏雲，護士的衣服上則映出了許多雙大眼睛，有的目光驚懼，有的含著淚。

醫生和護士走後，羅輯在床上呆坐了很長時間，喃喃自語道：「笑話，真的是古代的笑話。」接著他獨自笑了起來，先是無聲地笑，然後哈哈大笑，床和他一起發顫，嚇得熊文要叫醫生。

「沒事兒，睡吧。」羅輯對他說，然後自顧自地躺下，很快進入了甦醒後的第一次睡眠。

他夢見了莊顏和孩子，莊顏仍在雪地中走著，孩子在她的臂膀上睡著了。

當羅輯醒來後，護士走了進來，對他說早上好，她的聲音很低，顯然怕吵醒了仍在呼呼大睡的熊文。

「現在是早上嗎？這房間裡怎麼沒有窗戶？」羅輯四下看看問道。

「牆壁的任何一處都能變得透明，不過醫生認為你們現在還不適合看外面，挺陌生的，會分散精神影響休息。」

「甦醒這麼長時間了，還不知道外面的世界是什麼樣子的，這也影響休息。」羅輯指指熊文：「我可不是他那號人。」

護士笑笑說：「沒關係，我就要下班了，帶你出去看看怎麼樣？早餐回來再吃吧。」

羅輯很興奮地跟著護士來到值班室，他打量著這裡，陳設的物品中有一半能猜出是什麼，其他則完全不知道是幹什麼用的。房間裡沒有電腦和類似的設施，因為牆壁上到處都可以啟動成顯示幕，這也是預料之中的。引起羅輯注意的是排在門邊的三把雨傘，它們的款式不一，但看外形只能是雨傘。令羅輯驚奇的是它們顯得很笨重，難道這個時代沒有摺疊傘了嗎？

護士從更衣室出來，換上了自己的衣服，除了表面閃亮的動態圖像外，這個時代女孩子衣著款式的變化至少在羅輯的想像範圍之內，與自己的時代相比，主要是凸現了不對稱性，他很高興在一百八十五年後，還能在一個女孩子的服裝上得到美感。護士從那三把傘中提起一把，似乎有些重，她只能把傘背在背上。

「外面在下雨嗎？」

女孩兒搖搖頭：「你以為我拿的是……傘吧。」她很生疏地說出後面那個字。

「那這是什麼？」羅輯指著她肩上的「傘」問，本以為她會說出一個很新奇的名稱，但不是那樣。

「我的自行車啊。」她說。

他們來到走廊上時，羅輯問：「妳家離這裡遠嗎？」

「你要是說我住的地方，不是太遠吧，騎車十幾分鐘。」她說完站住，用那雙動人的眼睛看著羅輯，說出了讓他吃驚的話：「現在沒有家了，誰都沒有了，婚姻啊家庭啊，在大低谷後就沒有了，這可是你要適應的第一件事。」

「這第一件事我就適應不了。」

「不會吧，我從歷史課上知道，你們那時婚姻家庭就已經開始解體了，有很大一部分人不願受束縛，要過自由的生活。」她又提到了歷史課。

我就曾是那樣一個人，可後來……羅輯心裡想，從甦醒的那一刻起，莊顏和孩子就從未真正離開過他的思想，已經成為他意識桌面上的壁紙，每時每刻都在顯現。但現在這裡的人都不認識他，情況不明朗，他雖在思念的煎熬中，還是不敢貿然打聽她們的下落。

他們在走廊上前行了一段，然後穿過一個自動門，羅輯眼前一亮，看到面前有一條狹長的平台向前伸延，清新的空氣迎面撲來，他意識到自己已經在外面了。

「好藍的天啊！」這是他對外部世界發出的第一聲驚呼。

「不會吧，哪兒有你們那時藍啊。」

肯定比那時藍，藍多了。羅輯沒有把這話說出來，他只是沉浸在這無邊湛藍的擁抱中，任心靈在其中融化，然後有一閃念的疑問：我真到天堂了嗎？在他的記憶中，這樣純淨的藍天，只在生活過五年的那個與世隔絕的伊甸園中見過，只是這個藍天上沒有那麼多白雲，只在西天有極淡的兩抹，像是誰不經意塗上去的，東方剛剛升起的太陽在完全透明的清澈大氣中有一種明亮的晶瑩，邊緣像是沾著露水。

羅輯把目光向下移，立刻感到了一陣眩暈，他身處高處，而從這裡看到的，他好半天才意識到，是城市。開始他以為自己看到的是一片巨型森林，一根根細長的樹幹直插天穹，每根樹幹上都伸出與其垂直的長短不一的樹枝，而城市的建築就像葉子似的掛在這些樹枝上。建築的分布似乎很隨意，不同大樹上的葉子有疏有密。羅輯很快看到，他所在的冬眠甦醒中心其實就是一棵大樹的一部分，他就住在一片葉子裡，現在，他們正站在懸掛這片葉子的一根樹枝上，這就是他看到的那道伸延到前方的狹長平台。回頭，他看到了自己所在的這棵大樹的樹幹，向上升到他看不到的高度。他們所在的樹枝可能位於樹的中上部，向上向下，都能看到其他的樹枝和掛在上面的建築葉子（後來他知道，城市的地址真的就是××樹××枝××葉。）。近看，這些樹枝在空中形成錯綜的橋樑網路，只是所有橋樑的一端都懸空。

「這是什麼地方？」羅輯問。

「北京啊。」

羅輯看看護士，她在朝陽中更加美麗動人，再看看被她稱做北京的地方，他問：「市中心在哪兒？」

「那個方向，我們在西四環外，差不多能看到整個城市呢。」

羅輯向護士所指的遠方眺望了好一會兒，大聲喊道：「不可能！怎麼可能什麼都沒留下來?!」

「你要留下什麼？你們那時這裡還什麼都沒有呢！」

「怎麼沒有?!故宮呢？景山呢？天安門和國貿大廈呢？才一百多年，不至於全拆了吧?!」

「你說的那些都還在啊。」

「在哪兒？」

「在地面上啊。」

看著羅輯驚恐萬狀的樣子，護士突然大笑起來，笑得站不住了扶著旁邊的欄杆：「啊，呵呵呵……我忘了，真對不起，我忘了好多次了，你看啊，我們是在地下，一千多公尺深的地下……要是我哪天時間旅行到你們那會兒，你可以報復我一次，別提醒城市是在地面上，我也會給驚成你這樣兒的，呵呵呵……」

「可……這……」羅輯向上伸出雙手。

「天是假的，太陽也是假的。」女孩兒努力收住笑說：「當然，說是假的也不對，是從上面的一萬公尺高空拍的圖像，在下面放映出來的，也算是真的吧。」

「城市為什麼要建在地下？一千多公尺，這麼深？」

「當然是為了戰爭，你想想，末日之戰時地面還不是一片火海？當然，這也是過去的想法，大低谷時代結束後，全世界的城市就都向地下發展了。」

「現在全世界的城市都在地下？」

「大部分是吧。」

羅輯再次打量這個世界，他現在明白了，所有大樹的樹幹都是支撐地下世界穹頂的支柱，同時也被用做懸掛城市建築的基柱。

「你不會得幽閉症的，看看天空多廣闊！到地面上看天可沒這麼好。」

羅輯再次仰望藍天——或說藍天的投影，這一次，他發現了天上的一些小東西，開始只看到了零星的幾個，後來視力適應了，發現它們數量很多，布滿了天空。很奇怪，這些天上的物體竟讓他聯想到一個毫不相關的地方，那就是一家珠寶店的展櫃。那是在成為面壁者之前，他愛上了想像中的莊顏，有一次，竟癡迷到要為想像中的天使買一件禮物。他來到了那家珠寶店，在展櫃中看到了許多白金項鍊掛件，那些掛件細小精緻，攤放在一張黑色絨面上，在聚光燈下銀光閃閃。如果把那黑色絨面變成藍色，就很像現在看到的天空了。

「那是太空艦隊嗎？」羅輯激動地問。

「不是，艦隊從這兒看不到的，它們都在小行星帶以外呢。這些嘛，什麼都有，能看清形狀的那些是太空城市，只能看到一個亮點兒的是民用飛船。不過有時候也有軍艦回到軌道上，它們的引擎很亮的，你都不能盯著看……好了，我要走了，你儘快回去吧，這裡風很大的。」

羅輯轉身剛要道別，卻吃驚得說不出話來，他看到女孩兒把那傘——或她說的自行車——像背包似的背到後背上，然後傘從她後面立了起來，在她頭上展開來，形成了兩個同軸的螺旋槳，它們無聲地轉動起來

——是相互反向轉動，以抵消轉動力矩。女孩兒慢慢升起，向旁邊跳出欄杆，躍入那讓羅輯目眩的深淵中。

她懸浮在空中對羅輯大聲說：

「你看到了，現在是個挺不錯的時代，就把你的過去當做一場夢吧，明天見！」

她輕盈地飛去，小螺旋槳攪動著陽光，遠遠地飛過兩棵巨樹之間，變成了一個小小的蜻蜓，有一群群這樣的蜻蜓在城市的巨樹間飛翔，但最引人注目的還是飛行的車流，像海底植物間川流不息的魚群。朝陽照進了城市，被巨樹分隔成一縷縷光柱，給空中的車流鍍上了一層金輝。

面對這美麗的新世界，羅輯淚流滿面，新生的感覺滲透了他的每一個細胞，過去真的是一場夢了。

當羅輯見到接待室中的那個歐洲面孔的人時，總覺得他身上有些與眾不同的地方，後來發現是他穿的西裝不閃爍也不映出圖像，像過去時代的衣服一樣，這也許是一種莊重的表示。

同羅輯握手致意後，來人自我介紹說：「我是艦隊聯席會議特派員本·喬納森，您的甦醒就是我奉聯席會議的指示安排的，現在，我們將一起參加面壁計畫的最後一次聽證會。哦，我的話您能聽懂嗎？英語的變化很大。」

在聽到喬納森說話時，這幾天羅輯由現代漢語的變化所產生的對西方文化入侵的擔憂消失了，喬納森的英語中也夾雜著漢語詞彙，如「面壁計畫」就是用漢語說的，這樣下去，昔日最通用的英語和使用人數最多的漢語將相互融合，不分彼此，成為一種強大的世界語言。羅輯後來知道，世界上的其他語種也在發生著融合現象。

羅輯能夠聽懂喬納森的話，他想：過去不是夢，過去還是找上門來了。但聽到「最後一次」這幾個字，他感覺這一切還是有希望能儘快了結。

喬納森回頭看看，好像是在核實門關嚴了沒有。然後他走到牆邊，啟動了一個操作介面，在上面簡單地點了幾下後，包括天花板在內的五面牆壁全部消失在了它們顯示的全像圖中。

這時，羅輯發現自己置身於一個會議大廳中，雖然一切都變化很大，牆壁和大圓桌都發出柔光，但這裡的設計者顯然想努力複製舊時代的風格，從大圓桌、主席台和整體布局體現的懷舊情結中，羅輯立刻就知道這是哪裡。現在會場還空蕩蕩的，只有兩個工作人員在會議桌上分發文件，羅輯很驚奇地發現現在還在用紙質檔，就像喬納森的衣服一樣，這應該也是一種莊重的表示。

喬納森說：「現在遠端會議已經是慣例，我們以這種方式參加，不影響會議的重要性和嚴肅性。現在離會議開始還有一段時間，您好像對外界還不太了解，是否需要我簡單介紹一下現在世界的基本狀況？」

羅輯點點頭：「當然，謝謝。」

喬納森指著會場說：「只能最簡略地說一下，先說說國家的情況。歐洲成為一個國家，叫歐洲聯合體，簡稱歐聯，包括東歐和西歐，但不包括俄羅斯的歐洲部分；俄羅斯與白俄羅斯合併，國名仍叫俄羅斯聯邦；加拿大的法語區和英語區分裂為兩個國家；其他地區也有一些變化，但主要的就是這些了。」

羅輯很吃驚：「就這麼點兒變化？都快兩個世紀了，我以為世界已經面目全非了。」

喬納森背對著會場，對羅輯重重地點點頭：「面目全非了，羅輯博士，世界確實已經面目全非了。」

「不是啊，這些變化在我們的時代就已經現出端倪了。」

「但有一點你們預料不到：現在已經沒有大國，在國際政治中，所有的國家都衰落了。」

「所有的國家？那誰崛起了？」

「一種國家之外的實體：太空艦隊。」

羅輯想了好長時間，才理解了喬納森這話的涵義：「你是說，太空艦隊獨立了？」

「是的，艦隊不屬於任何國家，它們成為了獨立的政治和經濟實體，也像國家一樣成為了聯合國的成員。目前，太陽系有三大艦隊：亞洲艦隊、歐洲艦隊和北美艦隊，它們的名稱只是說明各艦隊的主要起源地，但艦隊本身與它們的起源地已經沒有任何隸屬關係，它們是完全獨立的。三大艦隊中的每一支，都擁有你們時代超級大國的政治和經濟實力。」

「我的天啊……」羅輯感嘆道。

「但不要誤會，地球並非處於軍政府的統治下，艦隊的領土和主權範圍都在太空中，很少干涉地球社會內部事務，這是由聯合國憲章規定的。所以，現在人類世界分為兩個國際：傳統的地球國際和新出現的艦隊國際。三大艦隊組成太陽系艦隊，原來的行星防禦理事會演變成太陽系艦隊聯席會議，是太陽系艦隊名義上的最高指揮機構，但與聯合國的情況一樣，它只有協調功能，沒有實際權力。其實太陽系艦隊本身也是名義上的，人類太空武裝力量的實際權力由三大艦隊的統帥部掌握。好，參加今天的會議，您知道這些已經差不多了，這次聽證會就是由太陽系艦隊聯席會議召開的，他們是面壁計畫的繼承者。」

這時，全像圖中出現一個顯示視窗，希恩斯和山杉惠子的圖像出現於其中，他們看上去毫無變化。希恩斯微笑著向羅輯問好，山杉惠子則面無表情地坐在旁邊，對羅輯的致意只是微微頷首做答。

希恩斯說：「我也是剛剛甦醒，羅輯博士，很遺憾地得知，在五十光年遠的那個位置，您詛咒的那顆行星還圍繞著那顆恆星在運行。」

「呵呵，確實是笑話，古代的笑話。」羅輯擺擺手自嘲地說。

「但比起泰勒和雷迪亞茲來，您還是幸運的。」

「看來您是唯一成功的面壁者了，也許您的戰略計畫真的提升了人類的智力。」

希恩斯也露出了羅輯剛才的那種自嘲的笑容，他搖搖頭說：「沒有，真的沒有。我現在得知，在我們進入冬眠後，人類思維的研究很快就遇到了不可克服的障礙，因為再深入下去，就要涉及大腦思維機制的量子層次，這時，同其他學科一樣，他們碰到了不可逾越的智子壁壘。我們沒有提升人類的智力，如果說真做了什麼，那就是增強了一部分人的信心。」

羅輯進入冬眠時，思想鋼印還沒有出現，所以他不是太明白希恩斯最後一句話的涵義，但他注意到希恩斯這麼說時，一直冷若冰霜的山杉惠子的臉上掠過一絲神祕的笑容。

顯示視窗消失了，這時羅輯看到會場已經坐滿了人，與會者大部分都穿著軍裝，軍裝的模式變化並不大，所有與會者的衣服上都沒有圖像裝飾，但他們的領章和肩章都發著光。艦隊聯席會議的主席仍為輪值，而且是一個文職官員。看著他，羅輯想起了伽爾寧，意識到他已經是兩個世紀前的古人了，與那無數湮沒於時間長河中的同時代人相比，無論如何自己都是幸運的。

在宣布會議開始後，主席發言：「各位代表，在這次會議上，我們將對本年度第四十七次聯席會議提出的六四九號提案進行最後表決，該提案是由北美艦隊和歐洲艦隊聯合提交的。我首先宣讀提案內容。

在三體危機出現後的第二年，聯合國行星防禦理事會制定了面壁計畫，並取得了各常任理事國的一致通過，於次年開始執行。面壁計畫的核心內容，是由經過各常任理事國選定和推舉的四位面壁者進行完全封閉的個人思考，制定並執行對抗三體世界入侵的戰略計畫，以避開智子對人類世界無所不在的監視，從而實現戰略的隱蔽性。聯合國推出了相應的面壁法案以保證面壁者制定和執行計畫的特權。

面壁計畫至今已經進行了二百零五年，其間，有過長達一個多世紀的停頓期。在這期間，計畫的領導權由原行星防禦理事會移交到現太陽系艦隊聯席會議。

面壁計畫的產生有特定的歷史背景。當時，三體危機剛剛出現，面對這個人類歷史上史無前例的毀滅性危機，國際社會陷入了空前的恐懼和絕望中，面壁計畫正是在這樣的狀態下誕生的，它不是理智的選擇，而是絕望的掙扎。

歷史事實證明，面壁計畫是一個完全失敗的戰略計畫。毫不誇張地說，它是人類社會作為一個整體，有史以來所做出的最幼稚、最愚蠢的舉動。面壁者被賦予空前的、不受任何法律監督的權力，甚至被賦予欺騙國際社會的自由，這違背了人類社會最基本的道德和法律準則。

在面壁計畫的執行過程中，大量的戰略資源被沒有意義地消耗，面壁者弗雷德里克・泰勒的量子艦隊計畫已被證明沒有任何戰略意義，而面壁者雷迪亞茲的水星墜落連鎖反應計畫，即使以目前人類的能力也根本無法實現。同時，這兩個計畫都是犯罪，泰勒企圖攻擊並消滅地球艦隊，雷迪亞茲的企圖則更加邪惡，竟然把整個地球生命世界作為人質。

另外兩位面壁者也同樣令人失望。面壁者希恩斯的思維提升計畫目前還沒有暴露出其真實的戰略意圖，但其初步階段的成果——思想鋼印，在太空軍中的使用也是犯罪，它嚴重地侵犯了思想自由，而後者是人類文明存在和進步的基礎。至於面壁者羅輯，他先是不負責任地用公共資源為自己營造享樂生活，其後又以可笑的神祕主義舉動譁眾取寵。

我們認為，隨著人類力量的決定性增強和對戰爭主動權的把握，面壁計畫已經沒有意義，現在是結束這一歷史遺留問題的合適時間。我們建議艦隊聯席會議立刻中止面壁計畫，同時廢除聯合國面壁法案。

特此提交本提案。」

主席把提案文本緩緩放下，掃視了一下會場說：「現在開始對太陽系艦隊聯席會議六四九號提案進行表決。」

所有的代表都舉起了手。

這個時代的表決方式仍是這麼原始，有工作人員在會場中穿行，鄭重地核實著表決票數。當他們把匯總結果提交主席時，主席宣布：「六四九號提案獲得全票通過，並從此時開始生效。」主席抬起頭來，羅輯不知道他是不是在看自己或希恩斯，同一百八十五年前那次遠端參加聽證會一樣，羅輯仍然不知道自己和希恩斯的影像在會場的什麼位置顯示。「現在，面壁計畫已經中止，同時廢除聯合國面壁法案。我代表太陽系艦隊聯席會議通知面壁者比爾．希恩斯和面壁者羅輯，你們的面壁者身分已經中止，由聯合國面壁法案賦予你們的一切與面壁計畫有關的特權，以及相應的法律豁免權都不再有效，你們將恢復自己所在國家的普通公民身分。」

主席宣布會議結束，喬納森站起身來關掉了全像圖，也關掉了羅輯長達兩個世紀的噩夢。

「羅輯博士，據我所知，這正是您想要的結果。」喬納森微笑著對羅輯說。

「是的，正是我想要的，謝謝您，特派員先生，也謝謝艦隊聯席會議恢復了我的普通人身分。」羅輯以發自內心的真誠說。

「會議很簡短，就是提案表決，我已被授權同您談更具體的事項，您可以先談自己最關心的事。」

「我的妻子和孩子呢？」羅輯迫不及待地問出了甦醒後一直折磨他的問題，事實上他在會議開始前剛見到喬納森時就想問的。

「請您放心，她們都很好，都在冬眠中，我會給您她們的資料，您可以隨時申請甦醒她們。」

「謝謝，謝謝。」羅輯的眼眶又濕潤了，他再次有了那種來到天堂的感覺。

「不過，羅輯博士，我有一個個人建議，」喬納森在沙發上向羅輯靠近了些說：「作為冬眠者，適應這個時代的生活並不容易，我建議您自己的生活穩定下來之後再甦醒她們，聯合國支付的費用還可以再維持她們二百三十年的冬眠時間。」

「那，我個人到外面怎麼生活呢？」

對羅輯的這個問題特派員一笑置之：「這個您不用擔心，可能對時代不適應，但生活沒有問題，在這個時代，社會福利很完善，一個人即使什麼都不做，也能過相當舒適的生活。您過去工作過的大學現在還在，就在這個城市，他們答應考慮您的工作問題，過後他們會與您聯繫的。」

羅輯突然想到了一件事，這幾乎讓他打了個寒戰：「我出去後的安全問題呢？ＥＴＯ一直想殺我！」

「ＥＴＯ？」喬納森大笑起來：「地球三體組織早在一個世紀前就已被完全剿滅，現代世界已經沒有他們存在的社會基礎，當然有這種思想傾向的人還是存在的，但已經不可能形成組織了，您在外部世界是絕對安全的。」

臨別時，喬納森放下了官員的姿態，他的西裝也閃耀起來，映出了誇張變形的星空，他笑著對羅輯說：

「博士，在我見過的所有歷史人物中，您是最幽默的。咒語，對星星的咒語，哈哈哈哈……」

羅輯獨自一人站在接待室中，寂靜中細細咀嚼著眼前的現實，在做了兩個世紀的救世主之後，他終於變回到普通人了，新生活在他的前面展開。

「你變成普通人了，老弟！」羅輯的思想被一個粗啞的聲音大聲說出，他回頭一看，史強走了進來：「呵呵，我聽剛離開的那小子說的。」

重逢的歡喜中，他們交換了自己的經歷。羅輯得知史強是兩個月前甦醒的，他的白血病已經治好了，醫生還發現他的肝臟病變的機率很高，可能是喝酒的原因，也順便處理好了。其實，在他們的感覺中，兩人分別的時間並不是太長，就是四五年的樣子，冬眠中是沒有時間感的，但在兩個世紀後的新時代相遇，還是多了一層親切感。

「我來接你出院，這兒沒什麼好待的。」史強說著從隨身帶的背包裡拿出一身衣服，讓他穿上。

「這……也太大了吧？」羅輯抖開那件夾克款式的上衣說。

「看看，晚醒兩個月，你在我面前已經是土老帽兒了，穿上試試。」

羅輯穿上衣服，聽到一陣細微的嘶嘶聲，衣服慢慢縮到合身的尺度，穿上褲子後也一樣。史強指著上衣胸前的一個胸針樣的東西告訴羅輯，衣服的大小還可以調。

「我說，你不會是穿著兩個世紀前的那一身吧？」羅輯看著史強問，他記得清楚，大史現在身上的皮夾克真的與最後一次見他時一樣。

「我的東西在大低谷時丟了一些，但那身衣服人家倒還真給我留著，可是不能穿了，你那時的東西也留下了一些，等安頓下來再來取吧。我說老弟，你看看那些東西變成了什麼樣兒，就知道這將近二百年可是一段不短的時間呢。」史強說著，在夾克的什麼地方按了一下，整件衣服變成了白色，原來皮革的質感只是圖像：「我喜歡和過去一樣。」

「我這件也能這麼弄嗎？還能像他們那樣現出圖像？」羅輯看著自己的衣服問。

「能，得費勁兒輸入什麼的。我們走吧。」

羅輯和大史一起，從樹幹的電梯直下到地面一層，穿過這棵大樹寬闊的大廳，走進了新世界。

在特派員關閉聽證會全像圖時，會議並沒有結束。其實當時羅輯已經注意到，在主席宣布聽證會結束時，突然響起了一個人的聲音，是一個女聲，他沒有聽清楚說的是什麼，但會場中的所有人都朝一個方向看。這時喬納森關閉了圖像，他一定也注意到了這個，不過當主席宣布會議結束後，羅輯已經失去了面壁者身分而成為普通公民，即使會議繼續，他也沒有資格參加了。

說話的是山杉惠子，她說：「主席先生，我還有話要說。」

主席說：「山杉惠子女士，您不是面壁者，僅由於您的特殊身分才被允許列席今天的會議，您沒有發言權。」

這時，會場上的代表們也都對山杉惠子不感興趣，正在紛紛起身離去，其實，現在面壁計畫對他們而言，整個兒就是一件不得不花一些精力來處理的歷史遺留瑣事，但惠子接下來的話讓他們都停了下來——她轉身對希恩斯說：

「面壁者比爾．希恩斯，我是你的破壁人。」

希恩斯也正要起身離去，聽到山杉惠子的話，他兩腿一軟，跌坐回椅子上。會場中，人們面面相覷，接著響起了一陣低語聲，而希恩斯的臉則漸漸變得蒼白。

「我希望各位還沒有忘記這個稱呼的涵義。」山杉惠子轉向會場冷傲地說。

主席說：「是的，我們知道破壁人是什麼，但妳的組織早已不存在。」

「我知道，」山杉惠子顯得十分冷靜：「但作為地球三體組織最後的成員，我將為主盡自己的責任。」

「我早就該想到了，惠子，這我早就該想到了。」希恩斯說，他聲音發顫，顯得很虛弱。他早就知道妻子是蒂莫西·利里*思想的信奉者，也看到她對使用技術手段改變人類思維的狂熱嚮往，但他從沒有把這些與她深深隱藏著的對人類的憎惡聯繫起來。

「我首先要說明的是，你的戰略計畫的真實目的並非提升人類的智慧。你比誰都清楚，在可以想見的未來，人類的技術根本不可能實現這個目標，因為你是大腦量子機制的發現者，知道對思維的研究必然進入量子層次，在基礎物理學被智子鎖死的情況下，這種研究是無源之水，不可能取得成功。思想鋼印並非是思維研究偶然的副產品，它一直是你想要的東西，是這種研究的最終目標。」山杉惠子轉向會場：「各位，現在我想知道，在我們進入冬眠後的這些年中，思想鋼印都發生了些什麼？」

「它的歷史並沒有持續很長，」歐洲艦隊代表說：「當時，在各國太空軍中，前後有近五萬人自願接受了思想鋼印所固化的勝利信念，以至於在軍隊中形成了一個特殊的階層，被稱做鋼印族。後來，大約是你們進入冬眠後的十年左右吧，思想鋼印的使用被國際法庭判定為侵犯思想自由的犯罪行為，信念中心裡僅有的一台思想鋼印被封存了。這種設備在全世界範圍內被嚴禁生產和使用，其嚴厲程度與控制核擴散差不多。事實上，思想鋼印比核武器更難得到，主要是它所使用的電腦。在你們冬眠時，電腦技術已經基本停止進步，思想鋼印所使用的電腦，在今天仍是超級電腦，一般的組織和個人很難得到。」

山杉惠子說出了第一個有分量的資訊：「你們不知道，思想鋼印不是只有一台，它一共製造了五台，每台都配備了相應的超級電腦。另外四台思想鋼印，由希恩斯祕密移交給了已經被鋼印固化信念的人們，也就是你們所說的鋼印族，在當時他們雖然只有三千人左右，但已經在各國太空軍中形成了一個超國界的嚴密組織。這件事希恩斯沒有告訴我，我是從智子那裡得知的，主對於堅定的勝利主義者並不在意，所以我們沒有對此採取任何行動。」

「這意味著什麼呢？」主席問。

「讓我們一起來推測吧。思想鋼印並不是連續運行的設備，它只在需要時才啟動，每台設備可以使用很長時間，如果得到適當的維護，它使用半個世紀是沒有問題的。如果四台設備輪流使用，一台完全報廢後再啟動另一台，那麼它們可以延續兩個世紀。也就是說，鋼印族並沒有自生自滅，它可能一代接一代地延續到今天，這是一種宗教，所信仰的就是思想鋼印所固化的信念，入教的儀式就是自願在自己的思想中打上鋼印。」

北美艦隊代表說：「希恩斯博士，現在您已經失去了面壁者身分，也就沒有了欺騙世界的合法權力。請您對聯席會議說實話：您的妻子，或者說您的破壁人，說的是真的嗎？」

「是真的。」希恩斯沉重地點點頭。

「這是犯罪！」亞洲艦隊代表說。

「也許是……」希恩斯又點點頭：「但我和你們一樣，也不知道鋼印族是否延續到了今天。」

「這並不重要，」歐洲艦隊代表說：「我認為下一步要做的只是找到可能遺留至今的思想鋼印，封存或銷毀它們。至於鋼印族，如果他們是自願被打上思想鋼印，那似乎不違反現有的任何法律；如果他們給別的自願者打思想鋼印，則是受到自己已經被技術手段所固化的信念或信仰的支配，也不應該受到法律制裁。所以只要思想鋼印被找到，也許根本沒有必要再去追查鋼印族的情況。」

「是的，太陽系艦隊中有一些對勝利擁有絕對信念的人，並不是壞事，至少不會產生什麼損害，這應該

＊美國心理學家，主張用ＬＳＤ迷幻藥控制人類思想，進而達到靈魂的拯救，在上世紀中期有大批心理學界和文化界的追隨者。

屬於個人隱私，沒必要知道他們是誰。儘管現在自願打上思想鋼印有些不可理解，因為人類的勝利已經是很明顯的事了。」歐洲艦隊代表說。

山杉惠子突然冷笑起來，露出一種這個時代很少見到的表情，讓與會者們聯想到在某個古老的年代，草叢中蛇的鱗片反射的月光。

「你們想得太簡單了。」她說。

「你們想得太簡單了。」希恩斯附和著妻子，又深深地低下了頭。

山杉惠子再次轉向她的丈夫：「希恩斯，你一直在對我隱藏自己的思想，即使在成為面壁者之前。」

「我怕妳鄙視我。」希恩斯低著頭說。

「多少次，在京都靜靜的深夜裡，在那間木屋和小竹林中，我們默默地對視，從你的眼中我看到了一個面壁者的孤獨，看到了你向我傾訴的渴望。多少次，你幾乎要對我道出實情了，你想把頭埋在我的懷中，哭著把一切真相都說出來，獲得澈底的解脫，但面壁者的職責阻止了你。欺騙，即使是對自己最愛的人的欺騙，也是你責任的一部分。於是，我也只能看著你的眼睛，希望從中尋找到你真實思想的蛛絲馬跡。你也不知道我度過了多少個不眠的夜晚，在熟睡的你的身邊等待著，等待著你的夢囈……更多的時間我是在細細地觀察著你，研究你的一舉一動，捕捉你的每一個眼神，包括你第一次冬眠的那些年，我都一次次回憶你的每一個細節，不是為了思念，只是想看透你真實的思想。在相當長的時間裡，我失敗了，我知道你一直戴著面具，我對面具下的你一無所知。一年又一年過去，終於到了那一天，當你第一次甦醒後，穿過大腦神經網路的圖像走到我身邊時，我再次看到你的眼睛，終於領悟了。這時我已經成長和成熟了八年，而你還是八年前的你，所以你暴露了自己。

「從那一刻起，我知道了真實的你：一個根深柢固的失敗主義者，一個堅定的逃亡主義者，不管是在成為面壁者之前還是之後，你的唯一目標就是實現人類的逃亡。與其他面壁者相比，你的高明之處不在於戰略計謀的欺騙，而在於對自己真實世界觀的隱藏和偽裝。

「但我還是不知道，你如何通過對人類大腦和思維的研究來實現這個目標，甚至在思想鋼印出現後，我仍然處於迷惑之中。直到進入冬眠前的那一刻，我想起了他們的眼睛，就是那些被打上思想鋼印的人的眼睛，就像對你那樣，突然讀懂了那些一直令我困惑的目光，這時我完全識破了你的真實戰略，但已經來不及說了。」

北美艦隊代表說：「山杉惠子女士，我感覺這裡面應該沒有更詭異的東西吧，我們了解思想鋼印的歷史，在第一批自願打上鋼印的五萬人中，對每個人的操作都是在嚴格監督下進行的。」

山杉惠子說：「不錯，但絕對有效的監督只是對信念命題的內容而言，對思想鋼印本身，監督就困難得多了。」

「可是歷史文獻表明，當時對思想鋼印在技術細節上的監督也十分嚴格，在正式投入使用前進行了大量實驗。」主席說。

山杉惠子輕輕搖搖頭：「思想鋼印是極其複雜的設備，任何監督都會有疏漏的，特別是對幾億行代碼中的一個小小的正負號而言，這一點，甚至連智子都沒有察覺到。」

「正負號？」

「在發現了對命題判斷為真的神經迴路模式時，希恩斯同時也發現了對命題判斷為偽的模式，後者正是他所需要的。他對包括我在內的所有人都隱瞞了這個發現，這並不難，因為這兩種神經迴路的模式十分相似，在神經元傳輸模式中表現為某個關鍵信號的流向；而在思想鋼印的數學模型中，則只由一個正負號決定，正者判斷為真，負者判斷為偽。希恩斯用極其隱蔽的手段操縱了思想鋼印控制軟體中的這個符號，在所有五台思想鋼印中，這個符號都為負。」

死一般的寂靜籠罩了會場，這種寂靜曾經在兩個世紀前的那次行星防禦理事會的面壁計畫聽證會上出現過，當時，雷迪亞茲展示了手腕上的「搖籃」，並告訴與會者，接收它的反觸發信號的裝置就在附近。

「希恩斯博士，看看你做了什麼？」主席怒視著希恩斯說。

希恩斯抬起頭，人們看到他蒼白的臉又恢復了常態，他的聲音沉穩而鎮靜：「我承認，自己低估了人類的力量，你們取得的進步真是令人難以置信。我看到了，相信了，我也相信這場戰爭的勝利者將是人類，這種信念幾乎與思想鋼印一樣堅固，兩個世紀前的失敗主義和逃亡主義真是很可笑的東西。但，主席先生，各位代表先生，我要對全世界說：在這件事上讓我懺悔是不可能的。」

「你還不該懺悔嗎？」亞洲代表憤怒地質問。

希恩斯仰起頭說：「不是不該，是不可能，我給自己打上了一個思想鋼印，它的命題是：我在面壁計畫中所做的一切都是正確的。」

人們互相交換著驚奇的目光，甚至連山杉惠子都用這樣的目光看著自己的丈夫。

希恩斯對山杉惠子微笑著點點頭：「是的，親愛的，請允許我仍這麼稱呼妳，只有這樣做，我才能獲得把計畫執行下去的精神力量。是的，我現在認為自己做的都是正確的，我絕對相信這一點，而不管現實是什麼。我用思想鋼印把自己改造成了自己的上帝，上帝不可能懺悔。」

「當不久的將來，三體入侵者向強大的人類文明投降的時候，您仍然這麼想嗎？」主席問，與剛才不同，他這時表現出來的更多是好奇。

希恩斯認真地點點頭：「我仍然這麼想，我是正確的，我在面壁計畫中做的一切都是絕對正確的。當然，在事實面前我要受到地獄般的折磨。」他轉向山杉惠子：「親愛的，妳知道我已經受過一次這種折磨了，那時，我堅信水是劇毒的。」

「還是讓我們回到現實中來吧。」北美艦隊代表打斷了人們低聲的議論：「鋼印族延續至今只是一個猜測，畢竟已經過去一百七十多年了，如果一個持有絕對失敗主義信念的階層或組織存在，為什麼到現在為止還沒有一點跡象呢？」

「這有兩種可能，」歐洲艦隊代表說：「一種是鋼印族早就消失了，我們確實是虛驚一場……」

亞洲代表替他說出了後面的話：「在另一種可能中，到現在還沒有跡象，正是這件事情的可怕之處。」

羅輯和史強行走在地下城市中。在他們的上方，樹形建築遮天蔽日，天空的縫隙中穿行著飛車的車流，但由於城市建築都是懸在空中的「樹葉」，地面的空間十分寬闊，只有間距很遠的巨樹樹幹，使得城市已經沒有了街道的概念，只是一片其間坐落著樹幹的連綿的廣場。地面的環境很好，有大片的草地和真正的樹林，空氣清新，一眼望去像是美麗的郊野，行人們穿著閃亮的衣服，像發光的螞蟻般穿行其間。這種把現代的喧囂和擁擠懸在高空，讓地面回歸自然的城市設計，讓羅輯讚嘆不已。這裡絲毫看不到戰爭的陰影，只有人性化的舒適和愜意。走了不遠，羅輯突然聽到一個柔美的女聲：「是羅輯先生嗎？」他四下一看，發現聲音是從路邊草坪上的一個大看板上發出的，看板上的大幅動態圖像中，一個身穿制服的漂亮姑娘正在看著他。

「我是。」羅輯點點頭說。

「您好，我是整體銀行系統八〇六五號金融諮詢員，歡迎您來到這個時代，現在向您通報你目前的財政狀況。」諮詢員說著，她的旁邊映出了一個資料表格：「這是您在危機第九年的財政資料，其中包括當時在中國工商銀行和中國建設銀行的存款情況，還有當時的有價證券投資情況，後面一項的資訊在大低谷時代可能部分遺失。」

「她怎麼知道我在這兒？」羅輯低聲問。

史強說：「你的左手臂裡植入了一塊什麼晶片，不要緊張，現在每個人都有，類似於身分證吧，所以看板能認出你來。現在的廣告都是對著個人了，不管走到哪裡，看板上的東西都是為你顯示的。」

諮詢員顯然聽到了大史的話，她說：「先生，這不是廣告，而是整體銀行系統的金融服務。」

「我現在在銀行裡有多少存款？」羅輯問。

一個十分複雜的表格在諮詢員旁邊出現了：「這是從危機九年一月一日至今天您的所有存款的計息情況，比較複雜，以後您可以從自己的資訊區中調閱。」另一個比較簡明的表格隨即也跳了出來：「這是您目前在整體銀行系統的各個分系統的財政情況。」

羅輯對那些數字並沒有概念，他茫然地問：「這……有多少呢？」

「老弟，你是有錢人了！」史強猛拍了羅輯一下說：「我雖不如你，可也算有錢了，呵呵，兩個世紀的利息，真正的長線投資，窮光蛋也富了，後悔當時沒有多存些。」

「這……有些不對吧？」羅輯懷疑地問。

「嗯？」諮詢員漂亮的大眼睛從看板上探詢地看著羅輯。

「一百八十多年了，這中間沒有通貨膨脹什麼的？金融體系也能一直平穩延續下來？」

「還是你想得多。」大史搖搖頭說，從口袋中掏出一盒菸來，羅輯現在知道菸這東西也延續下來了，只是大史從盒中抽出一根，不用點就開始吞雲吐霧了。

諮詢員回答：「大低谷時代發生過多次通貨膨脹，金融和信用體系也曾接近崩潰，但按照現有法律，對冬眠甦醒者存款的計息有特殊的計算方法，排除了大低谷時間段，在存款額上直接平移到大低谷後的金融水準，並從那時開始計息。」

「竟有……這樣的優惠？」羅輯驚嘆道。

「老弟，這是個好時候。」大史吐出一口白煙說，然後舉起仍然帶有火的香菸：「就是菸難抽了。」

「羅輯先生，這次我們只是認識一下，在您方便的時候，我們再討論您的個人財政安排和投資計畫，如果沒有其他的問題就再見了。」諮詢員微笑著對羅輯揮手告別。

「有一個問題。」羅輯急忙說。他不知道現在對年輕女性如何稱呼，叫「小姐」有些冒險，在自己那個時代這個稱呼的涵義已經變了，現在更不知變成什麼了；叫女士也不太對，這應該是對上年紀女性的稱呼，羅輯只好把稱呼免去了：「我對現實不太了解，要是這個問題冒犯了妳，請多多原諒。」

諮詢員微微一笑說：「沒有關係，我們的責任就是幫助你們儘快熟悉這個時代。」

「妳是真人還是機器，或者是一個程式？」

這個問題似乎並沒有讓諮詢員吃驚，她回答道：「我當然是真人，電腦怎麼能夠處理這麼複雜的業務？」

同看板上的美人告別後，羅輯對史強說：「大史，有些事情真的不好理解，這是一個發明了永動機並且能夠合成糧食的時代，可是電腦技術好像並沒有進步多少，人工智慧連處理個人金融業務的能力都沒有。」

「永動機是啥？永遠能動的機器？」大史問。

「是啊，標誌著無限能源的發現。」

大史四下看看：「哪裡有這玩意兒？」

羅輯指著空中的車流說：「看那些飛車，它們耗油或用電池嗎？」

大史搖搖頭：「都不用的，地球上的石油早抽完了，那些車也不用電池，就那麼著不停地飛，永遠不會沒有電，很帶勁兒的東西，我正打算買一輛。」

「這就是你對技術奇蹟的麻木了，人類有了無限的能源，這簡直是和盤古開天地一樣的大事！到現在你也沒意識到這是個多麼偉大的時代！」

大史把菸蒂扔掉，想了想又覺得不妥，就又把扔到草坪上的菸蒂拾起來，扔到不遠處的垃圾箱裡。「我麻木？是你這知識分子想像得太遠了，這技術，其實我們那時就已經有了。」

「你開玩笑吧？」

「要說技術我是不懂，但具體對這事兒多少還是明白一些，因為碰巧我曾使過一種警用竊聽器，它不用電池，而且電也像這樣用不完，知道是怎麼整的嗎？從遠處發射微波給它供電。現在也就是這麼回事兒，供電方式與我們那時不同而已。」

羅輯站住了，呆呆地看了大史半天，又抬頭看看空中的飛車，再想想那個電熱杯，終於明白了，不過是無線供電而已，電源用微波或其他形式的電磁振盪來發射電能，在一定的空間範圍形成供電場，這個範圍內的任何用電設備都可以用天線或電磁共振線圈來接收電能。正如大史所說，即使在兩個世紀前，這也是一項很普通的技術，之所以在當時沒有普遍使用，是因為這種供電方式損耗太大，發射到空間中去的電能只有一小部分被接收使用，大部分都散失了。而在這個時代，由於可控核融合技術的成熟，能源已經極大地豐富了，無線供電所產生的損耗變得可以接受。

「那合成糧食呢，他們不是可以合成糧食嗎？」羅輯又問。

「這我不是太清楚，但現在的糧食也是種子長出來的，只不過是在工廠的什麼培養槽裡生長的。莊稼都基因改造過，據說那麥子只長穗沒有秸稈，而且長得賊快，因為那裡面有很強的人造陽光，還有催長的強輻射什麼的，麥子稻穀一星期就能收一季，從外面看就像生產線上產出來的一樣。」

「哦——」羅輯長長地沉吟一聲，他眼前許多絢爛的肥皂泡破裂了，現實露出了真面目，他現在知道，就在這個偉大的新時代，智子仍然無處不在地飄蕩著，人類的科學仍被鎖死著，現有的技術，都不可能越過智子畫定的那條線。

「飛船達到光速的百分之十五，這個……」

「這倒是真的，那些戰艦發動起來像天上的小太陽。還有那些太空武器，前天電視上看到亞洲艦隊演習的新聞，那個雷射砲，對著像航母那麼大的靶船掃了一下，那個大鐵傢伙就像冰塊兒似的給蒸發了一半，另一半變成亮晶晶的鋼水兒炸開了，像煙火似的。還有電磁砲，每秒鐘能發射上百個鋼球，每個有足球那麼大，出膛速度每秒幾十公里，無堅不摧，幾分鐘就掃平了火星上的一座大山……現在，你說的永動機什麼的是沒有，但就憑這些技術，人類收拾三體艦隊已經綽綽有餘了。」

大史遞給羅輯一支菸，教他擰了一下過濾嘴部分把菸點著，他們各抽一口，看著雪白的煙霧裊裊上升。

「不管怎麼說，老弟，這是個好時候。」

「是啊，是個好時候。」

羅輯話音未落，大史就向他猛撲過來，兩人一起滾倒在幾公尺遠處的草坪上。緊接著一聲巨響，一輛飛車正撞在他們兩人剛才站的位置上！羅輯感到了氣浪的衝擊，金屬碎片從他們上方嗖嗖飛過，那個看板被飛起的碎片擊碎了一半，看上去像透明玻璃管的顯示材料嘩嘩落了一地。被摔得頭暈目眩眼睛發黑的羅輯還沒恢復過來，大史就一躍而起，向墜地的飛車跑去。他看到圓盤狀的車體已經完全破碎變形，但由於車內沒有燃油，所以沒起火，只有劈啪作響的電火花在那團絞扭的金屬中竄動。

「車裡沒有人。」大史對一瘸一拐走過來的羅輯說。

「大史啊，你又救了我一命。」羅輯扶著史強的肩膀，揉著摔痛的腿說。

「我以後還不知道要救你幾命呢，可你自個兒也得多長個心眼多長隻眼睛。」他指指撞毀的飛車：「這個，沒讓你想起什麼？」

羅輯想起了兩個世紀前的那一幕，不由得打了個寒顫。

有許多行人圍攏過來，他們的服裝都映出表現驚恐的圖像，閃成一片。有兩輛警車鳴著警笛自天而降，幾名員警走下車，在殘車周圍拉上隔離線，他們的警服像警燈那樣狂閃著，亮度蓋過了周圍市民的服裝。一名員警向大史和羅輯走來，他的警服炫得兩人睜不開眼。

「墜車的時候你們就在旁邊，沒受傷吧？」員警關切地問，他顯然看出了兩人是冬眠者，也吃力地說著「古漢語」。

不等羅輯回答，大史就拉著問話的員警走出隔離繩和人圈，一來到外面，員警的服裝就停止了閃耀。

「你們好好調查一下，這可能是一起謀殺。」大史說。

員警笑笑說：「怎麼會呢？就是一起交通事故。」

「我們要報案。」

「確定嗎？」

「當然，我們報案。」

「這是小題大做，您可能是受驚了，真的是一起交通事故，不過按照法律，如果你堅持要報案的話……」

「我們堅持。」

員警在衣袖上的一塊顯示區按了一下，那裡彈出了一個資訊視窗，員警看了看視窗說：「已經立案。以後四十八小時要對你們進行警務跟蹤，但這需要得到你們的同意。」

「我們同意，我們可能還會有危險。」

員警又笑笑：「其實這是很常見的事。」

「常見的事？那我問你，這座城市裡平均每月發生多少起這樣的交通事故？」

「去年一年就有六七起呢！」

「那我告訴你，警官，在我們那時，這座城市每天發生的車禍都要比這多。」

「你們那時的車都在地上走，還那麼危險，真難想像。好了，你們已在警務系統的監控之中，案件的進展會通知你們的，不過請相信我，這就是一般的交通事故而已，不管是否報案，你們都會得到賠償的。」

離開了員警和事發現場後，大史對羅輯說：「咱們最好趕快回我的住處去，在外面我總是覺得不放心。住處並不遠，我們還是走著回去吧，計程車都是無人的，也不保險。」

「可是，地球三體組織不是已經被消滅了嗎？」羅輯四下看看說。遠處，那輛墜車已經被一輛大型飛車吊走，圍觀者散去，警車也離開了，一輛市政工程車降落下來，有幾名工人下車收拾散落的碎片，並開始修理被撞壞的地面。小小的騷動後，城市又恢復了宜人的平靜。

「也許吧，但老弟，你要相信我的直覺。」

「我已經不是面壁者了。」

「那輛車好像不那麼想……走路的時候注意著點天上的車。」

他們儘量在樹形建築的「樹蔭」下行走，遇到開闊地就快跑過去。很快，他們來到一個寬闊的廣場邊，大史說：「就在對面，繞過去太遠了，咱們快點兒跑過去。」

「這是不是有點疑神疑鬼？也許那真是交通事故。」

「不還是『也許』嗎？小心點兒總沒壞處……看到廣場中心那堆雕塑了嗎？有事兒的話那裡可以躲。」

羅輯看到廣場中心有一片正方形的沙地，好像是沙漠的微縮景觀，大史說的雕塑就在沙地中央，是一群黑色的柱狀物，每根兩三公尺高，從遠處看去像一片黑色的枯樹林。

羅輯跟著大史跑過廣場，在接近沙地時，他聽到大史喊：「快，鑽進去！」他被大史拉著腳下打滑地跑過沙地，一頭鑽進了「枯樹林」雕塑群，躺在林中溫暖的沙地上，看著周圍那黑色的柱子伸向天空。這時，羅輯看到了一輛俯衝的飛車低低地掠過「枯樹林」，急速拉起，升上去飛走了，它帶起的一陣疾風把林間的沙子吹起來，打在柱子上嘩嘩作響。

「也許它不是衝著我們來的。」

「哼，也許吧。」大史坐在那兒倒著鞋裡的沙子說。

「咱們這樣會不會讓人笑話？」

「怕個鬼啊，誰認識你？再說了，咱們是二百年前來的，就是一本正經地行事，人家看著也照樣兒可笑。老弟，小心不吃虧，那玩意兒要是真衝你來的呢？」

這時，羅輯才真正注意到他們置身其中的雕塑群，他發現那些柱狀物並不是什麼枯樹，而是一隻隻從沙漠中向上伸展的手臂，這些手臂都瘦得皮包骨頭，所以初看上去像枯樹幹，頂上的那些手都對著天空做出各種極度扭曲的姿態，像是表達著某種無盡的痛苦。

「這是什麼雕塑？」羅輯置身於這群對天掙扎的手臂中，雖然出了一身汗，還是感到陣陣寒意。在雕塑群的邊緣，羅輯看到了一塊肅穆的方碑，上面刻著一行金色的大字：

給歲月以文明，而不是給文明以歲月。

「大低谷紀念碑。」史強說，他顯然沒有興趣進一步解釋，拉起羅輯向外走去，快步穿過了另一半廣場。

「好了，老弟，我就在這棵樹上住。」史強指著前方的一棵巨樹建築說。

羅輯邊走邊抬頭看，突然聽到地上嘩地響了一聲，接著腳下一空身體向下墜去。旁邊的史強一把抓住了他，這時他的胸部以下已經在地下了，大史使勁把他拖了出來，兩人呆呆地看著地上的那個洞，這是一個下水道口之類的洞口，就在羅輯踏上去之前，蓋板滑開了。

「哦，天啊！先生您沒事吧?!真是危險！」這聲音是從旁邊的一塊小看板上發出的，這個看板貼在一個飲料售貨機之類的小亭子上，說話的人是一個身穿藍色工裝的小夥子，他的臉色發白，好像比羅輯還害怕：「我是市政三公司疏排處的，那塊蓋板自動打開，可能是軟體系統故障。」

「常出這事兒？」大史問。

「不不，反正我是第一次遇到。」

大史從路旁的草坪中找來一小塊卵石，從洞口扔下去，好一會兒才聽到響聲：「這他媽的有多深?!」他問看板上的人。

「三十公尺左右吧，所以我說真危險！我考察過地面的排水系統，你們那時的下水道好像都很淺。事故已經記錄，您……」他說著看了一眼自己的衣袖：「哦，羅先生，您會得到第三市政公司的賠償的。」

他們終於走進了史強居住的一八六三號樹的樹幹大廳，史強說他住在接近樹頂的一〇六枝，他建議先在下面吃了飯再上去。他們走進了大廳一側的餐廳，除了三維動畫般的潔淨外，這個時代的另一個特色在這裡表現得比羅輯在甦醒中心第一次看到的更明顯：到處都是動態的資訊視窗，牆壁上、桌面上、椅子上、地板和天花板上，甚至一些小的物品，如餐桌上的水杯和餐巾紙盒上，都有操作介面、滾動文字或動態圖像顯示，彷彿整個餐廳就是一個大的電腦顯示幕，顯現出一種紛繁閃耀的華麗。

就餐的人不多，他們選擇一個靠窗的桌子坐下，史強在桌面上點了一下，啟動了一個操作介面，在上面點起菜來：「洋文不認識，我就只點漢字的了啊。」

「這個世界，好像就是用顯示幕當磚頭建起來的。」羅輯感慨地說。

「是啊，只要光滑點的地方就能點亮。」大史說著掏出那盒菸遞給羅輯：「看這個，就一盒很便宜的菸。」羅輯剛把菸盒拿到手中，就看到上面開始顯示動態圖像，是幾幅縮略圖，好像是一個選擇介面。

「這……也就是一種能顯示圖像的貼膜吧。」羅輯看著菸盒說。

「什麼貼膜，用這玩意兒就可以上網！」大史說著，伸手在菸盒上隨便點了一下，一塊縮略圖像按鈕一樣下陷了，接著被選擇的廣告畫面占滿了整個菸盒。羅輯看到了一個一家三口坐在客廳裡的畫面，這圖像顯然來自過去，一個尖細的聲音從菸盒上響起：

「羅輯先生，這就是你曾生活過的那個時代，我們知道，在那時，擁有一套首都的住房是每個人最華麗的夢想，現在，綠葉集團能夠幫助您實現它。您看到了，這個美好的時代，房子已經變成樹上的葉子，綠葉集團為你提供各種葉子。（圖像上出現了向巨樹的樹枝上掛裝葉子的畫面，接著出現了令人眼花撩亂的各種懸掛型成品房間，甚至有一套全透明的，裡面的家具好像是懸在空中。）當然，我們也可以為您在地面上建造傳統住房，讓您回到黃金時代的溫馨之中，為您建造一個溫暖的，家……」（畫面上出現了草坪和別墅，可能也是過去的圖像，廣告播音員說著流利的「古漢語」，但在說「家」這個詞的時候他停頓了一下，加重了語氣，這畢竟是一個他們已經沒有、只屬於過去的東西。）

大史從羅輯手中拿過菸盒，取出了裡面的最後兩支菸，遞給羅輯一支，然後把空菸盒團成一團扔到桌子上，在那皺紙團中，圖像仍在閃亮著映出，但聲音消失了。「每到一個地方，我第一件事就是把眼前和周圍的這些玩意兒都關上，看著麻煩，」大史說著，手腳並用，把桌上和腳下地板上的顯示視窗依次關閉：「但他們離不開這個。」他指指周圍：「這時候已經沒有電腦這東西了，誰想上網什麼的，找個平點兒的地方直接點就行了，還有衣服、鞋子，都能當電腦用。不管你信不信，我還見過能上網的手紙。」

羅輯把餐巾紙抽出一張，倒是不能上網的普通紙，但放紙巾的盒子被啟動了，一位漂亮女孩兒在上面向羅輯推銷創可貼，她顯然通過他今天的經歷，推測他胳膊腿上可能有擦傷。

「天啊。」羅輯感嘆道，把紙塞回盒子裡。

「這他媽才叫資訊時代，咱那會兒，有點兒原始了。」大史笑著說。

在等待上菜的時間，羅輯問起大史現在的生活，這時才問起這個，他有種愧疚感，但回想這一天，他就像一個上了發條的機器，一直被推著走，這才有了一點閒置時間。

「他們讓我退休，待遇也不錯。」史強簡單地說。

「是公安局，還是你後來的那個單位？它們都還在？」

「都在，而且公安局還叫公安局，公共安全事務局，但在冬眠前已經和我沒關係了。我後來的單位現在屬於亞洲艦隊，你知道，艦隊本身就是一個大國，那我現在是外國人了。」大史說著，長長地吐出一口煙，兩眼盯著上升的煙霧，像是在努力解開一個謎團。

「國家已經不是以前的意義了……這世界變化得，真是讓人困惑。不過大史，好在你我都屬於那類沒心沒肺的人，怎麼著都能過下去而且過得好。」

「羅老弟，說句實話，有些事情我還真沒你豁達，沒你看得開，我要是像你這麼歷練上一遭，可能早散架了。」

羅輯拿起桌上那個揉成團的菸盒，展開來，發現上面的圖像還能顯示，只是有些變色，正在重播綠葉集團的廣告。羅輯說：「不管是當救世主還是成了難民，我總能利用現有的資源儘量過得快活，你可以認為我自私，但說實話，這是我唯一看得上自己的一點。大史，我可要說你一句：你這人看上去大大咧咧，骨子裡還是個重責任的人，現在把責任澈底扔了吧，看看這個時代，誰還用得著我們？及時行樂就是我們最神聖的責任。」

「要那樣，你現在可是吃什麼都不香了。」大史把菸蒂扔進桌子上的菸灰缸，啟動了菸灰缸的香菸廣告。

羅輯自覺失言：「哦，大史，你對我的責任當然是要盡的，我離了你活不了，你今天已經救了我……一二三，三次命了，至少兩次半！」

「不能見死不救是不是？我就這個命，救你命的命。」大史不以為然地說，同時眼睛四下瞄著，可能是想找個賣菸的地方，然後他把目光收回來，探頭低聲對羅輯說：「不過老弟，你當救世主，還真有一陣兒當真了呢。」

「誰在那個位置上也不可能心智健全，好在我恢復正常了。」

「你怎麼會想到對星星發咒語呢？」

「我那時已經是一個嚴重的妄想症患者了，不堪回首啊。大史，不管你信不信，我敢肯定，在甦醒前他們不但治好了我的病，還在睡眠狀態下對我進行過精神治療。真的，現在的我與那時根本就不是一個人，我怎麼會傻到有那種想法，那種妄想？」

「什麼妄想？說說看。」

「一兩句說不清，再說，也沒什麼意思。你在以前的工作中肯定也遇到過妄想症患者，比如總覺得有人要殺他，聽這種人的話，有意思嗎？」羅輯說著，把手中的菸盒慢慢撕碎，這次顯示被破壞了，但碎紙片仍在閃爍，成了光怪陸離的一堆。

「好吧，說件喜事兒：我兒子還活著。」

「什麼？」羅輯吃驚得差點兒跳起來。

「我也是前天才知道，是他找到我，還沒見他的面兒，只通了電話。」

「他不是……」

「我也不知道他在監獄裡待了多長時間，後來也冬眠了，說是要到未來來看我，誰知道這小子哪兒來那麼多錢。他現在在地面上，說好明天過來。」

羅輯興奮得站了起來，把閃光的紙片扔了一地：「啊，大史，這簡直是……我們得好好喝兩瓶。」

「喝吧，這時候的酒太難喝，但勁兒可沒減小。」

這時，菜上來了，羅輯一樣都沒認出是什麼，大史說：「好吃不了，倒是有供應傳統農產品的飯店，但那都是很高檔的地方，等曉明來了我們就去那裡吃。」

但羅輯的注意力已經轉移到服務員身上，這個女孩兒，無論是相貌還是身材，都美得有些不真實，羅輯還發現，餐廳中在席間婀娜穿行的其他服務員也都是這種天仙般的形象。

「嗨嗨，別盯著它傻看，假的。」大史頭也不抬地說。

「機器人？」羅輯問，這個未來總算有了一樣他兒時在科幻小說中看到的東西。

「算是吧。」

「怎麼叫算是呢？」

大史指指機器服務員說：「傻妞一個，就會上菜，它們走的路線都是固定好的，傻到什麼程度？我見過一次飯桌臨時挪了地方，它們照樣往原地兒放盤子，結果劈里啪啦都摔了。」

機器人服務員上完了菜，露出甜美的笑容說：「請二位慢用。」它的聲音不是機器腔，十分柔美。接著，它伸出一隻纖纖素手拿起了史強前面的一把餐刀……

大史的眼睛閃電般地從服務員拿餐刀的手上移到對面的羅輯身上，他敏捷地跳起來，探身越過桌面，把羅輯從椅子上猛地拉下來。幾乎與此同時，美女機器人揮刀刺去，餐刀刺在原來是羅輯心臟的位置，有力地穿透了椅背，椅子被啟動的資訊介面閃亮起來。機器人抽回刀，另一隻手仍拿著托盤站在桌旁，那甜美的笑還留在她那美得不真實的臉蛋兒上。驚慌失措的羅輯掙扎著站起來，朝大史身後躲，史強擺擺手說：「別怕，它沒那麼靈活。」

果然，機器美女站著沒動，繼續持刀微笑，再次用柔美的聲音說：「請二位先生慢用。」

周圍被驚動的食客們紛紛圍攏過來，吃驚地看著這怪異的場面，然後值班經理很快趕來了，在聽到大史控告餐廳的機器人殺人時，她連連搖頭：「先生，不可能的！它的視覺看不到人，只能看到桌子和椅子上的感測器！」

「我證明，它是拿餐刀刺殺這位先生的，我們都親眼看見了！」一個人大聲說，圍觀的人們也紛紛做出證明。

就在值班經理仍想否認時，機器人美女再次揮刀向椅背刺去，餐刀精確地穿進上次刺出的洞，引來一片驚呼聲。

「二位先生請慢用。」機器美女微笑著說。

餐廳裡又有幾個人過來了，其中有他們的工程師，他在美女的後腦部按了一下，美女的表情變得嚴肅起來，說：「強制關機，中斷點資料已備份。」然後就僵站在那裡不動了。

「可能是軟體故障。」工程師擦著冷汗說。

「常見的事嗎？」大史譏笑著問。

「不不，我發誓，這事兒我聽都沒聽說過。」工程師說著，指揮兩名侍者把機器人搬走。

值班經理則極力對食客們解釋，說在故障原因查清之前將用真人來服務，但餐廳裡的人還是走了一大半。

「冬眠者，他們那個時代，人們對這類突發事件都有足夠的應對能力。」另一個人說，他的衣服上映出一個武俠劍客。

「先生，你們的反應真快。」一個旁觀者敬佩地說。

值班經理對羅輯和史強說：「二位先生，這真的是……不過我保證，你們會得到賠償的。」

「那好，我們接著吃吧。」大史招呼羅輯又在飯桌旁坐下來，真人服務員把剛才弄灑的菜又重新端上來一份。

羅輯坐在那裡，驚魂未定，椅子靠背上的洞讓他後背很不舒服：「大史，好像這整個世界都在和我過不去……本來，我對這個世界印象挺好的。」

大史看著菜盤沉思著說：「關於這事，我有了一些想法，」他抬起頭給羅輯倒酒：「先別管它，回去再和你細說吧。」

「來，及時行樂，活一天算一天，活一小時算一小時。」羅輯舉起酒杯：「祝賀你還有兒子！」

「你真的沒事兒？」大史笑望著羅輯說。

「我救世主都當過了，還怕什麼。」羅輯聳聳肩說，然後喝乾了一杯，酒的味道讓他咧嘴皺眉：「這好像是火箭燃料。」

「我就服你這一點，老弟，我一直就服你這一點。」大史豎起拇指說。

史強住的葉子位於這棵樹的頂部，是一套很寬敞的房間，生活設施齊全舒適，有健身房，甚至還有一個帶噴泉的室內花園。

史強說：「這是艦隊給我的臨時住所，他們說我可以用退休金買一片更好的葉子。」

「現在人們都住得這樣寬敞嗎？」

「應該是吧，這種建築能最好地利用空間，一片大葉子就頂我們那時的一幢樓呢，不過主要還是因為人少了，大低谷以後，人少了很多。」

「大史，你的國家可是在太空中。」

「我不會去那兒，我不是已經退休了嘛。」

羅輯在這裡感到眼睛舒服了許多，主要是因為史強把房間裡的大部分資訊視窗都關上了，但還是有零星的幾個在牆面和地板上閃動著。史強用腳點著地板上的一個操作介面，把一堵牆全部調成透明的了，夜色中的城市在他們面前展開，是一片璀璨的巨型聖誕樹的森林，飛車流的光鏈穿行其間。

羅輯走到沙發前，它摸著像大理石般堅硬。「這是坐的嗎？」他問，得到大史肯定的回答後，他小心地坐了上去，感覺卻像陷到一塊軟泥裡，原來沙發的座墊和靠背能夠自動適應人體的形狀，給坐在上面的人形成一個與其身體表面完全貼合的模子，使壓強最小。

兩個世紀前他在聯合國大廈默思室中那塊鐵礦石上的幻覺變成了現實。

「有安眠藥嗎？」羅輯問，來到這個他認為安全的空間裡，疲憊才向他襲來。

「沒有，在這兒就可以買。」大史說著，又在牆上操作起來：「這裡，非處方安眠藥，這個，夢河。」

羅輯以為他又要看到什麼網路傳輸硬體之類的高技術，但事情比他想的簡單，幾分鐘後，一輛小型送貨飛車懸停在透明的牆壁外，用一支細長的機械手把藥從透明牆上剛出現的圓洞中遞進來。羅輯接過大史遞來的藥，這倒是一個傳統的包裝盒，沒有什麼顯示被啟動，他看到說明是每次一粒，就拆開包裝拿出一粒，伸手去拿茶几上的水杯。

「你等等。」大史從羅輯手中拿過藥盒，細細看了看，又遞給羅輯：「這上面寫的是什麼？我要的藥名叫夢河。」

羅輯看到那是一長串很複雜的英文藥名：「我也不認識，不過肯定不是什麼夢河。」

史強在茶几上啟動了一個視窗，開始在上面尋找醫療諮詢。在羅輯的協助下他終於找到了一家，那名穿白衣的諮詢醫生看了看藥盒，把眼睛轉向拿藥盒的大史，目光有些異樣。

「這是哪兒來的？」醫生警覺地問。

「買的，就在這裡買的。」

「不可能，這是一類處方藥，只能在冬眠中心內部使用。」

「這……和冬眠有什麼關係？」

「這是短期冬眠藥物，可以使人進入十天至一年的冬眠期。」

「吃了就行嗎？」

「不，在服藥後要有一整套系統在體外維持人體的內循環功能，才能實現短期冬眠。」

「要是只吃藥呢？」

「那你死定了，但死得很舒服，所以這東西常被用來自殺。」

史強關閉了窗口，把藥盒扔到茶几上，與羅輯對視良久後說：「媽的。」

「媽的。」羅輯說，猛地躺回沙發上，就在這時，他遭遇了今天的最後一次未遂謀殺。

當羅輯的頭靠到沙發靠背上時，堅硬的靠背迅速適應他的後腦勺的形狀，開始為他的那個部位形成印模，但這個過程沒有停止，羅輯的頭和頸部一直陷下去，然後，靠背在頸部兩側的部分形成了一雙觸手，死死地卡住了羅輯的脖子，他甚至沒來得及叫出聲來，只能張大嘴，眼睛凸出，兩手亂抓。

大史跳起來衝進廚房，拿來一把刀，向那雙觸手兩邊猛捅了幾下，然後用手把它們從羅輯的脖子上用力分開。羅輯離開沙發，向前撲倒在地板上，沙發表面則閃亮起來，顯示出一大片錯誤資訊。

「老弟，今天這是我第幾次救你的命了？」大史搓著手問。

「好像……第……六次。」羅輯喘息著說完，就在地板上嘔吐起來，吐完後他無力地靠到沙發上，隨後又立刻觸電似的離開，他的兩隻手甚至都不知往哪兒放了：「什麼時候，我才能學成你那麼機靈，能救自己的命？」

「大概永遠不行。」大史說，有一台類似於吸塵器的機器滑過來清理地板上的嘔吐物。

「那我就死定了，這個變態的世界。」

「沒那麼糟，我對這整件事總算有個概念了。第一次謀殺不成功，又接連幹了五次，這不是專業行為，是犯傻，肯定是有什麼地方弄錯了……我們得馬上聯繫警方，等著他們破案怕是不行了。」

「什麼地方，誰弄錯了？大史，已經過了兩個世紀，別拿你那時的思維來套。」

「一樣，老弟，這種事情，在什麼時代都有一樣的地方。至於說誰弄錯了，我真不知道，我甚至懷疑這個『誰』是不是真的存在……」

這時門鈴響了，史強打開門，看到門外站著幾個人，他們都穿著便裝，但沒等為首的亮出證件，他已經看出了他們的身分。

「哇，原來這個社會還有活著的捕快……警官們請進。」

有三個人進了屋，另外兩人警惕地守在門外。為首的警官看上去三十歲左右，他打量著房間，同大史和羅輯一樣，他衣服上的顯示全部關閉，還有讓兩人感到舒服的一點是，他說話不帶英文詞，講一口流利純正的「古漢語」：

「我是市公安局數字現實處的郭正明，我們來晚了，真是對不起，這確實是工作上的疏忽。這類案件最近一次發生也是半個世紀前了。」他向大史深鞠一躬：「向前輩表示敬意，您的這種素質，在現在的警務人員中已經很難看到了。」

在郭警官說話時，羅輯和大史都注意到房間裡的所有資訊視窗都熄滅了，顯然，這片葉子已與外部的超級資訊世界斷開了。另外兩名員警在忙活著，羅輯從他們手中看到了一件久違的東西：筆記型電腦，只是那台電腦薄得像一張紙。

「他們在為這片葉子安裝防火牆。」郭警官解釋說：「請放心，你們現在是安全的，另外我保證，你們會得到政府公共安全系統的賠償。」

「我們今天，」大史扳著指頭數了數：「已經獲得四次賠償了。」

「我知道，而且還有許多部門的許多人要為你們這事兒丟掉職位，所以懇請二位協助，以便使我不包括在內。先謝謝了。」郭說著，向羅輯和大史鞠躬。

大史說：「理解理解，我以前也有你這種時候，需要我們介紹情況嗎？」

「不用，其實對你們的跟蹤一直在進行，只是疏忽了。」

「那能說說是怎麼回事嗎？」

「KILLER 第五．二版。」

「什麼？」

「一種電腦網路病毒，地球三體組織在危機一個世紀左右首次傳播的，以後又有多次變種和升級。這是一種謀殺病毒，它首先識別目標的身分，有多種方式，包括通過每人體內的身分晶片。一旦發現和定位了目標，KILLER 病毒就操縱一切可能的外部硬體進行謀殺，具體表現就是你們今天經歷的，好像這世界上的所有東西都想殺你，所以當時有人把這東西叫現代魔咒。有一段時間 KILLER 軟體甚至商業化了，從網路黑市買來後，只要輸入目標的身分特徵，把病毒放到網上，那這人就是逃脫一死，在社會上也很難生活下去。」

「這個行當已經進化到這種程度了，高！」大史感嘆道。

「一個世紀前的軟體現在還能運行？」羅輯感到很不可思議。

「可以的，電腦技術早就停止進步了，一個世紀前的軟體現在的系統都能相容。KILLER 病毒在剛出現時殺死了不少人，包括一位國家元首，但後來被殺毒軟體和防火牆抑制住了，漸漸消失。可這一版 KILLER 是專為攻擊羅輯博士編製的，由於目標一直處於冬眠狀態，所以它從來沒有機會進行顯性的動作和表現，一直處於潛伏狀態，沒有被資訊安全系統發現和記錄。直到羅輯博士今天在外界出現，KILLER五．二才啟動了自己並完成使命，只是，現在它的創造者已經滅亡了一個世紀。」

「直到一個世紀前，他們還在追殺我？」羅輯說，已經消失的某種思緒又回來了，他極力擺脫了它。

「是的，關鍵是這個版本的 KILLER 病毒是為您專門編製的，從未被啟動過，所以才能潛伏到今天。」

「那我們以後怎麼辦？」大史問。

「正在全系統清理 KILLER 五．二，但這需要時間，完成之前有兩個選擇：一是暫時給羅輯博士一個虛假的身分，但這並不能絕對保證安全，還可能造成其他更嚴重的後果。因為ＥＴＯ的軟體技術十分高明，KILLER 五．二有可能已經記錄了目標更多的特徵。一個世紀前曾經有過一個轟動一時的案例：在被保護人使用假身分後，KILLER 進行模糊識別，同時殺死了包括目標在內的上百人；另一個選擇是我建議的：你們到地面上去生活一段，在那裡，KILLER 五．二沒有硬體可以操縱。」

大史說：「同意，即使沒有這事，我也想到地面上去。」

「地面上有什麼？」羅輯問。

大史解釋說：「冬眠甦醒者大部分都生活在地面上，在這裡很難適應的。」

「是這樣，至少應該去過渡一段時間。」郭警官說：「現代社會的方方面面，政治、經濟、文化、生活習慣和兩性關係等等，與兩個世紀前相比已經變化很大，我們很難一下子適應的。」

「可你適應得很好。」大史打量著郭警官說，他和羅輯都注意到了他說「我們」。

「我是因白血病冬眠的，甦醒的時候年齡小，才十三歲。」郭正明笑笑說：「不過後來的難處別人也很難體會，僅僅精神治療我就不知道經歷過多少次。」

「在冬眠者中，像你這樣真正適應現代生活的人多嗎？」羅輯問。

「多，不過地面上也可以過得很好。」

「增援未來特遣一隊指揮官章北海報到。」章北海敬禮說。

在亞洲艦隊司令官的背後，燦爛的星河浩蕩流過。木星軌道上的艦隊司令部時刻處於旋轉狀態，以產生人工重力。章北海發現，這裡的室內照明都比較暗，窗子卻很寬大，似乎盡力使內部環境與外部的太空融為一體。

司令官向章北海還禮：「前輩，你好。」他看上去很年輕，東方人的臉龐被肩章和帽徽發出的光芒照亮。在甦醒後的第六天，當章北海領到艦隊的軍裝時，他在帽沿上看到了熟悉的太空軍軍徽：主體是一顆發出四道光芒的銀星，那四道光芒又是四柄利劍的形狀。兩個世紀過去了，軍徽的變化不大，但此時艦隊本身已經成為一個獨立的大國，它的最高領導人是總統，司令官僅負責軍事。

章北海說：「不敢，首長，我們現在是一切都要學習的新戰士。」

司令官微笑著搖搖頭：「不要這麼說，這裡的一切你們都能學會，而你們所具有的某些素質，我們是永遠學不到的，這也是現在甦醒你們的原因。」

「中國太空軍司令員常偉思將軍託我向您問好。」

章北海這話觸動了司令官心中的什麼東西，他轉身面對著窗外的星河，彷彿在眺望時間長河的上游。

「他是一名卓越的將帥，是亞洲艦隊的奠基人之一，現在的太空戰略，仍然在他兩個世紀前創立的框架之內，真希望他能看到今天。」

「今天的成就已經遠遠超出了他的夢想。」

「但這一切都是從他那時……從你們那時開始的。」

這時，木星出現了，先是一個弧形的邊緣，很快占滿了窗子的全部視野，整間辦公室全部沉浸在它發出的橘黃色光芒中，在那廣闊的氫氦大氣海洋中，呈現著夢幻般的花紋，整體構圖的宏大令人窒息，局部的細密又使人迷惑。大紅斑緩緩移入視窗，這個可以容納兩個地球的超級龍捲風，此時看上去像是這個迷離世界的一隻沒有瞳仁的巨眼。三大艦隊都把木星作為主要基地，是因為其氫氦海洋中有取之不盡的核融合燃料。

章北海被木星的景象迷住了，這無數次在夢中見到的新疆域，此時真實地呈現在眼前。直到木星緩緩移出視窗，他才開口說話：「首長，正是這個時代的偉大成就，使我們的使命變得沒有必要了。」

司令官轉過身來說：「不，不能這樣說，增援未來計畫是一個高瞻遠矚的舉措。在大低谷時代，太空武裝力量已經到了崩潰的邊緣，在那時，增援特遣隊對穩定局勢發揮了巨大的作用。」

「可我們這一支卻來晚了。」

「很抱歉，情況是這樣的。」司令官說，這時他臉上的線條變得很柔和：「在你們之後，又派出了多批增援未來特遣隊，最後派出的被最先喚醒。」

「首長，這是可以理解的，這樣他們的知識結構與當時更接近一些。」

「是的，當冬眠中的特遣隊只剩你們一支時，大低谷已經過去很久，世界進入高速發展期，失敗主義幾乎消失了，喚醒你們也就沒有必要，當時，艦隊曾做出決定：讓你們直達末日之戰。」

「首長，這確實是我們每個人的願望。」章北海激動地說。

「也是所有太空軍人最高的榮譽，他們清楚這點，才這樣決定。但現在情況發生了澈底的變化，你當然已經知道，」司令官指指他身後流動的星河：「末日之戰可能根本就不會發生了。」

「這很好，首長，與人類即將迎來的偉大勝利相比，作為軍人的這點兒小小的遺憾真算不了什麼。只是希望能答應我們一個請求：讓我們到艦隊的最基層去做普通士兵，幹自己力所能及的工作。」

司令官搖搖頭：「從甦醒之日起，特遣隊所有人員的軍齡將繼續，軍銜在原有基礎上提升一至兩級。」

「首長，這樣不行，我們不想在機關裡了卻殘生，只想到艦隊的第一線。在兩個世紀前，太空艦隊就是我們每個人的夢想，離開它，生活就沒有意義了。但即使在現有的軍階上，我們也無法勝任艦隊的工作。」

「我沒有說讓你們離開艦隊，恰恰相反，你們都將在戰艦上工作，完成一個極其重要的使命。」

「謝謝首長，但，現在我們還能有這樣的使命嗎？」

司令官沒有回答，像突然想起來似的說：「一直這樣站著能適應嗎？」司令部的所有辦公室中都沒有椅子，辦公桌的高度也是為站著使用設計的，司令部旋轉產生的重力只有地球重力的六分之一，站立和坐著感覺差別不大。

章北海笑著點點頭：「沒問題，我在太空中也待過一年的時間。」

「那語言呢？同艦隊的人交流有困難嗎？」

現在司令官在講標準的漢語，但三大艦隊已經形成了自己的語言，與地球上的現代漢語和現代英語都有些相似，只是把這兩種語言更均勻地融合了，詞彙中漢、英各占一半。

「開始有些不適應，主要是分不清漢英詞彙，但很快就能聽懂了，表達要困難些。」

「沒關係，你們就直接說漢語或英語，我們都能理解。這麼說，參謀部已經同你們充分交流了。」

「是的，到基地後的這些天，他們向我們全面介紹了情況。」

「那你一定了解思想鋼印的事。」

「是的。」

「最近的調查，仍然沒有發現鋼印族的任何跡象，對此你怎麼看？」

「我認為，一種可能是鋼印族已經消失，另一種可能是他們隱藏得很深。如果一個人只是有一般的失敗主義思想，他是會對別人傾述的；但這種被技術固化的信念，是百分之百的堅定不移，這樣的信念必然產生相應的使命感。失敗主義與逃亡主義是緊密相聯的，如果鋼印族真的存在，那麼他們必然把實現宇宙逃亡作為自己的終極使命，而為了實現這個目標，必須深深地隱藏自己的真實思想。」

司令官贊許地點點頭：「分析得很好，這也是總參謀部的看法。」

「首長，後一種情況很危險。」

「是的，尤其是在三體探測器已經逼近太陽系的時候。目前，以指揮系統的類型來分，艦隊的戰艦分為兩大類：一類是分散型指揮系統，這是一種傳統的結構，與你指揮過的海上艦艇類似，艦長的命令是由各級操作人員執行的；另一類是集中型指揮系統，艦長的命令由飛船的電腦系統自動執行，後期建造和正在建造中的先進的太空戰艦都屬於這種類型。思想鋼印所產生的威脅，主要是針對這一類型的戰艦，因為在這種指揮系統中，艦長擁有極大的權力，他可以單獨控制戰艦的起航和停泊，控制航向航速，也可以控制很大一部分武器系統的使用。在這種指揮系統中，可以說，戰艦就像是艦長身體的一部分。目前，在艦隊所擁有的六百九十五艘恆星級戰艦中，集中型指揮系統的有一百七十九艘，這些戰艦上的指揮官，將是重點審查對象。本來，在審查過程中，所涉及到的戰艦都應處於停泊封存狀態，但從目前情況看作不到這一點，現在，三大艦隊都在積極準備對三體探測器的攔截行動，這是太空艦隊對三體入侵者的第一次實戰，所有戰艦必須隨時處於待命狀態。」

「那麼，首長，這期間必須把集中型指揮系統的艦長許可權交給可靠的人。」章北海說，他一直在猜測自己的任務，但還沒猜出來。

「誰可靠呢？」司令官問道：「我們不知道思想鋼印的使用範圍，更沒有鋼印族的任何資訊，在這種情況下，誰都不可靠，包括我。」

這時，太陽在窗外出現了，雖然從這裡看，它的亮度比在地球要弱許多，但當日輪經過司令官身後時，他的身體還是隱沒於泛出的光芒中，只有聲音傳了過來。

「但你們是可靠的，在你們冬眠時，思想鋼印還不存在。而你們在兩個世紀前被選中，很重要的因素就是忠誠和信念，你們是艦隊中目前唯一能找到的可信賴的群體了。所以，艦隊決定，把集中型指揮系統的艦長許可權交給你們，你們將被任命為執行艦長，原艦長對戰艦的所有指令，都要通過你們來向指揮系統發出。」

章北海的眼睛中，有兩個小太陽在燃燒，他說：「首長，這恐怕不行。」

「接到任務先說不行，這不是我們的傳統吧。」

司令官話中的「我們」和「傳統」這兩個詞讓章北海有一種溫暖的感覺，他知道，兩個世紀前那支軍隊的血脈仍在太空艦隊中延續。

「首長，我們畢竟來自兩個世紀前，放到我在海軍的那個時候，這就等於讓北洋水師的管代來指揮二十一世紀的驅逐艦。」

「你是不是認為鄧世昌和劉步蟾真的就不能指揮你們的驅逐艦？他們都有文化，英語很好，可以學習嘛。現在，太空戰艦艦長的指揮工作是不涉及技術細節的，只發出宏觀命令，戰艦對他們是一個黑箱狀態。再說，你們作為執行艦長期間，戰艦只是停泊在基地，並不起航，你們的任務就是向控制系統傳達原艦長的命令，在這之前判斷這些命令是否正常，這個通過學習應該能做到。」

「那我們掌握的許可權也太大了，可以讓原艦長仍掌握這些許可權，我們對他們的命令進行監督。」

「仔細想想你就知道這不行，如果鋼印族真的存在並占據了關鍵戰位，他們可以採用各種手段避開你們的監督，包括刺殺監督者。你要知道，一艘處於待命狀態的集中型指揮系統的戰艦，使它起航只需三個命令，到時候一切都來不及的。所以，必須讓指揮系統只承認執行艦長的命令。」

交通艇飛過亞洲艦隊木星軍港，章北海感到自己是飛行在層巒疊障的群山之上，每一道山脈就是一艘停泊的太空戰艦。軍港此時正運行在木星的背陰面，在行星表面發出的磷光和上方木衛二發出的銀白色月光中，這鋼鐵的群山靜靜沉睡著。不一會兒，一團耀眼的白光從山脈盡頭升起，一瞬間把停泊的艦隊照得清晰無比。章北海感覺自己在目睹群山上的日出，艦隊甚至在木星洶湧的大氣層上投下了一個移動的陰影。直到第二個光團在艦隊另一側升起，章北海才知道它們不是太陽，而是兩艘正在入港的軍艦，減速時它們的核融合發動機正對著港口方向。

據送章北海赴任的艦隊參謀長介紹，現在港內停泊著四百多艘戰艦，相當於亞洲艦隊戰艦總數的三分之二，亞洲艦隊在太陽系內周邊空間巡航的其餘艦隻也將陸續回港。

陶醉於艦隊壯觀景象中的章北海不得不回到現實中來：「參謀長，這樣召回所有艦隻，會不會刺激和迫使可能存在的鋼印族立即行動？」

「哦，不，命令所有戰艦回港是基於另一個理由，這理由是真實的，不是藉口，但說起來有些可笑。最近你沒看新聞吧？」

「沒有，我一直在看『自然選擇』號的資料。」

「不用這麼急，從前一段的基礎培訓看，你們都掌握得很好。下面對工作的熟悉到艦上後按部就班地進行就可以，沒你們想的那麼難……現在三大艦隊都力爭承擔攔截三體探測器的任務，吵成一團，在昨天的聯席會議上總算達成一個初步協定：各艦隊的所有戰艦全部回港集結，並有一個專門委員會監督這一行動的執行，以免某一艦隊擅自出動艦隻實施攔截行動。」

「為什麼要這樣呢？如果任何一方攔截成功，得到的情報和技術資訊應該是共用的。」

「不錯，這只是一個榮譽問題。同三體世界進行首次接觸的艦隊，在政治上能得分不少。為什麼我說可笑呢？這是一件毫無風險的便宜事，最大的失敗也不過是探測器在攔截過程中自毀，所以大家都搶著做這件事。如果這是同三體主力艦隊的戰鬥，各方大概都會想盡辦法保存實力，所以說現在的政治，與你們那時也差不多……看，那就是『自然選擇』號。」

在交通艇飛向「自然選擇」號的過程中，這座鋼鐵山峰的巨大漸漸顯現出來，這時，章北海的腦海中浮現出「唐」號的影子。「自然選擇」號的外形與那艘兩個世紀前的海上航空母艦完全不同，前者圓盤形的主艦體與圓柱形的發動機形成兩個完全分離的部分。當「唐」號夭折時，章北海彷彿失去了一個精神家園，儘管那個家園他從未入住過。現在，這艘巨型太空船又給了他家園的感覺，在「自然選擇」號偉岸的艦體上，他那流浪了兩個世紀的心靈找到了歸宿，他像一個孩子一樣撲向某種巨大力量的懷抱。

「自然選擇」號是亞洲艦隊第三分艦隊的旗艦，無論是在噸位還是性能上，它都是艦隊首屈一指的。它擁有最新一代的無工質核融合推進系統，全功率推進時，可以加速到光速的百分之十五。它的艦內生態循環系統十分完美，能夠進行超長時間續航。事實上，這套生態系統的實驗型號七十五年前就在月球上開始了試運行，到目前為止仍未出現任何大的故障和缺陷。「自然選擇」號的武器系統也是艦隊裡最強大的，它那由伽瑪射線雷射、電磁動能砲、高能粒子束和星際魚雷所構成的四位一體的武器系統，能夠單獨摧毀一個地球大小的行星的表面。

現在，「自然選擇」號已占據了全部視野，從交通艇上只能看到它的一部分，章北海看到，飛船的外壁如鏡面般光滑，完美地映出木星的大氣海洋，從這個廣闊的鏡面上，也能看到漸漸駛近的交通艇的映射。

飛船外壁上出現了一個橢圓形的入口，交通艇徑直飛入，並很快減速停下，參謀長打開艙門率先出艇。這時章北海略略緊張了一下，因為他意識到交通艇並沒有經過過渡艙，但他立刻感到從門外湧入的清新空氣。有氣壓的艙室直接向太空開口，卻能夠避免艙內空氣外泄，這是一種他尚不知曉的技術。

章北海和參謀長身處一個巨大的球體內，最大直徑處有足球場大小。太空飛船的艙室普遍採用這種球形結構，飛船加速、減速和轉向時，球體的任何一處都可能成為甲板或天花板，而在失重狀態下，球體的中心是人員的主要活動空間。在章北海所來自的時代，太空艙室仍然仿照地球建築結構，所以他對這種全新的太空艙室結構很不適應。參謀長告訴他，這裡是飛船上殲擊機的機庫，但現在這裡沒有一架星際殲擊機，在球形中央的空間中，懸浮著由「自然選擇」號兩千名官兵組成的方陣。

早在章北海冬眠前的時候，各國太空軍就開始在太空失重狀態下進行佇列操練，並制定了相應的規範和操典。然而實施起來十分困難，在艙外，人員只能借助航太服上的微型噴汽推進器移動，在艙內則沒有任何推進設備，只能通過推艙壁和划動空氣來移動和定位，在這種情況下，排成一個整齊的佇列是很困難的。現在，看到兩千多人在毫無依託的空間中排列成如此嚴整的懸浮方陣，章北海很是驚訝。現在，人員在失重的艙內移動主要是借助磁力腰帶，這種腰帶由超導體製成，內部有環形電流，所產生的磁場能夠與飛船船艙和廊道中無所不在的磁場相互作用，通過握在手中的一個小小的控制器，就可以在飛船內部自如地移動。章北海自己現在就繫著一條這樣的腰帶，但要掌握它還需要學習技巧。

章北海看著方陣中的太空戰士們，他們都是在艦隊中成長的一代人，身材修長，沒有地球重力下長大的人的強壯和笨拙，卻充滿了太空一族的輕靈和敏捷。在方陣前面有三名軍官，章北海的目光最後落在中間的那位美麗的年輕女性身上，她的肩上有四顆星在閃亮，應該是「自然選擇」號的艦長。她是太空新人類的典型代表，比起身材高大的章北海來還要高出不少，她從方陣前輕盈地移過來，那高挑苗條的身材像飄浮在空間中的一個飄逸的音符。當她在章北海和參謀長面前停下時，本來飄在後面的秀髮很有彈性地在白皙的頸項旁跳動著，她的眼睛充滿清澈的陽光和活力，章北海立刻信任了她，因為鋼印族不可能有這樣的目光。

「我是『自然選擇』號艦長東方延緒。」她向章北海敬禮說，眼睛中露出一種俏皮的挑戰：「我代表全艦官兵送給前輩一件禮物。」她向前伸出雙手，章北海看到了她拿著的那件東西，外形雖變化很大，但他仍能認出那是一支手槍：「如果真發現我有失敗主義思想和逃亡企圖，前輩可以用它殺了我。」

到地面去很容易，每一棵巨樹建築的樹幹就是一根支撐地下城市穹頂的支柱，從樹幹中乘電梯就可直達地面，其間要穿過三百多公尺的地層。當羅輯和史強走出電梯時，有種懷舊的感覺，產生這種感覺的原因是：出口大廳的牆壁和地板上沒有被啟動的顯示視窗了，各種資訊顯示在懸掛於天花板上的真正的顯示幕上。這裡看上去像以前的地鐵站，人不多，大部分人的衣服都不閃亮。

當他們走出大廳的密封門時，一陣熱風撲面而來，帶著塵土的氣息。

「那是我兒子！」大史指著一個正在跑上台階的男人喊道。羅輯遠遠地只能看出那人四十多歲的樣子，大史這麼肯定讓他有些驚奇。史強迎著那人快步走下台階，羅輯沒有看他們父子團聚，他的注意力集中在眼前的地面世界上。

天空是黃色的，現在羅輯知道為什麼地下城的天空影像要從一萬公尺高空拍攝了，從地面看天，只能見到一輪邊緣模糊的太陽。沙土覆蓋著地面的一切，當車輛從街道上駛過時，都拖著長長的塵尾。現在羅輯又看到了一樣過去的東西：在地面上行駛的車。這些車顯然不是用汽油驅動的，它們形狀各異，有新有舊，但都有一個共同點：車頂上都裝著一塊像遮陽篷似的片狀物。在街道對面，羅輯看到了過去的樓房，它們的窗台上都積滿了沙土，大部分窗子不是被封死就是成了一個沒有玻璃的黑洞，但有些房間裡顯然是住著人的，羅輯看到了晾在外面的衣服，甚至還看到了有的窗台上放著的幾盆花草。他向遠處看，雖然浮著沙塵的空氣能見度不高，但他還是很快看到了兩個熟悉的建築輪廓，於是知道這確實是自己兩個世紀前度過半生的城市。

羅輯走下台階，來到那兩個激動得互相擁抱捶打的男人旁邊，他走近一看這個中年人的樣子，就知道史強沒有認錯人。

「爸，算起來我現在只比你小五歲了。」史曉明說，一邊擦去眼角的淚水。

「還不錯，小子，我他媽真怕一個白鬍子老頭叫我爹呢。」史強大笑著說，然後把羅輯介紹給兒子。

「啊，您好，羅老師，您當初可是世界大名人啊！」史曉明瞪眼打量著羅輯說。

他們三人向停在路邊的史曉明的車走去，上車前，羅輯問車頂上那一大片東西是什麼。

「天線唄，地面上只能取人家地下城市裡漏出來的那點兒電，所以天線就得大些，就這動力也只夠在地上跑，飛不起來。」

車開得不快，不知是因為動力不足還是行駛在沙地上的緣故。羅輯看著車窗外沙塵中的城市，有一肚子的問題想問，但史曉明和他父親說個沒完，他插不上嘴。

「媽是危機三十四年去世的，當時我和你孫女都在她身邊。」

「哦，挺好……沒把我孫女帶來？」

「離婚後跟了她媽，我也查了檔案，這孩子是在危機一〇五年去世的，活了八十多歲呢。」

「可惜沒見過面兒……你是哪年刑滿出來的？」

「十九年。」

「以後幹了什麼？」

「什麼都幹，開始沒出路，繼續招搖撞騙唄，後來也幹了點兒正經買賣，有了些錢。看到大低谷的苗頭後，就冬眠了。那時也沒想到後來能好起來，只是想來看看你。」

「咱家的房子還在嗎？」

「七十年後又續了產權，但接著住了不長時間就拆遷了，後來買的那一套倒是還在，我也沒去看過。」

史曉明指指外面：「現在城裡的人口還不及我們那時的百分之一，知道這裡最不值錢的是什麼？就是爸你一輩子供的房子，現在都空著，隨便住了。」

羅輯好不容易抓住了一個兩人談話的間隙，問：「甦醒的冬眠者都住在舊城裡嗎？」

「哪兒啊，都住在外面，城裡風沙太大，主要也是沒什麼事情幹。當然也不能住得離地下城太遠，否則就取不上電了。」

「你們還能幹什麼事兒？」史強問。

「你想想，這年頭我們能幹孩子們不能幹的是什麼？種地唄！」同其他冬眠者一樣，不管法律年齡如何，史曉明還是習慣把現代人叫「孩子們」。

車出了城市，向西駛去，沙塵小了些，公路露了出來，羅輯認出這就是當年的京石高速公路。現在，路兩旁都是漫漫黃沙，過去的建築還都屹立在沙中，但真正使沙化的華北平原顯出生機的，是一處處由稀疏的樹林圍起來的小綠洲，據史曉明說，這些地方就是冬眠者的居住點。

車駛入了一個綠洲，這是被防沙林圍起來的一個居民社區，史曉明說這兒叫新生活五村。一下車，羅輯就有時光倒流的感覺，他看到了一排排熟悉的六層居民樓，樓前的空地上，有坐在石凳上下棋的老人和推著嬰兒車的母親，在從沙土中長出的稀疏的草坪上，有幾個孩子在玩足球……

史曉明家住在六樓，他現在的妻子比他小九歲，是危機二十一年因肝癌冬眠的，現在十分健康，他們有一個剛滿四歲的兒子，孩子叫史強祖爺爺。

為史強和羅輯接風的午宴很豐盛，都是地道的農產品，還有附近農場產的雞和豬肉，甚至酒都是自釀的。鄰居的三個男人也被叫過來一起吃，他們和史曉明一家一樣，都是較早的幾批冬眠者。那時冬眠是一件十分昂貴的事，所以這些人當初都是很富有的社會上層人士或他們的子女，但現在，跨越了一百多年的歲月相聚在此，大家都是普通人了。史曉明特別介紹一位鄰居，說他叫張延，是當年被他騙過的張援朝的孫子。

「您不是讓我把騙人家的錢都還上嗎？我出去後就開始還了，因此認識了延子，當時他剛大學畢業。我們受了他們家兩個老鄰居的啟發，做起了殯葬業務，我們的公司名字叫高深公司。高是指太空葬，除了送骨灰出太陽系，後來發展到可以把整個遺體發射出去，當然價錢不低；深是指礦井葬，開始用的是廢礦井，後來也挖掘新的，反正都是防三體人掘墓唄。」

被史曉明叫作延子的人看上去有些老了，五六十歲的樣子，曉明解釋說延子中間甦醒過三十多年，之後才再次冬眠。

「你們這裡在法律上是什麼地位呢？」羅輯問。

史曉明說：「與現代人居住區完全平等的地位，我們算城市的遠郊區，有正規的區政府。這裡住的也不全是冬眠者，也有現代人，城裡也常有人到這裡來玩兒。」

張延接著說：「我們都管現代人叫點牆的，因為他們剛來時總不由自主地向牆上點，想啟動些什麼。」

「這裡日子過得還可以嗎？」史強問。

幾個人都說還不錯。

「可我路上看到你們種的地，莊稼長成那德性，能養活人？」

「怎麼不能？現在在城市裡，農產品都屬於奢侈品……其實政府對冬眠者還是相當不錯的，就是什麼都不幹，靠國家給的補貼也能過舒服日子。但總得找點兒事幹，要說冬眠人會種地那是瞎說，當初誰也不是農民，但我們也只有這個可幹了。」

談話很快轉移到前兩個世紀的近代史上。

「大低谷是怎麼回事？」羅輯問出了他早想問的問題。

人們的面容一下子都凝重起來，史曉明看看飯快吃完了，才把話題繼續下去：「你們這些天來多少也知道一些吧，這說起來話長了。你們冬眠後的十幾年裡，日子過得還行，但後來，世界經濟轉型加速，生活水準一天天下降，政治空氣也緊張起來了，真的感覺像是戰爭時期了。」

一個鄰居說：「不是哪幾個國家，全球都那樣兒，社會上很緊張，一句話說不對，就說你是ＥＴＯ或人奸，搞得人人自危。還有黃金時代的影視，開始是限制，後來全世界都成禁品了，當然東西太多也禁不住。」

「為什麼？」

「怕消磨鬥志唄。」史曉明說：「不過只要有飯吃，還能湊合著過，但後來，事情不妙了，全世界都開始挨餓，這大概是羅老師他們冬眠後二十多年的事吧。」

「是因為經濟轉型？」

「是，但環境惡化也是重要原因。當時的環保法令倒還都有，但那正是悲觀時期，人們普遍都有一個想法：環保有屁用？就算把地球保成一個花園兒，還不是留給三體人？到後來，環保甚至與ＥＴＯ畫上等號，成了人奸行為，像綠色和平組織這類的，都給當做ＥＴＯ的部門鎮壓了。太空軍工使得高汙染重工業飛速發展，環境汙染是制止不了了，溫室效應，氣候異常，沙漠化……唉。」

「我冬眠以前正是沙漠化開始時。」另一個鄰居說：「不是你們想像的那樣兒，沙漠從長城那邊兒向這邊兒推進，不是！那叫插花式侵蝕，內地好好的一塊塊地方，同時開始沙化，從各個點向外擴散，就像一塊兒濕布被曬乾那樣。」

「然後是農業大減產，儲備糧耗光，然後……然後就是大低谷了。」

「生活水準倒退一百年的預言真成了現實？」羅輯問。

史曉明苦笑三聲：「我的羅老師啊，倒退一百年？您做夢吧！那時再往前一百年就是……二十世紀三十年代左右吧，與大低谷相比那是天堂了！大低谷不比一九三幾年，人多啊，八十三億！」他說著指指張延：「他見過大低谷，那時他甦醒過一陣兒。」

張延喝乾了一杯酒，兩眼發直地說：「我見過飢餓大進軍，幾千萬人逃荒，大平原上沙土遮天，熱天熱地熱太陽，人一死，立馬就給分光了……真他媽是人間地獄，影像資料多的是，你們可以自己看，想想那個時候都折壽啊。」

「大抵谷持續了半個世紀吧，就這麼五十來年，世界人口由八十三億降到三十五億，你們想想吧，這是什麼事兒！」

羅輯站起身走到窗前，從這裡可以越過防沙林帶眺望外面的沙漠，黃沙覆蓋的華北平原在正午的陽光下靜靜地向天邊延伸，時間的巨掌已經撫平了一切。

「後來呢？」大史問。

張延長出一口氣，好像不用再談那一段歷史讓他如釋重負似的：「後來嘛，有人想開了，愈來愈多的人想開了，都懷疑即使是為了末日戰爭的勝利，付出這麼多到底值不值。你們想想，懷裡快餓死的孩子和延續人類文明，哪個重要？你們現在也許會說後者重要，但把你放到那時就不會那麼想了，不管未來如何，當前的日子才是最重要的。當然，在當時這想法是大逆不道，典型的人奸思想，但愈來愈多的人都這麼想，很快全世界都這麼想了，那時流行一句口號，後來成了歷史的名言……」

「給歲月以文明，而不是給文明以歲月。」羅輯接下來說，他仍看著窗外沒有回頭。

「對對，是這個，給歲月以文明。」

「再後來呢？」史強又問。

「第二次啟蒙運動，第二次文藝復興，第二次法國大革命……那些事兒，你們看歷史書去吧。」

羅輯驚奇地轉過身來，他向莊顏預言過的事竟然提前兩個世紀變成現實了。「第二次法國大革命？還在法國？」

「不不，只是這麼個說法，是在全世界！大革命後，新上來的各國政府都全部中止了太空戰略計畫，集中力量改善民生。當時出現了一個很關鍵的技術：利用基因工程和核融合的能量，集中大規模生產糧食，結束了靠天吃飯的日子，這以後全世界才不再挨餓。接著一切都恢復得很快，畢竟人少了，只用了二十多年時間，生活就恢復到了大低谷前的水準，然後又恢復到黃金時代的水準。人類鐵了心地沿著這條舒服道兒走下去，再也不打算回頭了。」

「有一個說法羅博士一定感興趣。」一個鄰居湊近羅輯說，他在冬眠前是一名經濟學家，想問題也深些：「叫文明免疫力，就是說人類世界這大病一場，觸發了文明機體的免疫系統，像前危機時期*那樣的事兒再也不會發生了，人文原則第一，文明延續第二，這已是當今社會的基礎理念。」

「再後來呢？」羅輯問。

「再後來，邪門兒的事兒發生了。」史曉明興奮起來：「本來，世界各國都打算平平安安過日子，把三體危機的事兒拋在了腦後，可你想怎麼著？一切都開始飛快進步，技術進步最快，大低谷前太空戰略計畫中的那些技術障礙竟然一個接一個都突破了！」

「這不邪門兒，」羅輯說：「人性的解放必然帶來科學和技術的進步。」

「大低谷後大約過了半個世紀的平安日子吧，全世界又想起三體入侵這回事了，覺得還是應該考慮戰爭的事，況且現在人類的力量與大低谷前不可同日而語。於是又宣布全球進入戰爭狀態，開始建造太空艦隊。但這次和以前不一樣，各國都在憲法上明確：太空戰略計畫所消耗的資源應限制在一定的範圍內，不應對世界經濟和社會生活產生災難性的影響。太空艦隊就是在這一時期成為獨立國家的……」

「其實你們現在不用考慮那麼多的事兒，」經濟學家說：「只想著怎麼把今後的日子過好就行，那句革命中的名言，其實是套用帕斯卡的一句話：給時光以生命，而不是給生命以時光。來，為了新生活！」

他們喝乾了最後一杯酒，羅輯向經濟學家致意，認為這話說得很好，他現在心裡所想的，只有莊顏和孩子，他要儘快安頓下來，再去甦醒她們。

給歲月以文明，給時光以生命。

在進入「自然選擇」號後，章北海才發現現代指揮系統的演進已超出他的想像。這艘太空巨艦，體積相當於三艘二十一世紀海上最大噸位的航空母艦，幾乎是一座小城市，但既沒有駕駛艙和指揮艙，也沒有艦長室和作戰室，事實上，任何特定功能的艙室都沒有，艦上的艙室幾乎都一樣，都是規則的球形，只是大小不同。在艦上的任何位置，都可以用資料手套啟動全息顯示幕，這在已經超資訊化的地球世界都很少見，因為在那裡，全息顯示也是很昂貴的東西。同時，在任何位置，只要擁有相應的系統許可權，就可以調出完整的各級指揮介面，包括艦長指揮介面，也就是說，艦上的任何地方都可以成為駕駛艙、指揮艙、艦長室或作戰室，甚至包括廊道和衛生間！在章北海的感覺中，這很像二十世紀末電腦網路系統的演變，那是由客戶／伺服器模式，向瀏覽器／伺服器模式的轉變，前者只能在安裝了特定軟體的電腦上才能對伺服器進行存取，而後者，使用者可以在網路任何位置的電腦上訪問伺服器，只要有相應的許可權就行。

現在，章北海和東方延緒就同在一間普通艙室中。與其他地方一樣，這裡沒有任何儀錶和螢幕，只是球形艙，艙壁在平時是白色的，置身其中彷彿處於一個大乒乓球裡。當飛船加速產生重力時，球形艙壁的任何一處都可以變形適應身體的形狀而成為座椅。

這是章北海看到的另一個以前很少有人想像到的現代技術特色——去設施傾向。這種傾向在地球上還只是初露端倪，但「去設施化」已成為比地球世界更先進的艦隊世界的基本結構。這個世界到處都是簡潔空蕩的，幾乎見不到任何設施，只有在需要時，設施才會出現，而且是在任何需要的位置出現。世界在被技術複雜化後，正在重新變得簡潔起來，技術被深深地隱藏在現實的後面。

「現在我們來上你在艦上的第一課。」東方延緒說：「當然課不應該由我這個接受審查的艦長來講，但

＊指三體危機出現後至大低谷結束的時期。

艦隊中別的人也不比我更可靠。我們今天演示如何啟動『自然選擇』號，使其進入航行狀態，其實你只需要記住今天看到的，就封死了鋼印族的主要出路。」她說著，用資料手套在空中調出了一幅全息星圖：「它與你們那時的太空圖可能有了些變化，但仍是以太陽為座標原點的。」

「在培訓中學過，我基本能看懂。」章北海說，看到星圖，二百年前與常偉思站在那幅古老的太陽系太空圖前的情形仍歷歷在目，現在的這幅星圖，精確地標注了以太陽為中心半徑一百光年範圍內的所有天體位置，空間範圍是當年那幅圖的上百倍。

「其實不需要看懂，目前情況下，向圖中的任何位置航行都是不允許的……如果我是鋼印族，企圖劫持『自然選擇』號向宇宙中逃亡，那我首先需要選擇一個方向，就是這樣……」東方延緒把星圖上的某一點啟動為綠色：「當然我們現在處於類比狀態，我已經沒有這個許可權，你即將獲得艦長許可權。我就要通過你來進行這個操作，但如果我真的提出了這個操作要求，那就是一個危險的舉動，你應該拒絕，並可以報警了。」

在航行方向被啟動後，空中出現了一個操作介面。在以前的培訓中，章北海早已把這個畫面和相應的操作爛熟於心，但他還是耐心地聽著東方延緒的講解，看她如何把這巨艦由全關閉狀態提升至休眠狀態，然後進一步提升至待命狀態，最後進入「前進一」狀態。當他和特遣隊的其他成員看到這一介面時，最令他們感到驚異的是它的簡潔，其中沒有任何技術細節。

「現在，如果是真實操作，『自然選擇』號就起航出港了。怎麼樣，比你們那時的飛船操作簡單吧？」

「是的，簡單多了。」

「一切都是自動操作，技術過程對艦長全部隱藏起來。」

「這裡只顯示簡單的整體參數，那你們如何知道飛船的運行狀況呢？」

「運行狀況由下面各級軍官和軍士來監視，他們的顯示介面要複雜些，級別愈向下，所面對的介面愈複雜。作為艦長和副艦長，我們必須集中注意力思考我們應該思考的事……好，我們繼續：如果我是鋼印族……我又這樣假設了，你對這個假設看法如何？」

「以我的身分，對這個問題不管怎麼回答都是不負責任的。」

「好吧，如果我是鋼印族，我會把推進功率直接設定為『前進四』，艦隊中的任何其他艦隻，都不可能追上在『前進四』狀態下加速的『自然選擇』號。」

「但妳做不到，即使有許可權好像也不行，只有檢測到全體乘員都處於深海狀態時，系統才會進入『前進四』推進。」

當處於最高推進功率時，飛船的加速將達到一百二十G，所產生的超重是正常狀態下人體承受極限的十多倍，這時就要進入深海狀態，即在艙室中注滿一種叫「深海加速液」的液體，這種液體含氧量十分豐富，經過訓練的人員能夠在液體中直接進行呼吸，在呼吸過程中，液體充滿肺部，再依次充滿各個臟器。這種液體早在二十世紀上半葉就有人設想過，當時的主要目的是實現超深潛水，當人體充滿深海加速液時，與深海中的壓力內外平衡，就具備了深海魚類那樣的超級承壓能力。在飛船超高加速的超載狀態下，充滿液體的艙室壓力環境與深海類似，這種液體現在被用於作為宇宙航行超高加速中的人體保護液，所謂「深海狀態」也就由此得名。

東方延緒點點頭說：「但你們也一定知道，有辦法繞過這種檢測。只要把飛船設定為遙控狀態，系統就會認為艦內沒有人，也就不進行這樣的檢測了，這種設定也屬於艦長許可權。」

「我做一下，妳看對不對。」章北海也在自己面前啟動了一個介面，開始進行設定飛船遙控狀態的操作，這過程中他不時看看手上的一個小本子。

「現在有更高效率的記錄方法。」東方延緒看著那個小筆記本笑著說。

「呵，我習慣這樣，尤其對最重要的事，總感覺這樣記下來比較踏實。現在找不到筆了，我在冬眠之前帶了兩支，可現在就那支鉛筆還能用。」

「不過你學得很快。」

「那是因為指揮系統中保留了許多海軍的風格，這麼多年了，甚至有些名詞都沒變，比如設定推進功率是『前進幾』等等。」

「太空艦隊就是起源於海軍……好了，你將很快被授予『自然選擇』號執行艦長的系統許可權，戰艦也將進入A級待命狀態，用你們那時的話來說，升火待發。」東方延緒伸出修長的手臂在空中轉了一圈，章北海一直也沒有學會用超導腰帶做這個動作。

「我們那時已經不升火了，不過看得出來，妳對海軍的歷史很了解。」章北海盡力避開這個容易使她對他產生敵意的敏感話題。

「一個浪漫的軍種。」

「太空艦隊不是繼承了這種浪漫嗎？」

「是的，不過我就要離開它了，我打算辭職。」

「因為審查？」

東方延緒轉頭看著章北海，她那濃密的黑髮又在失重中彈跳起來：「你們那時常遇到這種事兒，是嗎？」

「也不一定，但如果遇到，每個同志都會理解的，接受審查也是軍人職責的一部分。」

「兩個世紀已經過去，這不是你們的時代了。」

「東方，不要有意拉大代溝，我們之間總是有共同之處的，任何時代，軍人都需要忍辱負重。」

「這是在勸我留下嗎？」

「不是。」

「思想工作，是這個詞吧，這不曾經是你的職責嗎？」

「現在不是了，我有新的職責。」

東方延緒在失重中輕盈地圍著章北海飄浮著，似乎在仔細研究他：「是不是在你們眼裡，我們都是孩子？半年前我到過地球一次，在一個冬眠者居住區，一個六七歲的男孩兒叫我孩子。」

章北海笑了笑。

「你這人幾乎不笑，也許正是因為這個，笑起來時很有魅力……我們是孩子嗎？」

「在我們那時，輩分是很重要的，在當時的農村，也有大人依照輩分把孩子叫大伯大姑的。」

「但你的輩分在我眼中不重要。」

「這我從妳眼裡看出來了。」

「你覺得我的眼睛好看嗎？」

「像我女兒的眼睛。」章北海不動聲色的回答迅速而從容，令東方延緒很吃驚。他並沒有把目光從東方身上移開，她身處潔白的球體中，彷彿整個世界都因她的美麗而隱去似的。

「你女兒，還有妻子，沒陪你來嗎？據我所知，特遣隊的家屬都可以冬眠。」

「她們沒有來，也不想讓我來，妳知道，按當時的趨勢，未來的前景是很黑暗的，她們責備我這樣做不負責任。她和她母親都不回家住了，可就在她們離開後的第二天深夜，特遣隊出發的命令下來了，我都沒來得及同她們最後見上一面。那是個冬天的深夜，很冷，我就那麼背著背包離開了家……當然，我沒指望妳能理解這些。」

「理解……她們後來呢？」

「我妻子是在危機四十七年去世的，女兒在八十一年去世。」

「都經歷了大低谷。」東方延緒垂下了眼睛，沉默了一會兒後，她在面前啟動了一個全息顯示視窗，把整體顯示模式調到外部狀態。

白色的球形艙壁像蠟一樣消融了，「自然選擇」號本身也消失了，他們懸浮在無際的太空中。面對著銀河系迷霧般的星海，他們變成了宇宙中的兩個獨立的存在，不依附於任何世界，四周只有空間的深淵，同地球、太陽和銀河系一樣懸浮於宇宙中，沒有從哪裡來，也不想到哪裡去，只是存在著……章北海有過這種感覺，那是一百九十年前，他穿著航太服隻身懸浮於太空中，握著裝有隕石子彈的手槍……

「我喜歡這樣，飛船和艦隊什麼的，都是外在的工具，在精神上都是可以省略的。」東方延緒說。

「東方。」章北海輕輕地喚了一聲。

「嗯？」美麗的艦長轉過身來，她的雙眸中映著銀河系的星光。

「如果有一天我不得不殺了妳，請原諒。」章北海輕聲說。

東方延緒對這話付之一笑：「你看我像鋼印族嗎？」

章北海看看她，在從五個天文單位外照來的陽光中，她像是一根飄浮在星海背景上的輕盈的羽毛。

「我們屬於大地和海洋，你們屬於星空。」

「這樣不好嗎？」

「不，這樣很好。」

「三體艦隊探測器熄滅了！」

得到值勤軍官的這個報告，肯博士和羅賓遜將軍萬分震驚，他們也知道，這個消息一旦發布，將在地球國際和艦隊國際中掀起巨大波瀾。

肯和羅賓遜現在正在林格—斐茲羅監測站中，這個監測站處在小行星帶外側的太陽軌道上。在距監測站五公里處的太空中，飄浮著一個太陽系中最怪異的東西，那是一組六個的巨型透鏡，最上面的一個直徑達一千二百公尺，後面的五個尺寸要小一些，這就是最新一代的太空望遠鏡。與以前的五代哈伯望遠鏡不同，這個太空望遠鏡沒有鏡筒，甚至六個巨型鏡片之間也沒有任何聯接物，它們各自獨立飄浮著，每個鏡片的邊緣上都裝有多台離子推進器，它們可以借助這些推進器精確地改變彼此的相對距離，也可以改變整個透鏡組的指向。林格—斐茲羅監測站是太空望遠鏡的控制中心，但即使從這樣近的距離上，也幾乎看不到透明的透鏡組。但在進行維護工作時，工程師和技師會飛到透鏡之間，這時他們就發現兩側的宇宙發生了怪異的扭曲，如果一側透鏡處於合適的角度，鏡面的防護虹膜反射陽光，巨型透鏡就完全可見了。這時它那弧形的表面看上去像是一個布滿妖豔彩虹的星球。這一代太空望遠鏡不再以哈伯命名，而是叫林格—斐茲羅望遠鏡，以紀念首次發現三體艦隊蹤跡的那兩個人，儘管他們的發現沒什麼學術意義，但三大艦隊聯合建造的這座巨型望遠鏡，主要用途還是監視三體艦隊。

望遠鏡的負責人一直延用著林格和斐茲羅這樣的組合：首席科學家來自地球，軍事負責人則來自艦隊。每一屆組合都有著與林格和斐茲羅之間相似的爭論。現在，肯博士總是想擠出觀測時間來進行自己的宇宙學研究，而羅賓遜則以維護艦隊的利益極力阻止。他們還有一些其他方面的爭議，比如肯總是回憶當年以美國為首的各地球大國是多麼出色地領導世界，現在的三大艦隊又是多麼的官僚和低效率，而羅賓遜則每次都無情地戳穿肯博士那可笑的歷史幻覺。不過最激烈的爭議還是在監測站的自轉速度上，將軍堅持只產生低重力的慢速旋轉，甚至乾脆不自轉，讓站內處於美妙的失重狀態；而肯則堅持要產生標準地球重力的自轉速度。

現在發生的事情壓倒了一切。所謂探測器熄滅，是說它的發動機關閉了。遠在歐特雲之外，三體艦隊探測器就開始減速，減速時它的發動機對著太陽方向啟動，太空望遠鏡就是根據探測器發動機發出的光來對其進行跟蹤，而發動機的光芒一旦熄滅，這種跟蹤就不可能進行了，因為探測器本身實在太小了，從它穿越星際塵埃時產生的尾跡形態推測，它可能只有一輛卡車大小，這樣小的一個物體現在處於遙遠的古柏帶周邊，本身停止發光，而那一帶遠離太陽，只有微弱的陽光，探測器的反光更弱，即使是林格—斐茲羅這樣強大的望遠鏡，也不可能從那個遙遠的黑暗太空看到這麼小的一個暗物體。

「三大艦隊成天就知道爭名奪利！現在可好，目標弄丟了……」肯氣憤地說，他沒注意到目前監測站已經處於失重狀態，他劇烈的肢體動作幾乎使自己在空中翻了一個筋斗。

羅賓遜將軍第一次沒有為艦隊辯解。本來，亞洲艦隊已經派出了三艘輕型高速飛船去對探測器進行近距離跟蹤，但三大艦隊隨之爆發了攔截權之爭，後來聯席會議又做出了所有戰艦回港的決議。儘管亞洲艦隊反覆解釋，說這三艘飛船都是殲擊機級別的，為了儘快加速，拆除了所有的武器和外部設施，每艘船上只有兩名乘員，只能跟蹤目標，根本不可能進行攔截行動。但歐洲和北美兩大艦隊還是不放心，堅持已起航的跟蹤飛船必須全部撤回，改由第四方地球國際派出三艘跟蹤飛船。如果不是這樣，現在跟蹤飛船已經與探測器近距離接觸並進行跟蹤了。而地球上由歐洲聯合體和中國後來派出的跟蹤飛船，現在還沒有飛出海王星軌道。

「也許……它的發動機還會啟動的，」將軍說：「它的速度現在仍然很快，如果不減速就無法泊入太陽軌道，會掠過太陽系的。」

「你以為你是三體司令官嗎？那個探測器也許根本沒打算停留，就是要掠過太陽系的！」肯說著，突然想到了一點：「發動機停了，它就不可能再改變軌道！讓跟蹤飛船在計算好的位置等它不就行了？」

將軍搖搖頭：「精度不夠！你以為那是大氣層內地球空軍的空中搜索嗎？稍微一點點的軌道誤差就有幾十萬甚至上百萬公里，在那麼大的空間範圍內，一個這麼小這麼暗的東西，跟蹤飛船很難找到目標……唉，總得想出些辦法呀？」

「我們能有什麼辦法？讓艦隊去想吧。」

將軍又變得強硬起來：「博士，你要對目前的局面有一個正確的理解：雖然這件事我們沒有責任，但媒體不管這個，林格—斐茲羅系統畢竟是負責對探測器進行深空跟蹤的，到最後相當一部分髒水還得潑到我們頭上。」

肯沒有說話，身體與將軍垂直，想了一會兒，他問：「現在在海王星軌道外面還有些什麼可利用的東西？」

「艦隊方面大概什麼也沒有了，地球方面……」將軍轉向值勤軍官，向他們詢問。他很快得知，在海王星有四艘聯合國環境保護組織的大型飛船，從事「霧傘」工程的前期開發，即將擔任跟蹤探測器任務的三艘小型飛船就是從這些飛船上派出的。

「它們是去開採油膜礦嗎？」肯問道，他馬上得到了肯定的回答。油膜礦是在海王星的星環中發現的一種物質，它能夠在高溫下變成迅速擴散的氣體，然後在太空中冷凝成微小的奈米顆粒，形成太空塵埃。之所以叫這個名稱，是因為這種物質蒸發後的氣體在太空中擴散性很強，少量物質就可以形成大片塵埃，其過程與小小的油滴在水面擴散成大片分子厚度的油膜相似。油膜物質所形成的太空塵埃還有另一特性：與其他的太空塵埃不同，「油膜塵埃」很難被太陽風所驅散。正是由於油膜物質的發現，使「霧傘」計畫成為可能，這個計畫是用核爆炸在太空中蒸發和擴散油膜物質，在太陽與地球之間形成一團「油膜塵埃」，降低太陽對地球的輻射，達到緩解地球溫室效應的目的。

「我記得，海王星軌道附近應該還有前戰爭時期的恆星型核彈吧？」肯又問。

「有的，『霧傘』工程的飛船也裝載了一些，在海王星環和衛星上爆破用，具體數目不清楚。」

「好像一顆就夠了。」肯興奮起來。

兩個世紀前面壁者雷迪亞茲的戰略計畫中所研製的恆星型氫彈，後來共製造了五千多顆。雖然這種武器在末日之戰中作用有限，但正如雷迪亞茲所言，各大國主要是為可能爆發的人類之間的行星際戰爭準備的，核彈主要在大低谷時期製造，那時由於資源的匱乏，國際關係極其緊張，人類自身的戰爭一觸即發。進入新時期後，這些駭人聽聞的武器成了危險的雞肋，雖然其所有權都屬於地球國家，但還是都被送入太空存貯，少部分已經用於行星工程的爆破，還有一部分送入太陽系周邊軌道。曾有人設想將核彈中的核融合材料可以作為遠端飛船的燃料補充，但由於核彈的拆解很困難，這個設想一直沒有真正實現過。

「你覺得能行？」羅賓遜兩眼放光地問道，他後悔這麼簡單的事自己怎麼沒想到，一個載入史冊的機會讓肯搶去了。

「試試吧，只有這一個辦法了。」

「如果行，博士，以後林格—斐茲羅監測站將永遠按產生一G重力的速度旋轉。」

「這可是人類造出來的最大的東西了。」「藍影」號飛船的指令長看著艙外漆黑的太空說，他極力想像自己能看到塵埃雲，但確實什麼都看不到。

「為什麼它不能被陽光照出來呢？就像彗星的尾巴那樣……」飛船駕駛員說，「藍影」號上只有他和指令長兩個人。他知道，塵埃雲的密度確實像彗星尾一樣稀薄，幾乎和地球上實驗室中造出的真空差不多。

「可能是陽光太弱吧。」指令長回頭看看太陽，在這海王星軌道和古柏帶之間的冷寂空間，太陽看上去只是一顆剛能看出圓盤形狀的大星星，陽光倒是還可以在艙壁上照出亮影，但已經十分微弱了。「再說，彗尾也要在一定的距離外才能看到，我們可是就在雲的邊緣。」

駕駛員在腦子裡極力想像著這個巨大但稀薄的存在。在幾天前，他和指令長親眼目睹了這團巨雲壓縮成固體時的大小。當時，來自海王星的巨型飛船「太平洋」號停泊在這片太空，放下了它運載的五件貨物。首先放置的是來自前戰爭時期的一顆恆星型氫彈，它是一個長五公尺直徑一點五公尺的圓柱體；隨後，飛船的機械臂從艙內取出了四個大球體，它們的直徑從三十公尺到五十公尺不等，這四個球體被放置在氫彈周圍幾百公尺處，它們都是採自海王星星環的油膜物質。「太平洋」號飛離後，氫彈爆炸，所形成的小太陽把光和熱量瘋狂地傾瀉到這寒冷的太空深淵中，周圍的球體在瞬間汽化，油膜汽體在氫彈輻射的颶風中迅速擴散，隨後在冷卻中化為無數微小的顆粒，塵埃雲形成了。這團雲的直徑達二百萬公里，比太陽的直徑還大。

塵埃雲形成的位置，是三體探測器預計將要通過的區域，這是按三體探測器的發動機停機前所觀測到的軌道計算出來的。肯博士和羅賓遜將軍的這個計畫，是期望通過三體探測器在人造塵埃雲中留下的尾跡精確測定它的軌道和位置。

「太平洋」號完成了造雲作業後就返回海王星，留下了三艘小型飛船，在探測器顯示尾跡後對其進行近距離跟蹤，「藍影」號就是其中一艘。這種高速小飛船被稱做太空賽車，其唯一的有效載荷就是一個僅能容納五人的小艙，其餘部分全是核融合發動機，具有極高的加速能力和機動性。塵埃雲形成後，「藍影」號曾穿過整個雲區，以實驗是否能在雲中留下尾跡，結果是令人滿意的。當然，尾跡只能由一百多個天文單位外的太空望遠鏡觀測到，在「藍影」號上無論是塵埃雲還是自己的尾跡，什麼都看不到，周圍的太空空寂依舊。不過在穿過雲團後，太陽處於雲後，這時駕駛員堅持說看出太陽變暗了一點點，而且它原來清晰的邊緣變得模糊了，儀器的觀測也證明了這一點，這是這個巨大的人造物留給他們的唯一視覺印象。

「只剩下不到三小時了。」指令長看看錶說。塵埃雲實際上就是一顆圍繞著太陽運行的稀薄的巨型衛星，它的位置在運行中不斷移動，一段時間後就會移出探測器可能通過的區域。那時就要在另一個更靠後的位置再造一團塵埃雲。

「你真的希望我們跟上它？」駕駛員問。

「為什麼不呢？我們在創造歷史！」

「那東西不會攻擊我們嗎？你我都不是軍人，這事本來應該由艦隊來幹！」

正在這時，飛船收到了來自林格—斐茲羅監測站的資訊，報告三體探測器已經進入塵埃雲並留下了尾跡，它的精確軌道參數已經測定出來，命令「藍影」號立刻起航與目標會合，進行近距離跟蹤。雖然監測站距「藍影」號有一百多個天文單位之遙，資訊傳到這裡有十多個小時的時滯，但現在就像鑰匙已經在印泥上按了模，軌道的計算連稀薄塵埃雲的影響都考慮進去了，會合只是時間問題。

「藍影」號按照探測器的軌道參數設定航向，再次進入看不見的塵埃雲，向三體探測器飛去。這次飛行的時間顯得很長，十多個小時過去了，指令長和駕駛員都很睏倦，但與目標不斷縮小的距離還是令他們緊張起來。

「看到它了！我看到它了！」駕駛員大喊起來。

「你胡說什麼？還有一萬四千多公里呢！」指令長訓斥道，即使在全透明的太空中，肉眼也不可能看到一萬四千公里外的一輛卡車。但很快，他自己也看到了，在軌道參數所指示的方向，在靜止的星空背景上，有一個亮點在移動。

經過短暫的思考，指令長明白了：這團比太陽還大的塵埃雲是白造了，三體探測器又啟動了它的發動機，繼續減速，它不打算掠過太陽系，它將留在這裡。

由於只是臨時措施，與亞洲艦隊的其他戰艦一樣，「自然選擇」號的艦長許可權交接儀式是簡短和低調的，在場的只有艦長東方延緒、執行艦長章北海、第一副艦長列文和第二副艦長井上明，還有來自總參謀部的一個特別小組。

在這個時代，技術的極致發展並未能掩蓋基礎理論的停滯，「自然選擇」號對許可權的識別仍然採用章北海在過去的時代就熟悉的瞳孔、指紋和口令的三位一體，太空戰艦的人工智慧仍然無法識別出一個人的面容。

總參特別小組完成了系統中艦長許可權識別的瞳孔和指紋資料的重新設定，然後東方延緒向章北海交出了她的口令：

「Men Always Remember Love Because Of Romance Only.＊」東方延緒說出口令後，用挑戰的目光看著章

北海。

「妳好像不抽菸。」章北海從容應對。

「而且這個牌子已經在大低谷時消失了。」東方延緒帶著一絲失望垂下眼睛說。

「不過這個口令真的很好，在那時也沒有多少人知道。」章北海說。

艦長和副艦長都離開了，章北海將獨自修改艦長的口令，最後取得對「自然選擇」號的艦長控制權。

「他真的很聰明。」當球形艙的門消失後，井上明說。

「古代的智慧。」東方延緒說，她盯著艙門消失的地方，像要把那裡看透似的：「他從兩個世紀前帶來的東西，我們永遠學不會；可他卻能學會我們的。」

然後三人沉默了，靜靜地等待著。五分鐘過去了，對於重置口令的操作，這時間顯然太長了，而即將成為艦長的章北海，是培訓後的特遣隊成員中對戰艦指揮系統操作最熟練的人。又過了五分鐘，兩名副艦長不耐煩地在廊道裡浮游起來，只有東方延緒仍靜靜地站立不動。

終於，門又在艙壁上出現了。三人驚奇地發現，球形艙裡變黑了，章北海調出了星圖的全息顯示，並遮罩了圖上所有的標度線，只留下閃亮的星星，以致從門這邊看去，他彷彿懸浮於飛船外的太空中，與他一起懸浮著的還有一塊亮著的操作介面。

「我做完了。」章北海說。

「怎麼用了這麼長時間？」列文不滿地問。

「你是在享受得到『自然選擇』號的快感嗎？」井上明問。

＊據說是萬寶路（Marlboro）的英文涵義。

章北海沒有說話，他的眼睛也沒看操作介面，而是遙望著星圖上遠方的星辰，東方延緒注意到，在他注視的方向，有一個綠色光點在閃動。

「要是那樣就太可笑了。」列文接過井上明的話說：「我需要提醒你，艦長仍是東方大校，執行艦長不過是一道防火牆而已，這樣說不好聽，但最接近實情。」

井上明接著說：「而且這種狀態不會持續太長的，對艦隊的調查已經接近尾聲，基本證明了鋼印族並不存在。」

井上明還想說什麼，但被艦長的一聲低低的驚呼打斷了：「哦，天啊。」東方延緒說，兩位副艦長順著她的目光看去，看到了章北海面前的操作介面，因而也看到了「自然選擇」號太空戰艦目前所處的狀態。

戰艦已被設定為無人遙控狀態，因而繞過了四級加速前對乘員深海狀態的檢測，戰艦與外界的通訊也被完全切斷，最後，戰艦完成了進入最高推進功率的絕大部分艦長設定，只需再按動一個按鈕，「自然選擇」號將以最大的加速度駛向星圖上已經設定的目標。

「不，別這樣。」東方延緒說，聲音低得只有自己能聽到，這話是說給她前面呼喚過的那個「天」聽的，以前，她自己並不相信它的存在，而現在，她的祈禱是真誠的。

「你瘋了？」列文喊道，與井上明一起向艙內衝去，但立刻撞在艙壁上，門並沒有出現，只是那一個橢圓形區域的艙壁變得透明了。

「『自然選擇』號將進入『前進四』，全艦人員立刻進入深海狀態。」章北海說，他的聲音冷峻而沉穩，每一個字都長久地浮在空氣中，像立在寒風中的古老鐵錨。

「這不可能！」井上明說。

「你是鋼印族嗎？」東方延緒問，她飛快地使自己冷靜下來。

「妳知道我不可能是。」

「ＥＴＯ？」

「也不是。」

「那你是誰？」

「一個盡責任的軍人，為人類的生存而戰。」

「為什麼這樣做？」

「加速完成後再解釋，再說一遍：全艦人員進入深海狀態。」

「這不可能！」井上明重複道。

章北海轉過頭來，他沒有看兩位副艦長，目光直視東方延緒，這目光立刻使東方想起了太空軍的軍徽，星星和劍在其中都有。

「東方，我說過，如果不得不殺了妳，我很抱歉。時間不多了。」他說。

這時，在章北海所在的球形艙內，深海加速液開始出現，它們在失重中形成一個個球體，每個球體上，都有章北海、操作介面和星圖的變形映射。液球飄浮著，開始相互組合成更大的球。兩位副艦長都看著東方延緒。

「照他說的做，全艦進入深海狀態。」艦長輕聲說。

兩位副艦長凝視著她，他們都知道「前進四」時未處於深海保護狀態下的人是什麼下場：身體被超過自身重量一百二十倍的超載緊貼在艙壁上，先迸射出的是血液，超重下攤成極薄的一層，血漬的面積大得不可想像並呈放射狀；然後擠出的是內臟，也很快被壓成薄薄的一層，與被壓成一片的身體一起，構成一幅醜陋的達利風格的畫……他們同時轉身離去，向全艦發布進入深海狀態的命令。

「妳是一個合格的艦長。」章北海對著東方延緒點點頭：「這就是成熟。」

「我們要去哪裡？」東方延緒問。

「不管去哪裡，都是一個比留在這裡更負責任的選擇。」

章北海說完，就被深海加速液完全淹沒了，東方延緒只能透過已充滿球形艙的液體看到他模糊的身影。

章北海懸浮在半透明的液體中，想起了他兩個世紀前在海軍服役時深度潛水的經歷。當時他沒有想到海洋中的幾十公尺深處已經是那麼黑，懸浮在那個世界中，很有後來身處太空的感覺，海洋是太空在地球上的縮影。他試著在液體中呼吸了一下，神經反射使他劇烈地咳嗽起來，咳出的液體和殘留氣體產生的反衝力使他的身體傾斜了，但想像中的窒息並沒有出現，清涼的液體充滿了肺部，其中富含的氧繼續融進他的血液，他能夠像魚一樣自由呼吸了。

章北海看著懸浮在液體中的顯示介面，看到深海加速液依次充滿飛船上各個有人的艙室，這個過程持續了十多分鐘。漸漸地，他的意識開始模糊，呼吸液中開始注入催眠成分，以使飛船上的所有人進入睡眠狀態，避免四級加速時的高壓和相對缺氧對大腦的損害。

章北海感到父親的靈魂從冥冥中降落到飛船上，與他融為一體，他按動了操作介面上那個最後的按鈕，心中默念出那個他用盡一生的努力所追求的指令：

「『自然選擇』，前進四！」

木星軌道上突然出現了一顆小太陽，它強烈的光芒使得行星上大氣層中的磷光黯然失色。拖著這顆小太陽的「自然選擇」號恆星級戰艦緩緩駛出亞洲艦隊的軍港，然後急劇加速，把艦隊中其他戰艦的影子投到木星表面，每個影子的大小都可能容下一個地球。十分鐘後，一個更大的影子投向木星，彷彿給這顆巨行星的表面拉上一塊幕布，這是「自然選擇」號在掠過木衛一。

直到這時，亞洲艦隊統帥部才確認了這個令人難以置信的事實：「自然選擇」號叛逃了！

歐洲和北美艦隊向亞洲艦隊提出抗議和警告，它們最初認為這可能是亞洲艦隊擅自攔截三體探測器的行動。但很快從「自然選擇」的航向上發現不是這麼回事，它的航向與三體入侵的方向相反。

各個系統向「自然選擇」號的呼叫因得不到回答而漸漸平息下來，追擊和攔截行動開始部署。但統帥部很快發現，目前對叛艦幾乎無事可做。在木星的眾多衛星上，有四顆衛星的火力可以摧毀「自然選擇」號，但這是一個不可能採取的行動，實施叛逃行動的應該只是艦上的極少數甚至一個人，兩千多名在深海狀態中的官兵都是人質。所以，在木衛二上伽瑪射線雷射武器的基站中，指揮官們只能看著那顆小太陽掠過天空飛向外太空，在它的光芒下，木衛二的廣闊冰原上像是撒滿了燃燒的白磷。

「自然選擇」號依次穿過木星的十六顆大衛星的軌道，在穿越木衛四軌道時已經達到了木星的逃逸速度。從亞洲艦隊基地看去，那顆小太陽漸漸縮小，變成一顆明亮的星星，但在以後長達一個星期的時間裡，這顆星星仍依稀可見，在群星中隱現著亞洲艦隊無盡的傷痛。

由於需要進入深海狀態，追擊艦隊在「自然選擇」號離去後四十五分鐘才起航，木星系統再一次被六個太陽照耀。

在已經停止旋轉的亞洲艦隊司令部裡，艦隊司令默默地面對著處於黑夜一面的巨大的木星，在他下方一萬公里的大氣層中，有一片閃電出現，剛剛離去的「自然選擇」號和追擊艦隊的核融合發動機向木星發出了強大的輻射，使大氣電離引發了閃電。這個距離上只能看到被每一次閃電所照亮的周圍大氣的光暈，不同位置的光暈轉瞬即逝，使得木星的這一片區域像滴落著螢光雨點的池塘。

「自然選擇」號在沉默中持續加速到光速的百分之一後，它的核融合燃料的消耗已經越過折返點，憑自己的動力已經不可能返回太陽系，它成為了一艘永遠在外太空流浪的孤舟。

亞洲艦隊司令遙望星空，試圖看到那顆星星，但沒有找到，那個方向上，只有追擊艦隊的核融合發動機發出的六點暗弱的星光。他很快得到報告，「自然選擇」號已經停止加速。稍後，「自然選擇」號與艦隊的通訊恢復了。以下是通話紀錄，由於飛船的位置已在五百萬公里之外，對話有十多秒鐘的時滯。

「自然選擇」號：「『自然選擇』呼叫亞洲艦隊！『自然選擇』呼叫亞洲艦隊……」

亞洲艦隊：「『自然選擇』號，亞洲艦隊已收到你的呼叫，請報告艦上情況。」

「自然選擇」號：「我是執行艦長章北海，要直接同艦隊司令官對話。」

艦隊司令：「我在聽著。」

章北海：「我對『自然選擇』號的脫離航行負完全責任。」

艦隊司令：「還有別人需要負責嗎？」

章北海：「沒有，只有我一人，這次事件與『自然選擇』號上的其他成員沒有任何關係，東方延緒艦長在關鍵時刻做出了正確的決定。」

艦隊司令：「我要與她通話。」

章北海：「現在不行。」

艦隊司令：「目前艦上情況如何？」

章北海：「一切良好，除我之外的所有艦上人員仍在深海狀態中，動力系統和生態系統運轉正常。」

艦隊司令：「你叛逃的原因？」

章北海：「逃離是事實，但我沒有背叛。」

艦隊司令：「原因？」

章北海：「在這場戰爭中，人類必敗。我只是想為地球保存一艘恆星際飛船，為人類文明在宇宙中保留一粒種子、一個希望。」

艦隊司令：「這麼說，你是逃亡主義者。」

章北海：「我只是一名盡自己責任的軍人。」

艦隊司令：「你接受過思想鋼印嗎？」

章北海：「您知道這不可能，我冬眠時這種技術還沒有出現。」

艦隊司令：「那你的這種異常堅定的失敗主義信念讓人不可理解。」

章北海：「我不需要思想鋼印，我是自己信念的主人。這種信念之所以堅定，是因為它不是來自我一個人的智慧。早在三體危機出現之初，父親和我就開始認真思考這場戰爭最基本的問題。漸漸地，父親身邊聚集了一批有著深刻思想的學者，他們包括科學家、政治家和軍事戰略家，他們稱自己為未來史學派。」

艦隊司令：「這是一個祕密組織嗎？」

章北海：「不是，他們研究的問題很基礎，討論從來都是公開進行的，甚至還由軍方和政府出面，召開了幾次未來史學派的學術研討會。正是從他們的研究中，我確立了人類必敗的思想。」

艦隊司令：「可是現在，未來史學派的理論已被證明是錯誤的。」

章北海：「首長，您低估了他們，他們不但預言了大低谷，也預言了第二次啟蒙運動和第二次文藝復興，他們所預言的今天的強盛時代，幾乎與現實別無二致，最後，他們也預言了末日之戰中人類的徹底失敗和滅絕。」

艦隊司令：「可是，你現在身處的飛船，能夠以光速的百分之十五航行。」

章北海：「成吉思汗的騎兵，攻擊速度與二十世紀的裝甲部隊相當；北宋的床弩，射程達一千五百公尺，與二十世紀的狙擊步槍差不多；但這些仍不過是古代的騎兵與弓弩而已，不可能與現代力量抗衡。基礎理論決定一切，未來史學派清楚地看到了這一點。而你們，卻被迴光返照的低級技術蒙住了眼睛，你們躺在現代文明的溫床中安於享樂，對即將到來的決定人類命運的終極決戰完全沒有精神上的準備。」

艦隊司令：「你來自一支偉大的軍隊，他們曾戰勝了裝備遠比自己先進的敵人，甚至僅憑繳獲的武器就打勝了一場世界罕見的大規模陸戰。你的行為，辱沒了這支軍隊的榮耀。」

章北海：「尊敬的司令官，我比您更有資格談論那支軍隊，因為我家祖孫三代都在其中服役。我的爺爺曾在朝鮮戰場用手榴彈攻擊美軍的『潘興』坦克，手榴彈砸到坦克上滑下來爆炸，目標毫髮未損，爺爺在被坦克上的機槍擊中後，又被履帶軋斷雙腿，在病榻上度過了後半生，但比起同時被軋成肉醬的兩名戰友來，他還算幸運……正是這支軍隊的歷程，使我們對戰爭中與敵人的技術差距刻骨銘心。你們所知道的榮耀是從歷史記載中看到的，我們的創傷是父輩和祖輩的鮮血凝成的，比起你們，我們更知道戰爭是怎麼回事。」

艦隊司令：「叛逃計畫是什麼時候產生的？」

章北海：「我重申：自己沒有背叛，但逃亡是事實。這個計畫從見父親最後一面時就產生了，他用最後的目光告訴了我該怎樣做，我用了兩個世紀來實施這個計畫。」

艦隊司令：「為此你把自己偽裝成一個堅定的勝利主義者，你的偽裝很成功。」

章北海：「但常偉思將軍幾乎識破了我。」

艦隊司令：「是的，他敏銳地意識到自己從未看清你的勝利主義信念的基礎，你後來對能夠進行恆星際航行的輻射推進型飛船的不正常的熱中，更加劇了他的懷疑。他一直反對你進入增援未來特遣隊，但無法違背上級的指示。在給我們的信中，他提出了警告，但卻是以那個時代所特有的含蓄方式提出的，結果被我們忽略了。」

章北海：「為了得到能夠進行星際逃亡的飛船，我殺了三個人。」

艦隊司令：「這我們不知道，可能誰也不知道，但有一點應該肯定：那時所確定的研究方向對後來的航太技術發展是至關重要的。」

章北海：「謝謝你告訴我這個。」

艦隊司令：「我還要告訴你，你的計畫失敗了。」

章北海：「也許會，但現在還沒有。」

艦隊司令：「『自然選擇』號在起航時只加注了五分之一的核融合燃料。」

章北海：「但我只能立刻行動，以後就沒有機會了。」

艦隊司令：「這樣，你只能加速到光速的百分之一，你不敢過多消耗燃料，因為飛船的生態循環系統需要能量來維持運轉，這段時間少則幾十年，多則幾個世紀。而以這樣的速度航行，追擊艦隊能夠很快追上你們。」

章北海：「我仍控制著『自然選擇』號。」

艦隊司令：「不錯，你當然知道我們的擔心：追擊會使你繼續加速，耗盡燃料，沒有能量的生態系統將停止轉動，『自然選擇』號將變成一艘接近絕對零度的死船。所以追擊艦隊暫時不會與『自然選擇』號近距離接觸，我們很有信心地認為，『自然選擇』號上的指揮官和士兵會解決自己戰艦的問題。」

章北海：「我也相信一切問題都會解決的，我將負自己應該負的責任，但目前我仍堅信，『自然選擇』號處在正確的航向上。」

當羅輯從睡夢中驚醒時，他知道還有一樣東西從過去流傳到了現在，那就是鞭砲。從窗中望出去，看到天剛濛濛亮，沙漠在初露的天光中泛出一片白色，爆竹和煙花的閃光不時映照其上。這時有急促的敲門聲，史曉明不等主人開門就闖了進來，臉上發著興奮的紅光，讓羅輯快看新聞。

羅輯最近很少看電視，進入新生活五村後，他真的回到了過去的生活中，在經歷過剛甦醒時新時代的衝擊後，他很珍惜這種感覺，暫時不希望被現代的資訊所干擾。更多的時候，他是沉浸在對莊顏和孩子的思念中，她們甦醒的手續已經辦好，但由於政府控制冬眠甦醒人口的流量，所以她們的甦醒被排到兩個月以後了。

電視新聞的內容是這樣的：五個小時前，林格—斐茲羅望遠鏡觀察到三體艦隊再次穿過一片星際塵埃雲，這是它們在起航後的兩個世紀中第七次因穿越塵埃雲而現形，艦隊已失去了嚴整的隊形，「刷子」的形狀與第一次穿越塵埃雲時相比早已面目全非。不過這次與第二次穿越時相似，首先觀察到的是一根前出的「刷毛」，但與那次不同的是，從軌跡形態判斷，這根刷毛不是探測器，而是艦隊中的一艘戰艦。在向太陽系的航程中，三體艦隊已經完成了加速和巡航期。早在十五年前，已經觀測到三體戰艦陸續開始減速，十年前，絕大部分戰艦都進入減速狀態。不過現在知道，這艘戰艦一直沒有減速，從它在塵埃雲中的軌跡看，還處於加速狀態，按目前的加速率，它將比艦隊提前一個半世紀到達太陽系。這樣一艘孤單的飛船，獨自闖入擁有強大艦隊的太陽系疆域，如果是入侵則無異於送死，所以只能得出一個結論：它是來談判的。通過對三體艦隊長達兩個世紀的觀察，已經確定了每艘飛船的最大加速能力，照此推算，這艘前出的飛船缺少足夠的減速能力，一百五十年後必然會掠過太陽系，那麼就存在兩種可能：其一是三體人希望地球世界協助減速，其二飛船在掠過太陽系前放下一個容易減速的小艇，上面運載著三體世界的談判代表團。後一種可能性要大得多。

「可他們如果有談判的願望，為什麼不通過智子通知人類呢？」羅輯問道。

「很好解釋！」史曉明興奮地說：「這是因為思維方式的不同，三體人是全透明思維，他們以為自己想的東西我們已經知道了！」

儘管這個解釋不是那麼有說服力，羅輯還是有了同史曉明一樣的感覺，感到外面的太陽提前升起來了。當太陽真正升起時，狂歡達到了高潮。這裡只是世界的一個小角落，狂歡的中心是在那些地下大城市中，在那裡，人們都走出巨樹，街道和廣場上人山人海，每個人的衣服都調到了最大亮度，構成一片閃耀的光海；天穹上綻放著虛擬的煙火，有時一朵煙火能覆蓋整個天空，即使與太陽為伴，仍然明亮絢麗。

新的消息不斷傳來。政府開始時很謹慎，發言人反覆聲明還沒有確切證據最後表明三體世界有談判意向；但與此同時，聯合國和艦隊聯席會議都召開緊急峰會，開始擬定談判序和條款……

在新生活五村，狂歡中出現了一個小小的插曲：一名城市議員來此發表演講，他是一名陽光計畫的狂熱支持者，想趁此機會使自己得到冬眠者社區的支持。

陽光計畫來自一個聯合國提案，其主旨是：人類一旦取得末日之戰的勝利，就應該在太陽系為戰敗的三體文明提供生存空間。計畫有多種版本，主要有：弱生存方案，把冥王星、祝融星和海王星的衛星作為三體文明保留地，只接納戰敗的三體艦隊成員。這個方案中保留地的生存條件很差，只能依靠核融合的能源，在人類社會的支持下才能維持下去；強生存方案，把火星作為三體文明的寄居星球，除艦隊成員外，還接納所有三體世界的後續移民。這個方案可為三體文明提供太陽系中除地球之外最好的生存條件。其餘的眾多方案大都居於這兩者之間，但也有一些很極端的想法，比如接納三體文明進入地球社會等。陽光計畫獲得地球國際和艦隊國際的廣泛支持，並且已經展開大量的前期研究和規畫，在兩個國際中都出現了眾多的推進該計畫的民間力量。但同時，陽光計畫也遭到了冬眠者社會的強烈反對，冬眠者甚至給計畫的支持者們起了一個外號，叫「東郭族」。

議員的演講剛一開始，立刻遇到了聽眾強烈的反彈，人們紛紛向他們拋擲番茄。議員躲避著說：「我請大家注意，這是第二次文藝復興後的人文主義的時代，這個時代對各個種族的生命和文明給予最大的尊重，你們就沐浴在這個時代的陽光中！不是嗎？冬眠者在現代社會享有完全平等的公民地位，沒有受到任何歧視，這個原則不僅在憲法和法律上得到確認，更重要的是得到了所有人發自內心的一致認同，這些我想你們都能感受到。三體世界也是一個偉大的文明，他們的生存權應該得到人類社會的承認，陽光計畫不是慈善事業，是文明人類對自身價值的一次確認和體現！如果我們……我說你們這些混蛋，把注意力集中到工作上來！」

議員的最後一句話是對他的隨行團隊說的，他們正忙收集散落在地上的番茄，這在地下城畢竟是很貴的東西。看到這個，冬眠者們又接著向講壇上扔黃瓜馬鈴薯什麼的，使得這一次小小的衝突最終在雙方共同的歡樂中結束。

中午，家家擺宴慶賀，還在社區的草坪上為趁興而來的城裡人——包括東郭族議員和他的團隊——擺上了豐盛的純農產品大餐。下午，狂歡在一片醉意中繼續，直到夕陽西下。今天的黃昏格外美麗，社區外的沙原在橙紅的夕陽下顯得如奶油般柔軟細膩，連綿的沙丘像睡臥的女性胴體……

入夜，一個新聞把人們已經有些疲憊的神經再次刺激到極度興奮的狀態：艦隊國際已經做出決議，亞洲艦隊、歐洲艦隊和北美艦隊的所有恆星級戰艦，共二千零一十五艘，將組成聯合艦隊，統一出擊，攔截已經越過海王星軌道的三體探測器！

這個消息把狂熱推向新的高潮，煙火再次布滿了夜空，但也引起了一片不屑和嘲笑。

「就為一個小小的探測器出動兩千多艘戰艦？」

「這是用兩千把宰牛刀殺一隻雞！」

「就是，兩千門大砲打一隻蚊子！這算什麼嘛！」

「各位各位，應該理解艦隊國際，要知道，這可能是他們與三體世界唯一的一次作戰機會了。」

「是啊，要是這也算作戰的話。」

「也好，就當做人類文明的一次示威閱兵吧，這樣一支超級艦隊是什麼勁頭？嚇不死它們！把它們的尿都嚇出來，如果它們有尿的話。」

「哈哈哈哈……」

時近午夜，新的消息傳來：聯合艦隊已經從木星基地起航！人們被告知：在南半球用肉眼就可以看到艦隊。狂歡的人群第一次安靜下來，所有人都在夜空中搜尋著木星，這並不容易，但在電視中專家的指點下，人們很快在西南天空中找到了那顆星星。這時，聯合艦隊的光芒正在穿越五個天文單位的距離飛向地球。四十五分鐘後，夜空中木星的亮度驟然增加，很快超過天狼星而成為夜空中最亮的星體。接著，一顆燦爛的亮星從木星分離出來，彷彿是它的靈魂脫離了軀體，木星又恢復到本來的亮度，而那顆亮星則緩緩移動，漸漸拉大與木星的距離，那就是起航的聯合艦隊。

幾乎與此同時，發自木星基地的實況圖像也到達了地球，人們在電視中看到，漆黑的太空中，突然出現了兩千個太陽！它們排成一個長方形的嚴整陣列，赫然出現在永恆的宇宙之夜中，讓人們不約而同地想起了一句話：上帝說要有光，於是有了光。在兩千個太陽的照耀下，木星和它的衛星都像在燃燒，木星大氣層被輻射電離，引發的閃電布滿了行星面向艦隊的半個表面，構成了一張電光閃爍的巨毯。艦隊開始加速，但陣列絲毫不亂，這堵太陽的巨牆以雷霆萬鈞的氣勢向太空深處莊嚴推進，向整個宇宙昭示著人類的尊嚴和不可戰勝的力量。兩個世紀前被三體艦隊出發的影像所壓抑的人類精神，終於得到了徹底的解放。這一時刻，銀河系的星海默默地收斂了自己的光芒，大寫的「人」與上帝合為一體，傲然獨步於宇宙間。

所有的人都在歡呼中熱淚盈眶，許多人因激動而嚎啕大哭，在歷史上從來沒有這樣一個時刻，每個人都為自己是人類的一員而感到如此幸運和自豪。

但冷靜的人還是有的，羅輯就是一個，他的目光越過狂熱的人群，發現了另一個更冷靜的人：史強獨自靠在大螢幕全息電視的一側，抽著菸，無動於衷地看著狂歡的人群。

羅輯走過去問：「你怎麼……」

「啊，老弟你好，我有責要負。」大史指指沸騰的人群說：「樂極容易生悲，這會兒最容易弄出事兒來，就說上午東郭族演講的時候，要不是我叫人及時調來番茄什麼的，他們就用石頭幹上了。」

史強最近被任命為新生活五村的警務長官，這在冬眠者看來多少有些奇怪：因為大史屬於亞洲艦隊，按照國籍他已經不是中國人了，卻成為國家政府的正式官員。不過對他的工作能力居民們都有口皆碑。

「再說我這個人，從不會得意忘形，」大史接著說，同時拍拍羅輯的肩膀：「老弟你也是。」

「我是，」羅輯點點頭：「我本來就是一個只看重現世及時行樂的人，未來與我無關。可二百年前，他們突然逼我當救世主，我現在這樣，也算是對這種傷害的一種補償。我去睡覺了，大史，不管你信不信，今夜我真能睡得著。」

羅輯聽到這話愣了一下，再看大史所指的人，吃驚地發現他竟是昔日的面壁者比爾・希恩斯！他的臉色蒼白，神思有些恍惚，他一直在離大史的不遠處站著，發現羅輯後，他們擁抱著互相問候，羅輯感覺希恩斯的身體一直在虛弱地發顫。

「見見你的這位同事，他剛來，人類的勝利對於他也不見得是件好事。」

「我是來找你的，只有我們這兩個歷史的垃圾能互相理解，不過現在，恐怕你也不理解我了。」希恩斯對羅輯說。

「山杉惠子呢？」羅輯問。

「你還記得聯合國會議廳裡的那個叫默思室的地方嗎？」希恩斯答非所問地說：「那地方後來荒廢了，只有遊客偶爾去……還記得裡邊那塊鐵礦石嗎？她就在那上面剖腹自殺了。」

「哦……」

「她死前詛咒我，說我這輩子也會生不如死，因為我打上了失敗主義的思想鋼印，而人類勝利了。她說得對，我現在真的很痛苦，我當然為勝利而高興，卻又不可能相信這一切，意識中像有兩個角鬥士在廝殺，你知道，這比相信水能喝難多了。」

……

同史強一起安置好希恩斯後，羅輯回到自己房間裡很快睡著了，他又夢見了莊顏和孩子。醒來時，陽光已經照進窗來，外面的狂歡仍在繼續。

「自然選擇」號以百分之一的光速航行在木星與土星軌道之間，從這裡看去，後面的太陽已經變得很小，但仍是最亮的一顆星星，前方的銀河則發出更加燦爛的光芒。飛船的航向大約指向天鵝座方向，在這無垠的外太空，它的速度絲毫顯現不出來，如果附近有一個觀察者，就會看到「自然選擇」號彷彿靜止地懸浮於深邃的空間中。其實，從這個位置上看，整個宇宙中的運動都被距離抹去了，遠去的太陽和飛船前方的銀河系星海也處於永恆的靜止中，時間似乎停止了流動。

「你失敗了。」東方延緒對章北海說，除他們兩人之外，飛船上的其他成員都處於深海狀態的睡眠中。章北海仍把自己關在那間球形艙中，東方延緒無法進入，只能通過內部通話系統與他對話。透過艙壁那片仍處於透明狀態的區域，她能看到這個劫持了人類最強大戰艦的人靜靜地懸浮在球形艙正中，低頭聚精會神地在筆記本上寫著什麼，他的面前，仍懸浮著那個操作介面，從介面上看出，飛船處於四級加速前的待命狀態，只需按動一個按鈕即可進入「前進四」。他的周圍，仍然有幾個液球在飄浮，那是沒有排盡的深海加速液，但他的軍裝已經乾了，皺巴巴的，使他看上去蒼老了許多。

章北海沒有理會東方延緒，仍低頭在本子上寫著。

「追擊艦隊距『自然選擇』號只有一百二十萬公里了。」東方延緒接著說。

「我知道。」章北海說，沒有抬頭：「妳讓全艦保持深海狀態是很明智的。」

「只能這樣，否則情緒激動的士兵和軍官會攻擊這個艙，而你隨時可能使『自然選擇』號進入『前進四』，殺死所有的人。追擊艦隊沒有靠近，也是這個原因。」

章北海沒有說話，把筆記本翻過一頁，繼續寫著。

「你不會這麼做，是嗎？」東方延緒輕聲問。

「妳當初也不可能想到我會做現在的事。」章北海停了幾秒鐘，補充說：「我們時代的人有我們的思維方式。」

「可我們不是敵人。」

「沒有永恆的敵人或同志，只有永恆的責任。」

「那你對戰爭的悲觀完全沒有道理，現在，三體世界已經表露了談判的跡象，太陽系聯合艦隊已經起航，攔截三體探測器，戰爭就要以人類的勝利結束了。」

「我看過傳來的新聞了……」

「你仍堅持自己的失敗主義和逃亡主義？」

「是的。」

東方延緒無奈地搖搖頭：「你們的思維方式真的與我們不同，比如：你在開始時就知道自己的計畫不可能成功，『自然選擇』號只加裝了五分之一的燃料，肯定會被追上。」

章北海停下手中的筆，抬頭看著艙外的東方延緒，他的目光平靜如水：「同為軍人，知道我們之間最大的區別在哪裡嗎？你們按照可能的結果來決定自己的行動；而我們，不管結果如何，必須盡責任，這是唯一的機會，所以我就做了。」

「是為了給自己一個安慰嗎？」

「不，本性而已，東方，我不指望妳能理解，畢竟我們相隔兩個世紀了。」

「那現在你已經盡到你所說的責任了，你的逃亡事業已經沒有任何希望，投降吧。」

章北海對東方延緒笑笑，低頭繼續寫：「還不到時候，我要把自己所經歷的這一切寫下來，相隔兩個世紀的這一切，都寫下來，在以後的兩個世紀中，這也許對一些頭腦清醒的人會有幫助的。」

「你可以口述，電腦會記下來。」

「不，我習慣用筆寫，紙會比電腦保存得更久。妳放心，我會承擔一切責任的。」

丁儀透過「量子」號的寬大舷窗向外望去，儘管球形艙內的全息影像可以提供更好的視野，他還是喜歡像這樣用自己的眼睛直接看。他看到，自己所在的位置處於一個由兩千顆耀眼的小太陽構成的大平面上，它們的光芒使他的滿頭白髮像燃燒起來似的。聯合艦隊起航後幾天來，對這景象他已經很熟悉，但每次還是被其壯麗所震懾。其實，艦隊採用這種矩形平推的編隊隊形，並非只是為了展示威嚴和氣勢，如果採用海軍艦隊傳統的縱隊，即使是交錯縱隊，每艘戰艦發動機產生的強輻射都會對後方的艦隻產生影響。在這樣的矩形編隊中，戰艦之間的間隔約為二十公里，雖然每艘戰艦的平均體積為海軍航空母艦的三到四倍，但在這個距離上看也幾乎只是一個點，所以戰艦在太空中能顯示自己存在的就是核融合發動機發出的光芒。

聯合艦隊的編隊十分密集，這種隊形密度只有進行檢閱時才採用過。按照正常的巡航編隊，戰艦之間的間距應該在三百到五百公里，二十公里的艦距，幾乎相當於海洋中的貼舷航行。三大艦隊中都有很多將領對這種超密集的隊形提出異議，但採用常規隊形卻遇到棘手的問題。首先就是參戰機會的公平性原則，如果以常規隊形接近探測器，即使逼近到最小的距離，編隊邊緣的戰艦距目標仍有幾萬公里之遙，如果在對探測器的捕獲行動中有戰鬥發生，那麼相當多的戰艦就不能算做是參戰艦了，這將在歷史上留下永遠的遺憾。而三大艦隊都不能拆散自己的編隊，那麼哪個艦隊位於總編隊中最有利的位置就無法協調，只能把編隊壓縮到超密集的檢閱隊形，使所有戰艦都處於作戰距離之內。採用檢閱隊形的另一個原因是：艦隊國際和聯合國都希望編隊能夠產生強烈的視覺震撼，這與其說是對三體世界的力量顯示，不如說是做給人類公眾看的，這種前所未有的視覺衝擊，對兩個國際都具有重大的政治意義。目前，敵人主力仍在遙遠的兩光年之外，艦隊的密集編隊當然不會有什麼危險。

「量子」號位於矩形編隊的一角，所以丁儀從這裡可以看到艦隊的大部分。在越過土星軌道後，艦隊開始減速，所有的核融合發動機都朝向前進方向。現在，艦隊已經接近三體探測器，而速度已經減到負值，向太陽方向返回，正在把與目標之間的相對速度調整為零，以便實施攔截。

丁儀把菸斗放到嘴裡，在這個時代他找不到菸絲，只能叼著空菸斗。兩個世紀後的菸斗居然還殘留著菸味，只是很淡，隱隱約約，像過去的記憶。

丁儀是七年前甦醒的，一直在北京大學物理系任教。他去年向艦隊提出要求，要在三體探測器被攔截後成為第一個零距離考察它的人。丁儀雖然德高望重，但他的請求一直被拒絕，直到他聲稱要死在三大艦隊司令面前，艦隊方面才答應考慮這事。其實，第一個接觸探測器的人選一直是個難題，首次接觸探測器就等於首次接觸三體世界，按照攔截行動中的公平原則，三大艦隊中任何一方都不可能被允許單獨享有這個榮譽，而如果讓三方派出的人員同時接觸，在操作上也有難度，容易橫生枝節，所以只有讓一個艦隊國際之外的人承擔這個使命，丁儀當然是最合適的人選。而丁儀的請求最後被批准，還有一個不能明說的原因。其實，對於最後能否得到探測器，無論是艦隊還是地球國際都沒有信心，它在被攔截中或攔截後幾乎肯定要自毀，而在它自毀前如何從中得到盡可能多的資訊，零距離觀察和接觸是不可替代的手段，丁儀作為發現宏原子和發明可控核融合途徑的資深物理學家，是最具備這方面素質的人。反正生命是他自己的，以他八十三的歲數和無人能比的資歷，自然有權利拿這條老命幹他想幹的事。

在攔截開始前「量子」號指揮系統的最後一次會議上，丁儀見到了三體探測器的影像，三大艦隊派出的三艘跟蹤飛船已經代替了來自地球國際的「藍影」號飛船，影像是由艦隊跟蹤飛船在距目標五百公尺處拍攝的，這是迄今為止人類飛船與探測器最近的距離。

探測器的大小與預想的差不多，長三點五公尺，丁儀看到它時，產生了與其他人一樣的印象：一滴水銀。探測器呈完美的水滴形狀，頭部渾圓，尾部很尖，表面是極其光滑的全反射鏡面，銀河系在它的表面映成一片流暢的光紋，使得這滴水銀看上去純潔而唯美。它的液滴外形是那麼栩栩如生，以至於觀察者有時真以為它就是液態的，根本不可能有內部機械結構。

看過探測器的影像後，丁儀便沉默了，在會上一直沒有說話，臉色有些陰沉。

「丁老，您好像有什麼心事？」艦長問。

「我感覺不好。」丁儀低聲說，用手中的菸斗指指探測器的全息影像。

「為什麼？它看起來像個無害的藝術品。」一名軍官說。

「所以我感覺不好。」丁儀搖搖花白的頭說：「它不像星際探測器，卻像藝術品。一樣東西，要是離我們心中的概念差得太遠，可不是好兆頭。」

「這東西確實有些奇怪，它的表面是全封閉的，發動機的噴口呢？」

「可它的發動機確實能發光，這都是曾經觀測到的，只是當時『藍影』號在它再次熄火前沒來得及拍下近距離的影像，不知道那光是從哪裡發出來的。」

「它的質量是多少？」丁儀問。

「目前還沒有精確值，只有通過高精度引力儀取得的一個粗值，大約在十噸以下吧。」

「那它至少不是用中子星物質製造的了。」

艦長制止了軍官們的討論，繼續會議的進程，他對丁儀說：「丁老，對您的考察，艦隊是這樣安排的：當無人飛船完成對目標的捕獲後，對其進行一段時間的觀察，如果沒有發現異常，您將乘穿梭艇進入捕獲飛船，對目標進行零距離考察，您在那裡停留的時間不能超過十五分鐘。這位是西子少校，她將代表亞洲艦隊全程陪同您完成考察。」

一名年輕的女軍官向丁儀敬禮，同艦隊中的其他女性一樣，她身材頎長苗條，是典型的太空新人類。

丁儀只瞥了少校一眼，就轉向艦長：「怎麼還有別人？我一個人去不就行了？」

「這當然不行，丁老，您對太空環境不熟悉，整個過程是需要人輔助的。」

「要這樣，我還是不去的好，難道還要別人跟著我……」丁儀沒有說出「送死」兩個字。

艦長說：「丁老，此行肯定有危險，但也並不是絕對的。如果探測器要自毀，那多半是在捕獲過程中發生，在捕獲完成兩小時後，如果考察過程中不使用破壞性的儀器設備，它自毀的可能性應該是很小了。」

事實上，地球和艦隊兩個國際決定儘快派人與探測器直接接觸，主要目的不是為了考察。當全世界第一次看到探測器的影像時，所有人都陶醉於它那絕美的外形。這東西真的是太美了，它的形狀雖然簡潔，但造型精妙絕倫，曲面上的每一個點都恰到好處，使這滴水銀充滿著飄逸的動感，彷彿每時每刻都在宇宙之夜中沒有盡頭地滴落著。它給人一種感覺：即使人類藝術家把一個封閉曲面的所有可能形態平滑地全部試完，也找不出這樣一個造型。它在所有的可能之外，即使柏拉圖的理想國中也沒有這樣完美的形狀，它是比直線更直的線，是比正圓更圓的圓，是夢之海中躍出的一隻鏡面海豚，是宇宙間所有愛的結晶……美總是和善聯在一起的，所以，如果宇宙中真有一條善惡分界線的話，它一定在善這一面。

於是很快出現了一個猜測：這東西可能根本就不是探測器。進一步的觀察在某種程度上證實了這種猜測。人們首先注意到它的表面，有著極高的光潔度，是一種全反射鏡面，艦隊曾經動用大量的監測設備做過一次實驗，用不同波長的高頻電磁波照射它的所有表面，同時測量電磁波的反射率。結果震驚地發現：它的表面對於包括可見光在內的高頻電磁波，幾乎能夠百分之百地反射，觀察不到任何吸收。這就意味著它無法在高頻波段進行任何探測，通俗地說它是個瞎子。這種自盲的設計肯定有重要的涵義，最合理的推測是：它是三體世界發往人類世界的一個信物，用其去功能化的設計和唯美的形態來表達一種善意，一種真誠的和平願望。

於是，人們給探測器換了個稱呼，形象地叫它「水滴」。在兩個世界中，水都是生命之源，象徵著和平。

輿論認為應該派出人類社會的正式代表團與水滴接觸，而不是由一名物理學家和三名普通軍官組成的考察隊，但出於謹慎的考慮，艦隊國際決定維持原計畫不變。

「那就不能換個人去嗎？讓這麼個女孩子……」丁儀指著西子說。

西子對丁儀微笑著說：「丁老，我是『量子』號上的科學軍官，負責航行中的出艦科學考察，這是我的職責。」

「而且，艦隊中有一半是女孩子。」艦長說：「陪同您的共有三個人，另外兩名是歐洲和北美艦隊派出的科學軍官，他們很快就要到本艦報到了。丁老，這裡要重申一點：按照艦隊聯席會議的決議，第一個直接接觸目標的一定是您，然後才能允許他們接觸。」

「無聊。」丁儀又搖搖頭：「人類在這方面一點兒沒變，熱中於追逐虛榮……不過你們放心，我會照辦的。其實我只是想看看而已，我真正感興趣的是這些超技術後面的超理論，不過此生怕是……唉。」

艦長飄浮到丁儀面前，關切地對他說：「丁老，您現在可以去休息了，捕獲行動很快就要開始，在出發考察前，您一定要保持足夠的精力。」

丁儀抬頭看著艦長，好半天才悟出來他走後會議還要繼續進行。他轉頭再次細看水滴的影像，這才發現它渾圓的頭部映著一片排列整齊的光點，這些光點往後面才漸漸變形，與銀河系映出的光紋匯合在一起，那是艦隊的映射。他再看看懸浮在自己面前的「量子」號的指揮官們，他們都很年輕，在丁儀眼中這些人還都是孩子。他們看上去都是那麼高貴和完美，從艦長到上尉，眼中都透出神靈般睿智的目光。艦隊的光芒從舷窗射入，透過自動變暗的玻璃後，變成晚霞般的金色，他們就籠罩在這片金輝中，身後懸浮著水滴的影像，像一個超自然的銀色符號，使這裡顯得空靈而超脫，他們看上去，像一群奧林帕斯山上的神祇……丁儀內心深處的什麼東西被觸動了，他變得激動起來。

「丁老，您還有什麼要說的嗎？」艦長問。

「哦，我想說……」丁儀的兩手不知所措地亂舞著，任菸斗飄在空中：「我想說，孩子們啊，這些天來，你們對我都很好……」

「您是我們最尊敬的人。」一位副艦長說。

「哦……所以，我真的有些話想說，只是……一個老東西的胡言亂語，你們也可以不把它當真。不過，孩子們，我畢竟是跨過兩個世紀的人了，經歷的事兒也多一些……當然，我說過，也不必太當真……」

「丁老，有什麼話您就直說吧，您真的是我們最尊敬的人。」

丁儀緩緩地點點頭，向上指指：「這艘飛船，要達到最高的加速度，這裡面的人好像都得……都得浸在一種液體裡。」

「是的，深海狀態。」

「對對，深海狀態。」丁儀又猶豫起來，沉吟了一會兒才下決心說下去：「在我們出發去考察後，這艘飛船，哦，『量子』號，能不能進入深海狀態？」

軍官驚奇地互相對視著，艦長問：「為什麼？」

丁儀的兩手又亂舞起來，頭髮在艦隊的光芒中發出白光，正像一上艦時就有人發現的那樣，他真的很像愛因斯坦。「嗯……反正這樣做也沒什麼大的損失，對吧……你們知道，我感覺不好。」

丁儀說完這話就沉默了，兩眼茫然地看著無限遠方，最後伸手把飄浮的菸斗抓過來裝到衣袋中，也不道別，笨拙地操縱著超導腰帶向艙門飄去。軍官們一直目送著他，當他的半個身體已經出門時，又慢慢地轉過身來：

「孩子們，你們知道我這些年都在幹什麼嗎？在大學裡教物理，還帶博士生。」他遙望著外面的星河，臉上露出莫測的笑容，軍官們發現，那笑容竟有些淒慘：「孩子們啊，我這兩個世紀前的人了，現在居然還能在大學裡教物理。」他說完，轉身離去。

艦長想對丁儀說什麼，但見到他已經離去就沒有說出來，神色嚴峻地思索著。軍官們中有人看著水滴的影像，更多的人把目光集中在艦長身上。

「艦長，你不會拿他的話當真吧？」一名上校問。

「他是個睿智的科學家，但畢竟是個古人，思考現代的事兒，總是……」有人附和道。
「可是在他的領域裡，人類一直沒有進步，還停留在他的時代。」
「他提到直覺，想想他的直覺都發現過些什麼吧。」說話的軍官語氣裡充滿著敬畏。
「而且……」西子脫口而出，但看看周圍軍銜比她高的一群人，把話又咽了回去。
「少校，說吧。」艦長說。
「而且像他說的，也沒什麼損失。」西子說。
「可以從其他方面想想……」一位副艦長說：「按目前的作戰計畫，如果捕獲失敗，水滴意外逃脫，艦隊部署的追蹤力量只有殲擊機，但如果長途追蹤就必須依靠恆星級戰艦，艦隊中應該有艦隻做好這方面的準備，這應該看作計畫的一個疏漏。」
「向艦隊打一個報告吧。」艦長說。
艦隊很快批覆：在考察隊出發後，「量子」號和在編隊中與其相鄰的「青銅時代」號兩艘恆星級戰艦進入深海狀態。
在對水滴進行捕獲時，聯合艦隊的編隊與目標的距離保持在一千公里，這是經過審慎計算後確定的。對於水滴可能的自毀方式有著多種猜測，所能設想的產生最大能量的自毀就是正反物質湮滅，水滴的質量小於十噸，那麼在留有充分冗餘量的情況下，所需考慮的最大的能量爆發就是由質量各為五噸的正反物質湮滅產生的。如果這樣的湮滅發生在地球上，足以毀滅這顆行星表面的所有生命，但在太空中發生，其能量全部以光輻射的形式出現，對於擁有超強防輻射能力的恆星級戰艦來說，一千公里的距離是足夠安全的。
捕獲行動是由一艘叫「螳螂」號的小型無人飛船完成的，「螳螂」號以前主要用於在小行星帶採集礦物標本，它的最大特點就是有一支超長機械臂。
行動開始後，「螳螂」號越過了之前為監視飛船設定的五百公里距離線，小心翼翼地向目標靠近。它飛行的速度很慢，且每前進五十公里就懸停幾分鐘，由密布在後方的監視系統對目標進行全方位掃描，確定沒有異常後再繼續靠近。

在距目標一千公里處，聯合艦隊已與水滴在速度上同步。大部分戰艦都關閉了核融合發動機，靜靜地飄浮在太空深淵之上，巨大的金屬艦體反射著微弱的陽光，像一座座被遺棄的太空城，整個艦隊的陣列像是一片沉默的遠古巨石陣。艦隊中的一百二十萬人屏住呼吸，注視著「螳螂」號這段短短的航程。

艦隊看到的圖像，要經過三個小時才能以光速傳回地球，傳到同樣屏息注視的三十億人眼中。這時的人類世界幾乎停止了一切活動，巨樹間的飛車流消失了，地下大都市都籠罩在一片寂靜之中，甚至連誕生後繁忙了三個世紀的全球網路也變得空曠起來，所傳輸的資料大部分是來自二十個天文單位外的影像。

「螳螂」號走走停停，用了一個半小時才飛完了這段在太空中連一步之遙都不到的路程，最後懸停在距目標五十公尺的距離上，這時，從水滴的水銀表面上可以清晰地看到「螳螂」號變形的映射。飛船所攜帶的大量儀器開始對目標進行近距離掃描，首先證實了之前的一個觀測結果：水滴的表面溫度甚至比周圍太空的溫度還低，接近絕對零度。科學家們曾認為水滴內有強力的製冷設備，但同以前一樣，「螳螂」號上的儀器也無法探知目標的任何內部結構。

「螳螂」號向目標伸出了它的超長機械臂，在五十公尺的距離上也是伸伸停停，但密集的監視系統沒有發現目標的任何異常。這個同樣折磨人的過程持續了半個小時，機械臂的前端終於到達了目標所在的位置，並接觸到了這個來自四光年外，在太空中跋涉了近兩個世紀的物體。當機械臂的六指夾具最後夾緊了水滴時，艦隊百萬人的心臟同時悸動了一下，三小時後這同樣的悸動將在地球上的三十億顆心臟上發生。機械臂夾著水滴靜靜地等待了十分鐘，目標仍然沒有任何反應和異常，於是機械臂開始拉著它回收。

這時，人們發現了一個奇異的對比：機械臂顯然是一個在設計上只重功能的東西，鋼骨嶙峋，加上那些外露的液壓設備，充滿了繁雜的技術秉性和粗陋的工業感；而水滴則外形完美，這顆晶瑩流暢的固態液滴，用精緻的唯美消弭了一切功能和技術的內涵，表現出哲學和藝術的輕逸和超脫。機械臂的鋼爪抓著水滴，如同一隻古猿的毛手抓著一顆珍珠。水滴看上去是那麼脆弱，像一隻太空中的暖瓶膽，所有人都擔心它會在鋼爪中破碎。但這事終於沒有發生，機械臂開始回縮了。

機械臂的回收又用了半個小時，水滴被緩緩地拉入「螳螂」號的主艙，然後，兩片張開的艙壁緩緩合上了。如果目標要自毀，這是可能性最大的時刻。艦隊和後面的地球世界靜靜地等待著，寂靜中彷彿能聽到時間流過太空的聲音。

兩個小時過去了，什麼都沒有發生。

水滴沒有自毀這一事實，最後證實了人們的猜測：如果它真是一個軍事探測器的話，在落入敵手後肯定要自毀的，現在可以確定它是三體世界發給人類的一件禮物，以這個文明很難令人類理解的表達方式發出的一個和平信號。

世界再次歡騰起來，但這一次的歡慶不像上次那麼狂熱和忘情，因為戰爭的結束和人類的勝利已經不再是一件讓人感到意外的事。退一萬步說，即使即將到來的談判破裂，戰爭繼續下去，人類仍將是最後的勝利者，聯合艦隊在太空中的出現，使公眾對人類的力量有了一個形象的認識。現在，地球文明已經擁有了坦然面對各種敵人的自信。

而水滴的到來，使人們對三體世界的感情開始發生微妙的變化，愈來愈多的人開始意識到：那個正在向太陽系跋涉的種族是一個偉大的文明，他們經歷了二百多次災難的輪迴，以令人類難以置信的頑強生存下來，他們歷盡艱辛跨越四光年的漫漫太空，只是為了尋找一個穩定的太陽，一處生息延續的家園……公眾對三體世界的感情，開始由敵視和仇恨轉向同情、憐憫甚至敬佩。人們同時也意識到這樣一個事實：三體世界的十個水滴在兩個世紀前就發出了，而人類直到現在才真正理解了它們的涵義，這固然因為三體文明的行為過分含蓄，也從另一個方面反映了人類被自己的血腥歷史所扭曲的心態。在全球網上的公民投票中，陽光計畫的支持率急劇上升，且有愈來愈多的人傾向於把火星作為三體居留地的強生存方案。

聯合國和艦隊加快了和平談判的準備工作，兩個國際開始聯合組建人類代表團。

這一切，都是在水滴被捕獲後的一天內發生的。

而最令人們激動的還不是眼前的事實，而是已經現出雛形的光明未來：三體文明的技術與人類的力量相結合，將使太陽系變成怎樣一個夢幻天堂？

在太陽另一側幾乎同樣距離的太空中，「自然選擇」號靜靜地以光速的百分之一滑行著。

「剛收到的消息：水滴在被捕獲後沒有自毀。」東方延緒對章北海說。

「什麼是水滴？」章北海問，他和東方延緒隔著透明的艙壁對視著，他的臉色有些憔悴，但身上的軍裝很整齊。

「就是三體探測器，現在已經證明，它是一件送給人類的禮物，是三體世界祈求和平的表示。」

「是嗎？那真的很好。」

「你好像並不是太在意這個。」

章北海沒有回答東方的話，雙手把那個筆記本拿到面前：「我寫完了。」說完，他把筆記本放到貼身的衣袋中。

「那麼，你可以交出『自然選擇』號的控制權了？」

「可以，但我首先需要知道，妳在得到控制權之後打算幹什麼。」

「減速。」

「與追擊艦隊會合嗎？」

「是的。『自然選擇』號的核融合燃料已經在折返容量以下，必須補充燃料後才能返回太陽系，而追擊艦隊也沒有足夠的燃料給我們補充。那六艘戰艦的噸位都只有『自然選擇』號的一半，追擊中曾加速到百分之五光速，然後又經歷了同樣強度的減速，燃料都剛夠自己折返。所以『自然選擇』號上的人員只能搭乘追擊艦隊返回，以後會有飛船攜帶足夠的燃料追上『自然選擇』號，使其返回太陽系，但這需要很長時間，我們在離開前盡可能減速，就能縮短這段時間。」

「東方，不要減速。」

「為什麼？」

「減速將耗盡『自然選擇』號的剩餘燃料，我們不能成為一艘沒有能量的飛船，誰也不知道將會發生什麼，作為艦長妳應該想到這點。」

「能發生什麼？未來已經很清晰了，戰爭將結束，人類將勝利，而你被證明完全錯了！」

章北海對激動的東方笑了笑，似乎是想平息她的情緒，這時，他看她的眼光變得從未有過的柔和，這使得東方的心緒一陣波動。儘管她一直認為章北海的失敗主義思想不可思議，一直懷疑他的叛逃有別的目的，甚至懷疑他精神有問題，但不知為何，仍對他生出一種依戀感。她在很小的時候就離開了父親——當然對這個時代的孩子來說這是正常的事，父愛已經是一種很古老的東西了，現在她在這位來自二十一世紀的古代軍人身上體會到了這種東西。

章北海說：「東方，我來自一個坎坷的時代，是個現實的人，我只知道敵人還存在著，還在向太陽系逼近，作為軍人，知道這一點，就只能後天下之樂而樂了……不要減速，這是我交出控制權的條件，當然，我也只能得到妳人格上的保證了。」

「我答應，『自然選擇』號不會減速。」

章北海轉身飄到懸浮的操作介面前，調出了許可權轉移介面，並輸入自己的口令，經過一連串的點擊後，他關閉了介面。

「『自然選擇』號的艦長許可權已經轉移給妳，口令還是那個『萬寶路』。」章北海頭也不回地說。東方在空中調出介面，很快證實了這一點。「謝謝，但請你暫時不要走出這個艙，也不要開門，艦上人員正在從深海狀態中甦醒，我怕他們會對你有過激行為。」

「讓我走跳板嗎？」看著東方迷惑的樣子，章北海又笑了笑：「哦，這是古代海船上執行死刑的一種方法，如果真流傳到現在，應該是讓我這樣的罪犯直接走到太空中去吧……好的，我真的也想獨自待著。」

穿梭艇駛出了「量子」號，與母艦相比，它顯得很小，如同一輛從城市中開出的汽車，它的發動機的光芒只照亮了母艦巨大艦體的一小部分，像一支懸崖下的蠟燭。它緩緩地從「量子」號的陰影裡進入陽光中，發動機噴口像螢火蟲般閃亮著，向一千公里外的水滴飛去。

考察隊由四人組成，除丁儀和西子外，還有兩名來自歐洲艦隊和北美艦隊的軍官，分別是一名少校和一名中校。

透過舷窗，丁儀回望著漸漸遠去的艦隊陣列。位於陣列一角的「量子」號這時看起來仍很龐大，但與它相鄰的下一艘戰艦「雲」號，小得剛能看出形狀，再往遠處，行列中的戰艦只是視野中的一排點了。丁儀知道，矩形陣列的長邊和寬邊分別由一百艘和二十艘戰艦排成，還有十餘艘戰艦處於陣列外的機動狀態。但他沿長邊數下去，只數到三十艘就看不清了，那已經是六百公里遠處。再仰頭看與之垂直的矩形短邊也是一樣，能看清的最遠處的戰艦只是微弱陽光中的一個模糊的光點，很難從群星的背景中把它們分辨出來，只有當所有戰艦的發動機啟動時，艦隊陣列的整體才能被肉眼看到。丁儀感到，聯合艦隊就是太空中的一個一百乘以二十的矩陣，他想像著有另一個矩陣與它進行乘法運算，一個的橫行元素與另一個的豎行元素依次相乘生成一個更大的矩陣，但在現實中，與這個龐大矩陣相對的只有一個微小的點：水滴。丁儀不喜歡這種數學上的極端不對稱，他這個用於鎮靜自己的思維體操失敗了。當加速的超載消失後，他轉頭與坐在旁邊的西子搭訕。

「孩子，妳是杭州人嗎？」他問。

西子正在凝視著前方，好像在努力尋找仍在幾百公里遠處的「螳螂」號，她回過神來後搖搖頭：「不，丁老，我是在亞洲艦隊出生的，名字與杭州有沒有關係我也不知道，不過我去過那兒，真是個好地方。」

「我們那時才是好地方，現在，西湖都變成沙漠中的月牙泉了……不過話說回來，雖然到處是沙漠，現在這個世界還是讓我想起了江南，這個時代，美女如水啊。」丁儀說著，看看西子，遙遠的太陽的柔光從舷窗透入，勾勒出她迷人的側影：「孩子，看到妳，我想起一個曾經愛過的人，她也是一名少校軍官，個子不如妳高，但和妳一樣漂亮……」

「丁老，外部通訊頻道還開著呢。」西子心不在焉地提醒道，雙眼仍盯著前方的太空。

「沒什麼，艦隊和地球的神經已經夠緊張了，我們可以讓他們轉移和放鬆一下。」丁儀向後指指說。

「丁博士，這很好。」坐在前排的北美艦隊的中校轉過頭來笑著說。

「那，在古代，您一定被許多女孩子愛上過。」西子收回目光看著丁儀說，一直處於高度緊張的她感到自己也確實需要轉移一下了。

「這我不知道，對愛我的女孩子我不感興趣，感興趣的是我愛上的那些。」

「這個時代，像您這樣什麼都能顧得上又都做得那麼出色的人真是不多了。」

「哦……不不，我一般不會去打擾我愛的那些女孩子，我信奉哥德的說法：我愛你，與你有何相干？」

西子看著丁儀笑而不語。

丁儀接著說：「唉，我要是對物理學也持這種態度就好了。一直覺得，此生最大的遺憾就是被智子蒙住了眼睛，其實，豁達些想想：我們探索規律，與規律有何相干？也許有一天，人類或其他什麼東西把規律探知到這種程度，不但能夠用來改變他們自己的現實，甚至能夠改變整個宇宙，能夠把所有的星系像麵團一樣揑成他們需要的形狀，但那又怎麼樣？規律仍然沒變，是的，她就在那裡，是唯一不可能被改變的存在，永遠年輕，就像我們記憶中的愛人……」丁儀說著，指指舷窗外燦爛的銀河：「想到這一點，我就看開了。」

中校對話題的轉移失望地搖搖頭：「丁老，還是回到美女如水上來吧。」

丁儀再沒有興趣，西子也不再說話，他們都陷入沉默中。很快，「螳螂」號可以看到了，雖然它還只是二百多公里外的一個亮點。穿梭機旋轉了一百八十度，發動機噴口對著前進方向開始減速。

這時，艦隊處在穿梭機正前方，距此已有約八百公里，這是太空中一段微不足道的距離，卻把一艘艘巨大的戰艦變成了剛剛能看出形狀的小點，只有通過其整齊的排列，才能把艦隊陣列從繁星的背景上識別出來。整個矩形陣列彷彿是罩在銀河系前的一張網格，星海的混沌與陣列的規則形成鮮明對比——當距離把巨大變成微小，排列的規律就顯示出其力量。在艦隊和其後方遙遠的地球世界，看著這幅影像的很多人都感覺到，這正是對丁儀剛才那段話的形象展示。

當減速的超載消失後，穿梭機已經靠上了「螳螂」號的船體，這過程是那麼快捷，在穿梭機乘員們的感覺中，「螳螂」號彷彿是突然從太空中冒出來一樣。對接很快完成，由於「螳螂」號是無人飛船，艙內沒有空氣，考察隊四人都穿上了輕便航太服。在得到艦隊的最後指示後，他們在失重中魚貫穿過對接艙門，進入了「螳螂」號。

「螳螂」號只有一個球形主艙，水滴就懸浮在艙的正中，與在「量子」號上看到的影像相比，它的色彩完全改變了，變得黯淡柔和了許多。這顯然是由於外界的景物在其表面的映射不同所致，水滴的全反射表面本身是沒有任何色彩的。「螳螂」號的主艙中堆放著包括已經摺疊的機械臂在內的各種設備，還有幾堆小行星岩石樣品，水滴懸浮於這個機械與岩石構成的環境中，再一次形成了精緻與粗陋、唯美與技術的對比。

「像一滴聖母的眼淚。」西子說。

她的話以光速從「螳螂」號傳出去，先是在艦隊，三小時後在整個人類世界引起了共鳴。在考察隊中，中校和西子，還有來自歐洲艦隊的少校，都是普通人，因意外的機遇在這文明史上的顛峰時刻處於最中心的位置。在這樣近的距離上面對水滴，他們都有一個共同的感覺：對那個遙遠世界的陌生感消失了，代之以強烈的認同願望。是的，在這寒冷廣漠的宇宙中，同為碳基生命本身就是一種緣分，一種可能要幾十億年才能修得的緣分，這個緣分讓人們感受到一種跨越時空的愛。現在，水滴使他們感受到了這種愛，任何敵意的鴻溝都是可以在這種愛中消弭的。西子的眼睛濕潤了，三小時後將有幾十億人與她一樣熱淚盈眶。

但丁儀落在後面，冷眼旁觀著這一切：「我看到了另外一些東西，」他說：「一種更大氣的東西，忘我又忘他的境界，通過自身的全封閉來包容一切的努力。」

「您太哲學了，我聽不太懂。」西子帶淚笑笑說。

「丁博士，我們時間不多的。」中校示意丁儀走上前來，因為第一個接觸水滴的必須是他。

丁儀慢慢飄浮到水滴前，把一隻手放到它的表面上。他只能戴著手套觸摸它，以防被絕對零度的鏡面凍傷。接著，三位軍官也都開始觸摸水滴了。

「看上去太脆弱了，真怕把它碰壞了。」西子小聲說。

「感覺不到一點兒摩擦力，」中校驚奇地說：「這表面太光滑了。」

「能光滑到什麼程度呢？」丁儀問。

為了解答這個問題，西子從航太服的口袋中拿出了一個圓筒狀的儀器，那是一架顯微鏡。她用鏡頭接觸水滴的表面，從儀器所帶的一個小顯示幕上，可以看到放大後的表面圖像。螢幕上所顯示的，仍然是光滑的鏡面。

「放大倍數是多少？」丁儀問。

「一百倍。」西子指指顯微鏡顯示幕一角的一個數字，同時把放大倍數調到一千倍。

放大後的表面還是光滑的鏡面。

「妳這東西壞了吧？」中校說。

西子把顯微鏡從水滴上拿起來，放到自己航太服的面罩上，其他三人湊過來看顯示幕，看到了被放大一千倍的面罩表面，那肉眼看上去與水滴一樣光潔的面，在螢幕上變得像亂石灘一樣粗糙。西子又把顯微鏡重新安放在水滴表面，顯示幕上再次出現了光滑的鏡面，與周圍沒有放大的表面無異。

「把倍數再調大十倍。」丁儀說。

這超出了光學放大的能力，西子進行了一連串的操作，把顯微鏡由光學模式切換到電子隧道顯微模式，現在放大倍數是一萬倍。

放大後的表面仍是光滑鏡面。而人類技術所能加工的最光滑的表面，只放大上千倍後其粗糙就暴露無遺，正像格列佛眼中的巨人美女的臉。

「調到十萬倍。」中校說。

他們看到的仍是光滑鏡面。

「一百萬倍。」

光滑鏡面。

「一千萬倍！」

在這個放大倍數下，已經可以看到大分子了，但螢幕上顯示的仍是光滑鏡面，看不到一點兒粗糙的跡象，其光潔度與周圍沒有被放大的表面沒什麼區別。

「再把倍數調大些！」

西子搖搖頭，這已經是電子顯微鏡所能達到的極值了。

兩個多世紀前，亞瑟·克拉克在他的科幻小說《二〇〇一：太空漫遊》中描述了一個外星超級文明留在月球上的黑色方碑，考察者用普通尺子量方碑的三道邊，其長度比例是一比三比九，以後，不管用什麼更精確的方式測量，窮盡了地球上測量技術的最高精度，方碑三邊的比例仍是精確的一比三比九，沒有任何誤差。克拉克寫道：那個文明以這種方式，狂妄地顯示了自己的力量。

現在，人類正面對著一種更狂妄的力量顯示。

「真有絕對光滑的表面？」西子驚嘆道。

「有，」丁儀說：「中子星的表面就幾乎絕對光滑*。」

「但這東西的質量是正常的†！」

丁儀想了一會兒，向周圍看看說：「聯繫一下飛船的電腦吧，確定一下捕獲時機械手的夾具夾在什麼位置。」

這事情由艦隊的監控人員做了，「螳螂」號的電腦發出了幾束極細的紅色雷射光束，在水滴的表面標示出鋼爪夾具的接觸位置。西子用顯微鏡觀察其中一處的表面，在一千萬倍的放大倍率下，看到的仍是光潔無瑕的鏡面。

「接觸面的壓強有多大？」中校問，很快得到了艦隊的回答：約每平方公分二百公斤。

光潔的表面最易被劃傷，而水滴被金屬夾具強力接觸的表面沒有留下任何劃痕。

丁儀飄離開去，到艙內尋找著什麼，回來時手裡拿著一把地質錘，可能是有人在艙內檢測岩石樣品時丟下的，其他人來不及制止，他就用力把地質錘砸到鏡面上！他只聽到叮的一聲，清脆而悠揚，像砸在玉石構

---

*中子星的原子核都被壓在一起，排列很整齊。

†中子星物質的比重相當於水的10^{14}倍。

成的大地上，這聲音是通過他的身體傳來的，由於是真空環境，其他三人聽不到。丁儀接著用錘柄的一端指示出被砸的位置，西子立刻用顯微鏡觀察那一點。

一千萬的放大倍數下，仍是絕對光滑的鏡面。

丁儀頹然地把地質錘扔掉，不再看水滴，低頭深思著，三名軍官的目光，還有艦隊百萬人的目光，都集中到他身上。

「只能猜了。」丁儀抬頭說：「這東西的分子，像儀仗隊那樣整齊地排列著，同時相互固結，知道這種固結有多牢固嗎？分子像被釘子釘死一般，自身振動都消失了。」

「這就是它處於絕對零度的原因*！」西子說，她和另外兩名軍官都明白丁儀的話意味著什麼：在普通密度的物質中，原子核的間距是很大的，把它們相互固定死，不比用一套連桿把太陽和八大行星固定成一套靜止的桁架容易多少。

「什麼力才能做到這一點？」

「只有一種：強互作用力。」透過面罩可以看到，丁儀的額頭上已滿是冷汗。

「這……不是等於把弓箭射上月球嗎†?!」

「他們確實把弓箭射上月球了……聖母的眼淚？嘿嘿……」丁儀發出一陣冷笑，聽起來有種令人寒顫的淒厲，三名軍官也同樣知道這冷笑的涵義：水滴不像眼淚那樣脆弱，相反，它的強度比太陽系中最堅固的物質還要高百倍，這個世界中的所有物質在它面前都像紙片般脆弱，它可以像子彈穿透乳酪那樣穿過地球，表面不受絲毫損傷。

「那……它來幹什麼？」中校脫口問道。

「誰知道？也許它真是一個使者，但帶給人類的是另外一個信息……」丁儀說，同時把目光從水滴上移開。

「什麼？」

「毀滅你，與你有何相干？」

這句話帶來一陣死寂，就在考察隊的另外三名成員和聯合艦隊中的百萬人咀嚼其涵義時，丁儀突然說：「快跑。」這兩個字是低聲說出的，但緊接著，他揚起雙手，聲嘶力竭地大喊：「傻孩子們，快——跑——啊！」

「向哪兒跑？」西子驚恐地問。

只比丁儀晚了幾秒鐘，中校也悟出了真相，他像丁儀一樣絕望地大喊：「艦隊！艦隊疏散！」但一切都晚了，這時強干擾已經出現，從「螳螂」號傳回的圖像扭曲消失了，艦隊沒能聽到中校的最後呼叫。

在水滴尾部的尖端，出現了一個藍色的光環，那個光環開始很小，但很亮，使周圍的一切籠罩在藍光中，它急劇擴大，顏色由藍變黃最後變成紅色，彷彿光環不是由水滴產生的，而是前者剛從環中鑽出來一樣。光環在擴張的同時光度也在減弱，當它擴張到大約是水滴最大直徑的一倍時消失了，在它消失的同時，第二個藍色小光環在尖端出現，同第一個一樣擴張、變色和減弱光度，並很快消失。光環就這樣從水滴的尾部不斷出現和擴張，頻率為每秒鐘兩三次，在光環的推進下，水滴開始移動並急劇加速。

＊物體的溫度是分子振動引起的。

†強互作用力是自然界所有力中最強的一種，強度為電磁力的一百倍，但只能在原子核內部的極短距離上起作用，原子核的尺度與原子相差很大，如果原子是一個劇場大小，原子核只有核桃大，所以，原子的尺度遠超過強互作用力的作用範圍，在原子間和分子間起作用的主要是電磁力。

考察隊的四人沒有機會看到第二個光環的出現，第一個光環出現後，在近似太陽核心的超高溫中，他們都被瞬間汽化了。

「螳螂」號的船體發出紅光，從外部看如同紙燈籠內的蠟燭被點燃了一樣，同時金屬船體像蠟一樣熔化。但熔化剛剛開始，飛船就爆炸了。爆炸後的「螳螂」號幾乎沒有留下固體殘片，船體金屬全部變成白熾的液態在太空中飛散開來。

艦隊清晰地觀察到了一千公里外「螳螂」號的爆炸，所有人的第一反應是水滴自毀了，他們首先為考察隊四人的犧牲而悲傷，然後對水滴並非和平使者感到失望。不過對即將發生的事情，全人類都沒有做好最起碼的心理準備。

第一個異常現象是艦隊太空監測系統的電腦發現的，電腦在處理「螳螂」號爆炸的圖像時，發現有一個碎片不太正常。大部分碎片是處於熔化狀態的金屬，爆炸後都在太空中均速飛行，只有這一塊在加速。當然，從巨量的飛散碎片中發現這一微小的事件，只有電腦能做到，它立刻檢索資料庫和知識庫，抽取了包括「螳螂」號的全部資訊在內的巨量資料，對這一奇異碎片的出現做出了幾十條可能的解釋，但沒有一條是正確的。

電腦與人類一樣，沒有意識到這場爆炸所毀滅的，只是「螳螂」號和其中的四人考察隊，並不包括更多的東西。

對於這塊加速的碎片，艦隊太空監測系統只發出了一個三級攻擊警報，因為它不是正對艦隊而來，而是向矩形陣列的一個角飛去，按照目前的運行方向，將從陣列外掠過，不會擊中艦隊的任何目標。在「螳螂」號爆炸同時引發的大量一級警報中，這個三級警報被完全忽略了。但電腦也注意到了這塊碎片極高的加速度，在飛出三百公里時，它已經超過了第三宇宙速度，而且加速還在繼續。於是警報級別被提升至二級，但仍被忽略。碎片從爆炸點到陣列一角共飛行了約一千五百公里，耗時約五十秒鐘，當它到達陣列一角時，速度已經達到每秒三十一點七公里漫遊，這時它處於陣列周邊，距處於矩形這一角的第一艘戰艦「無限邊疆」號一百六十公里。碎片沒有從那裡掠過陣列，而是拐了一個三十度的銳角，速度絲毫未減，直衝「無限邊疆」號而來。在它用兩秒鐘左右的時間飛過這段距離時，電腦居然把對碎片的二級警報又降到了三級，按照它的推理，這塊碎片不是一個有質量的實體，因為它完成了一次從航太動力學上看根本不可能的運動：在兩倍於第三宇宙速度的情況下進行這樣一個不減速的銳角轉向，幾乎相當於以同樣的速度撞上一堵鐵牆，如果這是一個航行器，它的內部放著一塊金屬，那這次轉向所產生的超載會在瞬間把金屬塊壓成薄膜。所以，碎片只能是個幻影。

就這樣，水滴以第三宇宙速度的兩倍向「無限邊疆」號衝去，它此時的航向延長線與艦隊矩形陣列的第一列重合。

水滴撞擊了「無限邊疆」號後三分之一處，並穿過了它，就像毫無阻力地穿過一個影子。由於撞擊的速度極快，艦體在水滴撞進和穿出的位置只出現了兩個十分規則的圓洞，其直徑與水滴最粗處相當。但圓洞剛一出現就變形消失，因為周圍的艦殼都由於高速撞擊產生的熱量和水滴推進光環的超高溫而熔化了，被擊中的這一段艦體很快處於紅熾狀態，這種紅熾由撞擊點向外蔓延，很快覆蓋了「無限邊疆」號的二分之一，這艘巨艦彷彿是剛剛從熔爐中取出的一個大鐵塊。

穿過「無限邊疆」號的水滴繼續以約每秒三十公里的速度飛行，在三秒鐘內飛過了九十公里的距離，首先穿透了矩形陣列第一列上與「無限邊疆」號相鄰的「遠方」號，接著穿透了「霧角」號、「南極洲」號和「極限」號，它們的艦體立刻都處於紅熾狀態，像是艦隊第一佇列中按順序亮起的一排巨燈。

「無限邊疆」號的大爆炸開始了。與其後被穿透的其他戰艦一樣，它的艦體被擊中的位置是核融合燃料艙，與「螳螂」號在高溫中發生的常規爆炸不同，「無限邊疆」號的部分核燃料被引發核融合反應，人們一直不知道，核融合反應是被水滴推進光環的超高溫還是被其他因素引發。熱核爆炸的火球在被撞擊處出現，迅速擴張，整個艦隊都被強光照亮，在黑天鵝絨般的太空背景上凸現出來，銀河系的星海黯然失色。

核火球也相繼在「遠方號」、「霧角」號、「南極洲」號和「極限」號上出現。

在接下來的八秒鐘內，水滴又穿透了十艘恆星級戰艦。

這時，膨脹的核火球已經吞沒了「無限邊疆」號的整個艦體，然後開始收縮。同時，核火球在更多被擊穿的戰艦上亮起並膨脹。

水滴繼續在矩形陣列的長邊上飛行，以不到一秒的間隔，穿透一艘又一艘恆星級戰艦。

這時，在第一個被擊穿的「無限邊疆」號上，核融合的火球已經熄滅，被澈底熔化的艦體爆發開來，百萬噸發著暗紅色光芒的金屬液放射狀地迸射，像怒放的花蕾，熔化的金屬在太空中無阻力地飛散，在所有的方向上形成熾熱的「金屬岩漿」暴雨。

水滴繼續前進，沿直線貫穿更多的戰艦，在它的身後，一直有十個左右的核火球在燃燒，在這些熾熱的小太陽的光焰中，整個艦隊陣列也像被點燃了一般熠熠閃耀，成為一片光的海洋。在火球佇列的後方，熔化的戰艦相繼迸射開來，金屬液熾熱的波濤在太空中洶湧擴散，如同在岩漿的海洋中投入了一塊塊巨石。

水滴用了一分鐘十八秒飛完了二千公里的路程，貫穿了聯合艦隊矩形陣列第一佇列中的一百艘戰艦。

當第一佇列的最後一艘戰艦「亞當」號被核火球吞噬時，在佇列的另一端，迸射的金屬岩漿已經因擴散和冷卻變得稀疏。爆發的核心，也就是一分多鐘前「無限邊疆」號所在的位置，幾乎變得空無一物了。「遠方號」、「霧角」號、「南極洲」號、「極限」號……都相繼化作飛散的金屬岩漿消失了。當這個佇列中最後一個核火球熄滅後，太空再次黑暗下來，飛散中漸漸冷卻的金屬岩漿本來已經看不清，在太空暗下來後，它們暗紅色的光芒再次顯現，像一條二千公里長的血河。

水滴在擊穿了第一佇列最後一艘戰艦「亞當」號後，向前方空蕩的太空飛行了約八十公里的一小段，再次做出了那個人類航太動力學無法解釋的銳角轉向，這一次轉向的角度比上一次更小，約為十五度，幾乎是突然掉頭反向飛行，同時保持速度不變，然後再經過一次較小的方向調整，航向與艦隊矩形陣列的第二列（如果考慮剛剛完成的毀滅，這已經是第一列了）直線重合，以每秒三十公里的速度向該佇列在這個方向的第一艘戰艦「恆河」號衝去。

直到這時，聯合艦隊的指揮系統還沒有做出任何反應。

艦隊的戰場資訊系統忠實地完成了自己的使命，通過龐大的監測網完整地記錄了前一分十八秒的戰場資訊，這批資訊數量巨大，在短時間內只能由電腦戰場決策系統來進行分析，分析得出了這樣的結論：在附近空間出現了強大的敵方太空力量，並對我方艦隊發起攻擊，但電腦沒有給出這種力量的任何資訊，能確定的只有兩點：一、敵太空力量處於水滴所在方位；二、這種力量對我方所有探測手段都是隱形的。

這時，艦隊的指揮官們都處於一種震顫麻木狀態中，在過去長達兩個世紀的太空戰略和戰術研究中，設想過各種極端的戰場情況，但目睹一百艘戰艦像一掛鞭砲似的在一分鐘內炸完，還是超出了他們的心理承受能力。面對著從戰場資訊系統潮水般洶湧而來的資訊，他們只能依賴電腦戰場決策系統的分析和判斷，把注意力集中到對那個並不存在的敵隱形艦隊的探測上，大量的戰場監測力量開始把視線投向遠方的太空深處，而忽略了眼前的危險。甚至還有相當多的人認為，這個強大的隱形敵人可能是人類與三體之外的第三方外星力量，因為三體世界在他們的潛意識中已經是一個弱小的失敗者了。

艦隊的戰場監測系統沒有儘早發現水滴的存在，主要原因在於水滴對所有波長的雷達都是隱形的，因而只能從對可見光波段的圖像的分析才能發現它，但在太空戰場的監測資訊中，可見光圖像資訊遠不如雷達資訊受到重視。在攻擊發生時，太空中飛散著暴雨般的爆炸碎片，這些碎片大多是核爆高溫中熔化的液態金屬，它們在從爆炸中飛出的時候大部分也呈液滴狀，每艘戰艦毀滅時熔化的金屬達百萬噸，形成巨量的液態碎片，其中相當一部分的大小和形狀都與水滴相當，所以電腦圖像分析系統很難把水滴從巨量碎片中分辨出來，更何況幾乎所有指揮官都認為水滴已經在「螳螂」號中自毀，並沒有發出專門的指令讓系統做這樣的分析。

與此同時，另外的一些情況也加劇了戰場的混亂。第一佇列戰艦爆炸迸射出的碎片很快到達了第二佇列，各艦的戰場防禦系統做出了反應，開始用高能雷射和電磁砲攔截碎片。飛來的碎片主要是被核火球燒熔的金屬，它們大小不一，在飛行途中已經被太空中的低溫部分冷卻，但冷卻變硬的只是一層外殼，裡面還是熾熱的液態，被擊中後像煙火一樣燦爛地飛散。很快，在第二佇列和已經毀滅的第一佇列留下的黯淡「血河」之間，形成了一道平行的煙火屏障，它瘋狂地爆發著翻滾著，像是從那看不見的敵人的方向湧來的火海大潮。飛散的碎片如冰雹般密集，防禦系統並不能完全攔截它們，相當一部分碎片穿過了攔截火力並擊中了戰艦，這些固液混合的金屬射流具有相當的衝擊力和破壞力，第二佇列中一部分戰艦的艦殼受到嚴重損傷，甚至被擊穿，減壓警報淒厲地響起……與碎片的炫目的戰鬥吸引了相當的注意力，這種情況下，指揮系統的電腦和人都難以避免一個錯覺：艦隊正在和敵太空力量激烈交火，沒有人和電腦注意到那個即將開始毀滅第二佇列的小小的死神。

所以，當水滴衝向「恆河」號時，第二佇列的一百艘戰艦仍然排成一條直線，這是死亡的隊形。

水滴閃電般衝來，在短短的十秒鐘內，它就擊穿了「恆河」號、「哥倫比亞」號、「正義」號、「馬薩達」號、「質子」號、「炎帝」號、「大西洋」號、「天狼」號、「感恩節」號、「前進」號、「漢」號和「暴風雨」號十二艘恆星級巨艦。同第一佇列中的毀滅一樣，每艘戰艦在被穿透後先是變成紅熾狀態，然後被核融合火球吞噬，火球熄滅後，被熔化的戰艦便化作百萬噸發著暗紅色光芒的金屬岩漿爆發開來。在這慘烈的毀滅中，直線排列的戰艦佇列就像一根被點燃的長達二千公里的導火索，在劇烈的燃燒後，留下一條發著暗紅色餘光的灰燼。

一分二十一秒後，第二佇列的一百艘戰艦也被全部摧毀。

在擊穿第二佇列的最後一艘戰艦「明治」號後，水滴衝過了佇列的末端，又以一個銳角回轉衝向第三佇列的隊首「牛頓」號。在第二佇列被毀滅的過程中，爆炸碎片向第三佇列洶湧而來，這道碎片浪潮中，包括第二佇列爆炸後仍處熔融狀態的金屬液和從第一佇列飛來的已經大部分冷凝的金屬碎塊，在防禦系統啟動的同時，第三佇列中的大部分戰艦已經啟動發動機，開始機動。所以在這時，與被毀滅前的第一、二佇列不同，第三佇列已經不是一條直線，但這個佇列的一百艘戰艦大體上仍排成一列。水滴穿透了「牛頓」號後，急劇調整方向，瞬間飛越二十公里的距離穿透了與「牛頓」號錯開三公里位置的「啟蒙」號，從「啟蒙」號穿出的水滴再次急轉，衝向已經機動到佇列主線另一側的「白堊紀」號並穿透了它。水滴就這樣沿一條折線飛行，擊穿第三佇列中一艘又一艘戰艦，在折線飛行中水滴的速度絲毫不減，仍為約每秒三十公里。後來的分析者在察看這條航線時震驚地發現，水滴的每一次轉向都是一個尖銳的折角，而不是像人類的太空飛行器那樣成一段平滑曲線，這種魔鬼般的飛行展示了一種完全在人類理解力之外的太空驅動方式，這種驅動之下的水滴彷彿是一個沒有質量的影子，像上帝的筆尖一樣可以不理會動力學原理隨意運動。在毀滅第三佇列的過程中，這種急劇的轉向以每秒鐘兩到三次的頻率進行，水滴就像一枚死神的繡花針，靈巧地上下翻飛，用一條毀滅的折線把第三佇列的一百艘戰艦貫穿起來。

水滴毀滅第三佇列用了兩分鐘三十五秒。

這時，艦隊中所有戰艦的發動機都已啟動，矩形陣列已經完全打亂，水滴仍繼續攻擊開始疏散的戰艦，毀滅的速度慢了下來，但每時每刻都有三到五個核火球在艦群中燃燒，在它們的死亡光焰下，戰艦發動機的光芒黯然失色，像一片驚恐的螢火蟲。

直到這時，艦隊指揮系統對攻擊的真實來源仍然一無所知，只是集中力量搜尋想像中的敵隱形艦隊。但正確的分析已經開始出現，在後來對艦隊傳出的浩如煙海的巨量資訊的分析中，人們發現最早的接近真相的分析是由亞洲艦隊的兩名低級軍官做出的，他們是「北方」號戰艦目標甄別助理趙鑫少尉和「萬年鯤鵬」號電磁武器系統中級控制員李維上尉。以下是他們的通話紀錄：

趙鑫：北方 TR317 戰位呼叫萬年鯤鵬 EM986 戰位！北方 TR317 戰位呼叫萬年鯤鵬 EM986 戰位！

李維：這裡是萬年鯤鵬 EM986 戰位，請注意，這個級別資訊層的跨艦語音通話是違反戰時規程的。

趙鑫：你是李維吧？我是趙鑫！我就是找你！

李維：你好！知道你還活著我很高興！

趙鑫：上尉，是這樣，我有一個發現，想上傳到指揮共用層次，但許可權不夠，你幫幫忙吧！

李維：我許可權也不夠，不過現在指揮共用層次的資訊肯定夠多的了，你想傳什麼？

趙鑫：我分析了戰場可見光圖像……

李維：你應該在忙著分析雷達資訊吧？

趙鑫：這正是系統的謬誤所在，我首先分析了可見光圖像，只抽取速度特徵，你知道發現了什麼？你知道現在發生的是什麼事兒嗎？

李維：好像你知道？

趙鑫：你別以為我瘋了，我們是朋友，你了解我。

李維：你是個冷血動物，肯定是後天下之瘋而瘋，說吧。

趙鑫：告訴你，艦隊瘋了，我們在自己打自己呀！

李維：……

趙鑫：「無限邊疆」號擊毀「遠方號」、「遠方號」擊毀「霧角」號、「霧角」號擊毀「南極洲」號，「南極洲」號……

李維：你他媽真的瘋了！

趙鑫：就這樣A攻擊B、B被擊中後在爆炸前攻擊C、C被擊中後在爆炸前攻擊D……每一艘被擊中的戰艦就像受了傳染似的攻擊佇列中的下一艘，他媽的，死亡擊鼓傳花，真瘋了！

李維：用的是什麼武器？

趙鑫：我不知道，我從圖像中抽取出了一種發射體，賊小賊快，比你的電磁砲彈都他媽快，而且很準的，每次都擊中燃料箱！

李維：把分析資訊傳過來。

趙鑫：已經傳了，原始資料和向量分析，好好看看吧，這真活見鬼了！

（趙鑫少尉的分析結論雖然荒唐，但已經很接近真相了。李維用了半分鐘時間研究趙鑫發來的資料，這段時間裡，又有三十九艘戰艦被毀滅。）

李維：我注意到了速度。

趙鑫：什麼速度？

李維：就是那個小發射體的速度，它比每艘戰艦發射時的速度稍低一些，然後在飛行中加速到三十公里每秒，擊中下一艘戰艦，這艘戰艦在爆炸前發射的這東西速度又低了一些，然後再加速……

趙鑫：這沒什麼吧……

李維：我想說的是……這有點兒像阻力。

趙鑫：阻力？什麼意思？

李維：這個發射體在每次穿透目標時受到阻力降低了它的速度。

趙鑫：……我注意到你的話了，我不笨，你說這個發射體，你說穿透目標……發射體是同一個？

李維：還是看看外邊吧，又有一百艘戰艦爆炸了。

這段對話用的不是現代艦隊語，而是二十一世紀的漢語，從說話方式中也能聽出他們都是冬眠者。在三大艦隊中服役的冬眠者數量很少，且都是在歲數很小時甦醒的，即使這樣，他們對知識的接受能力也不如現代人，所以大多在艦隊中擔任較低的職務。人們後來發現，在這場大毀滅中，在最早恢復冷靜並做出正確判斷的指揮官和士兵中，冬眠者占了很大的比例。以這兩名軍官為例，以他們的級別甚至無權使用艦上的高級分析系統，卻做出了如此卓越的分析判斷。

趙鑫和李維的資訊並沒有上傳到艦隊指揮層，但指揮系統對戰場的分析也在走向正確的方向，他們首先意識到，電腦戰場決策系統所推測的敵方隱形力量並不存在，便集中力量對已採集到的戰場資訊進行分析，在對巨量的戰場圖像資料進行檢索和匹配後，終於發現了水滴的存在。在被圖像分析軟體抽取出的圖像中，除了尾部的推進光環，水滴沒有什麼變化，仍是完美的液滴外形，只是它的鏡面在高速運動中映射著核火球和金屬岩漿的光芒，強光和暗紅頻繁交替，彷彿是燃燒的血滴。進一步的分析描繪出了水滴的攻擊路線。

在兩個世紀的太空戰略研究中，人們曾設想過末日之戰的各種可能。在戰略家的腦海裡，敵人的影像總是宏大的，人類在太空戰場上所面對的是浩蕩的三體主力艦隊，每艘戰艦都是一座小城市大小的死亡堡壘。對敵人所有可能的極端武器和戰術都有構想，其中最令人恐懼的莫過於三體艦隊可能發動的反物質武器攻擊，一粒步槍子彈大小的反物質就足以毀滅一艘恆星級戰艦。

但現在，聯合艦隊卻面對這樣一個事實：唯一的敵人就是一個小小的探測器，這是從三體實力海洋中濺出的一滴水，而這滴水的攻擊方式，只是人類海軍曾經使用過的最古老最原始的戰術——撞擊。＊

從水滴開始攻擊到艦隊統帥部做出正確判斷，大約經過了十三分鐘時間，面對如此複雜嚴酷的戰場環境，這是相當迅速的了，但水滴的攻擊更為神速。在二十世紀的海戰中，當敵方艦隊出現在海天一線時，甚至有時間把所有艦長召集到旗艦來開一次會。但太空戰場是以秒來計時的，就在這十三分鐘裡，已有六百多艘戰艦被水滴消滅。直到這時人們才明白，太空戰爭的指揮遠非人力所能及，而由於智子的阻礙，人類的人工智慧不可能達到指揮太空戰爭的水準，所以，僅從指揮層面上看，人類也可能永遠不會具備與三體力量進行太空戰的能力。

由於水滴攻擊的迅猛和對雷達隱形，被攻擊的戰艦的防禦系統一直沒有做出反應。但隨著戰艦間距的拉開，水滴的攻擊距離也隨之加長，同時所有戰艦的防禦系統也根據水滴的目標特徵進行了重新設定，在「納爾遜」號受到攻擊時，該艦首次對水滴實施了攔截。為了提高對小型高速目標的打擊精度，攔截使用了雷射武器。當被多道雷射擊中時，水滴發出超強的光芒。艦載雷射武器均發射伽瑪射線雷射，這種雷射在視覺上是看不到的，但水滴在反射時卻把它變成了可見光。人們對水滴的雷達隱形一直迷惑不解，因為它擁有全反射的表面和完美的散射形狀，也許，這種對電磁波的變頻反射能力就是它隱形的祕密。水滴被擊中時發光的亮度甚至使周圍的核火球也變得黯淡，所有監視系統都為避免光學部分被強光損壞而調暗了圖像，肉眼直視水滴會造成長時間的失明。當超強的光芒降臨時，也就與黑暗無異。水滴就帶著這吞沒一切的光芒穿透了「納爾遜」號，當它的光芒熄滅時，太空戰場似乎陷入漆黑之中。稍後，核融合的火焰才再次顯示它的威力。從「納爾遜」號中穿出的水滴仍完好無損，徑直衝向八十多公里外的「綠」號。

「綠」號的防禦系統改變了攔截武器，使用電磁動能武器向來襲的水滴射擊。電磁砲發射的金屬彈具有巨大的破壞力，由於其高速所帶的巨大動能，每顆金屬彈在擊中目標時都相當於一顆重磅炸彈，在對行星的地面目標進行連發射擊時，很快就能掃平一座山峰。由於與水滴的相對速度疊加，金屬彈具有更大的動能，但在擊中水滴時，只是減慢了它的速度。水滴立刻調整了推進力，很快恢復了速度，頂著密集的彈雨向「綠」號飛去並穿透了它。這時，如果用超高倍數的顯微鏡觀察水滴表面，看到的仍是絕對光潔的鏡面，沒有一絲劃痕。

---

*人類在海戰中最後一次成功使用戰艦直接撞擊戰術是在一八一一年的里薩海戰中，在後來甲午海戰中致遠號的悲劇後，這種戰術被完全淘汰。

強互作用力構成的材料與普通物質在強度上的差別，就如同固體與液體的差別一樣，人類武器對水滴的攻擊，如同海浪衝擊礁石，不可能對目標造成任何破壞，水滴在太陽系如入無人之境，這個世界沒有任何東西可以摧毀它。

剛剛穩定下來的艦隊指揮系統再次陷入混亂，這次是由於所有作戰手段失效產生的絕望所引發的崩潰，很難再恢復了。

太空中的無情殺戮在繼續，隨著艦群間距的拉大，水滴迅速加速，很快把自己的速度增加了一倍，達到每秒六十公里。在不間斷的攻擊中，水滴顯示了它冷酷而精確的智慧。在一定的區域內，它完美地解決了郵差問題*，攻擊路線幾乎不重複。在目標位置不斷移動的情況下做到這一點，需要全方位的精確測量和複雜的計算，而這些，水滴都在高速運動中不動聲色地完成了。但有時，它也會從一個區域專心致志的屠殺中突然離開，奔向艦群的邊緣，迅速消滅已經脫離總艦群的一些戰艦，在這樣做的同時，會把艦群向這個方向逃離的趨勢遏止住。由於已經來不及進入深海狀態，所有戰艦只能以「前進三」的加速度疏散，艦群不可能很快散開，水滴不時地在艦群邊緣的不同位置進行這樣的攔阻攻擊，就像一隻迅猛的牧羊犬奔跑著維持羊群的形狀。

在被水滴擊穿的戰艦中，以穿孔為中心的一段艦體會立刻處於紅熾狀態，但也只是三至五秒的時間，核燃料的核融合爆炸很快發生，在被核火球吞沒的戰艦中，一切生命都在瞬間汽化。但這只是就攻擊中的一般情況而言，水滴一般都能準確地擊中戰艦的燃料艙，它是靠即時檢測燃料艙的位置，還是本身就存貯著由智子提供的所有戰艦的結構資料庫，不得而知。但對於大約十分之一的目標，水滴沒有擊中燃料艙，在目標毀滅的整個過程中，核燃料不會發生核融合，戰艦由紅熾狀態到發生常規爆炸要經歷相當長的一段時間，這是最殘酷的情況，戰艦內部的人員在高溫中掙扎，被烤焦後死亡。

艦隊的疏散並不順利。這時，空間中已經充滿了冷凝後或仍處於熔融狀態的碎片，以及大塊的艦體殘骸，戰艦在飛行中，艦上防禦系統要用雷射或電磁動能彈不停地摧毀航行方向上的這些東西，由於碎片都是在距戰艦大致相同的距離上被擊中，就在前方形成了一個由閃光和煙火構成的弧面，戰艦彷彿頂著一個燦爛的華蓋在飛行。但總是有相當數量的碎片漏過防禦系統直接撞擊戰艦，對艦體造成嚴重損傷，甚至使一些戰艦失去了航行能力，與大塊殘骸的相撞更是致命的。

艦隊的指揮系統雖然處於崩潰狀態，統帥部對艦隊的疏散仍進行著統一的指揮，儘管如此，由於初始隊形密集，仍然發生了多起戰艦相撞事故。在「喜馬拉雅」號與「雷神」號這樣的高速迎頭相撞中，兩艦在瞬間化為碎片完全毀滅；而「信使」號與「創世紀」號發生追尾相撞，兩艦的艦體都被撕裂，外泄空氣形成了呼嘯的颶風，把艦內人員同其他物品一起吹到太空中，兩艘巨艦的殘骸就拖著一條這樣的尾跡飄行著……

最為慘不忍睹的狀況發生在「愛因斯坦」號和「夏」號上，兩艦艦長竟然用遙控狀態繞過系統保護，使戰艦進入「前進四」！這時艦上人員均未處於深海保護狀態。從「夏」號傳出的圖像中，人們看到了一個殲擊機機庫，庫中的戰機已經清空，但其中仍有上百人，加速開始後，這些人全部被超重壓到停機坪上，從這時俯拍的影像中人們看到，在足球場大小的潔白廣場上，鮮紅的血花一朵朵地迸放開來，超重中的血攤成極薄的一層膜，擴散至很大的面積，最後這些血花都聯成一片……最為恐怖的是球形艙中的情形：在超重開始時，艙中所有的人都被滑擠到球形的底部，然後，超重的魔鬼之手把他們的身體像揉一堆濕泥人般揉成一團，沒有人來得及發出慘叫，只能聽到血液內臟被擠出和骨骼被壓碎的聲音，後來，這一堆骨肉被血淹沒了，超重快速沉澱了血液中的雜質，使其變得異常清澈，強大的重力使血泊的液面像鏡面般平整和紋絲不動，像是固態，其中已經完全看不出形狀的一堆骨肉和內臟彷彿被封在晶瑩的紅寶石中……

＊數學上用不重複路徑聯結多個點的問題。

後來，人們起初認為「愛因斯坦」號和「夏」號進入前進四是慌亂中的失誤，但進一步的資料分析否認了這種看法。在進入四級加速前，戰艦的控制系統均有嚴格的檢測程式，在確認艦上人員全部進入深海狀態後才會執行加速指令，只有使戰艦進入遙控狀態後才能繞開這種檢測直接進入「前進四」，這需要一系列複雜的操作，不太可能是失誤。人們還從兩艦發出的資訊中發現，在進入「前進四」之前，「愛因斯坦」號和「夏」號一直都在使用艦上的小型飛船和殲擊機向外運送人員，直到水滴逼近，兩艦附近的戰艦紛紛爆炸，它們才進入「前進四」，顯然是想借助最高加速擺脫水滴，為人類把完整的戰艦保存下來。「愛因斯坦」號和「夏」號最終也未能逃脫水滴的魔掌，這滴敏銳的死神很快發現了這兩艘大大超出艦群平均加速度的戰艦，迅速追上並摧毀了它們那內部已經沒有生命的艦體。

但另外兩艘進入「前進四」的戰艦卻成功地逃脫了水滴的攻擊，它們是「量子」號和「青銅時代」號。在捕獲行動開始前，「量子」號就接受了丁儀的建議，同「青銅時代」號一起進入了深海狀態。早在第三佇列被毀滅時，兩艦就進入了「前進四」，向同一方向緊急加速，由於它們本身的位置處於矩形陣列的一角，與水滴隔著整個編隊，有充分的時間脫離艦群，衝入太空深處。

這時，已經有一千餘艘戰艦被摧毀，在二十分鐘的攻擊中，聯合艦隊已經毀滅過半。

太空中充滿了碎片，形成了一團直徑達十萬公里、仍在迅速膨脹的金屬雲，雲中戰艦爆炸的核火球把雲團蒼白的輪廓一次次顯現出來，像宇宙暗夜中時隱時現的一張陰沉的巨臉。在火球出現的間隙，金屬岩漿的光芒則使雲團變成如血的晚霞。

殘餘的艦群已經很稀疏了，它們中的絕大部分仍處於金屬雲內部，大部分戰艦的電磁動能彈已經耗盡，只能用雷射在金屬雲中打開通路，而高能雷射也由於能量損耗而力量不足，戰艦只能降低速度在碎片中艱難地航行，大部分的戰艦航速降到幾乎與雲團的膨脹速度相同，這樣，金屬雲成了艦隊的陷阱，疏散和逃脫已不可能。

水滴的速度已經超過了第三宇宙速度的十倍，即每秒鐘一百七十公里左右。它沿途猛烈撞擊著碎片，被撞擊的碎片再次熔化並高速飛濺，與其他碎片產生了次級撞擊，在水滴後面形成了燦爛的尾跡。尾跡最初像一顆怒髮衝冠的彗星，但很快拉長，變成一條上萬公里長的銀光巨龍。整個金屬雲團都映照著巨龍發出的光芒，它在雲中上下翻飛，彷彿沉浸在自己瘋狂的舞動中。被龍頭穿透的一艘艘戰艦，在龍體中部爆炸開來，巨龍的身上每時每刻都點綴著四五輪核融合的小太陽。再往後面，被燒熔的戰艦化作百萬噸金屬岩漿爆發開來，把龍尾染成妖豔的血色……

三十分鐘後，燦爛的巨龍仍在飛翔，但龍身上的核火球已經消失了，龍尾也不再有血色。這時，金屬雲團中已沒有一艘戰艦存在。

巨龍向金屬雲團外飛去，在雲團的邊緣，它從頭到尾消失了。水滴開始清除雲團外艦隊的殘餘，只有二十一艘戰艦衝出了雲團，它們中的大部分都因在雲中的高速飛行而受到了嚴重損傷，只有很低的加速度或無動力均速滑行，很快被水滴追上並摧毀。這些爆炸的戰艦在太空中形成的一朵朵金屬雲很快與膨脹的大雲團融合在一起。水滴消滅剩下的五艘較為完好的戰艦費了些時間，因為它們都已經具有了較高的速度，且逃離的方向不同。水滴追上並摧毀最後一艘戰艦「方舟」號時，距雲團已經相當遠了，「方舟」號爆炸的火球在太空深處孤獨地亮了幾秒鐘後就熄滅了，像一盞消失在曠野風中的孤燈。

至此，人類的太空武裝力量全軍覆沒。

水滴接著向「量子」號和「青銅時代」號逃遁的方向加速追擊，但很快它就放棄了。這兩個目標已經太遠且都達到了相當高的速度。於是，「量子」號和「青銅時代」號成為了這場大毀滅中僅有的倖存者。

水滴離開了它的殺戮戰場，掉頭向太陽方向飛去。

除兩艘完整的戰艦外，艦隊中還有少數人從大毀滅中生還，他們主要是在母艦被擊毀前乘艦上的小型飛船或殲擊機逃離的，水滴當然可以毫不費力地消滅他們，但它對這些小型航天器沒有興趣。對這些航天器最大的威脅是高速飛行的金屬碎片，小型航天器自身沒有防禦系統，也禁不起撞擊，所以一部分脫離母艦後都被碎片擊毀了。在攻擊開始時和接近結束時逃離母艦，生還的可能性最大，因為開始時大團金屬雲還沒有形成，而結束時金屬雲團因自身的膨脹變得稀薄了許多。那些倖存下來的小型飛船和殲擊機在天王星軌道之外的太空中飄流了幾天，最後被在這個空間區域航行的民用飛船所救。倖存者的總人數為六萬左右，他們中包括最早對水滴的攻擊做出正確判斷的兩名冬眠者軍官：趙鑫少尉和李維上尉。

那片太空沉寂下來，金屬雲團中的一切都在宇宙的寒冷中失去了光亮，整個雲團隱沒於黑暗之中。後來，在太陽引力的作用下，雲團停止了膨脹，開始拉長，最後變成漫長的條帶，在漫長的歲月中，它將變成環繞太陽的一圈極其稀薄的金屬帶，就像那百萬個不能安息的靈魂一樣，永遠飄浮在太陽系冷寂的周邊空間。

毀滅人類全部太空力量的，只是三體世界的一粒探測器，同樣的探測器，還有九個將在三年後到達太陽系，這十個探測器加在一起，大小也不及一艘三體戰艦的萬分之一，而這樣的三體戰艦還有一千艘，正在夜以繼日地向太陽系飛來。

毀滅你，與你有何相干？

從長長的睡眠中醒來，章北海一看時間，居然睡了十五個小時，這可能是他除了長達兩個世紀的冬眠外睡得最長的一覺了。此時，他有一種新生的感覺，仔細審視自己的內心後，他發現了這種感覺的來源。

他現在是一個人了。

以前，即使獨自懸浮在無際的太空中，他也沒有一人獨處的感覺，父親的眼睛在冥冥之中看著他，這種目光每時每刻都存在，像白晝的太陽和夜裡的星光，已成為他的世界的一部分，而現在父親的目光消失了。

該出去了。章北海對自己說，同時整理了一下軍裝，他是在失重中睡眠的，衣服和頭髮絲毫沒亂。最後看了一眼自己已經待了一個多月的這間球形艙室後，章北海打開艙門，飄了出去，他已經準備好平靜地面對狂怒的人群，面對無數譴責和鄙夷的目光，面對最後的審判……面對自己不知道還有多長的餘生，作為一名已經盡責的軍人，不管將遇到什麼，這餘生肯定是平靜的。

廊道中空無一人。

章北海慢慢前行，兩邊的艙室一間間向後移去，它們都大開著門。所有的艙室看起來都是一模一樣的球形空間，艙壁是雪白的，像沒有瞳仁的眼球。環境很潔淨，沒有看到一個打開的資訊視窗，艦上的資訊系統可能已經被重新開機並初始化了。

章北海想起了自己早年看過的一個電影，影片中的人物身處一個魔方世界，這世界是由無數間一模一樣的立方體房間構成的，但每一間中都暗含著不同的致命機關，他們從一間進入另一間，無窮無盡……

他突然驚奇於自己思想的信馬由韁，在以前這是一種奢侈，但現在，長達兩個世紀的人生使命已經完成，思想可以悠閒地散步了。

到了轉彎處，前面是更長的一段廊道，仍然空空如也，艙壁均勻地發著乳白色的柔光，一時間竟讓人失去立體感，感覺世界好生簡潔。兩側的球形艙還是全部大開著門，仍是一模一樣的白色球形空間。

「自然選擇」號似乎被遺棄了，而此時在章北海的眼中，他置身於其中的這艘巨艦更像是一個巨大但簡潔的符號，隱喻著某種深藏在現實後面的規律。章北海有一種錯覺：這些一模一樣的白色球形空間充滿了周圍無限延伸的太空，宇宙就是無限的重複。這時，一個概念突然在他的腦海中出現：全息。

在每一個球形艙中，都可以實現對「自然選擇」號的全部操縱和控制，至少從資訊學角度看，每一個艙就是「自然選擇」號的全部，所以，「自然選擇」號是全像的。

這艘飛船本身則像一粒金屬的種子，攜帶著人類文明的全部資訊，如果能夠在宇宙的某處發芽，就有可能再次成長出一個完整的文明。部分包含著全部，所以，人類文明可能也是全息的。章北海失敗了，他沒能把這粒種子撒出去，他感到遺憾，但並不悲傷，這不僅僅是因為自己盡了責任。他已經獲得自由的思想在飛翔，他想到，宇宙很可能也是全息的，每一點都擁有全部，即使有一個原子留下來，就留下了宇宙的一切。他突然有了一種包容一切的寄託感，十多個小時前，當他還在睡夢中時，在太陽系遙遠的另一端，丁儀踏上他前往水滴的最後的航程，也有過這種感覺。

章北海來到了廊道的盡頭，打開門，進入了戰艦上最大的球形大廳。三個月前，他就是從這裡第一次進入「自然選擇」號的。現在同那時一樣，在球形中央的空間中，懸浮著由艦隊官兵組成的方陣，但人數比那時要多幾倍。方陣分為三層，「自然選擇」號的兩千人佇列處於中央一層，但章北海看出，只有這一層方陣是真實的，上下兩層都是全像圖。他細看後辨認出來，全像圖方陣是由追擊艦隊四艘戰艦的官兵組成的。在三層方陣的正前方，包括東方延緒在內的五名大校軍官站成一排，其中四名是追擊艦隊的艦長。章北海看出裡面除了東方延緒外也都是全像圖，這些圖像顯然是從追擊艦隊傳來的。當章北海飄進球形大廳時，五千多人的目光會聚在他身上，這顯然不是看叛逃者的目光，艦長們依次向他敬禮。

「亞洲艦隊『藍色空間』號！」

「北美艦隊『企業』號！」

「亞洲艦隊『深空』號！」

「歐洲艦隊『終極規律』號！」

東方延緒最後一個向章北海敬禮：「亞洲艦隊『自然選擇』號！前輩，您為人類保存下來的五艘星際戰艦，也是現在人類太空艦隊的全部，現在接受您的指揮！」

「崩潰了，都崩潰了，集體的精神崩潰。」史曉明搖頭嘆息著說，他剛從地下城歸來：「整個城市都失控了，亂成一團。」

這是社區政府的一次會議，區行政官員都到了，冬眠者約占三分之二，其餘是現代人。現在可以很清楚地把他們區分開來：雖然都處於極度的抑鬱狀態，但冬眠者官員都在低沉的情緒中保持著常態，而現代人則都或多或少地表現出崩潰的跡象，會議開始以來他們的情緒就多次失控，史曉明的話再次觸碰了他們脆弱的神經。區最高行政長官淚痕未乾，又捂著臉哭了起來，引得另外幾名現代人官員同他一起哭；主管地區教育的官員則歇斯底里地大笑，還有一個現代人痛苦地咆哮起來，向地上摔杯子……

「你們安靜。」史強說，他聲音不高，但充滿了威嚴，現代人官員們都安靜下來，行政長官和幾個同他一起哭的人極力忍住抽泣。

「真是一群孩子。」希恩斯搖搖頭說，他是作為居民代表來參加會議的，也可能是唯一一個從聯合艦隊毀滅中受益的人——現在，現實與他的思想鋼印一致了，他也就恢復了正常。在這之前，面對那看起來已經近在眼前的無比真實的勝利，他終日被思想鋼印折磨著，精神幾乎被撕裂了。他被送到市裡的大醫院，那裡的精神醫學專家對他也無能為力，但卻對送他去的郊區官員和羅輯等人出了一個很奇怪的主意：就像左拉的《柏林之圍》和一部黃金時代的老電影《再見列寧》中那樣，為病人製造一個人類失敗的虛假環境。他們回去後真的這麼做了，好在現代虛擬技術已經發展到頂峰，製造這樣一個環境並不難。希恩斯在他的住處每天都可以看到專為他播出的新聞，伴有栩栩如生的三維影像。他看到，三體艦隊的一部分加速航行，提前到達太陽系；在古柏帶戰役中，人類聯合艦隊遭受重創，接著海王星軌道失守，三大艦隊只得退守木星軌道進行艱難的抵抗……負責製作這個虛假世界的社區衛生官員對這項工作興致勃勃。結果當真實的慘敗發生後，該官員是最先精神崩潰的，此前，為了滿足希恩斯的需要並給自己帶來最大的樂趣，這位故事大王窮盡了自己的想像力，把人類的失敗描述得盡可能慘重，但現實的殘酷還是遠超出了他的想像。

當艦隊毀滅的影像從二十個天文單位外經過三小時傳回地球時，公眾的表現就像一群絕望的孩子，世界變成了被噩夢纏繞的幼稚園，群體的精神崩潰現象迅速蔓延，一切都失去了控制。

史強所在的社區裡，比他級別高的行政官員要麼辭職，要麼在崩潰中無所作為，上一級政府緊急任命他接替社區最高行政長官的職務。雖然不是多大的官，但這一冬眠者社區在這場危機中的命運就掌握在他的手中，好在與城市相比，這裡的冬眠者社會仍保持著穩定。

「我請大家注意現在的形勢，」史強說：「地下城的人工生態系統一旦發生了問題，那兒就成了地獄，裡面的人都會擁到地面上來，那樣的話這裡就不適合生存了，我們應該考慮遷移。」

「向哪兒遷呢？」有人問。

「向人口稀少的地方，比如西北，當然要先派人去考察一下。現在誰也說不好世界會變成什麼樣，會不會再來一次大低谷，我們得做好完全靠農業生存的準備。」

「水滴會攻擊地球嗎？」又有人問。

「操那份閒心幹什麼？」大史搖搖頭說：「反正現在誰也拿它沒辦法，在它把地球撞穿之前，日子還得過，是不是？」

「說得對，操閒心是沒用的，我對這點是再清楚不過了。」一直沉默的羅輯說。

人類僅存的七艘太空戰艦都在飛離太陽系，它們分成兩部分：一部分是「自然選擇」號和追擊它的艦隊，共五艘戰艦；另一部分是從水滴大毀滅中倖存的「量子」號和「青銅時代」號。這兩支小艦隊分別處於太陽系的兩端，它們隔著太陽，沿著幾乎相反的方向飛向茫茫太空，漸行漸遠。

在「自然選擇」號上，當章北海聽完聯合艦隊全軍覆沒的過程彙報後，臉上的表情沒有變化，目光仍平靜如水，只是淡淡地說了一句：「密集編隊是個不可原諒的錯誤，其他的，都在預料之中。」

「同志們，」章北海的目光越過五位艦長，掃視著由五艦戰艦的官兵排成的三層佇列：「我對你們用這個古老的稱呼，是想說我們所有人今後必須擁有同一個志向。每個人應該明白我們所面對的現實，也應該看到我們將要面對的未來：同志們，我們回不去了。」

是的，回不去了，毀滅了聯合艦隊的水滴還在太陽系中，另外九個水滴也將於三年後到達，對於這支小艦隊，曾經的家園現在是一個死亡陷阱。同時，回去已經沒有意義，地球世界的末日已經不遠，從收到的資訊看，人類文明可能等不到三體主力艦隊到達就會全面崩潰，這五艘飛船必須承擔起延續文明的責任，能做的只有向前飛，向遠飛，飛船將是他們永遠的家園，太空將是他們最後的歸宿。

這五千五百人就像剛剛割斷臍帶的嬰兒，被殘酷地拋向宇宙的深淵，像嬰兒一樣，他們只想哭。但章北海沉穩的目光像一個強勁的力場維持著陣列的穩定，使人們保持著軍人的尊嚴。對於被拋棄在無邊暗夜中的孩子們，最需要的就是父親，現在，同東方延緒一樣，他們從這名來自古代的軍人身上感受到了父親的力量。

章北海接著說：「我們永遠是人類的一部分，但現在已經是一個獨立的社會，必須擺脫對地球世界的精神依賴，現在，我們應該為自己的世界起一個名字。」

「我們來自地球，也可能是地球文明唯一的繼承者，就叫星艦地球吧。」東方延緒說。

「很好。」章北海向東方投來贊許的目光，然後再次轉向佇列：「從此以後，我們每個人都是星艦地球的公民了，這一刻，可能是人類文明的第二個起點。我們有很多事情要做，現在，請每個人都回到自己的崗位上去。」

兩個全息影像方陣消失了，「自然選擇」號的方陣也開始散開。

「前輩，我們四艘艦是不是靠過來？」「深空」號的艦長問，他們的影像還沒有消失。

章北海堅決地搖搖頭：「沒有必要，你們與『自然選擇』號目前相距約二十萬公里，雖很近，但靠過來也是要消耗核融合燃料的，能源是我們生存的基礎，現在已經所剩不多了，能省一點就省一點。我們是這片太空中僅有的人類，我理解你們想聚靠在一起的心情，但二十萬公里並不算遙遠。從現在起，我們必須從長遠考慮了。」

「是啊，必須長遠考慮了。」東方延緒輕輕地重複著章北海的話，雙眼茫然地平視著，像是在遙望橫亙在前面的漫漫歲月。

章北海接著說：「要儘快召開公民大會，把星艦地球的基本事務確定下來，然後儘早使大部分人進入冬眠，讓生態循環系統在最小模式運行……不管怎麼說，星艦地球的歷史開始了。」

父親的目光又在冥冥中出現了，像是來自宇宙邊緣的穿透一切的射線，章北海感到了他的注視，他在心裡說：是啊，爸爸，您真的不能安息，沒有結束，一切又都繼續下去了。

第二天（星艦地球仍採用地球計時），星艦地球召開了第一次全體公民大會，大會由各艦的五個分會場用全息影像聯成一個主會場，到會的公民有三千人左右，其餘無法離開崗位的人則通過網路參加。

會議首先確定了一件迫在眉睫的事：星艦地球的航行目標。會上一致通過保持現有航向不變。這是章北海在起航時就為「自然選擇」號設定的目標，航向指向天鵝座方向，精確目標是 NH558J2 恆星，這是距太陽系最近的帶有行星的恆星之一，它帶有兩顆行星，都是類似於木星的氣液態行星，不適合人類生存，但可以為飛船補充核融合燃料。現在看來，選擇這個目標是經過深思熟慮的，因為在不同方向有另一顆帶行星的恆星，據觀測其中的一顆行星的自然環境與地球類似，而距離與前一個目標相比只遠了一點五光年。但這顆恆星只帶有一顆行星，如果這個世界並不適合人類生存（可生存的世界條件十分苛刻，且跨越光年的觀測總是有偏差），那星艦地球就失去了補充燃料的機會。而到達 NH558J2 後，補充了燃料的飛船可以以最高航速更快地前往下一個目標。

NH558J2 距太陽系十八光年，按照現在的航速，再考慮到航程中的各種不確定因素，星艦地球可能在兩千年後到達。

兩千年，這個冷酷的數字再一次使現實和未來清晰起來。即使考慮到冬眠因素，現在星艦地球的大部分公民也不可能活著到達目的地，他們的人生之路只能是這二十個世紀的漫長航程中的一段。而對於那些到達目的地的後代來說，NH558J2 不過是一個中轉站，誰也不知道下一個目的地在哪裡，更不知道什麼時候星艦地球能找到真正適合生存的家園。

其實，章北海的思考是異常理智的，他清楚地球之所以如此適合人類生存，並不是巧合，更不是什麼人擇原理的作用，而是地球生物圈與自然環境長期相互作用的結果，這種結果，在其他遙遠恆星的行星上不太可能完全重複，他飛向 NH558J2 的選擇蘊涵了一種可能：可生存世界可能永遠也找不到，新的人類文明將是永遠在航行之中的星艦文明。

但章北海沒有明確表達自己的想法，真正能夠接受星艦文明的，可能是星艦地球的下一代人了，這一代人只能把一個想像中的像地球那樣的行星家園作為人生的寄託。

這一次公民大會還確定了星艦地球的政治地位，會議認為，五艘飛船永遠屬於人類世界，但在目前情況下，星艦地球在政治上已經不可能屬於三大艦隊和地球世界，而是一個完全獨立的國家。

這個決議被發向太陽系，聯合國和艦隊聯席會議沉默了許久才回信，沒有表態，只有作為默許的祝福。於是，人類世界現在分為三個國際：古老的地球國際、新時代的艦隊國際和飛向宇宙深處的星艦國際。最後一個國際只有五千多人，卻攜帶了人類文明的全部希望。

第二次公民大會開始討論星艦地球的各級領導機構的問題。

在會議開始時，章北海說：「我認為這個議程早了些，我們必須首先確定星艦地球的社會形態，才能決定需要什麼樣的領導機構。」

「就是說，我們首先需要制定憲法。」東方延緒說。

「至少是憲法的基本原則吧。」

於是，會議在這個方向上展開討論。大多數人的思想傾向是：星艦地球處於嚴酷的太空環境中，自身的生態系統又十分脆弱，在這樣的條件下生存，必須建立一個紀律嚴明的社會，必須保證統一行動的意志。於是有人提出：應該保留現有的軍隊體制。這個想法得到了多數人的贊同。

「就是說，一個專制社會。」章北海說。

「前輩，應該有個好聽些的名稱吧，我們本來就是軍隊。」「藍色空間」號艦長說。

「我認為不行。」章北海決然地搖搖頭：「僅靠生存本身是不能保證生存的，發展是生存的最好保障。在航程中，我們要發展自己的科學技術，也要擴展艦隊的規模。中世紀和大低谷的事實都證明，專制制度是人類發展的最大障礙，星艦地球需要活躍的新思想和創造力，這只有通過建立一個充分尊重人性和自由的社會才能做到。」

「如果前輩指的是建立一個現代地球國際那樣的社會，星艦地球可是有先天的條件。」一名下級軍官說。

「是的。」東方延緒對發言者點點頭：「星艦地球的人數很少，且有極其完善的資訊系統，任何問題，都可以很便捷地由全體公民討論和表決，我們可以建立人類歷史上第一個真正的民主社會。」

「也不行。」章北海又搖搖頭：「正像前面那些公民所說，星艦地球航行在嚴酷的太空中，威脅整個世界的災難隨時都可能發生。人類社會在三體危機的歷史中已經證明，在這樣的災難面前，尤其是當我們的世界需要犧牲部分來保存整體的時候，你們所設想的那種人文社會是十分脆弱的。」

所有與會者都面面相覷，他們的目光中流露出同一個意思：那該怎麼辦呢？

章北海笑了笑說：「我想得太簡單了，這個問題在整個人類歷史上都沒有答案，怎麼可能在一次會議上解決呢？我想，需要經歷一個漫長的實踐和探索的過程才能為星艦地球找到合適的社會模式，會後，全體公民應該對此展開充分的討論……請原諒我干擾了會議的議程，還是按原來的議題進行吧。」

東方延緒從來沒有見到章北海有那樣的笑容，他很少笑，偶爾笑起來有一種自信和寬容，但他現在卻表現出一種從來沒有過的羞澀的歉意。雖然會議的這段插曲沒有什麼結果，但章北海是一個思維極其縝密的人，像這樣提出欠思考的意見又收回的事是絕無僅有的，東方延緒從中看出了一種漫不經心，這次會議上他也沒有做紀錄，而以往會議上他做紀錄都很認真，艦上只有他一個人還在使用古老的紙和筆，這成為他的一個標誌。

那現在是什麼占據了他的思想呢？

會議轉而討論艦隊領導機構的事，公民們傾向於認為：目前還不具備舉行選舉的條件，應該維持各艦的指揮系統不變，艦長為各艦的領導者，同時，由五位艦長組成星艦地球的權力委員會，對重大事務共同討論做出決定。而章北海則被所有與會者一致推選為權力委員會的主席，掌握星艦地球的最高權力。對這一決議舉行了全體公民投票，百分之百通過。

但章北海拒絕了這個使命。

「前輩，這是你的責任！」「深空」號艦長說。

「在星艦地球，只有你擁有統領各艦的威信。」東方延緒說。

「我想我已經盡了責任，現在累了，也到了退休的年紀。」章北海淡淡地說。

散會後，章北海叫住了東方延緒，這時人們都已散去。

章北海說：「東方，我想恢復自己『自然選擇』號執行艦長的位置。」

「執行艦長？」東方延緒很吃驚地看著他說。

「是的，重新給我對戰艦的最高操控許可權。」

「前輩，我可以把『自然選擇』號艦長的位置讓給你，我說的是真心話，而且，權力委員會和全體公民肯定都不會反對的。」

章北海笑著搖搖頭：「不，妳仍然是艦長，擁有艦長的一切指揮權，請相信，我不會對你的工作有任何干涉。」

「那你要執行艦長的許可權幹什麼？現在這個崗位還有必要嗎？」

「我只是喜歡這艘飛船，這可是我們兩個世紀前的夢想，妳也知道，為了有一天能造出這樣的飛船，我都做過些什麼……」

章北海看著東方延緒，以前他目光中的某種堅如磐石的東西消失了，只透出疲憊的空白和深深的悲哀，這使他看上去彷彿變了一個人，不再是那個冷靜又冷酷、深思孰慮行動果敢的強者，而是一個被往昔的沉重歲月壓彎了腰的人。看著他，東方延緒生出了從未有過的關懷和憐憫之情。

「前輩，你不要再去想那些事。對你在二十一世紀的行為，歷史學家們有公正的評價：選擇輻射驅動的研究方向，是人類航太技術向正確的方向邁出的關鍵一步，也許在當時，那……那是唯一的選擇，就像現在『自然選擇』號的逃亡是唯一選擇一樣。而且，按照現代法律，那件事的追訴時效早就過去了。」

「但我身上的十字架是卸不掉的，這妳很難體會……所以，我對飛船有感情，比你們更有感情，總覺得我是它的一部分，我不可能離開它。再說，我以後總得幹些什麼，有事情幹，心裡總是安定些。」

章北海說完後就轉身離去，他那疲憊的身影漸漸飄遠，成為巨大的白色球形空間中的一個小黑點。東方延緒看著他消失在一片潔白中，一陣從未有過的孤獨感從四面八方的白色中湧出來，淹沒了她。

以後又接連召開了幾屆公民大會，星艦地球的人們沉浸於創造新世界的激情中。他們熱烈地討論這個世界的憲法和社會結構，制定各種法律，籌畫第一次選舉……不同軍階的軍官和士兵之間，不同的戰艦之間都有了充分的交流。人們也在展望這個世界的走向，期待星艦地球成為未來文明雪球的一個內核，隨著艦隊到達一個又一個的行星系，這個雪球會不斷擴大。愈來愈多的人把星艦地球稱為第二個伊甸園，這裡將是人類文明的第二個起源地。

但這樣美好的狀況並沒有持續很長時間，因為，星艦地球真的是伊甸園。

藍西中校是「自然選擇」號上的首席心理學家，他領導的第二戰勤部是一個由心理學專業軍官組成的重要機構，負責戰艦在遠端太空航行和作戰中的心理工作。當星艦地球開始她的不歸航程時，藍西和部下就像面對強敵進攻的戰士一樣高度緊張起來，按照過去演習過多次的預案，隨時準備應付艦上各種可能的心理危機。

他們一致認為，目前最大的敵人無疑是「N問題」，即Nostalgia，思鄉病。這畢竟是人類歷史上第一次永不回歸的航行，「N問題」可能導致群體性的心理災難。藍西指揮第二戰勤部做好了一切應對的準備，包括建立與地球和三大艦隊交流的專用通信頻道，艦上的每個人都可以與地球和艦隊的親友保持不間斷的聯繫，收看兩個國際的大部分新聞和其他電視節目。雖然目前星艦地球距太陽已經有七十個天文單位，通信有九小時的時滯，但與地球和艦隊的通訊品質還是很好的。第二戰勤部的心理軍官們除了對有「N問題」跡象的對象進行積極心理輔導和調節外，還準備了應付大規模群體性心理災難的極端措施：對失控的人群進行強制冬眠隔離。

後來的事實證明，這一切擔心都是多餘的，雖然「N問題」在星艦地球中廣泛出現了，但遠未達到失控的程度，甚至未達到以前的常規遠航時的程度。藍西開始時對此很困惑，但很快找到了原因：人類的主力艦隊覆滅後，地球世界便失去了一切希望，雖然距最後的末日還有兩個世紀（這是最樂觀的估計），但從收到的新聞中看到，那個在大失敗的沉重打擊下陷入混亂的世界已經充滿了死亡的氣息。對於星艦地球來說，不可能在太陽系的地球上寄託太多的東西了，對於這樣一個家園的思念也是有限的。

但敵人還是出現了，而且比「N問題」更為凶險，當藍西和第二戰勤部意識到時，他們的陣地已經失陷。

從以往太空遠航的經驗中藍西知道，「N問題」總是首先在士兵和下層軍官中出現，因為與高層軍官相比，他們因工作和責任所占用的注意力較少，自我心理調節能力也較弱。所以第二戰勤部從一開始就把主要的注意力放在下層，而陰影卻是從上層開始出現的。

藍西首先注意到一個奇怪的現象。星艦地球領導機構的第一次選舉即將開始，這次選舉是面向全民的，對於高層指揮官們來說，他們中的大部分人將面臨著從軍官向政府官員的轉變，他們的位置也將重新洗牌，其中很多人將被來自下層的競爭者代替。藍西驚奇地發現，在「自然選擇」號的高級指揮層，竟然沒有人對這次將決定他們今後人生的選舉給予太多的注意，他沒有看到高層軍官中的任何人進行過最起碼的競選活動。談到選舉，他們都沒有興趣，這不由使藍西想起了第二次公民大會上章北海的心不在焉。

在中校以上軍銜的人群中，心理失衡的症候開始出現。他們中的大部分人開始變得愈來愈內向，長時間地獨處沉思，人際交流急劇減少，他們在各種會議上的發言也愈來愈少，很多人選擇了完全沉默。藍西看到，陽光正在從他們的眼睛中消失，他們的目光都變得陰沉起來，同時，每個人都害怕別人注意到自己目光中的陰霾，不敢與人對視，在偶爾的目光相遇時，會像觸電似的立刻把視線移開……級別愈高的人，這種症候愈嚴重，同時有向低層人群擴散蔓延的跡象。

心理諮詢無法進行，所有人都堅決拒絕同心理軍官談話，第二戰勤部不得不動用自己的特別權力進行強制諮詢，但談話對象大都保持沉默。

藍西決定必須與最高指揮官談話，於是去找東方延緒。本來，在「自然選擇」號乃至整個星艦地球，章北海擁有至高無上的威望和地位，但他放棄了一切，把自己當成一個普通人，退出競選，只是履行執行艦長的職責，把艦長的指令傳達給飛船控制系統。其餘時間，他便是在「自然選擇」號的各處流連，向各級軍官和士兵了解飛船的詳情，每時每刻都表露出對這艘太空方舟的感情。除此之外，他的心情平靜淡然，絲毫未受艦上群體性心理陰影的影響。這固然與他使自己置身事外有關，但藍西知道還有另一個重要的原因：古人的心理遠不如現代人敏感，在目前的情況下，這種麻木是一種良好的自我保護機能。

同「自然選擇」號上的許多男人一樣，美麗的艦長一直是藍西中校暗戀的對象，當他看到眼中失去陽光的東方延緒顯得那麼脆弱和無助時，心中湧起一陣痛楚。

「艦長，對眼前發生的事，妳至少應該給我一些提示吧。」藍西說。

「中校，應該是你給我們提示。」

「妳是說，對自己的狀態，妳什麼都不知道？」

東方延緒黯淡的雙眸中突然湧出無盡的憂傷：「我只知道，我們是第一批進入太空的人類。」

「妳說什麼？」

「這是人類第一次真正進入太空。」

「哦……我明白妳的意思：以前，不管人類在太空中飛多遠，只是地球放出的風箏，有一根精神之線把他們與地球相連，現在這根線斷了。」

「是的，線斷了，最實質的變化在於：不是因為拉線的手鬆開了，而是那手消失了，地球世界正在走向末日。事實上在我們的精神中她已經消亡，我們這五艘飛船與任何世界都沒有聯繫，我們周圍除了太空深淵什麼都沒有了。」

「這確實是人類從未面對過的心理環境。」

「是的，在這種環境下，人類的精神將發生根本的變化，人將變成……」東方延緒突然失語，眼中的憂傷消失了，只留下灰暗，就像雨後仍被陰雲覆蓋的天空。

「妳是說，這種環境下，人將變成新人？」

「是新人嗎？不，中校，人將變成……非人。」

東方說出的最後兩個字讓藍西打了個寒戰，他抬頭看著她，她的目光並沒有迴避，但一片空白，藍西只看到一扇對外界緊閉的心靈之窗。

「我是說，不是以前那種概念的人了……中校，我能說的只是這些，你盡自己的努力就行了，而且……」東方接下來的話像是在夢囈：「也快輪到你了。」

情況繼續惡化，在藍西與東方延緒談話後的第二天，「自然選擇」號上發生了一起惡性傷害事件，導航系統的一名中校開槍擊傷了同住一個艙室的另一名軍官。據受害者回憶，那名中校在半夜突然醒來，發現受害者也醒著，就指責他在偷聽自己的夢話，爭執之中情緒失控而開槍。藍西立刻見到了被拘禁的那名中校。

「你怕他聽到的是什麼夢話？」藍西問。

「這麼說他真的聽到了？」襲擊者一臉恐懼地問。

藍西搖搖頭：「他說你當時根本沒有說夢話。」

「就算說了又怎麼樣？你們怎麼能把夢話當真？我心裡不是那麼想的！我當然不會因為一句夢話下地獄！」

藍西最終也沒有問出襲擊者想像中的夢話的內容，就問他是否介意接受催眠治療。沒想到這使得襲擊者的情緒再次失控，他突然躍起死死扼住藍西的脖子，憲兵進來才把他們拉開。走出拘禁室後，一名聽到剛才談話的憲兵軍官對藍西說：「中校，不要再提什麼催眠治療，否則第二戰勤部將成為全艦最痛恨的地方，你們都活不長的。」

藍西只好與「企業」號戰艦的心理學家斯科特上校聯繫，斯科特同時也是「企業」號上的隨艦牧師（亞洲艦隊的戰艦上大都沒有這個職位）。現在，「企業」號和原追擊艦隊的其他三艘戰艦仍在二十萬公里之外。

「你那兒怎麼這麼暗？」藍西看著從「企業」號上傳來的圖像問。斯科特所在的艙室的球形艙壁被調得只發出黯淡的黃光，同時艙壁上還映著外部的星空圖像，斯科特彷彿置身於一個瀰漫著昏暗霧靄的宇宙中，他的面孔隱藏在陰影裡，即使這樣，藍西還是能感覺到他的目光從自己的注視中迅速移開。

「伊甸園正在暗下來，黑暗將吞噬一切。」斯科特用疲憊的聲音說。

藍西找斯科特，是覺得他身為「企業」號的牧師，很可能有人在懺悔中向他吐露了實情，他也許能給自己一些提示，但聽到這話，又看到上校陰影中若隱若現的眼神，藍西知道什麼都問不出來，於是把要問的話壓下去，換了一個連他自己都吃驚的問題：「第一個伊甸園發生過的事，都要在第二伊甸園裡重複嗎？」

「不知道，反正毒蛇已經出現了，第二伊甸園的毒蛇正在爬上人們的心靈。」

「這麼說，你已經吃了智慧果？」

斯科特緩緩地點點頭，然後低下的頭再也沒有抬起來，像是在極力隱藏那出賣自己思想的目光：「算是吧。」

「被逐出伊甸園的將是誰？」藍西的聲音有些發顫，手心裡滲出了冷汗。

「有很多人，但與上次不同，這次可能有人留下。」

「誰？誰留下？」

斯科特長嘆一聲：「藍中校，我說得夠多了，你為什麼不自己去找智慧果？反正人人都要走這一步，不是嗎？」

「去哪兒找？」

「放下你的工作，多想想，多感受一下，你就找到了。」

與斯科特談話後，心緒紛亂的藍西停止了忙碌，按上校的勸告靜心思考。比他想像的還要快，伊甸園冰涼濕滑的毒蛇也爬進了他的意識，他找到了智慧果並吃下了它，心靈中的最後一縷陽光永遠消失了，一切沒入黑暗之中。

在星艦地球中，一根無形的弦在悄悄繃緊，已經到了斷裂的邊緣。

兩天後，「終極規律」號的艦長自殺了。

當時，他隻身站在艦尾的平台上，平台在一個透明球形罩內，使得這裡像暴露在太空中一樣。艦尾正對著太陽系方向，這時的太陽，只是一顆稍亮些的黃色星體，而這個方向是銀河系旋臂周邊，星星稀疏，太空肆意彰顯著它的深邃和廣漠，讓人的眼睛和心靈都沒有依託。

「黑，真他媽的黑啊。」艦長自語道，然後開槍自盡了。

在得知「終極規律」號艦長自殺後，東方延緒預感到最後的時刻就要來到了，她緊急召集兩位副艦長在殲擊機庫的球形大廳會面。

在前往大廳的廊道中，東方延緒聽到有人在後面叫她，回頭一看是章北海，由於沉浸在陰鬱的心境中，她這兩天幾乎把他忘了。他打量著東方延緒，目光中充滿著父輩的關切，這目光讓東方感到從未有過的舒適，因為現在在星艦地球中，很難再見到這樣一雙沒有陰影的眼睛了。

「東方，我覺得你們最近的狀態有些不對，雖然我不知道原因，但你們心裡好像都藏著什麼事兒似的。」

東方延緒沒有回答他的問題，只是反問：「前輩，你最近還好嗎？」

「好，很好，到處參觀、學習。我現在正在熟悉『自然選擇』號的武器系統，當然，只搞懂些皮毛，不過很有意思，想想哥倫布參觀航空母艦時的感覺吧，我就是那樣。」

現在看到章北海這樣一個平靜悠閒的人，東方延緒甚至感到一絲嫉妒：是的，他已經完成了自己偉大的事業，有權享受這樣的平靜。現在，他從一個創造歷史的偉人回歸為無知的冬眠者，他需要的只是保護了。想到這裡，東方延緒說：「前輩，不要再向別人問你剛才的那個問題，不要問這一切都是為什麼。」

「為什麼？為什麼不能問呢？」

「問這些很危險，而且，你真的不需要知道，相信我。」

章北海點點頭：「好吧，那我不問了，很感謝妳能把我當成一個普通公民，我就希望這樣。」

東方延緒匆匆地道了別，自顧自飄去，她聽到星艦地球的創立者在後面說：「東方，不管是什麼事情，順其自然吧，一切都會好起來的。」

在球形大廳的中央，東方延緒見到了兩位副艦長。之所以選擇在這裡會面，是因為大廳空間開闊，有身處曠野的感覺，另外他們三人在這裡好像處於一個潔白世界的中心，彷彿宇宙中除了他們之外空無一物，這都會令談話時有一種安全感。

他們三人看著三個不同的方向。

「我們必須把事情明確了。」東方延緒說。

「是的，每拖一秒鐘都很危險。」副艦長列文說，然後，他和井上明都轉身看著東方延緒，意思很明白：妳是艦長，妳先談。

但東方延緒沒有這個勇氣。

這是第二個人類文明的拂曉，這時發生的任何事情，都可能成為新的荷馬史詩或新聖經的內容。猶大之所以成為猶大，就是因為他最先吻了耶穌，與第二個吻的人有本質的區別。現在也一樣，第一個談這件事情的人將是第二文明史上的一個里程碑，他（她）有可能成為猶大，也有可能成為耶穌，不管是哪種可能，東方延緒都沒有這個勇氣。

但她必須承擔自己的使命，於是做出了一個聰明的選擇：沒有迴避兩位副艦長的目光。到這個時候，語言已經沒有必要，眼睛就能進行所有的交流，他們相互對視著，交錯的目光像高速資訊通道，把三個心靈聯結起來，一切都在對視中飛快地交流著。

燃料。

燃料。

燃料。

航線上的情況還不明瞭，但已經探明的至少有兩片星際塵埃阻力。

當然，穿越之後，飛船的速度將被塵埃阻力降至光速的千分之零點三。

這時距目標星系 NH558J2 還有十多光年，最後到達需要六萬年左右。

那就是永遠到不了。

飛船也許能到，但船上的生命到不了，即使冬眠系統也維持不了那麼長時間。

除非……

除非在塵埃中保持速度，或在穿越後加速。

可是燃料不夠。

核融合燃料是飛船的唯一能源，還有其他地方要用：飛船的生態循環系統、可能的航向修正……

還有到達目標星系時的減速，NH558J2 星比太陽的質量小得多，僅靠引力減速不能泊入軌道，要消耗大量燃料減速，否則就掠過了目標星系。

星艦地球的所有燃料，基本上夠兩艘飛船的。

但要保險些，就只夠一艘飛船了。

燃料。

燃料。

燃料。

「還有配件問題。」東方延緒說。

配件。

配件。

配件。

特別是關鍵系統的配件：核融合發動機、資訊和控制系統、生態循環系統。

不像燃料那麼緊急，但卻是長遠生存的基礎。NH558J2沒有適合生存的行星，不能定居和建立工業，也沒有相應的資源，只有在補充燃料後飛向下一個星系才有可能建立生產配件的工業。

「自然選擇」號的關鍵配件只有兩份存餘。

太少了。

太少了。

除核融合發動機外，星艦地球的所有飛船上的關鍵配件大部分都可以通用。

發動機配件在改裝後也可以使用。

「向一到兩艘艦上集中人員？」東方延緒又說，這時，有聲語言的作用只是引導目光交流的方向。

不可能。

不可能。

不可能，人太多了，生態循環系統和冬眠系統都容納不了，現有的容量即使再增加一點人都是災難性的。

「那麼，現在明確了？」東方延緒的聲音又在空曠的白色空間中響起，像是沉睡中的人偶爾出現的夢囈。

明確了。

明確了。

一部分人死，或者所有人死。

這時，目光也沉默了，三個人彷彿被來自宇宙深處的雷霆所震懾，心靈在恐懼中顫抖，每人都有把目光移開的強烈欲望，但東方延緒首先使自己的目光穩定下來。

「別這樣。」她說。

別這樣。

別放棄。

不放棄？

不放棄！因為別人不會放棄，我們放棄了，就會被逐出伊甸園。

為什麼是我們？

當然也不應該是他們。

誰都不應該是。

但總要有人被逐出，伊甸園只能容下數量有限的人。

我們不想離開伊甸園。

所以不要放棄！

三道即將離散的目光又重新交織在一起。

次聲波氫彈*。

次聲波氫彈。

次聲波氫彈。

每艘艦都裝備了。

用隱形導彈發射，很難防禦†。

三人的目光暫時分開了，他們的精神此時都已到了崩潰的邊緣，需要休息。當三雙眼睛再次互相對視時，目光又變得飄忽不定了，像三支在風中搖曳的燭火。

太邪惡了！

太邪惡了！

太邪惡了！

我們變成魔鬼了！

我們變成魔鬼了！

我們變成魔鬼了！

「可……他們怎麼想呢？」東方延緒輕聲問，在兩位副艦長的感覺中，這聲音雖然細小，卻像蚊鳴般在白色的空間裡縈繞不絕。

是啊，我們不想成為魔鬼，可是不知道他們怎麼想。

那我們還是魔鬼，否則怎麼能無端地把別人想成魔鬼？

那好，我們就不把他們想成魔鬼。

「問題沒有解決。」東方延緒輕輕搖搖頭。

＊一種太空核武器，用於打擊對常規輻射有良好遮罩的飛船目標，能夠以空氣中的次聲波的頻率連續發生多次核爆炸，每次核爆都產生強烈的電磁輻射，電磁輻射與目標飛船的金屬外殼相互作用，將電磁能量轉化為飛船內部空氣的聲能，產生超強次聲波，殺死飛船內部的一切宏觀生命，但對於飛船的設施基本沒有損壞。

†由於次聲波氫彈是通過電磁脈衝產生殺傷，故不需要直接命中目標，在距目標相當遠的距離爆炸就能殺傷目標內部的人員。而對於雷達隱形的導彈，只有接近目標時才能被包括可見光觀測在內的其他探測手段發現。

是的，雖然他們不是魔鬼，問題也沒有解決。

因為他們也不知道我們怎麼想。

那麼，假設他們也知道我們不是魔鬼。

問題仍在。

他們不知道我們是怎樣想他們。

他們不知道我們是怎樣想他們怎樣想我們。

再往下，這是一個無限的猜疑鏈：他們不知道我們是怎樣想他們怎樣想我們怎樣想他們怎樣想我們怎樣……

怎麼樣打斷這條猜疑鏈呢？

交流？

在地球上可以，但在太空中不行。一部分人死，或者所有人死。這是太空為星艦地球設定的生存死局，一堵不可逾越的牆，在它面前，交流沒有任何意義。

只剩一個選擇，只是誰來選的問題。

黑，真他媽的黑啊。

「不能再拖了。」東方延緒決然地說。

是不能拖了，在這片黑暗的太空中，決鬥者都在凝神屏息，那根弦就要繃斷了。

每一秒，危險都在以指數增長。

既然誰先拔槍都一樣，不如我們先拔。

這時，一直沉默的井上明突然說話：「還有一個選擇！」

我們自願犧牲。

為什麼？

為什麼是我們？

我們三人當然可以，但我們有權替「自然選擇」號上的兩千人做出這種選擇嗎？

三個人此時都站在一道鋒利的刀刃上，正在被痛苦地切割著，而向刀刃的哪一側跳都是墜入無底深淵，這是太空新人類誕生前的陣痛。

「這樣好不好？」列文說：「先鎖定目標，再接著考慮吧。」

東方延緒點點頭，列文立刻在空中調出了武器系統控制介面，打開次聲波氫彈和相應運載導彈的操控窗口，在以「自然選擇」號為原點的一個球面座標系上，二十萬公里外的「藍色空間」號、「企業」號、「深空」號和「終極規律」號顯示為四個光點。

距離隱去了目標的結構，太空尺度上的一切都是點而已。

但這四個光點分別被四個紅色的光環套住了，那是四圈死亡的絞索，表示這些目標已經被武器系統鎖定！

被驚呆了的三人互相看看，同時搖搖頭，表示這不是自己所為。

除了他們，擁有武器系統目標鎖定許可權的還有武器控制和目標甄別軍官，但他們的鎖定操作都要得到艦長或副艦長的授權。那麼只剩下一個人擁有直接鎖定目標並發起攻擊的許可權。

我們真傻，他畢竟是一個兩次改變歷史的人！

他是最早想到這一切的人！

沒人知道他是什麼時候想到的，可能是在星艦地球成立時，甚至更早，在得知聯合艦隊毀滅時……他真的是先天下之憂而憂，像那個時代的父母一樣，一直在為孩子們操著心。

東方延緒以最快的速度飛過球形大廳，兩位副艦長緊跟著她。他們出門後又穿過長長的廊道，來到章北海的艙室門前，看到他的面前也懸浮著他們剛才看到的同一個介面。他們想衝進去，但「自然選擇」號起航逃亡時的那一幕又出現了：他們撞在艙壁上，沒有門，只是那一個橢圓形區域的艙壁變得透明了。

「你幹什麼？」列文大喊。

「孩子們。」章北海說，他第一次對他們用這個稱呼，雖然只能看到背影，但能夠想像出他那平靜如水的目光：「這事就由我來做吧。」

「你不下地獄誰下地獄，是嗎？」東方延緒大聲說。

「從成為軍人的那一刻起，我就準備好了去任何地方。」章北海說著，繼續進行武器發射前的操作，外面的三人都看到，他雖然很不熟練，但每一步都正確。

淚水從東方的雙眼湧出，她喊道：「我們一起去好嗎？讓我進去，我們一起下地獄！」

章北海沒有回答，只是繼續操作。他設定了導彈的手動自毀功能，可以在飛行途中由母艦操控自毀，完成這一步後他才說：「東方，妳想想，我們以前可能做出這種選擇嗎？絕不可能，但現在我們做出了，太空使我們變成了新人類。」他把導彈戰鬥部距目標最近的爆炸距離設為五十公里，這樣可以儘量避免對目標內部設施的破壞，但即使再遠些，也處於對目標內部生命的殺傷距離之內：「新的文明在誕生，新的道德也在形成。」他拆除了氫彈戰鬥部三道保險鎖中的第一道：「未來回頭看看我們做的這一切，可能是很正常的事，所以，孩子們，我們不會下地獄的。」第二道保險鎖也被拆除。

突然，警報聲響徹飛船，如同來自黑暗太空的萬鬼哭號，顯示介面從半空中像雪片般瘋狂地跳出，顯示著已經突破「自然選擇」號防禦系統的來襲導彈的大量資訊，但沒有人來得及看了。

從警報響起到來襲的次聲波氫彈爆炸，只間隔了四秒鐘。

從「自然選擇」號最後傳回地球世界的影像看，章北海可能只用了一秒鐘就明白了一切。他本以為自己在兩個多世紀的艱難歷程中已經心硬如鐵，但沒有發現心靈最深處隱藏著的那些東西，在做出最後決斷前他曾猶豫過，曾經努力抑制住心靈的顫抖，正是心中這最後的柔軟殺了他，也殺了「自然選擇」號上的所有人，在長達一個月的黑暗對峙中，他只比對方慢了幾秒鐘。

三顆小太陽亮起，照亮了這片黑暗的空間，它們成一個等邊三角形把「自然選擇」號圍在正中，平均距離飛船約四十公里。核融合火球的持續時間為二十秒，這期間火球在以次聲波頻率閃爍，但肉眼是看不出來的。

從傳回的影像上看，在剩下的三秒鐘時間裡，章北海轉向東方延緒方向，竟笑了一下，說出了幾個字：「沒關係的，都一樣。」

對這幾個字有猜測的成分，他沒來得及說完，強大的電磁脈衝已經從三個方向到達，「自然選擇」號巨大的艦體像蟬翼般振動起來，振動的能量轉化為次聲波，影像中，瀰漫的血霧籠罩了一切。

攻擊來自「終極規律」號，它向星艦地球的其他四艘飛船發射了十二枚裝載著次聲波氫彈彈頭的隱形導彈，向二十萬公里外的「自然選擇」號發射的三枚比其他九枚提前了一段時間，以使其和向附近三艘飛船發射的導彈同時到達引爆位置。「終極規律」號上接任自殺艦長的是一位副艦長，但究竟是誰做出了這個終極抉擇並首先發動攻擊的卻不得而知，也永遠不可能知道了。

「終極規律」號並沒有成為伊甸園最後的幸運兒。

在追擊艦隊其他三艘戰艦中，「藍色空間」號做好了應對意外事變的準備，在受到攻擊前，它的內部已被抽成真空，所有人員都穿上了航太服。由於真空條件下不可能產生次聲波，所以沒有任何人員傷亡，只是艦體在超強的電磁脈衝中受到了輕微損傷。

當核彈的火球剛剛亮起時，「藍色空間」號就開始了反擊。首先使用反應速度最快的雷射武器射擊，「終極規律」號立刻被五束高能伽瑪射線雷射擊中，艦體被灼出了五個大洞，內部迅速被火焰吞沒，並發生了局部爆炸，喪失了一切作戰能力。「藍色空間」更為猛烈的攻擊接踵而至，在連續的核導彈和暴雨般的電磁動能彈攻擊下，「終極規律」號發生了劇烈爆炸，其中人員無一生還。

幾乎在星艦地球發生這場黑暗戰役的同時，在太陽系遙遠的另一側也發生了同樣的慘劇：「青銅時代」號對「量子」號發起突然攻擊，同樣使用次聲波氫彈殺死了目標飛船內的全部生命，但保存了目標完整的艦體。由於這兩艘飛船傳回地球的資料比較少，人們不清楚兩艦之間發生了什麼。雖然都在大毀滅中進行過劇烈的加速，但兩艘飛船都沒有像追擊艦隊那樣進行過減速推進，所以它們存留的燃料應該比星艦地球充裕。

無際的太空就這樣在它黑暗的懷抱中哺育出了黑暗的新人類。

在「終極規律」號爆炸形成的不斷擴散的金屬雲中，「藍色空間」號靠近已經沒有任何生命跡象的「企業」號和「深空」號，收集了它們的所有核融合燃料，然後開始拆卸各種零件之後，「藍色空間」號又飛到二十萬公里之外的「自然選擇」號，做了同樣的事情。這期間，星艦地球像一個太空中的大工地，在三艘已經死亡的巨艦的艦體上，點綴著無數的雷射焊花，如果章北海還活著，此景一定會讓他想起兩個世紀前的「唐」號航空母艦。

「藍色空間」號把已被切割成多段的三艘戰艦的殘骸圍成巨石陣的形狀，構建了一處太空陵墓，在這裡，為黑暗戰役中的全體死難者舉行了葬禮。

「藍色空間」號身著航太服的一千二百七十三人組成的方陣懸浮在陵墓的中央，他們是星艦地球現存的全體公民。在他們周圍，飛船巨大的殘骸像山峰般圍成一圈，殘骸上被切割的裂口像漆黑的大山洞，四千二百四十七名死者的遺體就放在這些殘骸中，活著的所有人都處於殘骸的陰影裡，彷彿置身於深夜中的山谷，只有殘骸間的縫隙透進銀河系冰冷的星光。

葬禮中，所有人的心情都是平靜的，太空新人類已經度過了嬰兒期。

一盞小小的長明燈亮了起來，它是一個只有五十瓦的小燈泡，旁邊還有一百個備用燈泡，可以自動替換損壞的燈泡，長明燈的電源來自一個小型核電池，可以連續亮幾萬年。它那黯淡的光亮好似山谷中的燭光，在殘骸黑暗的高崖上投下一小圈光暈，那片被照亮的鈦合金壁上鐫刻著所有死難者的名字，沒有墓誌銘。

一小時後，太空陵墓被「藍色空間」號加速的光芒最後一次照亮，陵墓將以光速的百分之一滑行，幾百年後，將在星際塵埃中被減速至光速的千分之零點三，在六萬年後到達 NH558J2，而在這五萬多年前，「藍色空間」號已經從這裡飛向下一個星系。

「藍色空間」號駛向太空深處，它攜帶著充足的核融合燃料，以及八倍存餘的關鍵配件。飛船內部不可能放下如此多的物品，就在船體上附加了幾個外部存貯艙，使得這艘飛船變得面目全非，成為一個非常龐大粗陋的不規則體，但更像一個遠行者了。

一年前，在太陽系的另一端，「青銅時代」號也加速離開了「量子」號的廢墟，飛向金牛星座方向。

「藍色空間」號和「青銅時代」號來自一個光明的世界，現在卻變成了兩艘黑暗之船。

宇宙也曾經光明過，創世大爆炸後不久，一切物質都以光的形式存在，後來宇宙變成了燃燒後的灰燼，才在黑暗中沉澱出重元素並形成了行星和生命。所以，黑暗是生命和文明之母。

在地球世界，對「藍色空間」號和「青銅時代」號的謾罵和詛咒排山倒海般湧向外太空，但兩艘飛船沒有任何回應，它們切斷了與太陽系的一切聯繫，對於這兩個世界來說，地球已經死了。

兩艘黑暗之船與黑暗的太空融為一體，隔著太陽系漸行漸遠。它們承載著人類的全部思想和記憶，懷抱著地球所有的光榮與夢想，默默地消失在永恆的夜色中。

「這就對了！」

這是羅輯在得知太陽系兩側發生的黑暗戰役時說的第一句話，然後，他丟下茫然的史強，獨自跑出房間，狂奔穿過社區，面對著華北沙漠站住了。

「我是對的！我是對的！」他對著天空喊道。

這時正是深夜，可能是因為剛下過雨的緣故，今天大氣的能見度很好，能看到星星。然而星空遠沒有二十一世紀那麼清澈，只能看到最亮的星辰。星空顯得稀疏了許多，但羅輯還是找回了兩個世紀前那個寒冷的深夜他在冰湖上的感覺。這時，作為普通人的羅輯消失了，他再次成為一個面壁者。

「大史，我手裡有人類勝利的鑰匙！」羅輯對跟過來的史強說。

「哦？呵呵……」

史強略帶嘲諷的笑讓羅輯從亢奮中冷靜下來：「我知道你不相信。」

「那現在該做什麼呢？」史強問。

羅輯坐到沙地上，他的情緒飛快地跌到了谷底。「做什麼？好像什麼也做不了。」

「至少你可以把想法向上面反映一下。」

「我不知道有沒有用，但試試吧，就算是盡到面壁者的責任。」

「需要找哪一級？」

「最高層。聯合國祕書長，或者艦隊聯席會議主席。」

「這怕是不容易，咱們現在都是老百姓……不過總得試試吧，你只能……嗯，先去市政府，找市長。」

「那好，我這就去市裡。」羅輯站起身來。

「我和你一起去吧。」

「不用，我自己去。」

「我大小是個政府官員，要見市長比你容易些。」

羅輯仰頭看看天空問：「水滴什麼時候到地球？」

「新聞上說再有十幾個小時就到了。」

「知道它是來幹什麼的嗎？它的使命不是毀滅聯合艦隊，也不是攻擊地球，它是來殺我的，我不想到時候你和我在一起。」

「呵呵……」大史又發出了那種嘲諷的笑聲：「不是還有十幾個小時嗎？到時候我離你遠點兒就是了。」

羅輯苦笑著搖搖頭：「你根本不拿我說的當回事，那幹嘛要幫我？」

「老弟，信不信你那是上邊的事，我這人做事總是穩妥起見。既然二百年前從幾十億人裡把你選出來，總是有些道理的吧？如果在我這兒耽擱了，那我不成千古罪人了？要是上邊也不把你當回事，那我也沒什麼損失，不就進一次城嘛。不過有一點：說現在飛向地球的那個玩意兒是來殺你的，我是無論如何也不信，殺人的事兒我熟悉，就算凶手是三體人，這也太離譜了。」

羅輯和大史兩人在凌晨到達舊城中的地下城入口，看到入城的電梯還在正常運轉。從地下城中外出的人很多，且都攜帶著大量的行李，但下去的人很少，在電梯中除了他們之外只有兩個人。

「是冬眠者吧？都在向上走，你們下去幹什麼？城市裡很亂。」其中一個年輕人問，他的衣服上不斷有火球在黑色的背景上閃耀，仔細一看，原來是聯合艦隊毀滅時的影像。

「那你下去幹什麼？」史強問。

「我在地面上找好了住處，下去拿些東西。」年輕人說，對他們點點頭：「你們地面上的人就要發財了，我們在地面沒有房子，上面房子的產權大部分是你們的，我們上去後只好從你們手中買。」

「地下城一旦崩潰，那麼多的人都要擁到地面上，那時大概沒什麼買賣之說了。」史強說。

縮在電梯一角的那個中年人聽著他們的話，突然把手捂在臉上發出哀鳴：「噢，不，噢——」然後蹲下去哭了起來。他的衣服上映著一幅很古典的《聖經》畫面：赤裸的亞當和夏娃站在伊甸園的樹下，一條妖豔的毒蛇在他們之間蠕動著，不知是不是象徵著剛剛發生的黑暗戰役。

「他這樣的人很多。」年輕人不屑地指指哭泣者說：「心智不健全。」他的雙眼亮了起來：「其實，末日是一段很美的時光，甚至可以說是最美的時光。這是歷史上唯一一次的機會，人們可以拋棄一切憂慮和負擔，完全屬於自己。像他這樣子真是愚蠢，這時最負責任的生活方式就是及時行樂。」

電梯到達後，羅輯和史強走出出口大廳，立刻嗅到空氣中有股怪味，是燃燒發出的。與以前相比，地下城裡的光線亮了些，但這是一種讓人煩躁的白光。羅輯抬頭看看，從巨樹的縫隙中看到的不是清晨的天空，而是一片空白，地下城穹頂上映出的外部天空影像消失了，這空白讓他想起曾在電視新聞中看到的飛船上的球形艙。草坪上散落著紛亂的碎片，都是從巨樹建築上掉落下來的。不遠處有幾輛墜毀的飛車殘骸，在一輛正在燃燒的殘骸旁邊圍了一圈人，不斷地把從草坪上拾到的其他可燃物扔進火裡，有人還把自己閃亮著圖像的衣服扔了進去。一處破裂的地下管道噴出高高的水柱，一群渾身濕透的人在周圍孩子般地嬉戲。這些人不時齊聲發出興奮的尖叫，四散開來躲避從巨樹上落下來的碎片，然後又聚集起來狂歡。羅輯再次抬頭觀望，發現巨樹上有幾處閃著火光，消防飛車尖嘯著警笛，吊著從樹上拆下的失火的樹葉從空中飛過……他發現，在街上遇到的人分為兩類，電梯中遇到的那兩個人就是他們的代表。一類人情緒低落，目光呆滯地走過或一動不動地坐在草坪上，忍受著絕望的煎熬，現在，絕望的原因已經從人類的失敗轉移到目前面臨的生活困境；另一類人則處於一種瘋狂的亢奮狀態，用放蕩不羈來麻醉自己。

城市交通已陷入混亂，羅輯和史強等了半個小時才叫到一輛計程車，當無人駕駛的飛車載著他們穿行於巨樹間時，羅輯又想起了在這座城市中的恐怖經歷，感到像坐過山車般的緊張，好在飛車很快就到達了市政廳。

史強以前因工作關係來過幾次市政廳，對這裡比較熟悉。經過大量的聯繫，終於得到了市長接見的許可，但要等到下午才行。費此周折是在羅輯的預料之中，市長答應接見倒使他有些意外：在這樣的非常時期，他們又是這樣的小人物。吃午飯時史強告訴羅輯，這位市長是昨天新上任的，他原來是市政府裡主管冬眠者事務的官員，可以算是史強的上級，與他比較熟。

「他是咱們老鄉。」史強說。

在這個時代，老鄉這個詞的涵義由地理變成時間，並不是所有的冬眠者都能相互用這個稱呼，只有在相近的時間進入冬眠的人才算老鄉。在跨越漫長歲月之後相聚，時間老鄉之間比以前的地理老鄉更親密了一層。

一直等到下午四點半，他們才見到市長。這個時代的高級官員一般都有明星氣質，只有英俊漂亮的人才能當選，但現任市長長相平平。他的年齡和史強差不多，只是瘦了許多，有一個特點讓人一眼就看出他是冬眠者：他戴著一副眼鏡，肯定是兩百年前的老古董，因為即使是隱形眼鏡也早就消失了。但以前戴眼鏡的人一旦不戴了，總感覺自己的相貌有問題，所以很多冬眠者即使視力被恢復後也戴著平光眼鏡。市長看上去一臉疲憊，從椅子上站起時都顯得吃力。當史強抱歉打擾並祝他高升時，他搖搖頭說：「這個不堪一擊的時代，我們這些皮實的野蠻人又能派上用場了。」

「您是地球上職位最高的冬眠者了吧？」

「誰知道呢？隨著形勢的發展，我們可能還有老鄉升到更高的位置。」

「前任市長呢？精神崩潰了？」

「不不，這個時代也有堅強的人，他一直很稱職，但兩天前在騷亂地區的一次車禍中遇難了。」

市長看到史強身後的羅輯，立刻把手伸向他：「啊，羅輯博士，你好！我當然認識你，兩個世紀前我還崇拜過你呢，因為在四個人中你最像面壁者，當時真猜不透你想幹什麼。」接著他說出了一句讓兩人心涼了半截的話：「你是我在這兩天裡接待的第四個救世主了，還有幾十個在外面等著，但我實在沒有精力見他們了。」

「市長，他和他們不一樣，兩個世紀前……」

「兩個世紀前他被從幾十億人中選出來，正因為如此我才打算見你們，當然，」市長指指史強：「我找你還有事，咱們完了再談。現在說你們的事吧，不過我有一個小小的請求：能不能先別談你們的救世方案，那一般都很長，先說你們想讓我做什麼。」

羅輯和史強說明來意後，市長立刻搖搖頭：「就是我想幫你們也做不到，我自己目前都有一大堆事情要向高層反映，這個高層比你們想見的要低，只是省和國家的領導人，但連這都很困難，你們應該知道，現在最高層在處理更大的麻煩。」

羅輯和史強一直在關注新聞，當然知道市長說的更大的麻煩是什麼。

在聯合艦隊全軍覆沒後，沉寂了兩個世紀的逃亡主義迅速復活。歐洲聯合體甚至制定了一個初步的逃亡方案，用全民抽籤方式決定首批十萬名逃亡人選，這個方案居然在全民投票中被通過了。但在抽籤結果出來後，大多數沒有抽中的人都反悔了，由此發生了大規模的騷亂，公眾轉而一致認為逃亡主義是反人類的罪惡。

當外太空中倖存的戰艦之間的黑暗戰役發生後，對逃亡主義的指控又有了新的內容：事實證明，當與地球世界的精神紐帶中斷後，太空中的人在精神上將會發生澈底的異化，即使逃亡成功，那麼倖存下來的也不再是人類文明，而是另一種黑暗邪惡的東西，和三體世界一樣，這東西是人類文明的對立面和敵人，它還得到了一個名稱——負文明。

隨著水滴向地球的逼近，公眾對逃亡主義的敏感也達到了頂峰，輿論警告說很可能有人在水滴攻擊地球前出逃。所有太空電梯的基點和航太發射基地周圍都有大量的人群在聚集，揚言要關閉所有進入太空的通道。他們確實有這個能力，這個時代全球公民都有擁有武器的自由，民用武器大部分是小型雷射槍。一支雷射手槍當然不會對太空電梯的運載艙和起飛中的航天器構成威脅，但與傳統槍支不同的是，大量的雷射槍可以使光束在一個點上聚集，一萬支手槍如果同時照射一點，將無堅不摧。聚集在太空電梯基點和航太基地周圍的人少則幾萬，多則上百萬，他們中至少有三分之一的人攜帶武器，當發現運載艙上升或航天器起飛時，這些人會同時拔槍照射，雷射的直線彈道使瞄準很精確，大部分的光束都會聚集在目標上並將其摧毀。在這種情況下，地球與太空的交通聯繫幾乎中斷了。

騷亂在發展，近兩天，攻擊的目標轉向了同步軌道上的太空城。因為網上有大量謠言，說某某太空城正在被改造成逃亡飛船，於是，它們便受到地球上民眾的集體攻擊，由於距離遙遠，雷射光束到達時已經發散減弱，加上太空城都處於旋轉中，沒有造成實質性傷害。而這項活動已成為末日時代全人類的一項集體娛樂。在今天下午，歐聯的三號太空城「新巴黎」同時受到北半球上千萬支雷射手槍的照射，導致城中的氣溫急劇上升，不得不疏散居民。這時從太空城中看去，地球比太陽還亮。

羅輯和史強都沒有再說什麼。

「在冬眠移民局的時候，我對你的工作印象很深。」市長對史強說：「還有郭正明，你好像認識他吧，他剛升任市公共安全局長，他也向我推薦你，我希望你能到市政府來工作，現在很需要你這樣的人。」

史強略一思索，點點頭：「等我把社區的事安頓一下就過來，現在城市的情況怎麼樣了？」

「局面在惡化，不過還在控制之中，現在重點維持供電感應場的運行，感應場一旦停止，城市就徹底崩潰了。」

「這種騷亂和我們那時可不一樣啊。」

「是不一樣，首先根源不一樣，這是由對未來徹底的絕望引起的，十分難辦；同時，我們能用的手段比那時也少得多。」市長說著，從牆上調出一幅畫面：「這是現在的中心廣場，從一百多公尺的高度俯拍的。」

羅輯知道，中心廣場就是大低谷紀念碑所在的地方，他和大史曾在躲避被 KILLER 病毒控制的飛車時去過那裡，現在俯視那裡，紀念碑和周圍的那一小片沙漠都看不見了，整個廣場上白花花的一片，那些白色的顆粒蠕動著，像一鍋煮著的大米粥。

景還是令他和大史極為震撼，羅輯不由得想起《聖經》中人類接受十誡前的墮落場面，典型的末日景象。

這個時代兩性關係和同性關係的發展已遠遠超出羅輯的想像，對一些事現在也見怪不怪了，不過這個情

「裸體的人，這是超級性派對，現在人數已過十萬，還在增加。」

「那都是人嗎？」羅輯迷惑地問。

「這種事，政府怎麼就不制止？」史強質問道。

「怎麼制止？他們完全合法，如果採取行動，犯罪的是政府。」

史強長嘆一聲：「是，我知道，這個時候員警和軍隊也幹不了什麼。」

市長說：「我們翻遍了法律，也找不到能夠應付目前局勢的條文。」

「城市變成這樣，真不如讓水滴把它撞掉算了。」

大史的話提醒了羅輯，他急忙問：「水滴還有多長時間到地球？」

市長把那幅壯觀的淫亂畫面切換成另一個即時新聞頻道，上面顯示了一幅太陽系的模擬圖，一條醒目的紅線標示了水滴的航跡。那是一條類似於彗星軌道的陡峭軌道，末端已經接近地球。右下角有一個走動的倒數計時，顯示水滴如果不減速，將在四小時五十四分鐘後到達地球。同時在下方還有滾動的文字新聞，正在顯示有關專家對水滴的分析。與籠罩全球的恐慌不同，科學界是最先從大失敗的震撼中恢復理智的，這種分析十分冷靜。分析認為，儘管人類目前對水滴的驅動方式和能量來源一無所知，但種種跡象表明，這個裝置目前也遇到了能量消耗問題，在完成了對聯合艦隊的毀滅性打擊之後，它向太陽方向的加速十分緩慢。它曾近距離掠過木星，但對處於木星軌道的三大艦隊的基地不予理會，而是借用木星的引力進行加速，這一舉動更明確地證實了水滴的能量是有限的且已經過量消耗的猜測。科學家們都認為，有關水滴要撞穿地球的說法是無稽之談，但它來幹什麼，誰也不知道。

羅輯說：「我必須走了，要不這座城市真的要毀滅的。」

「為什麼？」市長問。

「因為他覺得水滴是來殺他的。」史強說。

「呵呵呵……」市長的笑容很僵硬，顯然他很長時間沒笑了：「羅輯博士，你是我見過的最自作多情的人。」

從地下城上到地面後，羅輯和史強便立刻駕車離去，由於地下城的居民大量擁出，地面的交通也變得擁擠起來，他們用了一個半小時才開出舊城區，驅車沿著高速公路全速向西行駛。

從車上的電視機中看到，水滴以每秒七十五公里的速度接近地球，沒有減速的跡象，按這樣的速度，將在三小時後到達。

隨著地下城供電感應場強度的減弱，車速慢了下來，開車的史強用上了蓄電池才保持了車速，他們駛過了包括新生活五村在內的大片冬眠者居住區，繼續西行。一路上，兩人沉默著，很少說話，注意力都集中到電視中的即時新聞上。

水滴越過了月球軌道，沒有減速，按現在的速度將在一個半小時後到達地球，由於不知道它以後的動向，更是為了避免恐慌，新聞中沒有預報撞擊位置。

羅輯痛下決心，迎來那個他一直想推遲的時刻，他說：「大史，就到這兒吧。」

史強停了車，他們都下了車，已接近地平線的夕陽把兩個男人的影子長長地投在沙漠上。羅輯感到腳下的大地同他的心一起變軟了，他有種在虛弱中站不住的感覺。

羅輯說：「我儘量向人煙稀少的地方開，前面有城市，我要向那個方向拐，你想辦法回去吧，離那方向愈遠愈好。」

「老弟，我就在這兒等你，完事後我們一起回去。」大史說著，從口袋裡掏出菸來，在掏打火機的時候他才想起來現在的菸不用點，羅輯注意到，就像他從遙遠的過去帶過來的其他東西一樣，他這個習慣動作一直沒有改過來。

羅輯有些淒慘地笑了笑，他倒是希望史強真這樣想，這至少使分別變得稍微容易承受些：「你要願意就等吧，到時候最好到路基另一邊去，我也不知道撞擊的威力有多大。」

史強笑著搖搖頭：「你讓我想起兩百多年前遇到的一個知識分子，也是你這熊樣兒，一大早坐在王府井教堂前面哭……但他後來挺好的，我甦醒後查了查，活到快一百歲了。」

「你怎麼不提那個第一個摸水滴的人呢？丁儀，你好像也認識的。」

「他那是找死，沒辦法。」大史看著布滿晚霞的天空，好像在回憶著物理學家的樣子：「不過那真是個大氣之人，像那樣能把什麼事都看開的，我這輩子還只見著他一個，正兒八經的大智慧啊，老弟，你得向他學。」

「還是那句話：你我都是普通人。」羅輯說著看看錶，知道時間不能再耽擱了，就向史強伸出手：「大史，謝謝你這兩個世紀做過的一切，再見，也許咱們真能在什麼地方再見面。」

史強沒有去握羅輯的手，把手一擺說：「別扯淡了！老弟，信我的，什麼事兒都不會有，走吧，完事後快點來接我，晚上喝酒的時候別怪我笑話你啊。」

羅輯趕緊轉身上車，不想讓史強看到他眼中的淚，他坐在車裡，努力把後視鏡中大史變形的影像刻在心中，然後開車踏上了最後的路程。

也許真能在什麼地方再見面，上次跨越了兩個世紀的時光，這次要跨越什麼呢？羅輯這時突然像兩個世紀前的吳岳一樣，悔恨自己是個無神論者。

夕陽完全落下去了，路兩側的沙漠在暮色中泛出一片白色，像雪。羅輯突然想起，兩個世紀前，他開著那輛雅哥車，帶著想像中的愛人，就是沿著這條路出遊的，那時華北平原上覆蓋著真的雪。他感到她的長髮被風吹起，一縷縷撩到他的右面頰上，怪癢癢的。

「不不，別說在哪兒！一知道在哪兒，世界就變得像一張地圖那麼小了，不知道在哪兒，感覺世界才廣闊呢。」

「那好，咱們就努力迷路吧。」

羅輯一直有一種感覺：莊顏和孩子是被他的想像帶到這個世界上來的，想到這裡他的心中一陣絞痛，在這個時刻，愛和思念無疑是最折磨人的東西。淚水再次模糊了視線，他努力使自己的大腦一片空白，但莊顏那雙美麗的眼睛還是頑強地從空白中浮現，伴著孩子醉人的笑聲。羅輯只好把注意力集中到電視新聞上。

水滴越過拉格朗日點*，仍以不變的速度向地球撲來。

羅輯把車停到了一個他認為很理想的地方，這是平原和山區的交界處，目力所及之處沒有人和建築，車停在一個三面有山的U形谷地中，這樣可以消解一部分撞擊的衝擊波。羅輯把電視機從車上拿下來，帶著它走到空曠的沙地上坐了下來。

水滴越過了三萬四千公里的地球同步軌道，它近距離掠過了「新上海」太空城，城中的所有人都清晰地看到了那個從他們的天空中飛速劃過的耀眼光點，新聞宣布，撞擊將在八分鐘後發生。

新聞終於公布了預測的撞擊點的經緯度，在中國首都的西北方向。

對此羅輯早就知道了。

這時暮色已重，天空中的亮色已經在西天縮成一小片，像一個沒有瞳仁的白眼球，漠然地面對著這個世界。

也許只是為了打發剩下的這點兒時間，羅輯開始在記憶中重播自己的一生。

＊地球和月球的引力平衡點。

他的人生分成涇渭分明的兩部分，成為面壁者後是一部分，這部分人生雖然跨越了兩個世紀，但在感覺上緊湊而緻密，像是昨天的一天。他把這部分飛快地倒過去了，因為這部分不像是自己的人生，包括那銘心刻骨的愛情，都像一場轉瞬即逝的夢，而他也不敢再想起愛人和孩子了。

與他期望的不同，成為面壁者之前的人生在記憶中也是一片空白，能從記憶之海中撈出來的都是一些碎片，而且愈向前，碎片愈稀少。他真的上過中學嗎？真的上過小學嗎？真的有過初戀？支離破碎的記憶中偶爾能找出幾道清晰的劃痕，他知道有些事情確實發生過，細節歷歷在目，但感覺已消失得無影無蹤了。過去就像攥在手中的一把乾沙，自以為攥得很緊，其實早就從指縫中流光了。記憶是一條早已乾涸的河流，只在毫無生氣的河床中剩下零落的礫石。他的人生就像狗熊掰玉米，得到的同時也在丟棄，最後沒剩下多少。

羅輯看看周圍暮色中的大山，想起了二百多年前他在這些山中度過的那個冬夜。這是幾億年間站累了躺了下來的山，「像坐在村頭曬太陽的老頭兒們。」他想像中的愛人曾這樣說。當年遍布田野和城市的華北平原已變成了沙漠，但這些山幾乎沒有什麼變化，仍是那種平淡無奇的形狀，枯草和荊條叢仍從灰色的岩縫中頑強地長出來，不比兩個世紀前茂盛，但也不比那時稀疏多少。這些岩石山要發生看得出來的變化，兩個世紀太短了。

在這些山的眼中，人類世界是什麼樣的呢？那可能只是它們在一個悠閒的下午看到的事：有一些活著的小東西在平原上出現了，過了一會兒這些小東西多了起來，又過了一會兒它們建起了蟻穴般的建築，這種建築很快連成片，裡面透出亮光，有些冒出煙；再過一會兒，亮光和煙都消失了，活著的小東西也消失了，然後它們的建築塌了，被沙埋住。僅此而已，在山見過的無數的事兒中，這件事轉瞬即逝，而且未必是最有趣的。

終於，羅輯找到了自己最早的記憶，他驚奇地發現，自己能記住的人生也是開始於一片沙灘上。那是自己的上古時代，他記不清是在哪兒，也不記得當時有誰在旁邊，但能記清那是一條河邊的沙灘，當時天上有一輪圓月，月光下的河水銀波蕩漾。他在沙灘上挖坑，挖一個坑坑底就有水滲出，水中就有一個小月亮；他就那樣不停地挖，挖了好多個坑，引來了好多個小月亮。

這真的是他最早的記憶，再往前一片空白了。

夜色中，只有電視機的光亮照著羅輯周圍的一小片沙灘。

羅輯竭力保持著大腦的空白狀態，他的頭皮發緊，感到上方出現了一個覆蓋整個天空的巨掌，向他壓下來。

但接著，這隻巨掌慢慢抽回了。

水滴在距地面兩萬公里處轉向，徑直飛向太陽，並且急劇減速。

電視中，記者在大喊：「北半球注意！北半球注意，水滴減速時亮度增強，現在你們用肉眼能看到它！」

羅輯抬頭仰望，真的看到了它，它並不太亮，但由於其極快的速度，能夠輕易分辨出來，它像流星般劃過夜空，很快消失在西天。

水滴與地球的相對速度減到零，同時，它把自己調整到太陽同步軌道上，也就是說，在未來的日子裡，水滴將始終處於地球與太陽之間，與地球的距離約為四萬公里。

羅輯預感可能還有事情要發生，就坐在沙地上等候著，那些老人般的岩山在兩側和身後靜靜地陪著他，使他有一種安定感。新聞中一時間沒有重要消息，世界並不能確定已經逃脫了這一劫難，都在緊張地等待著。

十多分鐘過去了，什麼事情也沒有發生，從監測系統中看到，水滴靜靜地懸浮在太空中，尾部的推進光環已經消失，渾圓的頭部正對著太陽，反射著明亮的陽光，前三分之一段像在燃燒。在羅輯的感覺中，水滴與太陽之間似乎在發生著某種神祕的感應。

電視中的圖像突然模糊起來，聲音也變得嘶啞不清，同時，羅輯感到了周圍環境的一些騷動：群鳥從山中驚飛，遠處傳來狗叫聲，不知道是不是錯覺，他的皮膚上有輕微的瘙癢感。電視圖像和聲音在抖動了幾下後又清晰起來，後來知道，干擾依然存在，這是全球通訊系統中的抗干擾功能發揮作用，濾除了突然出現的雜波。但新聞對這一事件的反應很遲緩，因為有大量的監測資料需要匯總分析，又過了十多分鐘才有了確切資訊。

水滴向太陽不間斷地發出了強烈電磁波，波的強度超過了太陽的放大閾值，頻率則覆蓋了能夠被太陽放大的所有波段。

羅輯癡笑起來，直笑得喘不過氣。他確實自作多情了，他早該想到這一切：羅輯並不重要，重要的是太陽，從此以後，人類不可能通過太陽這個超級天線向宇宙中發送任何信息了。

水滴是來封死太陽的。

「哈哈，老弟，什麼事兒也沒有吧！真該和你打個賭的！」大史不知道什麼時候來到羅輯身邊，他是截了一輛車趕過來的。

羅輯像被抽去了什麼，軟癱地躺到沙地上，身下的沙有著陽光的餘溫，令他感到很舒適。

「是啊，大史，我們以後可以好好活了，現在，真的是一切都完了。」

「老弟，這可是我最後一次幫你做面壁者的事了。」在回去的路上史強說：「這個職業肯定要把人的腦子弄出問題的，你又犯了一次病。」

「我倒真希望是這樣。」羅輯說。外面，昨天還能看到的星星又消失了，黑乎乎的沙漠和夜空在地平線處連為一體，只有前面的一段公路在車燈的照耀下延伸。這個世界很像羅輯現在的思想：到處都是一片黑暗，只有一處無比清晰。

「其實，你要恢復正常也容易，應該輪到莊顏和孩子甦醒了吧。現在到處都很亂，不知甦醒是不是凍結了，就是那樣時間也不會太長的，我想局勢很快會平穩下來的，畢竟還有幾代人的日子要過嘛，你不是說可以好好活了嗎？」

「我明天就去冬眠移民局打聽一下她們。」大史的話提醒了羅輯，他那灰暗的心中終於有了一點亮色，也許，與愛人和孩子重逢是唯一拯救自己的機會。

而人類，已經無人能救了。

在接近新生活五村時，大史突然放慢了車速。「好像有點兒不對。」他看著前方說。羅輯看到，那個方向的空氣中有一片光暈，是被下方的光源照亮的，由於路基較高，看不到發光的地方，那光暈晃動著，看上去不像是居民區的燈光。當車拐下高速公路時，他們面前展現出一幅奇異壯觀的景象：新生活五村與公路間的沙漠變成了一張璀璨的光毯，密密麻麻地閃爍著，彷彿是螢火蟲的海洋。羅輯好一陣才反應過來，這是一大片人群，都是城裡的人，發光的是他們的衣服。

車慢慢地接近人群，羅輯看到前面的人紛紛抬手遮擋車燈的強光，史強關了燈，於是他們面對著一道光怪陸離的人牆。

「他們好像在等誰。」大史說，同時看看羅輯，那眼光讓羅輯頓時緊張起來。車停了，史強又說：「你在這兒別動，我下去看看。」說著跳下車，向人群走去。在發光人牆的背景上，史強粗壯的身軀成了一個黑色的剪影。羅輯看他走到了人群前，好像同人們簡單地說了兩句什麼，很快轉身走回來。

「果然是在等你，過去吧。」史強扶著車門說。看著羅輯的神色，他又安慰道：「放心，沒事兒的。」

羅輯下了車，向人群走去，雖然早已熟悉了現代人的資訊服裝，但在這荒涼的沙漠上，他還是有走向異類的感覺，當他近到可以看清那些人的表情時，心跳驟然加快了。從冬眠中甦醒後，他知道的第一件事情就是每個時代的人群都有各自的表情，跨越時間來到相隔遙遠的時代，這種差異就很明顯了，因此可以輕易地分辨現代人和甦醒不久的冬眠者。可是羅輯現在看到的這些人的表情，既不是現代的，也不是二十一世紀的，他不知道這種表情來自哪個時空，恐懼使他幾乎站住，但對大史的信任推動他機械地邁步前行。當與人群的距離進一步縮短時，他終於還是站住了，因為他看清了人們衣服上的圖像。

他們的衣服上顯示的都是羅輯，有靜止的照片，有活動的影像。

羅輯成為面壁者後，幾乎沒有在媒體前露過面，所以留下的影像資料是很少的，可是這些影像現在都很齊全地在不同的人的衣服上顯示著，他甚至還從幾個人的身上看到了自己成為面壁者之前的照片。人們的衣服都是聯網的，那麼現在他的影像應該已經在全世界流傳了。他還注意到這些影像都是原態，沒有經過現代人喜歡的藝術變形，說明它們都是剛在網上出現的。

看到羅輯停下，人群便向他移動過來，在距他兩三公尺處，前排的人極力阻擋住後面人群的推進，然後跪了下來，後面的人也相繼跪下，發光的人群像從沙灘上退去的海浪般低了下去。

「主啊，救救我們吧！」羅輯聽到一個人說，他的話引起了一陣嗡嗡的共鳴。

「我們的神，拯救世界吧！」

「偉大的代言人，主持宇宙的正義吧！」

「正義天使，救救人類吧！」

兩個人向羅輯走來，其中一人的衣服不發光，羅輯認出他是希恩斯；另一個是軍人，肩章和勳章發著光。

希恩斯莊重地對羅輯說：「羅輯博士，我剛剛被任命為聯合國面壁計畫委員會與您的聯絡人，現在奉命通知您：面壁計畫已經恢復，您被指定為唯一的面壁者。」

軍人說：「我是艦隊聯席會議特派員本．喬納森，您剛甦醒時我們見過面，我也奉命通知您：亞洲艦隊、歐洲艦隊和北美艦隊都認同重新生效的面壁憲章，並承認您的面壁者身分。」

希恩斯指指跪在沙漠上的人群說：「在公眾眼中，您現在有兩個身分：對於上帝的信仰者，您是祂的正義天使；對於無神論者，您是銀河系正義的超級文明的代言人。」

接著是一片寂靜，所有的目光都聚集在羅輯身上，他想了半天只想到一個可能。

「咒語生效了？」他試探著問。

希恩斯和喬納森都點點頭，希恩斯說：「187J3X1恆星被摧毀了。」

「什麼時候？」

「五十一年前，一年前被觀測到，但今天下午觀測資訊才被發現，因為以前人們都沒有再注意那顆恆星。艦隊聯席會議中有幾個對局勢絕望的人，想從歷史中找到些什麼，他們想起了面壁計畫和您的咒語，於是觀測了187J3X1，結果發現它已經不存在了，那個位置只剩一片殘骸星雲。他們接著調閱恆星掃描觀測系統的觀測紀錄，一直追溯到一年前，檢索到了187J3X1爆炸時的所有觀測資料。」

「怎麼知道它是被摧毀的？」

「您知道，187J3X1正處於像太陽一樣的穩定期，是絕對不可能成為爆發新星的。而且我們觀測到了它被摧毀的過程：一個接近光速的物體擊中了187J3X1，那東西體積很小，他們把它叫光粒，它穿過恆星周邊氣層的那一瞬間才從尾跡被觀測到，光粒雖然體積小，但由於十分接近光速，它的質量被相對論效應急劇放大，擊中目標時已經達到187J3X1恆星的八分之一，結果立刻摧毀了這恆星，187J3X1的四顆行星也在爆炸中被汽化。」

羅輯抬頭看看，今天的夜空漆黑一片，幾乎一顆星都看不到。他向前走去，人們站起身來，默默地給他讓開路，但人群立刻在他身後合攏，每個人都想擠到前面來離他近些，像寒冷中渴望得到陽光一樣，然而還是敬畏地給他留出一圈空間，形成了螢光海洋中一個颱風眼般的黑斑。有一個人撲進來伏在羅輯前面，使得他只得停下腳步，那人就去吻他的腳。又有幾個人也進入圈裡來做同樣的事，局面就要失控之際，從人群中響起了幾聲呵斥，那幾個人慌亂地起身縮回人群中去了。

羅輯繼續向前走，這才發現自己也不知道要去哪兒，於是又站住了，抬頭在人群中找到了希恩斯和喬納森，向他們走去。

「那我現在該做什麼？」羅輯來到兩人面前問。

「您是面壁者，當然可以做面壁法案範圍內的任何事。」希恩斯向羅輯鞠躬說：「雖然仍有法案原則的限制，但您現在幾乎可以調動地球國際的一切資源。」

「包括艦隊國際的資源。」喬納森補充說。

羅輯想了想說：「我現在不需要調動任何資源，但如果我真恢復了面壁法案賦予的權力的話……」

「這毫無疑問！」希恩斯說，喬納森跟著點點頭。

「那就提出兩項要求：第一，所有城市恢復秩序，恢復正常生活。這要求沒什麼神祕之處，大家都能理解吧。」

所有人都連連點頭，有人說：「我的神，全世界都在聽著呢。」

「是的，全世界都在聽著。」希恩斯說：「恢復穩定需要時間，但因為有您在，我們相信能做到的。」他的話也引起了人們的紛紛附和。

「第二，所有人都回家吧，讓這裡安靜下來。謝謝！」

聽到羅輯這句話，人們都沉默了，但很快一陣嗡嗡聲響起，他的話從人群中向後傳。人群開始散開，開始散得很慢很不情願，但漸漸快了起來，一輛又一輛車開上了高速公路，向城市方向開去，還有許多人沿著公路步行，在夜色中像一長串發光的蟻群。

沙漠變得空曠了，在留著紛亂腳印的沙地中，只剩下羅輯、史強、希恩斯和喬納森。

「我真為以前的自己感到羞恥。」希恩斯說：「人類文明只有五千年歷史，我們對生命和自由就如此珍視，宇宙中肯定有歷史超過幾十億年的文明，他們擁有怎樣的道德，還用得著懷疑嗎？」

「我也為自己感到羞恥，這些天來，竟然對上帝產生了懷疑。」喬納森說，看到希恩斯要說什麼，他抬手制止了他：「不不，朋友，我們說的可能是一回事。」

兩個人擁抱在一起，淚流滿面。

「我說先生們，」羅輯拍拍他們的後背說：「你們可以回去了，如果需要，我會同你們聯繫的，謝謝。」

羅輯看著他們像一對幸福的情侶那樣相互扶持著走遠，現在，這裡只剩下他和史強兩人了。

「大史，你現在想說什麼？」羅輯轉向史強面帶笑容說。

史強呆立在那裡，像剛看完一場驚心動魄的魔術表演那樣目瞪口呆：「老弟，我他媽真糊塗了！」

「怎麼，你不相信我是正義天使？」

「打死我也不信。」

「那超級文明的代言人呢？」

「比天使稍微靠譜點兒，但說實話，我也不信，總覺得不是那麼回事嘛。」

「你不相信宇宙中有公正和正義？」

「我不知道。」

「你可是個執法者。」

「說了嘛，我不知道，我真的糊塗了！」

「那你就是最清醒的人了。」

「那你能不能給我講講這宇宙的正義？」

「好的，跟我走。」羅輯說完徑直朝沙漠深處走去，大史緊跟著他。他們沉默著走了很長的一段路，穿過了高速公路。

「這是去哪兒？」史強問。

「去最黑的地方。」

兩人走到了公路的另一側，這裡，路基擋住了居民區的燈光，四周漆黑一片，羅輯和史強摸索著坐在沙地上。

「我們開始吧。」羅輯的聲音在黑暗中響起。

「你講通俗點兒，我這文化水準，複雜了聽不懂。」

「誰都能懂，大史，真理是簡單的，它就是這種東西，讓你聽到後奇怪當初自己怎麼就發現不了它。你知道數學上的公理嗎？」

「在中學幾何裡學過，就是過兩點只能畫一根線那類明擺著的東西。」

「對對，現在我們要給宇宙文明找出兩條公理：一、生存是文明的第一需要。二、文明不斷增長和擴張，但宇宙中的物質總量保持不變。」

「還有呢？」

「沒有了。」

「就這麼點兒東西能推導出什麼來？」

「大史，你能從一顆彈頭或一滴血還原整個案情，宇宙社會學也就是要從這兩條公理描述出整個銀河系文明和宇宙文明的圖景。科學就是這麼回事，每個體系的基石都很簡單。」

「那你推導一下看看？」

「首先我們談談黑暗戰役的事，如果我說星艦地球是宇宙文明的縮影，你相信嗎？」

「不對吧，星艦地球缺少燃料和配件這類資源，但宇宙不缺，宇宙太大了。」

「你錯了，宇宙是很大，但生命更大！這就是第二條公理所表明的。宇宙的物質總量基本恆定，但生命卻以指數增長！指數是數學中的魔鬼，如果海中有一個肉眼看不到的細菌，半小時分裂一次，只要有足夠的養料，幾天之內它的後代就能填滿地球上所有的海洋。不要讓人類和三體世界給你造成錯覺，這兩個文明是很小，但它們只是處於文明的嬰兒階段，只要文明掌握的技術超過了某個閾值，生命在宇宙中的擴張是很恐怖的。比如說，就按人類目前的航行速度，一百萬年後地球文明就可以擠滿整個銀河系。一百萬年，按宇宙尺度只是很短的時間啊。」

「你是說，從長遠來看，全宇宙也可能出現星艦地球那樣的……他們怎麼說來著，生存死局？」

「不用從長遠看，現在整個宇宙已經是一個生存死局了！正像希恩斯所說，文明很可能幾十億年前就在宇宙中萌發了，從現在的跡象看，宇宙可能已經被擠滿了，誰也不知道銀河系和整個宇宙現在還有多少空地方，還有多少沒被占用的資源。」*

「這也不對吧？宇宙看上去空蕩蕩的，除了三體，沒有看到別的外星生命啊？」

「這是我們下面要說的，給我一支菸。」羅輯摸索了半天才從大史手中拿到菸，再聽到羅輯說話時，史強發現他已經坐到離自己有三四公尺遠的地方了，「我們得拉開點距離，才更有太空的感覺。」羅輯說，然

---

*不同生命性質的文明間需占有不同的資源，所以宇宙間文明的資源配置可能分成相互平行的很多層次，從碳基生命、矽基生命直至恆星生命和電磁生命，所需的資源基本囊括了宇宙間的所有物質形態，各層所涉及的資源大部分互不干擾，但也有重疊。

後，他擰動香菸的過濾嘴部分，把菸點燃了，同時，史強也點上了一支菸。黑暗中，兩顆小火星遙遙相對。

「好，為了說明問題，現在我們需要建立一個最簡潔的宇宙文明模型：這兩個火星就代表兩個文明星球，整個宇宙只由這兩個星球組成，其他什麼都沒了，你把周圍的一切都刪除。怎麼樣，找到這個感覺了嗎？」

「嗯，這感覺在這種黑地方比較好找。」

「現在我們分別把這兩個文明世界稱做你和我的文明，兩個世界相距遙遠，就算一百光年吧。你探測到了我的存在，但不知道更詳細的情況，而我完全不知道你的存在。」

「嗯。」

「下面要定義兩個概念：文明間的善意和惡意。善和惡這類字眼放到科學中是不嚴謹的，所以需要對它們的涵義加以限制：善意就是指不主動攻擊和消滅其他文明，惡意則相反。」

「這是最低的善意了吧？」

「你已經知道了我這個文明在宇宙中的存在，下面就請考慮你對於我有什麼選擇。請注意，這個過程中要時刻牢記宇宙文明公理，還要時刻考慮太空中的環境和距離尺度。」

「我選擇與你交流？」

「如果這樣做，你就要注意自己付出的代價：你暴露了自己的存在。」

「是，這在宇宙中不是一件小事。」

「有各種程度的暴露：最強的暴露是使我得知你在星際的精確座標，其次是讓我知道你的大致方向，最弱的暴露是僅僅讓我得知你在宇宙中的存在。但即使是最弱的暴露也有可能使我搜索並找到你，既然你能夠探知我的存在，我當然也有可能找到你，從技術發展角度看，這只是個時間問題。」

「可老弟，我可以冒一下險與你交流，如果你是惡意的，那算我倒楣；如果你是善意的，那我們就可以進一步交流，最後聯合成一個更大的善意文明。」

「好，大史，我們到了關鍵之處。下面再回到宇宙文明公理上來：即使我是善意文明，我是否能夠在交流開始時就判斷你也是善意的呢？」

「當然不行，這違反第一條公理。」

「那麼，在我收到你的交流信號後，我該怎麼辦？」

「你當然應該首先判斷我是善意還是惡意，如果是惡意，你消滅我；如果是善意，我們繼續交流。」

羅輯那邊的火星升了起來並來回移動，顯然是他站起身來踱步：「在地球上是可以的，但在宇宙中不行，下面我們引入一個重要概念：猜疑鏈。」

「挺怪的詞兒。」

「我開始僅得到這麼一個詞，她沒有解釋，但我後來終於從字面上推測出了它的涵義。」

「她？她是誰？」

「……後面再說吧，我們繼續：如果你認為我是善意的，這並不是你感到安全的理由，因為按照第一條公理，善意文明並不能預先把別的文明也想成善意的，所以，你現在還不知道我認為你是怎麼樣的，你不知道我認為你是善意還是惡意；進一步，即使你知道我把你也想像成善意的，我也知道你把我想像成善意的，但是我不知道你是怎麼想我怎麼想你怎麼想我的，挺繞的是不是？這才是第三層，這個邏輯可以一直向前延伸，沒完沒了。」

「我懂你的意思。」

「這就是猜疑鏈，這種東西在地球上是見不到的。人類共同的物種、相近的文化、同處一個相互依存的生態圈、近在咫尺的距離，在這樣的環境下，猜疑鏈只能延伸一至兩層就會被交流所消解。但在太空中，猜疑鏈則可能延伸得很長，在被交流所消解之前，黑暗戰役那樣的事已經發生了。」

大史抽了一口菸，他沉思的面容在黑暗中顯現了一下：「現在看來黑暗戰役真的能教會我們好多事。」

「是的，星艦地球的五艘飛船僅僅是五個『類宇宙文明』，還不是真正的宇宙文明——因為它們都是由人類這同一物種組成的，相互間的距離也很近——儘管這樣，在生存死局下，猜疑鏈還是出現了。而在真正的宇宙文明中，不同種族之間的生物學差異可能達到門甚至界一級*，文化上的差異更是不可想像，且相隔著無比遙遠的距離，它們之間猜疑鏈幾乎是堅不可摧的。」

「這就是說，不管你我是善意文明還是惡意文明，結果都一樣？」

「是的，這就是猜疑鏈最重要的特性：與文明本身的社會形態和道德取向沒有關係，把每個文明看成鏈條兩端的點即可，不管文明在其內部是善意的還是惡意的，在進入猜疑鏈構成的網路中後都會變成同一種東西。」

「可是如果你比我弱小很多呢，對我沒有威脅，這樣我總可以和你交流吧？」

「也不行，這就要引入第二個重要概念：技術爆炸。這個概念她也沒來得及說明，但推測起來比猜疑鏈要容易得多。人類文明有五千年歷史，地球生命史長達幾十億年，而現代技術是在三百年時間內發展起來的，從宇宙的時間尺度上看，這根本不是什麼發展，是爆炸！技術飛躍的可能性是埋藏在每個文明內部的炸藥，如果有內部或外部因素點燃了它，轟一下就炸開了！地球是三百年，但沒有理由認為宇宙文明中人類是發展最快的，可能其他文明的技術爆炸更為迅猛。我比你弱小，在收到你的交流資訊後得知了你的存在，我們之間的猜疑鏈就也建立了，這期間我隨時都可能發生技術爆炸，一下子遠遠走在你的前面，變得比你強大。要知道在宇宙尺度上，幾百年只是彈指一揮間，而我得知你的存在和從交流中得到的資訊，很可能是技術爆炸最好的導火線。所以，即使我僅僅是嬰兒文明或萌芽文明，對你來說也是充滿危險的。」

史強看著遠處羅輯那邊黑暗中的火星想了幾秒鐘，又看看自己的菸頭：「那，我只能保持沉默了。」

「你想想這對嗎？」

他們都抽著菸，隨著火星不時增亮，兩個面容交替在黑暗中浮現，彷彿是這個簡潔宇宙中兩個深思的上帝。

史強說：「也不行，如果你比我強大，既然我能發現你，那你總有一天能搜尋到我，這樣我們之間就又出現了猜疑鏈；如果你比我弱小，但隨時可能發生技術爆炸，那就變成第一種情況了。總結起來：一、讓你知道我的存在；二、讓你存在下去，對我來說都是危險的，都違反第一條公理。」

「大史，你真的是個頭腦很清楚的人。」

「這一開始我的腦瓜還是能跟上你的。」

羅輯在黑暗中沉默了很長時間，他的臉在火星的微光中浮現了兩三次，才說：「大史，不是什麼開始，我們的推論已經結束了。」

「結束？我們什麼也沒弄出來呀？你說的宇宙文明圖景呢？」

「你在得知我的存在後，交流和沉默都不行，你也只剩一個選擇了。」

在長時間的沉默中，兩個火星都熄滅了，沒有一絲風，黑暗在寂靜中變得如瀝青般黏稠，把夜空和沙漠糊成一體。最後，史強只在黑暗中說出一個字：

「操！」

「把你的這種選擇外推到千億顆恆星中的億萬文明上，大圖景就出來了。」羅輯在黑暗中點點頭說。

＊在生物學上，生物分類分為界、門、綱、目、科、屬、種，階層愈是往下，彼此之間特徵就愈相似。地球人類的種族之間在生物學上的差異也就局限於種這一層級，如果考慮到非碳基生物的存在，外星種族的差異可能超越了界一級。

「這……也太黑了吧……」

「真實的宇宙就是這麼黑。」羅輯伸手揮揮，像撫摸天鵝絨般感受著黑暗的質感：「宇宙就是一座黑暗森林，每個文明都是帶槍的獵人，像幽靈般潛行於林間，輕輕撥開擋路的樹枝，竭力不讓腳步發出一點兒聲音，連呼吸都小心翼翼……他必須小心，因為林中到處都有與他一樣潛行的獵人。如果他發現了別的生命，不管是不是獵人，不管是天使還是魔鬼，不管是嬌嫩的嬰兒還是步履蹣跚的老人，也不管是天仙般的少女還是天神般的男孩，能做的只有一件事：開槍消滅之？在這片森林中，他人就是地獄，就是永恆的威脅，任何暴露自己存在的生命都將很快被消滅。這就是宇宙文明的圖景，這就是對費米悖論的解釋。」

大史又點上了一支菸，僅僅是為了有點光明。

「但黑暗森林中有一個叫人類的傻孩子，生了一堆火並在旁邊高喊：我在這兒！我在這兒！」羅輯說。

「有人聽到了嗎？」

「被聽到是肯定的，但並不能由此判斷這孩子的位置。到目前為止，人類沒有向宇宙中發送過地球和太陽系位置的確切資訊，從已經發送的資訊中能夠知道的，只是太陽系與三體世界的相對距離，以及這兩個世界在銀河系中的大致方向，但這兩個世界的確切位置還是祕密。要知道，我們處於銀河系邊緣的蠻荒地帶，相對安全一些。」

「那你的咒語是怎麼回事呢？」

「我通過太陽發送到宇宙間的那三張圖，每張上面有三十個點，代表著三十顆恆星在三維座標系相應平面的位置投影。把這三張圖按照三維立體座標組合起來，就構成了一個立方體空間，那三十個點分布在這個空間中，標示出 187J3X1 與它周圍三十顆恆星的相對位置，同時用一個識別字注明了 187J3X1。

「你仔細想想就能明白：一個黑暗森林中的獵手，在凝神屏息的潛行中，突然看到前面一棵樹被削下一塊樹皮，露出醒目的白木，在上面用所有獵手都能認出的字標示出森林中的一個位置。這獵手對這個位置會怎麼想？肯定不會認為那裡有別人為他準備的給養，在所有的其他可能性中，非常大的一種可能就是告訴大家那裡有活著的、需要消滅的獵物。標示者的目的並不重要，重要的是黑暗森林的神經已經在生存死局中繃緊到極限，而最容易觸動的就是那根最敏感的神經。假設林中有一百萬個獵手（在銀河系上千億顆恆星中存在的文明數量可能千百倍於此），可能有九十萬個對這個標示不予理會；在剩下的十萬個獵手中，可能有九萬個對那個位置進行探測，證實其沒有生物後也不予理會；那麼在最後剩下的一萬個獵手中，肯定有人會做出這樣的選擇：向那個位置開一槍試試，因為對技術發展到某種程度的文明來說，攻擊可能比探測省力，也比探測安全，如果那個位置真的什麼都沒有，自己也沒什麼損失。現在，這個獵手出現了。」

「你的咒語再也發不出去了，是嗎？」

「是，大史，再也發不出去了。咒語必須向整個銀河系廣播，而太陽被封死了。」

「人類只晚了一步？」史強扔掉菸頭，那粒火星在黑暗中劃了一個弧形落下，暫時照亮了一小圈沙地。

「不不，你想想，如果太陽沒有被封死，我對三體世界威脅要發出針對它的咒語，會怎麼樣？」

「你會像雷迪亞茲那樣被人群用石頭砸死，然後世界會立法絕對禁止別人再有這方面的考慮。」

「說得對，大史，因為太陽系與三體世界的相對距離和在銀河系中的大致方向已經公布，暴露三體世界的位置幾乎就等於暴露太陽系的位置，這也是同歸於盡的戰略。也許確實晚了一步，但這是人類不可能邁出的一步。」

「你當時應該直接向三體發出威脅。」

「事情太詭異，當時我沒能確定，必須先證實一下，反正時間還多。其實真正的原因在內心深處，我真的沒有那個精神力量，我想別人也不會有。」

「現在想想，我們今天不該去見市長的，這個事，讓全世界都知道了就更沒希望了，想想那兩個面壁者的下場。」

「我只是想盡責任而已，你說得對，真的是這樣，希望我們都不要說出去，但你要說也行，就像她所說的：不管怎樣，我都盡了責任。」

「老弟放心，我絕不會說的。」

「無論如何，希望已經不存在了。」

兩個人走上了路基，來到黑暗稍微淡些的公路上，甚至遠方居民區稀疏的燈光都刺得他們瞇起了眼。

「還有一件事，你說的那個……她？」

羅輯猶豫了一下說：「算了，只需要知道，宇宙文明公理和黑暗森林理論不是我想出來的。」

「我明天就要去市政府工作了，以後有什麼需要幫忙的，儘管說話。」

「大史，你幫我夠多的了，明天我也要去市裡，去冬眠移民局，聯繫她們甦醒的事。」

出乎羅輯的預料，冬眠移民局承認莊顏和孩子的甦醒仍被凍結著，局長明確告訴他，面壁者的許可權在這裡不起作用。羅輯找到了希恩斯和喬納森，他們也不清楚這件事的細節，但告訴他，新修訂的面壁法案有一項條款：聯合國和面壁計畫委員會可以採取一切措施保證面壁者專注於自己的工作。就是說，在兩個世紀以後，聯合國再一次拿這件事作為要脅和控制他的工具。

羅輯提出要求，讓這個冬眠者居住區保持現狀，禁止外界騷擾。這個要求被忠實地執行了，新聞媒體和朝聖的民眾都被擋在了遠處，新生活五村的一切都恢復了平靜，彷彿什麼都沒有發生過一樣。

兩天後，羅輯參加了面壁計畫恢復後的第一次聽證會，他沒有去處於北美洲地下的聯合國總部，而是在新生活五村自己儉樸的居所中，通過視頻連接參加了會議，會場畫面就出現在房間裡的那台普通電視機上。

「面壁者羅輯，我們本來準備面對您的憤怒的。」委員會主席說。

「我的心已是一堆燃燒過後的灰燼，沒有憤怒的能力了。」羅輯靠在沙發上懶洋洋地說。

主席點點頭：「這是一種很好的狀態，不過委員會認為您應該離開那個小地方，那裡不應該成為太陽系防禦戰爭的指揮中心之一。」

「知道西柏坡嗎？離這兒不遠，那是一個更小的村莊，兩個多世紀前，這個國家的創始人曾在那裡指揮過全國的戰爭，那些戰役的規模世界罕見。」

主席又搖搖頭：「看來，您仍然沒有什麼改變……那好吧，委員會尊重您的習慣和選擇，您應該儘快開始工作了，您不會像那時一樣，聲稱自己一直在工作中吧？」

「我現在沒有工作，因為工作的前提條件不存在：你們能夠以恆星級功率向宇宙廣播我的咒語嗎？」

亞洲艦隊的代表說：「您知道這不可能，水滴對太陽的電波壓制一直在持續，而且我們預期在兩三年內也不會停止，而到那時，另外九個水滴也到達太陽系了。」

「那我什麼也做不了。」

主席說：「不，面壁者羅輯，您還有一件重要的事沒有做：對聯合國和艦隊聯席會議公布咒語的祕密，您是如何通過它摧毀一顆恆星的？」

「這不可能。」

「如果是作為您的愛妻和孩子甦醒的條件呢？」

「這麼卑鄙的話你居然也能在這裡說出來。」

「這是祕密會議，再說，面壁計畫這種事，本來也是不能被現代社會所容忍的。既然面壁計畫已經恢復，那麼兩個世紀前聯合國面壁計畫委員會所做出的決議仍然有效，而按照當時的決議，莊顏和你們的孩子應該在末日之戰時甦醒。」

「剛剛發生的不是末日之戰嗎？」

「兩個國際都不這麼認為，畢竟三體主力艦隊還沒有到達。」

「我保守咒語的祕密是在盡面壁者的責任，否則，人類將喪失最後的希望，雖然現在看來這希望已經不存在了。」

在會議後的幾天裡，羅輯閉門不出，整天借酒澆愁，大部分時間都處於醉態中。偶爾人們看到他出門，衣冠不整，鬍子老長，像個流浪漢。

第二次面壁計畫聽證會召開，羅輯仍在他的居所參加會議。

「面壁者羅輯，您的狀態看起來很讓我們擔心。」主席在視頻中見到蓬頭垢面的羅輯時說，他移動羅輯房間中的錄影鏡頭，讓與會代表們看到散落一地的酒瓶。

「即使為了自己恢復正常的精神狀態，您也應該工作。」歐聯代表說。

「你們知道怎樣才能使我恢復正常。」

「關於您妻子和孩子甦醒這件事，其實沒有那麼重要。」主席說：「我們不想借此控制您，也知道控制不了您，但有以前委員會的決議，所以解決這個問題還是有一定難度的，至少，要有一定條件的。」

「我已經拒絕了你們的條件。」

「不不，羅輯博士，條件變了。」

主席的話讓羅輯的眼睛亮了起來，並在沙發上坐正了：「現在的條件是？」

「很簡單，不能再簡單了：您必須做一些事情。」

「只要不能向宇宙發出咒語，我就什麼都做不了。」

「您必須想出一些事情來做。」

「就是說，沒有意義的也行？」

「只要在公眾看來有意義就行，在他們眼中，您現在是宇宙公正力量的代言人，或者是上帝派到人間的正義天使，您這樣的身分至少能夠起到穩定局勢的作用。可如果您長時間什麼都不做，那就會失去公眾的信仰。」

「用這種方式取得穩定很危險，後患無窮。」

「但目前我們需要世界局勢的穩定，九個水滴即將在三年後到達太陽系，我們必須做好應對的準備。」

「我真的不想浪費資源。」

「如果是這樣，可以由委員會為您提供一個任務，一個不浪費資源的任務。下面請艦隊聯席會議主席為您介紹。」主席說著，對也是通過視頻參加會議的艦隊聯席會議主席示意了一下，後者顯然正在一座太空建築中，群星正在從他身後寬大的窗戶外緩緩移過。

艦隊聯席會議主席說：「九個水滴到達太陽系的時間，只是根據它們在四年前通過最後一片星際塵埃時的速度和加速度估算的，這九個水滴同已經到達太陽系的一號水滴不同，它們的發動機在啟動時不發光，也不發出任何可供定位的高頻電磁輻射，這很可能是在一號水滴被人類成功跟蹤後它們做出的自我調整。在外太空中搜尋和跟蹤這樣小的不發光物體是很難的，現在我們失去了它們的蹤跡，我們不知道它們到達太陽系的時間，甚至它們到達後我們都無法覺察到。」

「那我能做什麼呢？」羅輯問。

「我們希望您能領導雪地工程。」

「那是什麼？」

「用恆星型氫彈和海王星的油膜物質製造太空塵埃雲，以便在水滴穿過時顯示其蹤跡。」

「開什麼玩笑？要知道，我對太空中的事並不完全是外行。」

「您曾經是一名天文學家，這也使您更有資格領導這項工程。」

「上次製造塵埃雲跟蹤成功，是因為知道目標的大致軌道，現在可什麼都不知道……如果那九個水滴能在不發光的情況下加速和變軌，它們甚至可能從太陽系的另一側進入！這塵埃雲該在哪兒造？」

「在所有方向上。」

「您是說製造一個塵埃球把太陽系包住？要是那樣，您可真的是被上帝派來的。」

「塵埃球不可能，但能夠製造一個塵埃環，在黃道面上*，處於木星和小行星帶之間。」

「可如果那些水滴從黃道面外進入呢？」

「那就沒有辦法了。但從航太動力學角度看，水滴編隊要接觸太陽系各個行星，最大的可能就是從黃道面內進入，一號水滴就是，這樣塵埃就能捕捉到它們的尾跡，只要捕捉到一次，太陽系內的光學跟蹤系統就能鎖定它們。」

「那又有什麼意義呢？」

「我們至少知道水滴編隊進入了太陽系，它們可能攻擊太空中的民用目標，那時就需要召回所有飛船，或至少是水滴航向上的飛船，並把太空城中的所有居民撤回地球，這些目標太脆弱了。」

「還有更重要的一點，」面壁計畫委員會主席說：「要為可能撤向太空深處的飛船確定安全的航線。」

「撤向太空深處？我們不是在談逃亡主義吧。」

「如果你非要用這個名稱也可以。」

「那為什麼不現在就開始逃亡呢？」

「現在的政治條件還不允許，但在水滴編隊逼近地球時，有限規模的逃亡也許能夠被國際社會所接受……當然這只是一種可能，但聯合國和艦隊必須現在就為此做好準備。」

「明白了，可雪地工程並不需要我啊？」

「需要，即使只造一個木星軌道內的塵埃環，也是一項浩大的工程，要部署近萬顆恆星型氫彈，需要上千萬噸油膜物質，這要組建一個龐大的太空船隊。如果在三年內完成工程，就必須借助您目前的地位和威信，來對兩個國際的資源進行組織和協調。」

「如果我答應承擔這項使命，什麼時候能夠甦醒她們？」

「等工程全面啟動就可以，我說過這不是什麼重要問題。」

但雪地工程從來未能全面啟動。

兩個國際對雪地工程不感興趣，公眾們期待面壁者提出救世戰略，而不是一個僅僅能夠告知敵人到達的計畫，況且他們知道，這不是面壁者的想法，只是聯合國和艦隊聯席會議借他的權威推行的一個計畫而已。而且，與聯合國預料的不同，隨著水滴編隊的逼近，逃亡主義在公眾眼中變得更邪惡了。全面啟動雪地計畫將導致整個太空經濟的停滯，因而也會帶來地球和艦隊經濟的全面衰退，兩個國際都不願為此計畫付出這樣的代價。所以，無論是前往海王星開採油膜物質的太空船隊的組建，還是恆星型氫彈的製造（雷迪亞茲的計畫所遺留下來的五千多枚氫彈中，在兩個世紀後只有不到一千枚還能使用，對於雪地工程而言數量遠遠不夠），都進展遲緩。

羅輯倒是全身心地投入了雪地工程。最初，聯合國和艦隊聯席會議只是想借助他的威信調集工程所需的資源，但羅輯完全把自己陷入工程的細節之中，廢寢忘食地同技術委員會的科學家和工程師們攪在一起，對工程提出了許多自己的設想，例如他提出在每顆核彈上安裝小型星際離子發動機，使其能夠在軌道上有一定的機動能力，這樣可以按照需要及時調整不同區域塵埃雲的密度，更重要的是，可以把氫彈作為直接的攻擊武器，他把這稱為太空地雷。他認為，儘管已經證明恆星型氫彈不可能摧毀水滴，但從長遠考慮，卻可能用於攻擊三體飛船，因為目前沒有任何證據證明，敵人的飛船也是用強互作用力材料製造的。他還親自確定了

＊地球圍繞太陽運行的平面。

每一顆氫彈在太陽軌道上的部署位置。雖然從現代技術觀點看來，羅輯的設想有許多都充滿了二十一世紀的幼稚和無知，但由於他的威望和面壁者的權力，這些意見還是大部分被採納了。羅輯把雪地工程當做一種逃避的方式，他知道要想逃避現實，最好的方式就是深深介入現實之中。

但羅輯對雪地工程愈是投入，世界就對他愈是失望。人們知道，他投身於這個沒有多大意義的工程只是為了儘快見到自己的愛人和孩子，而世界所盼望的救世計畫一直沒有出現，羅輯多次對媒體聲稱，如果不能以恆星級功率發出咒語，他對一切都無能為力。

雪地工程進行了一年半後陷入停頓，這時，從海王星只採集到一百五十萬噸的油膜物質，加上原來霧傘計畫中採集的六十萬噸，距工程所需的數量相差甚遠。最後，只在距太陽兩個天文單位的軌道上部署了一千六百一十四顆包裹油膜物質的恆星級氫彈，不到計畫數量的五分之一。這些油膜氫彈如果引爆，無法形成連續的塵埃雲帶，只能形成許多圍繞太陽的相互獨立的塵埃雲團，所能起到的預警作用大打折扣。

這是一個失望和希望來得一樣快的時代，在焦慮地等待了一年半後，公眾對面壁者羅輯失去了耐心和信心。

在國際天文學聯合會大會上——這個會議上一次引起世界關注是在二〇〇六年，那次年會上冥王星被取消行星的資格——有許多天文學家和天體物理學家認為，187J3X1 恆星的爆炸只是一次偶然事件。羅輯作為一名天文學者，很可能在二十一世紀就發現了該恆星爆發的某些跡象。儘管這種說法有很多漏洞，但還是被愈來愈多的人相信，這加速了羅輯地位的衰落。他在公眾眼中的形象由一個救世主漸漸變成普通人，然後變成大騙子。目前，羅輯還擁有聯合國授予的面壁者身分，面壁法案也仍然有效，但他已經沒有什麼實際權力了。

危機紀年第兩百〇八年，三體艦隊距太陽系二點〇七光年

在一個冷雨霏霏的秋天的下午，新生活五區的居民代表會議做出了一個決定：將羅輯驅逐出社區，理由是他影響了該區居民的正常生活。在雪地工程期間，羅輯常常外出參加會議，但大部分時間還是在社區裡度過的，他就在自己的居所中同雪地工程的各個機構保持聯繫。羅輯恢復面壁者身分後，新生活五區就處於戒嚴之中，居民的生活和工作都受到影響。後來，隨著羅輯地位的衰落，對社區的戒嚴也漸漸鬆懈下來，但情況更糟：不時有城裡來的人群聚集在羅輯所住的樓下，對他起鬨嘲罵，還向他的窗子扔石塊，而新聞媒體對這景象也很感興趣，往往來的記者和抗議者一樣多。但羅輯被驅逐的真正原因，還是冬眠者們心中對他徹底的失望。

會議結束時已是傍晚，居委會主任去羅輯的住處向他通報會議決定。她按了好幾次門鈴後，自己推開了虛掩著的門，屋裡混合著酒氣、菸味和汗味的空氣令她窒息。她看到，屋裡的牆壁都被改造成城市裡的資訊牆，到處都可以點擊出資訊介面。紛亂的畫面布滿了所有的牆壁，這些畫面上大部分顯示著複雜的資料和曲線，一幅最大的畫面則顯示著一顆懸浮在太空中的球體，這就是已經包裹著油膜物質的恆星級氫彈。油膜物質呈透明狀，可以清晰地看到其內部的氫彈，主任覺得它看上去像自己來自的那個時代孩子們玩的玻璃彈球。球體在緩緩轉動著，在轉軸的一極有一個小小的凸起，那是等離子發動機，光潔的球面上映著一輪小小的太陽。大量的畫面令人眼花撩亂地閃爍著，使房間變成了一個光怪陸離的大盒子，房間裡沒有開燈，只由牆上的畫面來照亮，一切都融解在迷離的彩光之中，一時分不清哪是實體哪是影像。目光適應了之後，主任看到這裡像一個吸毒者的地下室，地上到處散落著酒瓶和菸頭，成堆的髒衣服上落滿了菸灰，像一個垃圾堆。她好不容易才從這個垃圾堆中找到了羅輯，他蜷縮在一個牆角，在畫面的背景上顯得暗黑，像一根被遺棄在那裡的枯樹幹。開始主任以為他睡著了，但很快發現他的雙眼木然地看著堆滿垃圾的地面，其實是什麼

都沒看。他眼中布滿血絲，面容憔悴，身體瘦得似乎無法支撐起自己的重量。聽到主任的招呼，他緩緩地轉過臉來，同樣緩慢地對她點點頭，這使她確信他還活著。但兩個世紀的磨難這時已經在他身上聚集起來，把他完全壓垮了。

面對著這個已經耗盡了一切的人，主任並沒有絲毫的憐憫。和那個時代的其他人一樣，她總覺得不管世界多麼黑暗，總在冥冥之中的什麼地方存在著終極的公正，羅輯先是證實了她的感覺，然後又無情地打碎了它，對他的失望曾令她老羞成怒，她冷冷地宣布了會議決定。

羅輯再次緩緩點頭，然後用因嗓子發炎而嘶啞的聲音說：「我明天就走，我是該走了，如果做錯了什麼事，請大家原諒。」

兩天後，主任才明白他最後那句話的真正涵義。

其實羅輯打算今天晚上就走，目送居委會主任出門後，他搖晃著站起來，到臥室裡找了一個旅行袋，往裡面裝了幾件東西，包括從貯藏室裡找出的一把短柄鐵鍬，鐵鍬柄的三角把手從旅行袋上露了出來。然後，他從地板上拾起了一件已經很髒的外套穿上，背起旅行包走出門去，任身後一屋子的資訊牆繼續閃亮著。

樓道裡空蕩蕩的，只是在出樓梯口時遇到一個可能是剛放學回家的孩子，那孩子用陌生而複雜的眼光盯著他看，目送他出了樓門。到外面之後，羅輯才發現仍在下著雨，但他不想回去拿傘了。他沒有去找自己的車，因為開車會引起警衛的注意。他沿著一條小路走出了社區，沒有遇到人。穿過社區周邊的防護林帶，他來到沙漠上，細雨撒在臉上，像一雙冰涼的小手在輕撫。沙漠和天空都在暮色中迷濛一片，像國畫中的空白，羅輯想像著這空白中加上自己這個人影的畫面，這就是莊顏最後留下的那幅畫了。

他走上高速公路，等了幾分鐘後攔住了一輛車，車裡是一家三口人，他們很熱情地讓他搭上了車。這一家子是返回舊城的冬眠者，孩子還小，母親也很年輕，他們三個人擠在前座上竊竊私語，那孩子不時把腦袋鑽到媽媽懷中，每到這時三人就一起笑起來。羅輯陶醉地看著，他聽不清他們說什麼，因為車裡放著音樂，是二十世紀的老歌，一路上羅輯聽了五六首，其中有「卡秋莎」和「紅莓花兒開」，於是他滿懷希望能聽到「山楂樹」，這是兩個世紀前他在那個村前的大戲台上為想像中的愛人唱過的，後來，在那個北歐的伊甸園中，在倒映著雪山的湖邊，他也和莊顏一起唱過這首歌。

這時，一輛迎面開來的車的車燈照亮了後座，孩子無意中回頭看了一眼，然後轉身盯著羅輯叫道：「呀，他好像是面壁者呀！」孩子的父母於是也都回頭看他，他只好承認自己就是羅輯。

這時，車內響起了「山楂樹」。

車停了下來，「下去。」孩子的父親冷冷地說，母親和孩子看他的眼光也如外面的秋雨般冰涼。

羅輯沒有動，他想聽那首歌。

「請下去。」那男人又說，羅輯讀出了他們目光中的話：沒有救世的能力不是你的錯，但給世界以希望後又打碎它就是一種不可饒恕的罪惡了。

羅輯只好起身下車，他的旅行包隨後被扔了出來，車啟動時他跟著跑了幾步，想再聽聽那首歌，但還是無奈地聽著「山楂樹」消失在冰冷的雨夜中。

這裡已是舊城邊緣，過去的高層建築群在遠方出現，黑乎乎地立在夜雨中，每幢建築上只零星地亮著幾點燈火，像一隻隻孤獨的眼睛。羅輯找到一個公車站，在避雨處等了近一個小時，才等到一輛開往他要去的方向的無人駕駛公車。車是半空的，坐了六七個人，看上去也都是舊城的冬眠者居民。車裡的人們都不說話，默默地感覺著這秋夜的陰鬱。一路上很順利，但一個多小時後還是有人認出了羅輯，於是車裡的人一致要求他下車。羅輯爭辯說自己已經輸入信用點買了票，當然有權坐車。有一個頭髮花白的老者拿出了兩枚現在已經很不常見的現金硬幣扔給了他，他還是被趕下了車。

「面壁者，你背把鐵鍬幹什麼？」車開時有人從車窗探出頭問。

「為自己挖墓。」羅輯說，引起了車裡的一陣哄笑。

沒人知道他說的是真話。

雨仍在下著，現在已經不可能再有車了，好在這裡離目的地已經不遠，羅輯背起背包向前走去。走了約半小時後，他拐下公路，走上了一條小路。遠離了路燈，四周變得很黑，他從背包中取出手電筒照著腳下的路。路愈來愈難走，濕透的鞋子踏在地上咕咕作響，他在泥濘中滑倒了好幾次，身上沾滿了泥，只好把背包中的鐵鍬取出來當拐杖，前方只能看到一片雨霧，但他知道自己的大方向是沒有錯的。

在雨夜中步行了一個小時後，羅輯來到了那片墓地。墓地的一半已經被埋在沙下，另一半由於地勢較高，仍露在外面。他打著手電筒在一排排墓碑間尋找，略過了那些豪華的大碑，只看那些簡樸的小墓碑上的碑文。雨水在石碑上反著光，像閃動的眸子一般，羅輯看到，這些墓都是二十世紀末和二十一世紀初危機出現前建的，這些已經在時光中遠去的人們很幸運，他們在最後的時刻，肯定認為自己生存過的這個世界將永恆地存在下去。

羅輯對找到自己想找的墓碑並沒抱太大希望，但他竟很快找到了。他沒看碑文就認出了它，時間已過去了兩個世紀，這真是件很奇怪的事。也許是雨水沖洗的緣故，墓碑並沒有顯出時間的痕跡，上面「楊冬之墓」四個字像是昨天才刻上去的。葉文潔的墓就在她女兒的墓旁邊，兩個墓碑除碑文外一模一樣，葉文潔的墓碑上也是只有姓名和生卒年月，這讓羅輯想起了紅岸遺址的那塊小石碑，它們都是為了忘卻的紀念。兩塊墓碑靜靜地立在夜雨中，彷彿一直在等待著羅輯的到來。

羅輯感到很累，就在葉文潔的墓旁坐了下來，但他很快在夜雨的寒冷中顫抖起來，於是他拄著鐵鍬站了起來，在葉文潔母女的墓旁開始挖自己的墓穴。

開始時，濕土挖起來比較省力，但再往下，土就變得堅硬了，還夾雜著很多石塊，羅輯感覺自己挖到了山體本身。這讓他同時感到了時間的無力和時間的力量：也許在這兩個世紀中就沉積了上面這薄薄的一層沙土；而在那漫長的沒有人的地質年代裡，卻生成了承載墓地的這座山。他挖得很吃力，只能幹一會兒休息一會兒，夜就在不知不覺中流逝著。

後半夜雨停了，後來雲層也開始散開，露出了一部分星空。這是羅輯來到這個時代以後看到過的最明亮的星星，二百一十年前的那個黃昏，就在這裡，他和葉文潔一起面對著同一個星空。

現在他只看到星星和墓碑，但這卻是兩樣最能象徵永恆的東西。

羅輯終於耗盡了體力，再也挖不下去了。看看已經挖出的坑，作為墓穴顯然淺了些，但也只能這樣了。其實他這樣做，無非是提醒人們自己希望被葬在這裡，但他最可能的歸宿是在火化爐中變成灰燼，然後骨灰被丟棄在一個不為人知的地方，不過這真的都無所謂了，很可能，就在這之後不久，他的骨灰同這個世界一起在一場更為宏大的火化中變成離散的原子。

羅輯靠在葉文潔的墓碑上，竟然很快睡著了。也許是寒冷的緣故，他又夢到了雪原，在雪原上他再次看到了抱著孩子的莊顏，她的紅圍巾像一束火苗。她和孩子都在向他發出無聲的呼喚，而他則向她們拚命喊叫，讓她們離遠些，因為水滴就要撞擊這裡了！但他的聲帶發不出聲音，似乎這個世界已經被靜音了，一切都處於絕對的死寂中。但莊顏似乎明白了他的意思，抱著孩子在雪原上遠去了，在雪地上留下的一串腳印，像國畫中一道淡淡的墨跡，雪原只是一片空白，只有這道墨跡才能顯示大地甚至世界的存在，於是，一切又變成莊顏的那幅畫了。羅輯突然悟出，她們走得再遠也無法逃脫，因為即將到來的毀滅將囊括一切，而這毀滅與水滴無關……他的心再次在劇痛中撕裂，他的手在空中徒勞地抓著，但在雪原形成的一片空白中只有莊顏漸遠的身影，已變成一個小黑點。他向四周看看，想在空白世界中找到一些實在的東西，真的找到了，是在雪地上並排而立的兩個黑色墓碑。開始它們在雪中很醒目，但碑的表面在發生變化，很快變成了全反射的鏡面，像水滴表面那樣，上面的碑文都消失了。羅輯伏到一塊碑前想通過鏡面看看自己，但自己在鏡中沒有映射，鏡子所映出的雪原上也沒有了莊顏的身影，只有雪地上那一行淡淡的腳印。他猛回頭，看到鏡像外的雪原只是一片空白，連腳印都消失了，於是他又回頭看墓碑的鏡面，它們映射著空白的世界，幾乎把自身隱形了，但他的手還是能感覺到它們那冰冷光滑的表面……

羅輯醒來時天已經濛濛亮，在初露的晨曦中，墓場清晰起來，從躺著的角度看周圍的墓碑，羅輯感到自己彷彿置身於上古的巨石陣中。他在發著高燒，牙齒在身體的劇烈顫抖中格格作響，他的身體像一根油盡的燈芯，在自己燃燒自己了。他知道，現在是時候了。

羅輯扶著葉文潔的墓碑想站起來，但碑上一個移動的小黑點引起了他的注意。在這個季節的這個時間，螞蟻應該很少出現了，但那確實是一隻螞蟻，牠在碑上攀爬著，同兩個世紀前的那個同類一樣，被碑文吸引了，專心致志地探索著那縱橫交錯的神祕溝槽。看著牠，羅輯的心最後一次在痛苦中痙攣，這一次，是為地球上所有的生命。

「如果我做錯了什麼，對不起。」他對螞蟻說。

羅輯艱難地站了起來，在虛弱的顫抖中，他只有扶著墓碑才能站住。他騰出一隻手來，整理了一下自己滿是泥漿的濕衣服和蓬亂的頭髮，隨後摸索著，從上衣口袋中掏出一個金屬管狀物，那是一支已經充滿電的手槍。

然後，他面對著東方的晨光，開始了地球文明和三體文明的最後對決。

「我對三體世界說話。」羅輯說，聲音並不高，他本想重複一遍，但是沒有，他知道對方能聽到。

一切沒有變化，墓碑靜靜地立在凌晨的寧靜中，地上的水窪映著正在亮起來的天空，像一片片鏡子，這給人一個錯覺：似乎地球就是一個鏡面球體，大地和世界只是附著於其上的薄薄一層，現在由於雨水的沖刷，球體光滑的表面一小片一小片露出了。

這個仍未醒來的世界，不知道自己已被當做一場豪賭的籌碼，放到了宇宙的賭桌上。

羅輯抬起左手，露出了戴在手腕上的手錶大小的東西說：「這是一個生命體徵監測儀，它通過一個發射器與一套搖籃系統聯結。你們一定記得兩個世紀前面壁者雷迪亞茲的事，那就一定知道搖籃系統是什麼。這個監測儀所發出的信號通過搖籃系統的鏈路，到達雪地工程部署在太陽軌道上的三千六百一十四枚核彈，信號每秒鐘發射一次，維持著這些核彈的非觸發狀態。如果我死去，搖籃系統的維持信號將消失，所有的核彈將被引爆，包裹核彈的油膜物質將在爆炸中形成圍繞太陽的三千六百一十四團星際塵埃，從遠方觀察，在這些塵埃雲團的遮擋下，太陽將在可見光和其他高頻波段發生閃爍。太陽軌道上所有核彈的位置都是經過精心布置的，使得太陽閃爍形成的信號發送出三張簡單的圖形，就像我兩個世紀前發出的那三張圖一樣，每張上面有三十個點的排列，並標注其中一個點，它們可以組合成一個三維座標圖。但與那次不同的是，這次發送的，是三體世界與周圍三十顆恆星的相對位置。太陽將變成銀河系中的一座燈塔，把這咒語發送出去，當然，太陽系和地球的位置也會同時暴露。從銀河系中的一點看，圖形發射完成需要一年多的時間，但應該有很多技術發展到這樣程度的文明，可以從多個方向同時觀測太陽，那樣的話，只需幾天甚至幾個小時，他們就能得到全部資訊。」

隨著天光漸明，星星在一顆顆消失，彷彿無數隻眼睛漸次閉上；而東方正在亮起的晨空，則像一隻巨大的眼睛在慢慢睜開。螞蟻繼續在葉文潔的墓碑上攀爬著，穿行在她的名字構成的迷宮中。早在這個靠碑而立的豪賭者出現前的一億年，牠的種族已經生活在地球上，這個世界有牠的一份，但對正在發生的事，牠並不在意。

羅輯離開墓碑，站到他為自己挖掘的墓穴旁，將手槍頂到自己的心臟位置，說：「現在，我將讓自己的心臟停止跳動，與此同時我也將成為兩個世界有史以來最大的罪犯。對於所犯下的罪行，我對兩個文明表示深深的歉意，但不會懺悔，因為這是唯一的選擇。我知道智子就在身邊，但你們對人類的呼喚從不理睬，無言是最大的輕蔑，我們忍受這種輕蔑已經兩個世紀了，現在，如果你們願意，可以繼續保持沉默，我只給你們三十秒鐘時間。」

羅輯按照自己的心跳來計時，由於現在心跳很急促，他把兩次算一秒鐘，在極度的緊張中他一開始就數錯了，只好從頭數起，所以當智子出現時他並不能確定到底過了多少時間，客觀時間大約流逝了不到十秒鐘，主觀時間長得像一生。這時他看到世界在眼前分成了四份，一份是周圍的現實世界，另外三份是變形的映射。映射來自他前上方突然出現的三個球體，它們都有著全反射的鏡面，就像他在最後一個夢中見到的墓碑那樣。他不知道這是智子的幾維展開，那三個球體都很大，在他的前方遮住了半個天空，擋住了正在亮起來的東方天際，在球體中映出的西方天空中他看到了幾顆殘星，球體下方映著變形的墓地和自己。羅輯最想知道的是為什麼是三個，他首先想到的是三體世界的象徵，就像葉文潔在最後一次ＥＴＯ的聚會上看到的那個藝術品；但看到球體上所映照的雖然變形但異常清晰的現實圖像時，他又感覺那是三個平行世界的入口，暗示著三種可能的選擇；接下來看到的又否定了他的這種想法，因為三個球體上都出現了兩個相同的字：

住手！

「我可以談談條件嗎？」羅輯仰頭看著三個球體問。

你先把槍放下，然後我們可以談判。

這些字仍是在三個球體上同時顯示的，字跡發出紅色的光芒，極其醒目，羅輯看到字行在球體上沒有變形，是整齊的一行，以至於看上去既像在球體表面，又像在它們的內部，他提醒自己，這是在看高維空間在三維世界中的投影。

「這不是談判，是我繼續活下去的要求，我只希望知道你們答應還是不答應。」

說出你的要求。

「讓水滴，或者說探測器，停止向太陽發射電波。」

已經按你說的做了。

球體的回答快得出乎預料，羅輯現在並沒有什麼辦法去核實，但他感到周圍的空間有了一些微妙的變化，就像某種因持續存在而不為人察覺的背景音消失了，當然，這也許是幻覺，人是感覺不到電磁輻射的。

「讓正在向太陽系行進的九個水滴立刻改變航向，飛離太陽系。」

這一次三球體的回答稍微延遲了幾秒鐘。

已經按你說的做了。

「請給人類核實的手段。」

九個探測器都將發出可見光，你們的林格—斐茲羅望遠鏡就能觀測到它們。

羅輯仍然不可能核實這些，但這個時候，他相信三體世界。

「最後一個條件：三體艦隊不得越過歐特雲。」

艦隊現在已處於最大的減速推進功率，不可能在歐特雲外側把與太陽的相對速度減到零。

「那就像水滴編隊一樣轉向，使航線偏離太陽系。」

向哪個方向轉向都是死路，這樣會使艦隊掠過太陽系進入荒涼太空，到時無論是返回三體世界，還是尋找其他可生存星系都要相當長的時間，艦隊生態循環系統維持不了那麼長時間。

「也不一定是死路，也許以後人類或三體世界的飛船能夠追上並營救他們。」

這需要最高執政官的指令。

「轉向畢竟是一個很長的過程，先做起來吧，給我和別的生命一個活下去的機會。」

一段長達三分鐘的沉默，然後：

艦隊將在地球計時十分鐘後開始轉向，大約轉向開始三十分鐘後，人類太空觀測系統就能覺察到航向的改變。

「好，對我來說這就夠了。」羅輯說，同時把手槍從胸口移開，他的另一隻手扶著墓碑，盡力不讓自己倒下：「你們早就知道宇宙的黑暗森林狀態嗎？」

是的，早就知道，你們這麼晚才知道倒是一件很奇怪的事……你的健康狀況讓我們擔憂，這不會意外中斷搖籃系統的維持信號吧？

「不會，這套裝置比雷迪亞茲的要先進許多，我只要活著信號就不會中斷發射。」

你最好還是坐下來，這樣會對你的狀況有所改善。

「謝謝。」羅輯說，靠著墓碑坐了下來：「不要擔心，我死不了的。」

我們正在和兩個國際的最高層取得聯繫，要不要為你叫一輛救護車？

羅輯笑著搖搖頭：「不用，我不是救世主，只想如同一個普通人那樣離開這裡回家，我休息一會兒就走。」

三個球體中的兩個消失了，剩下的一個顯示的字跡也不再發光，顯得黯淡陰鬱：

我們還是失敗在計謀上。

羅輯點點頭：「用塵埃雲遮擋太陽向星際發送資訊並不是我的發明，早在二十世紀就有天文學家提出過這個設想。其實你們有過多次識破我的機會。比如在雪地工程的全過程中，我一直對核彈在太陽軌道上的精確位置那麼在意。」

你還在長達兩個月的時間裡，一個人待在控制室中，遙控核彈上的離子發動機對它們的位置進行微調，我們當時對這些都沒有在意，以為你只是通過無意義的工作來逃避現實。我們從來就沒有想到這些核彈的間距有什麼意義。

「還有一個機會，那時我向一個物理學家小組諮詢智子在太空中展開的問題*。如果ETO還在，他們早就識破我了。」

是的，拋棄他們是一個錯誤。

「還有，我要求在雪地工程中建立這樣奇怪的搖籃觸發系統。」

這確實使我們想起了雷迪亞茲，但沒有由此想更多，兩個世紀前的雷迪亞茲對我們是無害的，另外兩個面壁者對我們也是無害的，我們把對他們的輕視也轉移到你身上。

「對他們的輕視是不公平的，那三位面壁者都是偉大的戰略家，他們看清了人類在末日之戰中必然失敗的事實。」

也許我們可以開始談判了。

「那不是我的事情了。」羅輯說完長長地出了一口氣，感到了如新生一般的輕鬆和愜意。

是的，你已經完成了面壁者的使命，但總能提一些建議吧？

「人類的談判者肯定首先提出，要你們幫助建立一個更完善的信號發射系統，使人類掌握隨時向太空發射咒語的能力。即使水滴解除對太陽的封鎖，現在的系統也實在太原始了。」

我們可說明建立一個中微子發射系統。

「據我所了解的情況，他們可能更傾向於引力波。在智子降臨後，這是人類物理學向前走得比較遠的領域，他們當然需要一個自己能夠了解其原理的系統。」

引力波的天線體積很巨大的。

「那是你們和他們的事。奇怪，我現在感覺自己不是人類的一員了，我的最大願望就是儘快擺脫這一

---

*羅輯曾懷疑在塵埃雲團形成後，智子可以在雲團的間隙進行二維展開，也對太陽進行遮擋，進而干擾資訊的發送，但他隨後得知，智子在二維展開後沒有任何空間機動和定位能力，只能以行星的引力為骨架保持形狀，如果在太空中展開，將很快在太陽風等因素的作用下失去平面形狀摺疊團皺起來，這就是二維展開後的智子只能在包裹三體行星的情況下才能保持形狀進行電路蝕刻的原因。

切。」

接下來他們會要求我們解除智子封鎖，並全面傳授科學技術。

「這對你們也很重要，三體世界的技術是均速發展的，直到兩個世紀後仍未派出速度更快的後續艦隊，所以，要救援偏航的三體艦隊，只能靠未來的人類了。」

我要離開了，你真的能夠自己回去嗎？你的生命關係到兩個文明的生存。

「沒問題，我現在感覺好多了，回去後我就立刻把搖籃系統移交，然後，我就與這一切無關了，最後只想說：謝謝。」

為什麼？

「因為你們讓我活下來了，其實，只要換個思考方式，我們都能活下來。」

羅輯慢慢站起身，最後看了一眼葉文潔和楊冬的墓碑，沿著來時的小路蹣跚走去。

那隻螞蟻已經爬到了墓碑頂端，驕傲地對著初升的太陽揮舞兩隻觸鬚，對於剛才發生的事，僅就地球生命而言，牠是唯一的目擊者。

五年以後。

羅輯一家遠遠就看到了引力波天線，但車行駛了半小時才到達它旁邊，這時，他們才真正感受到它的巨大。天線是一個橫放的圓柱體，有一千五百公尺長，直徑五十多公尺，整體懸浮在距地面兩公尺左右的位置。它的表面也是光潔的鏡面，一半映著天空，一半映著華北平原。它讓人想起幾樣東西：三體世界的巨擺、低維展開的智子、水滴。這種鏡面物體反映了三體世界的某種至今也很難為人類所理解的觀念，用他們的一句名言來講就是：通過忠實地映射宇宙來隱藏自我，是融入永恆的唯一途徑。

天線周圍有一大片翠綠的草地，形成了華北沙漠上的一個小小的綠洲。這片草地並不是專門種植的，引力波系統建成後，一直在不間斷地發射，只是發出的波沒有被調製，與超新星爆發、中子星或黑洞發出的引力波無異，但密集的引力波束卻在大氣層中產生了奇特的效應，大氣中的水汽在天線上方聚集，使得天線周圍經常降雨，有時，降雨的區域僅有三四公里半徑，一塊圓形的雨雲像晴空中的巨形飛碟般懸在天線上方，從雨中可以看到周圍燦爛的陽光。於是這一區域長出了豐茂的野草。但今天羅輯一家並沒有看到這種奇觀，只見到天線上空聚集的一片白雲，雲被風吹到波束範圍外後就消散了，但新的雲仍不斷在波束內產生，使得那一片圓形的天空像是通向另一個雲霧宇宙的時空蝕洞，孩子看到後說它像一位巨人爺爺的白頭髮。

羅輯和莊顏跟著在草地上奔跑的孩子，來到了天線下面。最初的兩個引力波系統分別建在歐洲和北美，它們的天線採用磁懸浮，只能從基座上懸起幾公分；而這個天線採用反重力，如果願意，它可以一直升到太空中。三人站在天線下方的草地向上望，巨大的圓柱體從他們頭頂向前方伸延，像是從兩側向上捲曲的天空。由於半徑很大，底面弧度很小，上面的映射並不失真。這時夕陽已經照到天線下面，羅輯在映射中看到莊顏的長髮和白裙在金色的陽光中飄動，像一個從天空俯視地面的天使。羅輯把孩子舉起來，她的小手摸到了天線光潔的表面，她使勁向一個方向推著。

「我能讓它轉起來嗎？」

「如果妳推的時間足夠長，它會轉的。」莊顏回答，然後微笑著看著羅輯問：「是嗎？」

羅輯對莊顏點點頭：「如果時間足夠長，她能推動地球呢。」

像已經無數次發生過的那樣，他們的目光又交織在一起，這是兩個世紀前在蒙娜麗莎的微笑中那次對視的繼續。他們發現莊顏設想的目光語言真的變成了現實，或者說相愛的人類早就擁有了這種語言。當他們對視時，豐富的涵義從目光中湧出，就像引力波束形成的雲之井中湧出的白雲一般，無休無止。但這不是這個世界的語言，它本身就構築了一個使自己有意義的世界，只有在那個玫瑰色的世界中，這種語言的所有詞彙才能找到對應物。那個世界中的每一個人都是上帝，都能在瞬間數清沙漠中的每一粒沙並記住它們，都能把星星串成晶瑩的項鍊掛到愛人的頸上……

這就是愛嗎？

這行字顯現在他們旁邊一個突然出現的低維展開的智子上，這個鏡面球體彷彿是上方的圓柱體某處融化後滴下的一滴。羅輯認識的三體人並不多，不知道現在與他對話的是誰，不知道這位外星人是在三體世界還是在日益遠離太陽系的艦隊中。

「應該是吧。」羅輯微笑著點點頭。

羅輯博士，我是來向你抗議的。

「為什麼？」

因為在昨天晚上的演講中，你說人類遲遲未能看清宇宙的黑暗森林狀態，並不是由於文明進化不成熟而缺少宇宙意識，而是因為人類有愛。

「這不對嗎？」

對，雖然「愛」這個詞用在科學論述中涵義有些模糊，但你後面的一句話就不對了，你說很可能人類是宇宙中唯一擁有愛的種族，正是這個想法，支撐著你走完了自己面壁者使命中最艱難的一段。

「當然，這只是一種表達方式，一種不嚴格的……比喻而已。」

至少我知道三體世界也是有愛的，但因其不利於文明的整體生存而被抑制在萌芽狀態，但這種萌芽的生命力很頑強，會在某些個體身上成長起來。

「請問您是……」

我們以前不認識，我是兩個半世紀前曾向地球發出警告的監聽員。

「天啊，您還活著？」莊顏驚叫道。

也活不了多長時間了，我一直處於脫水狀態，但這麼長的歲月，脫水的機體也會老化。不過我真的看到了自己想看的未來，我感到很幸福。

「請接受我們的敬意。」羅輯說。

我只是想和您討論一種可能：也許愛的萌芽在宇宙的其他地方也存在，我們應該到處鼓勵她的萌發和成長。

「為此我們可以冒險。」

對，可以冒險。

「我有一個夢，也許有一天，燦爛的陽光能照進黑暗森林。」

這時，這裡的太陽卻在落下去，現在只在遠山上露出頂端的一點，像山頂上鑲嵌著的一塊光燦燦的寶石。孩子已經跑遠，同草地一起沐浴在金色的晚霞之中。

太陽快落下去了，你們的孩子居然不害怕？

「當然不害怕，她知道明天太陽還會升起來的。」

三體 II：黑暗森林（全球銷售突破三千萬套燙銀簽名版）

作　　者　劉慈欣
責任副主編　王正緯（二版）
編輯協力　黃元蓓
校　　對　魏秋綢、童霈文
版面構成　張靜怡
封面設計　邱宇陞
行銷統籌　張瑞芳
行銷專員　段人涵
出版協力　劉衿妤
總 編 輯　謝宜英
出 版 者　貓頭鷹出版 OWL PUBLISHING HOUSE

事業群總經理　謝至平
發 行 人　何飛鵬
發　　行　英屬蓋曼群島商家庭傳媒股份有限公司城邦分公司
115 台北市南港區昆陽街 16 號 8 樓
劃撥帳號：19863813；戶名：書虫股份有限公司
城邦讀書花園：www.cite.com.tw　購書服務信箱：service@readingclub.com.tw
購書服務專線：02-2500-7718~9（週一至週五 09:30-12:30；13:30-18:00）
24 小時傳真專線：02-2500-1990~1
香港發行所　城邦（香港）出版集團／電話：852-2508-6231 ／ hkcite@biznetvigator.com
馬新發行所　城邦（馬新）出版集團／電話：603-9056-3833 ／傳真：603-9057-6622
印 製 廠　中原造像股份有限公司
初　　版　2011 年 4 月
二　　版　2023 年 3 月／十六刷　2024 年 4 月
定　　價　新台幣 480 元／港幣 160 元（紙本書）
新台幣 336 元（電子書）
I S B N　978-986-262-615-3（紙本平裝）／ 978-986-262-608-5（電子書 EPUB）

讀者意見信箱　owl@cph.com.tw
投稿信箱　owl.book@gmail.com
貓頭鷹臉書　facebook.com/owlpublishing

國家圖書館出版品預行編目資料

三體 II：黑暗森林／劉慈欣著 . -- 二版 . --
臺北市：貓頭鷹出版：英屬蓋曼群島商家庭傳媒股份有限公司城邦分公司發行，
2023.03
面；　公分 .
ISBN 978-986-262-615-3（平裝）

857.83　　111022155